Leif Davidsen

DER TOD DES PATRIARCHEN

Roman

Aus dem Dänischen von
Anne-Bitt Gerecke

dtv

Ausführliche Informationen über unsere Autoren und Bücher
www.dtv.de

Von Leif Davidsen
sind bei dtv außerdem erschienen:
Der Feind im Spiegel (21088)
Der Augenblick der Wahrheit (21208)
Der Russe aus Nizza (21263)
Die Wahrheit stirbt zuletzt (21400)

MIX
Papier aus verantwortungsvollen Quellen
FSC www.fsc.org FSC® C083411

Deutsche Erstausgabe 2015
dtv Verlagsgesellschaft mbH & Co. KG, München

Titel der dänischen Originalausgabe: ›Patriarkens hændelige død‹
(Lindhardt og Ringhof, Kopenhagen 2013, vermittelt von Leonhardt & Høier Literary Agency, Kopenhagen)

Umschlagkonzept: Balk & Brumshagen
Umschlaggestaltung: Wildes Blut, Atelier für Gestaltung, Stephanie Weischer
Satz: Greiner & Reichel, Köln
Gesetzt aus der Sabon 9/13˙
Druck und Bindung: CPI – Ebner & Spiegel, Ulm
Gedruckt auf säurefreiem, chlorfrei gebleichtem Papier
Printed in Germany · ISBN 978-3-423-26063-3

TEIL 1

Der Rechtgläubige

»Denn noch am gestrigen Tage sprach ich mit euch, doch jählings kam über mich die schreckliche Stunde des Todes. So kommt alle, die ihr mich liebt, und küsst mich mit dem letzten Kusse! Denn nicht mehr werde ich bei euch sein oder mit euch reden.«

Psalm bei der orthodoxen Bestattung (6. Ton)

1

Es heißt, Seine Heiligkeit, der Patriarch von Moskau und ganz Russland, Tichon der Zweite, sei in einer Winternacht friedlich in seinem Bett im Danilow-Kloster in Moskau entschlafen. In dieser Nacht fiel der Schnee so still und bedächtig auf die Stadt, als würde der Herrgott höchstselbst in der letzten Stunde dieses heiligen Mannes sanfte Tränen vergießen. Das sagten zumindest einige heuchlerische Politiker, die aus dem Ableben des großen Mannes auf billige Weise Profit zu schlagen suchten. Es dauerte denn auch nicht lange, bis in verschiedenen Gemeinden und in einigen Medien die Forderung aufkam, ihn heiligzusprechen. Das ehemalige Oberhaupt der russisch-orthodoxen Kirche war nur einen Tag vor meinem Bruder unter großer Anteilnahme, Glockengeläut, vielen Kreuzeszeichen und Gebeten zu den Ikonen gestorben.

Der Tod meines Bruders hatte nichts Unverschuldetes oder Friedliches an sich. Er wurde in einem schmutzigen Hinterhof in Moskau, von dem man sich kaum vorstellen kann, dass er ihn freiwillig betreten haben soll, überfallen, brutal zusammengeschlagen und ausgeraubt.

Merkwürdigerweise wurde sein Tod nur von wenigen bemerkt, obwohl er einer der engsten, wenn auch anonymen Mitarbeiter des Patriarchen war. In Moskau wurden in einer schlechten Nacht mehr Morde begangen als in Chicago zu Zeiten Al Capones. Aber das reichte als Erklärung nicht aus, auch wenn mein Bruder vermutlich einer von vielen war, die in dieser Nacht in das Leichenschauhaus der Polizei gebracht wurden. Der eher boulevardeske Teil der russischen Presse übersah den Vorfall ganz. Oder erhielt den Befehl, ihn zu übersehen. Die seriöse Presse hatte längst aufgehört, über mehr oder weniger beliebige Überfälle in Russlands glitzernder und moralisch verkommener Hauptstadt zu berichten. In Russland war es nie so ganz leicht zu durchschauen, wie die Mächtigen ihren Willen bekamen. Man konnte nur sicher sein, dass sie ihn in der Regel bekamen. Mein Bruder hatte diesem Land seine letzten Jahre geweiht. Doch sein Tod war ihnen nicht mehr als eine kurze Notiz wert.

Seit ich erwachsen war, hatte ich meine Verbindungen zu Russland so weit wie möglich eingeschränkt. Ich wollte nicht Gefahr laufen, in die ewige Tragödie dieses Landes hineingezogen zu werden, in die Brutalität, die dort herrschte, wohingegen mein Bruder sich von den Versprechungen Russlands und der Religion verführen ließ, welche ihm Segen und Vergebung verhießen.

Ich selbst befand mich weit entfernt von Moskau, als mein jüngerer Bruder ums Leben kam, aber Schnee und Kälte verbanden uns über das Meer und die Kontinente hinweg.

Ich kann ziemlich genau rekonstruieren, wo er und ich uns zum Zeitpunkt des Mordes aufgehalten haben. Ich wünschte, ich hätte eine besondere seelische Verbundenheit gespürt, als er getötet wurde, aber damit würde ich mir selbst etwas vormachen und mir Fähigkeiten zuschreiben, die ich nicht besitze. Meine Gedanken waren nicht bei ihm, als er ermordet wurde.

Ich war auf Grönland, ein ganzes Stück nördlich des Polarkreises und östlich der Stadt, die wir Dänen Jakobshavn nennen und die Grönländer Ilulissat. Sie hat etwa viertausend Einwohner und weit mehr Schlittenhunde. Sie liegt malerisch am Eisfjord und stellt das perfekte Postkartenmotiv dar.

Vierzehn der Hunde zogen mich und meinen Schlitten durch den weißen Neuschnee, in dessen Kristallen sich das Licht funkelnd brach, als wären es Diamanten. Ich stand auf dem Schlitten und blickte auf die aufgestellten Schwänze der Hunde, roch ihre Fürze und achtete darauf, dass sie auch alle zogen, aber Leader, mein Leithund, hatte das Gespann wie immer gut im Griff. Ich war weit davon entfernt, ein erfahrener Schlittenlenker zu sein, aber mittlerweile kam ich mit dem Hundegespann gut zurecht und genoss die Fahrten uneingeschränkt. Die Peitsche schleifte neben dem Schlitten her. Ich hielt sie in der rechten Hand. Der Schlitten fuhr, wie er sollte.

»Taama! Taama!«, rief ich und spürte die kalte, klare Luft in meinen Lungen. Ich fühlte mich stark und glücklich. Es war etwas ganz und gar Einzigartiges, das Zischen der Kufen und die Atemzüge der Hunde zu hören und zu sehen, wie die Leinen gelockert und wieder straff gezogen wurden, wenn sie den schweren Schlitten in Fächerformation zogen. Ich hatte das Gefühl, sie könnten mich bis ans Ende der Welt ziehen.

Grönland ist alles andere als flach. Ich bewunderte die Hunde sehr, wenn sie den Schlitten den Berghang hinaufzogen oder wenn sie, den Schlitten neben sich, den Berg in vollem Galopp wieder hinunterliefen, dass der Frostschnee nur so aufstäubte und ich aus vollem Halse lachen musste vor lauter Glück, während ich hinten stand und mich an den Schlitten klammerte. Es war die gleiche mit Furcht gemischte Freude, die ich als Kind bei gefährlichen Achterbahnfahrten empfunden hatte und die so herrlich im Bauch kitzelte.

»Ili! Ili! Ili!«, rief ich, als ich den Felsbrocken links vor uns erblickte. Die Hunde gehorchten und liefen nach rechts. Sie hielten immer noch ein hohes Tempo, aber ich spürte, dass sie wussten, dass wir bald anhalten würden. Ich sprang vom Schlitten, bremste mit den Füßen und rief:

»Unigiit!«

Sie blieben stehen und schnupperten ein wenig aneinander.

»Ajaa!«, sagte ich, obwohl es gar nicht nötig war, denn sie legten sich von alleine hin, müde vom Ziehen. Dann lagen sie dicht nebeneinander vor meinem Schlitten und atmeten friedlich oder aßen Schnee, weil sie Durst hatten. Sie hatten mich und meine Ausrüstung eine lange, anstrengende Steigung hinaufziehen müssen. Ich hatte mich an die Hunde gewöhnt und hatte keine Angst mehr vor ihnen. Sie waren alle weiß und hatten enorme Kraft. Ich wurde ganz traurig bei dem Gedanken, dass ihr Leben von so kurzer Dauer sein würde. Ihre Lungen würden bereits nach wenigen Jahren von dieser harten Arbeit bei strengem Frost zerstört sein, und unsentimental wie die Grönländer Tieren gegenüber waren, würde man sie einfach

erschießen. Ihnen eine Perle verabreichen, wie Jonathan, mein grönländischer Lehrmeister, es nannte. Aber jetzt standen sie in der Blüte ihres Lebens.

Es war vollkommen still. Das Einzige, was man hörte, waren die tiefen Atemzüge der Hunde – vielleicht ein Knurren oder ein leises Jaulen, wenn ihre Hierarchie einen Moment lang in Unordnung geriet. Ich hatte sie als großartige Tiere kennengelernt. Ich hatte ihre Namen gelernt, auch wenn es schwierig war, die grönländischen Laute auszusprechen. Sie waren keine Haustiere. Sie arbeiteten und brauchten ein strenges Regiment, wenn man nicht wollte, dass sie die Macht übernahmen. Es hatte eine Weile gedauert, bis ich mich daran gewöhnt hatte, die Peitsche zu benutzen. Sie würden mich nie lieben, aber sie respektierten mich. Ich fütterte sie und ließ sie das tun, wofür sie geschaffen waren: den Schlitten stundenlang durch Schnee und Eis zu ziehen.

Es war mitten am Tag und sehr hell, weil die Sonne jetzt am Horizont zu sehen war, und der Himmel fast unnatürlich blau. Der Schnee war jungfräulich rein und ließ wie üblich alles noch heller erscheinen. Ich hatte nicht erwartet, dass Grönland so unbeschreiblich schön und so unglaublich groß sein würde. In meiner Unwissenheit hatte ich angenommen, Grönland wäre flach und eintönig.

Es herrschten zehn Grad Kälte, was für diese Jahreszeit sehr mild war, aber das war ja auch der Grund, warum ich mich auf Grönland aufhielt. Die globale Erwärmung war mein Thema. Die durch den Menschen verursachten Klimaveränderungen waren die neue große Gefahr, die uns nachts um den Schlaf brachte.

Die Kälte machte mir nichts aus. Meine grönländische Robbenfellkleidung hielt mich angenehm warm. Ich zog mein äußeres Paar Handschuhe aus und kniff die Augen zusammen, so dass man die charmanten Fältchen an meinen Augen sehen konnte, die so gut zu den weißen Zähnen in meinem wind- und sonnengegerbten Gesicht passten. Ich war 37 Jahre alt und hatte mich gut gehalten. Ich ging zu den Hunden und entwirrte ihre ein wenig verhedderten Leinen so, wie Jonathan es mir gezeigt hatte. Dann kehrte ich zurück, setzte mich auf den Schlitten und trank eine Tasse von dem Kaffee, den ich mir morgens auf dem Gaskocher in meinem kleinen Zelt zubereitet und in eine blechgraue Thermoskanne gefüllt hatte. Ich zog mein Gewehr hervor, legte es neben mich und ließ meine Hand darauf ruhen. Ich setzte meine Kapuze ab und schüttelte mein dunkles, kräftiges Haar. Ich blickte auf die dramatische weiße Landschaft am Horizont. Hin und wieder wurde das endlose Weiß von schwarzen Felsspitzen durchbrochen, die aus dem Schnee herausragten. Ich gab ein beeindruckendes Bild ab: ein Mann allein mit seinen Hunden in einer gewaltigen und unendlichen Landschaft.

»Prima«, sagte Stine und trat hinter einem Felsblock hervor. »Stell dich eben noch mal zwischen die Hunde und dreh dich in Richtung Kamera. Und Nikolaj? Wir brauchen noch ein paar Closeups und dann eine Totale.«

Es war Fernsehen und folglich Illusion und Manipulation. Stine war meine Produzentin. Sie war um die dreißig und hatte einen Mann und ein kleines Kind in Dänemark, aber das hatte sie nicht abgehalten. Ich hatte sie jedenfalls im Hotel Arctic in Ilulissat ohne Weiteres in mein Bett locken können. Sie war eine kräftige, aber wohlproportionierte Frau mit roten Haaren und sehr blauen Augen und einem wundervollen Mund unter einer kleinen, frechen Nase.

Sie hatte hinter dem Felsvorsprung gestanden, hinter dem sich auch der Kameramann Nikolaj versteckt hatte, damit er mich filmen konnte, wenn ich mit dem Hundegespann angefahren kam. Ein ganzes Stück weiter hinten, für die Kameralinse unsichtbar, warteten vier weitere Schlitten mit unserer Ausrüstung und unseren grönländischen Helfern.

Nikolaj hatte seine Videokamera auf mich gerichtet. Daran war ich gewöhnt. Sie war immer auf mich gerichtet. Allein darum ging es bei diesem Grönlandaufenthalt. Hinter ihm stand Henriette, die das Team als Maskenbildnerin und bei allen möglichen anderen praktischen Dingen unterstützte. Sie war um die vierzig, ziemlich korpulent und ziemlich verliebt in mich. Ihre wichtigste Aufgabe war es, dafür zu sorgen, dass ich so gut wie möglich aussah und gleichzeitig wie ein richtiger Mann in der Wildnis rüberkam. *Tough*. Ruhig. Souverän. Gelassen in seiner Einsamkeit. Eins mit sich und der Natur.

Wir drehten einen Dokumentarfilm über Klimaveränderungen. Die Idee dabei war, dass ich mich mutterseelenallein auf dem grönländischen Inlandeis aufhielt, wo ich durch meine beharrlichen Messungen zu der Erkenntnis gelangte, dass die Menschheit sich wirklich in Acht nehmen musste, wenn hier nicht irgendwann alles wegschmelzen sollte. Wir hatten schon viele Aufnahmen bei strengem Frost in der Nähe von Thule gemacht. Qaanaaq hieß es hier, was mir aber nur schwer über die Lippen kam. Die letzten zwei Wochen hatten wir unten bei Ilulissat verbracht.

Ich hatte gejagt. Ich hatte in einem Loch im Eis gefischt. Ich hatte meteorologische Messungen vorgenommen. Ich hatte die Dicke des Eises gemessen und den Mageninhalt von Seehunden und Schneehühnern untersucht, die ich angeblich selbst geschossen hatte. Wir hatten einen Eisbären gesehen, der ganz abgemagert war, weil das Eis schmolz, was es für ihn immer schwieriger machte, Robben zu fangen. Ich hatte das Gewehr bereitgehalten, aber er war abgehauen. Er schlich langsam von dannen und verschmolz mit dem Horizont. Nikolajs Aufnahmen waren großartig und wirklich bewegend. Das würde sicher das Schlussbild werden: meine etwas feuchten Augen und der magere Bär, der aufgrund der menschlichen Verschwendungssucht einer ungewissen Zukunft entgegenging.

Ich hatte besorgt auf einen Gletscher geblickt. Stine würde im Archiv noch einen besonders großen auftreiben, der gerade kalbte. Ein Schnitt und schon sähe es so aus, als erlebte ich dieses Naturschauspiel tatsächlich. Ich ließ die Kamera oft an meinen Gedanken teilhaben. Das durchbreche zwar die Illusion, habe aber trotzdem einen guten Effekt, meinte Stine. Die Zuschauer seien sich natürlich darüber im Klaren, dass ich nicht alleine dort war, nähmen mich aber dennoch als allein in der Wildnis wahr, behauptete sie.

Bald würden wir uns wieder in Richtung Jakobshavn und in die Zivilisation des Hotel Arctic aufmachen. Ich freute mich auf eine oder zwei weitere Nächte mit Stine in diesem hervorragenden Hotel, bevor wir nach Dänemark zurückflogen.

Im Sommer würden wir während der kurzen arktischen Blütezeit noch einmal nach Grönland zurückkommen. Dann sollte ich unter anderem so tun, als würde ich mir einen eigenen Schlitten bauen und meine Expedition vorbereiten, die ein für alle Mal nachweisen würde, dass die Klimaveränderungen real und auf Grönland bereits konkret messbar waren.

Ich war eigentlich nur als Nachrücker dabei. Ursprünglich war es so gedacht gewesen, dass einer der renommierten Moderatoren unseres Fernsehsenders die Rolle des unerschrockenen Forschers und Entdeckungsreisenden in der Arktis spielen sollte, aber als er die nordgrönländische Kälte kennengelernt hatte, war er in Panik geraten. Er konnte den Gedanken nicht ertragen, mehrere Wochen in dieser Kälte zu verbringen, und verlangte daher, dass man ihn wieder zurückflog. Sie versuchten, ihn zum Bleiben zu überreden, weil sie schon viel Geld in den Film gesteckt hatten. Sie sagten, sein Körper würde sich mit der Zeit an die Kälte gewöhnen. Sie versuchten, ihm klarzumachen, dass er zum Gespött der Boulevardpresse werden und sein Image als cooler Macho Schaden nehmen würde, aber selbst Stine konnte ihn nicht zum Bleiben bewegen. Er fror einfach zu sehr. Die Sommeraufnahmen würde sie daher mit mir noch einmal neu machen müssen. Das verzögerte zwar den gesamten Ablauf, ließ sich aber nicht ändern. Es war bereits viel Geld in dieses Projekt investiert worden, das für den Sender besonders wichtig war, weil die Klimafrage sich uns allen so dringlich stellte. Sie war so *hot*, wie Stine, ohne darüber nachzudenken, gesagt hatte.

Als sie sich auf einmal allein mit der Verantwortung und einem großen Produktionsteam wiederfand, war Stine auf die Idee gekommen, mich als Ersatzmann anzuheuern, obwohl ich kein Journalist war. Ich sagte sofort zu und wurde zur Thule Air Base geflogen.

Ich hatte nichts gegen die Kälte. Ich hatte nichts gegen die Kamera und ich hatte auch nichts dagegen, so zu tun, als wäre ich ganz allein auf Grönland. Im Gegenteil, es kam meiner Eitelkeit entgegen, die mein Bruder oft als allzu ausgeprägt getadelt hat. Seinen Segen hatte er mir dennoch gegeben, auch wenn er mich oft vor der Nemesis gewarnt hatte. Der potenzielle Zorn der Götter war für meinen Bruder von großer Bedeutung. Er war der Meinung, mir falle alles viel zu leicht zu.

Ich war studierter Geograf und Meteorologe und hatte in den letzten fünf Jahren die Wettervorhersage im Fernsehen gemacht. Das war ein Traumjob. Der Computer berechnete das Wetter. Das Wetter im Fernsehen vorherzusagen setzte kein spezielles Wissen meinerseits voraus. Außerdem erwarteten nur die wenigsten, dass die Wettervorhersage in allen Einzelheiten zutraf. Sonne und vereinzelte Wolken. Wind, vor allem im nördlichen Landesteil, aber teilweise auch im Süden. Wir konnten im Grunde genommen behaupten, was wir wollten. Wir brachten auch jede Menge Geschichten über das Wetter im weiteren Sinne. Die Veränderungen der letzten Jahrzehnte. Stimmen die alten Bauernregeln? Ein Besuch an Dänemarks nassestem Ort. Wir standen auf Molen und ließen uns von den Wellen nass spritzen, wenn an der Nordsee der Sturm toste. Es war reinste Unterhaltung. Der Wettervorhersage wurde unendlich viel Sendezeit eingeräumt. Es hatte fast den Anschein, als wäre Dänemark ein Land mit dramatischen und Furcht einflößenden Wetterphänomenen, so viel Zeit verwendeten wir darauf, über das Wetter zu berichten, so viel Zeit verwendeten die Leute darauf, über das Wetter zu sprechen. Mein Sender hatte ein eigenes Wetterzentrum eingerichtet, als befände sich unser Land im Kampf gegen die Elemente.

Mir konnte das alles nur recht sein. Es bescherte mir ein sehr gutes Gehalt für eine ziemlich leichte Arbeit. Es war wesentlich unterhaltsamer, als in einem Büro im Dänischen Meteorologischen Institut Langzeitprognosen zu erstellen. Ich war früher unter anderem an der Entwicklung von Klimamodellen und der Berechnung der möglichen globalen Erwärmung beteiligt gewesen. In dieser Funktion hatten die Medien damals angefangen, mich zu interviewen, und dabei war dann auch das Fernsehen auf meine Bildschirmqualitäten aufmerksam geworden. Ich machte immer noch das, worin meine Ausbildung bestanden hatte und was mir wichtig war. Ich sollte dabei nur nicht mehr so ernsthaft wirken. Das Wetterzentrum unseres Senders orientierte sich an der Maxime, dass das Wetter niemals gewöhnlich oder wiedererkennbar war. Es war immer dramatisch und überraschend.

Der Promifaktor lockte immer wieder hübsche Frauen in mein Bett. Die Boulevardblätter nannten mich den Playboy unter den Wettermoderatoren. Einen der begehrtesten Junggesellen in Dänemark. Ich sorgte dafür, dass mein Name in den Medien blieb, indem ich zu Premieren und Empfängen ging.

In Zeitungsinterviews äußerte ich meine Meinung zu diesem und jenem, solange es nicht um Politik ging. Ich antwortete nur auf harmlose Fragen wie die, wo ich meinen Sommerurlaub verbringen würde, was mein schönstes Weihnachtsgeschenk, was die wichtigste Eigenschaft einer Frau oder was mein Erfolgsgeheimnis war. Ich schaffte es auf die Titelseite von *Euroman*. Ich nahm gern an Sendungen teil, bei denen ich zusammen mit anderen Prominenten oder Semi-Prominenten kochte, genauso wie ich das Fernsehen meine Wohnung filmen ließ, um selbsternannte Lifestyle-Experten erraten zu lassen, dass ich es war, der dort wohnte. Auch dafür liebten meine Arbeitgeber mich. Zurschaustellung bedeutete ihnen ebenso viel wie dem Gläubigen das Empfangen des Abendmahls. Die Zuschauerzahlen waren das A und O. Die Quote trennte die Sieger von den Verlierern.

Das Fernsehen kam mir und meinem Wesen entgegen. Es war der moderne Altar. Die Oberflächlichkeit war sein ganzer Sinn und seine Daseinsberechtigung. Alles war Unterhaltung. Man spielte Komödie, und alles war bis ins letzte Detail durchchoreografiert, um Stolpersteine und unvorhergesehene Vorkommnisse aller Art von vornherein auszuschließen. Fernsehmoderatoren wurde größere Aufmerksamkeit zuteil als Künstlern, sie spielten eine größere Rolle und bekamen bei Wahlen mehr Redezeit als die Politiker, die über das Wohl und Wehe des Landes entschieden.

Die ganze Grönlandsendung würde improvisiert, dramatisch und spannend rüberkommen. Der einsame Mann in der großen Natur. Der kleine Mensch sieht sich mit der grönländischen Unendlichkeit konfrontiert. Ein Mann und seine Hunde auf der Jagd nach der Wahrheit darüber, wie wir Mutter Erde misshandeln, mit der er selbst natürlich vollkommen im Einklang lebt. Ein Mann, der allein zurechtkommt dank seines Wissens über das Wetter und dank der Art, wie er seine Hunde im Griff hat und sich sein Essen selbst erjagt.

Alles war bis ins letzte Detail vorbereitet. Nicht nur, dass die grönländischen Jäger und Fänger dafür sorgten, dass das Wild geschossen und die Fische gefangen wurden, auch wenn es später natürlich so aussehen würde, als ob es mein Verdienst wäre. Alles, von der Reiseroute, über die Jagd bis hin zu meinem kleidsamen, aber keineswegs zufälligen Dreitagebart, den Henriette jeden Morgen zurechtstutzte, trug dazu bei, die perfekte Illusion zu schaffen. Vollbart stand mir nicht, also durfte der Bart nicht länger werden. Ich führte vermeintlich improvisierte Gespräche mit echten und authentischen Grönländern, die ich während meiner großen Schlittenreise angeblich zufällig traf und die ihre Sorge und ihre Wut darüber zum Ausdruck bringen sollten, dass ihre Lebensform durch die Verschwendungssucht der Menschheit gefährdet war.

Ihre modernen Schneescooter und Satellitenausrüstungen durften sie natürlich nicht vorzeigen, aber Stine ging wenigstens nicht so weit, sie mit der Harpune jagen zu lassen. Ihr war es wichtig, dass sie ursprünglich wirkten und aufrichtig besorgt angesichts der globalen Erwärmung, die das große grönländische Inlandeis schmelzen ließ und gewaltige Eisberge zum Kalben brachte. All das Moderne, das Grönland in Wirklichkeit prägte, ließ sie bewusst außen vor. Ursprünglichkeit war ein Wort, das sie sehr schätzte.

Die Zivilisationskritik der Grönländer wurde nicht direkt zum Ausdruck gebracht, sie sollte vielmehr, so hatte Stine es mir bei ihrem ersten Anruf erklärt, implizit in all unseren Begegnungen und Gesprächen enthalten sein. Ich war der Frontmann, aber sie traf die Entscheidungen. Ich hätte ihre Erwartungen in jeder Hinsicht erfüllt, hatte sie im Hotelbett in Ilulissat zu mir gesagt, bevor sie in ihr Zimmer zurückschlich, damit wir auch brav jeder in unserem eigenen Bett aufwachten. Die Sendung würde mich zum Star machen. Ich kam perfekt rüber auf dem Bildschirm. Ich wirkte überzeugend. Ich war der Liebling der Götter.

Auf meine Selbstzufriedenheit von damals bin ich alles andere als stolz, aber ich habe mir selbst das Versprechen gegeben, mein Leben und das, was geschehen ist, nüchtern und ohne Beschönigungen zu betrachten. Ich bin heute vielleicht ein anderer, aber die Vergangenheit trage ich dennoch in mir. Sie ist ein Teil von mir ebenso wie die Gene, die ich mit meinem Zwillingsbruder gemeinsam hatte. Eine Hälfte russisch. Eine Hälfte dänisch.

Ich war der ältere Bruder, der sich um den jüngeren Bruder hätte kümmern müssen. Ich wurde vor ihm geboren. Ich kam problemlos zur Welt, während er verkehrt herum lag und darum kämpfen musste, sich seinen Weg mit den Füßen voran zu bahnen. Ich war dunkelhaarig, er war blond, und dennoch war er es, der die Dunkelheit in seiner Seele trug. Er war immer auf der Suche nach dem Sinn dieses nichtigen Lebens, das wir auf Erden führten. Er befand sich permanent auf der Suche, weil er ununterbrochen an jenem Gott zweifelte, den unsere Mutter, solange ich denken konnte, als den Schöpfer des Universums pries. Unsere Mutter hatte immer lange Gespräche mit dem Herrgott geführt.

Mir war Gott vollkommen gleichgültig. Seine Existenz bedeutete mir nichts. In der Hinsicht ähnelte ich unserem Vater. Das war Mutters und Gabriels große Sorge. Dass ich den Glauben aufgegeben und dass Vater sich ihm nie hingegeben hatte. Sie wollten meine Gründe nicht hören und erinnerten mich oft daran, wie schön ich mit meiner hellen Kinderstimme in der Kirche gesungen hatte, wenn es dort nach Weihrauch und Heiligkeit geduftet hatte.

An all das verschwendete ich an jenem Apriltag in dem klaren grönländischen Licht keinen einzigen Gedanken, denn ich wusste, dass ich meinen Teil des Vertrages erfüllt und wieder eine perfekte Szene für unsere Sendung abgeliefert hatte.

»Das war fantastisch, Adam«, sagte Stine mit ihrer hellen, fast ein wenig schrillen Stimme. Sie trug ebenfalls Kleidung aus Robbenfell, die jedoch nicht verbergen konnte, dass sie einen wunderbaren Körper hatte. Ich konnte es kaum erwarten, ihn im Hotel Arctic wieder auszupacken.

»Das war unglaublich natürlich. Das wird eine großartige Sendung. Du wirst immer besser. War das nicht super, Nikolaj?«

»Doch, das war sehr gut«, stimmte der Kameramann zu, nahm

die Kamera herunter und ließ seine Schultern kreisen, vielleicht war er verspannt. »Dann sollten wir uns jetzt auf den Heimweg machen. Ich freue mich darauf, mal wieder in einem richtigen Bett zu schlafen.«

»Stimmt. Uns fehlt auch nicht mehr viel«, sagte Stine und suchte in der Brusttasche ihres Robbenfellanoraks nach einer Zigarette.

»Uns fehlt überhaupt nichts mehr. Jedenfalls keine Winteraufnahmen«, erwiderte Nikolaj und trat in seinen Eskimostiefeln von einem Fuß auf den anderen. Er war derjenige von uns Dänen, dem die Kälte und das Schlafen im Zelt am meisten zu schaffen machten. Die grönländischen Fänger kümmerten sich jeden Abend darum, dass unser Lager aufgeschlagen wurde. Sie selbst schliefen auf den Schlitten mit einer Art Persenning als Zelt. Sie waren zähe Leute.

Mein kleines modernes Igluzelt wurde in einiger Entfernung von denen der anderen aufgebaut, um die Illusion aufrechtzuerhalten, dass ich mich allein auf dem Eis befand. Das Konzept sah vor, dass am Ende eines jeden Tages eine Aufnahme meines einsamen Zeltes zu sehen war. Das war komplizierter, als es sich anhört, weil wir die ganze Zeit aufpassen mussten, dass keine anderen Fußabdrücke in dem jungfräulichen Schnee zu sehen waren als meine und die der Hunde. Ich wurde gefilmt, wenn ich den Hunden abends ihr Futter gab, nachdem ich sie an die Nachtkette gelegt hatte, wenn ich mir auf dem Gaskocher etwas zu essen machte und schließlich in meinen Schlafsack kroch, nachdem ich die Temperatur und die Windstärke gemessen und sie in mein Notizbuch eingetragen hatte. Stine würde später den Text schreiben, den ich dann in Kopenhagen im Studio einsprechen würde.

Ich tat nur so, als äße ich das getrocknete Robbenfleisch. Wir aßen immer alle zusammen ein ausgezeichnetes Abendessen in einem größeren beheizbaren Zelt. Wir hatten einen Generator dabei, mit dem wir die Kamerabatterien aufluden und der uns auch den Strom für alles Mögliche lieferte, sobald unser Lager errichtet war. Wir hatten einen grönländisch-dänischen Koch dabei, der uns köstliches Essen servierte. Mal gab es Fleisch vom Rentier und vom

Moschusochsen, mal Fisch und dazu Kartoffeln und importiertes Gemüse. Und es gab einen durchaus akzeptablen Rotwein aus dem Pappkarton. Vor wenigen Tagen hatte ein Schneescooter uns neue Vorräte gebracht, und wir waren nur noch eine kurze Tagesreise mit dem Hundeschlitten von Ilulissat entfernt.

Stine und Nikolaj hatten früher schon zusammengearbeitet. Sie arbeiteten für dieselbe Produktionsfirma, die den Film für meinen Sender produzierte. Sie schienen, um es vorsichtig auszudrücken, nicht gerade die besten Freunde zu sein, sondern pflegten einen professionellen, eher kühlen Umgang miteinander.

Nikolaj hatte die Gabe, das spezielle grönländische Licht einzufangen und mich in vorteilhaften Situationen festzuhalten. Er war ein etwas verschlossener Mann um die vierzig, sah aber älter aus. Ich würde die Sendung zu einem Erfolg machen und somit dazu beitragen, ihm einen guten Lohn zu verschaffen, daher gab er sein Bestes. Er war Freelancer. Das waren die meisten Medienleute heute. Das sparte viel Geld, und man konnte sie leicht wieder loswerden.

»Wir sind ja schon auf dem Weg zurück nach Ilulissat«, sagte Stine. »Wir könnten aber noch ein paar Aufnahmen von der Fahrt und einige Close-ups von Adam gebrauchen, die ich dann später einbauen kann, wo ich will. Außerdem möchte ich noch ein paar zusätzliche Szenen haben, in denen er das Gewehr benutzt. Wir müssen das gute Wetter ausnutzen. Aber du hast recht. Uns fehlt nicht mehr viel. Wir fahren jetzt in Richtung Küste und schauen dann, ob wir es bis morgen Abend ins Hotel schaffen, einverstanden?«

»Okay«, antwortete Nikolaj und blickte zum blauen Himmel hinauf. Wir hatten inzwischen gelernt, dass das Wetter ein unvorhersehbarer Faktor war und dass es sich sehr schnell ändern und brutal und gefährlich werden konnte. Wir hatten zwei kleinere Schneestürme erlebt, die uns fantastische Aufnahmen beschert hatten, bis wir schließlich in den Zelten Schutz suchen mussten, die die Grönländer für uns aufgebaut hatten, damit wir dort warten konnten, bis der Schneesturm vorübergezogen war. Als wir wieder herauskamen, lagen die Hunde unter dem Schnee und bildeten kleine zarte Hügel. Nikolaj hatte alles gegeben und mich gefilmt, wie ich umherging und sie weckte, mit ihnen redete und den prächtigen Neuschnee lobte. Es waren hervorragende Aufnahmen geworden, fand Stine.

Nikolaj war wohl derjenige von uns, der Grönland am meisten satthatte. Er war in keiner allzu guten Verfassung, und die Reise setzte ihm zu, das konnte ich sehen. Er war zu alt für die Strapazen. Er holte ebenfalls ein Päckchen Zigaretten hervor und bot den beiden Grönländern eine an, die seine Taschen trugen. Die Grönländer blieben meistens unter sich. Sie waren nette Menschen, aber sie redeten nicht besonders viel, und ihr Dänisch war erstaunlich schlecht. Das hatte mich überrascht. Grönland war ein Teil von Dänemark und dann doch wieder nicht. Es gab dänisches Geld und dänische Schilder, aber es war dennoch ein Stück Ausland, wo alles sehr anders war als »da unten« in Dänemark, wie sie zu sagen pflegten.

Sie winkten von den Materialschlitten zu uns herauf und hielten das Satellitentelefon hoch. Sie waren näher zu uns herangekommen, als sie gesehen hatten, dass die Aufnahmen beendet waren und sie das Bild nicht mehr zerstören konnten. Die Zusammenarbeit mit ihnen funktionierte mittlerweile beinahe wortlos. Sie hatten am Fuße des Hügels gewartet, und jetzt lagen die Hunde, die ihre vier Schlitten zogen, im Schnee und ruhten sich aus.

»Kommt, wir gehen zu ihnen runter und essen ein frühes Mittagessen«, sagte Stine. Wir gingen nebeneinander her. Der Schnee war fest und gut. Poul, wie einer der Grönländer hieß, würde meinen Schlitten nach unten zu den anderen bringen. Nikolaj ging hinter uns und ließ die Kamera in seiner einen Hand baumeln.

»Das wird richtig gut, Adam«, sagte Stine. »Ich bin so froh, dass wir dich als Hauptdarsteller genommen haben.«

»Das bin ich auch. Aus vielerlei Gründen.« Ich lächelte sie an und hätte ihr am liebsten einen kleinen Klaps auf den Po gegeben, aber sie wollte nicht, dass ich mir vor den anderen Vertraulichkeiten erlaubte. Wir wussten beide, dass es eine Affäre war, die in dem Moment beendet sein würde, in dem wir auf dem Flughafen in Kastrup landeten. Sie hatte es zwar nicht explizit gesagt, aber es gab trotzdem keinen Zweifel daran.

»Hey«, sagte sie, »so hatte ich das nicht gemeint.«

»Ich freue mich aufs Arctic.«

»Kein Kommentar.«

»Du dich etwa nicht?«

»Wart's ab«, sagte sie und sah mich mit einem kleinen Lächeln an.

Jonathan reichte mir das Satellitentelefon, das unsere Verbindung zur Außenwelt war. Er war ein muskulöser Mann mit einem hübschen Gesicht. Seine Mutter war die Tochter eines grönländischen Fängers aus Ilulissat und sein Vater ein ihm unbekannter Handwerker aus Dänemark. Er sah nicht so aus, aber er war ein ziemlich wohlhabender Mann, der einen Krabbenkutter besaß. Im Winter fing er Schwarzen Heilbutt, den er aus Löchern im Eis fischte. Aus finanziellen Gründen hatte er das eigentlich gar nicht nötig, aber er fuhr mit seinen Hunden mehrere Tage am Stück zum Langleinenfischen aufs Eis hinaus, weil er die Natur liebte und die Einsamkeit in der Wildnis. Seiner Ansicht nach handelte es sich dabei um eine Lebensform, die dazu verdammt war, mit seiner Generation auszusterben. Er fand auch Zeit dafür, mit seinen Hunden an Schlittenrennen sowohl auf Grönland als auch in Kanada teilzunehmen. Er war die zentrale Figur der gesamten Expedition und hatte mir alles beigebracht, was ich hier in der Natur machte, damit es im Fernsehen ganz natürlich rüberkam. Ich mochte ihn sehr gern und hatte mich oft mit ihm unterhalten. Von allen grönländischen Fängern, die uns halfen, war sein Dänisch das beste. Er kam mir manchmal vor wie die grönländische Ausgabe des letzten Mohikaners, den ich als Kind so geliebt hatte.

Jetzt sah er mich mit einem Blick an, aus dem Mitleid zu sprechen schien.

Ich nahm ihm das Telefon aus der Hand und hörte ein Sausen über Tausende von Kilometern hinweg, die mich mit dem Satelliten im Weltall verbanden. Von dort aus führte die Verbindung dann wieder auf die Erde zurück und in die Wohnung in Roskilde, in der meine Mutter sich gerade befand. Denn sie war es, die anrief. Wie immer kam sie direkt zur Sache, aber es war nicht zu überhören, dass sie aufgewühlt war und sich nicht unter Kontrolle hatte, denn sie sprach Russisch mit mir:

»Adam. Er lebt nicht mehr. Gott hat Gabriel zu sich geholt.«

Die Verbindung war ausgezeichnet. Es war deutlich zu hören, wie sie hemmungslos zu schluchzen begann. Ich bemerkte erst, dass ich ebenfalls weinte, als ich sah, wie die anderen mich anstarrten, und spürte, wie die Tränen auf meinen Wangen zu Eis gefroren.

2

Wegen eines heftigen Schneesturms blieb der Flughafen von Ilulissat für zwei Tage geschlossen. Wir hatten Glück, dass wir uns auf dem Rückweg beeilt hatten, denn so kamen wir noch spät am Abend an, wenige Stunden bevor der Sturm seine volle Stärke erreichte. Die Hunde waren zuletzt völlig erschöpft. Sie zogen mit aller Kraft, vielleicht weil sie förmlich rochen, dass wir auf dem Weg nach Hause waren oder weil sie den Wetterumschwung spürten. Jonathan und die anderen Fänger forderten uns auf, uns ranzuhalten. Sie waren an sich nicht leicht aus der Fassung zu bringen, aber als schwere, dunkle Wolken am Horizont aufzogen und sie sahen, wie bedrohlich das Wetter sich entwickelte, schlugen sie vor, wir sollten entweder so schnell wir konnten nach Ilulissat fahren oder eine Ausrüstungsstation in der Nähe aufsuchen. Sie hielten ihre Nasen in den Wind und sprachen in ihrer unverständlichen grönländischen Sprache leise miteinander.

Im Laufe des Abends, als es richtig zu schneien begonnen hatte und der Wind von Minute zu Minute stärker geworden war, sahen wir die Lichter in den Häusern der Stadt am Horizont auftauchen. Ich saß auf dem Schlitten und ließ Jonathan die letzten Kilometer fahren. Die Schwänze der Hunde waren nicht mehr so hoch aufgerichtet, und sie keuchten und hatten wirklich zu kämpfen. Mal hatte ich hinten auf dem Schlitten gestanden, mal war ich hinter ihm die Berghänge hinaufgestapft oder hatte mit der Peitsche in der Hand ganz vorn gesessen, wenn wir geradeaus fuhren. Jonathan hatte dann hinter mir gesessen und sich gegen das Gepäck gelehnt. Wir waren viele Stunden unterwegs gewesen und völlig erledigt, als wir endlich ankamen.

Während dieser Stunden, in denen die Schlitten auf Ilulissat zurasten, hatte ich reichlich Gelegenheit gehabt, mir den Moment in Erinnerung zu rufen, als ich von Gabriels Tod erfahren hatte.

Die drei anderen Dänen aus dem Team behandelten mich, als wäre ich ein zerbrechliches Stück Porzellan. Stine hatte mich auf die Wange geküsst, Henriette ebenfalls. Sie hatte unglücklich und leidend ausgesehen, als wäre jemand aus ihrer Familie gestorben. Die sechs Grönländer hatten mir einer nach dem anderen die Hand gegeben und irgendetwas Tröstliches auf Grönländisch gesagt.

Es muss wie ein seltsames Tableau in der endlosen grönländischen Natur ausgesehen haben. Fünf Schlitten, vier Dänen, sechs Grönländer und neunundsechzig Hunde, die erstarrt dastanden, als wären sie von einem naturalistischen Maler gemalt worden. Einer der Dänen mit einem Satellitentelefon in der Hand, zuhörend. Vielleicht hatte der Maler auch die Tränen des Mannes verewigt, die zu Eis froren, während neun Gesichter ihn stumm anstarrten.

Das Bild bekam natürlich Risse. Ich hatte meine Mutter in einer Mischung aus Russisch und Dänisch zumindest so weit beruhigen können, dass sie ins Dänische wechselte, das sie fließend sprach, auch wenn sie ihren leichten russischen Akzent nie ganz abgelegt hatte. Musikalisch wie sie war, hatte sie die Sprache schnell gelernt, sobald mein Vater sie zu sich nach Dänemark geholt hatte.

»Jetzt beruhige dich erst einmal, Mama«, hatte ich mit zitternder Stimme gesagt, denn ich war mir vollkommen sicher, dass es keinen Grund gab, an der Nachricht zu zweifeln. Gabriel war tot. »Sprich Dänisch mit mir. Was ist passiert?«

Die Selbstbeherrschung meiner Mutter war schon immer bewundernswert gewesen. Ich hörte, wie sie schluckte und sich diskret die Nase putzte. Ich sah sie vor mir in der ordentlichen, aber vollgestellten Wohnung mit den schweren roten Gardinen, den weißen gemusterten Tischdecken, den etwas schweren dunklen Möbeln, den Büchern hinter Glas, dem Nippes, den Fotos von Gabriel und mir und der Ikone unter dem Kreuz in der einen Ecke des Wohnzimmers. Als wäre die Wohnung einer russischen Intellektuellen aus dem Moskau der siebziger Jahre nach Dänemark verlegt worden.

»Ich weiß noch nichts Genaueres, Adam. Das dänische Außenministerium hat mich angerufen. Eine freundliche Dame vom Bürgerservice. Sie sagte, es tue ihr leid, aber sie rufe an, um mir mitzuteilen, dass Gabriel David Lassen in Moskau tot aufgefunden worden sei. Ob es korrekt sei, dass es sich dabei um meinen Sohn handele?«

Sie fing wieder an zu weinen, beinahe lautlos, aber ich kannte sie, wenn sie sich mit aller Kraft zusammenzureißen versuchte. Das war aber auch eine sehr merkwürdige Art, eine Todesnachricht zu überbringen. Hätten die nicht jemanden zu ihr schicken müssen, anstatt sie einfach nur anzurufen?

»Mama, beruhige dich. Hat sie noch mehr gesagt?«

»Sie sagte, ihr lägen noch nicht alle Informationen vor. Gabriel sei tot auf der Straße aufgefunden und in ein Krankenhaus gebracht worden. Mehr wusste sie auch nicht. Es sei jemand aus dem Büro des Patriarchen gewesen, der sie angerufen habe.«

Wieder eine lange Pause zwischen den Kontinenten.

Ich sagte ihr, dass ich so schnell wie möglich nach Hause käme.

»Das wäre schön, Adam. Denn ich weiß nicht, was ich jetzt tun soll. Die Dame vom dänischen Außenministerium hat mich gefragt, was sie veranlassen solle. Aber woher soll ich das wissen?«

»Hat sie gesagt, wie sie heißt?«

»Ja. Ich habe es mir aufgeschrieben. Margrethe Laursen. Aber was soll ich jetzt machen?«

»Ich komme so schnell, wie ich kann. Hast du auch ihre Telefonnummer?«

»Nein.«

»Kein Problem. Mach dir keine Gedanken. Ich bekomme sie heraus, sobald ich im Hotel bin.«

»Aber wo bist du denn gerade?«

»Auf dem Fjäll beziehungsweise auf dem Eis. Ich drehe gerade für eine Sendung auf Grönland. Das weißt du doch. Aber ich komme, so schnell es geht. Es kann allerdings ein paar Tage dauern.«

»Hauptsache, du kommst, Adam.«

»Ganz bestimmt. Und ich werde im Ministerium anrufen.«

»Gott segne dich, Adam. Du warst immer derjenige, um den dein Vater und ich uns Sorgen gemacht haben. Du warst der Wilde und zugleich Zerbrechliche. Dir ist es schwergefallen, deinen Weg zu finden, während Gabriel immer wusste, was er wollte. Ich habe immer geglaubt, Gabriel wäre der Stärkere von euch beiden.«

»Das war er auch«, hatte ich geantwortet und gespürt, wie mir die Tränen wieder in die Augen stiegen, auch wenn ich in Wirklichkeit nicht ihrer Meinung war.

»Ich habe ihn Gabriel taufen lassen, weil ich wusste, dass er stark sein würde.« Sie sprach auf Russisch weiter, und ich verstand nicht auf Anhieb, was sie sagte.

»Mama, sprich doch Dänisch.«

»Gottes Stärke. Gabriel bedeutet Gottes Stärke, heißt es auf Russisch.«

»Ich komme, so schnell ich kann.«

»Das werde ich der Dame vom dänischen Außenministerium sagen. Sie wollte noch mal anrufen. Ich werde ihr sagen, dass mein ältester Sohn alles für mich regeln wird.«

»Darauf kannst du dich verlassen.«

Ich hatte vorgeschlagen, allein mit Jonathan zurückzufahren, aber das wollten die anderen nicht. Ich wollte erst nach Dänemark zurück und von dort aus dann weiter nach Moskau. Das verstanden alle. Wir waren ja auch so gut wie fertig. Wir hätten alles im Kasten, was wir bräuchten, hatte Stine gesagt, auch wenn sie nicht so aussah, als ob sie es wirklich meinte. Aber andererseits gab es tatsächlich keinen Grund, warum die anderen noch länger in der Wildnis bleiben sollten, wenn die Hauptperson weg war.

Die Fänger ließen die Schlitten am Stadtrand anhalten, wo wir von dem Geheul der vielen Hundert Hunde begrüßt wurden, die an den Ausläufern des Fjälls angeleint waren. Dort warteten zwei Autos vom Hotel Arctic auf uns, die Stine per Satellitentelefon für uns angefordert hatte. Es stürmte, und der Schnee stach uns ins Gesicht.

»Es reicht, wenn du morgen alles ablädst«, sagte Stine zu Jonathan und reichte ihm die Hand. Wir verabschiedeten uns per Handschlag von den grönländischen Fängern, die bereits damit begonnen hatten, die Hunde von den Schlitten abzuspannen und sie an die Kette zu legen. Das Hundegeheul um uns herum verstummte. Die Hunde rollten sich zusammen, steckten die Schnauzen unter ihre Schwänze und ließen sich vom Schnee bedecken.

»Alles Weitere besprechen wir morgen«, rief Stine über das Tosen des Windes hinweg. »Komm zu uns ins Hotel, dann machen wir die Abrechnung und den Rest dort.«

»Übermorgen«, sagte Jonathan. »Der Sturm dauert bestimmt zwei Tage. Übermorgen ist besser.«

»Okay«, sagte Stine und ging auf den Geländewagen des Hotels zu. Nikolaj hatte seine Kamera genommen und saß bereits zusammen mit Henriette und dem Koch Gert, der normalerweise im Hotel Hans Egede in Nuuk arbeitete, im Wagen. Das andere Auto, das unser Gepäck transportierte, war schon losgefahren, als der Fahrer begriffen hatte, dass wir unsere Ausrüstung heute gar nicht mehr abladen würden. Jetzt galt es, zum Hotel zu kommen, bevor die Straße völlig unpassierbar wurde. Ich kletterte hinter Stine ins Auto, und wir machten uns auf den Weg zum Hotel, das auf einer Landzunge mit Blick auf den Eisfjord lag. Der Fahrer musste den Allradantrieb zuschalten, um angesichts der schnell anwachsenden Schneewehen überhaupt vorwärtszukommen. Normalerweise konnte man auf die Stadt hinuntersehen, aber jetzt verschwand sie fast vollständig im Schneetreiben, so dass nur ab und zu einige wenige Lichter wie kleine Juwelen aufblitzten.

Im Hotel angekommen warf ich meine schneenassen Klamotten auf den Boden, nahm eine kleine Flasche Whisky aus der Minibar und trank sie in einem Zug aus. Ich fror immer noch. Ich hatte wieder dasselbe Zimmer bekommen. Normalerweise konnte ich die dahintreibenden Eisberge in dem sich ständig verändernden Fjord sehen und die Hunde des Besitzers, die direkt unter meinem Fenster an der Kette lagen. In dem großen und geräumigen Zimmer war es angenehm warm. Ich hatte Stine nur zugenickt. Keiner von uns hatte Lust auf Gesellschaft. Nikolaj war ebenfalls in seinem Zimmer verschwunden. Gert und Henriette gedachten, dasselbe zu tun. Sie wollten jedoch vorher noch etwas zu Abend essen. Eigentlich hätte ich richtig hungrig sein müssen, aber das war ich nicht. Auf dem kleinen Tisch stand eine Schale mit Obst. Ich nahm einen Apfel und legte mich auf das Doppelbett und aß ihn. Mein Kopf war vollkommen leer. Das Hotel hatte meinen Koffer und meine Computertasche im Zimmer abgestellt. Sie hatten sie für mich aufbewahrt, während wir auf dem Fjäll und auf dem Eis unterwegs waren, aber ich fühlte mich außerstande, meinen Computer anzumachen oder den Koffer auszupacken. Ich fror immer noch und stellte mich lange unter die heiße Dusche. Das half, auch wenn die Gedanken an Gabriel und an das, was ihm zugestoßen war, nicht aufhörten, in meinem Kopf zu kreisen. Ich nahm mir einen weiteren Whisky und kroch unter die Bettdecke. Es dauerte lange, bis ich einschlief und von Gabriels und meiner Kindheit träumte, aber diese Träume spielten sich in einem seltsam surrealen Universum ab, das keinerlei Ähnlichkeit mit Dänemark hatte.

Nach einer unruhigen Nacht stand ich um sieben Uhr auf. Ich hatte großen Hunger. Ich hatte nicht die Kraft gehabt, meine Mutter anzurufen, als wir im Hotel angekommen waren, und war auch jetzt nicht dazu in der Lage. Ich hatte ein schlechtes Gewissen deswegen. Ich war nie ein guter Sohn gewesen.

Ich duschte, nahm mir saubere Kleidung aus meinem Koffer und durchquerte die Lobby, bevor ich nach oben in den Speisesaal ging. Stine saß dort vor einer Tasse Kaffee und einem Glas Orangensaft und sah aus, als hätte es sie enorme Kraft gekostet, sich von dem großen Frühstücksbüfett überhaupt etwas zu essen zu holen. Vor den Fenstern tobte noch immer der Schneesturm, und auf den Bildschirmen in der Lobby hatte ich gesehen, dass für heute alle Flüge annulliert waren.

Ich nickte Stine zu und belud meinen Teller mit Schinken, Rührei, Würstchen, Brot und Käse und stellte ihn ihr gegenüber auf den Tisch, bevor ich mir Kaffee und Saft holte. Ich brachte ihr auch noch ein Glas mit.

»Danke«, sagte sie. »Hast du gut geschlafen?«

»Nicht besonders.«

»Ich auch nicht. Es ging mir ein bisschen so wie Tom Hanks in

Cast Away. Du weißt schon, der Film, in dem er auf einer einsamen Insel strandet. Als er endlich wieder von dort wegkommt und in einem Hotel übernachtet, muss er auf dem Boden schlafen, weil ihm das Bett total komisch vorkommt und viel zu weich ist. Ich fand's toll auf dem Eis. Na, du hast ja richtig Hunger.«

»Ja«, antwortete ich und langte zu. Mein Magen schien ein riesiges Loch zu sein, und das Essen reichte nicht aus, um es zu füllen. Der Kaffee schmeckte gut, auch wenn ich ihn gern noch viel stärker gehabt hätte.

»Die Grönländer sind das Volk mit dem größten Kaffeekonsum der Welt«, sagte ich zusammenhanglos.

»Was du nicht sagst«, antwortete Stine und ging noch einmal zum Büfett. Sie kam mit einem Schälchen Joghurt zurück, auf dem ein paar Obststückchen lagen. Sie aß ein wenig davon, legte den Löffel beiseite und trank einen Schluck Kaffee.

»Ich vermisse es, beim Frühstücken oder Kaffeetrinken rauchen zu dürfen. Das wirkt einfach Wunder in solchen Situationen. Denn wer hat schon Lust, jetzt in den Schneesturm rauszugehen?«

»Ich habe nie geraucht, ich kann das nicht beurteilen. Welche Situationen meinst du?«, fragte ich und nahm einen großen Bissen von meinem Brötchen mit Käse. Alles andere hatte ich bereits aufgegessen. Ich hatte immer noch Hunger.

»Alle. Die zwischen dir und mir. Die mit deinem Bruder. Darf ich fragen, was genau passiert ist?«

»Das darfst du gern. Ich weiß nicht mehr, als dass Gabriel in Moskau ermordet aufgefunden worden ist. Ich werde nachher beim Außenministerium anrufen.«

»Ermordet? Gestern hast du doch tot gesagt?«

»Habe ich das? Auf jeden Fall tot. Hat meine Mutter gesagt.«

»Auf Russisch?«

»Auf Dänisch und auf Russisch. Auf Russisch heißt Tod *smert* und Mord *ubijstwo*. Aber warum erzähle ich dir das? Sie hat jedenfalls beide Wörter benutzt.«

»Sprichst du fließend Russisch?«

»Eigentlich schon. Ich benutze die Sprache nur nicht sehr häufig.

Ich bin Däne. Ich habe nicht sonderlich viel mit Russland zu tun. Das fällt eher in den Zuständigkeitsbereich meiner Mutter und in den von Gabriel. Fiel in Gabriels Zuständigkeitsbereich.« Ich stand auf. »Ich muss noch etwas essen.«

Ich holte mir noch ein Brötchen und eine weitere Tasse Kaffee, aber als ich mich wieder hinsetzte, war mir der Appetit plötzlich vergangen, und ich verspürte stattdessen eine leichte Übelkeit. Stine streckte ihre Hand über den Tisch aus und legte sie auf meine.

»Standet ihr euch nahe, dein Bruder und du? Oder soll ich lieber meinen Mund halten?«

»Ist schon in Ordnung.«

Ich sah sie an. Sie sah gut aus. Sie hatte sich die Haare gewaschen und die Augen geschminkt. Schon bei unserer ersten Begegnung war mir aufgefallen, dass sie ein sehr hübsches Lächeln hatte, das ihre Augen ebenfalls erstrahlen ließ. Sie hatte offensichtlich auch ihren Koffer ausgepackt, denn sie trug eine frische Bluse, die tief ausgeschnitten war, und eine gut sitzende Jeans, wie ich bemerkte, als sie sich ihren Joghurt holte. Sie hatte sich schick gemacht nach all den Tagen in Outdoorkleidung.

»Schau mich bitte nicht so an«, sagte sie leise.

»Kommst du mit auf mein Zimmer?«

»Adam, hör auf.«

»Kommst du mit?«

Ihr Gesichtsausdruck veränderte sich, und sie wandte den Kopf zur Seite. Der Augenblick war verpufft. Nikolaj hatte gerade den Raum betreten. Er winkte uns zu und holte sich am Büfett sein Frühstück. Er hatte sich sowohl rasiert als auch frische Sachen angezogen und sah außerordentlich zufrieden mit sich und dem Leben aus.

Stine zog ihre Hand zu sich heran.

»Mal sehen«, sagte sie leise.

»Ja«, sagte ich und ging auf ihre ursprüngliche Frage ein. »Wir standen uns nahe. So nah wie nur Zwillingsbrüder sich stehen können. Es gab immer wieder lange Phasen, in denen wir uns gar nicht gesehen haben, aber das machte nichts. Wenn wir uns getroffen haben, war es immer, als setzten wir ein Gespräch fort, in das wir seit Kindertagen vertieft waren.«

»Das ist etwas sehr Schönes.«

»Ja.«

»Ich wusste gar nicht, dass du einen Zwillingsbruder hattest.«

»Es gibt viel, was du nicht über mich weißt.«

»Dabei hast du den einschlägigen Blättern doch eine Menge über dich erzählt.«

»Das ist doch nur eine Rolle, Stine. Das müsstest du doch am besten wissen.«

»Da hast du allerdings recht. Wenn ich's mir recht überlege, erzählst du immer alles Mögliche, ohne dabei etwas wirklich Privates preiszugeben.«

»Da kannst du mal sehen.«

»Entschuldige, wenn ich noch einmal nachfrage. War dein Vater auch Russe? Er lebt nicht mehr, oder? Das habe ich jedenfalls irgendwo gelesen.«

»Es ist bald zehn Jahre her. Und nein. Er war Däne durch und durch.«

Sie sah in den Raum. »Ich habe keine Lust, mich mit Nikolaj zu unterhalten«, sagte sie mit verändertem Tonfall. »Er scheint so zufrieden zu sein, dass wir in die Zivilisation zurückgekehrt sind. Mir hat es in der Natur richtig gut gefallen. Ich hole meine Jacke und gehe zum Rauchen nach draußen. Leistest du mir Gesellschaft, auch wenn du nicht rauchst?«

»Danke für die Einladung, aber ich bleibe lieber im Warmen.«

Nikolaj setzte sich und fing an zu essen. Er lobte das Hotel in den höchsten Tönen. Wir redeten ein bisschen über das Wetter. Nach einer Weile kam Stine zurück. Sie roch leicht nach Zigarettenrauch. Sie goss sich Kaffee ein und sagte, sie habe beim Flughafen angerufen. Dort gehe man davon aus, dass der Sturm sich im Laufe des Tages legen würde, und dann würde in der Nacht darauf die Startbahn wieder freigeschaufelt. Es sei sehr wahrscheinlich, dass ab dem nächsten Morgen wieder geflogen werden könne. Auf dem Søndre Strømfjord Airport unten in Kangerlussuaq gab es keine Probleme.

Der Schneesturm wütete in einem schmalen Streifen von Ilulissat aus nordwärts. Stine hatte mich auf den Flug gebucht, der am nächsten Tag nachmittags von Kangerlussuaq nach Dänemark ging, in der Hoffnung, dass die Inlandsmaschine von Ilulissat aus dann ebenfalls starten konnte.

Sie und Nikolaj wollten noch mit Jonathan und den anderen Fängern und dem Koch abrechnen und dann in ein paar Tagen nach Dänemark zurückfliegen, wenn alles klappte. Es hing davon ab, wie lange die Fänger brauchten, um die Schlitten mit der Ausrüstung freizuschaufeln. Wir würden dann alles Weitere in Dänemark besprechen, meinte sie, wenn ich so weit wäre. Ich solle mir Zeit lassen. Ich dankte ihr für ihr Verständnis.

»Es wird eine fantastische Sendung werden«, fuhr sie fort. »Der Film wird auf jeden Fall bis zum Sundance Filmfestival im November fertig. In Dänemark wird er dann vor Weihnachten im Fernsehen zu sehen sein. Du wirst die Leute davon überzeugen, dass die Klimaprobleme tatsächlich eine sehr ernste Angelegenheit sind. Du und natürlich Nikolajs großartige Aufnahmen.«

»Und dein Text«, sagte ich mit einem Lächeln.

Sie erwiderte ebenfalls mit einem Lächeln: »Und mein Text und meine Bearbeitung des Materials.«

Als Henriette kam und weinerlich fragte, wie es mir gehe, erhob ich mich und ging auf mein Zimmer. Ich machte meinen Computer an, fühlte mich aber nicht in der Lage, meine Mails zu checken. Stattdessen ging ich ins Intranet des Dänischen Meteorologischen Instituts und versuchte, mir ein Bild vom Schneesturm zu machen. Es sah ganz so aus, als hätten die Meteorologen vom Flughafen recht damit, dass er sich in Richtung Nordosten bewegte. Draußen vor dem Fenster gab es jedoch keinerlei Anzeichen dafür, dass der Sturm sich bald legte. Der Schnee senkte sich wie eine dichte Wand auf die vorbeisegelnden Eisberge, die fast ganz hinter diesem undurchsichtigen Schleier verschwanden, während die Hunde vom Schnee bedeckt dalagen und das Ganze einfach verschliefen. Ich sah mir das Wetter in Moskau an. Dort herrschten ebenfalls Minusgrade, und es gab einzelne Schneeschauer. Gabriel war also einen Wintertod gestorben.

Ich rief das Außenministerium in Kopenhagen an und ließ mich mit der Büroleiterin Margrethe Laursen verbinden. In Dänemark war es kurz nach ein Uhr mittags. Ich nannte meinen Namen und mein Anliegen und wurde direkt durchgestellt. Am anderen Ende meldete sich eine angenehme Stimme.

»Mein Beileid, Herr Lassen«, sagte Margrethe Laursen.

»Danke«, erwiderte ich knapp. »Wissen Sie, was genau meinem Bruder zugestoßen ist?«

»Ich weiß leider nicht allzu viel, aber immerhin etwas mehr als gestern, als ich mit Ihrer Mutter gesprochen habe. Ich habe gerade mit der Botschaft telefoniert, die sich sowohl mit der Polizei als auch mit dem Büro des Patriarchats in Verbindung gesetzt hat. Denn dort hat Ihr Bruder ja gearbeitet, wenn ich das richtig verstanden habe.«

»Das ist richtig. Und was haben sie gesagt?«

»Es deutet vieles darauf hin, dass Ihr Bruder überfallen und ausgeraubt wurde.«

»Vieles? War es nun ein Verbrechen oder nicht?«

»Ich kann Ihnen leider nichts Genaueres sagen. Ich kann nur wiedergeben, was man mir mitgeteilt hat.«

»Natürlich. Sorry.«

»Ist schon in Ordnung. Den Angaben der Botschaft zufolge wurde Ihr Bruder gegen Mitternacht in einer kleinen Gasse in Moskau gefunden. Man hat ihn offensichtlich zusammengeschlagen. Ein junges Paar hat ihn dort gefunden. Sie haben einen Krankenwagen gerufen, der Ihren Bruder ins Krankenhaus gebracht hat. Als er dort ankam, war er tot.«

»Kann die Polizei schon Näheres dazu sagen?«

»Soweit ich weiß, nein. Die Botschaft lässt fragen, was mit dem Verstorbenen passieren soll.«

»Wie meinen Sie das?«

»Wissen Sie vielleicht, ob Ihr Bruder in Russland beigesetzt werden wollte? Schließlich war er dem Land ja eng verbunden. Oder sollen wir veranlassen, dass sein Leichnam nach Dänemark überführt wird?«

»Warum sollte er in Russland beerdigt werden?«

»Die Botschaft hat angedeutet, dass dies nach Auskunft des Patriarchats wohl sein Wunsch war.«

Ich hielt einen Moment lang inne. »Niemand wird irgendetwas veranlassen«, sagte ich dann. »Ich werde voraussichtlich morgen von hier wegkommen und dann in zwei Tagen nach Moskau fliegen, wenn ich so schnell ein Visum für uns bekomme. Ich bin mir sicher, dass meine Mutter mich gern begleiten möchte. Und dann sehen wir weiter.«

»Das hört sich sehr vernünftig an. Soll ich mich mit der russischen Botschaft in Verbindung setzen?«

»Warum das?«, fragte ich in unangemessen scharfem Ton, aber es war mir immer schwergefallen und würde mir immer schwerfallen, mein tiefverwurzeltes Misstrauen gegen jegliche russische Autorität zu verbergen. Ich ging davon aus, dass es besser wäre, einfach dort aufzukreuzen und ein Visum zu verlangen.

»Ich kann Ihnen bei der Beschaffung behilflich sein.«

»Ach, da hat sich im Konsulat ja offensichtlich etwas getan.«

»Das Verhältnis zwischen Russland und Dänemark ist seit geraumer Zeit außerordentlich gut.«

»Das ist ja überaus erfreulich. Dann nehme ich Ihr freundliches Angebot natürlich dankend an.«

Ich gab ihr meine E-Mail-Adresse und meine Handynummer und verabschiedete mich. Dann klappte ich meinen Laptop auf und buchte im Netz die Flugtickets für meine Mutter und mich mit der SAS nach Moskau. Es blieb mir nur noch zu hoffen, dass das Wetter sich bessern würde. Ich checkte meine E-Mails und empfand einen gewissen Trost dabei, auf alltägliche Nichtigkeiten aus meinem privaten und beruflichen Umfeld zu antworten. Draußen vor dem Fenster legte sich der Sturm allmählich, und die ersten Möwen glitten wieder durch die Luft. Die Eisberge segelten langsam und kaum merklich davon, und die Hunde kamen wieder aus ihren Schneewehen hervor und verlangten jaulend nach Futter.

Abends aßen wir alle zusammen im Hotelrestaurant und schwangen Reden darüber, was für eine tolle Arbeit wir geleistet und wie viel Spaß wir zusammen gehabt hatten, während wir auf Kosten der

Produktionsfirma Unmengen teuren Rotweins tranken. Schließlich ging ich auf mein Zimmer und wartete dort auf Stine, die sich kurze Zeit später ebenfalls von den anderen verabschiedete. Rotwein und Sex sind ausgezeichnete Mittel, um die Wirklichkeit und quälende Gedanken für eine Weile zu verdrängen.

Ich hatte weder einen Kater noch empfand ich irgendeine Art von Reue, als ich am nächsten Morgen allein frühstückte, bevor das hoteleigene Taxi mich und vier dänische Geschäftsleute die kurze Strecke bis zum Flughafen fuhr. Die Sonne schien, so dass das Wasser des Eisfjords an einen großen grünen Smaragd erinnerte. Der Blick reichte über die ganze Bucht und bis zur Insel hinüber, die knapp hundert Kilometer entfernt lag, so klar war die Luft.

Stine hatte sich früh am Morgen aus meinem Zimmer gestohlen. Die anderen hatten abends offensichtlich noch lange an der Bar gesessen und getrunken. Jedenfalls tauchte keiner von ihnen beim Frühstück auf, was mir einen tränenreichen Abschied ersparte. Ich mochte Stine wirklich gern, aber ich band mich nicht gern allzu fest an einen anderen Menschen. Auch nicht an Frauen. Ich hatte eine feste Freundin gehabt, aber die Beziehung war wenige Monate zuvor nach zwei Jahren auseinandergegangen. Ich hatte Stine erst auf Grönland kennengelernt. Ich wusste nicht besonders viel über sie. Ich fragte sie nicht, und sie erzählte von sich aus auch nichts. Sie war mit einem Regisseur verheiratet, der zehn Jahre älter war als sie und bisher nur einige kleinere Werbefilme gedreht hatte. Aber sie war wohl vor allem mit ihrer Arbeit verheiratet. Als Freiberuflerin ließ sich das auch kaum anders machen. Die Branche gab sich zwar ziemlich liberal, aber das Wort Solidarität existierte nicht, wenn es darum ging, einen guten Job an Land zu ziehen.

Die kleine rote Turboprop-Maschine startete planmäßig. Sie war bis auf den letzten Platz ausgebucht. Ich saß am Fenster und hatte Mühe, meinen großen Körper auf dem Sitz unterzubringen.

Die Propeller drehten sich unsichtbar schnell, und ich blickte auf die weiße grönländische Wildnis unter mir. Ich dachte an Gabriel und an unsere Lebenswege, aber ich spürte, dass ich noch nicht bereit war, meine Seele wirklich zu öffnen. Ich musste daran denken, was Jonathan über die grönländischen Männer erzählt hatte, die ins Fjäll hinausgingen, um zu sterben, wenn sie das Gefühl hatten, dass das Leben nicht mehr lebenswert war, oder wenn sie sich und ihre Nächsten nicht mehr aus eigener Kraft versorgen konnten. Ich konnte sie irgendwie verstehen, als ich so auf die Landschaft hinunterschaute. Man würde sich winzig klein fühlen und verschwinden und einfach nicht mehr da sein. Aber ich gab diesen Gedanken nicht nach, sondern hielt daran fest, dass solche destruktiven Überlegungen nicht die Oberhand gewinnen durften.

Schon um meiner Mutter willen musste ich stark sein. Sie hatte schließlich nicht nur ihren Sohn verloren, sondern sie würde auch in das Russland zurückkehren müssen, das sie 1975 verlassen hatte. Sie hatte sich geschworen, zeit ihres Lebens nie wieder einen Fuß auf russischen Boden zu setzen. Sie hatte dieses Versprechen gehalten, obwohl Gabriel dorthin gezogen war, aber ich war davon überzeugt, dass sein Tod sie dazu bringen würde, ihr Versprechen zu brechen und in jene Stadt zurückzukehren, die ihr und ihrer Familie so viel Leid zugefügt hatte, als das Land noch Sowjetunion hieß.

Wir landeten in Kangerlussuaq, wie unser grönländischer Pilot die Stadt nannte, die mir aus alter Gewohnheit immer noch unter ihrem dänischen Namen Søndre Strømfjord geläufig war. Ich sah, dass der große rot-weiße Airbus von Air Greenland gerade für den Abflug vorbereitet wurde. Er war zum Glück planmäßig aus Dänemark eingetroffen. Ich ging die Gangway hinunter und über den Landeplatz und auf das Flughafengebäude zu. Die Sonne schien. Die Temperatur lag vermutlich um den Gefrierpunkt. Ich betrat das Gebäude hinter den anderen Passagieren. Drinnen gab es eine kleine Wartehalle und einen Kaffeeausschank. Ein Stockwerk höher befand sich ein neues und schickes Café. Bei den Sicherheitskontrollen, die wir passieren mussten, um an Bord der Maschine nach Dänemark zu gelangen, standen sowohl dänische als auch grönländische Polizeibeamte. Es warteten bereits viele Menschen, und die Menge wurde immer größer, je mehr Passagiere die Propellermaschinen aus den kleinen und größeren Städten des großflächigen Landes herbeischafften.

Ich trat auf eine Aussichtsplattform, die sich vor dem Wartesaal befand, und atmete die milde Luft ein. Ich roch das Benzin der Flugzeuge, was aber kein unangenehmer Geruch war. Das laute Geräusch der Propeller einer landenden Turboprop war zu hören. Auf den Hängen des Fjälls, auf denen Moschusochsen und Rentiere weideten, lag Schnee. An einem zerkratzten Metallständer hingen diverse rot-weiße Schilder, die in alle Himmelsrichtungen zeigten und die Flugzeiten nach Kopenhagen, Los Angeles, London, New York, Tokio, Moskau und anderen Städten angaben.

Demzufolge war ich fünf Stunden und zwanzig Minuten von Moskau entfernt, wenn Air Greenland mich jetzt direkt dorthin fliegen würde.

Als ich im russischen Konsulat vorsprach, wurde ich sehr nett und entgegenkommend behandelt und bekam unser Visum umgehend ausgestellt. Man hatte sogar gelächelt und uns eine gute Reise gewünscht und die frühere russische Staatsangehörigkeit meiner Mutter mit keiner Silbe erwähnt. Und so flogen wir zwei Tage später in die russische Hauptstadt.

Ich hatte Gabriel ein paar Mal in Moskau besucht, aber es war das erste Mal, dass meine Mutter ihr Vaterland wiedersah, sechsunddreißig Jahre, nachdem die Sowjetmacht ihr die Staatsbürgerschaft aberkannt und sie ins ewige Exil verbannt hatte.

3

Zu behaupten, meine Mutter sei nervös gewesen, als sie das SAS-Flugzeug verließ und den Terminal D des Flughafens Scheremetjewo in Moskau betrat, wäre die Untertreibung des Jahres, auch wenn sie ihre Unsicherheit wie immer unter einer perfekt zurechtgemachten Oberfläche versteckte.

Nichts war mehr so, wie sie es in Erinnerung hatte.

Ich war zunächst auch ein wenig verwirrt. Es war ein knappes Jahr her, dass ich zuletzt in Moskau gewesen war. Der neue Terminal war mittlerweile fertiggestellt worden. Er war hell und modern, mit einem sauberen und edlen, marmorartig aussehenden Fliesenboden. Blaue Schilder wiesen den Weg zur Gepäckabholung und zu den Transfergates. Es hätte ein beliebiger Ort überall auf unserer globalisierten Welt sein können, wenn man mal von den kyrillischen Buchstaben absah. Es waren nicht allzu viele Passagiere unterwegs. Unsere eiligen Schritte waren deutlich zu hören, als wir durch einen langen Gang in Richtung Rolltreppe gingen.

Meine Mutter sagte nichts, aber ich sah, wie ihre wachen graugrünen Augen alles in sich aufsaugten: die gut gekleideten Leute, die jungen Frauen, die in ihren hautengen Hosen und hochhackigen Schuhen wie exotische Blumen aus der Masse herausstachen, die Reklametafeln, die mit Ferien in Ägypten oder der Türkei lockten. Kaufen Sie sich ein iPad, besorgen Sie sich unser neuestes Handy, kommen Sie zu Dior im GUM, besuchen Sie den Duty-free-Shop. Sie sah die gehetzten Geschäftsleute mit ihren Computertaschen, die hektisch auf ihren Smartphones herumtippten. Sie trugen nicht mehr die graue und schlecht sitzende Einheitskluft der kommunistischen Ära, sondern Armani-Anzüge, die sie mit derselben lässigen Eleganz wie ihre Kollegen in London und Paris zur Schau stellten.

Sie lauschte ihrer Muttersprache, die hier so viel schneller gesprochen wurde und mit Wörtern versetzt war, die nicht existiert hatten, als Moskau noch die Hauptstadt der Sowjetunion gewesen war. Jetzt war hier alles modern und globalisiert und unvorstellbar weit von dem Land entfernt, das sie damals verlassen hatte.

»Na, was denkst du, Mama?«, fragte ich auf Dänisch, als wir uns in eine der Schlangen vor der Passkontrolle einreihten. Es ging flott voran. Meine Mutter umklammerte ihren rote-bete-farbenen dänischen Pass, als handelte es sich um ein kostbares Juwel, das man ihr jeden Moment aus der Hand reißen würde.

»Später, Adam. Lass uns erst mal den KGB hinter uns bringen«, flüsterte sie ebenfalls auf Dänisch.

»Heutzutage heißt er FSB. Aber vielleicht haben wir es hier auch nur mit der gewöhnlichen Grenzpolizei zu tun.«

»Schon möglich, dass die Blondine ihr Haar schwarz färbt«, zischte sie, wie nur sie es konnte, diesmal auf Russisch, »aber sie ist und bleibt eine Blondine.«

Ich lachte, aber sie fand das überhaupt nicht komisch. Es dauerte gerade mal dreißig Sekunden, schon hatte ich die Kontrolle passiert. Der junge Mann im Glaskasten lächelte sogar, und während ich auf meine Mutter wartete, sah ich, dass er etwas zu ihr sagte, das ihr ebenfalls ein Lächeln ins Gesicht zauberte. Wir gingen durch den grünen Zollausgang, der nicht besetzt war, und traten dann hinaus in die weitläufige, hohe Ankunftshalle. Ich wartete dort, während meine Mutter die Toilette aufsuchte, und als sie zurückkam, betrachtete ich sie eingehend.

Meine Mutter war eine Dame von zweiundsechzig Jahren. Viele der dänischen Frauen in ihrem Alter kleideten sich jugendlicher und benahmen sich auch so, aber meine Mutter war immer eine Dame gewesen. Sie hatte etwas Zeitloses an sich. Ihr wäre nicht im Traum eingefallen, außerhalb der eigenen vier Wände in einer Hose herumzulaufen, stattdessen bevorzugte sie Röcke mit einem Blazer oder einer Strickjacke über einer eleganten Bluse in gedeckten Farben und Schuhe mit mäßig hohem Absatz. Sie war ein bisschen rundlicher geworden, ohne dick zu sein, und ging immer noch mit kleinen, energischen Schritten und hocherhobenen Hauptes, so dass sie größer wirkte als knapp eins siebzig. Sie trug ein helles, dezent gemustertes Seidentuch um den Hals und hatte Lippenstift in dem von ihr bevorzugten Roséton aufgelegt. Sie würde niemals das Haus verlassen, ohne sich vorher sorgfältig zu schminken. Sie trug ihr Haar relativ kurz. Die weichen Locken wurden von einem guten Friseur in Schach gehalten. Ich wusste nicht, ob sie mittlerweile ergraut war, denn sie hatte ihr Haar seit eh und je kastanienbraun gefärbt.

Ich hatte ihre hohe Stirn und die vollen Lippen unter der geraden Nase geerbt. Gabriel hatte dieselben hellen Haare wie sie früher und die grauen Augen, die in einem bestimmten Licht grün glänzten, und die typisch slawischen Wangenknochen. Unsere Mutter war außergewöhnlich hübsch gewesen, als mein Vater achtunddreißig Jahre zuvor in jener Stadt ihr Herz erobert hatte, in die zurückzukehren sie sich nun gezwungen sah. Ich wusste nicht, ob es nach Vaters Tod andere Männer in ihrem Leben gegeben hatte. Wenn ja, dann hatte sie es für sich behalten.

Ich lächelte ihr zu.

»Was ist?«, fragte sie spitz.

»Nichts.«

»Ist das nicht unglaublich? Sie waren sauber. Die Toiletten waren sauber. Das habe ich noch nie erlebt. Es hat dort nicht einmal gerochen.«

»Willkommen im neuen Moskau«, sagte ich, als wäre es mein Verdienst oder als wäre ich ein gut aufgelegter Fremdenführer.

Wir holten unsere Koffer an der Gepäckausgabe ab und gingen in den öffentlichen Bereich hinaus. Dort stand eine ganze Traube von Männern. Sie hielten alle Pappschilder mit Namen in die Höhe. Auf einem dieser Schilder stand in handgeschriebenen lateinischen Druckbuchstaben *Anastasia & Adam Lassen*. Darüber stand auf Russisch *Patriarchat von Moskau*. Gleich hinter dem Mann mit dem Pappschild stand ein orthodoxer Priester in einem langen schwarzen Gewand. Er trug die typischen langen Haare und den langen Bart.

Ich hörte meine Mutter tief Luft holen, als sie ihn erblickte. Sie hatte noch nie einen Priester in vollem Ornat in der russischen Öffentlichkeit gesehen. Als sie in der alten Sowjetunion gelebt hatte, war das wie so vieles andere auch verboten gewesen. Das russische Wort *nel'zja*, das tut man nicht, hatte sie uns beigebracht.

Der Priester war sehr korpulent, beinahe fett, auf seiner breiten Nase, die vom Wein oder vom Frost rötlich gefärbt war, saßen kleine Mitesser. Er war groß und hatte kräftige Hände. Meine Mutter trat nach vorn, neigte den Kopf und küsste den Ring an der Hand, die er ihr entgegenstreckte und die sie für einen Moment mit beiden Händen umfasste. Nachdem sie seine Hand wieder losgelassen hatte, hielt er sie auch weiterhin ausgestreckt, aber ich hatte nicht vor, mich in Demut vor ihm zu verneigen, und als ihm das klar wurde, drückte er mir kurz und ohne zu lächeln die Hand. Ich ignorierte den empörten Blick, den meine Mutter mir zuwarf.

»Ich bin Vater Alexejewitsch. Ich spreche der Mutter und dem Bruder eines der großen Diener Gottes mein Beileid aus. Möge Gabriels Seele den ewigen Frieden finden. Willkommen in Moskau.«

Er sprach langsam und deutlich, und sein Russisch hatte den salbungsvollen Einschlag, der bei den Geistlichen fast aller Religionen zu hören gewesen war, die ich bisher kennengelernt hatte. Er nickte dem Fahrer zu, der den Rollkoffer meiner Mutter übernahm, während ich meinen kleinen Koffer selbst nach draußen rollen durfte.

Meine Mutter sagte nichts. Ich sah, dass sie sich sehr zusammennehmen musste, um nicht zu weinen, als der Priester Gabriels Namen nannte. Ich hatte sie immer für ihre Selbstbeherrschung bewundert, die sie bereits aus Moskau mitgebracht hatte. Mein verantwortungsloser Vater hatte sie während ihrer stürmischen, aber lange Zeit durchaus glücklichen Ehe nur noch verstärkt.

Ich wusste, dass sie viel geweint hatte, seit sie die Nachricht von Gabriels Tod erhalten hatte, ihre Augen sahen immer noch danach aus. Ich kannte sie gut genug, um zu wissen, dass sie alles daran setzen würde, in Moskau nicht zusammenzubrechen. In dem Punkt war sie nicht besonders russisch. Mein Vater war der Gefühlsbetonte und leicht zu Entflammende von den beiden gewesen, der mit den großen Gesten, dem dröhnenden Lachen und einem Gemüt, das innerhalb von Sekunden von himmelhoch jauchzend in zu Tode betrübt umschlagen konnte.

Im Untergeschoss des Flughafens gab es sogar ein richtiges Parkhaus, und die sonst so aggressiven privaten Taxis, die die Leute nach Strich und Faden übers Ohr gehauen hatten, waren allem Anschein nach vertrieben worden. Der Fahrer entfernte sich, und kurz darauf rollte ein großer Audi-SUV auf uns zu. Die orthodoxe Kirche legte offensichtlich Wert darauf, mit soliden Fahrzeugen in der kapitalistischen russischen Hauptstadt unterwegs zu sein. Vater Alexejewitsch nahm auf dem Beifahrersitz Platz, und wir fuhren los.

»Wie ich höre, haben Sie Zimmer im Hotel Metropol gebucht?«, fragte er und drehte sich zu uns um.

»Ja«, antwortete meine Mutter und schaute nach rechts aus dem Fenster. Wir hielten an einem Schalter an, um die Parkgebühr zu bezahlen, und ich sah, wie das Blut in ihrer Halsschlagader pulsierte.

»Wir hatten Ihnen auch Zimmer im Gästehaus des Patriarchats angeboten«, sagte der Priester mit leicht vorwurfsvollem Unterton.

»Ja, das war sehr nett von Ihnen«, sagte meine Mutter. »Aber wir kommen schon so zurecht.«

»Unser Haus hat einen sehr guten Ruf.«

»Das ist mir bekannt, und ich bedanke mich herzlich für das freundliche Angebot, aber wir haben bereits alles geregelt.«

»Wie Sie wünschen, Frau Lassen«, sagte er, drehte sich wieder um und blickte starr nach vorn.

Ich hatte mich auch über meine Mutter gewundert. Die dänische Botschaft hatte das Hotel für uns gebucht, wodurch wir in den Genuss eines nicht unerheblichen Rabatts gekommen waren, aber es war trotzdem ein teures Hotel. Meine Mutter hatte mich beruhigt, mir deswegen keine Gedanken zu machen. Es fehlte ihr tatsächlich nicht an Geld. Sie hatte alles, was sie brauchte. Im Alltag gab sie nur wenig aus. Und auch wenn mein Vater immer aus dem Vollen geschöpft hatte, so hatte er doch gut für sie gesorgt. Ich durchschaute das alles nicht ganz, denn in den Medien hatte es bei Vaters Tod geheißen, er sei vollkommen pleite, aber er war immer clever gewesen.

»Wieso, Mama?«, hatte ich trotzdem gefragt. Sie hatte uns selten Näheres über unseren Vater erzählt und ihn immer verteidigt.

»Das wirst du noch früh genug erfahren. Ich fürchte, diese Reise wird eine größere Erschütterung mit sich bringen.«

»Wie meinst du das?«

»Später, Adam.«

»Aber warum ausgerechnet das Hotel Metropol?«, hatte ich gefragt.

»Das werde ich dir bei Gelegenheit erklären, Adam. Ich fürchte, unsere Reise wird viel zu viele Erinnerungen wachrufen, aber so muss es wohl sein. Es scheint Gottes Wille zu sein.«

»Gott hat mit der ganzen Sache nichts zu tun, Mama«, hatte ich unvorsichtigerweise geantwortet.

»Hör auf, so blasphemisch daherzureden. Dann hättest du gleich zu Hause bleiben können. Du sollst keine Gotteslästerung betreiben, während dein Bruder aufgebahrt in Moskau liegt. Das steht dir nicht zu.«

Ich war erwachsen. Ich hatte mein eigenes Leben. Und dennoch trafen mich ihre Worte, als wäre ich wieder der kleine Junge, der unglücklich war, weil die Mutter seinetwegen wütend oder enttäuscht war, und der wie verrückt darüber nachgrübelte, wie man sie wieder froh stimmen könnte.

Darüber dachte ich nach, während der Wagen auf der dreispurigen Autobahn beschleunigte. Seit der Pubertät hatte ich versucht, die Bande zu kappen, die mich in dieser Weise an sie knüpften, aber es war mir nie gelungen, eine Schere zu finden, die scharf und kräftig genug war, um sie ganz zu durchtrennen.

Ich wurde leicht gegen meinen Sicherheitsgurt gepresst, als vor uns in der Dunkelheit rote Bremslichter aufleuchteten und unser Fahrer plötzlich scharf bremste. Wir standen im Stau. Die Felder waren noch immer vom Schnee bedeckt, aber hier und da waren schwarze Taulöcher in der grauweißen Fläche zu erkennen. Das Außenthermometer zeigte zwei Grad minus an, und feine Schneeflocken wirbelten durch die Luft. In Dänemark hatten wir bereits deutlich milderes Aprilwetter gehabt, auch wenn der April der grausamste Monat ist, wie T. S. Eliot schreibt. Nach den Wochen im harten grönländischen Frost fand ich das Wetter jetzt mild und angenehm. Kälte zu empfinden ist relativ. Der Körper gewöhnt sich ebenso daran wie an die Hitze in den Tropen.

Die Fahrzeugschlange bewegte sich nur langsam vorwärts. Meine Mutter nickte.

»Petersburg«, sagte sie nur. Ich nickte ebenfalls und wusste, was sie dachte. Über der Fahrbahn hing ein Schild, das anzeigte, dass die Rechtsabbiegerspur weiter vorn nach St. Petersburg führte, das meine Mutter natürlich noch als Leningrad kannte. Falls sie vorhatte, jeden kleinen Unterschied zur Sowjetunion zu kommentieren, würden die nächsten Tage ziemlich mühsam werden, aber ich konnte sie trotz allem verstehen. Ich schwor mir, geduldig zu sein. Ich versuchte mir vorzustellen, ich wäre es, der in sein Vaterland und in seine Kindheit und Jugend zurückkehrte und alles total verändert vorfände. Und damit war nicht die Veränderung gemeint, die durch den gnadenlosen Lauf der Zeit und den Vormarsch des Fortschritts bedingt ist, sondern eine die Seele erschütternde und umfassende Umwälzung all dessen, was man erlebt hatte und was man als für alle Zeiten gültig anzusehen gelernt hatte.

Meine Mutter hatte die Entwicklung von Gorbatschow, die Putschversuche und den Untergang des Landes Weihnachten 1991 natürlich genau verfolgt, aber eben aus der Ferne, und damit war das alles für sie immer irgendwie unwirklich geblieben. Sie hatte es nicht glauben wollen. Es war tief in ihr verwurzelt, dass Russland Betrug und Unterdrückung repräsentierte, und auch wenn die Schlange sich häutete, so blieb sie doch immer eine Schlange, wie meine Mutter sich auszudrücken beliebte.

Dass Gabriel ausgerechnet hierherziehen wollte, hatte sie erschüttert, aber dass er der in ihren Augen einzig wahren Kirche dienen wollte, hatte sie getröstet und davon überzeugt, dass es Gottes Wille war, dass ihr jüngster Sohn in die Höhle des Löwen zurückkehrte.

Ich betrachtete sie, während wir uns in der Fahrzeugschlange vorankämpften und in einer langgestreckten Linkskurve auf die Leningradski-Allee fuhren, wie sie noch immer hieß, und weiter auf Moskau zu, das jetzt in dem leichten Schneetreiben vor uns auftauchte. Der Stau löste sich schnell wieder auf, und der Fahrer setzte das Tempo herauf. Schweigend fuhren wir in Richtung Zentrum.

Meine Mutter holte tief Luft, als wir an dem rostroten Denkmal für den Zweiten Weltkrieg vorbeifuhren. Es war ein überdimensioniertes Modell einer Panzersperre, das einmal die gesamte Gegend beherrscht hatte. Mittlerweile sah es ziemlich unansehnlich aus, wie es da neben einem riesigen IKEA-Einrichtungshaus stand, dessen Parkplatz voll war mit neuen Autos. Vor dem Denkmal lagen einige verwelkte Blumensträuße. Das Monument erinnerte daran, wie weit die Deutschen bereits bis Moskau vorgedrungen waren, als sie von den Russen gestoppt wurden. Der Kontrast zwischen dem alten Symbol und dem neuen Tempel der Konsumgesellschaft sprang meiner Mutter natürlich sofort ins Auge, und sie betrachtete das alles staunend.

Wir fuhren weiter in Richtung Innenstadt. Ich versuchte, das Ganze mit den Augen meiner Mutter zu sehen: Die Werbetafeln für die ikonengleichen Marken der Globalisierung, die Einkaufszentren, die Neonreklamen, die Baukräne, die Kaufhäuser, die gut gekleideten Menschen, die Autohäuser mit den großen ausländischen Marken. Kurz gesagt, all die protzigen und unübersehbaren Symbole des Konsumrausches, dem sich dieses noch junge kapitalistische Land hingab. Die Antithese zum Kommunismus. Der Gegenpol zur kommunistischen Tristesse. Aber in den Augen meiner Mutter, das wusste ich, auch die verführerische Sirene, die den Menschen um des Mammons willen von Gottes rechtem Weg abbrachte.

»Ich habe mir gedacht, wir fahren am besten direkt ins Danilow«, sagte Vater Alexejewitsch mit seiner tiefen Bassstimme.

»Danke«, sagte meine Mutter. »Es wird mir eine große Freude sein, meinen Sohn zu sehen und ein Gebet für ihn zu sprechen.«

»Davon sind wir ausgegangen. Wir sind natürlich darüber informiert, dass Sie dem wahren Glauben treu geblieben sind, trotz der vielen Jahre im Exil. Ich habe mir auch erlaubt, ein Treffen mit dem Metropoliten Pitirim zu arrangieren, der Ihnen gern persönlich sein Beileid aussprechen und Gabriels Familie kennenlernen möchte.«

»Das ist mir eine große Ehre«, antwortete meine Mutter.

»Seine Heiligkeit möchte Sie und Ihren Sohn persönlich über die Tragödie informieren. Darüber, was unseres Wissens passiert ist und was die Behörden unternommen haben.«

»Danke.«

»Es ist für uns alle eine schwere Zeit. Wir haben ja auch den Verlust unseres heiligen Patriarchen erleiden müssen, dessen unsterbliche Seele gewiss für Ihren Sohn beten wird. Wir trauern zurzeit aus vielerlei Gründen.«

»Ich verstehe«, sagte meine Mutter und blickte auf ihre gefalteten Hände, die ganz weiß waren, so fest presste sie sie zusammen.

Pitirim war dazu ausersehen, der Nachfolger des früheren Patriarchen zu werden, hatte ich im Flugzeug in der *International Herald Tribune* gelesen. Dort hatte gestanden, dass er voraussichtlich bei der nächsten Synode gewählt werden würde. Der Patriarch spielt in der russisch-orthodoxen Kirche etwa dieselbe Rolle wie der Papst in der katholischen, aber seine Stellung ist nicht ganz so dominant, obwohl er das geistliche Oberhaupt der russischen Kirche ist. Aber die Ukrainer, Serben und andere orthodoxe Gemeinden erkennen seine Autorität nicht zwingend an. Er ist nicht Gottes Stellvertreter auf Erden. Die orthodoxe Kirche ist in viele Glaubensrichtungen zersplittert.

Bei seiner Wahl spielten natürlich viele Faktoren der religiösen und weltlichen Politik eine Rolle, hatte es in der Zeitung geheißen, zudem war innerhalb der Kirchenhierarchie ein Machtkampf entbrannt. Pitirim wurde unter anderem als Favorit gehandelt, weil er gute Verbindungen zum Kreml hatte. Das war von großer Bedeutung. Es kursierten auch Gerüchte, er hätte zu Sowjetzeiten ein etwas zu enges Verhältnis zum KGB gehabt. Das wurde jedoch von seinem Sprecher entschieden zurückgewiesen, der sich weigerte, zu derart böswilligen Verleumdungen weiter Stellung zu nehmen. Außerdem wurde allgemein angenommen, dass auch der verstorbene Patriarch Tichon als junger Mann vom KGB rekrutiert worden war.

Dass die Kirche für ihr Überleben hatte bezahlen müssen, indem sie sich den kommunistischen Organen unterwarf und ihre eigenen Mitglieder überwachen ließ, war allgemein bekannt.

Ich hatte meiner Mutter den Artikel gezeigt, aber sie hatte nur einen kurzen Blick darauf geworfen und den Kopf geschüttelt und gesagt, Pitirim sei ein guter Mann und es gebe keinen Grund, schlecht über die Kirche zu schreiben. Die Überschrift des Artikels hatte gelautet: War der zukünftige Patriarch von Russland Agent des KGB?

Meine Mutter hatte, um es wohlwollend zu formulieren, ein etwas widersprüchliches Verhältnis zu den Nachrichten. Sie hielt grundsätzlich nur die für wahr, die mit ihrer eigenen Überzeugung übereinstimmten. Alles andere war in ihren Augen Propaganda, und dagegen war sie seit Sowjetzeiten immun. Es hatte ihr Vertrauen in die dänische Presse nicht gerade befördert, dass diese meinen Vater öffentlich an den Pranger gestellt hatte, wenn mal wieder eines seiner Unternehmen wie ein Kartenhaus in sich zusammengestürzt war.

Unter dem Artikel über die Zukunft der orthodoxen Kirche war ein Foto abgedruckt, auf dem der dänische Ministerpräsident zusammen mit dem russischen Premierminister und dem ehemaligen deutschen Kanzler zu sehen war. Sie standen vor einem großen Rad und taten so, als würden sie es drehen.

»Das Gas fließt durch Leitungen des Betreibers Nord Stream«, lautete die Bildunterschrift.

Meine Mutter lehnte sich zurück. »Was hat ein derart schlechter Mensch in dieser Gesellschaft zu suchen?«, zischte sie.

»Wer?«

Sie klopfte mit ihrem Zeigefinger auf einen Mann, der ebenfalls auf dem Bild zu sehen war. Er war vielleicht sechzig Jahre alt und stand hinter den wichtigen Leuten. Er hatte einen feinen Anzug an und lächelte zufrieden. In der Bildunterschrift wurde er nicht erwähnt.

»Wer ist das?«

»Das spielt heute keine Rolle mehr«, antwortete meine Mutter. »Er hat damals in Moskau Geschäfte gemacht, als ich deinen Vater kennengelernt habe. Karl Erik Jansen war schon damals ein windiger Geschäftemacher, aber in der Sowjetunion herrschten ja auch ideale Bedingungen für solche Leute, weißt du.«

Ich hatte auf eine ausführlichere Erklärung gewartet, aber sie hatte sich abgewendet und in ihrem Buch weitergelesen, und ich hatte dem Ganzen keine größere Bedeutung beigemessen. Ich hatte den Artikel zu Ende gelesen, in dem berichtet wurde, dass die neue Gasleitung, die russisches Naturgas von Wyborg in Russisch-Karelien unter der Ostsee hindurch nach Deutschland transportieren sollte, schon bald fertiggestellt sein würde. Der dänische Ministerpräsident war dabei, weil die Gasleitung dicht an Bornholm vorbeiführen sollte.

Wir verließen die viel befahrenen Straßen und gelangten in ein Viertel, wo der lärmende Kapitalismus mit seinen Neonlichtern und seiner Modernität noch nicht Einzug gehalten zu haben schien. Alte Fabrikgebäude, von deren Mauern die Farbe an vielen Stellen abblätterte, standen Seite an Seite mit heruntergekommenen fünfstöckigen Wohnhäusern. Die Schneehaufen am Straßenrand waren von Schmutz durchzogen. Vor einem niedrigen Metallzaun saßen vier alte Frauen und bettelten. Sie hielten Pappbecher von Starbucks vor sich hin. Eine fünfte Frau, die sich ein Tuch um den Kopf gebunden hatte, saß in ihrem dicken, unförmigen Mantel da und verkaufte etwas, das aussah wie Knollensellerie und Rote Bete, die sie auf einer alten Apfelkiste vor sich aufgebaut hatte. In einem unwirtlichen Park, durch den der Wind pfiff, standen drei Männer und tranken gemeinsam eine Flasche Wodka. Die ewige russische Troika. Der Rauch ihrer Zigaretten wirbelte durch die frostige Luft. In einer Ecke hatte der Wind einen Haufen Papiermüll aufgetürmt.

Das Neue vermischte sich auf einmal mit dem Alten, als wir eine Straßenbahn überholten, auf der farbenfroh Werbung für all das gemacht wurde, was die moderne Konsumgesellschaft im Angebot hatte, und wir im Vorbeifahren eine Shoppingmall sahen. Sie war aus beigefarbenem Beton und funkelte neben dem roten Schild des U-Bahn-Eingangs. Dahinter türmte sich ein alter Wohnblock auf, der in seiner Massivität an eine Festung aus der Sowjetzeit erinnerte. Davor stand eine riesige Werbetafel. In der zunehmenden Dunkelheit war ein dichter Strom von Fußgängern zu erkennen, der von den Doppeltüren des U-Bahn-Eingangs verschlungen zu werden schien.

Wir fuhren an einer weißen Befestigungsmauer entlang.

»Und hier sehen Sie das heilige Danilow-Kloster«, sagte Vater Alexejewitsch. »Hier lebt Seine Heiligkeit, und es ist heute der Hauptsitz unserer Kirche. Die Kirche hat das Kloster 1983 zurückbekommen. Dann wurde es restauriert, und 1988 konnten wir schließlich einziehen, als die wahre Kirche den tausendsten Jahrestag der Christianisierung Russlands beging.«

Meine Mutter nahm meine Hand. Ihre war kalt. Ich drückte sie. Ich wusste, was sie fühlte, denn ich empfand dasselbe. Hinter diesen weißen Befestigungsmauern lag Gabriel in einer der Kirchen in seinem geöffneten Sarg, sicher nach russischem Brauch einbalsamiert, nachdem die Polizei seine Leiche freigegeben hatte. Er wartete auf uns, damit wir uns von ihm verabschieden konnten. Entweder würde er hier in Moskau bestattet werden, oder wir würden ihn mit nach Hause nehmen. In jedem Fall würde der Sarg jedoch verschlossen und versiegelt werden.

Ich wusste nicht, was meiner Mutter lieber wäre. Ich hatte sie gefragt, aber sie hatte weitschweifig und unklar geantwortet, daher hatte ich es vorerst auf sich beruhen lassen.

Sie wusste es wahrscheinlich selbst noch nicht. Hinter der ruhigen Fassade verbarg sich vermutlich eine sehr aufgewühlte und unglückliche Frau. Ebenso wie ich ein unglücklicher und trauriger Mann war. Unglücklich über den Verlust von Gabriel. Das verstand sich von selbst. Traurig über die Sinnlosigkeit des Ganzen.

Wir fuhren am Haupteingang vorbei, wo eine kleine Frau in einem roten Mantel gerade eine Gruppe von Touristen begleitete, und bogen in einen Seiteneingang ein. Es hatte aufgehört zu schneien, aber die Temperatur war um einige Grad gefallen, und meine Mutter fröstelte, als wir aus dem warmen Auto ausstiegen. Vater Alexejewitsch zog ein Mobiltelefon hervor, wählte eine Nummer und murmelte irgendetwas.

»Bitte warten Sie einen Augenblick«, sagte er und blickte dem davonfahrenden Wagen nach.

Ich ließ meinen Blick über den Klosterhof schweifen, in dem man den Schnee ordentlich von dem neuen grauen Kopfsteinpflaster geschippt hatte. Das Licht fiel gelb und malerisch auf die restaurierten Gebäude. Davor stand ein Mann, der eine Uniform aus der Zarenzeit trug. Mit seinem Uniformmantel in Tarnfarben, dem Schnurrbart und seinem Schultergürtel, in dem ein Säbel hing, sah er aus wie ein Kosake, der im Bolschoitheater als Statist auftreten sollte. Auf der Suche nach dem Traditionellen hatten die Religion und der Nationalismus im neuen Russland die alten Tugenden und Sitten wieder ausgegraben. Als könnte das die Sinnlosigkeit des modernen Lebens aufheben.

Im Klosterhof, wo man sich aus einem kleinen offenen Gebäude mitten auf dem Platz heiliges Wasser holen oder in einem kleinen Zelt, in dem eine alte Frau stand, ein gesegnetes Brot kaufen konnte, befanden sich nur wenige Menschen. Ich konnte mehrere Kirchen erkennen und etwas, das nach neu errichteten Verwaltungsgebäuden aussah.

Ich wusste, dass die Kirche ihren Hauptsitz 1988 von Sergijew Possad, das mir als Sagorsk geläufig war, hierher verlegt hatte. Die Stadt lag etwas nördlich von Moskau und war das geistige Zentrum der Kirche gewesen, bis diese mit Gorbatschows Zustimmung in das Danilow-Kloster zurückkehren konnte.

Ein kleiner Mann kam auf uns zu. Er hatte ebenfalls einen Vollbart, war jedoch bis auf den kurzgeschnittenen Haarkranz am Hinterkopf fast kahl. Er musste zwischen vierzig und fünfzig Jahre alt sein, hatte ein viereckiges freundliches Gesicht und kleine, von Fältchen umrahmte Augen. Am weißen Rand seines Kragens war zu erkennen, dass er ein Geistlicher war. Er trug einen dunklen Anzug unter einem gut sitzenden Mantel. Vater Alexejewitsch behandelte ihn respektvoll, beinahe untertänig.

»Darf ich vorstellen: Seine Exzellenz Bischof Sergej, Leiter der Auslandsabteilung unserer Kirche.«

Der Bischof streckte uns seine Hand entgegen, und meine Mutter küsste sie, wohingegen ich sie schüttelte, diesmal ohne dass meine Mutter mich strafend ansah. Er war also der sogenannte Außenminister der Kirche. Er hatte einen kleinen Mund mit einem schiefen Schneidezahn, aber sein Lächeln war freundlich und sein Blick lebhaft. Er machte natürlich eine ernste Miene, als er uns sein Beileid aussprach und die Hand meiner Mutter festhielt.

»Ich möchte Sie gern auf eine Tasse Tee und ein Gespräch einladen, bevor wir zur Audienz beim Metropoliten Pitirim gehen«, sagte er. »Folgen Sie mir doch bitte.«

Wir gingen auf die große braune Tür einer der kleineren Kirchen zu. Auf ihren Zwiebeltürmen lag etwas Schnee, und die Szenerie hatte etwas Idyllisches. Meine Mutter bekreuzigte sich, als sie auf die Treppe zuging. Aus alter Gewohnheit tat ich es ihr gleich. Meine Mutter hatte Gabriel und mich von klein auf in die Kirche in der Bredgade mitten in Kopenhagen geschleift, ich war also mit allen Ritualen vertraut. Ich sah keine Veranlassung, meine Mutter oder die Vertreter der Kirche zu brüskieren, indem ich das Kreuzeszeichen unterließ. Es war immer leichter, mit dem Strom zu schwimmen.

Mein Herz schlug heftig, als wir die Treppe hinaufgingen und in die Kirche eintraten. Solche Momente erinnerten mich immer auch an Gabriel. Er hatte akzeptiert, dass ich nicht gläubig war. Es tat ihm vor allem für mich leid, dass mir der Friede, der seiner Meinung nach aus dem Glauben resultierte, nicht zuteilwurde. Ich wiederum hatte seine Lebensentscheidung respektiert und ihn häufig zu seinen täglichen Ritualen in die Kirche begleitet. Eine orthodoxe Kirche war für ihn und meine Mutter kein Gebäude, sondern ein Abbild des Himmels. Der Weihrauchduft, die goldenen Farben des Kirchenraumes, die Ikonen mit ihren ewig heiligen Gesichtern und das spezielle Licht, das von den vielen brennenden Kerzen ausging.

Etwas weiter hinten neben der Ikonostase, jener Wand mit den drei Türen, die den Altarraum von der Gemeinde trennt und hinter die nur die Priester treten dürfen, stand ein Sarg. Die orthodoxe Kirche ist eine mystische Kirche, die ihre Geheimnisse zu wahren weiß und die der Auffassung ist, der Mensch solle sich ruhig klein fühlen, wenn er sich im Gotteshaus aufhält.

»Gabriels Lieblingsikone, zu der er oft gebetet hat, ist die dort hinten mit der Heiligen Mutter Gottes«, sagte Bischof Sergej.

Ein Mann hatte gerade sein Gebet beendet und verneigte und bekreuzigte sich. Meine Mutter wartete geduldig. Vater Alexejewitsch reichte ihr eine Kerze. Er gab mir ebenfalls eine. Meine Mutter trat vor und senkte den Kopf und bekreuzigte sich, bevor sie ihre Kerze an einer bereits brennenden entzündete und sie zu den anderen in den Kerzenständer steckte. Ich tat es ihr gleich. Die Ikone war groß und auf ihr war die Jungfrau Maria mit dem Jesuskind auf dem Arm zu sehen. Der Kopf des Kindes war natürlich von einem Heiligenschein umgeben. Die Farben waren intensiv und golden. Mutter und Kind waren beide in hübsche Gewänder gekleidet. Die Wange des Kindes berührte zärtlich die der Mutter. Maria streckte drei Finger in die Luft. Das Jesuskind ebenso.

Ich stand mit leicht gesenktem Haupt neben meiner Mutter. Sie hatte sich selbstverständlich ihr Seidentuch um den Kopf gebunden. Sie betete still, während ihre Lippen sich lautlos bewegten. Sie hatte die Augen geöffnet und ihren Blick starr auf die Ikone gerichtet. Sie hatte es mir viele Male erklärt. Sie betete nicht zur Ikone, sondern durch die Ikone, um auf die Weise Gott zu erreichen.

Zum ersten Mal fiel mir auf, dass sie wie eine alte russische Frau aussah, wie eine *babuschka*, obwohl Gabriel und ich ihr zu ihrem großen Kummer beide keine Enkelkinder geschenkt hatten.

Ich wollte für Gabriel beten, aber es war viele Jahre her, dass ich zuletzt gebetet hatte, und selbst hier in der Kirche fand ich nicht die richtigen Worte. Meine Mutter bekreuzigte sich erneut und beugte sich nach vorn und küsste das Bild, das vor ihr lag. Unter dem Glas befand sich zweifelsohne eine Reliquie von einem der vielen Heiligen oder Märtyrer der Kirche. Meine Mutter richtete sich wieder auf, drehte sich um und ging mit festen Schritten auf den braunen Sarg ohne Deckel zu, der auf uns wartete. Sie mussten ihn aus einer Kühlkammer hergebracht haben. In Russland nahm man die Bestattung für gewöhnlich sehr schnell vor, um dann später die Seelenmesse zu feiern, aber in diesem Fall hatte man auf die Familie warten müssen. Die Toten liegen bei ihnen immer in einem geöffneten Sarg, damit man sich anständig von ihnen verabschieden kann.

Gabriel sah friedvoll aus.

Die Kirche verfügte über tüchtige Leute, die sich auf das Handwerk des Balsamierens verstanden. Es hatte eine lange Tradition, von der auch Lenins balsamierte Leiche zeugte. Unvermittelt ging mir durch den Kopf, dass er noch immer im Mausoleum auf dem Roten Platz lag.

Ich spürte, wie mir die Tränen in die Augen stiegen. Denn von Nahem konnte man unter der Schminke die Verletzungen erkennen. Gabriel wirkte unverändert, aber es war doch zu sehen, dass seine Nase gebrochen war. Er sah mindestens zehn Jahre jünger aus als siebenunddreißig. Es war alles so sinnlos.

Ich musste an das denken, was der Mann aus dem Außenministerium am Telefon gesagt hatte. »Es gibt kaum einen Knochen im Körper Ihres Bruders, den sie ihm nicht gebrochen haben. Sie haben ihn brutal zusammengeschlagen.«

Meine Mutter beugte sich hinunter und küsste Gabriels kalte Stirn. Sie drehte sich um und war nicht länger in der Lage, ihre bemerkenswerte Selbstbeherrschung aufrechtzuerhalten. Die Tränen liefen ihr übers Gesicht, und sie begann, laut zu schluchzen. Ich zog sie an mich. Sie verschwand in meiner Umarmung, und ich spürte, wie sie am ganzen Körper zitterte. So fest hatte ich sie nicht mehr umarmt, seit ich ein kleiner Junge gewesen war. Mir liefen ebenfalls die Tränen über die Wangen, als die Trauer auch mich übermannte.

Ich hielt sie fest im Arm, und wir weinten gemeinsam um Gabriel und seinen viel zu frühen Tod, und ich schwor mir, dass ich herausfinden würde, wer ihn ermordet hatte, und wenn es das Letzte wäre, was ich tat.

4

Wir saßen in dem großen Büro des Bischofs unter einem geschönten Gemälde des alten Patriarchen. Man servierte uns Tee und süßes russisches Gebäck. Tichon blickte über seinen langen, weißen Bart hinweg auf uns herab. Sein Kopf, auf dem er die charakteristische orthodoxe Kopfbedeckung trug, war von der Andeutung eines Heiligenscheins umgeben.

Wir befanden uns im Außenministerium des Patriarchats. Das hatte jedenfalls auf dem Gebäude gestanden, das neben dem großen Verwaltungsgebäude auf dem Klostergelände lag. Es gab mehrere Büroräume, und als wir eintraten, hatte ich die geschäftigen Geräusche von Computertastaturen gehört und klingelnde Telefone. Der große Unterschied zwischen diesem Ort und jedem anderen Büro war jedoch, dass hier ausschließlich relativ junge Männer mit wichtigen Papieren in den Händen durch die Flure liefen.

Bischof Sergej saß sehr gerade auf seinem Stuhl und trank seinen Tee in kleinen wohlerzogenen Schlucken. Das Gebäck rührte er nicht an. Ich auch nicht. Meine Mutter nahm eines der Küchlein und kaute langsam. Sie hatte einige Zeit auf der Toilette verbracht und die schlimmsten Schäden repariert, aber der Schmerz in ihren Augen war unübersehbar. Ich war von Gabriels Anblick genauso schockiert gewesen. Jetzt war es endgültig. Jetzt gab es keine Möglichkeit mehr, irgendwo in seinem Innersten darauf zu hoffen, das alles könnte nur ein furchtbarer Traum gewesen sein. Wir waren in diesem Albtraum gefangen wie hilflose Fliegen in einem Spinnennetz.

»Ich möchte meinen Sohn gern in Dänemark beerdigen lassen«, war das Erste, was meine Mutter sagte. »Dänemark ist sein und mittlerweile auch mein Vaterland.«

»Das ist natürlich Ihre Entscheidung«, antwortete Sergej, aber ich konnte an seiner Stimme hören, dass ihm der Entschluss meiner Mutter nicht gefiel.

Meine Mutter bemerkte seinen Tonfall ebenfalls. »Es handelt sich ja nur um seinen Körper. Ich wäre Ihnen sehr verbunden, wenn ich noch einmal hierher zurückkehren und an der Seelenmesse teilnehmen dürfte.«

»Aber selbstverständlich«, sagte Sergej und lächelte. Er war bestimmt auf den Namen Wladimir Kastanajew oder etwas ähnlich Gewöhnliches getauft worden, bevor er seinen geistlichen Namen angenommen hatte, wie es der Brauch vorschreibt.

Im orthodoxen Glauben ist die Seele wichtiger als der Körper, der ja in höchstem Maße vergänglich ist. Nach dem Tod irrt die Seele vierzig Tage umher wie Moses in der Wüste. Damit sie schließlich doch ihren Frieden findet und auf das Jüngste Gericht vorbereitet ist, wird am vierzigsten Tag für den Verstorbenen eine Messe abgehalten. Meine Mutter wusste genau, was sie tat. Sie bekam ein Grab, das sie in Dänemark besuchen konnte, und eine Messe für Gabriel in Moskau. Sie setzte wie üblich auf mehrere Pferde gleichzeitig.

Ich war froh über ihre Entscheidung. Mir war es wichtig, einen Ort in der Nähe meiner Wohnung zu haben, an dem ich mit Gabriel reden und die Ratschläge erhalten konnte, die zu erteilen er so außergewöhnlich gut verstanden hatte, auch wenn ich sie mir in Zukunft selbst würde erschließen müssen.

Bischof Sergej schrieb etwas auf seinen Notizblock, schlug die Beine übereinander und trank einen Schluck Tee. »Ich werde das veranlassen«, sagte er dann. »Die Kirche wird sich um alle Formalitäten kümmern. Meine Mitarbeiter stehen zu Ihrer Verfügung. Ich habe bereits mit den zuständigen Behörden besprochen, dass Sie und Ihr Sohn ein sogenanntes Mehrfachvisum erhalten, so dass Sie ein- und ausreisen können, wie es Ihnen beliebt. Die Zeiten sind mittlerweile zum Glück ganz andere als damals, als die Kommunisten Ihnen unrechtmäßig die Staatsbürgerschaft aberkannt haben. Wie Sie sicher wissen, musste die Kirche damals eine schwierige Gratwanderung vollziehen. Es waren harte Zeiten für uns, aber wir sind unserem Glauben treu geblieben, ebenso wie das Volk sich seinen Glauben bewahrt hat, und heute sind wir wieder eine freie Kirche. Jetzt aber zurück zu dem Ereignis ...«

»Ereignis?«, fragte ich.

»Dem Tod Ihres Bruders.«

»Sie meinen den Mord.«

»Den Mord an Ihrem Bruder, ja.«

»Was genau ist passiert?«, fragte ich. Meine Stimme hatte offenbar schneidend geklungen, denn meine Mutter warf mir einen ihrer berüchtigten Blicke zu. Der Bischof beugte sich nach vorn und sprach mit seiner wohl modulierten Stimme, die mir zunehmend auf die Nerven ging, ruhig weiter.

»Ich habe hier eine Kopie des Polizeiberichts.« Er klopfte leicht auf eine graugrüne Aktenmappe, die vor ihm auf dem braunen Mahagonitisch lag. »Darin heißt es, dass Gabriel am 13. April gegen Mitternacht von einem oder vermutlich sogar zwei oder mehreren Tätern überfallen wurde. Der Überfall ereignete sich in einem Hinterhof in der Malyj-Karetnyj-Gasse, nicht weit von der Sadowaja-Ringstraße.«

Er blickte uns an. Meine Mutter sah aus, als wisse sie, wo sich die Sadowaja-Ringstraße befand, aber ich hatte keine Ahnung. Sergej faltete einen Stadtplan auseinander, der unter der Aktenmappe lag, und zeigte auf eine kleine Straße, die hinter der großen Ringstraße verlief, die Moskaus Zentrum umschloss.

»Es ist nicht so, dass uns diese Adresse irgendetwas sagen würde«, sagte er.

»Gar nichts?«

»Nein. Es gibt zwar eine kleine Pfarrkirche in der Nähe, aber mit der hatte Gabriel nichts zu tun.«

»Okay«, sagte ich nur.

Sergej klopfte leicht auf die Karte und sah uns an. »Die Täter haben stumpfe Gegenstände benutzt, und ich fürchte, Gabriel hat starke Schmerzen erleiden müssen.«

Meine Mutter rang hörbar nach Luft, und ich spürte ein Ziehen im Magen und einen heftigen Druck hinter den Augen. Sergej nahm die Aktenmappe, entschied sich dann aber doch anders und legte sie vor meine Mutter hin. »Es gibt leider keine Zeugen«, fuhr er fort. »Und leider sind gewaltsame Überfälle in unserer Hauptstadt auch keine Seltenheit. Die Täter haben Gabriels Portemonnaie, sein Mobiltelefon und seine Uhr gestohlen. Daher hat es auch einige Tage gedauert, bis er identifiziert werden konnte. Wir hatten angefangen, uns Sorgen zu machen, als er nicht zur Arbeit erschien. Er war immer sehr pflichtbewusst. Wir hätten schneller reagieren sollen, aber das gesamte Patriarchat war aufgrund des Todes Seiner Heiligkeit gänzlich absorbiert. Sein Tod hat uns alle in tiefe Trauer gestürzt.«

Er sah uns an, als erwartete er Fragen, aber wir waren beide zu erschüttert, um irgendetwas Vernünftiges zu sagen.

Schließlich hatte ich mich wieder gefasst. »Was hatte mein Bruder in diesem Hinterhof verloren?«

»Die Polizei geht davon aus, dass er auf einer der größeren Straßen in der Nähe angegriffen und in den Hinterhof gezerrt worden ist. In dem Viertel befinden sich sowohl Wohnhäuser als auch Büros und kleine Firmen. Es ist anscheinend gängige Praxis, nach diesem Muster zu verfahren. Die Täter liegen auf der Lauer, bis ein einsamer nächtlicher Spaziergänger auftaucht.«

»Aber warum haben sie ihn totgeschlagen? Mein Bruder war alles andere als ein gewalttätiger Mensch. Er hätte sich bei einem räuberischen Überfall niemals zur Wehr gesetzt, sondern den Dieben gegeben, was sie haben wollten. Geld, Uhr, Handy. Er hätte ihnen alles gegeben.«

»Ja.«

»Er hielt immer auch noch die zweite Wange hin.«

»Ja«, wiederholte Bischof Sergej. »Ich weiß nicht, was passiert ist. Die Polizei meint, es sei leider nichts Ungewöhnliches, dass Gewalt um der Gewalt willen ausgeübt werde. Dass diese Menschen es genießen, anderen Menschen Schmerzen zuzufügen oder sie gar zu töten. Vielleicht hängt das alles so zusammen.«

»In diesem beschissenen Land«, sagte ich auf Dänisch.

Meine Mutter setzte sich in ihrem Sessel zurecht.

»Wie bitte?«, sagte Sergej.

»Mein Sohn hat der Tatsache Ausdruck verliehen, dass Russland ein Land ist, das im Laufe seiner Geschichte immer wieder von dieser unheiligen Allianz von Kultur und Gewalt geprägt gewesen ist.«

Sergej seufzte und zog eine weitere Aktenmappe hervor, die er meiner Mutter reichte.

»Das ist der Bericht des Krankenhausarztes. Ich sehe keine Veranlassung, in Bezug auf die Grausamkeiten noch weiter ins Detail zu gehen. Wenn Sie es wünschen, können Sie den Bericht später in Ruhe lesen, verehrte Frau Lassen. Aber wie bereits angedeutet haben die Täter Ihrem Sohn schwere Verletzungen zugefügt. Vielleicht können wir Rechtgläubige darin Trost finden, dass diese niederträchtigen Menschen Gabriels Seele nichts haben antun können und dass sie am Jüngsten Tag für ihre Taten werden büßen müssen.«

»Danke«, sagte meine Mutter und blickte auf die Aktenmappe, in der die nackten medizinischen Fakten über den Tod ihres Sohnes versammelt waren, als hätte das alles überhaupt nichts mit ihr zu tun, als handelte es sich bloß um einen Traum.

Wir saßen einen Moment lang nur da. Keiner von uns hatte das Bedürfnis, die Aktenmappe zu öffnen und den offiziellen Arztbericht zu lesen. Schließlich entschied meine Mutter, wie verfahren werden sollte.

»Mein Sohn wird sie heute Abend im Hotelzimmer lesen und mir dann berichten.«

Sie schob die Aktenmappe zu mir herüber, und ich legte meine Hand darauf, um zu signalisieren, dass sie sich auf mich, den sonst so verantwortungslosen Zwillingsbruder, verlassen konnte.

Wir saßen erneut einen Moment still da. Es war ein großes Büro, in dem man uns in einer Sitzecke an einem niedrigen Tisch mit einer dieser beliebten weißen Häkeldecken platziert hatte. Vor dem Fenster stand ein großer Schreibtisch mit einigen Telefonen und einem neuen Computer. In der gegenüberliegenden Zimmerecke hing eine kleine Ikone mit einem Regalbrett darunter, auf dem eine Kerze stand.

Bevor das Schweigen unerträglich wurde, klopfte es an der Tür. Noch ehe der Bischof »Herein!« rufen konnte, wurde sie geöffnet.

Ein Mönch in einer schwarzen Kutte trat ein, gefolgt von einem großen stattlichen Mann, den ich sofort erkannte, weil ich gerade erst in der *Herald Tribune* über ihn gelesen hatte.

Metropolit Pitirim war eine eindrucksvolle Erscheinung. Er ging sehr aufrecht und mit festen Schritten. Er hatte eine gerade Stirn über hellen, ein wenig hervorstehenden Augen und eine Adlernase, zwar nicht ausgeprägt, dennoch verlieh sie seinem Gesicht Charakter. Sein kräftiges Haar war stark ergraut, und es fiel schwer, hinter dem dichten grauen Bart seinen Mund zu erkennen. Seine Zähne konnte man allenfalls erahnen, wenn er lächelte.

Der potenzielle zukünftige Patriarch schritt schnell durch den Raum. Sergej erhob sich eilig. Wir taten es ihm gleich.

Metropolit Pitirim streckte seine Hand aus, und meine Mutter küsste seinen Ring. Er machte das Kreuzzeichen über ihrem gesenkten Haupt. Man hatte ihn offensichtlich über den verlorenen Sohn informiert, denn mir schüttelte er bloß die Hand. Seine Hand fühlte sich weich an, obwohl sein Händedruck ziemlich fest war. Der Mönch stellte sich neben die Tür und faltete die Hände vor seinem Bauch.

Pitirim setzte sich in den freien Sessel und faltete ebenfalls die Hände. Bischof Sergej machte eine Geste, die uns aufforderte, wieder Platz zu nehmen, und setzte sich mit uns.

»Ich werde heute Abend für die Erlösung von Gabriels Seele beten«, setzte Pitirim an, »wie ich es jeden Abend getan habe, seit Gott ihn zu sich geholt hat.«

Meine Mutter senkte den Kopf. Ich hätte am liebsten gesagt, das würde leider auch nichts nützen, aber so schlecht wollte ich mich dann doch nicht benehmen. Es war höchste Zeit, dass wir von dieser ganzen Heiligkeit wegkamen, aber ich hatte hier leider nichts zu melden. Ich wollte in meinem Hotelzimmer allein sein, die Minibar leeren und ein paar Tränen über die Grausamkeit und Ungerechtigkeit der Welt vergießen und darüber, dass ich ab sofort ohne Gabriel zurechtkommen musste.

Der Metropolit fuhr mit einigen Allgemeinplätzen darüber fort, was für ein fantastischer Mensch Gabriel gewesen sei und welch großen Verlust die Kirche und die Welt durch seinen viel zu frühen Tod erlitten hätten. »Ihr Sohn, verehrte Frau Lassen«, fuhr er dann zu meinem Erstaunen fort, »war ein sehr geschätzter Diener Seiner Heiligkeit, die Gott erst kürzlich von uns genommen hat, auf dass sie für alle Zeiten zu Füßen des Erlösers sitze. Ihr Sohn hatte ein sehr feines Gespür dafür, wie die Kirche in der modernen Welt agieren kann und soll. Unsere Leitsätze stehen fest, aber es ist nicht immer leicht, sie in diesen globalisierten Zeiten in angemessener Weise zu vermitteln. Viele Fragen sind komplex und erfordern daher neue Herangehensweisen. Vielleicht war es seine Herkunft aus der westlichen Welt in Kombination mit seiner tiefen Verwurzelung im Russischen und seinem wahren Glauben, die ihn zu einem so einzigartigen Berater gemacht hat.«

»War das seine Tätigkeit? Als Berater zu fungieren?«, fragte ich. Es fiel mir schwer, mir meinen Bruder als Spin-Doctor der Kirche vorzustellen.

Der Metropolit untersagte mir mit einem Blick, unaufgefordert zu sprechen, und fuhr fort, ohne auf meine Frage einzugehen. Wie viele orthodoxe Priester hatte er eine tiefe und melodiöse Stimme. In den orthodoxen Kirchen gibt es keine Orgel. Stattdessen soll der reine Wohllaut des Gesangs das Gemüt auf den Glauben und die Seligkeit einstimmen.

Der Gesang des Metropoliten war während der Messe sicher ein Labsal für die Ohren. Ich war zwar nicht gläubig, aber der Gesang in der orthodoxen Kirche berührte meine sündige Seele stets zutiefst. Gabriel und ich hatten gut harmoniert, wenn wir zu Hause oder manchmal auch in der Kirche zusammen gesungen hatten. Seine Stimme war etwas tiefer als mein Bariton, aber sie passten gut zusammen, und wir genossen es, gemeinsam zu singen. Und obwohl es sich um religiöse Gesänge handelte, fingen wir oft an zu lachen, wenn wir die Kirchenlieder gemeinsam übten und den letzten Ton so lange hielten, wie wir nur konnten.

»Gabriel hatte vielfältige Aufgaben, die er alle zur vollsten Zufriedenheit Seiner Heiligkeit erledigt hat.«

»Verstehe«, sagte ich, um das letzte Wort zu haben.

Meine Mutter war so überwältigt von der Anwesenheit dieses bedeutenden Herrn, dass sie gar nichts sagte, und ich hatte schnell begriffen, dass die Zusammenkunft kein echtes Gespräch darstellen sollte, sondern vor allem als symbolische Geste zu verstehen war. Metropolit Pitirim führte noch einige weitere Gemeinplätze über Gabriels Verdienste an, die meine Mutter förmlich in sich aufsaugte. Er versicherte uns, wie es Sergej ebenfalls bereits getan hatte, dass das Patriarchat alles in seiner Macht Stehende tun werde, um uns bei allen praktischen Fragen zu helfen. Außerdem werde es in der kommenden Zeit vor der Seelenmesse natürlich zahlreiche Fürbitten geben.

»Madame Lassen hat uns mitgeteilt«, erläuterte Bischof Sergej, »dass sie ihren Sohn in Dänemark beerdigen möchte. In seinem Vaterland, wie sie sich ausdrückte.«

Pitirim richtete seine hellen Augen auf meine Mutter, die auf ihre Hände hinunterblickte, aber er ließ Sergej fortfahren.

»Die Seelenmesse wird jedoch hier abgehalten werden, und beide werden zur Stelle sein.«

»Wenn es sich einrichten lässt und dem keine anderen dringenden Pflichten im Wege stehen, werde ich die Messe selbst zelebrieren.«

»Gott sei gedankt«, sagte meine Mutter und beugte sich nach vorn und küsste den Ring seiner vorgestreckten Hand erneut. »Das ist eine sehr große Ehre.«

»Es ist doch das Mindeste, dass wir alles tun, um Gabriels Erlösung zu gewährleisten und ihm den Weg ins ewige Leben zu ebnen«, sagte Metropolit Pitirim und erhob sich. Wir standen daraufhin ebenfalls auf. Der Mönch öffnete die Tür, und das zukünftige Oberhaupt der russisch-orthodoxen Kirche – ein Mann, der sowohl das Vertrauen des Präsidenten als auch des Ministerpräsidenten genoss, wie es in der Zeitung geheißen hatte – schritt zur Tür heraus, ohne sich noch einmal umzublicken.

Für uns gab es jetzt keinen Grund mehr, noch länger im Kloster zu bleiben. Ich sah, dass meine Mutter kurz davor war, vor Erschöpfung zusammenzubrechen. Sergej bemerkte es ebenfalls. Er fasste sie sanft am Arm und führte sie zur Tür.

Er half ihr ins Auto, in dem derselbe Fahrer wie auf dem Weg hierher hinter dem Steuerrad auf uns wartete. Die Temperatur war gefallen, und es lag Schnee in der Luft. Sergej reichte mir seine Visitenkarte, und ich gab ihm meine. Wir vereinbarten, dass wir uns wegen der organisatorischen Dinge noch einmal miteinander in Verbindung setzen würden. Meine Mutter und ich wollten gern dabei sein, wenn der Sarg geschlossen, versiegelt und in den Messingsarg gestellt würde, in dem man ihn dann nach Dänemark fliegen würde. Sergej ging davon aus, dass sich die praktischen und juristischen Fragen dank der guten Verbindungen des Patriarchats innerhalb von wenigen, maximal drei Tagen regeln ließen. Ich versprach, mit der dänischen Botschaft Kontakt aufzunehmen, so dass die Formalitäten von der anderen Seite ebenfalls schnell über die Bühne gebracht werden könnten.

Im Auto spürte ich eine Müdigkeit, die mich so plötzlich traf, als hätte ich einen schweren Jetlag oder wäre den ganzen Tag hinter einem Hundeschlitten hergelaufen. Ich nahm kaum wahr, dass die roten Sterne auf den Türmen des Kreml im Schneetreiben vor uns auftauchten, dass die Kuppeln der Basilius-Kathedrale im Dunkeln der Nacht leuchteten, und ich sah kaum die gelben, von Scheinwerfern angestrahlten Mauern des Bolschoitheaters oder die düsteren dunklen Steine der Duma, bevor der Chauffeur nach rechts abbog und an den pastellgrünen Mauern des Hotel Metropol entlangfuhr.

Die Anmeldeformalitäten im Hotel waren in Windeseile erledigt. Der Fahrer nahm den Koffer meiner Mutter, ging damit durch die opulente Lobby mit dem Marmorfußboden und den golden eingerahmten Spiegeln und schritt auf die altmodischen Aufzüge zu. Die Treppe daneben war mit einem geschmackvollen roten Läufer ausgelegt. Alles machte einen teuren und frisch renovierten Eindruck, dennoch kam es mir vor, als nähme ich noch den Geruch der alten Sowjetunion wahr, von dem meine Eltern so oft gesprochen hatten. Es war ein Muff, der wohl erst nach mehreren Generationen ganz verschwinden würde, obwohl es in unseren luxuriösen Zimmern natürlich längst sowohl internationale Fernsehsender als auch WLAN gab.

Der Mann stellte den Koffer vor dem Zimmer meiner Mutter ab und verabschiedete sich mit einem Nicken, nachdem er mir seine Visitenkarte mit zwei Handynummern gegeben hatte. Er stehe uns Tag und Nacht zur Verfügung, wir müssten nur anrufen.

Ich schloss die Tür auf und trug den Koffer in das Zimmer meiner Mutter. Es war ein schönes Zimmer mit einem französischen Bett, geschmackvollen altmodischen Möbeln, einem Flachbildschirm und einem Schreibtisch sowie zwei Sesseln neben einem kleinen runden Tisch.

»Hast du Hunger, Mama? Sollen wir unten im Restaurant etwas essen? Oder soll ich uns vom Zimmerservice etwas bringen lassen?«

»Ich bin zu müde, Adam. Es war ein sehr anstrengender Tag. Iss du ruhig allein etwas.«

»Ich habe auch keinen Hunger.«

Sie stellte sich auf die Zehenspitzen und küsste mich auf beide Wangen.

»Danke, Adam. Du bist ein guter Junge.«

»Schlaf gut, Mama.«

»Du auch, Adam. Wir sehen uns morgen beim Frühstück.«

»So machen wir's. Und herzlichen Glückwunsch, Mama«, sagte ich und lächelte.

»Ich verstehe nicht, Adam.«

»Morgen ist der 22. April. Du hast mir immer erzählt, das sei für dich als Kind und Jugendliche in der Sowjetunion ein besonderes Datum gewesen. *Subbotnik*. Freiwillige, unentgeltliche Arbeit. Gabriels und meine Samstagspflichten. Lenins Geburtstag. Morgen ist der Geburtstag des Gründers der Sowjetunion.«

Sie sah mich an, ohne mein Lächeln zu erwidern.

»Das war ein Scherz, Mama.«

»Den ich nicht lustig finden kann. Ein schlechtes Zeichen. Der Tag verheißt nichts Gutes«, sagte sie und schloss die Tür.

5

Als ich gegen drei Uhr nachts aufwachte und nicht wieder einschlafen konnte, las ich die Berichte in der Aktenmappe. Es war eine entsetzliche Lektüre. Aus dem Polizeibericht ging nicht sehr viel mehr hervor als das, was Bischof Sergej uns bereits erzählt hatte, aber der Obduktionsbericht beschrieb überaus detailliert, wie die Angreifer meinen Bruder malträtiert hatten. Er hatte einen offenen Schädelbruch erlitten, seine Nase war gebrochen, ein Wangenknochen ebenfalls. Ein Auge war schwer verletzt worden, mehrere Rippen waren gebrochen und die Milz gerissen, die Leber hatte ebenfalls einen Riss, der eine Arm war gebrochen, ein Hoden gequetscht und am ganzen Körper fanden sich unzählige Hämatome, die wohl von Knüppeln oder Baseballschlägern herrührten.

Mir wurde schlecht, als ich das alles las. Der Whisky aus der Minibar brannte mir im Hals, und ich spülte mit etwas Mineralwasser nach, aber meine Kehle fühlte sich immer noch rau an.

Wir frühstückten zusammen, aber meine Mutter wollte nicht hören, was in den Berichten stand. Sie unterbrach mich und war kurz angebunden. Das war mehr als verständlich, da sie nicht besonders gut geschlafen hatte. Sie wirkte abwesend und nahm nur ein paar Bissen von einem weichgekochten Ei und einer Scheibe Toast, die ich ihr von dem reichhaltigen Frühstücksbüfett mitgebracht hatte.

Wir saßen in dem großen einladenden Hotelrestaurant mit vielen Ornamenten an der Decke und Marmorsäulen an den Seiten. In der Mitte des Raumes plätscherte ein Springbrunnen leise vor sich hin. Das Geräusch passte gut zu den zarten Tönen einer Harfenistin, die am anderen Ende des Restaurants auf einer Bühne saß und spielte.

Meine Mutter betrachtete die Harfenspielerin lange. Sie spielte selbst Harfe, auch wenn sie in Dänemark ihr Geld als Klavierlehrerin verdient hatte. Es hatte ihr Spaß gemacht, Privatschüler zu unterrichten. Und wenn mein Vater wieder einmal eines seiner Projekte in den Sand gesetzt hatte, waren ihre Unterrichtshonorare durchaus hilfreich gewesen, auch wenn mein Vater das nie zugegeben hätte. Jedes Mal, wenn die Zeitungen berichtet hatten, dass er erneut mit einer Firma pleitegegangen war, hatte er sich finanziell erstaunlich schnell wieder erholt.

Meine Mutter sah zur Harfenistin hinüber und lächelte sanft vor sich hin. Die Frau schien sie an einen fernen Ort zu entführen, zu dem ich keinen Zugang hatte.

Ich ließ sie ihren Gedanken nachhängen und aß Spiegelei mit Schinken und trank ein paar Tassen schwarzen Kaffee sowie Wasser und Saft.

Ich blätterte in der englischsprachigen Zeitung *Moscow News*. Einer der größeren Artikel handelte davon, dass es ganz so aussah, als würde Metropolit Pitirim als sicherer Gewinner aus dem Kampf um die Nachfolge des Patriarchen hervorgehen. Er befand sich im Aufwind, seit das russische Staatsfernsehen einen längeren Beitrag gesendet hatte, in dem der Präsident ihn im Kreml empfangen hatte. Es hatte keinen speziellen Anlass für dieses Treffen gegeben. Die beabsichtigte Signalwirkung war wohl die, dass Präsident Popow damit deutlich zu erkennen gab, auf wessen Seite der Kreml in diesem internen Machtkampf der Kirche stand. Der andere Kandidat hieß Filaret und war der Metropolit von St. Petersburg. Die Zeitung schrieb, seine Ausgangsposition sei nicht besonders gut, weil er den Präsidenten mehrfach kritisiert habe, wenn auch nur indirekt. Er habe sich dafür ausgesprochen, den Bürgern mehr Rechtssicherheit zu verschaffen. Er setze sich für mehr Demokratie ein und dafür, dass die Regierung in einen vorurteilsfreien Dialog mit ihren Kritikern trete.

Die Artikel muteten in ihren Andeutungen und Mehrdeutigkeiten ziemlich russisch an. Was die Art und Weise betraf, wie hier Politik gemacht wurde, war Russland anscheinend eher byzantinisch als demokratisch. Es war gerade so, als läse man den verschleierten Bericht vom Hofe eines Sultans. Moderne Kremlkunde für Fortgeschrittene.

Ich legte die Zeitung beiseite. »Und, Mama? Was machen wir heute?«, fragte ich.

»Ich habe Fjodor angerufen, den Fahrer. Er holt mich in einer halben Stunde ab. Ich möchte mir die Stadt ansehen und vor allem ein paar Kirchen besuchen. Um die praktischen Dinge kümmerst du dich, oder?«

»Natürlich«, antwortete ich. Ich war froh, dass sie mich nicht überreden wollte mitzukommen. Ich hatte vorerst genug von Weihrauch und Gebeten.

Sie würde ein Moskau entdecken, da war ich mir sicher, das sie kaum mehr mit der gewaltigen, düsteren sowjetischen Hauptstadt zusammenbringen würde. Die Stadt, die sie zurückgelassen hatte, war vorwiegend grau gewesen. Jetzt beherrschten Neonlichter, riesige Shoppingcenter, modisch gekleidete Menschen und viele teure Autos das Bild. Die Atmosphäre war mondäner, offener und lebendiger. Leuchtreklamen buhlten um die Gunst des Volkes, und die eindringlichen Slogans der kommunistischen Partei waren durch Werbesprüche für allseits bekannte Markenprodukte der Welt abgelöst worden. Ich konnte mir nicht vorstellen, dass meine Mutter diese Veränderungen gutheißen würde. Aber sie redete nicht darüber.

»Ich habe hier niemanden mehr«, sagte sie am nächsten Morgen, als ich sie fragte, ob sie auch einen ihrer alten Freunde besucht hätte. Wir standen vor dem Eingang des Hotels und warteten auf Fjodor, während sie sich ein Tuch um den Kopf band.

»Und was hast du heute vor?«

»Ich bete für Gabriels Seele, Adam. Und darum, die Kraft zu erlangen, seinen Mördern zu vergeben, wie Jesus es predigt. Und dann möchte ich das Haus aufsuchen, in dem ich meine Kindheit verbracht habe.«

»Soll ich nicht mitkommen?«

»Das ist nett von dir, aber das brauchst du nicht. Ich bin dir sehr dankbar, dass du dich um alles kümmerst. Mir fehlt dafür die Kraft. Danke, mein Junge.«

Zum ersten Mal kam sie mir alt und zerbrechlich vor. Gabriels Tod hatte sie schneller altern lassen als die vergangenen zehn Jahre. Auf einmal wirkte sie müde. Sie ging langsam und etwas vorsichtig anstatt wie sonst mit energischen schnellen Schritten und stolz erhobenem Haupt.

Vielleicht war es Moskau, das sie bedrückte? Die Stadt, die voller Jugenderinnerungen war, von denen einige schön und andere entsetzlich waren. Hier war sie als Einzelkind in einer intellektuellen sowjetischen Künstlerfamilie aufgewachsen. Hier hatte sie meinen Vater kennengelernt, und von hier hatte man sie ausgewiesen mit nicht mehr als ein wenig Kleidung in einem einzelnen kleinen Koffer. Ihr restliches Hab und Gut hatte die allmächtige kommunistische Partei des allmächtigen Staates konfiszieren lassen. Ihre Eltern hatte man in eine völlig überfüllte *kommunalka* gesteckt. Die Machthaber hatten das Wort zwar nicht mehr benutzt, aber in den Augen des Systems war sie eine Volksfeindin gewesen, ein antisowjetischer Parasit, der das heilige Mutterland verraten hatte. Man hatte ihre gesamte Familie abgestraft, sie selbst hinausgeworfen und ihr höhnisch mitgeteilt, man werde sie nie wieder zurückkehren lassen. Man hatte ihr die Staatsbürgerschaft aberkannt und sie für alle Zeiten aus Russland verbannt.

Sie hatte nie viel darüber gesprochen, aber es hatte sie tief verletzt, dass ihr eigenes Land sie verstoßen hatte, nur weil sie sich in einen Dänen verliebt hatte. Jetzt war sie zurückgekehrt, aber ich wurde nicht recht schlau daraus, ob ihre Seele ebenfalls an dieser Pilgerfahrt durch die Stadt ihrer Kindheit beteiligt war.

Ich wollte, solange sie unterwegs war, eine ganze Reihe organisatorischer Dinge erledigen. Der Tod ist nie eine reine Privatangelegenheit. Einiges konnte ich telefonisch regeln. Anderes musste ich persönlich klären. Alle waren sehr zuvorkommend zu mir. Das Patriarchat hatte mir den Weg geebnet.

Schließlich suchte ich die dänische Botschaft auf, die sich neben einem von Stalins alten Hochhäusern in einer kleinen Seitenstraße hinter dem russischen Außenministerium befand. Ich hatte mir an der Hotelrezeption einen Stadtplan geben lassen und mir in der

U-Bahn-Station gegenüber vom Hotel eine Zehnerkarte für die Metro gekauft. Ich kannte das moderne Moskau zumindest so gut, dass es mir lieber war, die zielstrebige U-Bahn zu benutzen, als in einem Taxi in einem der endlosen Staus dieser Stadt zu stehen.

Ich stieg an der Metro-Station Kropotkinskaya aus, von wo aus es zu Fuß nur wenige Minuten bis zur Botschaft waren. Gegenüber lag die Christ-Erlöser-Kathedrale in ihrer ganzen Wuchtigkeit und zeugte vom Wiedererstarken der Kirche. Sie lag mit ihren goldenen Kuppeln an einer neuen Brücke über die Moskwa. Davor wimmelte es nur so von Menschen. Es hatte angefangen zu tauen, und in der Luft lag unverkennbar ein Hauch von Frühling.

Die Christ-Erlöser-Kathedrale war 1931 von Stalin in die Luft gesprengt und Ende der neunziger Jahre in Rekordzeit von Präsident Jelzin und dem alten Patriarchen wieder aufgebaut worden. In dieser Kirche ließen sich die Männer der Macht gern sehen und zur besten Sendezeit im Fernsehen präsentieren.

Ich fand die Botschaft ohne größere Mühe. Es war ein flaches gelbes Gebäude. Davor stand ein Wachmann, der die Hand zum Gruß an die winterliche Pelzmütze legte, als ich klingelte. Ich musste eine Sicherheitsschleuse passieren, dann führte man mich an einer Reihe von kleinen Büros vorbei in einen großen, hellen Raum mit Aussicht auf einen gepflegten Garten.

Dort empfing mich eine Frau von etwa vierzig Jahren. Sie war nicht ganz schlank und hatte dunkle Locken und ein Funkeln in den Augen hinter der schmalen, modischen Brille. Sie trug eine weiße Bluse und einen schwarzen Rock und war auf eine geschäftsmäßige Weise attraktiv. Mit heller Stimme stellte sie sich als Merete Mægler Jessen vor.

Wir gaben einander die Hand, und sie setzte sich an ihren aufgeräumten Schreibtisch mit Computer, Telefon und iPad, bevor sie auf einen Stuhl vor dem Schreibtisch deutete. Dann goss sie Kaffee aus einer Stelton-Thermoskanne in weiße Tassen und schob eine Zuckerdose und ein kleines Milchkännchen in meine Richtung. Ich ließ beides stehen.

»Es tut mir sehr leid, was mit Ihrem Bruder passiert ist. Ich möchte Ihnen hiermit im Namen der gesamten Botschaft mein Beileid aussprechen«, sagte sie.

»Danke«, entgegnete ich.

»Wir möchten Ihnen gern behilflich sein, wo immer es geht.«

»Danke. Dafür bin ich Ihnen sehr dankbar.«

Wir saßen einen Moment schweigend da. Die Sonne schien durch die Fenster herein. Von der Stadt draußen drangen keinerlei Geräusche herein. Wir waren von vollkommener Stille umgeben wie in einer verlassenen Kirche.

»Es liegt Frühling in der Luft«, sagte sie und lächelte. »Aber das muss man einem Meteorologen wohl nicht sagen.«

»Auch wir mögen den Frühling«, antwortete ich.

Zu meiner Überraschung begann sie zu kichern. »Entschuldigen Sie«, sagte sie. »Aber ich kann es einfach nicht glauben, dass Sie jetzt hier sitzen. Sie sind mein Lieblingsmeteorologe, wenn ich das sagen darf. Es kommt mir fast so vor, als würde ich Sie kennen, aber das tue ich natürlich nicht. So funktioniert das Fernsehen, nicht wahr? Man glaubt, euch aus dem Fernsehen zu kennen, und weiß alles Mögliche über euch aus den Zeitungen und überhaupt. Ich muss gestehen, dass ich einer Ihrer Fans auf Facebook bin.«

Ich war daran gewöhnt. Es war Teil meines Jobs, dass Menschen, die ich nicht kannte, auf mich zukamen und mit mir redeten. Die Dänen sind grundsätzlich eher diskret, und oft bemerke ich ihre Blicke gar nicht. Aber meine Freundinnen haben sie immer bemerkt. Einige von ihnen fanden es unangenehm, aber den meisten gefiel diese Art von Aufmerksamkeit. Der Promi-Effekt war keinesfalls zu unterschätzen. Er führt dazu, dass man in Restaurants besonders zuvorkommend behandelt wird, dass man in Diskotheken hineingewinkt wird, vor denen die Leute Schlange stehen. Man bekommt Premierenkarten für den neuesten Film sowie Einladungen zu interessanten Theateraufführungen, Ausstellungen und Empfängen. Dass ich immer wieder mit solchen Events locken konnte, bei denen die Frauen sich an meiner Seite und neben all den anderen Prominenten auf Fotos in der Boulevardpresse wiederfanden, machte es mir außerdem sehr leicht, sie in mein Bett zu locken.

Mir hatte das immer gut gefallen. Ich mochte die öffentliche Aufmerksamkeit. Ich hatte Angst davor, vergessen zu werden und nur noch ein *has-been* zu sein, und davor, dass das Berühmtsein tatsächlich nur die fünfzehn Minuten andauern könnte, von denen Andy Warhol so prophetisch gesprochen hat.

Die Fernsehsender hatten keine Schwierigkeiten, Teilnehmer für ihre immer verrückteren Realityshows zu finden. Bekanntheit war eine Möglichkeit zu zeigen, dass man lebte. Facebook war das angesagte soziale Netzwerk, und da mussten wir natürlich auch mitmischen. Das erwartete die Programmdirektion von uns, schließlich sollten unsere Fans über unser Tun und Lassen stets auf dem Laufenden sein. Manchmal schrieb ich die Statusmeldungen selbst, aber es gab auch jemanden, der extra dafür eingestellt worden war. Wie alles andere im Fernsehen war auch das vor allem Illusion und Verstellung. Ich hatte das Glück gehabt, nicht an Facebook denken zu müssen, solange ich an den Klima-Dokumentarfilm über Grönland ausgeliehen war.

Das änderte jedoch nichts an der Tatsache, dass ich Angst davor hatte, eines Tages bei der Post nach meinem Ausweis gefragt zu werden.

Also schenkte ich ihr mein schönstes Promi-Lächeln. »Kann man in Moskau wirklich dänisches Fernsehen empfangen?«

Sie fuhr sich mit der Hand durchs Haar. »Aber ja. Wir haben Satellitenempfang, wir können also fast alles sehen.«

»Ich bin beeindruckt.«

Sie beugte sich über den Schreibtisch vor, und ich nahm den Duft ihres dezenten Parfums wahr.

»Ich habe die erforderlichen Dokumente vorbereitet. Sie werden heute im Außenministerium beglaubigt, so dass der Sarg mit dem Leichnam Ihres Bruders Russland in den nächsten Tagen mit dem Flugzeug verlassen kann. Die hiesigen Behörden haben sich als äußerst kooperativ erwiesen.«

»Es ist wirklich unglaublich, wie entgegenkommend man sich neuerdings gibt.«

»Das hat vor allem zwei Gründe. Nach dem erfolgreichen Besuch von Präsident Popow in Dänemark gab es einen ebenso erfolgreichen Staatsbesuch der Königin und des Prinzgemahls in Russland. Das Verhältnis zwischen Dänemark und Russland war ja über einige Jahre hinweg ziemlich schlecht, nachdem wir im Jahr 2002 die Tschetschenien-Konferenz – sozusagen – beherbergt hatten. Außerdem hatten wir uns geweigert, dem Wunsch der Russen zu entsprechen und den Tschetschenenführer Sakajew auszuliefern, obwohl wir ihn festgenommen hatten. Danach lagen die Beziehungen zu Russland viele Jahre lang mehr oder weniger auf Eis.«

»Sie erwähnten eben zwei Gründe, die zur Entspannung des Verhältnisses beigetragen haben?«

»Ja. Das ist die Gasleitung des Betreibers Nord Stream. Sie verläuft, wie Sie vielleicht wissen, von Wyborg oben bei St. Petersburg aus unter der Ostsee hindurch und kommt dann in Deutschland wieder an die Oberfläche. Auf die Weise kann die Gazprom Erdgas liefern, ohne die Ukraine und Polen passieren zu müssen. Nord Stream ist auch für unsere Versorgungssicherheit von entscheidender Bedeutung. Und vor allem für die Deutschlands. Wie Ihnen vielleicht bekannt ist, war es der frühere Bundeskanzler Schröder und jetzige Aufsichtsratsvorsitzende der Gazprom, der die Ostsee-Pipeline errichten ließ. In Schweden ist sie ziemlich umstritten. Die Schweden sind der Meinung, die möglichen Folgen für die Meeresökologie der Ostsee seien im Vorfeld nicht ausreichend abgeklärt worden, während wir ohne weitere Diskussion zugestimmt haben. Darüber war der Kreml sehr erfreut. Als Popow russischer Präsident war, hat er sich mehrfach mit unserem Ministerpräsidenten getroffen. Daraus entwickelte sich dann nach und nach ein sehr gutes Verhältnis. Und Sie wissen ja, vom Erfolg der Großen profitieren auch wir Kleinen. Und das macht es für uns alle leichter, nicht wahr?«

»Keine Frage«, sagte ich. »Im Flugzeug habe ich einen Artikel in der *Herald Tribune* darüber gelesen.«

»Ja. Wir haben richtig gute Presse bekommen. Die russischen Medien haben viel über die wichtige Rolle Dänemarks berichtet. Sie haben auch viel und sehr positiv über die Königin und die Wirtschaftsdelegation geschrieben, die sie nach Russland begleitet hat.«

»Das ist ja großartig«, sagte ich, und sie bemerkte offensichtlich an meinem Tonfall, dass es mich in Wirklichkeit herzlich wenig interessierte, wie es um die Beziehungen zwischen Dänemark und Russland bestellt war.

»Okay. Lassen wir das. Sie haben wirklich andere Sorgen. Bitte entschuldigen Sie, dass ich mich zu diesen Ausführungen habe hinreißen lassen. Gibt es noch etwas, was ich für Sie tun kann? Sie sprechen ja Russisch, aber ich weiß nicht, wie gut Sie die Stadt kennen. Ich könnte Ihnen ein Restaurant für ein gutes Mittag- oder Abendessen zeigen, wenn Sie möchten.«

Sie lächelte wieder und schaute mir direkt in die Augen, aber ich ließ mich nicht verführen.

»Vielen Dank. Das ist sehr nett von Ihnen, aber ich habe ja meine Mutter dabei.«

Sie lachte, und ich musste ebenfalls grinsen.

Wir verabredeten, dass ich die beglaubigten Dokumente entweder selbst abholen würde oder sie den Fahrer der Botschaft mit den Papieren zu uns ins Hotel schicken würde. Dann begleitete sie mich zur Tür und gab mir die Hand. »Es gibt eine russische Redensart, die besagt, um eine festgefahrene Situation aufzulösen, ist ein Anruf aus dem Kreml erforderlich. Wir haben das Glück, im Kreml einige Leute zu kennen, die Dänemark gern den einen oder anderen kleinen Dienst erweisen. Wir nennen sie scherzhaft die Kopenhagen-Mafia. Zu Beginn ihrer Karriere haben sie nämlich alle an der russischen Botschaft in Kopenhagen gearbeitet. Als Diplomaten versteht sich, aber einige von ihnen vermutlich auch als Geheimdienstmitarbeiter.«

Ich hörte ihr abwartend zu. Sie reichte mir eine Visitenkarte.

»Das hier ist ein Freund. Falls Sie in eine Situation kommen, in der ein Anruf aus dem Kreml hilfreich sein könnte, dann rufen Sie diesen Mann an. Auf der Karte stehen seine beiden Handynummern. Er heißt Alexander Karbanow – seine Freunde nennen ihn Sascha. Er gehört zum engsten Mitarbeiterstab des Präsidenten. Er spricht ausgezeichnet Dänisch. Ich habe den Verdacht, dass er ab und zu inkognito nach Dänemark reist. Er liebt das Land sehr.«

»Danke«, sagte ich.

»Keine Ursache. Ich bin Ihnen gern behilflich und melden Sie sich, wenn Ihnen nach Gesellschaft zumute ist.«

Wenn ich aus einem anderen Grund in Moskau gewesen wäre, dann vielleicht, aber ich musste weiter ins Danilow-Kloster, um dem Moment beizuwohnen, in dem Gabriels Sarg geschlossen wurde, und außerdem hatte ich versprochen, Gabriels persönliche Gegenstände zusammenzupacken. Eines Tages, wenn wir nach Dänemark zurückgekehrt waren, würde meine Mutter sie vielleicht durchsehen wollen, aber jetzt fehlte ihr dafür die Kraft.

Fjodor würde meine Mutter zum Kloster fahren. Ich nahm die Metro und stieg an der Tulskaya-Station aus. Ich trat ins klare Sonnenlicht hinaus, das den Menschen ein Lächeln aufs Gesicht zauberte. Ich knöpfte meine Jacke auf, als ich das Einkaufszentrum passierte und weiter an der Klostermauer entlangging. Ich war zu traurig, um mich am Sonnenschein erfreuen zu können. Drei alte Frauen in dicken Mänteln und mit Kopftüchern bettelten vor dem niedrigen Zaun, der den Park umgab. Von überall her war das Tropfen des Schmelzwassers zu hören.

Im Kloster war es still. Einige Touristengruppen gingen umher. Zwei Frauen schöpften sich etwas von dem geweihten Wasser aus dem Brunnen in der Mitte des Hofes. Die Kuppeln glühten beinahe in der Sonne. Im Klosterhof lag kein Schnee mehr. Entweder waren die letzten Reste geschmolzen oder im Laufe des Vormittags weggefegt worden. Ich musste daran denken, wie meine Mutter uns früher erzählt hatte, dass der Frühling in Moskau immer ganz plötzlich und mit voller Wucht kam und nicht so schleichend wie in Dänemark. Ich wusste natürlich alles über das kontinentale Klima, aber ich war dennoch verblüfft darüber, wie warm es innerhalb von wenigen Tagen geworden war.

Meine Mutter stand mit Bischof Sergej zusammen, der zur Feier des Tages ein prächtiges bodenlanges Priestergewand und einen hohen Priesterhut trug. Ein großes Kreuz hing an einer langen Kette um seinen Hals. Zwei jüngere Priester standen in respektvollem Abstand hinter den beiden. Die Sonne wärmte meinen Nacken, als ich auf sie zuging, um sie zu begrüßen, indem ich meine Mutter auf die Wange küsste und dem Bischof die Hand gab. Dann gingen wir wie in einer Prozession hinter ihm in die Kirche hinein.

Zu meiner Überraschung hatten sich viele Menschen um Gabriels Sarg versammelt, und ich hörte wohltönenden Chorgesang.

»Was geht hier vor sich, Mama?«, fragte ich auf Dänisch.

»Gabriels Beisetzung natürlich.«

»Wie bitte?«

Ich schaute an mir herunter. Ich trug eine schwarze Jeans und eine graublaue Jacke über einem Hemd mit geöffnetem Kragen. Nicht gerade die angemessene Garderobe für eine Beerdigung. Erst in diesem Moment fiel mir auf, dass meine Mutter von Kopf bis Fuß in Schwarz gekleidet war und sich jetzt auch noch ein dunkles Tuch um den Kopf band. Alle Frauen, die um Gabriels Sarg versammelt waren, trugen Kopftücher. Eine von ihnen stand etwas abseits, sie hatte ein dunkelgrünes Kopftuch umgebunden, das ein wohlgeformtes trauriges Gesicht umrahmte. Ich schätzte sie auf höchstens Anfang zwanzig, auch wenn es schwierig war, ihr Alter festzumachen. Sie trug eine enge Jeans und eine kurze Jacke über einem hübschen, beigefarbenen Pullover. Ihr Blick ruhte auf Gabriels Gesicht, und sie hatte Tränen in den Augen, aber hin und wieder ertappte ich sie dabei, wie sie einen kurzen Blick zu mir herüberwarf. Gabriel sah friedvoll aus. Vielleicht weil sein Make-up noch einmal ausgebessert worden war. Es waren auch mehrere junge Männer in Anzügen zugegen, von denen ich annahm, dass sie Mitarbeiter des Patriarchats waren.

Meine Mutter und ich hielten beide die Tränen zurück, obwohl ich den Kloß in meinem Hals und den Druck hinter meinen Augen deutlich spürte. Meine Mutter küsste Gabriels bleiche Stirn. Sergej benetzte seinen Leichnam mit Weihwasser und schwenkte das Weihrauchfass, während er auf Kirchenslawisch die Messe abhielt, von der ich kein Wort verstand. Die beiden jungen Priester reichten dem Bischof das Weihrauchfass und das Weihwasser und bekreuzigten sich mehrfach. Die Beisetzungszeremonie schritt voran, wie die rechtgläubige Kirche es verlangte. Ich war mit den Details nicht mehr vertraut, beobachtete aber meine Mutter und verneigte und bekreuzigte mich, wenn sie es tat.

Ich erinnerte mich daran, dass die Friedhöfe in Moskau oft weit von der eigentlichen Kirche entfernt lagen, weshalb das Beisetzungsritual das Entscheidende war. Dabei nahm man endgültig Abschied vom Verstorbenen, bevor der Sargdeckel geschlossen wurde. Ich dachte an den Glauben der Orthodoxen, wonach die Seele des Verstorbenen die ersten vierzig Tage lang umherirrte, weshalb es in dieser Zeit wichtig war, für die Seele des Toten zu beten. Das würde der Seele helfen, ins Himmelreich zu gelangen statt in die Hölle. Am Jüngsten Tag. Die Seele selbst konnte nichts ausrichten. Sie hatte ihre Chance zu Lebzeiten gehabt. Ich fand nicht, dass ich moralisch gesehen das Recht hatte, für Gabriel zu beten. Wenn Gott ihn nicht haben wollte, wäre dies bloß ein weiterer gewichtiger Grund, dieser Art von Aberglauben nicht zu verfallen.

In der Kirche hielten sich noch andere Leute auf, aber das war normal. In der Kirche des rechten Glaubens können viele verschiedene religiöse Handlungen zur gleichen Zeit vollzogen werden, kirchliche ebenso wie private. Ich hatte die Rituale und Bräuche von klein auf mitbekommen, bis ich alt genug war, um mich dem Kirchgang zu entziehen. Meine Mutter schloss die Augen und betete lautlos, aber ich sah, wie ihre Lippen sich bewegten.

Merkwürdigerweise musste ich an einen glücklichen Tag vor langer Zeit denken, als Gabriel und ich zehn Jahre alt waren. Wir hatten auf der Mole im Hafen von Bogense Krebse gefischt, wo mein Vater ein Treffen mit einem Geschäftspartner auf dessen großer Segelyacht hatte, die dort in der Marina vor Anker lag. Es war ein heller und warmer Sommertag, und ich erinnerte mich, dass die Pfähle, die neben der Mole im Wasser standen, nach Teer gerochen hatten. Ich erinnerte mich an den leicht modrigen Geruch von Tang und Salz und hörte das Geschrei der Möwen vor meinem inneren Ohr.

Wir banden Segelschnur um Miesmuschelhälften, die wir von den großen Steinen der Mole abrissen, und zogen einen Krebs nach dem anderen aus dem Wasser. Wir steckten sie in einen großen Eimer mit Wasser, in dem sie herumkrabbelten. Wir bewegten uns vorsichtig auf den großen Steinen der Mole. Alles, was wir taten, war einfach und bereitete uns großes Vergnügen. Wir ließen die halbe Miesmuschel in das grüne Wasser gleiten, am liebsten in der Nähe eines Klumpens Tang, und schon tauchte in der Regel ein Krebs auf und schlug seine Scheren in das gelbliche Fleisch der Muschel. Ich war völlig in das Fischen vertieft, so vertieft, dass ich das Gleichgewicht verlor und ins Wasser fiel. Zuerst bekam ich Angst, aber ich konnte schwimmen, und das Wasser war weder tief noch kalt. Gabriel lachte, dass sein ganzer Körper bebte, und sprang dann voll bekleidet zu mir ins Wasser und fasste mich an der Hand. Wir lachten zusammen, bis wir Bauchweh bekamen. Wir wussten, dass unsere Mutter böse sein würde, weil wir unsere guten Hosen, Hemden und Sandalen anhatten, aber das war uns egal.

Als wir unser Lachen wieder unter Kontrolle hatten, hatte Gabriel mich angesehen. »Du bist mein bester Freund, und wir dürfen uns nie verlieren.«

Der Kirchengesang ging wie üblich nicht spurlos an mir vorüber. Er erfüllte mich mit großer Trauer, während die Melodien und die Worte gleichzeitig auch eine Art Erlösung für mich bedeuteten. Die kräftigen russischen Männerstimmen erfüllten den Kirchenraum, und Bruchstücke des Todespsalms kamen mir wieder in den Sinn:

»Denn noch am gestrigen Tage sprach ich mit euch, doch jählings kam über mich die schreckliche Stunde des Todes. So kommt alle, die ihr mich liebt, und küsst mich mit dem letzten Kusse! Denn nicht mehr werde ich bei euch sein oder mit euch reden.«

Die beiden jungen Priester nahmen das noch fehlende Stück des Sargdeckels und legten es auf den Sarg, so dass Gabriels totes Gesicht für immer verschwand.

Nach der Zeremonie standen wir im Hof des Klosters.

»Möchtest du etwas zu Mittag essen, Mama?«, fragte ich auf Dänisch.

»Ja, gern, Adam. Zum ersten Mal seit vielen Tagen verspüre ich ein wenig Hunger. Ich habe mit Fjodor ausgemacht, dass er mich morgen nach Peredelkino fährt. Dort steht ein Haus, das ich gern noch sehen möchte, bevor wir wieder nach Hause fliegen.«

»Was oder wo ist Peredelkino?«

»Früher war es ein Dichterdorf außerhalb von Moskau. Pasternak hatte dort ein Haus. Und der verrückte Jewtuschenko und andere Dichter. Es waren staatliche Häuser. Das Geschenk des Staates an seine Künstler.« Ich sah sie fragend an, und sie fasste mich leicht am Arm, während sie fortfuhr. »Dein Vater und ich haben dort zu zweit und zusammen mit meinen Freunden einige schöne Stunden verlebt. Erlaube mir also, ein wenig sentimental und nostalgisch zu sein.«

»Es steht dir selbstverständlich frei zu tun, was du möchtest.«

»Danke, Adam. Für dein Verständnis.«

»Und Gabriels Sachen? Wo du gerade hier bist.«

»Könntest du nicht …«

»Klar, mache ich, Mama. Ich vereinbare einen Termin. Ich gehe davon aus, dass wir morgen alle erforderlichen Dokumente bekommen. Dann können wir bald nach Hause zurück.«

»Darauf freue ich mich.«

Wir verabschiedeten uns höflich von Bischof Sergej, der während unseres Gesprächs auf Dänisch geduldig gewartet hatte, und Fjodor fuhr uns zu einem Restaurant gleich um die Ecke vom Hotel. Es gehörte zu einer kleinen russischen Kette namens Jolki-Palki. Gabriel und ich hatten dort einige Male gegessen. Es gab anständiges russisches Essen, und wir hatten über die kitschige Aufmachung des Ganzen gelacht. Man hatte versucht, eine Art ländlicher russischer Gemütlichkeit zu erschaffen, die mit Birken, offenem Kamin und massiven Holzbalken an eine Holzhütte in Sibirien erinnern sollte. Die jungen Kellner und Kellnerinnen trugen trachtenartige Kostüme. Die Birken waren aus Plastik, der Bär, der den Eingang bewachte, ebenfalls.

»Raucher oder Nichtraucher?«, fragte die junge Dame, die uns begrüßte.

Wir durchquerten den verqualmten und überfüllten Raucherbereich und gingen eine schmale Treppe hinunter, die in das rauchfreie Untergeschoss führte. Auch dieser Bereich war gut besucht, aber wir bekamen einen ausgezeichneten Tisch in der Mitte des niedrigen Raumes zugewiesen. Die Wände sollten aussehen, als wären sie aus grob behauenen Feldsteinen, in die Fenster eingelassen waren. Die Stimmung war ausgelassen, und es wurde viel gelacht. Die Gäste gehörten größtenteils der jüngeren, gut gekleideten Generation an, die ihre Smartphones immer griffbereit vor sich liegen hatte, um jederzeit mit den Freunden verbunden zu sein.

Meine Mutter schaute sich um, bevor sie sich setzte. »Ich muss schon sagen, Adam, offenbar ein beliebtes Restaurant«, sagte sie.

»Ja, solche Lokale gab es zu deiner Zeit nicht, stimmt's?«

»Nein. Es ist eines der vielen Rätsel, dass der Sozialismus nicht in der Lage war, ein Stück Fleisch, einen Laib Brot oder eine Tüte Möhren zu liefern, die nicht verdorben waren, ganz zu schweigen von einem gewöhnlichen Restaurant für gewöhnliche Menschen. Warum etwas, das wir heute als vollkommen selbstverständlich ansehen, so schwierig sein und ich weiß nicht wie viele Fünfjahrespläne erfordern konnte, übersteigt mein Vorstellungsvermögen. Aber im Kommunismus gab es viele solcher Merkwürdigkeiten.«

»Sie haben einfach zu viel Geld dafür ausgegeben, Stacheldrahtzäune zu errichten«, sagte ich. »Russland ist heute ein besseres Land. Trotz allem.«

»Wenn du das sagst. Bestell du nur. Ich nehme das Gleiche wie du.«

Ich bestellte Borschtsch und Blini mit rotem Kaviar für uns beide sowie Bier und Wodka. Meine Mutter protestierte nicht, obwohl sie selten Hochprozentiges trank, aber sie war blass, und ein kleiner Schnaps würde ihr gut tun, dachte ich. Vor allem aber würde ihr die Rückkehr in ihren sicheren Alltag in Roskilde helfen.

Bier und Wodka wurden uns umgehend serviert. Wir tranken beide einen Schluck Bier. Ich goss den Wodka in die kleinen Gläser. Meine Mutter ergriff ihres und erhob es. »Auf Gabriel.«

»Auf Gabriel, Mama«, erwiderte ich, und wir leerten unsere Gläser. Der Wodka brannte in der Kehle, und die Wangen meiner Mutter bekamen wieder Farbe. Wir genossen es, eine Weile schweigend dazusitzen, sanft eingehüllt von den lauten Stimmen und dem Gelächter um uns herum.

»Wie geht es dir, Mama?«, fragte ich.

»Schlecht, aber ein wenig besser, mein Junge. Jetzt haben wir Gabriel ziehen lassen.«

»Du hättest mich ruhig vorwarnen können. Mir war nicht klar, dass es eine offizielle Beisetzung werden würde. Dann hätte ich mir etwas anderes angezogen.«

»Ich glaube, Gott und Gabriel ist das vollkommen gleichgültig«, antwortete sie ein wenig spitz. »Außerdem kennst du doch die Rituale.«

»Nein. Nicht mehr.«

»Natürlich tust du das.«

»Du wirkst auf eine merkwürdige Weise erleichtert«, sagte ich.

»Adam. Du weißt, wie das ist. Ich betrachte den Tod nicht als das Ende unserer Existenz. Er ist der Übergang zum ewigen Leben. Ich glaube an die Seele. Ich glaube daran, dass sie über ein Bewusstsein verfügt, wer und wo sie ist. Ich glaube, die Seele erhascht einen Blick auf das Paradies und auf die Hölle, bevor die Ruhepause bis zum Jüngsten Gericht beginnt. So ist es, bis zur Seelenmesse am vierzigsten Tag. Das hast du doch gelernt.«

Ich schüttelte den Kopf. »Es muss wunderbar sein«, sagte ich. »Fliegt die Seele mit dem Sarg zusammen nach Dänemark zurück oder bleibt sie hier in Moskau?«

»Es gibt überhaupt keinen Grund, so blasphemisch daherzureden und dich darüber lustig zu machen, Adam«, sagte sie mit ihrer strengen Stimme, die mir wie immer das Gefühl vermittelte, ein dummer kleiner Junge zu sein.

»Wo werden wir Gabriel denn bestatten?«, fragte ich.

Sie sah mich mit ihren traurigen Augen an. »Das habe ich schon geregelt. Wir bestatten Gabriel am nächsten Mittwoch auf dem Østre Kirkegård neben eurem Vater. Vater Alexej von unserer Kirche kommt und hilft mir. Ich möchte, dass die Beerdigung nur im engsten Kreis stattfindet. Ich hoffe, du fliegst dann noch mal mit mir zusammen zur Seelenmesse nach Moskau.«

»Natürlich, Mama. Aber was ist mit Gabriels Mördern?«

»Was meinst du? Das ist Aufgabe der Polizei. Damit haben wir nichts zu tun.«

»Und wenn sie sie nicht finden?«

»Ja, was dann? Ich bin nicht rachsüchtig. Ich versuche jedenfalls, es nicht zu sein. Denn dadurch bekomme ich meinen Sohn auch nicht zurück. Ich werde lieber für ihre Erlösung beten, auch wenn ich vermute, dass sie trotz aller Fürbitten in der Hölle landen werden.«

»Ich empfinde leider ganz anders. Mir wäre es durchaus recht, wenn man sie ebenso totschlagen würde, wie sie Gabriel zu Tode geprügelt haben.«

»Das führt doch zu nichts. Du musst dein Leben weiterführen, Adam.«

»Und du?«

»Ja, und ich? Ich überlege tatsächlich, ob ich nicht hier in ein Kloster gehen sollte. Das wäre vielleicht gar nicht die schlechteste Art, seinen Lebensabend zu verbringen.«

»Mama, ich bitte dich. Das kann nicht dein Ernst sein. Du bist gerade mal Anfang sechzig. Du kannst dich doch jetzt nicht aus dem Leben zurückziehen.«

»Beten und Fasten. Seelenfrieden. Könnte das nicht mein Leben sein?«

»Herrgott noch mal, Mama. Das hätte Gabriel nicht gewollt.«

Sie lächelte. »Was weißt du schon darüber? Wir werden sehen, Adam. Das ist ganz allein meine Entscheidung, nicht wahr?«

»Du hast immer alles allein entschieden. Und immer deinen Willen bekommen«, entgegnete ich.

»Unsinn. Aber reden wir nicht mehr darüber.«

»Okay. Und worüber sollen wir dann sprechen? Übers Wetter?«

»Zügele deine Zunge, mein Lieber«, sagte sie und führte ihr Bierglas affektiert zum Mund.

In dem Moment kam zum Glück das Essen, und wir aßen beide mit großem Appetit. Hunger und Durst waren auch bei ihr zurückgekehrt. Das war vermutlich eine sehr menschliche Reaktion, nachdem wir miterlebt hatten, wie der Sarg endgültig geschlossen worden war. In dem Moment, in dem man dem Tod in die Augen geschaut hatte, fühlte man sich so lebendig wie sonst selten.

Nach einer Weile sagte meine Mutter: »Du hast recht mit dem, was du über Russland gesagt hast, Adam. Ich schaue mich um und was sehe ich? Normalität. Ich sehe eine Menge junge Leute, die genauso gut in Kopenhagen oder vielleicht in Berlin sitzen und sich über das Gleiche unterhalten könnten, über das hier gerade gesprochen wird. Die Arbeit oder das Studium. Über Urlaub und Kinder. Über ihre Partner und ob sie glücklich oder unglücklich verliebt sind. Ich sehe schicke Kleidung. Ich sehe Mobiltelefone. Aber vor allem sehe ich Menschen, die sich frei fühlen – ja, sogar befreit. Das ist so weit entfernt von dem, was ich in meiner Jugend erlebt habe, dass man meinen sollte, wir befänden uns in einem ganz anderen Land.«

»Vielleicht ist es ja wirklich so. Diese Menschen haben eine andere Software in ihrem Kopf als die Generation ihrer Eltern und Großeltern.«

»Möglich. Aber Russland ist immer noch Russland. Unter der glitzernden Oberfläche findet sich noch immer all das Böse, das Stalin hervorgebracht hat und das ebenso kaltblütig mordet wie immer.«

»Die junge Generation ist anders, Mama. Jedenfalls viele von ihnen. Sie wollen etwas anderes. Sie wollen einfach nur anständig und zivilisiert leben.«

»Ich hoffe, du hast recht. In meinem ehemaligen Vaterland war der Abstand zwischen Lachen und Weinen nie besonders groß.«

6

Wir bekamen die erforderlichen Papiere sowie unsere Pässe mit dem neuen Mehrfachvisum wie versprochen ausgehändigt und buchten unseren Rückflug so, dass wir mit dem Flugzeug zurückflogen, in dem auch Gabriels Sarg befördert wurde. Ich freute mich darauf, nach Dänemark zurückzukehren. Ich hoffte und ging davon aus, dass Dänemark meiner Mutter die Überlegungen, in ein Kloster einzutreten, schon wieder austreiben würde. Ich hatte meinen Bruder und meinen Vater verloren. Ich wollte nicht auch noch meine Mutter verlieren.

Sie wollte nicht mehr darüber reden.

Wir waren noch eine Weile im Jolki-Palki geblieben und hatten stattdessen über Gabriel geredet und uns von schönen Erlebnissen mit ihm erzählt. Anfangs hielten wir uns an Alltägliches. An die positiven Erinnerungen. An Dinge, die wir gemeinsam als Familie erlebt hatten, vor allem als wir Kinder waren und unser Vater noch lebte. Selbst unsere chaotische Familie hatte ihre ruhigen Phasen gehabt. Wir folgten dem Pfad der Erinnerungen und erzählten uns die alten Geschichten von Besuchen im Legoland, im Tivoli und von den Ferien an einem Strand in Spanien. Wir waren drei Jahre lang immer in dasselbe Ferienhaus in der Nähe von Llanca im nördlichen Teil von Katalonien gefahren. Gabriel und ich waren damals Teenager gewesen. Auch in Dänemark hatten wir viele Ausflüge unternommen, über die wir uns unterhalten konnten. Wir hatten an den verschiedensten Orten gewohnt, und meine Eltern hatten es geliebt, mit dem Auto herumzufahren und sich von Museen bis zu Herrenhäusern alles anzusehen und, in den guten Zeiten, Gasthäuser mit besonders interessanter Küche aufzusuchen. Es gab also glücklicherweise genügend schöne Erlebnisse, an die wir uns gemeinsam erinnern konnten, während wir die unerfreulicheren Episoden unerwähnt ließen.

Es war eine Kindheit mit großen Höhen und Tiefen gewesen, je nachdem, ob die Geschäfte unseres Vaters gerade gut oder schlecht liefen. Gabriel und ich hatten einmal nachgerechnet, dass wir in unserer Kindheit und Jugend an zwölf verschiedenen Orten gewohnt hatten. Manchmal waren es riesige Villen gewesen, dann wieder Sozialwohnungen. Wir hatten jede Menge Fahrzeuge, vom fabrikneuen Audi bis hin zum roten Überlandbus oder dem gelben Stadtbus, kennengelernt. Im einen Jahr trugen wir die besten Klamotten, und im nächsten Jahr reichte das Geld nicht einmal für ein Paar neue Jeans. War es angesichts der permanenten Schulwechsel und der immer neuen Freunde verwunderlich, dass Gabriel und ich unzertrennlich waren?

Wir hatten uns und waren einander der beste Freund und engste Vertraute. Wir mussten einander nur anschauen und schon wussten wir, was der andere gerade dachte. Wir hatten ein Wort, das wir verwendeten, wenn das Leben sich mal wieder in die falsche Richtung entwickelte. *Büsiness.* Russisch ausgesprochen. Das war Vaters Wort. Wir hörten seinen tiefen Bass, wenn er meine Mutter ansah und *büsiness* als Erklärung vorbrachte, und zwar in einem Tonfall, der uns begreiflich machen sollte, dass sich unser Leben mal wieder zum Schlechteren verändern würde. Er konnte das Wort auch in einem Singsang von sich geben, dann wussten wir, dass ein Aufbruch in bessere Zeiten bevorstand. Dazu hatten wir gar nicht immer Lust, weil wir uns vielleicht gerade in einer neuen Schule eingelebt hatten, aber das Nomadenleben war andererseits ein so fester Bestandteil unseres Familienlebens, dass wir es als einen Aspekt der Normalität akzeptierten, die in unserer Familie nun mal herrschte.

Während sie im Jolki-Palki an ihrem Bier nippte und ich mir ein neues bestellte, sagte meine Mutter: »Natürlich haben wir uns ab und zu Sorgen um euch gemacht. Selbst dein Vater, der sich sonst selten um irgendetwas sorgte. Oder zumindest zeigte er es selten. Sein Optimismus stammte aus einer anderen Welt. Irgendetwas wird sich ergeben, hat er immer gesagt, ganz egal wie aussichtslos die Situation uns gerade erschien.«

Sie schüttelte den Kopf, als könnte er sie noch immer überraschen. Ihr Gesicht nahm einen verträumten Ausdruck an, wie so oft, wenn sie an meinen Vater dachte.

»Wir haben uns vor allem bei dir Sorgen gemacht, dass du auf Abwege geraten könntest. Du warst so wild. Du hast das Temperament deines Vaters geerbt. Seinen Charme allerdings auch. Wir haben uns oft gefragt, was aus dir werden soll.«

»Vielleicht hättet ihr euch lieber Sorgen um Gabriel machen sollen.«

»Wie meinst du das?«

»Das weißt du genau. Er hat als Teenager ja auch ziemlich über die Stränge geschlagen.«

»Wir sind immer davon ausgegangen, dass du auf ihn aufpasst.«

»Ich weiß. Du wolltest nie wahrhaben, dass der kleine blonde Gabriel es faustdick hinter den Ohren hatte. Für dich sah er aus wie ein Engel, und Engel sündigen ja nicht. Gabriel hat genauso auf mich aufgepasst wie ich auf ihn. Vor allem, als wir älter wurden. Er war grüblerischer als ich, vielleicht weil er nicht wusste, was er mit seinem Leben anfangen sollte, aber er hatte eben auch eine ziemlich wilde Phase.«

»So dramatisch war das nicht. Dein Vater und ich waren immer der Auffassung, dass man jungen Menschen den nötigen Freiraum lassen muss, um das Leben kennenzulernen.«

»Er hat gesoffen, rumgehurt und Drogen ausprobiert.«

Ich verspürte eine primitive Lust, sie zu provozieren. Ich hatte Gabriel geliebt, aber trotzdem ging es mir gegen den Strich, ihn jetzt zu einem Heiligen verklären zu sollen. Er war ein ziemlicher Haldodri gewesen, den ich aus den verschiedensten Situationen gerettet hatte. Es war ihm immer leichtgefallen, die Mädchen in sein Bett zu bekommen, und dann hatte er sie ohne den Hauch eines schlechten Gewissens wieder fallengelassen. Als Sechzehn- oder Siebzehnjährige hatten wir uns eine Zeit lang einen Spaß daraus gemacht, Mofas zu klauen. Das war zu der Zeit, als wir in Randers wohnten, aber das erzählte ich ihr lieber nicht. Mit Anfang zwanzig hatte Gabriel eine etwas zu ausgeprägte Schwäche für Kokain, aber davon hatte ich ihn zum Glück wieder losbekommen. Das würde ich ihr natürlich auch nicht erzählen. Ich musste mir selbst eingestehen, dass ich in den letzten Jahren in ihm ebenfalls einen Heiligen gesehen hatte, mehr, als es vielleicht der Wahrheit entsprach. Er erweckte einfach immer diesen Eindruck.

Meine Mutter ließ sich aber nicht provozieren. »Ihr wart beide ganz schön wilde Jungs, ich weiß, aber es ist ja alles gutgegangen.«

»Findest du, Mama?«

»Ja, wenn man die Umstände bedenkt, unter denen ihr aufgewachsen seid, und die Gene eures Vaters.«

»Mama! Ich bin siebenunddreißig Jahre alt und habe mich noch nie ernsthaft an einen anderen Menschen gebunden. Meine längste Beziehung hat drei Jahre gedauert, und zwei davon habe ich Lene betrogen. Und Gabriel? Er hat fast drei Jahre mit Sofie zusammengelebt, und du hast gehofft, dass sie heiraten und Kinder bekommen würden, aber daraus wurde nichts. Und warum? Weil wir die Liebe verraten haben. Wir waren Doppelagenten in unserem eigenen Leben. Wir haben nicht an Treue und Beständigkeit geglaubt, weil wir von klein auf gelernt haben, dass niemand weiß, was morgen sein wird, und dass man jederzeit darauf eingestellt sein muss, die Koffer zu packen und im Schutze der Dunkelheit weiterzuziehen.«

»Dein Vater war, wie er war.«

»Ich mache ihm oder dir keine Vorwürfe, es ist nur eine Feststellung. Und du kannst ruhig zugeben, wie sehr es dich quält, dass du keine Enkelkinder hast und bestimmt auch keine mehr bekommen wirst.«

»Für dich ist es doch noch nicht zu spät, Adam.«

»Oh doch. Aber ich habe zumindest ein abgeschlossenes Studium. Und Gabriel? Er hat diverse Studiengänge abgebrochen und ich weiß nicht wie oft den Job gewechselt.«

»Er war ein Suchender und hat zuletzt doch noch seine Bestimmung gefunden.«

»Er war ein haltloser junger Mann, der nicht wusste, was er wollte, und genau wie ich hat er sich viel zu lange wie ein aufmüpfiger Teenager benommen. Er wollte einfach nicht erwachsen werden. Das Leben war für ihn eine einzige große Party, die ihn über die Leere in seinem Inneren hinwegtäuschen sollte, die er sich natürlich nicht einzugestehen wagte. *Sex and drugs and rock 'n' roll*, Mama. Das hat ihn am Leben erhalten.«

»Es gibt überhaupt keinen Grund, schlecht über deinen Bruder zu sprechen.«

Ich wurde wütend. »Das tue ich verdammt noch mal auch gar nicht. Ich sage einfach, wie es ist. Ich habe Gabriel geliebt. Ich vermisse ihn schrecklich, und das werde ich immer tun. Es fühlt sich an, als hätte ich einen Teil meiner selbst verloren. Wir waren Zwillinge!«

Die Leute an den Nachbartischen schielten zu uns herüber. Ich war laut geworden, und sie fragten sich sicher, in welcher merkwürdigen Sprache wir uns unterhielten und warum der Mann die nette ältere Dame, mit der er zusammen am Tisch saß, so anherrschte.

»Das weiß ich doch, Adam«, sagte sie leise.

»Gabriel hatte es auch nicht immer leicht. Das ist doch alles, was ich damit sagen will.«

»Aber am Ende hat er seinen Frieden gefunden.«

»Ja, scheint so. Aber was hat es ihm gebracht? Es beweist doch nur, dass wir recht damit hatten, nicht erwachsen werden zu wollen, weil man nie weiß, was morgen sein wird. Das haben Vater und du uns beigebracht. *Carpe diem.* Genieße den Tag. Das hat Vater doch immer gesagt, oder?«

»Ja, Adam. Du hast recht, aber so war es nun einmal. Gabriel hat ja trotz allem zu Gott zurückgefunden.«

»Und das hat ihm auch nichts genützt. Wo zum Teufel hat Gott denn gesteckt, als er gebraucht wurde?«, fragte ich unnötig scharf.

Ich dachte über dieses Gespräch nach, als ich später in meinem Hotelzimmer saß. Meine Mutter hatte Kopfschmerzen bekommen und war früh schlafen gegangen. Es war unübersehbar gewesen, dass meine Worte sie schwer getroffen hatten, und ich bereute meine Direktheit.

Gabriel war tatsächlich ein guter Mensch gewesen. In den letzten Jahren war er von einem großen inneren Frieden erfüllt gewesen, aber er hatte auch eine andere, dunklere Seite. Nicht dass er in irgendeiner Weise böse gewesen wäre, aber er hatte viele Kämpfe mit seinen inneren Dämonen auszufechten gehabt. Er hatte wie ein Engel gewirkt, was es ihm leicht gemacht hatte, Menschen zu verführen, und das nicht nur in erotischer Hinsicht. Sie konnten die eigentlichen Motive für seine Charmeoffensiven einfach nicht durchschauen. Auch mich hatte er immer wieder manipuliert, wenn ich nicht auf der Hut war, musste ich mir im Halbdunkel meines komfortablen russischen Hotelzimmers eingestehen. Er war alles andere als eindeutig gewesen. Vielmehr hatte er einen komplizierten und rätselhaften Charakter gehabt. In erster Linie war er wie ich von einem Fieber der Rastlosigkeit getrieben gewesen, das uns immer wieder hoffen und glauben ließ, das Gras auf der anderen Seite des Baches wäre viel grüner.

Als Jugendliche hatten wir einen alten Western geliebt, in dem ausgerechnet Lee Marvin zu singen anfängt. Er spielt einen abgehalfterten Revolverhelden und singt *Born under a wandering star*.

Ich summte ein paar Liedzeilen vor mich hin. »*Wheels are made for rolling, mules are made to pack, I've never seen a sight that didn't look better looking back, I was born under a wandering star.*«

Ich konnte auf einmal gar nicht begreifen, wo all die Jahre geblieben waren. Mir fielen noch einige andere Zeilen aus dem Song über den wandernden Stern ein: Morast macht dich zum Gefangenen, Steppen lassen dich verdorren, Schnee brennt dir in den Augen, aber nur Menschen bringen dich zum Weinen.

Ich versuchte zu verdrängen, wie sehr ich Gabriel vermisste, indem ich meinen Computer einschaltete. Ich rief meine Mails ab. Wie erwartet waren es ziemlich viele. Freunde, die mit mir ausgehen wollten, weil sie gehört hatten, dass ich aus der Wildnis zurück war, Freundinnen, die schrieben, ich solle doch mal anrufen oder mailen. Es war alles wohltuend alltäglich.

Stine hatte sich auch gemeldet. Sie schrieb sehr geschäftsmäßig, sie sei wieder in Dänemark und habe damit begonnen, das Rohmaterial zu sichten. Sie freue sich darauf, im Juni die letzten Aufnahmen in Ilulissat zu drehen. Kein Wort über die andere Seite unseres Verhältnisses. Stine war offensichtlich ein Mensch, der seine Gefühle sehr gut in den jeweiligen Schubladen verstauen konnte. Jetzt war sie wieder zu Hause bei ihrem Ehemann, und Adam war folglich abgemeldet. Es gefiel mir gar nicht, von ihr abserviert zu werden. Denn anders war die Mail wohl nicht zu deuten. Es war vor allem gekränkte Eitelkeit, denn so hin und weg war ich von ihr nun auch wieder nicht gewesen.

Was mich am meisten beschäftigte war die Tatsache, dass diese E-Mails zwar den Alltag widerspiegelten, aber dass Gabriel in diesem Alltag fortan nicht mehr vorkommen sollte.

Am nächsten Tag verabredete ich mich mit meiner Mutter für ein gemeinsames Abendessen im Hotelrestaurant. Sie versprach mir, dass sie den letzten Abend in Moskau dazu nutzen wolle, mir zu erzählen, wie sie meinen Vater kennengelernt hatte und wie sie es damals hinbekommen hatten, die Sowjetunion gemeinsam zu verlassen. Gabriel und ich hatten nie mehr als eine vage Vorstellung von ihrer ersten Begegnung und dem Beginn ihrer Liebe im Jahre 1974 in Moskau gehabt. Mein Vater hatte immer gesagt, es sei Liebe auf den ersten Blick gewesen, er habe mit allen zur Verfügung stehenden Mitteln um sie geworben und sie schließlich nach Dänemark entführt. Wenn er so drauflos schwadroniert hatte, hatte sie nur geheimnisvoll gelächelt und ihn verliebt angesehen. Sie hatte ihn häufig auf diese Weise angesehen: verliebt und geheimnisvoll, als teilten diese beiden Menschen etwas ganz Besonderes. Mein Vater hatte zweifelsohne ein sehr einnehmendes Wesen gehabt, aber letzten Endes war er ein Hochstapler und Geschäftemacher gewesen, den man im Western geteert und gefedert und aus der Stadt hinausgejagt hätte.

Aber sie hatten einander immer geliebt, und wenn ich mich als Erwachsener in einer Beziehung mal wieder in eine Sackgasse hineinmanövriert hatte, hatte ich sie oft um die scheinbar so unkomplizierte Liebe und die Freude aneinander beneidet.

Fähigkeiten, die weder mein Bruder noch ich besaßen. Feste Beziehungen von längerer Dauer hatten wir, wie gesagt, nie gehabt. Abgesehen davon, dass Gabriel in den letzten Jahren ein enges Verhältnis zur russischen Ausgabe unseres Herrgotts gehabt hatte.

Jetzt musste ich nur noch die persönlichen Sachen aus seinem Zimmer im Kloster einpacken und mitnehmen. Außerdem wollte ich gern noch mehr über den Stand der Ermittlungen erfahren, und dieser Wunsch setzte eine Ereigniskette in Gang, die ich in keiner Weise vorhersehen konnte.

Ich fuhr zum Danilow-Kloster und ging zum Außenministerium des Patriarchats, wo ein junger Mann in gut sitzendem Anzug mit dunklem, dezentem Schlips auf mich wartete. Wir gingen über den Hof zu einem Gebäude, das sich hinter den Kirchen befand und an einen gewöhnlichen Wohnblock erinnerte. Wir stiegen eine Treppe, die roch, als wäre sie gerade erst gewischt worden, in den zweiten Stock hinauf. Dort öffnete sich wie in einem Hotel ein langer Flur mit vielen gleich aussehenden, braunen Türen. Der junge Mann, der sich mir als Mischa vorgestellt hatte, schloss die dritte dieser Türen auf und öffnete sie.

»Hier war Gabriels Zelle, möge Gott sich seiner Seele annehmen. Wir besitzen hier nicht viel, daher habe ich mir erlaubt, eine Tasche für seine wenigen persönlichen Dinge bereitzustellen. Nehmen Sie sich die Zeit, die Sie brauchen. Ziehen Sie einfach die Tür hinter sich zu, wenn Sie gehen. Wenn Sie es wünschen, kann einer unserer Wagen Sie dann ins Hotel fahren.«

Ich bedankte mich und trat in das Zimmer ein, das während der vergangenen vier Jahre Gabriels Zuhause gewesen war. Es war klein, vielleicht zwölf Quadratmeter, und spartanisch eingerichtet. Das einzige Fenster ging zu einer der Kirchen des Klosters hinaus. Die Wände waren weiß. Die einzige Zierde waren ein Kruzifix und eine Ikone in einer Ecke, zu der Gabriel sein Abendgebet gesprochen haben mochte. Es gab ein schmales Bett, einen Schrank, der unten mit drei Schubladen abschloss, und einen kleinen Schreibtisch samt Lampe. Auf der glattgezogenen Bettdecke stand eine leere Sporttasche mit dem Logo von Spartak Moskau.

Ich öffnete die Schubladen. Darin lagen Strümpfe und Unterwäsche. Ich legte sie zuunterst in die Tasche. Im Schrank hingen drei Hemden und ein Anzug, den ich ihm vor fünf Jahren zum Geburtstag geschenkt hatte. Ich drückte meine Nase in den Stoff und nahm den Geruch meines Bruders wahr. Tränen stiegen mir in die Augen, so dass ich einige Male blinzeln musste. Ich legte die Hemden und den Anzug sorgfältig zusammen und steckte sie ebenfalls in die Tasche. Ich wusste nicht mehr, warum wir seine Anziehsachen überhaupt mit nach Dänemark nehmen wollten. Mir passten sie jedenfalls nicht und ich hätte sie auch gar nicht tragen wollen, aber meine Mutter wollte die Sachen vielleicht gern noch einmal ansehen, dachte ich.

Ich setzte mich auf den Stuhl, der vor dem Schreibtisch stand. Es war ein gewöhnlicher Esstischstuhl, auf dem es sich unbequem saß. Auf dem Tisch lagen eine dänische und eine russische Bibel neben einem dänischen Gesangbuch und einem englischen Buch. Ich packte die religiösen Bücher zu den Anziehsachen in die Tasche und blieb eine Weile mit dem englischen Buch in der Hand stehen. Es war eine Analyse der russischen Macht, die dem Klappentext zufolge ausschließlich auf den großen Öl- und Gasreserven beruhte. Ich legte das Buch zu den anderen in die Tasche. Auf dem Schreibtisch stand ein Foto. Darauf waren meine Mutter und ich vor dem Dom von Roskilde zu sehen. Ich habe den Arm um meine Mutter gelegt, und wir lächeln beide in die Kamera. Ein Sommerfoto voller Wärme und guter Laune. Ich erinnerte mich an diesen Sommer vor drei Jahren. Gabriel hatte das Foto aufgenommen, als er das erste Mal auf Heimaturlaub war, nachdem er angefangen hatte, für die Kirche zu arbeiten. Ich legte das Foto vorsichtig zu den Anziehsachen und den Büchern.

Gabriels Schreibtisch hatte zwei Schubladen. In der einen lagen nur zwei Kugelschreiber und ein Notizblock. Auf dem Block standen einige lateinische Buchstaben, die kaum zu entziffern waren, als handelte es sich dabei um den Abdruck von etwas, das auf einer Seite gestanden hatte, die jetzt herausgerissen war: Swetlana. 227.301 … MF? Es stand noch mehr dort, aber das war wirklich gar nicht zu lesen.

MF. Was sollte das bedeuten? Und wer war Swetlana? Es gab Millionen russischer Frauen, die Swetlana hießen. Ich ging nicht davon aus, hier ein Adressbuch zu finden. Gabriel war zwar ein frommer, aber auch ein höchst moderner Mann, der bereits seit vielen Jahren seinen Computer oder sein Telefon als Kalender und Adressbuch benutzt hatte. Das Handy hatten seine Mörder gestohlen. Ich öffnete die andere Schublade. Sie war leer. Wo war Gabriels Laptop?

Ich holte mein iPhone aus meiner Tasche und drückte auf Einstellungen. Der WLAN-Empfang war einwandfrei. Gabriel und ich hatten immer über Skype miteinander gesprochen. In diesem nüchternen Raum hatte er des Nachts gesessen und über das Internet mit seinem Bruder gesprochen. Ich steckte auch den Notizblock und die Kugelschreiber in die Tasche.

Dann blickte ich mich um.

Mehr war hier nicht. Alles, was mein Bruder in Russland besessen hatte, befand sich jetzt in dieser Sporttasche. Im kleinsten Zimmer im Haus meiner Mutter hatte er Unmengen von Anziehsachen, Büchern, CDs und vieles mehr aufbewahrt, von dem weder er noch meine Mutter sich hatten trennen können. Bei meiner Mutter hatte dahinter vielleicht die vergebliche Hoffnung gesteckt, Gabriel könnte zurückkehren und Russland für immer Adieu sagen. Es würde vermutlich ebenfalls an mir hängenbleiben, in der Wohnung in Dänemark aufzuräumen, dachte ich, als ich die Tür hinter mir zuzog.

Ich fragte Mischa, ob er wisse, wo Gabriels Computer sei.

»Er muss ihn bei sich gehabt haben«, antwortete er. »Seine Computertasche ist ebenfalls weg. Wir wissen nicht, warum. Weder die Tasche noch der Computer sind bisher aufgetaucht. Darauf befanden sich verschiedene Arbeitsunterlagen. Das ist natürlich unangenehm. Denn darunter waren gewiss auch einige vertrauliche Dokumente.«

»Gewöhnliche Straßenräuber werden sich wohl kaum dafür interessieren.«

»Das hofft Seine Heiligkeit natürlich sehr, aber beunruhigend ist es trotzdem.«

»Warum hatte er denn in der Nacht seine Tasche dabei?«

»Das wissen wir nicht, aber Ihr Bruder hat diese Tasche eigentlich immer mit sich herumgetragen. Das ist mein Gedächtnis, hat er oft gesagt. Ihr Bruder war immer im Dienst. Wenn Sie gestatten, möchte ich Ihnen gern sagen, dass er sehr angesehen und beliebt war.«

»Danke.«

»Es ist ein großer Verlust.«

»Ist dem Patriarchat eigentlich der Name des Milizbeamten bekannt, der den Fall untersucht?«

Mischa lächelte. »Es heißt nicht mehr Miliz, Herr Lassen. Das war die sowjetische Bezeichnung für unsere unerschrockene Polizei. Unsere unbestechliche Ordnungsmacht heißt jetzt *polizija*. Es ist die alte Bezeichnung aus der Zarenzeit, die jetzt eine Renaissance erlebt.«

Ich bemerkte seinen sarkastischen Unterton und sagte: »Das macht sicher einen großen Unterschied.«

»Es ist alter Wein in neuen Schläuchen, aber der Offizier, der die Untersuchung leitet, ist gar nicht mal so übel. Wobei das leider nicht allzu viel heißt. Sein Name ist Sergej Gorbatschow. Und nein, sie sind nicht verwandt. Hier ist seine Visitenkarte. Mein Chef hat schon damit gerechnet, dass Sie gern mit ihm sprechen möchten, und hat Sie bereits angekündigt. Gorbatschow erwartet Sie.«

Ein schweigsamer Fahrer brachte mich erst zum Hotel, vor dem er wartete, während ich die Sporttasche mit Gabriels persönlichen Gegenständen auf mein Zimmer brachte. Dann fuhr er mich das kurze Stück bis zum Polizeihauptquartier in der Petrowka-Straße unweit der Ringstraße, wo ich mich von ihm verabschiedete.

Gorbatschow war um die fünfzig und trug die neue Uniform, auf deren Ärmeln *polizija* stand. Er stand hinter einem Empfangstresen in einem großen schäbigen Raum, in dem Beamte und Beamtinnen in Uniform oder in Zivil telefonierten, auf altmodischen Schreibmaschinen klapperten oder auf ihre modernen Laptops starrten.

Gorbatschow war ein beleibter Mann mit einem roten Gesicht und vielen kleinen schwarzen Mitessern auf seiner großen Nase. Er hatte kräftiges dunkles Haar, das nach hinten gekämmt war, und leuchtende, blaue Augen. Wie viele russische Männer roch er nach Nikotin. Meine Nase war ziemlich empfindlich nach den vielen Wochen in der freien grönländischen Natur.

Er reichte mir die Hand. »Oberst Sergej Iwanowitsch Gorbatschow. Und nein, ich bin nicht mit dem Arschloch verwandt.«

»Verstehe. Adam Lassen. Guten Tag.«

»Er hat mein Land zugrunde gerichtet. Eine große Nation, und wie Präsident Popow so zutreffend sagt, eine der großen Tragödien des zwanzigsten Jahrhunderts, aber lassen wir das. Bitte folgen Sie mir.«

Er führte mich in sein kleines Büro, in dem bis auf einen Papierstapel und ein modernes Smartphone nichts herumlag. An der Wand hing ein Bild des Präsidenten, auf dem er väterlich und zugleich entschlossen wirkte. Neben dem Bild hing ein großer Stadtplan vom Großraum Moskau, in dem unzählige bunte Nadeln steckten.

»Jede Nadel steht für einen Mord«, sagte Gorbatschow und fuchtelte mit einem Kugelschreiber in Richtung Stadtplan. »Jede einzelne verfluchte Nadel ist ein verfluchter Mord.«

»Aha.«

»Ich sage das nicht, um mich meiner Verantwortung zu entziehen, sondern um Ihnen deutlich zu machen, womit wir es hier zu tun haben.«

»Mich interessiert hier im Grunde nur mein Bruder. Die anderen sind nicht mein Problem.«

»Nein, aber sie sind mein Problem und das meiner Kollegen. Es handelt sich nicht bei allen um räuberische Überfälle wie bei Ihrem Bruder. Jede Nadel hat ihre eigene Geschichte: Auftragsmord, Mord aus Eifersucht, Mord im Suff, Mord wegen Mafiastreitigkeiten, Morde an Geliebten, Rivalen, Brüdern, Kindern, Alten. Sie können sich einen aussuchen, Moskau hat sie alle im Angebot. Manche lassen sich leicht aufklären. Andere klären wir nie auf.«

Ich sah ihn an. Er war ein Großmaul, das seine Macht genoss. Meine Mutter hatte recht mit dem Ausspruch, die Schlange häute sich zwar, bleibe aber immer eine Schlange. Bei vielen, die jetzt in schicken neuen westlichen Anzügen oder Uniformen daherkamen, schimmerte immer noch der *homo sovjeticus* durch und man hörte das kalte Herz der Macht noch schlagen.

»Verstehe. Man liest in Dänemark zuweilen, dass Russen, die die Parteilinie nicht befolgen, die Angewohnheit hätten, plötzlich zu verschwinden, ohne dass die Polizei ihre Mörder je fassen würde.«

»Die Parteilinie ist mit der Sowjetunion zusammen gestorben.«

»Keine Ahnung, wie Sie das heute nennen, aber der Mist stinkt noch genauso zum Himmel wie eh und je.«

Er lächelte. »Sie sprechen gut Russisch.«

»Sie wissen, dass meine Mutter geborene Russin ist.«

»Ja, das weiß ich, aber deswegen muss der Sohn ja nicht ihre Muttersprache sprechen.«

»Was genau ist mit meinem Bruder passiert? Sind Sie sicher, dass Gabriel Opfer eines räuberischen Überfalls wurde?«

»Sie haben eine Kopie des Berichts erhalten.«

»Ich möchte es gern aus Ihrem Munde hören.«

Er warf mir einen unergründlichen Blick zu, als versuchte er, mich einzuschätzen.

»Daran besteht kein Zweifel«, sagte er, während er um seinen Schreibtisch herumging, Platz nahm und mich aufforderte, mich auf einen der beiden Stühle zu setzen, die vor dem Tisch standen.

»Wir haben leider fast jede Woche mehrere Vorfälle dieser Art. Ihr Bruder hatte Pech und befand sich zur falschen Zeit am falschen Ort und wurde überfallen. Jetzt werden Sie mich sicher gleich fragen, von wem. Wir können darüber alle nur Vermutungen anstellen. Von Schlägern? Von Junkies, die Geld für einen Schuss brauchten? Von Skinheads, die den Ausländer in ihm erkannten und die Stadt von fremden Parasiten befreien wollten? Von irgendwelchen Arschlöchern, die sich illegal in der Stadt aufhalten? Sie haben ihm gestohlen, was er bei sich hatte, und haben ihn dann liegen und verbluten lassen. Es tut mir leid, aber so war es.«

Er sah mich an, aber ich konnte nicht besonders viel Mitgefühl in seinen Augen erkennen. Ich ließ meinen Blick über den Stadtplan mit den vielen bunten Nadeln schweifen.

»Das ist meine Realität. Das ist die beschissene Realität in Moskau, Herr Lassen«, setzte er nach, als könnte er meine Gedanken lesen.

»Ich verstehe. Und was ist mit den Ermittlungen?«

»Die gehen natürlich weiter. Es handelt sich um einen Fall weit oben auf der Prioritätenliste. Sowohl das Patriarchat als auch der Kreml haben meine Wenigkeit angerufen und sich nach dem Überfall erkundigt und nachgefragt, was wir zu tun gedenken, um ihn aufzuklären. Wir tun, was wir können, aber ich will Ihnen nichts versprechen. Moskau ist eine Stadt mit über fünfzehn Millionen Einwohnern zuzüglich der Obdachlosen und der Illegalen, es wird also nicht leicht werden, den Fall aufzuklären. Vielleicht haben wir Glück und der Computer oder das Mobiltelefon tauchen auf dem Schwarzmarkt auf. Dann haben wir vielleicht eine brauchbare Spur. Vielleicht erwischen wir die Täter auch bei einer anderen Straftat.«

Oberst Gorbatschow erhob sich und deutete auf eine der roten Nadeln. »Das ist die Nadel von Anna Politkowskaja. Sie ist Ihnen sicher ein Begriff. Sie war im Ausland weitaus bekannter als hierzulande. Die roten Nadeln sind die unaufgeklärten Fälle. Diese hier steht für Ihren Bruder.«

Es war unwirklich und unheimlich zugleich. Gabriel als eine kleine rote Nadel unter vielen in einer großen, brutalen Stadt, die für immer hinter uns zu lassen wir unserer Mutter versprochen hatten. Es war nicht schwer zu durchschauen, dass man die Nadeln in den Stadtplan gesteckt hatte, um zu illustrieren, wie überlastet die Polizei war, und den zuständigen Behörden deutlich zu machen, womit sie sich auseinanderzusetzen hatten.

»Das ist ja gleich hier um die Ecke«, sagte ich und zeigte auf Gabriels rote Nadel. »Direkt neben dem Polizeirevier.«

»Ja.«

Ich schüttelte den Kopf.

»Möchten Sie sich den Tatort ansehen?«, fragte er.

»Ja, bitte.«

»Warten Sie bitte einen Augenblick«, sagte er und ging zur Tür. »Mascha, kannst du eben mal kommen?«

Mascha war eine schlanke, mittelgroße Frau um die dreißig. Sie hatte blonde Haare und die typischen slawischen hohen Wangenknochen, eine feine ebenmäßige Nase und helle, blaue Augen, die sie für meinen Geschmack etwas zu stark geschminkt hatte. Ihr Haar war zu einem Pferdeschwanz zusammengebunden, so dass man ihre Ohren sehen konnte, an denen sie zwei kleine Diamantohrringe trug. Sie hatte eine schwarze Hose an und solide Schuhe mit kleinem Absatz. Dabei hatte ich bisher den Eindruck gewonnen, dass die schicken jungen Frauen trotz der ziemlich löchrigen Moskauer Bürgersteige am liebsten mit möglichst hohen Absätzen umherstolzierten. Sie trug eine beigefarbene Bluse und eine Pistole in einem braunen Holster unter der Achsel. Sie sah sehr gepflegt aus, die Polizeigehälter waren also offensichtlich gar nicht so schlecht.

»Leutnant Maria Nikolajewna Kudrina darf ich Ihnen Herrn Lassen vorstellen?«, sagte der Oberst.

Wir reichten einander die Hand. Ihr Blick war offen und freundlich. Als sie lächelte, sah ich, dass sie schöne Zähne hatte.

»Schön, Sie kennenzulernen, Herr Lassen, trotz der schrecklichen Umstände. Es tut mir sehr leid, was Ihrem Bruder zugestoßen ist.«

»Leutnant Kudrina ist eine unserer besten Ermittlerinnen. Sie steht für die neuen ehrlichen Zeiten. Sie untersucht den Überfall auf Ihren Bruder. Sie wird Ihnen den Tatort zeigen.«

»Ja, gehen wir«, sagte die Polizeibeamtin. »Es ist nicht weit, dann erzähle ich Ihnen, was ich weiß.«

Sie sah mich auf eine Weise an, die ich nicht sofort zu deuten wusste, aber ihr Tonfall verriet mir, dass es etwas gab, das sie mir nicht in Anwesenheit des Obersts erzählen wollte, der sie mit einer Mischung aus Lust und Verachtung betrachtete.

7

Wir traten in das Sonnenlicht hinaus und mussten angesichts der plötzlichen Helligkeit die Augen zusammenkneifen. Mascha Kudrina machte große Schritte und schwang dabei auf eine maskuline Weise die Arme, als machte sie Nordic Walking ohne Stöcke. Bei diesem ersten herrlichen Frühlingswetter, das die Temperaturen nach oben hatte klettern lassen, ließ sie ihre sehr gut sitzende Lederjacke offen stehen.

Schmelzwasser sprudelte aus den Fallrohren und floss in die Rinnsteine, so dass wir uns hin und wieder unseren Weg zwischen tiefen Löchern und Wasserströmen auf dem Bürgersteig regelrecht bahnen mussten. Ich schaute nach oben. Die Eiszapfen, die, spitz wie Nadeln, jedes Jahr einige Menschen das Leben kosteten, waren offensichtlich schon weggetaut. Leutnant Kudrina blickte zu mir herüber, sagte aber zunächst nichts. Es waren Unmengen von modisch gekleideten Fußgängern mit Einkaufstüten und Smartphones unterwegs. Die vollgestopften Schaufenster der Boutiquen präsentierten die Frühjahrskollektionen, denn der 1. Mai stand kurz bevor. War der Tag früher der internationale Kampftag der Arbeiter gewesen, an dem man für die Teilnahme an der Prozession der kommunistischen Partei hundert läppische Rubel bekam, war er heute ein guter Anlass, um sich neue Klamotten, ein neues Auto, neue Gardinen oder einen Flachbildschirm zuzulegen. Oder einen neuen Geliebten. Denn wie im Rest der Welt strotzte die Werbung auch hier nur so vor Sex.

Wir bogen nach rechts ab und gelangten in eine Straße, in der es Wohnblöcke, kleine Geschäfte und ein paar Cafés gab. Einige der Wohnhäuser wirkten frisch renoviert, während andere, bei denen der Putz in großen Stücken abblätterte, erbärmlich und heruntergekommen aussahen. Der Verkehrslärm war kaum noch zu hören, als wir um eine weitere Ecke in die schmale Malyj-Karetnyj-Gasse einbogen.

Hier war es also passiert? Die Gasse sah friedlich und ruhig aus. Ein Mann trat aus einer Tür und ging die Straße entlang. Ein Auto fuhr langsam vorbei. Eine Katze putzte sich auf einer maroden Treppenstufe, ohne sich davon aus der Ruhe bringen zu lassen, dass nur einen Meter von ihr entfernt zwei Tauben gurrend umeinander herumturtelten.

»Hier?«, fragte ich.

»Nicht ganz«, antwortete Mascha Kudrina. »Kommen Sie mit, dann erkläre ich Ihnen, was sich meiner Meinung nach abgespielt hat.«

Sie zeigte in eine Richtung und sagte, früher sei es dort zu einem der größeren privaten Märkte gegangen, auf dem die Leute aus dem Umland oder aus Georgien und anderen Republiken den hungernden Bürgern von Moskau Fleisch und Gemüse verkauften. Sie hatten die Preise selbst festgelegt und ließen sich ihre Waren teuer bezahlen. Aber da die staatlichen Geschäfte häufig so leergefegt waren, als wäre dort eine Horde wilder Mongolen eingefallen, waren die Märkte für die normalen Menschen oftmals die einzige Möglichkeit gewesen, Fleisch, Käse, Milch oder Gemüse zu kaufen.

Die Art, wie sie davon erzählte, unterstrich, dass sie einer Generation angehörte, für die diese Mangelgesellschaft der grauen Vorzeit angehörte. Ich konnte sie verstehen. Moskau war heute der Traum aller Einkaufslustigen, sofern sie genug Geld hatten. Die Geschichten von den langen Schlangen vor den Geschäften, die man hier immer wieder zu hören bekam, waren kaum mehr vorstellbar.

Der Markt war bereits einige Jahre zuvor geschlossen worden, aber der schmale Weg dorthin diente immer noch als Abkürzung zu einem größeren Boulevard und zur Metro-Station.

»Die ganzen roten Nadeln sind wie gesagt unaufgeklärte Fälle«, sagte sie, während wir die Straße entlanggingen. »Viele stecken dort schon eine halbe Ewigkeit. Eine Schande für mein Land. Fast immer ist viel Geld oder die Politik im Spiel. Und immer gibt es jemanden unter den *silowiki*, den Mächtigen, der sie gar nicht aufgeklärt haben möchte.«

Die *silowiki* waren jene Männer im Regierungsapparat, die ursprünglich bei der Polizei, bei den Nachrichtendiensten oder beim Militär tätig gewesen waren. Der Präsident hatte sie aus dem KGB und dem FSB zu sich geholt, wo er selbst Karriere gemacht hatte, bevor er sich ernsthaft der Politik zuwandte.

Sie warf mir einen schnellen Blick zu, als wollte sie sich vergewissern, dass ich ihr auch zuhörte.

Gesichtslose, die nur der Macht und dem Geld dienen, hatte Gabriel die *silowiki* genannt. Unter Popow hatten sie viel zu großen Einfluss erlangt, und viele von ihnen waren sehr reich geworden. Gabriel hatte mir erzählt, dass die *silowiki* auch versuchten, Einfluss auf die Kirche zu nehmen, aber dagegen hatte sich der alte Patriarch immer gewehrt, obwohl er in jüngeren Jahren selbst eng mit dem KGB zusammengearbeitet hatte. »Um zu überleben. Damit die Kirche überleben konnte«, hatte Gabriel zu seiner Verteidigung gesagt. Aber jetzt war die Kirche wieder erstarkt und bedurfte dieser Zusammenarbeit nicht mehr. Jetzt sollte sie vielmehr als moralischer Kompass in einer korrupten russischen Welt dienen.

Auch Mascha Kudrina hatte das Wort verwendet. Gehörte sie etwa zu den wenigen ehrlichen und nicht korrupten Polizeibeamten in einem Russland, in dem Korruption – wie Gabriel mir erklärt hatte – so verbreitet war wie Schnee in Sibirien?

Die kleine Straße traf auf eine größere, die Bolschoi-Karetnyj hieß. Von dort aus gelangte man zwischen den einzelnen Wohnblöcken hindurch in die Hinterhöfe.

Sie zeigte in die Richtung vor uns auf einige kahle Bäume und bunte, klobige Spielgeräte aus Metall.

»Ich glaube, dort ist es passiert«, sagte sie und blieb stehen. »Ich glaube, Ihr Bruder ist hier entlanggegangen, dann hat man ihn gezwungen, über den Spielplatz zu gehen. Kommen Sie!«

Wir überquerten den Spielplatz und gelangten zu drei großen Pappeln, die aussahen, als hätten sie sich dort vor Urzeiten selbst angepflanzt. Ich erinnerte mich daran, dass Moskau im Sommer eine sehr grüne Stadt war, mit Bäumen, die überall wuchsen, in gepflegten Parks, aber auch dort, wo sich zwischen all dem Asphalt ein kleines Fleckchen Erde fand. Im Juni hatten die Moskauer unter einem regelrechten Ansturm der Pappelsamen zu leiden, die selbst in die kleinsten Ritzen drangen. Ich hatte es selbst erlebt, als ich Gabriel besucht hatte, und wusste, dass viele die Pappeln verfluchten, wenn im Frühsommer der *pukh* tobte und alles mit einem weißen Flor überzog, aber ich fand, dass die vielen Bäume der sonst so gnadenlosen, kühlen Hauptstadt einen versöhnlichen Anstrich gaben.

Leutnant Kudrina blieb vor dem Eingang zu einem Hinterhof stehen. »Sie haben ihn gezwungen, hier hineinzugehen. Nachts kommt hier kaum jemand vorbei. Ich weiß nicht, was dabei schiefgegangen ist. Vielleicht hat er sich gewehrt, was einige für eher unwahrscheinlich halten. Vielleicht sind die Täter in einen Blutrausch geraten und haben ihn deshalb zusammengeschlagen. Kann sein. In diesem Land gibt es eine hohe Gewaltbereitschaft. Vielleicht waren sie auf Drogen oder betrunken. Das kommt hier ziemlich häufig vor, aber …«

Sie hielt inne und sah mich an, als wäre ich jetzt an der Reihe.

»Aber das glauben Sie nicht, oder?«

»Nein, das ist richtig. Ich bin die Verletzungen Ihres Bruders, die im Obduktionsbericht aufgeführt sind, genau durchgegangen. Ich habe schon viele Opfer gesehen. Opfer organisierter Kriminalität, die zusammengeschlagen wurden, weil sie beispielsweise eine Drogenlieferung nicht bezahlt haben. Professionelle Schläger beherrschen ihr Handwerk. Sie gehen sehr systematisch vor. Sie geraten nicht in einen Blutrausch, sondern erledigen einfach ihren Job. Für mich sieht es so aus, als wäre auch Ihr Bruder von solchen Profis getötet worden.«

»Warum erzählen Sie mir das?«

»Ihr Bruder wurde dort drüben gefunden«, sagte sie und sah mich eindringlich an.

»Was wollen Sie mir sagen, Leutnant Kudrina?«

»Später. Jetzt kommen Sie erst mal mit.«

Ich bohrte nicht weiter nach, aber die Gedanken kreisten in meinem Kopf. Hinter der letzten Pappel gelangten wir zu einer kleinen freien Fläche, die sich zwischen einer niedrigen Mauer und einem garagenartigen Gebäude befand, das mit einer massiven Metalltür ausgestattet war. Dort standen zwei grüne Container. Zwischen ihnen lagen zwei Blumensträuße. Einer schon ziemlich welk, der andere ganz frisch. Leutnant Kudrina hob ihn auf und roch daran.

»Teure Blumen zu dieser Jahreszeit«, sagte sie. »Es steckt keine Karte darin.«

Schweigend betrachtete ich die Stelle, an der Gabriel unter so entsetzlichen Umständen ums Leben gekommen war. Als er starb, war die Erde wahrscheinlich noch schneebedeckt gewesen. Das Tauwetter hatte erst gestern eingesetzt, und an den schattigen Stellen lagen immer noch Schneehaufen. Es gab keine Hinweise darauf, dass er genau an dieser Stelle ums Leben gekommen war, keine Blutspuren, nichts. Genauso wenig allerdings war zu erkennen, dass die Kriminaltechniker der Polizei hier im Einsatz gewesen waren. Es gab weder Absperrungsbänder noch Schilder oder was auch immer man in den Krimis im Fernsehen sieht. Es war einfach nur ein schmutziger Hinterhof in einem beliebigen Moskauer Stadtviertel. Hatte die Polizei den Tatort überhaupt anständig untersucht?

»Wurde hier am Tatort wirklich eine gründliche kriminaltechnische Untersuchung vorgenommen«, erkundigte ich mich.

»Selbstverständlich. Wir räumen nur hinterher wieder auf. Würden wir hier etwas zurücklassen, es würde sofort gestohlen. Zu Sowjetzeiten haben die Leute überlebt, indem sie geklaut haben, haben meine Eltern mir erzählt, und die Leute stehlen auch heute noch.«

»Vielleicht war jemand aus dem Kloster hier«, sagte ich kraftlos und betrachtete den Blumenstrauß. Meine Stimme klang trocken und hohl.

»Nein, das glaube ich nicht. Denn dann wäre der Strauß viel pompöser, mit Visitenkarte, Schleife, einem Kreuz und was weiß ich nicht noch allem. Die Priester wären hier mit Chorgesang aufmarschiert und das Fernsehen hätte gefilmt.«

Ich lächelte sie an, aber ihr Gesicht war verschlossen.

»Sie sind nicht Mitglied in dem Club, stimmt's?« Sie zuckte die Schultern. »Darf ich mal sehen?«

Sie reichte mir den Strauß. Es war ein schöner Strauß mit Rosen, Freesien, Lilien und anderen Blumen, deren Namen ich nicht kannte. Ich betrachtete ihn von allen Seiten. Zwischen den Stängeln ragte die Ecke eines Stücks Papier heraus. Der Zettel war an dem grünen Band befestigt, mit dem der Strauß zusammengehalten wurde. Ich zog ihn heraus. Er war dünn wie ein Blättchen für selbstgedrehte Zigaretten. Darauf stand nur: »MF in ewiger Treue.«

Ich beugte mich herunter und hob den verwelkten Strauß auf. Auch hier war ein dünnes Zigarettenblättchen zwischen den Stängeln versteckt. »Swetlana in ewiger Treue«, stand darauf, und daneben hatte jemand ein Kreuz und ein kleines Herz gemalt.

Ich zeigte Leutnant Kudrina das kleine Stück Papier.

»Sagt Ihnen das etwas? MF? Swetlana?«, fragte sie.

»Nein«, sagte ich, obwohl das nicht stimmte, aber ich hatte auf einmal keine Lust mehr, dieser selbstsicheren und ziemlich verführerischen Frau, die angeblich der Moskauer Kriminalpolizei angehörte, Auskunft zu erteilen.

»Hatte Ihr Bruder eine Freundin? Wissen Sie etwas darüber«, fragte sie weiter. »So etwas machen nur Frauen.«

»Er hat zwar kein mönchisches Leben geführt, falls Sie das meinen, aber ich habe nie etwas von einer Freundin hier in Moskau gehört. Ich glaube, ehrlich gesagt, dass er ernsthaft erwogen hat, den Rest seines Lebens Gott und dem Kloster zu weihen.«

»Standen Sie sich nahe?«

»Ja. Sehr.«

»Dann hätte er es Ihnen also erzählt? Wenn er eine Freundin gehabt hätte?«

»Das glaube ich schon. Nein, ich bin mir sogar sicher.«

»Könnte es vielleicht eine Verehrerin gewesen sein? Eine Neubekehrte?«

»Ich weiß es nicht.«

»Na gut«, sagte sie und sah nach oben, und als ich ihrem Blick folgte, entdeckte ich eine Überwachungskamera. »Hier ist es nachts nicht gerade hell«, fuhr sie fort. »Aber immer noch hell genug, dass eine Kamera hätte aufzeichnen können, was hier passiert ist. Die Kameras – da drüben ist noch eine installiert und um die Ecke auch – sind vom Eigentumskomitee des Viertels angebracht worden. Nicht weit von hier befindet sich eine wohlhabende Ausländersiedlung, und gleich dort vorne gibt es eine Wechselstube.«

Ich wartete. Sie sah mich erneut forschend an, als erwartete sie, dass ich meine eigenen Schlussfolgerungen zöge.

»Und das Filmmaterial gibt nichts preis?«

»Heutzutage verwendet man keine Filme mehr. Aber Sie haben recht. Auf der Festplatte ist nichts gespeichert. Die Kamera hat in dieser Nacht aus irgendeinem Grund nicht funktioniert. Ausgerechnet in dieser Nacht.«

»Und das glauben Sie nicht?«

»Ich glaube viel eher, dass die Aufnahmen aus genau dieser Nacht gelöscht worden sind.«

»Was wollen Sie damit andeuten, Leutnant Kudrina?«

»Was meinen Sie?«

Ich wollte ihr gerade ein wenig gereizt antworten, als ich aus dem Augenwinkel eine Bewegung auf der anderen Seite der Bäume wahrnahm. Leutnant Kudrina bemerkte sofort, dass ich etwas gesehen hatte, und drehte sich blitzschnell um. Dort stand eine junge Frau, sie trug eine kurze Lederjacke, enge Jeans und Turnschuhe. Ihr rotblondes Haar hatte sie aus der Stirn gekämmt und zu einem Pferdeschwanz zusammengebunden. Es war die Frau, die ich am Tag zuvor bei Gabriels Beisetzung in der Kirche gesehen hatte. Ich erinnerte mich daran, wie auch sie Gabriels Stirn geküsst hatte, bevor der Sarg geschlossen wurde. Unsere Blicke hatten sich getroffen, als sie den Kopf wieder gehoben und sich über meinem toten Bruder bekreuzigt hatte. Ich erinnerte mich an ihre Haarfarbe, die unter dem kleidsamen Kopftuch hervorgeblitzt hatte, und an ihre sehr grünen Augen. Ich hatte sie ansprechen wollen, aber als wir auf den Klosterhof hinaustraten, war sie nirgends mehr zu sehen gewesen.

War sie jene Swetlana, deren Namen Gabriel zusammen mit den

Bruchstücken einer Telefonnummer auf seinem Notizblock notiert hatte?

Die Frau drehte sich um und lief los. Leutnant Kudrina rannte ihr hinterher und auch ich folgte, so schnell ich konnte. Aber es war aussichtslos. Wir liefen die Straße und schmale Abzweigungen entlang, suchten in Einfahrten und Hinterhöfen, sahen in alle Richtungen, aber sie blieb verschwunden. Schließlich fanden wir uns auf dem Boulevard wieder.

»Verdammt!«, schimpfte Leutnant Kudrina. Wir waren außer Atem, obwohl wir ganz gut in Form waren. »Verdammt. Sie war unglaublich schnell. Wir sollten sie in unsere Olympiamannschaft aufnehmen.«

»Wer war das?«, fragte ich unschuldig.

»Ja, wer war sie? Das wüsste ich auch gern. Warum ist sie weggelaufen? Was hat sie zu verbergen?«

»Keine Ahnung.«

»Sie haben sie nie zuvor gesehen?«

»Nein«, log ich erneut. »Aber Sie müssten doch Gabriels Kontakte überprüfen können.«

»Das haben wir natürlich schon gemacht«, erwiderte sie tonlos. »Aber wir sind dabei nicht auf eine olympiaverdächtige Sprinterin gestoßen, falls Sie darauf hinauswollen.«

»Vielleicht könnten Sie mich einfach mal auf den Stand der Dinge bringen«, sagte ich.

»Meinetwegen. Wir können ja zusammen etwas essen.«

Sie kannte ein nettes Restaurant auf dem Blumenboulevard. Es war ein italienisches Restaurant mit rot-weiß karierten Tischdecken und Chianti-Flaschen als Kerzenhaltern, was in Dänemark schon seit Jahren aus der Mode gekommen war. Das Brot, das man uns reichte, nachdem wir Platz genommen hatten, war warm und knusprig, und auch die beiden Portionen Spaghetti Carbonara waren sehr gut zubereitet, mit einer cremigen Sahnesauce, frischen Eiern und echter Pancetta. Die Gerichte kosteten etwa doppelt so viel wie in Dänemark. Wir tranken Wasser und jeder ein großes Glas italienischen Rotwein, dessen Preis zwar ebenfalls gesalzen war, der aber nach der Begehung des Tatorts und unserer erfolglosen Jagd nach der mysteriösen Frau gut tat.

Leutnant Kudrina brach das Brot in Stücke und steckte eines davon in den Mund. »Ich bin eine ungewöhnliche Beamtin, Herr Lassen. Ich bin nahezu ehrlich«, sagte sie, nachdem sie brav zu Ende gekaut hatte.

»Nahezu? Geht das? Ist das nicht das Gleiche, als wollte man ein bisschen Jungfrau sein?«

Sie schenkte mir ein offenes Lächeln, und allein dafür hatte sich meine Nachfrage gelohnt.

»Nahezu.«

»Sie treten sehr gepflegt auf.«

Sie sah sich um. Wir saßen am Fenster und blickten hinaus auf den dichten Strom der vorbeigehenden Fußgänger und auf den schmalen Park zwischen den Fahrbahnen. Die anderen Gäste saßen an Tischen an der Wand.

»Ich kenne keine Frau in Moskau, die nicht ihr letztes Geld für Kleidung und andere Dinge ausgeben würde, die sie hübsch aussehen lassen«, sagte sie. »Aber Sie haben recht. Unser lieber Präsident hat die Gehälter erhöht; sie sind zwar immer noch niedrig, aber ich habe das Glück, einen reichen Vater zu haben. Ich lasse mich von ihm bestechen, wenn Sie so wollen. Jedenfalls nehme ich seine Geschenke an. 1992 hat er seinen Majorsposten beim KGB aufgegeben und stattdessen als Unternehmer in der neuen Privatwirtschaft angefangen. Seine KGB-Kontakte haben sich dabei buchstäblich ausgezahlt. Er hat sehr viel Geld verdient, als der alte Boris Jelzin mit seiner Privatisierungspolitik den größten legalen Diebstahl der Welt ermöglicht hat. Es waren goldene Zeiten für Geschäftemacher und Menschen, die bereit waren, Risiken einzugehen. Mein Vater war immer sehr geschickt. Als Popow Präsident wurde und durchblicken ließ, dass man entweder für oder gegen ihn war, erkannte mein Vater, dass der Wind sich gedreht hatte, und verkaufte die fragwürdigen Teile seines Unternehmens. Es waren Fernsehanstalten und Ähnliches. Auf die Weise entging er einer Anklage, während Beresowski ins Exil gehen musste und Chodorkowski in einem Straflager in Sibirien versauert. Mein Vater hatte begriffen, dass der KGB zwar tot war, aber der FSB jetzt den Präsidenten im Kreml stellte. Das ist der neue Adel, und mit dem legt man sich besser nicht an.«

»Warum erzählen Sie mir das alles?«, fragte ich verwundert und dachte, dass mein eigener Vater an seinen Geschäften in Russland hätte festhalten sollen. Er hätte gut zu der Art von Räuberkapitalismus gepasst, die Leutnant Kudrina eben beschrieben hatte, aber er hatte sich natürlich und zu unser aller Glück für meine Mutter statt für Russland entschieden.

Sie sah mich an und trank einen Schluck von ihrem Wein. Ihre Handbewegungen waren sehr feminin, ganz im Gegensatz zu ihrem männlichen Gang.

»Ja, warum? Sie sind mir sympathisch. Ich bin ein impulsiver Mensch, der sich sehr schnell ein Urteil über andere Menschen bildet.«

»Tatsächlich?«

»Sie sind halb Russe, wenn Sie verstehen, was ich meine. Wir sind ein Volk, das sich mehr von seinen Gefühlen leiten lässt als von rationalen Erwägungen. Irgendwo schlummert auch in Ihnen eine russische Seele. Sie können es ruhig zugeben.«

»Das glaube ich kaum. Ich bin sehr in Dänemark verwurzelt.«

»Wie Sie meinen. Ich will Sie nur warnen. Ich habe das Gefühl, dass Sie versuchen wollen, dieser Sache auf den Grund zu gehen, aber das führt zu nichts. Bringen Sie Ihren Bruder nach Hause, begraben Sie ihn in der Erde seiner Vorfahren und machen Sie Ihren Frieden damit, indem Sie das Geschehene auf sich beruhen lassen. Ihr Bruder wird so oder so nicht wieder lebendig.«

»Und seine Mörder sollen frei herumlaufen?«, entgegnete ich wütend. »Wer hat Sie denn auf mich angesetzt?«

»Niemand. Und ich werde auch weiterhin auf meine Weise nach den Mördern suchen. Ich werde aus der roten Nadel eine blaue machen. Das verspreche ich Ihnen.«

»Warum sollte ich Ihnen vertrauen?«

»Sie können beruhigt sein. Und außerdem haben Sie im Moment niemanden außer mir.«

Alle möglichen Gedanken rasten durch meinen Kopf, vor allem aber dachte ich darüber nach, dass sie noch immer nicht offen mit mir sprach und dass jemand diese hübsche Frau auf mich angesetzt haben musste. Offensichtlich wollten es alle so hindrehen, dass diese ungeheure Tat ein grausamer, aber leider nicht ungewöhnlicher räuberischer Überfall war, bei dem Gabriel leider das Pech gehabt hatte, zur falschen Zeit am falschen Ort zu sein, ein Überfall, der ad acta gelegt werden sollte. Gleichzeitig machte Mascha Kudrina Andeutungen, dass noch etwas anderes dahintersteckte, eine Verschwörung irgendeiner Art. Aber was sollte Gabriel damit zu tun gehabt haben? Mein sanfter Bruder? Ich konnte mir einfach keinen Reim darauf machen.

»Schmeckt es Ihnen?«, fragte Leutnant Kudrina unvermittelt auf Dänisch und grinste über das ganze Gesicht.

»Sie sprechen Dänisch?«, fragte ich sie überrascht.

»Nur ganz wenig«, antwortete sie und fuhr auf Russisch fort. »Mein Bruder spricht sehr gut Dänisch. Und ich habe ihn oft in Dänemark besucht, als er bei der russischen Botschaft in Kopenhagen gearbeitet hat. Eine wunderbare Stadt. Ich finde es großartig, dass dort alle mit dem Fahrrad fahren. Stellen Sie sich vor, wir könnten das in Moskau auch einführen, wo hier so viele ihre Zeit damit vergeuden, in endlosen Staus zu stehen. Ich liebe Kopenhagen im Sommer. Dann duftet es dort nach Meer. Und hier stinkt es nach Benzin und Smog.«

»Dann gehört Ihr Bruder also zur sogenannten Kopenhagen-Mafia?«

Sie lachte. »Sie kennen den Ausdruck? Ja, er gehört zum Stab des Präsidenten. Er heißt Sascha Karbanow.«

Ich horchte auf. Das war der Name, den auch Merete Jessen von der dänischen Botschaft aus dem Hut gezaubert hatte. Das konnte kein Zufall sein. Sie hatte diese Richtung offenbar absichtlich eingeschlagen.

»Gibt es eigentlich einen Herrn Kudrina?«, fragte ich ziemlich ungeniert und ohne zu erkennen zu geben, dass ich den Namen ihres Bruders schon einmal gehört hatte.

»Ja und nein. Wir leben getrennt. Und in einem Monat haben wir zum Glück auch die Scheidung hinter uns.«

»Das tut mir leid.«

»Das muss es nicht. Er arbeitet in der Werbebranche, und es fällt ihm sehr schwer, die Finger und alles andere von den langbeinigen zwanzigjährigen Models zu lassen, die in der Hoffnung auf einen Job in das Büro des Artdirectors stolzieren. Darauf hatte ich keine Lust mehr.«

»Wie dumm von ihm. Das tut mir leid für Sie.«

»Wie gesagt, das muss es nicht. Wir haben letzten Endes doch nicht zusammengepasst. Glücklicherweise haben wir keine Kinder. In diesem Land fehlt den meisten Menschen die Kraft dafür. In Moskau heiratet und trennt man sich ununterbrochen. Das hat keine Bedeutung. Mein Bruder allerdings ist immer noch mit derselben Frau verheiratet. Sie sind schon über zehn Jahre zusammen und haben zwei Kinder. Er ist sehr westlich orientiert. Sascha hat eine glänzende Karriere gemacht, er ist ungefähr in Ihrem Alter und fünf Jahre älter als ich. Ich bin Schnüfflerin geworden. Und Sie sind Meteorologe, nicht wahr?«

»Sie haben sich informiert?«

»Na klar.«

»Das hier ist also kein Zufall?«

»Natürlich nicht.«

»Sie sind vielleicht schwer zu durchschauen«, stellte ich resigniert fest.

»Ach, ich bin auch nicht schlimmer als die meisten in diesem Land. Was glauben Sie, warum Churchill gesagt hat, Russland sei ein Rätsel, das in ein Mysterium gehüllt sei, das wiederum ein Geheimnis in sich berge – oder so ähnlich. Hören Sie mir bitte zu, was ich Ihnen zu sagen habe, dann lade ich Sie nach dem Essen auf einen ausgezeichneten Espresso ein.«

»Das hört sich gut an«, sagte ich. »Aber warum interessieren Sie sich, wer auch immer Sie nun genau sind, für einen x-beliebigen Meteorologen?«

»Sie sind Gabriels Bruder. Gabriel ist ermordet worden. Da

durchleuchten wir natürlich alles in seinem Umfeld, selbstverständlich auch Personen. Das ist Teil der routinemäßigen Abläufe, die wir hier Regularien nennen.«

»Warum glaube ich Ihnen das alles nicht?«

»Okay, Herr Lassen. Ausländer werden häufig – jedenfalls öfter als sie denken – überwacht. Der Kalte Krieg ist zwar vorbei und alles, was dazugehört hat, aber noch sind längst nicht alle Spione in den Ruhestand gegangen.«

»Wollen Sie damit sagen, dass mein Bruder ein Spion war?«

Ich konnte ein Grinsen nicht unterdrücken. Der Gedanke war vollkommen lächerlich, aber Leutnant Kudrina erwiderte mein Grinsen nicht. Sie sah mich nur mit kühlem Blick an, nicht untypisch für junge russische Frauen. Diese kalte Verschlossenheit war einer der Gründe dafür, warum ich nie in Versuchung geraten war, mir eine russische Freundin anzulachen, wenn ich Gabriel besucht hatte.

»Das kann man vermutlich nie mit Sicherheit sagen, bevor man einen Menschen nicht hat überwachen lassen, nicht wahr?«

»Nein.«

»Er hat seit vier Jahren hier gelebt. Er hat sich zu einem der engsten Mitarbeiter des Patriarchen hochgearbeitet. Er hat fließend Russisch gesprochen, aber er war ein Ausländer. Der Patriarch war ein gern gesehener Gast im Kreml. Meinen Sie nicht auch, dass sich euer Nachrichtendienst ebenfalls einschalten würde, wenn es in Dänemark eine vergleichbare Konstellation gäbe? Wenn Sascha plötzlich zum Spin-Doctor eures Ministerpräsidenten aufsteigen würde?«

»Verstehe.«

»Tatsächlich?«

»Ja«, antwortete ich und empfand große Genugtuung, als sie den Blick zuerst senkte.

»Hervorragend. Dann bestellen Sie uns doch bitte den Espresso. Einen doppelten für mich, dann erzähle ich Ihnen noch ein bisschen mehr.«

Leutnant Kudrina kam offenbar selten direkt zur Sache, denn sie fing an, von ihrem Vater zu erzählen, zu dem sie anscheinend ein ziemlich angespanntes Verhältnis hatte, obwohl er einen nicht unerheblichen Teil der Ausgaben der schlecht bezahlten Kriminalbeamtin beglich. Sie hatte pro forma mehrere Posten in den verschiedenen Firmen ihres Vaters inne, und dieser entlohnte sie geradezu fürstlich dafür, dass sie im Grunde nichts tat. Sie machte kein Hehl daraus, dass ihre Gegenleistung darin bestand, sich ab und zu mit ihrer Polizeimarke und ihrer Dienstwaffe blicken zu lassen, wenn die organisierte Kriminalität mal wieder etwas zu ehrgeizige Forderungen in puncto Schutzgeld stellte.

Je mehr Leutnant Kudrina von ihrer Familiengeschichte offenlegte, umso deutlicher trat die abgrundtiefe Korruption eines Landes zutage, in dem alles und alle käuflich zu sein schienen, Hauptsache, der Preis stimmte. Der Politik ging es nicht um Einfluss, sondern darum, sich zu bereichern. Das war zynisch; und es war desillusionierend, sich das anhören zu müssen. Es kam mir so vor, als ginge es ausschließlich darum, selbst Teil der Macht zu werden, um zu verhindern, dass die Macht einen selbst nicht fertigmachte. Russland hatte sich zwar an der Oberfläche gewandelt, aber unter dem modernen neuen Stil verbargen sich dieselben alten Maden, die alles auffraßen, was ihnen in die Quere kam. Ich begriff immer weniger, was Gabriel an Russland gereizt hatte. Er hätte auf die Warnungen unserer Mutter hören sollen.

Leutnant Kudrina hörte sich aufrichtig empört an, wenn sie über die Korruption und die Machtstrukturen im modernen Russland sprach, richtiggehend verbittert aber klang sie, wenn sie von ihrem Vater sprach.

»In Wirklichkeit mag ich meinen Vater nicht«, sagte sie müde. »Es ist schrecklich, das sagen zu müssen, aber ich habe Mitleid mit meiner Mutter. Sie sitzt draußen in Uspenskaja in einer riesigen Villa mit zwei Bediensteten, drei kleinen Pudeln und einem großen Pool, den sie nie benutzt. Das Einzige, wofür sie sich interessiert, sind Shoppingausflüge nach London und Schönheits-OPs, die dazu geführt haben, dass sie aussieht wie eine zutiefst verzweifelte, ausgemergelte Hollywood-Schauspielerin. Sascha und ich können sie eigentlich beide nicht ertragen, aber wir besuchen sie hin und wieder. Mein Vater ist nur selten da. Er hat ein Penthouse in dem neuen

Stalin-Hochhaus, das er mit wechselnden, immer jünger werdenden Blondinen teilt. Zum Glück kann er sich Viagra leisten.«

Ich konnte nicht umhin zu lachen. Sie war beinahe so empört wie ein kleines Kind. Dann aber musste sie ebenfalls lachen.

»Eigentlich ist das überhaupt nicht zum Lachen«, sagte sie. »Das ist doch eine echte Tragödie mit den beiden. Wer zum Teufel will denn so enden?«

»Warum lassen sie sich nicht scheiden?«

»Das will der Alte dann doch nicht. Er ist der Meinung, er würde sich ritterlich verhalten. Die Mutter seiner Kinder und der ganze Quatsch. Aber man kann so viel herumvögeln, wie man will. Das ist der Kodex, nach dem er und einige seiner alten Kumpel vom KGB leben. Sie sind alle irgendwie brutal und verdammt sentimental, sobald sie ein bisschen Wodka intus haben. Sind Sie verheiratet?«

»Nein.«

»Warum nicht? Sie sehen doch gut aus. Und dann arbeiten Sie, wie ich gehört habe, auch noch beim Fernsehen.«

»Danke für das Kompliment. Aber die Frage hat sich irgendwie nie gestellt.«

»Ich kann Sie gut verstehen. Ich werde dieses Risiko bestimmt auch nicht noch mal eingehen.«

»Sie können sich doch Ihren FSB-Bruder zum Vorbild nehmen ...«

»Sascha, FSB? Wie kommen Sie denn darauf?«

»Das ist doch naheliegend. Ist das nicht der Weg, auf dem man zu Popows Vertrautem aufsteigt?«

»Das mag hilfreich sein, aber er umgibt sich mit zwei Arten von Leuten. Die einen sind *silowiki*, und die anderen sind alte Freunde und Verbindungen aus seiner Zeit in Leningrad. Mein Bruder ist einer von ihnen. Er hat in St. Petersburg Jura und Wirtschaftswissenschaften studiert. Einer von Popows alten Studienfreunden und jetzigen Schoßhunden war sein Dozent, und so wurde auch Sascha Teil des Rudels. Er gehört zum liberalen Flügel. Popow liebt es, sie gegeneinander auszuspielen.«

»Teile und herrsche.«

»Das wäre zu einfach. Russland ist wie die Matrjoschka-Puppen, die die Touristen so gern an den Ständen unten am Kreml oder auf dem Arbat kaufen. Puppen in der Puppe, nicht wahr? Mit jeder Popow-Puppe, die im Laufe der Jahre zum Vorschein gekommen ist, ist das KGB-Gesicht immer deutlicher zutage getreten. Die Gedanken und Züge des liberalen Reformpolitikers sind immer mehr zurückgetreten, bis sie schließlich ganz verschwunden sind.«

»Das ist schon seltsam, oder? Für einen Außenstehenden jedenfalls. Popow sitzt fest im Sattel und trotzdem geht er mit aller Härte gegen jeden vor, der sich seiner Politik widersetzt.«

»Das ist Russland. Stalins Macht war unerschütterlich, und dennoch ließ er mehr Menschen hinrichten als jeder andere. Russland ist noch immer ein brutales Fleckchen Erde. Wir sind nach wie vor kein normales europäisches Land. Sie kommen aus einem Land, in dem ein Mord sofort auf der Titelseite der Zeitung landet, während er den hiesigen Zeitungen kaum eine Notiz wert ist. Wie die meisten Dänen wissen Sie es gar nicht zu schätzen, dass Sie in einem Land leben, das ebenso friedlich wie flach ist.«

»Und oft ganz schön langweilig.«

»Darüber solltet ihr euch freuen.«

»Vielleicht tun wir das ja sogar. Sie haben eben gesagt, Russland sei *nach wie vor* kein normales Land.«

Sie seufzte und trank ihren Espresso aus. »Ich glaube daran, dass wir dieses Land verändern können, weil wir uns verändern. Es werden immer mehr, die anders sind. Die sich am Westen orientieren. Und das ist gleichbedeutend damit, modern zu sein. Aber deswegen kann man sein Land trotzdem lieben. Die Leute haben angefangen zu protestieren. Das ist neu. Wir werden sehen, wie lange man ihnen das noch gestattet, aber sie lassen sich nicht so leicht stoppen. Wir haben es satt, uns wie Kinder behandeln zu lassen. Wir wollen eine normale Gesellschaft. Wir haben die Nase voll davon, wie in einem Sultanat zu leben.«

»Wie politisch ihr geworden seid.«

»Für Sie ist es leicht, sarkastisch zu sein. Sie kommen aus Dänemark, sind Bürger eines normalen Landes. Sie haben Russland verlassen. Ich will Russland nicht verlassen. Es ist mein Land. Im Übrigen war das gerade O-Ton Sascha. Ich habe mir nur seine Worte geliehen.«

»Okay. Es fällt mir einfach schwer zu glauben, dass Russland den richtigen Weg eingeschlagen haben soll.«

»Das verstehe ich. Aber wir befinden uns auf einem guten Weg. Wir sind nur leider noch nicht am Ziel angekommen. Deshalb müssen Sie auch aufpassen, was Sie tun.« Sie beugte sich nach vorn, legte ihre Hand auf meine und sah mir in die Augen. »Russland ist noch kein normales Land. Russland ist wie ein tiefes Meer, in dem die Haie ungehindert Jagd auf die anderen Fische machen können.«

»Spricht da auch wieder Sascha?«

»Ja. Und er möchte Sie gern treffen.«

»Wir fliegen morgen zurück.«

»Glauben Sie nicht, Sie seien irgendwo in Sicherheit, wenn Sie nicht aufhören, zu viele Fragen zum Tod Ihres Bruders zu stellen. Denken Sie an Litwinjenko und seinen langsamen schmerzhaften Tod in London. Unsere Leute haben sehr lange Arme, Herr Lassen.«

Mir war klar, worauf sie hinauswollte. Es fiel mir nicht schwer, mir die grausamen Bilder des früheren Geheimdienstmannes Litwinjenko und seines skeletthaften Körpers mit dem großen Kopf ins Gedächtnis zu rufen. Sein elender Zustand erinnerte an die entsetzlichen Bilder von den ausgemergelten Gefangenen in den KZs. Der arme Mann war immer schwächer geworden und schließlich gestorben, von radioaktivem Polonium vergiftet.

Als könnte sie meine Gedanken lesen, fuhr sie fort. »Warum haben sie ihn umgebracht? Weil er ein Verräter war, aber auch weil er zu viel wusste. Er hat sie verraten, als er geschrieben hat, dass sie hinter der Bombenexplosion von 1999 steckten, bei der mehr als dreihundert Menschen ums Leben kamen. Er wusste zu viel und deshalb musste er sterben.«

»Wer sind *die*?«

»Sprechen Sie mit Sascha. Sie sollen ihn nicht anrufen, aber er würde Sie gern heute noch treffen. Um halb sechs an der Puschkin-Statue. Passt Ihnen das?«

»Das passt mir«, sagte ich, obwohl ich eigentlich keine Lust hatte, vielleicht weil ich stattdessen Lust bekommen hatte, noch ein wenig länger mit Leutnant Kudrina und ihrer Hand auf meiner hier zu sitzen.

8

Draußen vor dem Café verabschiedete ich mich von Leutnant Kudrina. Wir reichten einander die Hand. Im Restaurant hatte sie ihre Haare aus dem Pferdeschwanz gelöst, so dass der Wind jetzt mit ihnen spielte und ihr eine Locke ins Gesicht blies. Sie schob sie mit einer femininen Bewegung beiseite und wandte den Blick ab, als ich ihr die Hand reichte.

»Es war interessant, Sie kennenzulernen«, sagte sie. »Grüßen Sie meinen Bruder.«

»Das mache ich, und das Vergnügen war ganz meinerseits. Vielleicht sehen wir uns noch mal?«

»Man kann nie wissen, aber Sie fliegen doch morgen schon zurück.«

»In knapp einem Monat komme ich noch mal wieder. Zur Seelenmesse.«

»Ach ja, stimmt. Sind Sie so gläubig?«

»Ich nicht, aber meine Mutter. Und Sie?«

Sie tat, als würde sie Salz über ihre Schulter werfen. »Sie sind Russe. Sie müssten es wissen. Ich bin abergläubisch«, lachte sie. »Ich glaube, wir sehen uns wieder. Machen Sie's gut.«

Ich sah ihr nach, als sie die Straße überquerte und auf einen weißen BMW-Geländewagen zuging, der auf der anderen Seite mit eingeschalteter Warnblinkanlage wartete. Es gab nichts, woran man hätte erkennen können, dass es sich um einen Dienstwagen handelte, aber dem Fahrer war es offensichtlich gleichgültig, dass sich hinter ihm eine Schlange gebildet hatte. Am Steuer saß ein junger Mann in Zivil. Leutnant Kudrina setzte sich neben ihn. Ich hob die Hand, aber sie reagierte nicht.

Sie musste den Wagen bestellt haben, als sie kurz auf der Toilette gewesen war. Oder hatte er schon die ganze Zeit dort gestanden? Zur Sicherheit? Moskau machte mich allmählich ziemlich paranoid. Moskau war eine Stadt, in der man sich lieber einmal mehr vergewisserte, was hinter dem eigenen Rücken vor sich ging.

Ich hatte noch ein paar Stunden Zeit bis zu dem Treffen, und bis zum Puschkin-Platz war es nicht besonders weit. Ich hatte Lust, spazieren zu gehen, und entschloss mich, einen Umweg zu machen. Ich fühlte mich unausgelastet. Ich hatte Wochen damit zugebracht, hinter einem Schlitten herzurennen und plötzlich bewegte ich mich fast gar nicht mehr. Außerdem wollte ich nachdenken. Ich wollte versuchen, mir einen Reim auf das zu machen, was Leutnant Kudrina gesagt hatte, und an Gabriel denken und daran, wie das Leben ohne ihn sein würde.

Seit er gestorben war, war er mir beinahe wie ein Heiliger vorgekommen. Er war ein guter und wenig egoistischer und materialistischer Mensch in einer ansonsten egoistischen und materialistischen Welt gewesen, aber ein Heiliger war er natürlich trotzdem nicht. Nicht einmal Mutter Teresa war eine Heilige, wenn man einem Artikel Glauben schenken durfte, den ich einmal gelesen hatte. Es war auf eine eigentümliche Weise beruhigend gewesen zu lesen, dass auch sie der Menschheit nicht rund um die Uhr selbstlos gedient hatte. Es machte sie viel menschlicher, dass auch sie nicht nur gute Seiten hatte.

Außerdem war Gabriel während der siebenunddreißig Jahre seines Lebens nicht immer derselbe gewesen. Niemand war das. Er hatte sich im Laufe seines Lebens verändert. Er war immer schon auf der Jagd nach dem Glück gewesen, und mit Vorliebe hatte er nach der unerreichbaren, der vollkommenen Variante desselben gesucht. Hatte er dieses Glück schließlich in der orthodoxen Kirche gefunden, die so frei war, sich die Kirche der Rechtgläubigen oder der wahren Gläubigen zu nennen?

Ich ging noch ein Stück auf dem Blumenboulevard entlang. Ich wollte zum Fluss spazieren und dann von dort durch die Tverskaja zurück, die mich zum Puschkin-Platz führen würde, auf dem die Statue von Russlands großem und geliebtem Dichter thronte. Er war ein Mann nach dem Geschmack der meisten Russen. Seine Dichtung war gewaltig und gefühlsgeladen, er kämpfte mit dem Schwert in der Hand gegen die elenden Feinde des Vaterlandes und starb nach einem Duell mit einem französischen Rivalen, der versucht hatte, seine Ehefrau zu verführen. Er war erst siebenunddreißig Jahre alt gewesen, als er in diesem Duell – einem von vielen, die er ausfocht – schwer verwundet wurde. Genauso alt wie ich, der ich jetzt durch die Straßen von Moskau spazierte. Genauso alt wie Gabriel, als er seinen Mördern in die Hände fiel.

Ein erneuter Wetterumschwung lag in der Luft. Große schwarze Wolken zogen über der Stadt auf. Die Temperaturen waren immer noch relativ mild, und ich ging nicht davon aus, dass es noch einmal Nachtfrost geben würde.

Ich verließ den Blumenboulevard und kam an einem frisch renovierten Kloster und einer aufwendig restaurierten Kirche vorbei, die mich an die wiedergewonnene Macht und Stellung des Patriarchats denken ließen. Es war längst keine unterdrückte und marginalisierte Kirche mehr, der mein Bruder während der letzten vier Jahren seines Lebens gedient hatte, sondern ein mächtiger Faktor in Popows sogenannter gelenkter Demokratie.

Gabriel hatte sich schon immer von allem Geistlichen angezogen gefühlt. Sein rastloses Suchen hatte bereits früh begonnen. Er hatte es mit gerade mal zwölf Jahren sehr deutlich formuliert, als ich ihn in seinem Zimmer mit einer brennenden Kerze und einem Räucherstäbchen antraf und mich wunderte, wo er diese Dinge aufgetrieben hatte.

»Was machst du denn da?«, hatte ich ihn gefragt.

»Ich suche nach meiner Seele«, hatte er todernst geantwortet.

Ich hatte nicht richtig verstanden, was er damit meinte, und war mit der Bemerkung darüber hinweggegangen, ich sähe nichts, wenn ich in mein Inneres hineinschaute. Nichts als ein tiefes Loch. »Nimm dich vor der Leere in Acht«, hatte er gesagt, ohne meinen Sarkasmus auch nur im Geringsten zu beachten.

Ich hatte damals nur Fußball im Kopf, und wenige Jahre später bestand meine Art der Bewusstseinserweiterung darin, Mädchen aufzureißen und mich zu besaufen, aber das hatte Gabriel nicht gereicht. Er hatte ziemlich ausgiebig mit Drogen experimentiert. Unsere Eltern hatten davon nichts mitbekommen. Erst nach einem albtraumhaften LSD-Trip, der mehrere Tage gedauert hatte, hatte er mit den Drogen aufgehört.

In der Oberstufe hatte er zu viel Hasch geraucht und Amphetamine geschluckt, aber ohne davon richtig abhängig zu werden. Außerdem hatte er ebenso wie ich eine ungewöhnlich robuste Gesundheit, auch wenn er die zarte Statur unserer Mutter geerbt hatte, während ich denselben kräftigen Körperbau hatte wie unser Vater. Zuerst hatte er Philosophie studiert. Dort lernte er eine gleichaltrige Frau kennen, mit der er dann auch zusammenzog. Ich gab ihr den Spitznamen Crazy-Daisy. Sie war groß und mager und ziemlich hässlich, aber sie hatte eine Macht über Gabriel, die ich nicht nachvollziehen konnte. Sie war es auch, die ihn mit LSD in Kontakt gebracht hatte. Wegen des miesen Trips hatte er schließlich aufgehört, Drogen zu nehmen, aber auch weil Diana, wie Crazy-Daisy in Wirklichkeit hieß, von einer Eisenbahnbrücke herunter und direkt vor einen fahrenden Zug gesprungen war.

Gabriel gab sein Philosophiestudium auf und zog zu mir in die Wohnung auf Østerbro, die unser Vater gekauft hatte, als die Geschäfte einige Jahre lang mal wieder glänzend liefen. Damals verdienten er und seine Kompagnons Unmengen Geld, indem sie von geliehenem Geld Wohnungen kauften und sie zu völlig überteuerten Preisen wieder verkauften. Ich habe nie richtig verstanden, wie sie das eigentlich bewerkstelligt haben, aber es hat immer so gewirkt, als müsste man nur dreist genug sein, und schon wäre alles möglich. Jedenfalls haben die Banken meinem Vater und seinen Kompagnons die Millionen geliehen, mit denen sie diesen Wohnungszirkus finanziert haben.

Unser Vater hatte Gabriel ebenfalls angeboten, ihm eine eigene Wohnung zu kaufen, aber damals hatte Gabriel in einer Art verspäteter Pubertätsrevolte gerade nichts mit unserem Vater zu tun haben wollen. Er war immer Mamas Liebling gewesen. Seit wir Teenager waren, wussten wir, dass unser Vater sich mit anderen Frauen amüsierte. Wir hatten damals auch mitbekommen, dass unsere Mutter darüber Bescheid wusste und dass sie es akzeptierte. Das Einzige, was sie von ihm verlangte, war, dass er es ihr erzählte. Manchmal war es einfach nur eine Postkarte, auf der stand: Ein neues Püppchen. Sie führten eine glückliche Ehe, auch wenn sie in keiner Weise den dänischen Normen entsprach. Darin waren Gabriel und ich uns durchaus einig, aber dennoch gab es eine Zeit, in der Gabriel unseren Vater moralisch verurteilte.

Nach dem Selbstmord von Crazy-Daisy besuchte er meine Mutter wieder öfter, während ich mich eher von ihr fernhielt. Sie konnten gut miteinander reden, und er fand Trost in dem Glauben, den er wohl nie ganz aufgegeben hatte. Sie fingen jedenfalls wieder an, gemeinsam die Kirche in der Bredgade im Zentrum von Kopenhagen zu frequentieren, wie damals, als wir kleine Kinder waren.

Zu dem Zeitpunkt hatte ich mich schon längst endgültig von der Religion abgewandt. Ich wahrte Abstand zu allem Russischen. Ich behielt für mich, dass ich zur Hälfte Russe war. Ich war Däne. Wenn meine Mutter Russisch mit mir sprach, antwortete ich auf Dänisch. Ich studierte Geografie und Meteorologie. Ich wollte Meteorologe werden, was in Gabriels Augen eine unfassbar langweilige und bürgerliche Art war, sein Dasein zu fristen. Er behauptete, meine Fächerwahl spiegele die Tatsache wider, dass ich meine religiösen Gefühle unterdrückte und verdrängte. Meine Studienfächer würden mich vom Wesentlichen und Spirituellen im Leben wegführen. Ich hatte erwidert, er leide an gefühlsduseliger religiöser Romantik.

Gabriel begann, an der Kopenhagener Uni Russisch zu studieren. Mit seinem sprachlichen Hintergrund, meinte er, wäre das sicher ein leichtes Studium, das er schnell hinter sich bringen könnte. Ich brachte meinen Vater dazu, meine Zweizimmerwohnung zu verkaufen und uns stattdessen eine Vierzimmerwohnung zu kaufen. Das gelang ihm gerade noch, bevor er mit seiner ominösen Wohnungsgesellschaft mal wieder Konkurs anmelden musste. Ohne unser Wissen hatte er den Grundbucheintrag der Wohnung auf Gabriels und meinen Namen ausstellen lassen, so dass die Gläubiger uns nichts anhaben konnten. Dafür bescherte es uns vorübergehend einigen Ärger mit dem Finanzamt, aber auch das regelte unser Vater schließlich mithilfe eines Erbvorschusses. Ich versuchte gar nicht erst, das alles zu durchschauen. Der zuständigen Finanzbehörde ging es offensichtlich ähnlich.

Mein Vater war immer ein Meister darin gewesen, seine Machenschaften zu verschleiern, aber dieses Mal hatte es wohl leider nicht geklappt. Alles deutete darauf hin, dass ihm das Gefängnis nicht erspart bliebe. Und das konnte er nicht ertragen. Dafür liebte er seine Unabhängigkeit viel zu sehr. Also erschoss er sich an dem Tag, an dem nach einem mehr als zwei Jahre andauernden Prozess das Urteil verkündet wurde und alle Einspruchsmöglichkeiten ausgeschöpft waren, mit seinem Jagdgewehr im Wald von Gribskov. Er schickte seinem Anwalt eine SMS mit den genauen GPS-Koordinaten und bat ihn, dafür zu sorgen, dass seine Leiche gefunden würde, bevor seine Ehefrau, seine Söhne oder ein Jogger, der zufällig vorbeikam, ihn entdeckten. Sekunden später drückte er auf den Abzug des doppelläufigen Jagdgewehrs. Er war bankrott, aber auf einigen Konten befand sich noch Geld, das an unsere Mutter ausgezahlt wurde, nachdem der Konkursverwalter Vaters verworrene Geschäfte aufgelöst hatte.

Jedes Mal, wenn ich in der Zeitung von einem weiteren Mann aus der Finanzbranche las, der Konkurs angemeldet hatte, aber trotzdem noch in einem großen Schlitten herumfuhr und eine Villa am noblen Strandvejen und eine Finca auf Mallorca besaß, musste ich an unseren Vater denken und daran, dass die Gesellschaft immer ihre schützende Hand über die großen Betrüger hält und nur die kleinen Leute jagt. Die Großen mussten vielleicht mal eine Zeit lang ins Gefängnis, aber wenn sie wieder rauskamen, konnten sie sich weiter mit ihren Millionen vergnügen. Unser Vater hatte immer gesagt, wenn du hundert Millionen Schulden hast, dann verneigen sich die Finanzbehörden und die Banken vor dir und nennen dich verehrter Herr, aber wenn du ihnen einen Tausender schuldest, dann rücken sie mit ihrem ganzen Apparat an und melken dich bis auf die letzte Öre.

Daran musste ich denken und vermisste meinen Vater wie so oft zuvor, während ich zwischen den gut gekleideten, geschäftigen Moskauern entlangspazierte.

Ich ging zur Flaniermeile Kusnezki Most und bewunderte einen neuen Buchladen, der eine große Auswahl an Büchern aller Art hatte und für einen neuen E-Book-Reader warb. Der Präsident versuchte den Erfolg der elektronischen Medien zu unterbinden, aber den Schaufenstern des Buchladens und den Stapeln im Geschäft nach zu urteilen, konnten die Russen alles von Puschkin über *Das Schwarzbuch des Kommunismus* bis hin zum neuesten Grisham lesen.

Ich spazierte weiter, die Hände in meinen Jackentaschen vergraben.

Wieder kehrten meine Gedanken zu Gabriel und unserer Kindheit zurück. Ich hatte darüber nachdenken wollen, was Leutnant Kudrina gesagt hatte, aber stattdessen drängten sich nun, als ich an der Rückseite des alten KGB-Hauptquartiers vorbeiging und den Lubjanka-Platz betrat, andere Erinnerungen auf. In der Mitte des stark befahrenen Platzes befand sich eine Blumenrabatte. Früher hatte dort die Statue von Felix Dserschinski gestanden, des furchteinflößenden Gründers der Geheimpolizei Tscheka. Die Statue war nach dem gescheiterten Putschversuch der Betonkommunisten im August 1991 umgestürzt worden. Ich hatte es im Fernsehen gesehen, und meine Mutter hatte kurz darauf angerufen und war erschüttert und freudig erregt zugleich gewesen.

»Ich danke Gott dafür, dass die Statue dieses Mörders endlich umgestürzt wurde, aber gleichzeitig fürchte ich, dass sie bald eine neue für einen ebenso blutigen Tyrannen errichten werden.«

Was Russland angeht, ist sie noch nie besonders optimistisch gewesen. Selbst als die Sowjetunion Weihnachten 1991 aufgehört hatte zu existieren, hatte sie nicht daran geglaubt, dass Veränderungen eintreten würden. Popows vertikale Machtstruktur bestärkte sie in der Annahme, dass ihr Vaterland auf alle Zeit dazu verurteilt war, mit einer autoritären Regierungsform zu leben. Dass die russischen Untertanen immer dazu verurteilt wären, vor irgendeinem Zaren den Nacken zu beugen. Er mochte gut oder böse sein, aber einen

Zaren würde es im Kreml immer geben. Gabriel und ich hatten versucht, sie von der realen Bedeutung der Veränderungen zu überzeugen, aber das hatte keinen Eindruck auf sie gemacht.

Auf dem Lubjanka-Platz mit Aussicht auf das riesige, bedrohliche Gebäude des Geheimdienstes der Sowjetunion hatte man ein kleines Mahnmal für die Opfer der Gulags errichtet.

Ein einzelner schwarzer Stein aus einem der fernen Lager in Solowki, in dem Millionen von Menschen umgekommen sind, ruhte auf einem ähnlichen flachen Stein mit einer Inschrift, die die Menschen an die Schrecken und die Brutalität erinnern soll. Daneben hatte man einige Bäume gepflanzt. Es war sehr geschmackvoll und stand in starkem Kontrast zu den vielen Autos in dem Verkehrskreisel und zum Hauptquartier des Geheimdienstes. Ich fand es richtig und von hohem symbolischen Wert, dass sich das Mahnmal ausgerechnet gegenüber vom KGB-Gebäude befand, wo die Schreie der Folteropfer und die Schüsse der Henker wie Echos von jedem Mauerstein widerhallten. Wie in einer Szene in einem gruseligen Film, den ich einmal gesehen hatte, in dem die Stimmen der Menschen bis in alle Ewigkeit in durchsichtigen Eisblöcken eingefroren waren.

Gerade war ich an einem Bistro vorbeigegangen, das KGB hieß. Ich wusste nicht richtig, was ich davon halten sollte. Würde man ein Restaurant denn Gestapo nennen? Andererseits war es vielleicht ein kleiner Beitrag dazu, die brutale Vergangenheit hinter sich zu lassen, wenn man ein Organ bagatellisierte, das Millionen von Menschen Leid zugefügt hatte. Vielleicht war es Ausdruck dessen, dass sich hier eine junge Generation einer Form von Ironie bediente, die in Russland bisher gänzlich unüblich gewesen war. Oder handelte es einfach nur um geschmacklosen Kitsch?

Mich schauderte. Vielleicht hatte die mangelnde Bereitschaft meiner Mutter, Gabriel – und zum Teil auch mich – so zu sehen, wie wir wirklich waren, auch mit ihrem sehnlichen Wunsch zu tun gehabt, dass wir gute Menschen und Bürger eines guten Landes sein sollten. Dass ihr persönliches Opfer das alles wert gewesen sein sollte, weil wir in Freiheit aufwachsen konnten, in weiter Ferne von dem Gebäude, das ihr Land und ihre Familie des Wohlstands und des Lebens beraubt hatte.

Wenn ich auch nur im Ansatz verstehen wollte, warum Gabriel in Moskau sein Leben gelassen hatte, blieb mir nichts anderes übrig, als unsere Familie und ihre verdrängten Geheimnisse verstehen zu lernen, auch wenn ich dazu eigentlich keine Lust hatte. Wir hatten uns immer gut darauf verstanden, die Vergangenheit in hellen und leuchtenden Farben zu malen. Das war zugleich die Stärke, aber auch die Schwäche unseres Vaters gewesen. Irgendetwas wird sich schon ergeben. Es hat keinen Sinn, sich mit der Vergangenheit zu quälen. Man schaut am besten nach vorn. Kopf hoch. Hoppla, hier kommen wir.

Er hätte noch hinzufügen sollen: Und morgen kommt der Umzugswagen.

Ich konnte mir ohne Mühe seine tiefe Bassstimme und sein ansteckendes, lautes Lachen ins Gedächtnis rufen. Er war ein großer Mann mit großen Gesten gewesen. Er hatte ein großes Herz und einen großen Verbrauch an all dem gehabt, was das Leben einem attraktiven Mann zu geben vermochte, der oft genug über das nötige Kleingeld verfügt hatte.

Unsere Mutter hatte genickt und unsere Mutter hatte ihm verziehen. Selbst die Todsünde am Ende hatte sie ihm verziehen. Unsere Mutter hatte ja ihren Gott und ihren kleinen Engel Gabriel, der so intelligent und begabt war, dem es allerdings so schwerfiel herauszufinden, was er eigentlich wollte. Wenn etwas schiefging, war unsere Mutter stets davon überzeugt, dass es auf keinen Fall Gabriels Schuld gewesen sein konnte. Es waren immer die anderen, die mit seinen besonderen Fähigkeiten und seinem Talent nicht umzugehen wussten.

Ich schlenderte weiter und haderte ein wenig mit mir selbst. Was war das für eine Verbitterung, die ich bisher vor mir selbst geheim gehalten hatte und die jetzt aus dem Nebel meiner Erinnerungen auftauchte wie ungebetene Maden in einem vergessenen Stück Fleisch? Das sah mir gar nicht ähnlich. Ich hatte Gabriel immer geliebt und auf ihn aufgepasst. So wie er auf mich aufgepasst hatte. Ich hatte ihn besser gekannt als alle anderen und so, wie er wirklich war, und hatte ihn hundertprozentig akzeptiert. Verbitterung und Selbstmitleid stehen niemandem gut zu Gesicht und mir bestimmt auch nicht.

Ich gelangte hinunter zur Moskwa, die schmutzig braun und träge dahinfloss. Auf der Brücke herrschte reger Verkehr. Rechts von mir sah ich die rote Mauer des Kreml und seine Türme und Kuppeln. Ich ging am Ufer des Flusses entlang zum Roten Platz, auf dem die Touristen wie üblich Fotos machten. Die Fassade des Kaufhauses GUM war von einem Banner verdeckt, auf dem für eine französische Kosmetikmarke geworben wurde. Lenins Mausoleum war geschlossen, und die Ehrenwache hatte man schon vor vielen Jahren von dort verbannt. Ich hatte heute Morgen in der Zeitung gelesen, dass Lenins einbalsamierter Körper sich gerade in der jährlichen Inspektion befand, wo die nötigen Instandhaltungsmaßnahmen durchgeführt wurden. Diese Maßnahmen waren erforderlich, damit ihm nicht irgendwann Pilze aus den Ohren wuchsen.

Ich kam an einem bettelnden Priester vorbei, dessen Almosenbeutel eher auf seinem dicken Bauch ruhte als an der Schnur hing, die er um den Hals trug, und an einer alten Frau, die mir ihre Bettelhand entgegenstreckte. Die Kirche rechts vom Eingangsportal ließ ihre Glocken ertönen, und die gläubigen Russen bekreuzigten und verneigten sich, bevor sie zum Gottesdienst hineingingen. Meine Mutter hatte mit Sicherheit auch dort gebetet. Sie hatte viele der Kirchen besucht, die zu ihrer Zeit Museen gewesen waren, inzwischen aber an das Patriarchat zurückgegeben worden waren.

Auf dem Manege-Platz vor dem Roten Platz wimmelte es nur so von Menschen, die in das riesige Shoppingcenter hineinströmten, das sich unter dem großen Platz befand, und genauso auch wieder heraus. Vor den roten Buden, die Matrjoschka-Puppen und alle möglichen anderen Souvenirs verkauften, drängten sich ebenfalls die Massen. Links davon saß Marschall Schukow hoch zu Ross, und sein Anblick rief eine Erinnerung wach, von der ich ganz vergessen hatte, dass sie irgendwo in meinem Gehirn lagerte.

Gabriel und ich waren knapp fünfzehn Jahre alt gewesen. Die Geschäfte florierten, und wir wohnten zu der Zeit auf einem kleinen Gut in der Nähe des Horsens Fjord, als das ökonomische Kartenhaus meines Vaters wieder einmal in sich zusammenstürzte. Wir besaßen damals zwei Autos und vier Reitpferde. Bei diesem geschäftlichen Abenteuer stammte das Geld aus einem Anteilsprojekt, das an eine Art Pyramidenspiel erinnerte und das dänische Durchschnittsbürger dazu animierte, in Immobilienbeteiligungen zu investieren. Unser Vater und seine Mitstreiter boten ihnen Anteile an allem an – vom Mähdrescher bis hin zu sogenannten soliden Mietwohnungen in den »besten Wohnlagen dänischer Kleinstädte«. So stand es jedenfalls in dem Prospekt, der mir zufällig in die Hände gefallen war, als ich vor einigen Jahren Vaters alte Papiere sortiert hatte.

Das meiste davon war bloß heiße Luft, und die Wohnungen waren bis unters Dach mit Hypotheken belastet und wurden schließlich zwangsversteigert. Die Besitzer der Anteile verloren alles und blieben außerdem auf einer ordentlichen Steuerschuld sitzen, weil das Finanzamt dieses Leasingkarussell zu guter Letzt nicht anerkannte. Ist es da verwunderlich, dass Gabriel und ich uns nie auch nur eine einzige Krone geliehen haben? Ganz egal, wie knapp bei Kasse wir gerade waren, haben wir immer alles selbst bezahlt und nie auf Banken oder schicke Prospekte vertraut, die einem das Blaue vom Himmel versprachen.

An jenem Tag sahen wir also, wie die Autos vor dem Haupteingang des Guts vorfuhren, und wussten, dass es wieder so weit war. Es war der Gerichtsvollzieher, der gekommen war, um uns vor die Tür zu setzen und den Kuckuck aufzukleben. Ein weißer Streifenwagen war auch dabei. Wir hielten jeder unser Pferd am Zügel. Wir waren gerade aus der Schule nach Hause gekommen und hatten die Pferde gesattelt. Es war früher Nachmittag, und wir wollten wie immer einen Ausritt machen. Unser Vater kam in Begleitung eines Mannes aus dem Haus, der aussah wie ein Polizeibeamter in Zivil, und ein Polizist in Uniform war auch dabei. Unser Vater rauchte eine Zigarre und strahlte seine übliche Selbstsicherheit aus. Unsere Mutter stand sehr aufrecht neben ihm und machte einen gefassten Eindruck. Unser Vater winkte uns von der Treppe aus zu. Eine Frau in einem grauen Rock und mit einer sehr maskulin geschnittenen Jacke kam auf uns zu. Sie hatte etwas traurige blaue Augen, als ob sie ihren Job hasste, und sah uns mit großem Mitgefühl an.

»Es tut mir leid, Jungs«, sagte sie. »Aber ich muss euch bitten, die Pferde in den Stall zurückzubringen.«

»Warum denn das?«, fragte ich. Gabriel sah sie an, ohne eine Miene zu verziehen.

»Das ist eine lange Geschichte. Ich bin Gerichtsvollzieherin und vertrete die Gläubiger, und daher müssen wir sicherstellen, dass die Wertgegenstände an Ort und Stelle bleiben.«

»Müssen wir umziehen?«

»Mit Sicherheit, aber nicht heute. Wir müssen uns erst einmal mit eurem Vater unterhalten, aber es wird schon alles werden.«

Sie war eigentlich ganz freundlich gewesen. Ich hatte mich umgedreht und mein Pferd gerade in Richtung Stalltür gezogen, als Gabriel plötzlich seinen Fuß in den Steigbügel setzte, sich auf den Rücken des Pferdes schwang, ihm die Sporen gab und über den Hof ritt, bevor er in den Galopp wechselte und in Richtung Wald verschwand.

Die Frau mit den traurigen Augen griff rasch nach den Zügeln meines Pferdes. »Komm zurück. Das hat doch keinen Sinn«, rief sie ihm nach.

Unser Vater dagegen streckte seine Zigarre in die Höhe und brüllte: »Go, boy, go! Fuck them all!«

Unser Vater kehrte am nächsten Tag nach Hause zurück. Der Haftrichter hatte es nicht als notwendig erachtet, ihn in Untersuchungshaft zu behalten, und ihn nach der Befragung am Vormittag wieder auf freien Fuß gesetzt. Gabriel blieb verschwunden. Unsere Eltern gingen davon aus, dass er zurückkäme, sobald der Hunger zu groß würde. Als das jedoch nicht geschah, benachrichtigten sie die Polizei, und die leitete die Suche nach Gabriel ein.

Die nächsten Tage waren endlos lang. Gabriels Vermisstenmeldung wurde in den verschiedenen Medien gebracht, aber er war wie vom Erdboden verschluckt. Nach drei Tagen fanden sie sein Pferd, das im Garten einer Villa auf der Halbinsel Djursland herumspazierte und sich in einem der Beete das Grün der Mohrrüben schmecken ließ. Nach fünf Tagen war meine Mutter vollkommen verzweifelt, und selbst der sonst übliche Optimismus meines Vaters und sein Gerede, dass alles wieder gut werden würde, klangen nur noch hohl und verebbten schließlich ganz. Diese Tage gehören zu den schrecklichsten im Leben unserer Familie. Wir fürchteten, man würde ihn irgendwo tot auffinden. Vielleicht hatte das Pferd ihn abgeworfen. Vielleicht war er Opfer eines Verbrechens geworden.

Nach zehn Tagen entdeckte ein Polizist Gabriel dann zufällig in der autonomen Kommune Christiania, wo er bei einer Frau wohnte, die doppelt so alt war wie er. Man brachte ihn nach Hause zurück. Unsere Mutter umarmte ihn und weinte. Unser Vater klopfte ihm auf die Schulter und fragte, wo er denn so lange gesteckt habe, aber als Gabriel ihm darauf keine Antwort gab, ließ er es auf sich beruhen.

Mir erzählte Gabriel nur, er habe eigentlich vorgehabt, wie der Waisenjunge Paw aus dem Kinderfilm im Wald zu leben, habe dann aber schnell bemerkt, dass es nicht funktionierte. Er sei wie ein richtiger Indianer durch die Gegend geritten und habe sich hier und dort etwas Essbares gestohlen, aber das sei ihm schnell zu langweilig geworden, außerdem habe er gefroren. Er habe das Pferd laufen lassen und sich an Bord der Grenå-Fähre geschlichen, die damals noch fuhr, und sei als blinder Passagier nach Kopenhagen gereist. Er habe eine weite Reise bis nach Indien unternehmen wollen und auch ein paar Leute kennengelernt, die ihn mitnehmen wollten. Er hatte aber weder Pass noch Geld gehabt, so dass er insgeheim vielleicht doch erleichtert war, als die Polizei ihn fand, auch wenn er das natürlich nie zugegeben hätte. In Christiania hatten sie gewusst, dass man nach ihm suchte, aber ihnen wäre nicht im Traum eingefallen, die Polizei zu informieren, denn es war offensichtlich, dass er das nicht wollte.

»Ich hasse Vater, Adam«, hatte Gabriel gesagt. »Und am allermeisten hasse ich es, dass Mama ihn liebt. Ich verstehe ihre Liebe zu ihm nicht. Ich hatte mir vorgenommen, auf Wanderschaft zu gehen. Aber wo soll man hinwandern? Ich wünschte, ich würde in einer anderen Zeit leben, in der man sich noch auf Pilgerfahrt nach Santiago de Compostela begeben könnte.«

»Aber das könntest du doch auch jetzt tun, oder nicht?«

»Nein. Heutzutage ist das reiner Tourismus. Du brauchst einen Pass und Geld dafür. Das zählt nicht. Der Glaube allein reicht heute nicht mehr aus.«

Wir saßen in meinem Zimmer. Um uns herum standen Umzugskisten, in die wir unsere persönlichen Gegenstände gepackt hatten. Der Möbelwagen sollte am nächsten Tag kommen. Wir würden in eine Dreizimmerwohnung ziehen, die das Sozialamt uns im Gjellerup-Park in Århus besorgt hatte.

»Ich will als Nomade leben, Adam«, hatte Gabriel in meinem Zimmer gesagt. »Ich will niemals länger an einem Ort bleiben. Vielleicht will ich in Wirklichkeit sogar am liebsten im Tal des Todes wandeln.«

»Mama wird sehr traurig sein, wenn sie das hört.«

»Es ist nur aus Rücksicht auf sie, dass ich nicht sofort aufbreche. Und auf dich. Ich werde mir jeden Tag aufs Neue die Frage stellen müssen, ob meine Liebe zu euch für immer stärker sein wird als der Wunsch, mein eigenes Leben zu leben.«

Während ich mich an die fürchterlichen Tage erinnerte, in denen für unsere Familie alles zusammenzubrechen schien, hatte ich das wuchtige Hotel Moskwa passiert und war in den Fußgängertunnel hineingegangen, der unter der Straße hindurchführte. Ich kam bei einem funkelnagelneuen Hotel wieder heraus, das sehr teuer aussah und dort errichtet worden war, wo früher das alte Hotel Intourist wie ein fauler Zahn aus dem Stadtbild emporgeragt hatte. Ich ging die Twerskaja-Straße hinauf, auf der es vor eiligen Menschen nur so wimmelte. Ein dichter Autostrom schob sich dort voran.

Die Dämmerung zog langsam herauf, als ich zum Puschkin-Platz gelangte. Ich entdeckte die Statue des Dichters, der in seinem Mantel, die Hand unter die Weste geschoben, dastand wie Napoleon persönlich.

Ich erkannte Sascha Karbanow sofort. Er hatte dieselben Gesichtszüge wie seine Schwester, und als er ein paar Schritte auf und ab lief, vielleicht weil ihm kalt war, erinnerte seine Art, sich zu bewegen, ebenfalls stark an ihre.

Er war nicht besonders groß, vielleicht gut einen Meter achtzig, und nicht ganz schlank. Er trug eine elegante braune Lederjacke, ein graues T-Shirt unter einem Hemd mit geöffnetem Kragen und blaue, gut sitzende Jeans. Seine Kleidung überraschte mich. Ich hatte einen Mann im Anzug und dem typischen dunklen Mantel der Diplomaten erwartet. Er rauchte eine Zigarette, die er wegwarf, als er mich entdeckte und auf mich zuging. Er hatte ein strahlendes Lächeln, das ebenfalls an das seiner Schwester erinnerte. Nur von Nahem war eine gewisse Anspannung in seinen Augen zu erkennen. Woher wusste er, wie ich aussah?

»Hallo, Adam Lassen«, sagte er auf Dänisch, und nur der Hauch eines Akzents war herauszuhören. »Sie sind sicher müde nach Ihrem langen Spaziergang, wollen wir uns also irgendwo reinsetzen?«

Er reichte mir die Hand, und ich ergriff sie automatisch. »Sind Sie mir gefolgt?«

»Nein, nein. Ich nicht. Einige zuverlässige Mitarbeiter.«

»Warum das denn? Hören Sie …«

»Beruhigen Sie sich.«

»Warum beschatten Sie mich?«, fragte ich mit wütender Stimme und ließ seine Hand los.

»Das tun wir doch gar nicht. Wir passen auf Sie auf. Sie sind in großer Gefahr. Einige Leute sind davon überzeugt, Sie wüssten, was Gabriel vielleicht wusste, und das wollen sie gern aus Ihnen herausholen. Es ist nur zu Ihrem Besten, dass wir ein Auge auf Sie haben.«

Er hatte eine ruhige und angenehme Stimme. Im Fernsehen oder Radio würde sie bestimmt sehr gut rüberkommen. Er redete mit mir, als sprächen wir gerade über die Wetteraussichten für morgen.

»Ich verstehe nicht ganz. Was soll das alles bedeuten? Was wissen Sie über meinen Bruder und den Überfall auf ihn?«

Er betrachtete mich mit Mitgefühl, aber auch mit der arroganten Attitüde, die sich die Männer der Macht in Russland so leicht zulegen. Er fasste mich sanft und brüderlich am Arm und lähmte mich geradezu mit seinen Worten.

»Herr Lassen. Über den Überfall als solchen weiß ich nicht allzu viel – jedenfalls nur sehr wenig, was über die offiziellen Verlautbarungen hinausgeht –, aber ich weiß eine ganze Menge über Ihren Bruder und damit auch über Sie. Gabriel hat für mich gearbeitet. Ich habe ihn angeworben.« Er hielt einen Moment lang inne. »Wollen wir einen Burger essen gehen?«

9

Gabriel hatte mich einmal in die etwas alberne Version eines amerikanischen Diners mitgenommen, die in einem kleinen Park nicht weit vom Puschkin-Platz entfernt lag, aber Alexander Karbanow führte mich zu meiner großen Überraschung zu McDonald's. Dieser Ort passte in meinen Augen so gar nicht zu einem mächtigen Mann aus dem *inner circle* des Präsidenten. Ich hatte eher mit einem der teuren und angesagten Cafés oder einer exklusiven Bar gerechnet.

»Ich habe leider eine Schwäche für Junkfood«, sagte er und klopfte auf seinen Bauch.

Ein paar Kilo weniger hätten ihm tatsächlich nicht geschadet. Von Nahem war zu erkennen, dass feine Fältchen über sein Gesicht verteilt waren und dass sich sein Haar am Hinterkopf schon etwas lichtete, was ihn älter als siebenunddreißig wirken ließ. Er schien die Statistik zu bestätigen, laut der russische Männer deutlich früher sterben als die Männer im Rest der modernen Welt. Dennoch strahlte er eine große Dynamik und Intensität aus, wie man sie häufig bei Männern antrifft, die Macht haben und diese zu schätzen wissen.

Mir schwirrte der Kopf, aber obwohl er gerade eine Bombe hatte platzen lassen, ging er nicht weiter auf das zuvor Gesagte ein. Er plauderte drauflos, als wären wir alte Freunde, die sich gerade am Puschkin-Platz getroffen hatten und jetzt zusammen einen Big Mac essen wollten.

»Meine Frau redet natürlich immer auf mich ein, aber was soll man machen? Ich kann diesem Junkfood einfach nicht widerstehen. Das ist mit das Schönste, wenn ich in Kopenhagen bin. Sobald ich im Flughafen ankomme, kaufe ich mir dort einen Hotdog mit Zwiebeln und allem.«

Wir gingen durch die Unterführung, und er plapperte unentwegt weiter. Sein Dänisch war wirklich gut, und nur ganz wenige unübliche Betonungen verrieten, dass er kein Muttersprachler war.

»McDonald's ist etwas Besonderes. Ich erinnere mich noch genau daran, wie meine Eltern vor vielen Jahren zum ersten Mal mit meiner Schwester und mir dorthin gegangen sind. Damals war der Laden gerade erst eröffnet worden. Man musste lange Schlange stehen, um hineinzugelangen, aber das war uns egal. Wir waren daran gewöhnt, Schlange zu stehen. Wir waren damals aus Leningrad zu Besuch, wo es diese Art westlicher Dekadenz nicht gab. Es war das erste McDonald's-Restaurant in der UdSSR. Unsere Eltern haben in ähnlicher Weise darüber gesprochen, wie ihre Eltern ihnen seinerzeit von der Pepsi Cola erzählt haben, die Nixon im Gepäck hatte, als er sich mit Breschnew traf. Mensch, war das großartig. Auch wenn ich damals nur ein großer Junge war, war mir doch bewusst, dass ein McDonald's in Moskau bedeutete, dass sich in der Sowjetunion gerade etwas grundlegend änderte. An der Eingangstür stand ein kleines Schild: *Nur gegen Rubel.* In den Dollargeschäften oder in den Hotels stand ja sonst immer: *Nur gegen Devisen.* Mascha war vor allem davon beeindruckt, dass es dort saubere Toiletten gab und dass die ganze Zeit junge Leute herumliefen und den Boden wischten. Und davon, dass die jungen Leute, die uns bedienten, lächelten, als sie uns nach unserer Bestellung fragten. Es war unglaublich. Aber so war es. Die Burger schmeckten exotisch und ganz anders als unser sowjetisches Essen. Diesen Tag werde ich nie vergessen.«

Die Erinnerung daran ließ ihn lächeln. Er hatte das hübsche und gewinnende Lächeln seiner Schwester und mit diesem unmittelbaren Charme nahm er einen sofort für sich ein. Ich hatte eine Million Fragen an ihn.

Es handelte sich um ein großes Restaurant der amerikanischen Kette, und es lag an der Stelle, an der die Tverskaja in den Leninskij Prospekt übergeht. Die vertrauten gelben Bögen waren zu sehen, die übliche Einrichtung und ein großes Bild des Clowns mit den roten

Lippen. Es war viele Jahre her, dass ich zuletzt in einem McDonald's gewesen war. Wir mussten nicht Schlange stehen, um hineinzugelangen.

Als Karbanow die Tür zu dem gut besuchten Schnellrestaurant aufschob, drehte er sich zu mir um. »Außerdem sind hier immer viele Leute«, sagte er mit ernster Miene. »An diesem Ort kann man nicht so ohne Weiteres abgehört werden, und außerdem haben wir noch diese wunderbare kleine und exotische Sprache gemeinsam. Was möchten Sie?«

»Nichts. Nur einen Kaffee.«

»Das geht nicht. Sie bekommen einen Cheeseburger, und den können Sie dann essen oder es sein lassen. Es geht darum, so zu tun als ob, nicht wahr, Herr Lassen? Suchen Sie schon mal einen Tisch aus.«

Ich fand einen Tisch mit Aussicht auf eine Autoschlange, die in der zunehmenden Dämmerung in Richtung Puschkin-Platz unterwegs war, mittlerweile aber vollkommen zum Stillstand gekommen war. Ich war eigentlich mit meiner Mutter verabredet, aber sie würde geduldig im Hotel auf mich warten. Meine Beine waren müde vom Laufen, aber mein Kopf war hellwach. Und ich war wütend. Wütend auf Leutnant Kudrina und ihren Bruder und den plumpen Versuch, mich zu manipulieren. Und wütend auf Gabriel, der offenbar ein Doppelleben geführt hatte.

Gabriel und ich hatten immer sehr offen über alles geredet. Auch als Erwachsene. Manchmal hatte es längere Phasen gegeben, in denen wir uns nicht gesehen hatten, aber es hatte immer Ehrlichkeit und eine große Nähe zwischen uns geherrscht. Oder vielleicht doch nicht? Es tat weh, mir vorzustellen, dass Gabriel mich vielleicht ebenfalls manipuliert und hintergangen hatte.

Karbanow kam zurück und stellte ein Tablett mit zwei Burgern, zwei Portionen Pommes frites, zwei Bechern Kaffee und zwei Bechern Cola auf den Tisch. Er nahm einen großen Bissen von seinem Burger, während ich einen großen Schluck von der eiskalten Cola trank. Ich weigerte mich, den Strohhalm zu benutzen.

»Also, zur Sache. Was soll das alles? Was hat das zu bedeuten, dass Gabriel für Sie gearbeitet hat? Und was meinen Sie damit, dass ich in Gefahr bin?«, fragte ich auf Russisch.

»Lass uns lieber Dänisch sprechen, Adam, und nenn mich lieber Sascha. Mit Gabriel habe ich mich auch geduzt. Ein paar von meinen Männern achten darauf, dass uns niemand zu nahe kommt und wir in Ruhe essen können. Also lass uns Dänisch sprechen. Dann kann ich bei der Gelegenheit auch mal wieder ein bisschen üben.«

»Das hast du, glaube ich, nicht nötig.« Ich duzte ihn tatsächlich, obwohl es mir widerstrebte.

»Kann sein.«

»Wer bist du eigentlich? Deine Schwester hat behauptet, du seist nicht beim FSB.«

»Und warum glaubst du, dass ich es bin?«

»Versteht sich das nicht von selbst? Du kannst Leute dafür abstellen, dass sie mich beschatten. Du redest wie ein Agent. Und du sagst, du hast Gabriel angeworben.«

Ich nahm einen kleinen Bissen von meinem Burger. Er war nur noch lauwarm und ziemlich unappetitlich.

»Ich bin nicht beim FSB. Mein Vater hat für den KGB gearbeitet. Er hat den Geheimdienst verlassen, als der Kampf gegen die Feinde des Vaterlands und die Verteidigung der Partei sinnlos geworden waren. Als untadeliger Offizier bekam er fortan fünfzig Dollar im Monat und musste mitansehen, wie Leute steinreich wurden, die weit weniger leisteten als er, während er ein armer Bulle blieb – wenn auch einer von der besseren Sorte. Er wollte auch etwas vom Kuchen abhaben. Für ihn wurde Geld zur neuen Ideologie. Der Kommunismus verschwand wie Tau in der Sonne. Welche Vision haben die FSB-Offiziere heute? Das Vaterland und eine Ideologie zu verteidigen? *Come on!* Es geht ihnen ums Geldverdienen. Sie wollen sich ihren Teil vom Kuchen sichern und Popow an der Macht erhalten, damit sie mit ihren Geschäften weitermachen können.«

»Du stehst selbst in Popows Diensten, stimmt's?«

»Ich bin immer noch der Meinung, dass es besser ist, drinnen zu sein als draußen. Ich glaube immer noch daran, dass wir Popow davon überzeugen können, dass es noch einen anderen Weg gibt. Ich möchte, dass meine Kinder in einem anständigen Land aufwachsen. So denkt die Mittelklasse in den meisten Ländern. Das musst du doch am besten wissen, schließlich stammst du aus Dänemark, der Mutter aller Mittelklassen.«

»Warum kündigst du nicht und schließt dich der Opposition an?«

»Das habe ich dir doch gerade erklärt. Die Opposition ist eine Horde von Idioten. Alte Bolschewiken, Neonazis, brave Sozialdemokraten, konfuse Liberale, Ökos, Punker, selbstgerechte Blogger und Facebook-Junkies. Das mag ja alles ganz sympathisch sein, aber das ist nicht der Weg in die Zukunft.«

Ich sah ihn an, ohne etwas zu sagen. Ich traute ihm nicht über den Weg. Er hatte das alles aufgesagt, als hätte er es auswendig gelernt. Er nahm seinen Burger, biss ein paarmal gierig hinein und wischte sich dann den Mund ab.

»Der Kreml ist kein Monolith, Adam«, fuhr er fort. »Der Kreml ist ein byzantinisches Gebäude, in dem Gruppen und Klans mit ihren verschiedenen Interessen darum kämpfen, vom Herrscher wahrgenommen zu werden und sein Wohlwollen zu erringen. Popow ist Experte darin, uns gegeneinander auszuspielen und auf die Weise sein Machtgefüge aufrechtzuerhalten. Wir akzeptieren das, solange wir dabei unsere jeweiligen Positionen behalten und nebenbei wohlhabend werden. Ein Teil von uns stammt aus Popows Leningrad. Popow weiß Loyalität sehr zu schätzen. Ich fürchte nur, dass das ganze System mittlerweile so verkommen ist, dass es entweder in einem Putsch oder einem blutigen Aufstand auf den Straßen enden wird. Beides würde uns isolieren und an den Rand des Abgrunds führen. Deshalb scheint es mir sinnvoller, dabeizubleiben, als den Kreml zu verlassen. Ich bin der festen Überzeugung, dass es genügend gute Kräfte gibt, mit deren Hilfe es uns gelingen wird, Popow davon zu überzeugen, dass er seinen Kurs ändern muss.«

»Und ohne ihn geht es nicht?«

»Im Moment kommen wir ohne den Zaren nicht zurecht. Das gelingt Russland überhaupt nur selten.«

Er sah mich an und verschlang seinen Burger vollends. Ich nahm den Pappbecher mit dem Kaffee, entfernte den Deckel und trank einen Schluck. Der dünne Kaffee war nur lauwarm und schmeckte wie Abwaschwasser.

»Vielen Dank für den Vortrag, Sascha. Und Gabriel? Was war mit ihm?«

»Du glaubst mir nicht?«

Er stocherte einen Moment lang in seinen Pommes frites herum. Dann sah er mich fest an. Ich hielt seinem Blick stand. Ich konnte in seinen Augen weder Lüge noch Verstellung erkennen, aber was wusste ich schon darüber, wie man die Unwahrheit im Gesichtsausdruck oder den Augen einer Person entlarvte? Ich war alles andere als ein wandelnder Lügendetektor, und er war ein Mann, der einen sofort für sich einnahm.

»Wenn du dich noch einen Augenblick geduldest, dann komme ich auf Gabriel zu sprechen.«

»Bleibt mir etwas anderes übrig?«

Er schaute sich um. Ich folgte seinem Blick.

Es war eine vollkommen alltägliche Szenerie, wie sie überall auf der Welt zu erleben war: Überwiegend junge Menschen stopften Burger in sich hinein, während sie große Colas tranken und ununterbrochen auf ihren Smartphones herumtippten. Außerdem waren noch einige Großeltern mit ihren Enkeln da. Wir hätten uns an jedem beliebigen Ort unserer modernen Welt befinden können. Die Mode der jungen Menschen war überall die Gleiche. Die Frisuren. Das Essen. Nur die Sprache verriet den jeweiligen Ort. Der Geräuschpegel war ziemlich hoch. Der Clown lächelte. Ich konnte niemanden ausmachen, der eine Gefahr für uns darstellte.

Sascha beugte sich über den Tisch. »Ein Geheimnis ausplaudern, dafür gibt es im Russischen, wie du weißt, eigentlich kein Wort. Den Verräter dagegen kennt unsere Sprache sehr wohl. Ein Verräter ist das Schlimmste, was es in Popows Welt gibt. Mangelnde Loyalität ist eine Todsünde. Das gesamte von oben gesteuerte System basiert auf dem Prinzip der Loyalität. Das ist es, was uns alle reich macht. Jeder weiß, wo er hingehört, und erhält seinen Anteil entsprechend seinem Rang und seinem Platz in der Hierarchie. Das ist kein staatliches Gesetz. Das ist eine Sitte. Du darfst dich deinem Rang entsprechend bedienen, dafür musst du loyal sein und mit deinem Vasallen teilen. Aber den Herrscher darfst du niemals bestehlen. Es funktioniert genau wie am Hof Peters des Großen. Er schickte seine Steuereintreiber los. Sobald sie tausend Goldrubel für die Schatzkiste des Zaren beisammen hatten, durften sie behalten, was sie sonst noch so eintrieben. Aber gnade ihnen Gott, wenn sie es wagten, von den Tausend etwas zu stehlen. Sobald man die Kette durchbricht, ist man erledigt. Ich bin kein Heiliger. Das System hat mir ein angenehmes Leben beschert, aber ich und noch einige andere, die ähnlich denken wie ich, haben die Nase voll von Korruption und Machtmissbrauch.«

»*Obrok* ist ebenso russisch wie Wodka«, sagte ich und zitierte damit unbewusst meine Mutter. *Obrok* war die russische Bezeichnung für die Abgabe, die der Bauer in früheren Zeiten seinem Lehnsherren und dem Zaren hatte zahlen müssen. Jetzt waren es der Zöllner, der Polizeibeamte, der Behördenmitarbeiter, der Verwaltungsbeamte oder andere, an die die Leute ihre Abgaben entrichten mussten, aber das Prinzip war das Gleiche wie zu der Zeit, als meine Mutter noch in der kommunistischen Sowjetunion lebte.

Sascha lächelte. Diesmal lächelten auch seine Augen mit, und das stand ihm sehr gut.

»Damit hast du vermutlich recht«, sagte er. »Der *obrok* muss entrichtet werden, so ist es immer gewesen, aber inzwischen hat es ganz andere Ausmaße angenommen. Heutzutage ist es die Norm und nicht die Ausnahme.«

Alexander Karbanow lachte, aber ich wusste nicht, was daran so lustig sein sollte, und sein falsches Lachen hörte ebenso plötzlich auf, wie es angefangen hatte. »Es kann nicht ewig so weitergehen, dass ein Fünftel der Einnahmen durch Bestechungsgelder, illegale Abgaben, Schutzgeldzahlungen und gefälschte Rechnungen zustande kommt. Das ist eine wirklich ambitionierte Form von *obrok*, nicht wahr? Alles in allem bewegen wir uns da in der Größenordnung von dreihundert Milliarden Dollar im Jahr. Wie soll man damit umgehen?«

Er sah mich an, als müsste ich eine Lösung parat haben. Ich wusste nicht, ob er Mitgefühl oder Verständnis von mir erwartete. Mir fehlte das eine wie das andere. Russlands allseits bekannte und allumfassende Korruption war nicht mein Problem. Gabriel war mein Problem.

»Dir bleibt immer noch die Möglichkeit, deinen Job zu kündigen«, sagte ich. »Und überhaupt, was hatte mein Bruder mit all dem zu tun?«

Er sah mich resigniert an.

»Du bist so verdammt dänisch, Adam, auch wenn deine Mutter Russin ist. Wir können die Gesellschaft nur schrittweise verändern, wenn wir vermeiden wollen, dass die Gewalt eskaliert. Wir müssen die Normen verändern, die Einstellung der Menschen zum Diebstahl. Dabei kann die Kirche eine wichtige Rolle spielen. Sie kann eine Art moralischer Kompass sein, wenn sie will. Sie hat sich immer dem Kreml untergeordnet. Immer. Unter den Zaren, unter Stalin und unter Popow. Aber es bahnt sich eine Veränderung an. Eine wichtige Veränderung. Kennst du nicht das russische Sprichwort?« Er wechselte ins Russische. »Beim Anspannen der Pferde sind die Russen langsam, aber wenn das erst einmal geschafft ist, fahren sie schnell.«

»Gabriel? Jetzt komm endlich zur Sache«, drängte ich ihn, weiterhin auf Dänisch.

»Okay. Ich habe deinen Bruder vor drei Jahren bei einem Empfang in der dänischen Botschaft kennengelernt. Wir sind miteinander ins Gespräch gekommen. Wir waren einander sofort sympathisch. Hatten eine ähnliche Sicht auf die Dinge. So etwas merkt man schnell. Wir haben verabredet, uns wiederzusehen. Hat Gabriel nie von mir gesprochen?«

»Nein.«

»Na ja. Das überrascht mich zwar, aber er konnte sehr diskret sein, wenn er wollte. Vor etwas mehr als zwei Jahren ist Gabriel zu mir gekommen. Er hat sich große Sorgen um Patriarch Tichon gemacht. Gabriel hatte damals gerade angefangen, in dessen Sekretariat zu arbeiten, und hatte schnell das Vertrauen des Patriarchen gewonnen. Tichon war in jungen Jahren mit dem KGB ins Bett gestiegen, aber er hatte es nur für seine Kirche getan, meinte Gabriel. Seiner Meinung nach hatte alles, was Seine Heiligkeit tat oder je getan hatte, allein dem Zweck gedient, die wahre Kirche zu stärken und zu bewahren. Tichon war nun zu der Auffassung gelangt, dass die Zukunft der Kirche davon abhing, dass es ihr gelang, sich vom Kreml zu distanzieren und als moralischer Leuchtturm zu fungieren. Gabriel meinte, Tichon sei davon inspiriert gewesen, dass gewöhnliche Priester aus ganz Russland auf Facebook und in anderen sozialen Netzwerken offen darüber zu diskutieren begonnen hatten, ob es nicht an der Zeit sei, dass die Kirche mit dem Kreml breche. Die sozialen Netzwerke haben den jüngeren und progressiven Mitgliedern der Kirche ganz neue Diskussionskanäle eröffnet. In unserem riesigen Land waren sie bisher immer vollkommen voneinander isoliert und damit leicht zu kontrollieren.«

Karbanow seufzte. Er aß ein paar Pommes frites und trank seine Cola mit dem Strohhalm, bis gurgelnde Geräusche vom Boden des Pappbechers ertönten.

»Gabriel war davon überzeugt, dass starke Kräfte innerhalb der Kirche, in Zusammenarbeit mit dem Kreml, die Position und den daraus möglicherweise resultierenden Bruch zu bekämpfen suchten, die Tichon bei der nächsten Synode zur Diskussion stellen wollte. In deinen Ohren mag sich das wie eine Bagatelle anhören, aber es wäre eine Sensation gewesen. Denn was ist ein Zar ohne den Segen der Kirche? Ein ganz gewöhnlicher Autokrat.«

»Gabriel war also ein Gefolgsmann des alten Patriarchen?«

»Ja. Er genoss dessen volles Vertrauen. Er war ein hoch geschätzter Berater, weil er sehr gläubig und gleichzeitig westlich eingestellt war. Also modern. Das ist ja ein alter Streit in unserem Land. Ich habe deinen Bruder davon überzeugen können, dass er mir Bericht erstattet. Das war nicht schwer. Er hat die Vorteile erkannt, die es mit sich brachte, und außerdem brauchte er einen Menschen, dem er sich anvertrauen konnte.«

»Gabriel war ein Spion?«

»Wenn du dieses Wort benutzen möchtest.«

»Gibt es denn ein anderes dafür? Geheimagent einer geheimen

Organisation im Kreml. Noch russischer geht es ja kaum. Hast du ihn dafür bezahlt?«

»Nur mit meiner Freundschaft.«

Ich schnaubte verächtlich.

»Ich kann gut verstehen, dass dich das trifft.«

»Es trifft mich nicht, ich bin wütend.«

»Das verstehe ich.«

»Ach ja? Du solltest doch wissen, dass ich mit Arglist und Betrug nichts zu tun habe. Warum sollte ich also in Gefahr sein?«

Er beugte sich noch weiter über den Tisch, auf dem die Reste des Fastfoods den Geruch von Fett ausdünsteten. Ich hoffte bloß, er würde sich jetzt nicht auch noch auf meinen kalten, unappetitlichen Burger stürzen. Das tat er zum Glück nicht.

»Gabriel hat irgendetwas herausgefunden«, sagte er mit gesenkter Stimme. »Ich weiß aber nicht, was. Er hat in letzter Zeit nervös gewirkt. Offiziell konnten wir uns nicht allzu oft treffen, aber wenn er Kontakt mit mir aufnehmen wollte, hat er als Statusmeldung bei Facebook gepostet, seine Lieblingsikone, der Heilige Christophorus mit der Mutter des Erlösers, habe ihn heute während des Morgengebets angelächelt. Das bedeutete, dass er mit mir reden wollte. Wir trafen uns dann in der Regel noch am selben Abend gegen elf Uhr an der Wyssozki-Statue. Wenn Gabriel schrieb, er habe Tränen im Gesicht der gütigen Ikone gesehen, trafen wir uns an den Patriarchenteichen, aber in seiner letzten Mitteilung hat die Ikone gelächelt.«

Er schwieg. Ich dachte nach. Die Statue von Wyssozki hatte Gabriel mir einmal gezeigt. Der alte sowjetische Protestsänger war seinerzeit unglaublich populär gewesen. Die Kommunisten hatten ihn zwar geduldet, aber gleichzeitig dafür gesorgt, dass seine Platten nur in winzigen Stückzahlen auf den Markt kamen und seine Konzerte nirgendwo angekündigt wurden. Gabriel mochte die Statue, weil sie seiner Meinung nach die starken religiösen Gefühle symbolisierte, die er tief im russischen Volk verankert glaubte.

Die Statue zeigt Wyssozki mit nach hinten geneigtem Kopf, so dass das Gesicht gen Himmel zeigt, die Gitarre hängt auf seinem Rücken, und er hat die Arme ausgebreitet, als wäre er ans Kreuz genagelt. Ich erinnerte mich noch, wie ich am Verstand meines Bruders gezweifelt hatte, wenn ich auf Facebook gelesen hatte, die Ikone habe ihn mal wieder angelächelt.

Ich dachte an die Wyssozki-Statue und daran, wo sie stand. »Das ist doch nicht weit von der Stelle, an der man ihn überfallen hat«, sagte ich.

»Richtig.«

»Bist du derselben Meinung wie deine Schwester, dass es sich um einen professionellen Überfall gehandelt haben muss?«

»Das war ein *hit*, ja. Deshalb wird es auch schwierig, wenn nicht sogar unmöglich werden, den Überfall aufzuklären. Wie soll man ein Verbrechen aufklären, wenn die, die es aufklären sollen, selbst daran beteiligt sind?«

»Selbst ein Mann von deinem Kaliber kann das nicht?«

»Nein. Mascha wird alles in ihrer Macht Stehende tun. Vielleicht wird es ihr sogar gelingen, die Täter ausfindig zu machen, aber das ist nicht dasselbe wie herauszufinden, wer dahintersteckt und das Verbrechen in Auftrag gegeben und dafür bezahlt hat.«

Wieder spürte ich dieses Ziehen im Magen, das man auch für ein starkes Hungergefühl halten konnte und das sich jedes Mal einstellte, wenn ich an Gabriels Tod dachte und daran, dass ich ihn entsetzlich vermissen würde, solange ich lebte. Es gab keinen Grund, dieser Fährte noch weiter zu folgen.

»Warum konntet ihr euch nicht ganz normal treffen?«, fragte ich daher. »Man trifft sich doch wohl auch in Moskau bei verschiedenen privaten Anlässen, oder etwa nicht?«

»Das war nicht möglich. Ich gehöre zu einer informellen Gruppe, die die Kopenhagen-Mafia genannt wird. Halb im Spaß und halb im Ernst. Ursprünglich hatten wir uns mal zusammengefunden, weil wir alle einen Bezug zu Dänemark haben. Wir trafen uns also anfangs, um gemeinsam dänische Heringe zu essen. Dabei wurde munter drauflos geredet. Wir mögen dein Land. Wir bewundern das skandinavische Modell, aber wir gehören nicht mehr zum *inner circle* im Kreml. Wir werden immer stärker an den Rand gedrängt. Wir stehen unter Verdacht, illoyal zu sein. Ich wollte deinen Bruder nicht der Gefahr aussetzen, überwacht zu werden. Und genau das wäre natürlich passiert, sobald sie ihm gegenüber einen Verdacht gehegt hätten. Er genoss das Vertrauen des Patriarchen. Er war für uns die entscheidende Verbindung zu ihm. Er war ein sehr wertvoller Agent.«

»Für wen?«

»Für Leute, die für Russland nur das Beste wollen. Wir durften auf keinen Fall das Risiko eingehen, dass man ihn einsperrte oder deportierte.«

Ich schüttelte erneut den Kopf, der sich anfühlte, als wäre er voller Spinnweben. Meine Gedanken drehten sich im Kreis und verklumpten sich zu unstrukturierten Meinungsgebilden.

»Der Patriarch hat gedacht, er würde vertraulich mit Gabriel sprechen, aber du hast immer mitgehört.« Sascha nickte. »Das ist alles andere als nett. Aber Gabriel musste nur seinen Charme spielen lassen, dann konnte er sogar das Vertrauen des Teufels gewinnen.«

»Dein Bruder konnte die Leute sehr leicht verführen.«

»Das hat ihn das Leben gekostet.«

»Das tut mir leid, Adam. Das meine ich ganz aufrichtig. Ich habe deinen Bruder sehr gemocht.«

Wir saßen eine Weile schweigend da. Das fröhliche Geschnatter um uns herum bildete eine wohltuend alltägliche Geräuschkulisse.

»Er war also auf dem Weg zu einem Treffen mit dir?«, fragte ich.

»Ja, aber er ist nie dort angekommen.«

»Und warum muss das bedeuten, dass jetzt irgendjemand hinter mir her ist?«

»Weil sie glauben, dass du weißt, was Gabriel wusste. Sie werden zumindest vermuten, dass es so ist. Und da werden sie wohl kaum so blöd sein, dich laufen zu lassen, ohne dich vorher zu befragen, und das vermutlich auf eine nicht sonderlich angenehme Weise.«

Ein Schauder fuhr mir über den Rücken.

»Er hat mir nichts erzählt«, sagte ich.

»Nein?«

»Nein.«

»Rein gar nichts? Kein Brief? Kein Tagebuch?«

Ich schüttelte den Kopf.

»Vielleicht ein Notizbuch? Eine E-Mail? Eine Postkarte mit einer scheinbar unschuldigen Nachricht? Eine Facebook-Statusmeldung, die dir irgendwie seltsam vorgekommen ist?«

»Er hat mir nichts erzählt.«

»Ich glaube dir. Ich vertraue dir. Das würden die anderen nicht tun. Sie würden auf jeden Fall ihre bewährten Methoden anwenden, um ganz sicherzugehen, dass du tatsächlich nichts weißt.«

»Wer sind sie?«

»Die Namenlosen. Außer Kontrolle geratene Elemente innerhalb des FSB oder anderer *silowiki*-Organe. Dieselben Namenlosen, die Anna Politkowskaja ermordet haben. Die sich Richter, Gerichtsmediziner, Staatsanwälte und Kriminalbeamte einfach kaufen können.«

»So wie deine Schwester auch?«

»Meine Schwester ist nicht käuflich. Deshalb muss ich auch besonders gut auf sie aufpassen.«

Er wirkte verärgert, als wäre ich zu weit gegangen.

»Entschuldigung, aber Leutnant Kudrina hat mir selbst erzählt, dass ihr Vater sie bezahlt.«

»Ja. Sie sagt, sie kann es sich leisten, ehrlich zu sein. Und das ist sie tatsächlich in allen Bereichen des Lebens. Ich liebe meine Schwester.«

»Weiß sie über das hier Bescheid?«

»Nein. Sie weiß nichts davon. Ich will sie nicht unnötig in Gefahr bringen. Der Schutz meines Vaters reicht zwar weit, dennoch erreicht auch er irgendwann seine Grenze. Sie weiß nichts, und ich hoffe, du respektierst das. Du und ich, wir sind die Einzigen, die wissen, dass Gabriel für mich gearbeitet hat.«

»Das kann ja wohl nicht ganz stimmen, oder?«

»Warum?«

»Wenn es stimmt, was du sagst, dass Gabriel liquidiert und nicht bloß von ein paar Schlägertypen überfallen wurde, dann müssen ihn doch noch andere im Verdacht gehabt haben.«

»Da hast du recht.«

»Wer hat Gabriel also verraten?«

»Das weiß ich nicht, aber du hast recht, und genau deswegen solltest du schleunigst nach Hause fahren und zur Seelenmesse lieber nicht noch mal hier aufkreuzen.«

»Das habe ich meiner Mutter versprochen. Darüber werde ich mit dir nicht weiter diskutieren.«

»Wie du willst, Adam. Aber ich habe dich gewarnt. Es ist deine Entscheidung.«

»Okay, Sascha. Ich bin allmählich etwas verwirrt. Was hätte Gabriel mir denn erzählen sollen? Was wollte er von dir? Was fürchten denn alle? Was soll er gewusst und mir weitererzählt haben?«, fragte ich ziemlich erschöpft.

Sascha warf mir einen Blick zu, den ich nicht deuten konnte. »Ich glaube«, antwortete er emotionslos, »er war sich ziemlich sicher, dass der alte Patriarch, Seine Heiligkeit Tichon der Zweite, geborener Potokowski, keineswegs so unerwartet und friedlich in seinem Bett gestorben ist, wie sie in ihren anteilnehmenden Nekrologen alle behauptet haben. Gabriel hatte den Verdacht, dass Seine Heiligkeit, der Patriarch von Moskau und ganz Russland, kaltblütig ermordet worden ist. Und darüber wollte er meines Wissens mit mir sprechen. Er hatte vermutlich keine Beweise.« Karbanow sah mich fest an. »Aber gewisse Leute gehen davon aus, dass er dir zumindest seinen Verdacht mitgeteilt hat, Adam.«

»Aber ich weiß von nichts.«

»Ich hoffe für dich, dass dem wirklich so ist.«

10

»Ich glaube nichts von dem, was man dir da erzählt hat, Adam«, sagte meine Mutter und legte demonstrativ ihr Besteck beiseite. »Das sind von Anfang bis Ende KGB-Erfindungen – *desinformatsija*!«

Es war acht Uhr abends; ich nahm gerade die dritte Mahlzeit des Tages ein, bei der ich Dinge erfahren sollte, mit denen ich nicht gerechnet hatte. Drei verschiedene Mahlzeiten mit drei verschiedenen Menschen. Zwei von ihnen kannte ich nicht näher. Meine Mutter kannte ich natürlich, aber offensichtlich auch nicht in all ihren Facetten.

»Ich bin mir nicht sicher, ob ich Sascha Karbanow hundertprozentig vertraue, aber ich glaube, er sagt die Wahrheit, wenn er behauptet, dass Gabriel für ihn gearbeitet hat. Warum sollte er das erfinden?«, fragte ich gereizt.

»Ich könnte dir hundert Gründe dafür nennen. Außerdem ist dein Alexander Karbanow nichts anderes als ein *apparatschik* in einem Land und im Dienste einer Regierung, für die Lügen die Voraussetzung dafür sind, Erfolg zu haben.«

»Mama, zum Teufel, jetzt hör aber mal auf.«

»Das Fluchen nützt dir gar nichts. Gabriel war ein Diener Gottes und nicht des Teufels.«

»Gabriel bekam sein Gehalt von der Kirche. Vom Moskauer Patriarchat. Er war ein Funktionär mit Urlaubsanspruch und Lohnfortzahlung im Krankheitsfall. Das hat so gar nichts Heiliges an sich. Es war ein ganz normaler Bürojob.«

Sie verdrehte demonstrativ die Augen und blickte zur mosaikverzierten Gewölbedecke hinauf. Die großen Kronleuchter tauchten die runden Tische und den Springbrunnen in der Mitte des Raums in ein angenehm gelbliches Licht. Wir saßen in dem großen Restaurant, das zum Hotel Metropol gehört. Auf der Bühne spielte eine blonde Frau auf ihrer Harfe. Es waren kaum Gäste da. Die Luft war frisch und rauchfrei. Die Kellner hatten weiße Hemden mit Fliege, schwarze Hosen und blankpolierte Schuhe an. Die Kellnerinnen trugen schwarze Pullover über weißen Blusen und dazu entweder enge Röcke oder Hosen. Man wollte wohl eine Art Fin de Siècle und die guten alten Zeiten heraufbeschwören, als der Zar über Mutter Russlands heilige Erde wachte, auch wenn der Schnitt der Kleidung modern war und eine der Kellnerinnen träge auf einem Kaugummi herumkaute, sobald sie sich unbeobachtet glaubte.

Meine Mutter sah viel besser aus als bei unserer Ankunft in Moskau. Sie hatte sich in dem kleinen hoteleigenen Friseursalon die Haare machen lassen und ihre beste Bluse samt passendem Rock angezogen; um den Hals trug sie die Kette, die ihr unser Vater zum vierzigsten Geburtstag geschenkt hatte, und um das Handgelenk das Armband, das sie von ihm zur Silberhochzeit bekommen hatte. Sie duftete ganz leicht nach einem milden Deodorant, oder vielleicht war es auch ein teures Parfum. Während ich sie betrachtete, ging mir durch den Kopf, dass sie eigentlich bei fast allem, was sie tat, sehr dezent war und dadurch etwas sehr Gewinnendes an sich hatte. Sie hatte sich die Fingernägel in einem Rosaton lackiert, der zu ihrem Lippenstift passte. Sie hatte wieder mehr Farbe im Gesicht, und ihre Augen wirkten lebendig und waren nicht mehr von dieser Mattigkeit getrübt, die ihren Blick verschleiert hatte, als ich aus Grönland zurückgekehrt war. Sie sah deutlich jünger aus als zweiundsechzig.

Meine Mutter war wieder eine richtige Dame, und ich hatte sie voller Stolz zu dem für uns reservierten Tisch geleitet, ihr den Stuhl bereitgestellt und ihr einen Kuss auf die Wange gegeben. Ich hatte mir ein Sakko und ein frisches, weißes Hemd angezogen und mir sogar einen Schlips umgebunden. Ich wusste, es freute sie, wenn ich mich für unser gemeinsames Abendessen im vornehmen Restaurant des Metropol anständig anzog. 1917 hatte Lenin das Haus zwischenzeitlich zum Hauptquartier der Revolution gemacht, aber sowohl davor als auch danach hatten hier viele Weltstars verkehrt.

Meine Mutter sonnte sich in all dem und nicht zuletzt in der eilfertigen Aufmerksamkeit des Kellners.

Mein Appetit war inzwischen zurückgekehrt, und wir bestellten Suppe, Blini, schwarzen Kaviar, auch wenn er absurd teuer war, und ein kleines Entrecote. Der Kaviar stammte sicher aus dem Iran. Wasserverschmutzung und Überfischung hatten den russischen Stör weitgehend ausgerottet.

»Kannst du dir das denn leisten, Adam?«, fragte meine Mutter.

»Mach dir keine Gedanken. Während ich auf Grönland war, habe ich keine einzige Krone ausgegeben.«

»Danke. Als ich Kind war, konnte man überall und für ganz gewöhnliche Rubel Kaviar kaufen, wohingegen es unmöglich war, einen Kalbsbraten oder ein Kilo anständiges Hackfleisch und frisches Gemüse aufzutreiben.«

Ihr Blick war in die Ferne geschweift, als befände sie sich wieder im Albtraum der Planwirtschaft.

Ich kam noch einmal darauf zu sprechen, was Karbanow mir erzählt hatte, auch wenn ich sah, dass es sie eigentlich nicht interessierte. Zumindest wollte sie nicht glauben, was er mir berichtet hatte.

Karbanow hatte nicht mehr allzu viel Interessantes zu bieten gehabt. Mehrmals hatte ich ihn nach den Details im Zusammenhang mit dem Mord an Gabriel gefragt. Ich hatte herauszubekommen versucht, ob er irgendetwas über das verschwundene Überwachungsvideo wusste, aber dem schien nicht so zu sein. Er teilte die Meinung seiner Schwester, dass es sich um einen professionellen Schlägertrupp gehandelt haben musste, der Gabriel attackiert hatte.

Er hatte Gabriel im Schnitt einmal im Monat getroffen. Die Informationen, die Gabriel ihm hatte geben können, hatten sich größtenteils auf Positionen und strategische Überlegungen der beschlussfassenden Organe der Kirche bezogen. Gabriel war über die außenpolitischen Zielsetzungen der Kirche bestens informiert gewesen und vor allem über die intensiven und oft leidenschaftlichen und hitzigen Diskussionen das Verhältnis zum Papst betreffend. Auch hier war ein Wandel in der Haltung des alten Patriarchen zu beobachten gewesen. Er hatte die Auffassung vertreten, es sei an der

Zeit zu sondieren, ob es einen echten Wunsch nach Annäherung gebe – ja, möglicherweise sogar nach Versöhnung nach fast tausend Jahren tiefster Verwerfungen. Es war, als hätte der alte Mann aufs Gas gedrückt, um so viel wie möglich noch zu erreichen, bevor er starb. Gabriel hatte ein feines Gespür für jenen Machtkampf gehabt, der an der Spitze der kirchlichen Hierarchie stattfand und der in einer so großen und einflussreichen Organisation wohl unumgänglich war.

Das hatte sich zunächst nicht allzu aufregend angehört, aber Sascha hatte betont, dass es sich dabei um wichtige Informationen handelte. Jegliche nachrichtendienstliche Tätigkeit bestand darin, erst einmal so viele Teilchen wie möglich zusammenzutragen, um daraus schließlich das komplette Puzzle zusammenzusetzen. Gabriels Informationen waren wertvolle Bausteine gewesen, aus denen sich nach und nach ein Bild von den aktuellen Positionen der Kirche und von deren Verhältnis zum Kreml ergeben hatte. Für den Präsidenten war die Russisch-orthodoxe Kirche ein wichtiger Alliierter. Er wollte auf keinen Fall, dass sich an ihrer Rolle als loyaler Untertan etwas änderte, aber es war deutlich gewesen, dass die bisher fest zementierten Positionen ins Wanken geraten waren. Es war wichtiger denn je, verlässliche Informationen darüber zu erhalten, was hinter den weißen Mauern des Danilow-Klosters vor sich ging.

Karbanow hatte ausweichend und zögerlich auf die Frage geantwortet, für wen genau er innerhalb des Präsidentenapparats im Kreml arbeitete. »Eine wichtige und ressourcenstarke Analysegruppe« war die Formulierung gewesen, die er einige Male verwendet hatte.

Das meiste davon erzählte ich meiner Mutter. Sie schnaubte verächtlich und warf den Kopf in den Nacken. Das machte sie immer, wenn sie das Gefühl hatte, dass andere Menschen ihren Intellekt auf unangemessene Weise strapazierten. Ihr Gabriel war kein Spion. Wenn es etwas gab, das meine Mutter verachtete, dann waren es Kommunisten und Spione. Sie waren es gewesen, die sie deportiert und von ihrem Vaterland und ihrer Kirche abgeschnitten hatten. Sie waren schlimmer als Heiden und Atheisten, die es nicht besser wussten und bei denen man zumindest hoffen konnte, dass sie eines Tages doch noch zum Glauben finden würden.

Ich sah ihr an, dass sie in ihren üblichen Verleugnungsmodus überging, als ich erwähnte, dass Gabriel ein Agent jener Macht gewesen sei, der Sascha Karbanow trotz seiner offensichtlich edlen Absichten ebenfalls angehörte.

Das war typisch für sie.

Gabriel war mit Mitte zwanzig nach Indien gegangen, in irgendeinen Tempel, um bei einem mageren Guru, der die Auffassung vertrat, man erreiche das Nirvana am besten durch Meditation, Sex mit willigen Schülerinnen und euphorisierende Drogen, seine Seele zu finden. Das war kurze Zeit, nachdem Gabriel das Russisch-Studium geschmissen hatte. Wir hörten nicht besonders oft von ihm aus Indien. Zu behaupten, unsere Mutter sei verzweifelt und in wahnsinniger Sorge gewesen, wäre schlichtweg untertrieben.

Während der ersten drei Monate bekamen wir ein paarmal etwas so Altmodisches wie Postkarten von ihm. Nach weiteren sechs Monaten ließ er uns durch ein schwedisches Mädchen, das mich aufsuchte, einen Hilferuf überbringen. Ich reiste zusammen mit unserem Vater nach Indien, und wir holten ihn aus diesem Tempel raus. Er wog nur noch fünfundvierzig Kilo und war schwer an irgendeinem Fieber erkrankt, das er einfach nicht loswurde. Wir brachten ihn nach Dänemark zurück. Nach ein paar Wochen im Universitätsklinikum bekamen sie seinen Zustand wieder in den Griff, und er zog zu mir in unsere alte Wohngemeinschaft. Er erzählte mir nie im Detail, was in Indien eigentlich passiert war, und unsere Mutter leugnete weitgehend, dass er überhaupt weg gewesen war, indem sie sich weigerte, darüber zu sprechen. Wenn sie von Freunden, die nichts Besseres zu tun hatten, als Gabriels Indienaufenthalt anzusprechen, doch einmal dazu gezwungen wurde, sagte sie nur kurz angebunden, ihr Sohn habe eine kleine Bildungsreise nach Asien unternommen.

Es war ein knappes Jahr, das auf diese Weise aus Gabriels Leben verschwand. Ihre Fähigkeit, alle unangenehmen Dinge zu verdrängen, die Gabriel betrafen, war beeindruckend. Sie wählte aus seinem Lebenslauf nur das aus, was ihr aus ihrer Perspektive der Mutterliebe angemessen erschien. Vater ließ das Ganze einfach auf sich beruhen, wie immer, wenn es um Gabriel ging. So klug war ich nicht, und das führte immer wieder zu Streitereien zwischen meiner Mutter und mir. Allerdings war ich in diesen Auseinandersetzungen immer der Unterlegene.

Natürlich hatte ich ihn zu seinen Erlebnissen befragt, aber er sagte nur, dass das, was er für einen seriösen heiligen Ort gehalten habe, an dem man sein Bewusstsein ergründen und zu einer höheren Form der Erkenntnis gelangen könne, eine einzige Luftnummer gewesen sei.

»Ich suchte Erlösung und fand stattdessen einen Ort, an dem der Teufel an die Stelle Gottes getreten war. Aber was kann man schon von einem Land erwarten, das behauptet, es gebe dreiunddreißig Millionen Götter?«

Er fing an, Theologie und Religionsgeschichte zu studieren. Er nahm das Studium sehr ernst und engagierte sich stark in der russischen Kirche. Ich hatte Angst, dass es ihn sehr mitnehmen würde, als unser Vater sich das Leben nahm, aber es schien ihn nicht allzu tief zu treffen. Er war natürlich ebenso traurig wie ich. Er sagte, er würde für die Seele unseres Vaters beten, aber es stürzte ihn in keine größere psychische Krise. Ich war vor allem wütend auf unseren Vater, weil er uns verraten hatte, und auf unsere Mutter, weil sie ihm das alles nachsah.

Gabriel und ich waren achtundzwanzig Jahre alt, als unser Vater sich erschoss. Ich war zu dem Zeitpunkt beim Dänischen Meteorologischen Institut angestellt. Gabriel hatte eine hochgelobte Magisterarbeit über »Die Beziehung zwischen der Russisch-Orthodoxen Kirche und dem Kreml im Laufe der verschiedenen Ideologien und Machtkonstellationen« geschrieben. Die Universität hätte es gern gesehen, wenn er weiter geforscht und seine Doktorarbeit geschrieben hätte, aber das wollte er nicht. Er nahm stattdessen eine befristete Stelle bei der Stadt Kopenhagen an, wo er mit verzogenen Jugendlichen arbeitete. Er sah das natürlich ganz anders. Dieser Job, bei dem er unangepasste Kinder und Jugendliche wieder auf die rechte Bahn zurückführte, mündete schließlich in eine Anstellung beim Innenministerium. Sein Privatleben veränderte sich dahingehend, dass er mit Sophie zusammenzog, während ich ihm seinen Anteil an der Wohnung abkaufte, die unser Vater für uns gekauft hatte. Ich wollte auch weiterhin dort wohnen bleiben und konnte es mir nicht vorstellen auszuziehen. Vier schöne Zimmer für relativ wenig Geld, auch wenn ich eine Hypothek aufnehmen musste, um Gabriel auszuzahlen.

Die Beziehung zu Sophie hielt länger als viele andere, aber die Enkelkinder, die unsere Mutter sich erhoffte, gingen nicht aus ihr hervor. Gabriel engagierte sich auch weiterhin ehrenamtlich in der russischen Kirche, und diese Aktivitäten wurden schließlich auch zu seiner Eintrittskarte für das Patriarchat in Moskau.

Das Leben ging seinen Gang. Das Leben war wie Sand, der einem zwischen den Fingern hindurchrieselt. Das Leben endete plötzlich in einem Moskauer Hinterhof. Das Leben ist ungerecht, aber es nützt nichts, deswegen heimlich ins Kissen zu weinen, davon wird es nur nass, hörte ich meinen Vater mit seiner Zigarrenrauchstimme sagen.

Meine Mutter unterbrach meinen Gedankenstrom und zeigte auf die Harfenistin. »Vor fast vierzig Jahren hätte ich an ihrer Stelle dort sitzen können. Genau hier, in diesem Restaurant in diesem Hotel, habe ich deinen Vater zum ersten Mal gesehen. Hier bin ich ihm aufgefallen«, sagte sie mit verträumtem Blick.

»Erzähl mir davon, Mama«, sagte ich lächelnd und betrachtete die Harfenspielerin. Sie war jung und blond und sah sehr russisch aus in dem schwarzen Kleid, das ihren Körper dekorativ umspielte. Sie hatte lange, schlanke Finger, mit denen sie leicht und elegant die Saiten zupfte. Sie hatte die Angewohnheit, die Augen zu schließen, wenn sie besonders schwierige oder traurige Passagen spielte. Es musste sich merkwürdig anfühlen, dort zu sitzen und wunderschöne Melodien zu spielen, wo doch nicht zu übersehen war, dass die meisten Gäste überhaupt nicht zuhörten. Hintergrundmusik der feineren Art.

»Gern, Adam«, sagte meine Mutter und kehrte in die prosaische Welt zurück. »Ich möchte auch nicht länger über diesen Sascha und seine Schwester reden. Wir müssen für Gabriels rastlose Seele beten und ihn bei der Seelenmesse auf den Weg zu Gott geleiten. Dass der alte Patriarch ermordet worden sein soll, ist eine abscheuliche Behauptung. Das würde schließlich auch bedeuten, dass Leute aus der Kirche in das Verbrechen verwickelt sind. Adam, mein Junge! Merkst du nicht, wie wahnsinnig eine derartige Theorie ist?«

»Nein, Mama. Das tue ich nicht. Ich habe nicht dieselbe Ehrfurcht vor den heiligen Männern wie du. Sie können genauso große Verbrecher sein wie alle anderen Menschen auch.«

»Es ist hoffnungslos mit dir, Adam. Begreifst du denn gar nicht, was du da redest? Dein Sascha Karbanow ist doch nichts anderes als ein treuer Ruslan.«

»Ein was?«

»Eine Sklavenseele.«

»Wer oder was war Ruslan?«

»Ein Hund. Ein treuer Wachhund in einem sibirischen Gulag, dem der Sinn des Lebens abhandengekommen ist.«

»Ich habe keine Ahnung, wovon du redest.«

Sie aß den restlichen Kaviar auf, der ihr, wie ich sah, sehr gut geschmeckt hatte. Sie legte feinsäuberlich ihr Besteck beiseite.

»Als ich jung war, habe ich *Die Geschichte vom treuen Hund Ruslan* als *samisdat* gelesen, also in einer illegalen Ausgabe. Der Autor Georgij Wladimow war ein Freund meiner Eltern und meines engen Freundes Warlam. Georgij Wladimow war nicht sein richtiger Name, aber alle nannten ihn so. Er arbeitete für eine literarische Zeitschrift. Der Roman *Die Geschichte vom treuen Hund Ruslan* konnte natürlich nicht in der Sowjetunion erscheinen, aber wir haben ihn heimlich auf vervielfältigten Bögen gelesen.«

»Wovon handelt er?«

»Er handelt von dem Wachhund Ruslan, der einen von Stalins Gulags weit draußen in Sibirien bewacht. Ruslan macht seine Arbeit gut und liebt sie. Er dient dem Staat und der Partei voller Stolz. Er ist dazu erzogen worden, die Volksfeinde zu bewachen. Als Chruschtschow mit der Stalin-Ära abrechnet und das Lager schließt, ist Ruslan verzweifelt. Er hat seinen Lebensinhalt verloren. Was soll er bloß tun? Er zieht ziellos mit den anderen Hunden umher, auf der Suche nach jemandem, den er bewachen kann. Schließlich begegnen sie einer Gruppe Männer, und Ruslan ist glücklich. Er glaubt, es handele sich um Strafgefangene, die er und die anderen Hunde bewachen können, aber es sind keine Gulag-Häftlinge, sondern Geologen und sie erschießen die angreifenden Hunde.« Sie sah mich ernst an. »Ich kann mich immer noch an einen der letzten Sätze des Romans erinnern: ›Ein neuer Herr ruft Ruslan zu: Schnapp ihn dir! Der Hund stürmt davon, für einen kurzen Moment ist er glücklich, dann wird er erschossen. Glücklich, weil er wieder einen Herrn hat, dem er dienen kann. Das ist das Einzige, was er kann. Er ist wieder befreit von der Last, selbst zu denken, frei zu sein. Er stirbt mit dem guten Gefühl zu dienen, wieder ein Befehlsempfänger zu sein.‹«

»Und das durfte man nicht lesen?«

»Natürlich nicht. Das war doch unübersehbar eine Allegorie auf unser Leben in Breschnews sozialistischem Paradies. Die Partei hatte soeben beschlossen, dass ab sofort der Sozialismus eingeführt war. Der Kommunismus stand unmittelbar bevor. Wir hatten glücklich zu sein. Da durften wir natürlich nicht als orientierungslose Hunde oder Gefangene dargestellt werden. Sascha Karbanow ist genau wie der Hund Ruslan dazu erzogen worden, ein Wachhund zu sein. Er kennt es nicht anders. Sonst könnte er gar nicht für den Kreml arbeiten. Begreifst du das nicht? Oder willst du es einfach nicht wahrhaben?«

»Russland ist schon lange nicht mehr die Sowjetunion, Mama. Russland hat sich verändert. Sascha ist ein moderner Mann. Er spricht sogar Dänisch. Er ist alles andere als ein sowjetischer Hund.«

»Und der Mond ist ein grüner Käse. Das ist doch alles nur metaphorisches Gerede, Adam.«

»Du bist unmöglich. Was ist mit dem Schriftstellerfreund deiner Eltern passiert?«

»Meiner Eltern? Du sprichst von deinem Großvater und deiner Großmutter.«

»Ich weiß, aber wir haben sie ja nie kennengelernt. Ich habe sie nur auf Fotos gesehen. Du hast dieses wunderbare Foto von Großvater als Clown. Und von unserer Großmutter am Schwarzen Meer. Sie muss sehr schön gewesen sein. Ich meine das Foto, das auf der Anrichte steht und auf dem sie so fröhlich aussieht. Du siehst ihr ähnlich.«

»Ich habe ihnen das Herz gebrochen.«

»Hör auf damit, Mama. Das führt doch zu nichts. Es war nicht deine Schuld.«

Ich betrachtete sie. Gabriel und ich hatten sie oft nach unseren Großeltern mütterlicherseits und nach ihrer Kindheit gefragt, aber sie hatte uns nie besonders viel erzählt. Unser Großvater war Clown beim Moskauer Staatszirkus und unsere Großmutter Englischlehrerin an einem Gymnasium gewesen. Deshalb sprach unsere Mutter auch so gut Englisch. Unsere Großmutter hatte es ihr von klein auf beigebracht. Mama war Einzelkind gewesen. Unsere Großeltern hatten Schwierigkeiten mit dem System bekommen und in der zweiten Hälfte der siebziger Jahre hatten sie ihre Arbeit verloren und waren in eine Gemeinschaftswohnung gesteckt worden. Dort mussten sie mit Menschen, die sie nicht kannten, Bad und Küche teilen. Unsere Großeltern starben wenige Jahre, nachdem unsere Mutter aus der Sowjetunion ausgereist war. Sie hatte sie nie wiedergesehen. Ich hoffte, sie würde den Schleier jetzt ein wenig lüften.

»Wie so viele andere war Georgij in Ungnade gefallen«, sagte sie stattdessen. »Sein Buch war in den Westen geschmuggelt und dann in Deutschland veröffentlicht worden. Er wurde gefeuert, stellte einen Ausreiseantrag, wurde zur Unperson erklärt und kam schließlich 1983 in den Westen. So lief das damals. Sie erkannten ihm und seiner Frau die Staatsbürgerschaft ab. Sie haben mehrere Jahre in der Bundesrepublik gelebt.«

»Lebt er noch?«

»Nein, nein. Er ist 2003 gestorben. Es gab nur ein paar kurze Nachrufe, auch in den dänischen Zeitungen. Aber er war in sein Vaterland zurückgekehrt, bevor er starb. Unter Jelzin wurde ihm hier in Moskau ein Literaturpreis verliehen. Im Jahr 2000 hat er die russische Staatsbürgerschaft zurückbekommen und sogar eine Künstlerwohnung in Peredelkino, wo ich gestern war.«

»Hast du die Wohnung gesehen?«

»Nicht von innen. Das Haus gehört jetzt irgendeinem steinreichen Oligarchen, und die Sicherheitsleute wollten mich nicht hineinlassen, aber ich habe mir das Gebäude von außen angesehen. Peredelkino sieht nicht mehr aus wie früher, aber auf irgendeine Weise dann doch. Die schönen Holzhäuser, der Schnee, die Birken, der Fluss, auf dem Eisschollen dahintrieben. Da sind auch viele schlimme Erinnerungen wieder hochgekommen.«

»Aber das ist doch vorbei, Mama. Gibt es denn nichts, woran du dich gern erinnerst?«

»Was denn zum Beispiel?«

»Liebesbeziehungen?«

Sie lachte. »Vielleicht, aber auch die können tragisch enden. Vor allem in Russland.«

»Das stimmt. Aber selbst unter den schlimmsten Umständen verlieben sich junge Menschen ineinander und finden Möglichkeiten, miteinander glücklich zu sein.«

»Da hast du recht. So war es natürlich auch bei uns. Wir haben sogar an eine bessere Zukunft geglaubt.«

»An welches Erlebnis hast du am häufigsten zurückgedacht«, fragte ich.

»Die Frage ist leicht zu beantworten«, sagte sie lächelnd und ihr Gesicht strahlte auf einmal. »In Peredelkino hat dein Vater mich zum ersten Mal geküsst. In Peredelkino sind wir ein Paar geworden.«

Ich musste ebenfalls lächeln. Zum ersten Mal, seit ich aus Grönland zurück war, sah sie richtig fröhlich aus. »Erzähl mir davon, Mama. Erzähl mir eine russische Liebesgeschichte. Das ist genau das Richtige jetzt. Am liebsten eine mit Happy End.«

TEIL 2

Eine sowjetische Liebesgeschichte

»Viktor was sent to some Red Army town
Served out his time, became a circus clown
The greatest happiness he'd ever found
Was making Russian children glad.«

Billy Joel

11

Anastasia Viktorowna Tsokolewa bemerkte ihn sofort durch die bläulichen Tabakschwaden hindurch, als er in Begleitung von zwei anderen Männern in dunklen Anzügen das Restaurant betrat. Er war Ausländer. Das fiel jedem Sowjetbürger sofort auf. Nicht nur an seiner gut sitzenden Kleidung und seinen teuren Schuhen erkannte man, dass er ein wohlhabender Westbürger war. Man bemerkte es auch daran, wie er sich gab. An dieser instinktiven Selbstsicherheit, die dafür sorgt, dass man keine Scheu hat, anderen Menschen direkt in die Augen zu sehen. Dass man es als selbstverständlich ansieht, ohne Furcht durchs Leben zu gehen.

Er war groß und stattlich. Sein gewelltes schwarzes Haar war so lang, dass es die Ohren bedeckte, aber so trugen die Männer aus dem Westen es heutzutage oft. Als wären sie Beatmusiker und keine seriösen Geschäftsleute. Er war höchstens dreißig Jahre alt, vielleicht jünger. Sein Anzug saß sehr gut. War er womöglich maßgeschneidert? Seine schwarzen Schuhe glänzten. Als er an der Bühne vorbeiging und über etwas lachte, blitzten seine ebenmäßigen weißen Zähne.

Es musste sich um wichtige Männer handeln, denn der Hoteldirektor persönlich führte sie zu dem für sie reservierten Tisch hinter dem Springbrunnen. Der andere Mann, mit dem sich der Hoteldirektor, Genosse Iwan Konstantinowitsch, so angeregt unterhielt, war ebenfalls Ausländer. Er war nicht ganz so groß und etwas kräftiger, um nicht zu sagen dick. Er strahlte ebenfalls jenes Selbstbewusstsein aus. Seine Haare hatten jene mittelblonde Farbe, die ihr schon bei vielen Skandinaviern aufgefallen war. Alle drei Männer hatten Zigaretten in der Hand.

Beinahe alle Tische waren besetzt. Viele der Gäste waren Ausländer, die aufgrund ihrer kostbaren Devisen natürlich uneingeschränkten Zutritt hatten, aber es waren auch einige Apparatschiks unter ihnen und jene Sorte Menschen, die Papa *banditi* nannte und die ihr Geld auf dem Schwarzmarkt verdienten. Im Laufe seiner Geschichte hatten fast alle bekannten und berühmten Menschen, die nach Moskau kamen, das Restaurant im Metropol besucht.

Sie lehnte die Harfe wieder gegen ihre Schulter, fuhr sich mit der Hand durch ihr helles, gelocktes Haar und ließ die Finger dann sanft auf den Saiten ruhen. Sie liebte dieses Gefühl von Kontrolle, das die Saiten ihr vermittelten. Sie kannte jede von ihnen, als wären sie die Verlängerung ihrer geschmeidigen Finger, und sie genoss das Gefühl, der Harfe mit einigen Griffen wunderschöne Töne entlocken zu können. Die Musik war schön und rein und gut. Und es gab sonst kaum etwas, von dem sich das behaupten ließ.

Anastasia widersprach ihrem Vater nur ungern, aber sie teilte seine Meinung nicht, dass sie ihr Talent vergeudete, wenn sie im Restaurant des Metropol spielte. Ihr Vater war selbst ein großer Künstler und hätte ihr Talent eigentlich richtig einschätzen können müssen, aber sie war sein einziges Kind, und daher war er in vielerlei Hinsicht blind, wenn es um sie ging. Sie war durchaus begabt, aber ihr Talent war nicht so groß, dass sie jemals von einer Karriere in einem der wirklich bedeutenden Orchester hätte träumen dürfen. Wenn ihr ein Ausnahmetalent begegnete, war sie sich dessen vollkommen bewusst. Zwei ihrer Kommilitonen auf dem Konservatorium hatten über diese außergewöhnliche Begabung verfügt. Sie würden es weit bringen. Nicht einmal zwei Jahre nachdem sie ihre Ausbildung am Konservatorium beendet hatten, hatten sie bereits eine Anstellung in Moskau gefunden. Sie selbst musste damit rechnen, den Rest ihres Lebens an einer mehr oder weniger angesehenen Musikschule zu unterrichten oder möglicherweise auch einen Platz in einem Symphonieorchester in der Provinz zu bekommen, aber das würde bedeuten, dass sie Mama und Papa und Moskau verlassen müsste, um in irgendein Provinznest zu ziehen.

Dann wollte sie doch lieber im Metropol arbeiten. Das war

nicht besonders anstrengend. Sie spielte dreimal in der Woche beim Abendessen und zweimal beim Frühstück, ein klassisches unaufdringliches Repertoire, das sie im Schlaf beherrschte. Sie beendete ihr Programm relativ früh am Abend, um einer Tanzkapelle mit einer Sängerin Platz zu machen. Wenn jemand sie fragte, sagte sie immer, sie spiele dort nur vorübergehend, während sie darüber nachdenke, wie es für sie weitergehen solle.

Ihr Repertoire, das von der »Parteiabteilung für Unterhaltung in Hotels in der Oblast Moskau« abgesegnet worden war, war in seinem Ablauf so genau festgelegt, dass ihr reichlich Gelegenheit blieb, die Gäste in dem ein wenig heruntergekommenen Restaurant mit den hohen Wänden zu studieren. Bevor sie begonnen hatte, hier zu musizieren, hatte sie nur wenige Menschen aus dem Westen gesehen und nur mit drei von ihnen gesprochen. Das war draußen in Warlams *datscha* gewesen. Es waren drei Amerikaner gewesen, die in Moskau gewohnt hatten. Zwei von ihnen waren Korrespondenten, einer war Diplomat. Er hieß Peter und sprach sehr gut Russisch. Die Korrespondenten hatten sie geradezu mit Lob für ihr gutes Englisch überschüttet.

Der Großteil der Gäste im Restaurant des Metropol waren Ausländer, einflussreiche Parteimitglieder oder jene Menschen, deren Aufgabe es war, die Ausländer im Auge zu behalten, die im Hotel oder im Restaurant verkehrten. Sie selbst hatte nach einem längeren Gespräch mit zwei Repräsentanten des KGB, die sie davor gewarnt hatten, mit Ausländern zu fraternisieren, einen speziellen Ausweis bekommen. Wenn sie die beiden ernsten Herren von der Lubjanka recht verstanden hatte, waren die meisten Ausländer Spione, die es nur darauf abgesehen hatten, loyalen Sowjetbürgern Informationen zu entlocken, die der Partei und dem Vaterland schaden konnten.

Aber sie hatten nichts davon gesagt, dass sie sie nicht betrachten durfte, und außerdem war ihr schnell klar geworden, dass kaum einer der unzähligen Hotelangestellten die Ratschläge und Befehle der Geheimpolizei sonderlich ernst nahm. Dafür waren die Belohnungen in Form von Zigaretten, Schokolade, Kaugummi, Jeans oder Devisen viel zu verlockend.

Außerdem war es schwierig, sich abweisend zu verhalten. Denn die Ausländer aus dem Westen waren unglaublich freundlich und entgegenkommend und hatten überhaupt keine Angst davor, mit irgendjemandem ein Gespräch anzufangen. Man hatte den Eindruck, dass sie nie nervös oder in Sorge waren, wenn sie zu allem und jedem ihre Meinung äußerten.

Im Restaurant verkehrten hauptsächlich Geschäftsleute. Manchmal auch Journalisten, und das in zunehmender Zahl. Der große Führer der Sowjetunion, Leonid Breschnew, verhandelte mit dem amerikanischen Präsidenten Nixon über die Détente, hatte sie in der *Prawda* und der *Iswestija* gelesen. Die USA waren noch immer ein imperialistisches und aggressives Land, das es nur darauf abgesehen hatte, die friedliebende Sowjetunion anzugreifen, aber die Amerikaner hörten doch mehr und mehr auf die klugen sowjetischen Führer. Es schien sich gerade ein größeres Verständnis für die Komplexität der Welt herauszubilden, hatte sie den Zeitungsartikeln entnommen. Die Machtverhältnisse hatten sich zugunsten der Sowjetunion verlagert. Auch weil die USA in Vietnam eine Niederlage erlitten hatten. Die Partei setzte jetzt stärker auf einen neuen Pragmatismus als auf harte Kriegsrhetorik.

Das waren ganz andere Töne als bisher. Papa sprach von der Möglichkeit eines neuen Tauwetters, wie er es schon einmal unter Nikita Chruschtschow erlebt hatte, den mittlerweile alle vergessen zu haben schienen, der aber einige Jahre lang dafür gesorgt hatte, dass es so spannend gewesen war, in der neuen Zeit zu leben, wie Papa es nannte. Nach Stalins dunklen Jahren hatte es eine große Hoffnung auf Veränderung gegeben, aber dann war man allmählich wieder zum Gewohnten zurückgekehrt, jedoch ohne den großen Terror. Das Tauwetter hatte nur kurze Zeit angehalten, dann hatte der Winter erneut Einzug gehalten.

Aber jetzt tat sich wieder etwas. Vieles deutete darauf hin, dass alle Länder Europas und die USA in Helsinki bald ein Abkommen unterzeichnen würden, das unserer Zeit den Frieden und allen Ländern das Akzeptieren der Menschenrechte bringen würde, meinte Papa.

Das wäre wunderbar. Sich vorzustellen, auf einmal ausreisen und die Welt ebenso kennenlernen zu können, wie die Ausländer ihr Land besuchen konnten!

Gewöhnliche Touristen gab es nicht besonders viele. Meistens waren es ausländische Parteigenossen, die nur schlecht Russisch sprachen, aber alles Mögliche auf dem Schwarzmarkt verkauften, um sich billige Rubel zu beschaffen. Es hatte sie erschüttert zu sehen, wie schnell Korruption entstand, sobald ausländische Devisen ins Spiel kamen. Selbst Olga Jewgenjewa, die bereits seit Chruschtschows Zeiten die »Parteikontrolleurin für das anständige Verhalten des Personals« im Metropol war, trug fast nur ausländische Kleidung, betupfte sich mit französischem Parfum, rauchte ausschließlich Marlboro-Zigaretten mit Filter und hatte mit den Jahren eine ausgeprägte Vorliebe für schottischen Whisky entwickelt. Sie trank ihn mit Eis statt pur, wie ein anständiger Russe es tun würde. Einen Teil der Geschenke musste sie natürlich beim KGB abliefern, so dass Genosse Oberstleutnant Oleg Mikhailowitsch Kasejew vom Schild und Schwert der Partei wegschaute, ebenso wie sie selbst eine ganze Menge *blat* von den Damen auf dem Hotelflur erhielt. Die bekamen schließlich ebenfalls Geschenke von den Ausländern.

Diese Damen saßen direkt neben den Fahrstühlen an braunen Schreibtischen, auf denen zwei Telefone standen, und achteten darauf, dass in den Hotelfluren alles gesittet und ordnungsgemäß vonstattenging. Sie gaben die Zimmerschlüssel aus und verkauften Mineralwasser und süßen Saft. Wenn die ausländischen Herren unerlaubte weibliche Gesellschaft auf ihre Zimmer mitnehmen wollten, schauten sie für ein oder zwei Dollar gern mal in die andere Richtung. Die käuflichen Mädchen lieferten nicht nur einen Teil ihres Honorars an Genosse Oberstleutnant Oleg Mikhailowitsch Kasejew ab, sondern darüber hinaus auch interessante Informationen, die er sich für seinen unermüdlichen Einsatz zum Schutz der Partei und des Vaterlandes zunutze machen konnte. Männer neigten offensichtlich dazu, im Bett so manches auszuplaudern.

Anastasia hatte schnell begriffen, dass es sich bei diesem System um einen hochsensiblen und leicht zu beeinflussenden Organismus handelte, der allen dazu diente, sich zu bereichern, was aber niemand zugeben würde. Die ausländischen Gäste waren in erster Linie Geldmaschinen, die kein Russisch sprachen und denen man daher leicht ihre Devisen abluchsen konnte, die sie ohnehin im Überfluss zu besitzen schienen.

Sie selbst profitierte auch immer wieder davon. Vor allem amerikanische Touristen, die sich allerdings nur selten ins Restaurant verirrten, hatten die Angewohnheit, ihr Trinkgeld zu geben, obwohl sie bereits ein gutes Gehalt vom Moskauer Sowjet bekam. Am Anfang hatte sie das Geld abgelehnt, das sie ihr entweder direkt gaben, wenn sie das Restaurant verließen, oder ihr durch den Oberkellner überbringen ließen. Der hatte sie daraufhin belehrt, es sei unsolidarisch, die Dollarscheine nicht anzunehmen, da die Genossen von der Bedienstetenbrigade erwarteten, dass sie mit ihnen teile. Dafür bekäme sie im Gegenzug auch einen Teil von deren Trinkgeldern ab. Sie hatte vorsichtig angedeutet, dass Trinkgelder nicht zu den Spielregeln des sozialistischen Systems gehörten, und hatte dafür ein Lachen geerntet, das so laut gewesen war, dass sie zusammenschrak. Der Genosse Oberkellner hatte ihr zehn Dollar zugesteckt und sie aufgefordert, doch endlich erwachsen zu werden, und das gefälligst ein bisschen schnell.

Er hatte nicht unrecht, musste sie sich eingestehen. Sie wohnte noch immer zu Hause bei Mama und Papa. Sie war mit Sicherheit kein naives Kind mehr, denn sie lebte in einer liberalen, modernen Familie, aber vor den dunkleren Seiten der sowjetischen Gesellschaft hatten ihre Eltern sie bisher beschützt. Den Großteil ihres bisherigen Lebens hatte sie eine gute Schule für die privilegierten Kinder mit besonderer Begabung besucht und an den obligatorischen Pionierlagern teilgenommen, bei denen vor Lenins Statue Wache zu schieben war. Dann hatte sie mit staatlicher Unterstützung am Moskauer Konservatorium studiert. Dort herrschte die Musik, die jegliche Politik und alle Grenzen zwischen Ländern und Menschen transzendierte, und wie ihre Kommilitonen hatte auch sie in den Stunden geschlafen, in denen es um die marxistisch-leninistische Musiktheorie ging.

Die Arbeit im Metropol hatte ihr die Augen geöffnet. Die klassenlose Gesellschaft basierte auf einer komplizierten Rangordnung, die oft nur schwer zu durchschauen war. Es war, wie Papa immer sagte, viel schwieriger, mit den ungeschriebenen Gesetzen zurechtzukommen als mit den niedergeschriebenen.

Das System war komplex und doch ganz einfach. Sie hatte schnell begriffen, dass man seine eigene Stellung richtig einschätzen können musste und dass jeder seinen *obrok* entsprechend seinem Rang und seiner Position innerhalb der Hierarchie bekam. Man musste wissen, wo man stand, durfte die Art, wie die einem übergeordneten Genossen die Beute verteilten, nicht hinterfragen und sich niemals als illoyal erweisen. Einmal im Monat nahm sie an einem Treffen mit Repräsentanten des Geheimdienstes teil und bestätigte jedes Mal mit Nachdruck, dass ihre Kollegen allesamt gute Genossen waren, die ihre sozialistischen Pflichten sehr ernst nahmen.

In einem Alter von knapp vierundzwanzig Jahren hatte Anastasia bemerkt, wie verführerisch die Schlange der Korruption war, und sich ihrem Vater gegenüber über die fehlende Moral beklagt.

Er lachte über sie. »Tascha, mein kleiner Engel. Nimm dir das nicht so zu Herzen. So ist es nun mal. In einer Welt der Lüge und der Verstellung kommt es nur auf deine eigene Moral an.«

»Ich kann zu ihrem Geld nicht Nein sagen. Das geht nicht.«

»Das sollst du auch gar nicht. Du hast es dir mit ehrlicher Arbeit verdient. Du sollst dein Leben in gebührendem Abstand zur Macht führen und deiner Familie und deinen Freunden gegenüber ehrlich sein. Einen Verbrecher zu betrügen ist vollkommen in Ordnung. Wir halten uns an unsere eigene Moral und leben unser eigenes Leben, wie wir es für richtig halten, und mischen uns nicht in die Angelegenheiten der Macht und die Politik der Namenlosen ein.«

Und Mama hatte ebenfalls gelacht. »Nächstes Mal, wenn wir gemeinsam in die Kirche gehen, werden wir für ihre sündigen Seelen beten.«

Auf die Weise ließen sich natürlich viele Probleme lösen. Sie hatte also ihren ziemlich bescheidenen Anteil an der Beute angenommen und einen Teil davon an Mama und Papa weitergegeben.

Es war unglaublich, wie sehr es den Alltag erleichterte, wenn man Zugang zu den verbotenen ausländischen Devisen hatte. Sie konnten damit begehrte Waren in den *berioska*-Geschäften kaufen, die eigentlich für ausländische Touristen und längerfristig hier lebende Ausländer gedacht waren. Das war eine große Hilfe, wenn die Waren des täglichen Bedarfs mal wieder für eine gewisse Zeit aus den Geschäften verschwanden und die Schlangen vor den Läden oder Ständen, die doch noch irgendetwas zu verkaufen hatten, endlos lang waren. Mit den Devisen konnte man sich außerdem Rubel zu einem günstigen Kurs besorgen, der es einem ermöglichte, auf einem der teuren privaten Märkte einzukaufen, auf denen die Leute aus den weit entfernten Republiken Gemüse, Obst und das sonst nur schwer aufzutreibende Fleisch vom Rind, Schwein oder Lamm anboten. Es war natürlich etwas riskant, sein Geld auf dem Schwarzmarkt zu tauschen, aber mithilfe eines kleinen Scheins konnte man auch den lokalen Milizbeamten dazu bringen, in die andere Richtung zu schauen. Ab und zu wurde einer der illegalen Schwarzmarkthändler festgenommen, aber das geschah in der Regel nur, wenn ein ausländischer Tourist involviert war, der billige Rubel kaufen wollte.

Papa und Mama sprachen inzwischen nicht mehr davon, dass sie mit ihrem großen Talent eine Karriere als Musikerin anstreben sollte, die sie auf die großen Bühnen der Welt führen würde. Vielleicht hatten sie endlich eingesehen, dass ihr Talent dafür nicht ausreichte. Vielleicht waren sie auch damit zufrieden, dass ihre Tochter eine Arbeit gefunden hatte, die ihnen allen das Leben erleichterte. Papa hatte zwar immer gewisse Privilegien gehabt, aber keine, die ihnen große Sprünge erlaubten. Er hatte zum Beispiel nie die Genehmigung erhalten, mit dem Zirkus im Ausland auf Tournee zu gehen.

Träume waren schön, aber sie waren eben nur flüchtige Träume, wenn das Talent nicht für mehr als das Symphonieorchester in Omsk oder das Spielen der Harfe im Restaurant des Metropol reichte. Und dann war Letzteres immer noch die bessere Variante. Die Vorstellung, in der Provinz leben zu sollen, erfüllte sie wie alle anderen Moskauer mit Abscheu. Die Verbannung an einen Ort außerhalb Moskaus war auch heute noch eine ebenso fürchterliche Strafe wie zurzeit der Zaren.

Daran musste sie oft denken, wenn sie mit ihren schlanken Fingern der großen goldenen Harfe geschickt ihre Töne entlockte, während sie von ihrer erhöhten Position aus die essenden, trinkenden und rauchenden Gäste betrachtete.

Sie konnte es nicht lassen, den großen, dunkelhaarigen Mann anzusehen, der so selbstsicher am Tisch saß und in der Runde offensichtlich den Ton angab. Er hatte die merkwürdige Angewohnheit, mit seinen filterlosen Zigaretten ein paarmal gegen seine geschlossene Hand zu klopfen, bevor er sie mit dem Feuerzeug anzündete. Er machte ausdrucksstarke Gesten, mit denen er seine Pointen unterstrich. Der Hoteldirektor kam in Begleitung seines stellvertretenden Verwaltungschefs und von Olga Jewgenjewa persönlich, die eine neue, an ihrem korpulenten Körper jedoch unvorteilhaft wirkende Kreation trug. Sie setzten sich zu den Ausländern an den Tisch und nahmen an der Mahlzeit teil. Man servierte ihnen das beste *sakuska* des Hotels.

Sie stellte sich vor, dass er eine dunkle, angenehme Stimme hatte. Ihr fiel auf, dass er oft zu ihr hinaufsah, und einmal kreuzten sich ihre Blicke, und er lächelte sie an, woraufhin sie den nächsten Ton vergaß, was aber natürlich niemand bemerkte. Oder tat er es? Er lachte jedenfalls und prostete ihr mit seinem Wodkaglas zu, so dass sie wegsehen und sich darauf konzentrieren musste, ein abweisendes und verschlossenes Gesicht aufzusetzen. Sie spürte eine Wärme in ihrer Brust und ein Ziehen im ganzen Körper. Sie konnte nicht anders, als sich seine Hände auf ihrem nackten Körper vorzustellen. Es war bald ein halbes Jahr her, dass sie sich von Paul getrennt hatte, und sein kindisches Gejammer vermisste sie kein bisschen, dafür den Sex mit ihm. Denn dafür hatte dieser aus der Art geschlagene und unfähige Dichterspross doch ein gewisses Talent gehabt. Sie waren immer noch befreundet. Er hatte inzwischen eine neue Freundin, die ebenfalls Gedichte schrieb und danach strebte, ein neuer Stern am funkelnden Himmel der sowjetischen Literatur zu werden.

Anastasia wandte ihr Gesicht ab und entschied sich für ein Musikstück, das nicht zum offiziell abgesegneten Repertoire des Hotels gehörte. Seit dem Examenskonzert auf dem Konservatorium hatte sie es nicht mehr gespielt, aber sie musste sich jetzt dringend auf etwas weniger Erregendes konzentrieren.

Als es Zeit für die Pause war, verließ sie die Bühne und freute sich darauf, eine Tasse Tee zu trinken und eine Kleinigkeit zu essen. Einer der Kellner kam zu ihr herüber.

»Der Genosse Direktor hat mich gebeten, dir auszurichten, dass du dich mit an seinen Tisch setzen möchtest. Der dänische Herr möchte dich gern kennenlernen. Er findet, du bist sehr talentiert und spielst ganz wunderbar.«

Sie sah den Kellner an, dessen spöttischer Unterton ihr gar nicht gefiel.

»Hat er gefragt, ob ich dazu Lust hätte?«

»Nein, Tascha. Er hat gesagt, Genossin Anastasia Viktorowna soll an unseren Tisch kommen, wenn sie Pause macht.«

»Ist es erlaubt, vorher noch die Toilette aufzusuchen?«

»Bestimmt nicht, aber ich werde dem Genossen Direktor Bescheid sagen, dass du ebendies tust, bevor du schnurstracks an seinen Tisch kommst.«

Er ließ seinen Blick über ihren Körper wandern und starrte ihr unverhohlen und hemmungslos hinterher, als sie auf dem Absatz kehrtmachte und das Restaurant verließ.

Sie betrachtete sich im Spiegel. Ihre Haut war blass, weil es Winter war, aber sie wusste, dass Männer diesen zarten Ton sehr anziehend fanden. Ihre blaugrünen Augen strahlten. Sie benutzte nur wenig Make-up. Ihr Vater hatte ihr erklärt, dass sie damit auf lange Sicht nur ihre Haut ruinierte. »Sieh dir nur mein Gesicht an, mein Täubchen.« Sie betrachtete die weiche Haut ihrer Brüste, soweit sie in ihrem Ausschnitt zu sehen war, und war kurz davor zu erröten, als sich ihr eine erotische Fantasie aufdrängte. Sie atmete tief ein und ging ins Restaurant zurück.

Durch die bläulichen Rauchschwaden ging sie auf den Tisch zu. Ihr Herz klopfte. Das war ungewöhnlich, denn sie war schon öfter an einen der Tische gerufen worden, weil man ihr Komplimente für ihr Harfenspiel machen wollte.

Die Männer erhoben sich. Olga Jewgenjewa blieb selbstverständlich sitzen.

Der Genosse Direktor konzentrierte sich sehr darauf, Englisch zu sprechen. »Ich darf Ihnen unsere entzückende Harfenistin, Miss Anastasia Viktorowna Tsokolewa, vorstellen, die Tochter unseres berühmten Clowns Viktor Tsokolew, den bei uns alle Kinder als *Genosse Bärchen* kennen. Anastasia Viktorowna, ich darf Ihnen Niels Lassen und Karl Erik Jansen aus Dänemark vorstellen. Sie sind auf Geschäftsreise hier, sie sind Gäste des Moskauer Sowjets.«

Sie reichten einander die Hand, und sie setzte sich auf den Platz gegenüber von Niels Lassen. Er lächelte und reichte ihr ein Päckchen Camel-Zigaretten herüber, aber sie schüttelte den Kopf.

»Vielen Dank, aber ich rauche nicht.«

»Sie sprechen Englisch?«

»Ja. Meine Mutter ist Englischlehrerin.«

»Großartig. Und Ihr Vater ist ein berühmter Zirkusclown, habe ich gehört. Hier in der Stadt? Im berühmten Moskauer Staatszirkus?«

Er hatte eine tiefe, maskuline Stimme, und es war typisch, dass er sofort anfing, Fragen zu stellen, die ein Sowjetbürger erst nach sehr langer Zeit stellen würde. Die naive Neugier der Menschen aus dem Westen war wirklich sehr befremdlich. Sie schaute zum Genossen Direktor hinüber, der eine Zigarette angenommen hatte, und als dieser lächelte und wie eine Marionette im Puppentheater nickte, beantwortete sie die Frage.

»Ja. In dem ehrwürdigen Zirkus. Er ist das, was man auf Russisch *kowjornij* nennt. Ein lustiger Clown, der zwischen den einzelnen Nummern in die Manege kommt und die Leute unterhält.«

»Ein Pausenclown?«

»Ja, das ist wohl der richtige Begriff«, sagte sie und lächelte, und er lächelte zurück. Es war ein warmes Lächeln. Seine braunen Augen strahlten ebenfalls. Es war, als sogen diese dunklen Augen sie mit allen möglichen Versprechungen an. So etwas hatte sie noch nie erlebt.

Jedenfalls nicht seit sie sich gegen Ende der Pubertät Hals über Kopf in einen der Lehrer an ihrer Schule verliebt hatte.

»Vielen Dank für Ihr Harfenspiel. Sie spielen ganz ausgezeichnet.« Sie nickte zurückhaltend, während er fortfuhr: »Sie müssen hungrig sein. Blini? Ein wenig Kaviar?«

Er nahm einen der Pfannkuchen, legte ihn auf einen unbenutzten Teller, löffelte eine große Portion Kaviar darauf und reichte ihr den Teller, ehe er die Schüsseln mit *smetana* und feingehackten Zwiebeln zu ihr hinüberschob. Sie blickte zum Genossen Direktor hinüber, der erneut beinahe unmerklich nickte. Sie beherrschte sich und aß langsam, obwohl sie ziemlich hungrig war und es köstlich schmeckte.

»Und was hat Sie hier ins Hotel verschlagen?«, fragte der freundliche Niels Lassen.

»Es gab natürlich ein Vorspiel der verschiedenen Bewerber, an dem ich teilgenommen habe. Der Genosse Direktor hat sich dann für mich entschieden.«

»Und darüber sind Sie froh?«

»Ja, auf jeden Fall. Es ist eine gute Arbeit.«

Es war einfach unglaublich, wie neugierig er war. Sie kam ja kaum zum Essen.

Sein Kompagnon oder Partner oder was auch immer er war, beugte sich über den Tisch vor und atmete in aller Ruhe den Zigarettenrauch aus, bevor er ein Glas Champagner vor sie hinstellte.

»Ein Glas Champagner, Fräulein. Das passt gut zu Kaviar und einer schönen Frau.«

»Danke«, sagte sie nur.

Sein Englisch war ebenfalls gut, aber er hatte einen stärkeren Akzent als Lassen. Er hatte blaue Augen in einem fülligen Gesicht. Es war kein hässliches Gesicht. Mit der breiten Stirn unter den blonden Haaren, die ebenfalls bis über die Ohren reichten, hatte es durchaus Charakter. Er hatte einen kleinen Schnurrbart, wie viele Ausländer ihn trugen. Hässlich war er also wirklich nicht, aber sie mochte die Art nicht, wie er sie ansah. Sie hatte immer wieder erlebt, dass sich der erste Eindruck, den man von einem Menschen gewann, als richtig erwies, wenn man nur offen und aufmerksam war.

Der erste Eindruck von Karl Erik Jansen also war, dass er ihr ein wenig Angst machte und dass er der Typ Mann war, von dem man sich fernhalten sollte. Er strahlte eine selbstsichere Männlichkeit aus, aber das zog sie nicht besonders an. Sie mochte Männer, die einfühlsam und kreativ waren. Nur, warum fühlte sie sich dann von diesem Niels Lassen mit den lachenden Augen und den schönen Zähnen angezogen, der ja ebenfalls etwas im höchsten Maße Männliches ausstrahlte. Aber er strahlte gleichzeitig auch Geborgenheit und Wärme aus. Man bekam sofort das Bedürfnis, sich an seine Brust zu schmiegen und in seinen Armen zu verschwinden. Ihr war wirklich ganz seltsam zumute.

Die Männer ließen sie essen und fuhren mit ihrem Gespräch fort, in dem es um das bevorstehende Gipfeltreffen der Regierungschefs der Sowjetunion und der USA ging, das ihrer Meinung nach von großer Bedeutung für den Weltfrieden war.

»Und für die Geschäfte«, sagte Jansen. »Frieden und gute Zusammenarbeit sind gut fürs Business.«

»Darauf sollten wir anstoßen«, sagte der Hoteldirektor und schenkte Wodka ein. Anastasia verstand die Andeutung. Sie sollte wieder an die Arbeit gehen. Sie wartete. Alle leerten ihre Gläser und nahmen einen Bissen von ihrem Pfannkuchen oder aßen ein Stück süßsauer eingelegte Gurke.

»Vielen Dank für das Essen«, sagte Anastasia und legte das Besteck ordentlich auf ihren Teller.

»Sie gehen schon?«, fragte Jansen und sah sie wieder leicht verächtlich an. »Noch ein wenig Kaviar?«

»Nein, danke. Ich muss wieder spielen. Das ist meine Arbeit. Und nicht, die Gäste an den Tischen zu unterhalten«, erwiderte sie vielleicht ein wenig zu spitz.

Niels Lassen lächelte ihr freundlich zu. »Ich möchte Sie gern noch einmal spielen hören, auch wenn ich dann auf Ihre Gesellschaft verzichten muss. Also vielen Dank, dass Sie so nett waren, sich zu uns zu setzen.«

Sie merkte, wie sie ein wenig rot wurde. Was war bloß mit ihr los? Sie war doch kein Backfisch mehr, aber sie war den Umgang mit

Menschen aus dem Westen nicht gewohnt und fand es schwierig, deren Verhalten zu deuten.

»Wie wäre es hinterher mit einem Drink an der Bar, Miss Tsokolewa?«, fragte Jansen und legte seine Hand demonstrativ auf ihre. Sie zog ihre Hand zurück und erhob sich schnell.

»Das ist eine ausgezeichnete Idee«, kam ihr der Genosse Direktor zuvor. »Es ist ihr eine Ehre, unseren so bedeutungsvollen dänischen Gästen eine Freude machen zu können. Nicht wahr, Anastasia Viktorowna?«

»Ja. Selbstverständlich, Genosse Direktor, wenn Sie das sagen.«

12

Am nächsten Morgen trat Niels Lassen um kurz nach neun aus der Tür des Metropol und atmete geräuschvoll ein, als ihm die kalte Luft entgegenschlug. Karl Erik Jansen stand bereits mit einer Zigarette draußen, und es war kaum zu erkennen, was Atemwolke und was Tabakrauch war. Die schwarzen Wolgas verbreiteten den Gestank von Benzin. Während sie auf ihre Passagiere warteten, stapften die Chauffeure mit den dicken, grauen Mänteln und Pelzmützen im Schnee auf und ab und rauchten ihre schwarzen sowjetischen Zigaretten oder die begehrten importierten mit Filter. Ihre Autos liefen im Leerlauf, damit das Wageninnere beheizt werden konnte und um zu verhindern, dass die Benzinleitungen bei den eisigen Temperaturen platzten. Die Sowjetunion hatte offensichtlich nicht mit jenem Öl- und Benzinmangel zu kämpfen, der Dänemark in eine tiefe Wirtschaftskrise gestürzt hatte.

Niels Lassen sog die Luft ein und stampfte selbst ein paarmal mit den Füßen auf, als würde sogar er in seinen teuren festen Stiefeln frieren. Er trug gefütterte Fingerhandschuhe und eine Pelzmütze aus Bärenfell, die Karl Erik ihm besorgt hatte. Den wadenlangen Lammfellmantel hatte er sich extra für diese Reise angeschafft. Er stach damit ziemlich heraus aus den sonst eher dunklen Farben in Moskau.

Ein dichter Menschenstrom ergoss sich aus dem Metro-Eingang neben den roten Mauern des Museums. Die Menschen trugen dicke Mäntel und hatten sich ihre Pelzmützen tief ins Gesicht gezogen. Viele Frauen hatten Kopftücher umgebunden, was ihn an seine Großmutter denken ließ. Der Verkehr schob sich zäh voran. Die Lastwagen waren von dicken Schnee- und Matschklumpen bedeckt. Eine Straßenbahn hatte die Verbindung zur Oberleitung verloren.

Eine dicke Frau in einem blauen Mantel und einer orangefarbenen Weste versuchte mit zwei Tauen, die am Stromabnehmer befestigt waren, die Verbindung wieder herzustellen. Von der Leitung stoben Funken auf. Durch die schmutzigen Fenster hindurch sah er die Passagiere schweigend und stoisch dasitzen.

Ein Moskauer Morgen wie so viele andere in den letzten Wochen. Er hatte noch immer den Geschmack des dünnen Kaffees, der fettigen Würste und des trockenen Käses vom Frühstück im Mund. Jeden Morgen vermisste er seinen starken, frisch gebrühten Kaffee und den Orangensaft.

»Morgen, Niels«, sagte Jansen und blies Zigarettenrauch in die Luft.

»Guten Morgen, Karl Erik. Na, gut geschlafen?«

»Geht so. Und selbst?«

»Ganz gut, aber was für ein scheußlicher Moskauer Morgen.«

Niels Lassen breitete die Arme aus, als könne er damit die gesamte graue tiefgefrorene Szenerie erfassen.

»So ist das hier nun mal. Aber ich glaube, wir werden heute ein ganzes Stück weiterkommen.«

»Wirklich?«

»Ja. Mittlerweile sollten wir sie weichgekocht haben. Es kommt Bewegung in die Sache.«

Lassen betrachtete seinen Kompagnon. Karl Erik kam gut mit der Kälte zurecht. Er trug einen teuren Mantel und eine *schapka* aus feinstem Bärenfell. An den Füßen hatte er robuste, aber elegante Lederstiefel. Lassen kannte ihn inzwischen ziemlich gut, aber würde er ihn einen Freund nennen? Karl Erik hatte einen Hang zum Zynismus, den er nicht mochte, auch wenn sie beide der Auffassung waren, dass beim Geschäftemachen alle Tricks erlaubt waren. Sie hatten drei gute Leihgeschäfte mit Wohnungen und zwei Verkäufe von Anteilen an Mähdreschern und Bulldozern abgeschlossen. Die hohe Inflationsrate zusammen mit einer daraus hervorgegangenen hohen Guthabenverzinsung schuf günstige Voraussetzungen für Leihangebote, und sie hatten ihre Geschäfte unter dem Strich mit sehr guten Zahlen abgeschlossen.

Die beiden arbeiteten ausgezeichnet zusammen und ergänzten sich auch in Moskau sehr gut. Wenn es ihnen jetzt auch noch gelänge, nach stundenlangen Verhandlungen mit den sowjetischen Bürokraten zu einem guten Abschluss zu kommen, hätten sie ein hervorragendes Geschäft gemacht. Diesmal ging es um Öl. In Dänemark herrschte gerade die Energiekrise, die zu autofreien Sonntagen, zu Geschwindigkeitsbegrenzungen und zu mäßig beheizten Räumen in allen öffentlichen Gebäuden geführt hatte. Das Öl aus dem Nahen Osten war unglaublich teuer geworden und floss auch nicht mehr so zuverlässig wie früher.

Sie waren kurz davor, einen Handel abzuschließen, bei dem sie sowjetisches Öl gegen Landwirtschaftsprodukte eintauschen würden. Das Öl sollte nach Rotterdam geliefert werden, und von dort aus würden sie es nach Dänemark weiterverkaufen. Das war Niels Lassens Idee gewesen, der auch über die erforderlichen Kontakte zur Landwirtschaft in Jütland verfügte. Es traf sich gut, dass die Russen ausgerechnet den Pressschinken, die fettigen Würste und die billigeren Sorten der rotgefärbten Salami liebten, von denen die Schlachtereien ohnehin reichlich hatten und die sie ohne hohe Kosten produzieren konnten. Lassen hatte den Vertrag eigentlich schon im Kasten, es fehlte nur noch die Unterschrift.

Karl Erik Jansen hatte den größten Teil des Firmenkapitals beigesteuert und verfügte über die nötigen Kontakte in Moskau, wo er bereits seit vier Jahren Geschäfte machte. Sein Vater war Kommunist oder war es zumindest lange Zeit gewesen. Ganz anders Jansen selbst. Er stand eindeutig vor seinem bislang größten Abschluss, der alle bisherigen wie primitiven Tauschhandel aussehen ließ, wie er selbst es ausdrückte. Wenn alles gut ging, würden sie als Millionäre daraus hervorgehen, und das, wo sie noch nicht einmal dreißig waren. Vorausgesetzt, der Ölpreis fiel nicht wieder. Aber es gab glücklicherweise nichts, was darauf hindeutete. Im Gegenteil.

Trotzdem war Niels Lassen heute Morgen ein wenig verärgert über seinen Kompagnon.

»Findest du nicht, dass du ein bisschen sehr aufdringlich warst?«, meinte er, während er sich eine Zigarette anzündete.

»Der Harfenistin gegenüber? Die war vielleicht hübsch und schnuckelig.«

»Du warst sehr direkt.«

»Nicht direkter als sonst, würde ich sagen. Damit kommt man hier einfach am schnellsten zum Ziel.«

»Sie ist keine von der Sorte.«

»Das denkst du. Die sind alle von der Sorte. Lassen sich für eine Jeans oder ein Seidentuch kaufen.«

»Anastasia nicht.«

»Aha. Das glaubst du also?«

»Ich glaube, ehrlich gesagt, dass sie sich ziemlich unwohl gefühlt hat.«

Karl Erik Jansen lachte. »Das gibt's doch nicht, Niels. Hast du dich etwa in die kleine Harfenistin verguckt? Entschuldige, dann lasse ich dir natürlich den Vortritt. Hübsche Mädchen gibt's in Moskau wahrlich genug.«

»Ich glaube einfach nicht, dass sie so eine ist. Sie ist Künstlerin. Der Direktor hat gesagt, dass sie noch mit uns an die Bar gehen soll. Sie hatte eigentlich gar keine Lust dazu.«

»Die sind alle von der Sorte, sage ich dir. Käuflich. Und der Preis ist nicht einmal sonderlich hoch. Zum Glück. Das ist gut für den Geldbeutel und das eigene Sexleben.«

»Anastasia macht nicht den Eindruck.«

»Okay, wenn du meinst. Es bringt nichts, darüber zu streiten. Egal. Da kommt unser Chauffeur.«

Ein schwarzer Wolga fuhr vor dem Hotel vor. Der Chauffeur stieg aus und öffnete mit einem »Dobroje utro« die beiden hinteren Türen. Sie antworteten wie üblich mit »Morning« und setzten sich in das warme Auto, nahmen die Pelzmützen ab, öffneten ihre Mäntel und zündeten sich beide eine Zigarette an.

Nachts hatte es geschneit, so dass sie in dem Brei aus Streusand und festgefahrenem Schnee und Eis nur langsam vorwärtskamen. Überall wimmelte es von Frauen in unförmigen Mänteln und orangefarbenen Westen, die dabei waren, die Wege mit Hacken vom Eis zu befreien oder den Schnee auf Lastwagen zu schaufeln. In regelmäßigen Abständen kamen sie an großen Maschinen vorbei, die mit einem gebogenen Rohr die Schneehaufen am Straßenrand aufsogen und sie auf die Ladefläche eines Lastwagens spritzten.

Niels Lassen dachte an Anastasia, während sie durch die winterliche Stadt fuhren, in der an allen Ecken mit Spruchbändern darauf hingewiesen wurde, dass die Heldenstadt Moskau unverdrossen daran arbeitete, den Sozialismus zu implementieren. Wenn er sich die enormen Ausmaße der Stadt vor Augen hielt, gab es hier eigentlich nur sehr wenige Geschäfte und vor den meisten von ihnen hatten sich Schlangen gebildet. Die Menschen standen dort in ihren unförmigen schwarzen Mänteln und warteten geduldig.

In diesem Land musste man für alles und jedes Schlange stehen. Selbst um sich den einbalsamierten Körper des Staatsgründers Lenin anzusehen, standen die Leute mehrere hundert Meter vom Alexandergarten bis zum Mausoleum auf dem Roten Platz Schlange. Dort standen die Pilger aus dem großen kommunistischen Reich bei strengem Frost, weil sie nicht in ihre fernen Provinzen zurückkehren konnten, ohne Lenins seelenlosem Körper die Ehre erwiesen zu haben. Soldaten mit versteinerten, kältebleichen Gesichtern wachten darüber, dass niemand stehen blieb und dass niemand fotografierte.

Niels Lassen hatte sich Lenin ebenfalls angesehen. Karl Erik hatte das arrangiert. Das gehörte zur ersten Moskau-Reise einfach dazu. Es war ein surrealer Anblick gewesen. Ein religiöses Tableau in einem atheistischen Land. Als Ausländer war er an der Schlange der schweigenden Menschen vorbeigeführt worden, die sich mit unergründlichen Mienen, ebenso verschlossen wie das gesamte System, langsam vorwärtsschoben.

Niels Lassen war neu in der Sowjetunion und wunderte sich noch immer lautstark über die Absurditäten des Systems und den unglaublichen Mangel an Effektivität. Karl Erik hatte keine Lust, die Fehler im System wahrzunehmen oder über sie zu sprechen. So war es hier nun mal. Daran ließ sich ohnehin nichts ändern.

»Wenn ich jedes Mal eine Krone bekommen hätte, wenn mich jemand gefragt hat, warum hier etwas gemacht wird oder nicht, warum dieses oder jenes nicht funktioniert, dann wäre ich schon längst vielfacher Millionär.«

Niels Lassen konnte dagegen nicht anders, als Mitleid mit den Menschen in den endlosen Schlangen zu haben. Er dachte über die merkwürdige Tatsache nach, dass im dänischen Parlament wieder eine Partei saß, die eine derartige Gesellschaft anstrebte. Die DKP hatte es bei der bizarren Wahl vor einem Jahr ins Parlament geschafft. Er konnte nicht begreifen, wie seine Landsleute die Dänische Kommunistische Partei wählen konnten. Dachten sie denn gar nicht über die Konsequenzen nach? Vielleicht hatten sie ein völlig falsches Bild davon, was der sowjetische Kommunismus für die gewöhnlichen Menschen bedeutete. Sie sollten mal eine Zeit lang hier leben.

Er hatte Karl Erik einmal gefragt, wie sein Vater Kommunist sein konnte, wo er doch mehrmals hier gewesen war und sogar die Parteischule in Moskau besucht hatte.

»Warum ist der Papst Katholik?«, hatte Karl Erik entgegnet. »Die Russen haben den Krieg gewonnen, das Paradies ist in Reichweite, und der Glaube macht ebenso blind wie die Liebe. Mein Alter ist ein Idiot, aber das ist seine Sache. Er hasst es, wenn ich über die Korruption rede, aber am allermeisten hasst er es, dass ich hier richtig gute Geschäfte mache, weil die Leute genauso maßlos und gierig sind wie wir anderen auch. Das will er natürlich überhaupt nicht hören.«

Niels Lassen wunderte sich außerdem über den verzweifelten Versuch der Sowjetunion, die Dinge besser darzustellen, als sie nun mal waren. Jedes kritische Wort wurde als Kriegserklärung angesehen. Die Propaganda stellte die absurdesten Behauptungen über die Gesellschaft auf und verbreitete die idiotischsten Lügen über den Westen. Warum? Wovor hatte man solche Angst? Warum wurde einem zum Beispiel sofort irgendeine obskure Statistik um die Ohren gehauen, wenn man sagte, dass man froh war über die dänische Gesundheitsversorgung. Alles wurde als Kritik an ihrem Land aufgefasst. Und warum war Kritik überhaupt so schlimm? Das brachte eine Gesellschaft doch voran. Er verstand es einfach nicht – und erst recht nicht, wenn man bedachte, wie unglaublich kritisch man in Dänemark derzeit war.

Niels taten die Menschen leid, die gezwungen waren, in Moskau zu leben, die nicht einfach wieder abreisen konnten wie er selbst, die keinen Anspruch auf einen Ausreisepass hatten. Sie befanden sich in einem großen Gefängnis. Sie konnten nicht über ihr eigenes Leben bestimmen. Es ging nicht darum, was man wollte oder wünschte, sondern allein darum, was der Staat und die Partei erlaubten. Er verstand das System nicht.

Niels dachte an die ganz gewöhnlichen Menschen in Moskau. An eine elegante, hübsche und zudem intelligente Frau wie Anastasia. Wie musste es sich anfühlen, in einer Stadt zu leben und zu wohnen, in der das Absurde zum Alltag gehörte und das Normale das Absurde war? In einer Stadt, in der Geld in Wirklichkeit nichts bedeutete. Allein die Privilegien und der Zugang zu diesen spielten eine Rolle. Wie pflegten die Menschen hier zu sagen? Es wird so getan, als ob man uns bezahlte, dann tun wir so, als ob wir arbeiteten. Wäre es da nicht naheliegend zuzugreifen, wenn sich einem die Möglichkeit bot, diese Trostlosigkeit für immer hinter sich zu lassen? Würde irgendein Mensch dem widerstehen können?

Aber worüber dachte er da eigentlich nach? Nach nur einer Begegnung, die nicht einmal ein echtes Rendezvous gewesen war. Aber er konnte es nicht lassen. Seine Gedanken kreisten um Anastasia und den Abend zuvor.

Sie waren in die Dollarbar gegangen, als sie ihr Repertoire beendet hatte. Ein sowjetisches Poporchester mit einer übertrieben geschminkten russischen Sängerin hatte sie abgelöst, das mit einer Mischung aus russischem Pop und ein paar unschuldigen Stücken westlicher Beatmusik dafür gesorgt hatte, dass sich die Tanzfläche schnell füllte.

Immer wieder sah er Anastasia in der Dollarbar vor sich. Sie hatte ein Glas Weißwein bestellt und alle Fragen ausweichend beantwortet. Karl Erik hatte ihr den Hof gemacht, und zwar so unverblümt, dass es schon peinlich war. Er hatte ihr Komplimente gemacht und seinen Blick über ihren Körper gleiten lassen, nur um ihn dann lange auf ihren Brüsten ruhen zu lassen. Er hatte von einem Kleid aus der Dollarboutique geschwärmt, das ihr sicher ganz ausgezeichnet stünde. Ob sie es vielleicht anprobieren wolle? Niels hatte gesehen, wie unwohl sie sich gefühlt hatte. Er selbst hatte immer wieder versucht, die Situation mit einem Witz oder einer lustigen Anekdote zu retten. Sie hatte gelacht, aber er spürte, wie unangenehm ihr die Situation war.

Erst als Karl Erik für eine knappe halbe Stunde verschwunden war, um zu telefonieren, hatten sie sich ganz normal unterhalten können. Sie interessierte sich sehr für Oper und Ballett, denn sie war natürlich ein kultivierter Mensch. Er war erstaunt zu hören, dass sie bisher nur ein einziges Mal als junges Mädchen im Bolschoitheater auf der anderen Straßenseite gewesen war.

»Für normale Leute ist es unmöglich, Karten für das Bolschoi zu bekommen«, hatte sie gesagt. »Nicht, weil sie so teuer sind, sondern weil man Beziehungen braucht, um an sie heranzukommen. Einmal ist es meinem Vater gelungen, Karten für uns drei zu besorgen.«

Er wusste nicht besonders viel über die klassischen Künste, sie aber hatte sich sehr für die Rockmusik interessiert, die ihn so begeisterte. Auf dem Terrain fühlte er sich sicher, und es gab vieles, was sie nicht wusste. Sie stellte es sich großartig vor, eine Platte von den Beatles, Pink Floyd oder Bob Dylan zu besitzen, von dem einer ihrer Freunde zwei LPs hatte, aber das war natürlich in höchstem Maße *defitsit*.

»Defitsit?«

»Das, was es nicht gibt. Vielleicht auf dem Papier, aber niemals in der Wirklichkeit. Außergewöhnliche Produkte, Theaterkarten oder Schallplatten von beliebten Künstlern.«

»Ist es nicht gefährlich, das so deutlich zu kritisieren?«

»Nein. Stalin lebt nicht mehr. Es findet eine offene Diskussion über die Mängel unserer Gesellschaft statt. Wir leiden immer noch unter den großen Opfern, die die Sowjetunion im Kampf gegen den Faschismus erbringen musste.«

Ihr Englisch war ausgezeichnet, aber der Satz klang, als hätte sie ihn auswendig gelernt und viele Male wiederholt.

Er war fasziniert davon, wie unbeschwert sie sich unterhalten hatten, nachdem Karl Erik gegangen war, und staunte, dass es etwas gab, das ihm ein wenig Angst machte. Er war es gewöhnt, den Frauen zu sagen, wo es langging, und sich nicht noch einmal umzuschauen, wenn er am nächsten Morgen ihr Bett verließ. Er war normalerweise sehr direkt, wenn es darum ging, eine Frau aufs Kreuz zu legen, aber diesmal hatte er es gar nicht erst versucht.

Er war geradezu verzaubert von der Art, wie sie einen Schluck von ihrem Wein trank. Vom feinen Amorbogen ihres Mundes, der rosigen Haut hinter ihren Ohren, die er zu gern geküsst hätte, und dem schlanken Hals mit dem schlichten Schmuck. Ihren langen, schlanken Fingern, die nervös an dem Armband spielten, das sie am linken Handgelenk trug. Von ihren glänzenden Fingernägeln. Vom melodischen Klang ihrer Stimme. Von der weißen Haut ihres Dekolletés, die im Ausschnitt ihres Kleides zu sehen war. Sie wirkte so unschuldig, und dennoch war sie von einer erotischen Aura umgeben, die ihn eigentlich völlig hemmungslos hätte machen müssen. Aber er hatte keinen anderen Wunsch, als sie im Arm zu halten und zu beschützen.

Niels Lassen verstand seine eigenen Gefühle nicht. Liebe auf den ersten Blick war ein pubertärer Traum. Aber als was sollte er es sonst bezeichnen, was er da gerade erlebte? Er war auf eine geradezu kindliche Weise glücklich, weil er sie mehrmals zum Lachen gebracht hatte, und als Karl Erik zurückkam und in seiner eher grobschlächtigen Weise mit ihr sprach, stellte er zufrieden fest, dass sie mit ihren im Licht der Bar graugrün schimmernden Augen seinen Blick suchte.

Eine Viertelstunde, nachdem Karl Erik zurückgekommen war, hatte sie sich verabschiedet, und sie hatten sie gemeinsam zur Tür gebracht. Sie wollte nicht, dass sie sie bis zur Metro-Station am Platz der Revolution begleiteten. Sie hatte Karl Erik die Hand gereicht, sie aber schnell wieder zurückgezogen, als er seine linke Hand auf ihre legte. Von Niels hatte sie sich in den Mantel helfen lassen. Sie hatte ihm ebenfalls die Hand gereicht und ihm gestattet, sie einen Moment lang festzuhalten, und das Lächeln ihrer Augen und ihres Mundes hatte einen warmen Schauder durch seinen Körper gejagt.

Was konnte das bedeuten? Was dachte Anastasia wohl über *ihn*?

13

»Und wer ist er, mein Lämmchen?«, fragte Papa, als sie gemeinsam am Frühstückstisch saßen und ihren Tee tranken. Das war ihr festes Ritual. Mama war schon bei der Arbeit, aber als Abend- oder Nachtarbeiter verbrachten sie den ruhigen langen Morgen immer zusammen. Meistens saßen sie im Morgenmantel da, die Füße steckten in dicken Hausschuhen. Keiner von ihnen schlief besonders lange, aber Papa machte oft ein kurzes Mittagsschläfchen, bevor er aufbrach, um in der Stadt Schlange zu stehen.

Sie liebte ihr entspanntes Morgenritual in der gemütlichen Küche mit Blick auf eine winterlich kahle Pappel im Hof. Im Sommer, wenn das Fenster offen stand und der Baum Laub trug, war es, als sängen die Blätter sanft für sie im Wind. Sie tranken Tee mit Honig und aßen Weiß- oder Schwarzbrot mit etwas Käse oder Wurst oder Marmelade. An den guten Tagen, an denen es ausreichend Angebote in ihrem *produkty* gegeben hatte, teilten sie sich eine Flasche Apfelsaft.

»Was meinst du?«

»Der, um den dein abwesender Blick heute Morgen zu kreisen scheint.«

»Papa! So ein Unsinn«, sagte sie liebevoll und musterte sein zerfurchtes müdes Gesicht. Er sah viel älter aus als die zweiundfünfzig Jahre, die er alt war. Er war Clown, und wie die meisten Clowns hatte auch er eine empfindsame Seele, und die Trübsal war oft sein unerwünschter Begleiter. Er und Warlam Dawidow waren die feinsten und empfindsamsten Menschen, die sie kannte. Mama war auch ein feiner Mensch, aber sie hatte die Tendenz, ihre Arbeit als Erzieherin der heranwachsenden Generationen zum rechten marxistischen-leninistischen Glauben etwas zu ernst zu nehmen. Das wunderte Anastasia eigentlich ein wenig, denn es waren *babuschka* und Mama gewesen, die ihr den wahren Glauben nahegebracht hatten, dem unter Lenin nicht viel Platz eingeräumt wurde. Mama ging zwar nicht mit ihrem Glauben hausieren, aber sie machte kein Geheimnis daraus, dass sie die Kirche regelmäßig besuchte, was vielleicht einer der Gründe dafür war, dass sie nicht als geeignet erachtet wurde, Mitglied der Partei zu werden. Anastasia wusste, dass ihre Mutter als junge Frau durchaus aktiv gewesen und zu den Treffen der Partei gegangen war, aber man hatte ihr nie die Mitgliedschaft angetragen. Schulinspektorin war sie auch nie geworden.

Anastasia umklammerte ihre Teetasse, als wollte sie auf die Weise die Wärme in sich aufnehmen. Eigentlich war es recht warm in ihrer Wohnung, die zu haben ein echtes Privileg bedeutete. Es gab immer noch viel zu viele, die entweder in einer *kommunalka* lebten, in der sich mehrere Familien die Küche und das Bad teilten, oder in einem der neuen trostlosen Wohnkomplexe, die nach dem Krieg am Stadtrand errichtet worden waren. Papas Wohnung, die ihm vom Zirkus zugeteilt worden war, hatte neben dem Wohnzimmer noch drei weitere Zimmer, die kleine Küche, in der sie gemeinsam aßen, und ein Badezimmer mit einem Boiler, der ihnen auch im Sommer warmes Wasser bescherte, wenn die Zentralheizung abgeschaltet war. Die Wohnung lag zentral, nicht weit von den Patriarchenteichen, auf denen man im Winter Schlittschuh laufen konnte und wo man im Sommer auf einer Bank sitzen und lesen konnte.

Eines der Zimmer gehörte ihr. Das zweite war das Schlafzimmer der Eltern, das dritte war das Arbeits- und Nähzimmer ihrer Mutter, und das Wohnzimmer nutzten sie gemeinsam. Alle Freunde und Bekannten in ihrem Alter wohnten noch zu Hause. Diejenigen, die es am schlechtesten getroffen hatten, verbrachten ihre Jugend in einer *kommunalka* mit ewigen Streitereien, Rivalitäten, Trunksucht und Lärm. Sie, Mama und Papa hatten es gut getroffen, dachte sie. Sie hatten das gemütliche Wohnzimmer. In der Ecke hing die Ikone mit dem heiligen Cornelius. Dort stand die kleine Anrichte mit dem guten Geschirr, ein Erbstück der Großeltern mütterlicherseits. Auf der

Anrichte stand das Bild von Papa in seiner Kriegsuniform. Es war in Berlin aufgenommen worden, wo er zusammen mit Marschall Schukows siegreicher Armee einmarschiert war. Am 9. Mai, dem Tag des Sieges, trug Papa stets voller Stolz seine Medaillen, wenn er sich mit den anderen Veteranen des Großen Vaterlandskrieges traf. Außerdem stand dort noch ein Foto von Mama und Papa, auf dem sie sehr jung und schüchtern aussahen. Einen Ehrenplatz hatten die drei Bilder von ihr, auf denen sie als Kind, als Teenager und am Tag ihrer Abschlussprüfung zu sehen war. Es zeigte sie hoch konzentriert an der Harfe. An der Wand hing ein Gemälde, auf dem eine russische Datscha im Schnee abgebildet war, und ein noch größeres Ölgemälde von Papa im Clownskostüm, das von einem Staatskünstler gemalt worden war, als Papa vor einigen Jahren den Zirkuspreis erhalten hatte. Es zeigte ihn mit leuchtenden Augen über dem breiten rot geschminkten Mund und der roten Nase, die zur Uniform seines Berufsstandes gehörten. Es zeigte ihn auf dem Höhepunkt seines Lebens, als seine Fähigkeit, Kinder und kindliche Seelen zum Lachen zu bringen, bereits legendär war.

Dann gab es da noch den großen Lehnstuhl, in dem es sich gut lesen ließ, und den fast neuen Schwarz-Weiß-Fernseher und das Radio auf dem Tisch, auf dem eine weiße Häkeldecke lag. Sie besaßen auch noch ein kleines Sofa. Vor das Fenster, durch das während des langen Winters die Zugluft hereindrang, waren zu dieser Zeit dunkelrote schwere Vorhänge vorgezogen. Dann gab es noch die Vitrine mit den guten Büchern. All das war schon immer ihr Geborgenheit spendendes Zuhause gewesen, und sie liebte es ebenso, wie sie Mama und Papa liebte.

»Und was machst du heute?«, fragte Papa, nahm die Teekanne und goss etwas von dem starken schwarzen Tee in seine Tasse. Er hielt die Tasse unter den silberfarbenen Samowar und goss kochendes Wasser dazu, während er fragte:

»Warlam hat Alla und mich zum Mittagessen eingeladen.«

»Wie schön. In Peredelkino?«

»Nein, das ist zu weit. Warlam hat für heute kein Auto von der Schriftstellervereinigung bekommen können. Du weißt, er hasst es, mit der Bahn zu fahren, und ich muss heute Abend arbeiten. Aber er ist wirklich stolz auf seine neue Datscha und zeigt sie gern vor.«

»Das kann er auch sein, mein Täubchen. Er ist jetzt sowjetischer Ehrendichter. Es ist wundervoll, dass der Staat und die Partei ihn auf die Weise belohnt haben.«

»Er ist ein großer Dichter.«

»Ja, das ist er. In der *Literaturnaja Gazeta* war ein Bild abgedruckt, auf dem Kamerad Stolypin ihm die Lenin-Medaille überreicht.«

»Warlam meint, dass sie ihm vielleicht erlauben werden, nach Boston zu reisen, um dort aus seinen Werken zu lesen. Die Amerikaner veranstalten im Sommer ein großes Festival an der Harvard University. Sie haben ihn bereits mehrmals eingeladen, und jetzt sieht es so aus, als könnte er tatsächlich dorthin reisen.«

»Und was ist mit Vera?«

»Sie kann natürlich nicht mit. Das weißt du doch. Das würden sie niemals zulassen. Aber stell dir bloß vor, nach Amerika reisen zu können. Das muss fantastisch sein.«

Sie trank ihren Tee und ihr Blick verlor sich wieder in der Ferne.

»Tascha, mein Täubchen. Du wirst bestimmt noch reisen können. Die Welt verändert sich. Wir haben rosige Zeiten vor uns. Davon bin ich überzeugt.«

»Es muss merkwürdig sein, reisen zu können, wann man will und wohin man will. Wenn man nur genug Geld hat«, sagte sie. »Ich habe gestern zwei dänische Herren kennengelernt …«

»Ausländer! Du nimmst dich aber in Acht, ja?«

»Papa. Stalin ist doch schon lange tot.«

»Aber sein Geist ist möglicherweise noch nicht endgültig verschwunden«, sagte er und bekreuzigte sich.

»Der Direktor hat gesagt, dass ich zu ihnen an den Tisch kommen soll. Der eine von ihnen, der Kultivierte, wollte sich gern bei mir bedanken, weil ich so schön auf der Harfe gespielt habe.«

»Hauptsache, du bist vorsichtig.«

»Papa, ich bin kein kleines Kind mehr.«

»Für Mama und mich wirst du immer unser Kind bleiben. Wir wollen doch nur das Beste für dich.«

»Das weiß ich doch, Papa.«

»Der kultivierte von den beiden dänischen Herren ist also verantwortlich für diesen verträumten Ausdruck in deinen Augen.«

Sie lächelte ihn fröhlich an. »Immer musst du mich ärgern, aber er sah wirklich gut aus und war sehr höflich und richtig unterhaltsam. Und außerdem hat er mein Harfenspiel gelobt.«

»Dann hat er zumindest einen guten Geschmack und versteht etwas von Kunst. Und der andere?«

»Der war ein ungehobelter Kerl, der mich behandelt hat, als wäre ich eines jener Mädchen, die für ein paar Dollar zu haben sind. *Nekulturny.*«

Schließlich brach der Vater auf, um vor der Nachmittagsvorstellung noch einkaufen zu gehen. Er war ein guter Ehemann, der gern für seine Frau Schlange stand. Es gab nicht viele Männer, die das freiwillig taten. Seine Arbeit beim Zirkus brachte es zum Glück auch mit sich, dass es ab und zu unverhofft Lebensmittel für die Artisten gab. Mal war es eine gute Wurst, mal dänischer Schinken oder Rindergehacktes, die plötzlich auf einem Tisch vor den Garderoben lagen und die Papa dann in Zeitungspapier eingewickelt nach Hause brachte. An ihrer Schule bekam Mama diese Art von Zuwendungen nicht. Papa und Mama halfen einander, wo sie nur konnten. Papa behielt niemals etwas nur für sich oder verkaufte es auch nie einfach nur weiter. Auch Anastasia wünschte sich eine solche Ehe, aber sie ging eigentlich nicht davon aus, dass dieser Wunsch in Erfüllung gehen würde. Wie sollte sie jemals den Richtigen finden? Noch dazu einen, der sich mit ihrem Vater messen konnte?

Konnte es vielleicht der große, gut aussehende Däne sein? Das war so abwegig, aber sie wurde den Gedanken an ihn einfach nicht los. Außerdem durfte man ja wohl noch träumen. Träume waren schließlich ebenso frei wie die Gedanken. Träume waren manchmal wie eine warme Decke in einer kalten Winternacht. Und Papa hatte recht. Die Zeiten änderten sich gerade. Stalin war schon lange tot, und der Sozialismus erlebte einen großen Aufschwung, während die kapitalistischen Länder sich in der Krise und in einem erbärmlichen Zustand befanden, schrieb die *Literaturnaja Gazeta*. Vielleicht würde wirklich alles einfacher werden, wenn die Imperialisten nicht mehr so stark waren und damit keine so große Gefahr für das Vaterland mehr darstellten.

Warlam Dawidow bewohnte eine große Sechszimmerwohnung hinter dem Alten Arbat. Er war ein großer, noch immer schlanker Mann von achtunddreißig Jahren. Er war Anastasias erster Liebhaber gewesen, als sie gerade mal achtzehn Jahre alt und sehr beeindruckt von seinen melancholischen Liebesgedichten und elegant geschriebenen Novellen über das Leben in seiner Heimat Sibirien gewesen war. Ihre Affäre hatte drei Monate gedauert, dann hatte er sich eine neue Bewunderin gesucht, aber sie waren Freunde geblieben. Seine jetzige Ehefrau Vera hielt ihn bisher wohl auf dem schmalen Pfad der Tugend. Sie wusste nichts von Warlams und Anastasias gemeinsamer Vergangenheit, hegte möglicherweise aber einen gewissen Verdacht. Warlam brach nie den Kontakt zu seinen Eroberungen ab, es sei denn, sie trugen ihm das Ende ihrer Affäre nach. In seinem Dichterherz war Platz für vieles. Sie dachte, dass er wie einer jener amerikanischen Hippies war, über die sie gelesen hatte, nur auf seine eigene, sowjetische Weise. Ihr fiel wieder ein, dass Niels Lassen ebenfalls über Hippies gesprochen hatte, weil sie ihn danach gefragt hatte.

»Sie stehen für freien Sex, für den Weltfrieden, Drogen und jede Menge psychedelische Musik und wollen möglichst wenig materialistische Dinge besitzen. *Make love not war.* Das ist ihre Botschaft«, hatte er gesagt.

Wenn man den Zeitungen Glauben schenken durfte, sprach man in der kapitalistischen Welt anscheinend ununterbrochen über Sex, und Pornos waren allgegenwärtig. In ihrem Land waren Pornos zu Recht verboten, und man sprach nicht laut über Sex, obwohl alle miteinander schliefen, wenn ihnen danach zumute war und sie einen Ort fanden, an dem sie ungestört waren. Es gab viele Abtreibungen, aber sie selbst war bis jetzt von einer Schwangerschaft verschont geblieben.

»Du bist also kein Hippie?«, hatte sie ihn gefragt.

Wieder ertönte sein lautes warmes Lachen. »Nein, ich glaube nicht, dass das irgendjemand von mir behaupten würde.«

Als sie in der Straßenbahn saß, dachte sie an den großen Dänen und an Warlam. Warlam war ein wunderbarer Liebhaber gewesen, solange er nicht zu viel getrunken hatte. Er hatte ihr viele Dinge beigebracht, und ihr wurde unter ihrer dicken Winterkleidung in der überfüllten Straßenbahn ganz heiß bei dem Gedanken an all das, was sie dem Dänen, der auf den seltsamen Namen Niels hörte, vielleicht beibringen könnte. Und vielleicht konnte er ihr im Gegenzug irgendwelche dänischen Liebesspiele zeigen, die sie noch nicht kannte.

Sie kicherte wie ein Schulmädchen vor sich hin und erntete dafür einen strafenden Blick von der korpulenten Dame auf dem Sitz neben ihr. Wenn die wüsste, woran ihre Sitznachbarin in dem kalten Straßenbahnwaggon gerade dachte, dessen Fenster beschlugen, als könnten sie ihre unanständigen Gedanken lesen.

Es war wundervoll, vom Unerreichbaren zu träumen. Die Zeit in der gemächlichen Straßenbahn verging wie im Flug, wenn man sich im Kopf Fantasiegeschichten ausmalte, während man mit seinem abweisenden sowjetischen Gesichtsausdruck die Welt gebührend auf Abstand hielt.

Sie sah sich diskret um. Die Leute saßen schweigend und vermummt da. Der Boden war von braunem Matsch bedeckt. Die Straßenbahnfahrerin hatte ihren breiten Rücken über das Lenkrad gebeugt, als duckte sie sich vor feindlichen Kugeln. Ein paar braune Haarsträhnen guckten unter ihrer grauen Pelzmütze aus billigem Kaninchenfell hervor. Durch die Frontscheibe konnte Anastasia die mit Split versetzten Schneewälle am Straßenrand sehen und einen schwarzen Wolga, der an ihnen vorbeifuhr und dabei eine Ladung Schneematsch gegen den roten Straßenbahnwaggon schleuderte.

Das war kein besonders schöner Anblick, aber es war ihre Stadt, und sie kannte keine andere und sie liebte sie, auch während sie dort saß und darüber nachdachte, ob sie Niels Lassen wohl jemals wiedersehen würde, jemals wieder sein dröhnendes Lachen hören und in seine braunen warmen Augen schauen würde.

Es war nicht besonders wahrscheinlich, dass sie ihn wiedersehen würde oder dass er überhaupt daran interessiert wäre, sie näher kennenzulernen. Er würde in seine ferne Welt zurückkehren, vielleicht mit der flüchtigen Erinnerung an eine hübsche, durchaus talentierte Harfenistin. Er hatte ihr zugehört, als sie endlich allein waren, und dabei war er sehr offen und höflich gewesen. Und es war sehr interessant für sie gewesen, ihm zuzuhören, als er über Rockmusik und all das Neue sprach, das in den westlichen Ländern vor sich ging.

Was sollte er schon von ihr wollen, die sie nur darüber jammerte, dass sie keine Karten für das Bolschoitheater bekam? Sie konnte nur davon träumen, Harfenistin im Ensemble des Kirow-Balletts zu werden und mit auf Tournee gehen zu können. Es war natürlich vollkommen illusorisch sich vorzustellen, gemeinsam mit einem Genie wie Mikhail Baryshnikov und den anderen großen Leningrader Tänzern und Musikern zu reisen. Dann konnte man auch gleich davon träumen, mit dem großen, dunkelhaarigen Dänen zu tanzen. Und in der kollektiven Welt, in der sie lebte, gehörten zumindest die Träume ihr ganz allein.

Alla wartete bereits an der Haltestelle, als Anastasia aus der Straßenbahn ausstieg. Sie war groß und brünett, hatte ein schmales Gesicht und etwas schräg stehende Augen, an denen man erkennen konnte, dass usbekisches Blut in ihren Adern floss. Im vergangenen Jahr hatte sie ihr Universitätsstudium abgeschlossen und arbeitete jetzt als Lektorin in einem Verlag. Sie war Anastasias beste Freundin und lieh ihr Bücher, die niemals veröffentlicht werden konnten, stattdessen aber in kopierter Form privat kursierten. Sie teilten die Leidenschaft für Literatur. Wenn Anastasia das Talent für die Musik gefehlt hätte, hätte sie sicher wie Alla russische Literatur studiert.

Anastasia sah ihre Freundin bewundernd an, die einen langen, perfekt sitzenden Mantel und eine feminine Mütze über ihren dunkelbraunen Haaren trug. Sie hatte sich die Augen geschminkt und Lippenstift aufgelegt. In den Geschäften gab es nicht viel zu kaufen, aber die Moskauer Frauen taten, was sie konnten, und Alla war unglaublich geschickt darin, aus dem, was gerade zu haben war, das Beste herauszuholen. Sie hatten eine gemeinsame Bekannte, die für sie nähte, wenn Papa manchmal schöne Stoffe aus der Kostümabteilung des Zirkus mitbrachte.

Alla hakte sich bei Anastasia unter, und sie gingen schnellen Schrittes los, während sie geübt und ohne darüber nachzudenken, einen Bogen um die schlimmsten Löcher im Gehweg machten und möglichst dicht an den Hauswänden entlanggingen, damit sie nicht vom braunen Matsch der Autoreifen bespritzt wurden.

»Ich habe ein fantastisches Manuskript entdeckt«, sagte Alla leise. Sie sprach ein sehr gewähltes Russisch, als wollte sie zeigen, dass sie trotz ihres nicht-slawischen Äußeren Puschkins und Lermontows schöne Sprache in Vollendung beherrschte. »Du kannst es von Warlam bekommen. Er hat es bereits gelesen und ist hellauf begeistert.«

»Von wem ist es?«

»Das weiß keiner so ganz genau. Manche sagen, es sei von Solschenizyn, aber Warlam ist nicht dieser Meinung. Er findet nicht, dass der Roman jenen speziellen Ton hat, den man sonst von Solschenizyn kennt.«

»Wie heißt der Roman?«

»Die Geschichte vom treuen Hund Ruslan.«

Alla sah sie neckend an.

»Was ist? Warum guckst du so?«, fragte Anastasia.

»Bist du etwa verliebt, Tascha?«

»Wie kommst du denn darauf?«

»Du siehst so aus, als wärest du verliebt, ohne es selbst zu wissen. Bei Paul war es damals genauso.«

»Unsinn. Wovon handelt der Roman?«

»Von einem Hund. Die Hauptfigur ist ein Hund.«

»Und das soll interessant sein?«

»Warte nur ab. Der Roman ist ungeheuer spannend, und wenn tatsächlich bessere Zeiten kommen, meint Warlam, dass er ihn vielleicht in der *Novyj Mir* unterbringen kann.«

In Warlam Dawidows großer Sechszimmerwohnung ging es wie immer lebhaft zu, als Anastasia und Alla vom warmen Duft nach Essen und Tabakrauch empfangen wurden, aber irgendwie war heute dennoch ein bedrückter Unterton wahrzunehmen, den Anastasia nicht richtig deuten konnte. Es war die übliche Gruppe von Schriftstellern und Dichterlingen, dazu ein paar Journalisten und ein ernst dreinschauender Kulturredakteur von der Literaturzeitschrift *Novyj Mir*.

Warlams Mutter kümmerte sich um das Essen. Sie war eine füllige Frau, die in ebendiesem Moment mit einem großen Topf Borschtsch aus der Küche kam, der Warlams Esszimmer mit dem Geruch von Roter Bete, Speck, Paprika und Tomaten erfüllte, wie auch immer sie im Februar an diese Zutaten herangekommen war. Vielleicht für teures Geld auf dem Markt? Auf dem Tisch standen bereits Wurst, gepresstes Schweinefleisch, Salzgurken, Käse, eingelegte Champignons und sowohl Schwarz- als auch Weißbrot. Zwei Schalen mit fetter *smetana* hatte die Mutter auch noch herbeigezaubert. Es war unübersehbar, dass Warlam durch seine Mitgliedschaft im Präsidium des Sowjetischen Schriftstellerverbandes Zugang zu speziellen Waren hatte.

An den hohen Wänden des Esszimmers hingen Gemälde, die Warlams Freunde ihm im Laufe der Jahre geschenkt hatten. Sowohl sowjetrealistische Malereien mit glücklichen Bauern und fröhlich trällernden Melkmädchen als auch gewagtere abstrakte Gemälde von einigen seiner avantgardistischen Freunde.

Warlam kam auf sie zu und breitete seine Arme aus, als wollte er sie beide mit einer gastfreundlichen Umarmung umschließen.

»Ihr hübschen Täubchen, kommt in meine Arme.«

Er küsste sie nacheinander auf beide Wangen und auf den Mund. Anastasia wusste, dass Alla ebenfalls mit ihm im Bett gewesen war. Warlam war ein großer, schlanker Mann mit einem markanten Gesicht und intensiven schwarzen Augen, die sie immer an den Teufel in *Meister und Margarita* denken ließen. Er trug eine graue Jacke über einem Rollkragenpullover und eine braune Cordhose, die mit Sicherheit importiert war. In letzter Zeit hatte er sich einen Kleidungsstil zugelegt, der auch unter den Intellektuellen in Europa der letzte Schrei war.

Seine Frau stand am anderen Ende des Esszimmers und unterhielt sich mit Paul, der seine Zigarette auf jene affektierte Weise hielt, die ihr schon auf die Nerven gegangen war, als sie noch ein Paar waren. Vera war eine kleine Blondine mit einer Figur, die an eine Sanduhr erinnerte. Ihre beeindruckenden Brüste drohten aus dem roten Kleid herauszuspringen, in das sie sich hineingepresst hatte. Sie sah nicht gerade wie eine Frau aus, die den besten Abschluss an der Journalistenfakultät gemacht hatte, aber auf diese Weise hatte sie sich eine Anstellung als Redakteurin in der Kultur- und Literaturabteilung des Radios ergattert. Warlam war sehr verliebt in sie, und auch wenn Anastasia sie etwas vulgär fand, mochte sie deren schnelle Auffassungsgabe und den derben Humor.

»Kommt, ihr Vögelchen. Ich besorge euch etwas zu trinken.«

»Für mich nicht«, sagte Anastasia. »Ich muss nachher noch arbeiten.«

»Ich nicht«, sagte Alla. »Mich vermisst niemand. Und außerdem ist mein Chef auch hier.«

Sie lachte, und dabei waren die grauen Plomben ganz hinten in ihrem Mund zu sehen.

»Anastasia ist schlimmer als ein tugendhafter Protestant«, sagte Warlam und fasste sie sanft am Arm, um sie in den Kreis der redenden, lachenden und rauchenden Menschen hineinzuführen.

»Man sollte nicht meinen, dass du eine russische Seele hast. Wir Russen sind vielleicht nicht ganz so gut darin zu arbeiten wie die braven Protestanten auf der anderen Seite des Eisernen Vorhangs, aber dafür können wir dichten wie kein anderer.«

Er lachte sein derbes, ansteckendes Lachen, und wieder kam es Anastasia so vor, als wäre da irgendwo ein falscher Ton versteckt.

»Du hast ein Buch für mich, hat Alla gesagt.«

»Mein Täubchen, ja, das habe ich. Ein wunderbarer Roman, auf dessen Lektüre du dich wirklich freuen kannst. Du bekommst ihn nachher, wenn du gehst, aber nur, wenn du mir versprichst, ihn unter Einsatz deines hübschen Körpers zu verteidigen. Es ist meine einzige Kopie.«

»Das werde ich tun. Alla hat gesagt, dass niemand weiß, wer ihn geschrieben hat. Einige sollen der Meinung sein, er sei von Solschenizyn.«

Warlam blieb stehen, drehte sich zu ihr um und beugte sich zu ihr herunter.

»Er hat ihn nicht geschrieben. Ich weiß, wer es war. Der Autor heißt Georgij Wladimow. Deine Eltern kennen ihn. Bist du ihm nie begegnet?«

»Begegnet schon, aber mehr auch nicht.«

»Nächsten Samstag gebe ich ein Fest in der Datscha. Er wird auch da sein. Und du natürlich auch. Du kannst gern deinen Freund mitbringen.«

»Wer sagt denn, dass ich einen Freund habe?«

»Du musst einfach einen haben. Eine derartige Schönheit und ein solches erotisches Talent darf man doch nicht verschleudern. Das hieße, Gottes Schöpferkraft mit Verachtung strafen.«

Sie erkannte den Blick in seinen Augen wieder und spürte ein Kribbeln im ganzen Körper, als sie sich daran erinnerte, wie es gewesen war, wenn sie einander geliebt hatten.

»Dann ist es der Wladimow, der auch *Drei Minuten Schweigen* geschrieben hat?«

»Ja.«

»Kann der neue Roman veröffentlicht werden? Alla hat so etwas angedeutet.«

»Im Moment nicht. Dafür sind die Zeiten nicht günstig.«

»Ich dachte ...«

»Vielleicht, wenn alles glattgeht und es zu einem Abkommen mit den Amerikanern und den Europäern kommt.«

»Ich habe gehört, du darfst nach Amerika reisen?«

»Sieht so aus. Hoffentlich können wir am Samstag schon darauf anstoßen.«

»Glückwunsch.«

»Danke, mein Täubchen.«

»Was ist los, Warlam?«, fragte sie dann und sah ihn durchdringend an.

Er legte seine Hände sanft auf ihre Wangen. »Mein aufmerksames kleines Vögelchen. Es ist nur ein Gerücht, aber es heißt, sie hätten Solschenizyn heute Morgen festgenommen und würden ihn im Laufe des Tages oder spätestens morgen in ein Flugzeug in Richtung Westen setzen. Als sie ihm den Nobelpreis verliehen haben, hat er es nicht gewagt, nach Stockholm zu reisen, aus Angst, dass sie ihn nicht wieder reinlassen. Jetzt deportieren sie ihn. Eigentlich sah alles ganz vielversprechend aus, aber jetzt ziehen dunkle Wolken am Horizont auf. Nun kommt es darauf an, ein guter sowjetischer Seiltänzer zu sein. Der Beste, den unser berühmter Zirkus vorzuweisen hat.«

14

In ihrem späteren Leben kehrte sie in Gedanken oft zu dieser Zeit in Moskau zurück, weil sie sich darüber klar werden wollte, was dem unvermeidlichen Schicksal zuzuschreiben war und was bloße Zufälle gewesen waren. Bereits als junges Mädchen hatte sie in gewisser Weise an die Macht des Schicksals geglaubt. Wenn sie sich zurückerinnerte, konnte sie sich sowohl die Ereignisse als auch die Gründe für die Entscheidungen, die sie getroffen hatte, wieder ins Gedächtnis rufen. In ihrem tiefsten Inneren war sie der Meinung, dass sie sich selbst etwas vorgemacht hatte. Die Zeit damals war chaotisch gewesen und ihre Handlungen unlogisch, und in der entscheidenden Situation hatten Gefühle, die so gewaltig waren wie die Wolga, wenn dort im Frühjahr die Eisschollen auseinanderbrachen, ihre Seele beherrscht. Es war das Herz und nicht das Hirn gewesen, das sie gesteuert hatte. Es gab Leute, die der Auffassung waren, der Mensch sei nichts anderes als ein chemischer Prozess ohne Seele, es seien bloß diverse chemische Stoffe, die in seinem Gehirn interagierten. Die Menschen, die das glaubten, hatten ihre Gefühlsstürme nicht erlebt.

Die äußeren Umstände hatten sicher eine entscheidende Rolle gespielt: Solschenizyns Verhaftung und Deportation. Baryshnikovs Aufenthalt in Kanada, Dawidows Sturz von den Zinnen; die ganzen dem System inhärenten Widersprüche und die Enttäuschung der Intelligenzija darüber, dass der Helsinki-Prozess in der Heimat kein richtiges Tauwetter und im Ausland keine echte Entspannung bewirkte hatte. Die meisten hatten von einer neuen Freiheit geträumt, mussten aber stattdessen erleben, dass die Partei ihre Kontrolle der Kunst und der Kultur nur noch verschärfte. Sie bekamen es mit strengeren Ausreisebedingungen zu tun, vernahmen einen schrillen Ton in den Medien, der die Älteren unter ihnen an den finsteren Krieg der Stalin-Zeit gegen die Volksfeinde erinnerte, und erlebten eine zunehmende Stagnation und Verknöcherung des Systems, die mit dem schnellen Altern der Regierenden einherging.

Die großen Linien der Weltpolitik waren eng mit ihrem persönlichen Schicksal verwoben. Es war schwierig für sie zu beurteilen, was Ursache und was Wirkung war. Wo das große Ganze das Steuer übernahm und den Kurs bestimmte und wo die kleinen, kaum merklichen Verschiebungen Bedeutung erlangten, so dass selbst der lange Arm des Kreml außerstande war, die Entwicklung aufzuhalten. Diesen irrationalen Handlungsverlauf erkannte sie später wieder, als sie über den Schmetterlingseffekt in der Chaostheorie las.

Das Dasein war ein Mysterium, und das Leben verlief nicht in geraden Bahnen, sondern war verwickelt und überall lauerten Hindernisse und Gefahren. Der Verrat an den Nächsten war eine Bürde, die die Liebe ein wenig leichter machen, aber nie ganz beseitigen konnte. Wenn der Mensch an einer Weggabelung stand und sich für eine Richtung entschieden hatte, gab es keine Möglichkeit, umzukehren und sich anders zu entscheiden. Das war ebenso banal wie einleuchtend. Dennoch hatte die Entscheidung, die sie getroffen hatte, sie in ihrem späteren Leben häufig gequält.

Für sie bestand kein Zweifel daran, was die Kette der Ereignisse in Wirklichkeit in Gang gesetzt hatte. Entscheidend für alles, was anschließend passierte, war die Tatsache, dass Niels Lassen bereits am selben Abend wieder auftauchte und dass er diesmal allein war. Während ihrer ersten Pause fragte er sie freundlich, ob sie Zeit hätte, eine Tasse Tee oder ein Glas Wein mit ihm zu trinken.

Er trug denselben gut sitzenden dunklen Anzug und duftete männlich nach einem Deodorant und einer Seife, die sie nicht kannte. Als hätte er gerade ein Bad genommen. Seine dunklen klaren Augen strahlten etwas Humorvolles und Neckendes aus, ebenso wie sein breites Lächeln. Er türmte sich vor ihr auf, aber das hatte nichts Erschreckendes an sich. Es gefiel ihr, zu ihm aufzusehen. Sie ging davon aus, dass Olga Jewgenjewa und der Genosse Direktor damit einverstanden waren, da Niels Lassen ein wichtiger Gast war, also willigte sie ein.

Er führte sie zu einem Tisch in einer Ecke des Restaurants und rückte ihr den Stuhl zurecht.

»Haben Sie Hunger?«, fragte er.

»Nein danke, Mr. Lassen.«

»Ich heiße Niels.«

Sie zögerte einen Moment. »Anastasia«, sagte sie dann.

»Also ein Glas Wein?«

»Ich möchte eigentlich lieber Tee.«

Nikolaj Stepanowitsch stand abwartend da und vermied es, Blickkontakt mit ihr aufzunehmen.

»Wir hätten gern zwei Tassen Tee«, sagte Lassen zu Nikolaj.

»*Sorry.* Das hier ist ein Restaurant. Hier isst man. Tee trinkt man im Café.«

Nikolajs Stimme war mürrisch und abweisend, und sie schämte sich ein wenig für ihr Land, auch wenn es der übliche Ton war, den Kellner, Kassierer und Bürokraten Menschen gegenüber anschlugen, die sie nicht kannten.

»Okay«, sagte Niels Lassen. »Vielleicht könnten Sie dann so nett sein und uns zwei Tassen Tee aus dem Café holen. Das hier ist für Ihre Mühe.«

Er reichte Nikolaj einen zusammengefalteten Dollarschein. Er hatte einen anderen Ton angeschlagen, seine Stimme klang jetzt kühl, und sie begriff, dass sie es hier mit einem Mann zu tun hatte, der daran gewöhnt war, seinen Willen zu bekommen. Russische Männer mit Einfluss fingen an zu brüllen, sie schimpften und fluchten, wenn sie ihren Status demonstrieren wollten. Niels Lassen hatte seine Stimme gar nicht erhoben, aber sie sah, wie Nikolaj Stepanowitsch unmerklich Haltung annahm.

»Ich werde sehen, was ich tun kann.«

»Davon gehe ich aus und mehr verlange ich auch gar nicht von Ihnen«, sagte Niels Lassen und seine Stimme klang nach wie vor kühl, dann änderte er seinen Tonfall, und seine Stimme hörte sich wieder warm und weich an. »Ich möchte dir gern etwas erzählen.«

»Ja?«

»Ich habe mir erlaubt, deinen Chef zu fragen, ob du morgen Abend arbeiten musst.«

»Ich glaube nicht, dass der Genosse Direktor meinen Dienstplan kennt.«

»Nein, aber er konnte in Erfahrung bringen, dass du morgen Abend nicht arbeitest, sondern nur während des Frühstücks spielst.«

»Das stimmt.«

»Dann möchte ich dich gern fragen, ob ich dich morgen ins Bolschoitheater einladen darf?«

»Ins Bolschoi! Morgen! Das geht doch nicht.«

»Warum denn nicht?«

»Da tanzt das Kirow-Ballett mit Baryshnikov. Das ist eines ihrer wenigen Gastspiele hier. Wie willst du dafür noch Karten bekommen?«

»Also würdest du gern hingehen?«

Sie lachte. »Darauf kann ich wohl beruhigt mit Ja antworten, ohne mir Gedanken über die Konsequenzen zu machen, weil es vollkommen unmöglich ist, dass du noch an Karten herankommst.«

Er griff in die Innentasche seines Sakkos und legte zwei Karten vor sie hin. »Parkett, achte Reihe Mitte.«

Sie blickte in seine lachenden Augen. Es gab kaum etwas, was sie lieber tun würde, aber sie war auch ein wenig verärgert und wütend und sie schämte sich erneut. Da saß ein privilegierter Ausländer, der nicht einmal genau wusste, wer Baryshnikov war, und der ihn noch nie hatte tanzen sehen. Und der zweifelsohne noch nie einen Fuß in das Königlich Dänische Ballett gesetzt hatte, obwohl jeder zivilisierte Mensch wusste, dass es einen ausgezeichneten Ruf hatte. Was hatte das zu bedeuten? Mit seinen Dollar oder D-Mark oder dänischen Kronen konnte er sich Karten für eine Vorstellung kaufen, für die Tausende von Ballettliebhabern in Moskau einen Jahreslohn zahlen würden. Das war nicht richtig. Das war verlogen, und es war ungerecht. Es bestand kein Zweifel daran, dass es zwei Sowjetbürger gab, die die Aufführung nun doch nicht sehen konnten, obwohl es ihnen eigentlich zugesagt worden war.

Trotzdem nahm sie die Karten vorsichtig in die Hand und betrachtete sie andächtig. »Das würde ich sehr, sehr gern. So etwas erlebt man nur einmal im Leben.«

»Das freut mich sehr. Wo wohnst du, damit ich dich abholen kann?«

»Das brauchst du nicht.«

»Nein, aber ich möchte es gern.«

»Wir können uns in der Lobby treffen und dann gemeinsam zum Theater auf der anderen Seite der Straße gehen.«

»Und wie wäre es anschließend mit einem gemeinsamen Abendessen?«

Sie lachte und probierte aus, wie es sich anfühlte, seinen fremdartigen Namen auszusprechen. »Niels, glaubst du, Moskau ist Kopenhagen oder Paris, wo man, wie ich in Romanen gelesen habe, abends nach dem Theater noch essen geht? Hier hat alles geschlossen.«

Er sah sie mit seinem warmen Lächeln an, sagte aber nichts.

»Warum siehst du mich so an?«

»Möchtest du mit mir essen gehen oder nicht?«

»Wie meinst du das?«

»Im Hotel National können wir Kaviar und Brot, Hühnchen nach Kiewer Art und eine Flasche Wein bekommen. Ich habe mich erkundigt.«

»Ach so, dort. Das ist nur für Ausländer. Gegen Devisen.«

»Ich bin Ausländer und ich habe Devisen.«

»Wir werden sehen, Niels.«

»Das werden wir, Anastasia. Wir werden sehen.«

Es wurde ein wunderbarer und einzigartiger Abend, der in der Sowjetunion später offiziell totgeschwiegen wurde, weil es das letzte Mal war, dass Baryshnikov in seinem Vaterland getanzt hatte, bevor er sich in Kanada absetzte. Von einem Tag auf den anderen kam er in den sowjetischen Medien nicht mehr vor, und sein Name wurde nie mehr erwähnt.

War er geflohen, weil er von dem brennenden künstlerischen Wunsch getrieben war, einmal etwas anderes und Moderneres tanzen zu dürfen als die x-te Aufführung von *Schwanensee* oder *Der Nussknacker?* Sie hatte später noch oft darüber nachgedacht, weil er an jenem Abend in Moskau mit Inbrunst und Verzweiflung zugleich getanzt hatte, mit einer kraftvollen Männlichkeit, Geschmeidigkeit und Stärke, die das festlich gekleidete Publikum in dem großen goldenen Theater vor Bewunderung den Atem anhalten ließen. Sie saß auf ihrem fantastischen Platz und sah jeden Sprung und hörte jeden Ton und bewunderte die scheinbare Leichtigkeit und Eleganz jeder Pirouette. Er hatte nie besser getanzt, und seine sublime Kunst trug das gesamte Kirow-Ensemble zu ungeahnten Höhen.

Hatte er sich in seinem Tanz so ganz hingegeben, weil er gewusst hatte, dass er gerade zum letzten Mal vor seinem Volk in seinem eigenen Land tanzte? Er musste sich darüber im Klaren gewesen sein, dass er mit seinem Entschluss sein Land im Stich lassen würde. Vergebung war ausgeschlossen, und er würde nie mehr zurückkehren können.

In der Pause standen sie gemeinsam mit anderen Zuschauern im Foyer, während sich Begeisterung und gespannte Erwartung vor dem nächsten Akt in einer summenden Geräuschkulisse niederschlugen, und aßen kleine Kanapees mit rotem oder schwarzem Kaviar, Lachs und Salami und tranken georgischen Champagner dazu, und sie war sehr glücklich. Sie konnte nicht anders, als einen gewissen Stolz zu empfinden, dass sie mit einem so attraktiven Mann wie Niels dort war, der sie aufmerksam mit allem versorgte. Alle konnten sehen, dass er ein Ausländer war, aber das war ihr an diesem Abend vollkommen gleichgültig. Sein dunkler, maßgeschneiderter Anzug mit dem weißen Hemd und der dezent gemusterten Krawatte passte ausgezeichnet zu seinem weißen Lächeln. Er hielt die Zigarette lässig und doch elegant zwischen seinen Fingern.

Sie hatte sich ebenfalls Mühe gegeben und ihr schönstes langes Kleid angezogen. Sie wusste, dass es ihre schlanke und trotzdem sehr weibliche Figur ins rechte Licht rückte. Sie hatte sich dezent geschminkt und ihre Haare hochgesteckt, so dass ihr langer Hals betont wurde. Mama hatte ihr die alte Silberkette ihrer Großmutter geliehen, die noch aus der Zarenzeit stammte. Sie hatte ihre guten

Schuhe mit dem kleinen Absatz an. Ihre Stiefel hatte sie wie alle anderen Frauen an der Garderobe abgegeben. Mama hatte sie stolz betrachtet, als sie sich verabschiedet hatte, und Papa hatte darauf verzichtet, ihr irgendwelche Verhaltensmaßregeln mit auf den Weg zu geben, als er zum Zirkus aufbrach.

Sie sah sich um und versuchte, das prachtvolle alte Theater mit Niels Lassens Augen zu sehen. Die hohen Stuckdecken, die hübschen Holzverzierungen, die großen goldenen Kronleuchter, den glänzenden Boden und die zarten Rosétöne an den Wänden. In einem so wunderbaren Rahmen konnte die russische Ballettkunst sich auf die schönste Weise entfalten.

Sie erblickte Warlam Dawidow im selben Augenblick wie er sie, und ein Lächeln huschte über ihr Gesicht. Er trug seinen Smoking und rauchte eine Zigarette, die in einer langen Zigarettenspitze steckte. Vera hatte sich bei ihm untergehakt. Sie trug ein blaues Kleid, das aussah, als wäre es ihr auf den Leib geschneidert. Sie hatte sich auf sowjetische Weise Locken in die Haare gedreht und sich das Gesicht mit Unmengen von Make-up zugekleistert. Sie lächelte übertrieben, als sie auf sie zukamen.

»Mein Täubchen«, sagte Warlam und nahm ihre Hand. »Wer ist denn der hübsche, ausländisch aussehende Kavalier an deiner Seite?«

»Warlam, darf ich dir Niels Lassen vorstellen? Mr. Lassen ist hier als Gast der Moskauer Stadtregierung, um Geschäfte mit unserem Staat zu machen. Niels, das ist Vera, die mit meinem guten Freund Warlam Dawidow verheiratet ist. Warlam ist einer der bedeutendsten Dichter der Sowjetunion und vor einiger Zeit ist er sogar zum sowjetischen Staatsdichter ernannt worden.«

»Es freut mich, Sie kennenzulernen«, sagte Warlam und reichte Niels die Hand, während er den Dänen musterte. Warlam sprach sehr gut Englisch, aber mit einem starken russischen Akzent. Er hatte sich viel Mühe gegeben, die Sprache zu lernen, aber er hatte selten Gelegenheit gehabt, Englisch zu hören oder zu sprechen.

»Das Vergnügen ist ganz meinerseits«, antwortete Niels. Anastasia sah, dass Vera überhaupt nichts verstand. Sie ließ Warlams Arm los und holte eine Zigarette aus ihrer Tasche. Die beiden Männer griffen in ihre Hosentaschen, um ihre Feuerzeuge herauszuholen, aber Niels war schneller, gab Vera Feuer und erhielt zum Dank ein kokettes Lächeln und einen langen Blick von ihr. Das gefiel Anastasia ganz und gar nicht, aber zu ihrer Freude bemerkte sie, dass Veras körperliche Reize und ihre starke sexuelle Ausstrahlung keinerlei Wirkung auf ihren Begleiter zu haben schienen.

»Wie gefällt Ihnen die Vorstellung?«, fragte Warlam.

»Ich bin kein großer Ballettkenner, aber das hier ist überwältigend. Mikhail Baryshnikovs Tanz ist von einer fantastischen Dynamik und Intensität. Das sehe selbst ich.«

»Man muss kein Experte sein, um Kunst zu verstehen. Kunst muss nicht mit dem Verstand begriffen werden. Baryshnikov ist unser größter Tänzer, und Kirow ist eine Tanzkompanie, die ich sehr bewundere. Selbst in diesen heiligen Hallen würde ich zu behaupten wagen, dass das Bolschoiballett nicht das Niveau und die künstlerische Ausdruckskraft der Kirow-Truppe erreicht. In Leningrad wagen sie mehr.«

»Und man sollte etwas wagen?«

»Das ist jedenfalls nicht das Schlechteste für einen Künstler oder für die Kunst überhaupt. Etwas zu wagen.«

»Aber sicher nicht immer leicht.«

»Kennen Sie unser Land gut, Mr. Lassen?«

»Ich bin zum ersten Mal hier.«

»Dafür haben Sie schon eine ganze Menge begriffen. Wo haben Sie Anastasia kennengelernt?«

»Im Hotel Metropol. Ich bin ein großer Bewunderer ihrer Kunst.«

»Wer ist das nicht? Anastasia hat so viele Talente.«

Niels sah sie an. Die Glocke läutete zum zweiten Mal.

»Warlam reist bald zu Lesungen nach Amerika«, sagte Anastasia.

»Glückwunsch«, sagte Niels. »Das hört sich spannend an. Es ist bereichernd, in andere Länder zu reisen. Man lernt so viele verschiedene Menschen kennen.«

»Frieden wird durch Austausch erreicht. Menschen, die einander kennen, fangen keinen Krieg an«, sagte Warlam.

»Ja, das stimmt. Ich würde Sie gern einmal lesen hören. Ich kann kein Russisch, aber ich habe den Eindruck, dass sehr viel Musik in Ihrer Stimme mitschwingt.«

»Danke, Mr. Lassen.«

»Da, wo ich herkomme, sind wir nicht mehr so formell. In Dänemark befinden wir uns mitten in einer Art Revolution. Alle Menschen nennen sich beim Vornamen und duzen sich.«

»So schnell sind wir hier nicht. Wir sind in der Hinsicht eher wie die Franzosen.«

»Aber vielleicht sagen auch wir eines Tages du zueinander?«

»Das ist nicht auszuschließen.«

»Das gilt für die allermeisten Dinge, die man wirklich will. Auf Dänisch sagen wir: Hab keine Angst davor, mit der Stirn gegen die Wand zu rennen. Vielleicht gibt die Mauer ja nach.«

Warlam lachte.

»Den Spruch werde ich mir merken, Niels Lassen. Er wird mich fortan begleiten.«

»Das ist mir eine Ehre, Warlam Dawidow.«

Es läutete zum dritten Mal.

»Wir sollten auf unsere Plätze zurückkehren«, sagte Warlam. »Es war mir ein Vergnügen, Sie kennenzulernen.«

»Ganz meinerseits.«

Warlam beugte sich herunter und küsste Anastasia flüchtig auf die Wange. »Du musst ihn am Samstag unbedingt mitbringen, mein Täubchen. Es kommen auch noch andere Ausländer«, sagte er auf Russisch.

»Warum sollte ich das tun?«

Er strich ihr zart über die Wange. »Folge einfach deinem Herzen und tu, was Warlam dir sagt.«

Der zweite Teil der Aufführung war genauso großartig, und Anastasia war noch immer ganz euphorisiert, als sie in einem der kleinen Restaurants im Hotel National saßen. An der Tür stand ein Schild, auf dem diskret auf Russisch stand: *Nur gegen Devisen*. In dem kleinen schummrigen Raum saßen noch zwei andere Paare aus dem Ausland. Sie waren ebenfalls im Bolschoitheater gewesen, konnte sie ihren begeisterten Gesprächen entnehmen. Wie oft das Publikum Mikhail Baryshnikov und die anderen Tänzer herbeigeklatscht hatte, damit es ihnen stehend Applaus spenden und ihnen unzählige Blumen auf die Bühne werfen konnte, konnte sie gar nicht mehr sagen.

Sie sah Niels an, der mit einer Zigarette dasaß und die Speisekarte studierte. Er blätterte bedächtig eine der vielen Seiten um, aus denen die in Leder gebundene Speisekarte bestand.

»Das ist reine Fiktion«, sagte er. »Es gibt hier nicht mal ein Zehntel der Gerichte, die in der Speisekarte aufgeführt sind.«

»Ich bin nicht besonders hungrig«, sagte sie entschuldigend, als wäre es ihr Fehler. »Ich bin noch ganz betäubt von der Musik und dem Tanz. Tausend Dank, Niels, für dieses unvergessliche Erlebnis.«

»Keine Ursache, Anastasia. Es freut mich, dass es dir so gut gefallen hat. Ist es dir recht, wenn ich für uns beide etwas zu essen bestelle?«

»Selbstverständlich.«

»Dann schauen wir doch mal, was sie haben.«

Schwarzen Kaviar hatten sie glücklicherweise, aber keine Blini. Stattdessen bekamen sie geröstetes Brot mit gelber Butter, und hinterher servierte man ihnen wie versprochen das Hühnchen nach Kiewer Art mit zerkochten Kartoffeln und einer Art Sauerkraut, das Niels nicht anrührte, während Anastasia mit gewaltigem Appetit alles aufaß.

Sie unterhielten sich angeregt, und Anastasia bemerkte zu ihrer Überraschung, wie unkompliziert es ging. Wie die wenigen anderen Menschen aus dem Westen, die sie bisher kennengelernt hatte, war auch er sehr offen.

Sie erfuhr einiges über sein Leben in Dänemark und kam so darum herum, von sich und ihrem Leben zu erzählen. Er beschrieb sein Land auf eine zugleich liebevolle und kritische Weise. Es befand sich in einer schweren wirtschaftlichen Krise, weil das Öl so teuer war und die Politiker zu dumm, um die richtigen Wege aus der Krise zu finden. Es gab viele junge Leute, die sich eine Revolution und den Sozialismus wünschten. Andere wiederum setzten sich für eine sexuelle Revolution ein. Alle Werte befanden sich im Umbruch, die

Art, wie die Menschen miteinander sprachen, wie ernst sie Autoritäten nahmen. Es war, als löste sich der Kitt, der das ganze System über viele Generationen hinweg zusammengehalten hatte, allmählich auf. Man sprach von einem Krieg der Generationen. Sie fragte sich, wie so etwas bloß denkbar war. Seine Eltern zu ehren war doch eine Selbstverständlichkeit. Sich um sie zu kümmern, wenn sie alt waren, und zu tun, was sie sagten.

Wieder andere fielen ganz aus der Gesellschaft heraus. Drop-out? Was bedeutete das? Dänemark erlebte offensichtlich eine Veränderung, blieb aber trotzdem irgendwie gleich. So stellte er es zumindest dar und bemerkte das Paradoxe daran offensichtlich gar nicht. Es gab eine hohe Arbeitslosigkeit, von der zu hören sie beinahe beruhigend fand. Denn sie passte in das Bild, das sie von kapitalistischen Ländern hatte.

Es war interessant, etwas über sein Leben zu erfahren. Er war achtundzwanzig Jahre alt. Also gut vier Jahre älter als sie. Er hatte an einer Universität Wirtschaft studiert, aber er war Geschäftsmann, seit er fünfzehn Jahre alt war, wie er mit seinem sympathischen Lächeln erzählte.

»Mein Vater hat mich zum Pferderennen mitgenommen, und ich habe schnell bemerkt, dass den Spielern immer ein Stift fehlte. Ich kaufte also im Schreibwarengeschäft Bleistifte für eine Krone das Stück, schnitt sie in der Mitte durch und verkaufte die Hälften dann jeweils für eine Krone. Das war ein gutes Geschäft. Darin besteht das ganze Geheimnis des Geschäftemachens.«

»Worin?«

»Billig ein- und teuer zu verkaufen.«

»Was machen deine Eltern?«

Ein Schatten glitt über sein Gesicht.

»Meine Eltern sind tot«, sagte er. »Sie sind vor vier Jahren bei einem Verkehrsunfall ums Leben gekommen.«

»Das tut mir leid.«

»Danke. Es war damals wirklich schwer für meine jüngere Schwester und mich. Aber das Leben geht weiter. Ich will nicht jammern. Das wäre wirklich unangebracht. Schließlich sitze ich gerade mit der schönsten Frau der Welt zusammen, und die möchte ich doch lieber zum Lachen als zum Weinen bringen.«

»Es gibt doch bestimmt auch eine hübsche Frau, die in Dänemark auf dich wartet?«

»Nein, die gibt es nicht.«

»Bist du nicht verheiratet?«

»Das ist bei uns nicht mehr besonders verbreitet.«

»Bei uns schon. Aber dafür lassen wir uns auch ununterbrochen wieder scheiden.«

»Bist du ...?«

»Verheiratet gewesen und geschieden? Nein.«

»Das ist gut.«

»Warum?«

»Nur so. Möchtest du noch etwas Wein?«

»Erzähl mir von deiner Schwester.«

Er mochte seine Schwester sehr gern, obwohl sie sehr verschieden waren. Sie war Lehrerin und linker als Lenin persönlich, was auch immer das genau hieß, und sie liebte ihren Bruder, verachtete aber seine Arbeit. Sie lebte nördlich von Kopenhagen in einer linksorientierten, marxistischen Wohngemeinschaft, wie er sich ausdrückte. Die Bewohner teilten beinahe alles und hielten regelmäßig Treffen ab, bei denen beschlossen wurde, was in nächster Zeit zu tun war. Es hörte sich alles sehr merkwürdig an. Wie die dänische Version einer *kommunalka*. Oder wie eines der Treffen auf dem Konservatorium oder im Metropol, bei denen die Partei ihnen erzählte, was sie zu diesem und jenem zu meinen und zu sagen hätten. An diesen Treffen musste man natürlich teilnehmen, aber in ihren Augen waren sie nichts anderes als ein notwendiges, aber sinnloses Ritual. Sie empfand einen vagen Patriotismus ihrem Land gegenüber. Wie sollte man das große, tragische Russland und die reiche russische Sprache auch nicht mögen? Aber die Partei und die Politik bedeuteten ihr gar nichts. Es war am besten, sich von diesem Teil des Lebens fernzuhalten und sich auf die Familie zu konzentrieren, auf seine Freundschaften und auf die Kunst.

Aber in eine Wohngemeinschaft zu ziehen fand sie eine sehr merkwürdige Vorstellung. Wer wollte denn freiwillig so wohnen, wo es doch offensichtlich für jeden die Möglichkeit gab, eine eigene große Wohnung zu bekommen?

»Aber du wohnst nicht in einer *kommunalka*?«

»In was bitte?«

»So heißen bei uns die Wohnungen, in denen mehrere Familien gezwungenermaßen zusammenwohnen. Aufgrund des Krieges haben wir zu wenige Wohnungen, weißt du. Eine *kommunalka* ist etwa wie das, was du eine Wohngemeinschaft nennst.«

»Nein, Gott bewahre«, erwiderte Niels und lachte laut. »Ich habe mir in Kopenhagen eine sehr schöne Vierzimmerwohnung gekauft.«

Er erzählte auch von seiner Kindheit. Sie war offensichtlich ganz normal gewesen. Zumindest aus seiner Perspektive. Er war auf einer Insel aufgewachsen, die Fyn hieß und von der auch Hans Christian Andersen stammte. Er war wie alle anderen zur Schule gegangen, hatte als Junge Fußball gespielt und war Pfadfinder gewesen, etwas, das sie nicht kannte. Vielleicht so etwas wie die Pioniere, nur ohne Lenin und Marx. Er hatte sich schon immer für Musik interessiert und gern gelesen, aber als Jugendlicher war er auch ganz schön wild gewesen. »Ein ziemlicher Lümmel«, wie er sich ausdrückte. Er hatte davon geträumt, entweder Soldat oder Seemann zu werden, aber als er mit der Schule fertig war, hatte er schnell gemerkt, dass er doch lieber Geschäftsmann werden wollte. Er mochte es einfach, Geschäfte zu machen. Er liebte das Risiko, sagte er, und sie wusste wieder nicht, was er meinte. Jetzt besaß er zusammen mit Karl Erik eine eigene Import-Export-Firma. Durch ihre sowjetischen Geschäfte waren sie Partner geworden. Für sie klang das alles sehr verworren.

Sein Vater war bei einem Versicherungsunternehmen beschäftigt gewesen, und seine Mutter hatte als Krankenschwester gearbeitet. Eine ganz normale Familie, hatte er mehrmals gesagt. Eine wie all die anderen dänischen Familien. Wie konnte das normal sein? Sie hatten ein eigenes Haus gehabt, in dem er und seine Schwester jeweils ein eigenes Zimmer hatten. Sie hatten ein Auto gehabt und waren jedes Jahr mit dem Campingwagen nach Frankreich und Spanien gefahren. Wenn sie ihm nicht gegenüber gesessen hätte, sondern das, was er da erzählte, in der Zeitung gelesen hätte, wäre sie davon überzeugt gewesen, dass es sich um bloße Propaganda handelte. Es wusste schließlich jeder, dass in den kapitalistischen Ländern nur die Oberklasse auf diese Weise lebte, während die gewöhnlichen Menschen arm waren und ausgenutzt wurden. Das hatte man ihr beigebracht, seit sie denken konnte.

Ihr fiel auch auf, dass er nie über Schwierigkeiten beim Einkaufen sprach. Wann immer sie mit anderen Leuten zusammentraf, sprachen alle darüber, wo man gerade an bestimmte Waren herankam. Mal handelte es sich um Essen, selten um frisches Obst, ab und zu um Kaffee, Speiseöl, Toilettenpapier, andere Waren des täglichen Bedarfs, aber auch um Kleidung, ein Paar Winterstiefel, einen Mantel. Daher trugen alle immer einen Einkaufsbeutel bei sich. Falls irgendwo plötzlich etwas zu kaufen auftauchte. Oft tauschte man auch das eine gegen das andere ein. Irgendwie kam man zurecht. Es gehörte zum Erwachsenwerden dazu, dass man lernte, sich zu arrangieren. Fast alles war zu irgendeinem Zeitpunkt in Moskau erhältlich. Und alles war zu irgendeinem Zeitpunkt *defitsit*. So war das Leben eben. Schlange zu stehen war Teil des Menschseins.

Sie wunderte sich, als er erzählte, dass sich viele junge Menschen in seinem Land sogar freiwillig von der materialistischen Gesellschaft abwandten. Sie hatten den Konsumzwang satt. Konsumzwang? Was meinte er damit bloß? Waren links liegen zu lassen, die schwer zu bekommen waren, ergab keinen Sinn. Als ob die Versorgung mit Waren gar kein Problem darstellte, aber das konnte doch wohl kaum der Fall sein. In dem ein oder anderen Film aus dem Westen hatte man zwar schon Supermärkte gesehen, deren Regale brechend voll waren, aber das war natürlich ebenso Propaganda, wie wenn die Darsteller in sowjetischen Filmen schicke Kleider trugen und auch sonst alles bekamen, was sie wollten.

Sie gab es auf, ihn verstehen zu wollen, und fragte stattdessen: »Du hattest also eine schöne Kindheit?«

»Eine wunderbare Kindheit. Wir waren nicht reich, aber es ging uns gut. Meine Schwester und ich hatten keinen Grund, gegen unsere Eltern zu rebellieren. Sie schenkten uns ihre Liebe und ließen uns innerhalb bestimmter Grenzen unsere Freiheit.«

»Gegen sie zu rebellieren? Was meinst du damit?«

Er nahm ihre Hand. »Ich verstehe, dass du das fragst. Ich bin noch nicht lange in deinem Land, aber ich habe das Gefühl, dass wir auf zwei ganz verschiedenen Planeten leben. Ich glaube nicht, dass du dir vorstellen kannst, wie es ist, in Dänemark zu leben, und ich glaube nicht, dass Dänen, die nie in der Sowjetunion gewesen sind, sich vorstellen können, wie euer Alltag aussieht.«

»Vielleicht. Es ist möglicherweise ein wenig schwierig. Aber wenn du mir noch etwas mehr erzählst, verstehe ich es vielleicht besser.«

»Gerne. Was wollen wir morgen machen? Ich möchte auch noch mehr über dich erfahren.«

Sie zog ihre Hand nicht zurück. Seine große Hand lag so beruhigend auf ihrer. Vielleicht fasste sie deshalb auch Mut und sagte: »Könntest du für morgen ein Auto besorgen?«

»Natürlich.«

»Dann werde ich dir als Dank für diesen wundervollen Abend einen bezaubernden kleinen Ort in Moskau zeigen.«

»Das hört sich fantastisch an, Anastasia«, sagte er und drückte ihre Hand.

Sie wusste, dass sie dabei war, sich Hals über Kopf in diesen seltsamen großen Mann zu verlieben. Sie hätte also eigentlich glücklich sein müssen, denn es war ein warmes und schönes Gefühl, das sie bisher nur mit Warlam zusammen empfunden hatte, wenn auch nicht so stark. Sie fühlte sich glücklich, zugleich quälte sie aber eine große Sorge. Vielleicht war er kein bisschen in sie verliebt. Er war an ihr interessiert, aber das waren Männer häufig.

Sie hätte am liebsten geweint, weil sie fürchtete, dass ihre Welten so verschieden waren, dass sie sich unmöglich vereinen ließen, und dabei war das doch das Einzige, was sie sich in diesem Moment wünschte.

15

Anastasia kam zu Fuß zum Hotel Metropol, vor dem Niels mit einem schwarzen Wolga mit Chauffeur auf sie wartete, den er auf Vermittlung des Servicebüros im Hotel gemietet hatte. Er hatte es mittlerweile sogar geschafft, die dicke Dame, die dort in einem blauen Strickkleid und einem grünen Halstuch hinter dem Tresen stand, dazu zu bringen, zumindest ein klein wenig zu lächeln. Das hatte ihn viel Charme und ein Päckchen Prince gekostet, die hier aus irgendeinem Grund besonders gefragt waren. Er betrachtete dieses kleine Lächeln als seinen persönlichen Sieg über die sowjetische Unfreundlichkeit. Sie durchdrang die Gesellschaft wie der eigentümliche Matsch und der Streusand, die überall eindrangen und sich als feste Schicht auf den Autos ablagerten oder sich wie ein brauner Teig auf den Fußböden der Geschäfte verteilten.

Jetzt betrachtete er Anastasia und ihm wurde warm ums Herz. Er verstand nur nicht, warum sie nicht wollte, dass er sie zu Hause abholte, aber es gab so vieles, was er in Moskau nicht verstand. Er hatte sie gestern Abend auch nicht nach Hause bringen dürfen. Sie hatte darauf bestanden, die letzte Metro zu nehmen.

Karl Erik hatte etwas gereizt reagiert, als er ihm beim Frühstück eröffnet hatte, dass er ihn heute nicht ins Ministerium begleiten würde. Es gab keinen Grund, warum er unbedingt an diesem täglichen Treffen teilnehmen musste, Karl Eriks Verstimmtheit war also unangemessen. Die Verhandlungen waren festgefahren. Sie saßen mit denselben drei oder vier niederen Apparatschiks zusammen und ärgerten sich mit den immer gleichen Preisen und Vorauszahlungssummen herum. Das war ebenso eintönig, wie auf Lolland Zuckerrüben zu roden. Sie würden nicht weiterkommen, solange kein übergeordneter Verhandlungsführer mit der Befugnis, Beschlüsse zu fassen, aus seinem kommunistischen Himmel herabstieg und mit ihnen dieses an sich sehr einfache Geschäft abschloss.

Aber seine Laune hatte sich augenblicklich gebessert, als er vor das Hotel trat und Anastasia im selben Moment von der Metro-Station auf sich zukommen sah. Es war ein herrlicher Wintertag bei etwa zehn Grad Frost. Der Himmel war blau und die Türme und Kuppeln des Kreml funkelten wie Gold. Sie sah wunderschön aus in ihrem langen Mantel und den robusten Stiefeln und der kecken Pelzmütze auf ihrem blonden Haar. Ihr Lächeln erstrahlte zwischen all den verschlossenen, mürrischen Gesichtern. Sie erinnerte an einen hübschen Schmetterling, der in einen Schwarm grauer Insekten geraten war. Er liebte ihre energische Art zu gehen. Die meisten Moskauer blickten zu Boden oder starrten vor sich hin, aber Anastasias Schritte waren voller Energie, als ob sie es die ganze Zeit eilig hätte, aber auf eine angenehme Weise. Es wirkte, als würde sie beim Gehen ein klein wenig von dem weißen, festgetretenen Schnee abheben.

»*There is so much spring in her steps*«, ging es ihm auf Englisch durch den Kopf.

Sie ging noch schneller, lächelte ihm aus der Entfernung zu und überraschte ihn dann damit, dass sie sich auf die Zehenspitzen stellte und ihm einen schnellen Kuss auf die Wange gab.

»Was für ein herrlicher Tag«, sagte sie, als sie seinen fragenden Blick sah.

Er hielt ihr die Autotür auf, und sie setzte sich auf die Rückbank. Der Fahrer war ein Mann mittleren Alters, der eine graue Pelzmütze trug und nach abgestandenem Tabakrauch roch. Er sprach weder Englisch noch Deutsch und begrüßte sie verdrossen auf Russisch. Anastasia sagte ihrerseits etwas auf Russisch, und sie fuhren los.

»Wir fahren an einen Ort, der Silberwald heißt«, sagte sie. »Das ist eine Insel mitten im Fluss, beinahe mitten in der Stadt. An einem klaren Wintertag wie heute ist es dort besonders schön.«

Er musste über ihre unverhohlene Freude und ihre gute Laune lächeln. Und er wusste, dass es sich nicht abwenden ließ. Er war dabei, sich ernsthaft zu verlieben, was ihn seltsamerweise hemmte. Es war viel einfacher, eine Frau in sein Bett zu locken, wenn keine großen Gefühle im Spiel waren. Er hatte Angst davor, von ihr zurückgewiesen zu werden. Er wollte unbedingt das Richtige tun. Er war froh und angespannt zugleich. Froh, weil er spürte, dass sie ihn mochte. Angespannt, weil er nicht wusste, wohin die Reise führen würde, aber er würde sich einfach treiben lassen, sich über die gemeinsame Zeit mit ihr an diesem schönen Wintertag freuen und in der Gegenwart leben, ohne allzu viel an die Zukunft zu denken. Karl Erik und die Geschäfte interessierten ihn in diesem Moment nicht die Bohne.

Sie fuhren am Fluss vorbei, an dem ein Lastwagen mit einer dicken Matschschicht auf der Karosserie seine Ladefläche schräg stellte und dreckigen Schnee auf das Eis des Flusses kippte. Das Eis hatte sich zu schiefen Formationen und Skulpturen aufgetürmt, die ihn an moderne Bildhauerei erinnerten. Der Verkehr floss ruhig und gleichmäßig, und in der Mitte der Straße rumpelte eine Straßenbahn dahin. Die meisten Autos waren schwarze Wolgas und kleine kantige Ladas, die ihn an die Fiats 1500 zuhause in Dänemark erinnerten, außerdem waren noch Unmengen von blauen Lastern unterwegs. Überall standen Verkehrspolizisten in grauen, dicken Uniformen oder sie saßen hoch oben in kleinen Glaskäfigen.

Er drehte sich zu Anastasia um. »Bei uns hat es in letzter Zeit öfter autofreie Sonntage gegeben. Ohne spezielle Erlaubnis darf man dann sonntags nicht Auto fahren.«

»Wie seltsam. Warum ist das so?«

»Wegen der Ölkrise. Um Benzin zu sparen. Aber ich glaube, das Verbot wird bald wieder aufgehoben werden.«

»Und was ist an den anderen Tagen?«

»Da darf man ohne Einschränkungen fahren.«

»Ein merkwürdiges Land, dieses Dänemark. Halten die Leute sich denn daran?«

»Ja. Am ersten Sonntag gab es einen Mann, der es vergessen hatte. Er fuhr mit dem Auto zum Bäcker, um Brötchen zu kaufen, und wurde von der Polizei angehalten und musste eine Strafe zahlen. Das waren die teuersten Brötchen der Welt.«

Er musste über seine eigene Geschichte lachen, und sie lachte ebenfalls, auch wenn er sah, dass sie nicht richtig verstand, was er ihr da erzählte.

»War er ein reicher Mann? Der mit dem Auto?«

»Nein. Er war ein ganz gewöhnlicher Mann. Das ist ja der Witz an der Geschichte.«

»Verstehe ich nicht«, sagte sie.

»Macht nichts. Ihr habt ja auch keine Ölkrise.«

»Wir haben keine Autos.«

»Aber kann man sich denn ein Auto kaufen?«

»Natürlich kann man das«, antwortete sie mit neckender Stimme. »Glaubst du etwa ich lebe in einem Entwicklungsland? Ich lebe im krisenfreien Sozialismus. Weißt du das denn nicht?«

»Da kannst du dich ja glücklich schätzen.«

»Man muss sich nur registrieren lassen, an Ort und Stelle bar bezahlen, und schon kann man sein neues Auto mitnehmen.«

»Aber es gibt nicht viele, die das tun, oder?«

»Nein, denn man muss fünfzehn Jahre warten, bis man die Erlaubnis bekommt, sich ein Auto zu kaufen. Und es dauert auch noch mal mindestens fünfzehn Jahre, bis man das Geld für ein Auto zusammengespart hat. Also wer hat dazu schon Lust?« Sie musste laut lachen, als sie sein Gesicht sah. »Wenn du dich jetzt sehen könntest«, sagte sie. »Du denkst, ich nehme dich auf den Arm.«

»Tust du das denn nicht?«

»Nein.«

»Das ist doch ein absurdes System, in dem du hier lebst.«

»Ja, es hat seine Tücken. Aber damit muss man zu leben lernen. Wie Papa immer sagt, in seinem Privatleben muss man ehrlich sein und sich darum kümmern, sich möglichst wenig in das Leben der anderen verwickeln zu lassen.«

»Aber ist das nicht schwierig?«

»Man lernt es, Niels. Die meisten Sowjetbürger leben zwei Leben. Ein öffentliches, in dem man die Fassade wahrt und tut, was einem gesagt wird. Und ein privates Leben, in dem man mit seiner Familie und seinen Freunden so sein kann, wie man wirklich ist. Das ist das Einzige, was uns wirklich etwas bedeutet. Nur in diesem Leben kann man ein ehrlicher Mensch sein.«

»Das hört sich nach einem schizophrenen Leben an.«

»Es ist ein sowjetisches Leben, aber dafür dürfen wir sonntags Auto fahren, vorausgesetzt, wir haben eines.«

Sie fuhren über eine Brücke zum Silberwald und vorbei an unzähligen Holzhäusern, die er hinter hohen Zäunen erahnen konnte. Dann setzte der Fahrer sie ab, und sie gingen bis zum Ende des Weges zu Fuß. Auf der rechten Seite konnte er über den weißen Schnee auf dem Fluss sehen und weiter bis zum anderen Ufer. Dort erhoben sich Wohnblöcke, und er entdeckte die abgebröckelten Kuppeln einer alten orthodoxen Kirche.

Sie hakte sich bei ihm ein, und sie gingen auf einem festgetretenen Pfad an dem gefrorenen Fluss entlang, auf dem auch viele Langläufer unterwegs waren. Hier wuchsen Kiefern und Birken, und die Sonne ließ die Schneekristalle auf den Kiefern wie Silbermünzen funkeln. Auf dem Fluss sah er Männer in gebührendem Abstand voneinander sitzen und in Löchern im Eis angeln. Draußen auf dem Fluss liefen einige Menschen auf Schlittschuhen umher, obwohl es ein gewöhnlicher Arbeitstag war. Nach einer Weile aber kam es ihnen so vor, als wären sie die einzigen Menschen auf der Insel. Es war sehr still, und es fiel ihm schwer, sich vorzustellen, dass er sich inmitten einer der größten Städte der Welt befand.

»Wie warst du als Kind?«, fragte er. »Ich glaube, du warst ein unglaublich süßes kleines Mädchen. Die Hübscheste in der ganzen Klasse.«

»Nein«, erwiderte sie ernst. »Als Mädchen war ich ziemlich dick und sehr unsicher. Ich hatte immer das Gefühl, falsch zu sein. Ich war fleißig und habe alles brav erledigt, aber wenn ich mich zurückerinnere, dann war ich in dieser Zeit sehr unglücklich.«

»Kannst du dich wirklich daran erinnern?«

»Vielleicht nicht in allen Einzelheiten. Aber ich kann mich an das Gefühl erinnern, das Gefühl, unglücklich zu sein und nicht dazuzugehören. Aber ich hatte die Musik. Ich entdeckte die Musik. Oder die Musik entdeckte mich. In der vierten Klasse hat sich mein Leben verändert, als ich anfing, Klavier zu spielen. Mama hatte oft gesagt, ich solle es doch mal versuchen. Sie fand, ich würde so schön singen, wenn ich mit meiner Puppe spielte. Sie meinte, ich sei musikalisch. Sie spielt selbst sehr gut Klavier. Aber ich hatte zuerst keine Lust. Ich weiß nicht, warum. Dann stellte sich heraus, dass ich tatsächlich Talent hatte, ich kam daraufhin auf eine andere Schule, bei der die Musik im Mittelpunkt stand. Ich hatte fantastische Lehrer. Papa bekam eine feste Anstellung beim Staatszirkus. Alles innerhalb eines Jahres.«

»Und wo sind die überflüssigen Kilo abgeblieben?«

»Die sind nach der Pubertät verschwunden. Sie waren auf einmal einfach weg.«

Er grinste.

»Du sollst dich nicht über mich lustig machen«, sagte sie.

»Das tue ich auch nicht. Erzähl mir mehr von dir und deinem Leben. Von deinem Vater und deiner Mutter. Hast du Geschwister?«

Sie erzählte, und er genoss es, ihrer Stimme zu lauschen. Sie war Einzelkind. Sie erinnerte sich daran, dass die ersten Jahre ihrer Kindheit nicht leicht gewesen waren, weil ihr Vater oft unglücklich gewesen war und den ganzen Tag mit einer Flasche Wodka in Reichweite grübelnd dagesessen hatte. Es war der Krieg, der ihn belastete. Er hatte entsetzliche Dinge gesehen und getan, über die er nicht sprechen wollte. Am Tag des Sieges trug er selbstverständlich seine Orden und ging zusammen mit den anderen Veteranen des Großen Vaterländischen Krieges in den Gorki-Park. Das gehörte sich so, aber zu dem Zeitpunkt wollte er den Krieg am liebsten einfach nur vergessen. Seine geschundene Seele fand nur Frieden, wenn er den Clown spielte. Zuerst arbeitete er als Jongleur im Zirkus. Er jonglierte mit allem: mit Bällen, Kegeln, brennenden Fackeln. Er war gut, aber nicht gut genug. Eines Nachmittags war der Pausenclown betrunken und konnte nicht auftreten und ihr Vater sprang ein. Er hatte auf Anhieb großen Erfolg sowohl bei den Kindern als auch bei den Erwachsenen. Er hatte sein Metier gefunden. Kinder zum Lachen zu bringen bereitete ihm Freude und gab ihm das Gefühl, nicht überflüssig zu sein.

Ihre Mutter war anders, erzählte sie. Sie unterrichtete Englisch und Geschichte und befolgte daher die Anweisungen des Staates und der Partei, aber während des Krieges hatte sie zu Gott gefunden. Sie hatte dafür gebetet, dass Papa unversehrt und ohne bleibende seelische Schäden zurückkehren würde. Sie hatte dafür gebetet, dass sie ein Kind bekommen und es behalten dürfte. Sie hatte eines verloren, weil sie während des Krieges so sehr gehungert hatte, wie sie meinte. Der Arzt hatte gesagt, sie könne nie wieder ein Kind bekommen, daher erschien es ihr wie ein Wunder, als sie mit Anastasia schwanger wurde. Sie hatte ihren Glauben an Anastasia weitergegeben, während Papa die Ansicht vertrat, Gott sei im Krieg gestorben, aber er begleitete sie dennoch ab und zu in die Kirche.

Sie liebte ihre Eltern. Sie lebten ruhig und zufrieden zusammen und mischten sich nicht unnötig in ihr Leben ein. Sie standen einander in guten wie in schlechten Zeiten bei, und sie hatte sie nur selten einmal streiten gehört. Papa liebte seine Frau und vergötterte seine Tochter, und sie war davon überzeugt, dass es die Liebe zu ihr und das fröhliche Lachen der russischen Kinder waren, die ihn dazu gebracht hatten, die Wodkaflasche beiseite zu stellen. Papas einziger Bruder war im Krieg gefallen. Über Mamas Familie sprachen sie nicht. Sie war unter Stalin verschwunden, und niemand wusste, in welches der Massengräber ihr Vater, ihre Mutter und ihre große Schwester geworfen worden waren. Sicher irgendwo in Magadan, wo es irrsinnig kalt war und von wo nur wenige jemals zurückgekehrt waren. Magadan war ein Name, der sowohl mit Schrecken als auch mit Schweigen verbunden war. Diese verschwundene Familie war ein Teil der großen Stille der Vergangenheit. Die Schreie der Opfer waren für alle Zeiten im Eis eingekapselt und würden niemals die Erlaubnis erhalten, gehört zu werden. Alle Familien hatten eine solche Geschichte, die alle kannten, über die aber niemand sprach.

Mama und Papa hatten nur einander und Anastasia, und sie gaben aufeinander acht und nahmen die kleinen Freuden, die das Leben ihnen bescherte, dankbar an.

»Ich habe Glück, dass ich so gute Eltern habe. Sie wollen nur das Beste für mich.«

»Du bist zweifelsohne auch eine gute Tochter«, sagte er.

Sie standen an einer Flussbiegung. Er betrachtete den Atem, der in der eisigen Luft aus ihrem hübschen Mund strömte. Er hatte Lust, sie zu küssen, wagte es aber nicht. Er hatte den Eindruck, dass sie es durchaus wollen würde, aber er wollte das Risiko nicht eingehen, zurückgewiesen zu werden. Er wollte ganz sicher sein, dass er das Richtige tat, und den richtigen Moment abwarten. Er befand sich in einem fremden, feindlich gesinnten Land und hatte keine Ahnung, ob er jemals nach Moskau zurückkehren würde. In diesem Augenblick an der Flussbiegung wusste er, dass Anastasia seine Frau werden sollte. Es war jedoch noch nicht der Moment gekommen, in dem sie es erfahren sollte. Er fand den Gedanken albern und unreif. Was dachte er sich eigentlich? Er hätte ihr am liebsten auf der Stelle einen Heiratsantrag gemacht. Er wollte Kinder mit ihr haben. Er wollte eine Familie haben. Davon hatte er noch nie zuvor geträumt. Aber er hielt sich zurück. Es war verrückt, so etwas zu denken. Er war doch verdammt noch mal ein erwachsener Mann.

»Ich liebe Papa und Mama«, sagte sie.

»Warum liebst du keinen Mann? Warum bist du nicht verheiratet?«

»Vielleicht habe ich den Richtigen noch nicht getroffen. Und der, in den ich am heftigsten verliebt gewesen bin, hat mich nicht heiraten wollen.«

»Was für ein Idiot«, sagte er und spürte, wie die Eifersucht ihm einen Stich versetzte, was ihm lächerlich vorkam, aber das Gefühl konnte er trotzdem nicht stoppen.

Sie lachte.

»Ach was. Es war eine schöne Zeit. Und wir sind immer noch gute Freunde.«

»Das freut mich«, sagte er tonlos. »Und was ist mit dem, den du beinahe geheiratet hättest?«

»Wir sind aber ganz schön neugierig, Mr. Lassen. Ich mochte ihn gern, aber die Vorstellung, dass wir zusammen in einer Wohnung leben sollten, falls wir denn eine fänden, erschreckte mich, und außerdem haben wir uns auseinandergelebt. Wir hätten uns sicher irgendwann scheiden lassen, wenn wir geheiratet hätten. Das tun hier die meisten. Und was ist mit dir?«

»Es ist bis jetzt nicht aktuell gewesen.«

»Ach nein, wie formell der Herr auf einmal ist. Übrigens, was machst du am Samstag?«

»Ich habe noch nichts vor.«

»Willst du zu einer Feier mitkommen? Zu einem richtigen russischen Winterfest in einer richtigen russischen Datscha?«

16

Das wollte er natürlich gern, und so stand er am Samstag wieder vor dem Hotel Metropol und sah sie von der Metro-Station aus auf sich zukommen, während wie immer ein Fahrer in einem schwarzen Wolga, dessen Motor im Leerlauf lief, neben ihm wartete. Es war mitten am Nachmittag, und große Schneeflocken fielen leise von einem metallgrauen, schweren Himmel und tanzten um den Stern des Spasski-Turmes herum ein langsames Ballett. Es war ein trister Moskauer Tag, aber allein dadurch, dass er ihr mit den Augen folgte, verflog seine sowjetische Schwermut, und er musste an die vergangenen Tage denken.

Nach dem Spaziergang im Silberwald hatten sie im Devisenrestaurant des Hotel National zu Mittag gegessen und gestern hatten sie sich in ihrer Pause auf eine Tasse Tee getroffen. Er freute sich wie immer unglaublich, sie zu sehen, und war aufgeregt wie ein unbeholfener Schuljunge. Es war eigentlich merkwürdig, denn er fühlte sich sehr wohl, wenn sie zusammen waren, und ihre Gespräche flossen unbeschwert dahin. Sie sprachen über alles Mögliche und versuchten vorsichtig, neue Schichten freizulegen, sich von ihrer jeweiligen Vergangenheit zu erzählen und Meinungen und Einstellungen des anderen zu erkunden.

Sie gab ihm diesmal die Hand und küsste ihn nicht auf die Wange. Dem Fahrer sagte sie, wohin er sie fahren solle, auch wenn das bereits auf seinem Auftragszettel stand. Sie ließen die Stadt ein ganzes Stück hinter sich, bis sie in einen Birkenwald gelangten. Hier und da waren große Häuser zu sehen, die mit ihren ausgeblichenen grünen und braunen Holzfassaden und dem schweren weißen Schnee auf den langgezogenen Dächern ausgesprochen russisch wirkten. Sie bogen auf einen Weg ein, der im Sommer vermutlich ein Schotterweg war, jetzt aber nur aus festgefahrenem Schnee und Eis zu bestehen schien. Neben dem Weg waren Spuren von Langlaufskiern zu sehen. Die harte Federung des Wolga ließ sie auf der Rückbank auf und ab hüpfen, wobei sie sanft mit den Schultern zusammenstießen. Er freute sich, dass sie nicht von ihm abrückte, als sie einmal unfreiwillig in seine Richtung rutschte.

»Dort wohnt der Dichter Jewgeni Jewtuschenko«, sagte Anastasia und deutete auf eines der Holzhäuser. »Als junges Mädchen habe ich eine Lesung von ihm gehört. Ich glaube, wir waren mehr als hunderttausend Menschen im Stadion. Es war fantastisch. Seine Stimme ist wie ein Musikinstrument, und seine Worte sind so wahr. Seine Texte haben einen ganz eigenen und besonders schönen Rhythmus. Wie die von Wyssozki. Nur dass der sie singt. Manche finden, dass Jewtuschenko sich ein bisschen zu sehr einschmeichelt und zu berechnend ist, aber das ist ungerecht. Er ist ein großer Dichter. Vielleicht nicht ganz so außergewöhnlich wie Wyssozki, aber bei dem kommen ja auch noch die Stimme und die Musik dazu.«

Er verstand nicht ganz, wovon sie sprach, aber er genoss es, ihrer Stimme zu lauschen und sich von ihrem Enthusiasmus mitreißen zu lassen. Er musste immer öfter daran denken, wie es wohl wäre, mit ihr zu schlafen. Es gab nichts, was er lieber täte, aber er wusste nicht, ob sie zu diesem Schritt bereit wäre. Und wo? In einer Stadt wie Moskau war es keine Selbstverständlichkeit, einen Ort zu finden, an dem man ungestört zusammen sein konnte, ohne überwacht zu werden.

»Hör auf, mich so anzusehen, und hör lieber zu, was ich dir erzähle«, sagte sie und stupste ihn sanft mit dem Ellbogen in die Seite. »Sie sind beide große Künstler. Wyssozki ist auch ein hervorragender Schauspieler. Warlam kennt ihn natürlich. Wyssozki schreibt und singt über die endlosen Schlangen vor den Geschäften, über die Schwierigkeiten, einen Ort zu finden, an dem man zusammen sein kann, über die Trunksucht und die Verzweiflung, aber auch über die Liebe. Über die Mächtigen und ihre Privilegien. Vielleicht ist es deshalb auch so schwierig, an seine Platten heranzukommen. Es ist nahezu unmöglich. Er darf mit seinen Liedern auch nicht mehr auftreten. Nur im Untergrund. Privat. Ohne dass dafür geworben wird. Du würdest ihn vermutlich ganz schrecklich finden. Man muss Russe sein, um ihn zu verstehen.«

»Euer Bob Dylan?«, fragte er und lächelte.

»In gewisser Weise.«

»Und man hat ihn und Jewtuschenko nicht aus Russland ausgewiesen?«

»Nein. Sie verstehen sich ebenso wie Warlam auf diesen Drahtseilakt. Das müssen unsere Künstler. Sie dürfen durchaus kritisch sein, aber sie dürfen das System als solches nicht infrage stellen. Antisowjetische Aktivitäten und Propaganda sind nicht erlaubt.«

Sie hatten in kurzer Zeit großes Vertrauen zueinander gefasst, und so sprach sie immer offener mit ihm.

»Wer genau sind *die* und *das*, von denen du immer sprichst?«

»*Die* sind diejenigen, die bestimmen. Die Partei. Das System. *Das*, wovon ich mich fernhalte. All das, was so weit entfernt ist von der Welt der Kunst. All das, womit anständige Menschen nichts zu tun haben wollen.«

»Okay. Die Machthaber?«

»Die Macht. Sie ist namenlos.«

»Verstehe.«

»Und, Niels, sprich bitte nicht über Solschenizyn, es sei denn die Leute schneiden dieses Thema von sich aus an.«

»Okay.«

»Es ist alles nicht so einfach.«

»Okay, habe ich doch schon gesagt. Und was ist mit dir? Du bist bitte auch schön vorsichtig, ja?«

»Ich habe die Musik. Die ist herrlich unpolitisch.«

»Aber der Komponist vermutlich nicht?«

»Nein. Nicht immer. Ich halte mich aus der Politik raus.«

»Das habe ich verstanden.«

»In meinem Land ist nichts einfach«, sagte sie und wandte das Gesicht ab. Beinahe unmerklich rückte sie ein wenig von ihm ab, so wie sie es oft tat, wenn ihr die Distanz wieder in den Sinn kam, die die verschiedenen Welten zwischen ihnen schufen.

Er sah aus dem Fenster. Über eine schlechte Telefonverbindung nach Dänemark, nur mühsam zustande gekommen, hatte er davon gehört, wie Solschenizyn nach Westdeutschland gekommen und mit einer großen Pressemeute im Schlepptau auf Einladung und in Begleitung von Hans Jørgen Lembourn, dem Vorsitzenden des dänischen Schriftstellerverbandes, mit dem Zug von Rødby nach Kopenhagen gefahren war. Sein erzwungenes Exil sei eine Riesengeschichte gewesen, hatte seine Sekretärin gesagt, als er ihr erzählt hatte, dass in Moskau niemand über diese Angelegenheit sprach. In Dänemark hätten alle darüber gesprochen, und die Kommunisten und andere Anhänger der Linken hätten seine Ausweisung selbstverständlich verteidigt. Er sei kein großer Autor, sondern nur ein alter reaktionärer Mann, der die neuen Zeiten nicht verstehe. Am besten solle er einfach zum Imperialisten Nixon nach Amerika ziehen. Für den real existierenden Sozialismus würde das keinen Verlust bedeuten, hatte sie irgendjemanden im dänischen Rundfunk sagen hören.

Es gab keinen Grund, mit Anastasia darüber zu sprechen. Sie wollten eine schöne Zeit miteinander verbringen und nicht über ernste, schwierige Themen sprechen, ohne dass einer von ihnen an der Sachlage etwas ändern konnte.

Sie sah umwerfend aus in ihrem hellen Pullover über einer Bluse und einer schicken Hose, die eine Freundin ihr aus einem Stoff genäht hatte, den eine andere Freundin aus Estland besorgt hatte.

Ihm ging durch den Kopf, dass man in der Sowjetunion richtig viel Geld verdienen könnte, wenn sie einen nur ließen. Der Markt war groß, und es gab jede Menge Bedarf. Verflucht noch mal! Die Läden sahen katastrophal aus, und das Warenangebot war schlechter als es seinen Eltern zufolge zu Zeiten der deutschen Besatzung gewesen war. Lebensmittel, Kleidung oder Haushaltsgeräte. Autos. Dienstleistungen. Mann, was könnte man hier mit einer Putzfirma nicht alles verdienen. Oder einer Autowaschanlage. Von Jeans, Kaugummi oder Plastiktüten ganz zu schweigen. Schuhe, vor allem für Kinder. Toilettenpapier oder Papierküchentücher und Wegwerfwindeln. Zahnbürsten und Zahnpasta. Die Liste war endlos. Man musste das Gold doch nur aufsammeln, das hier quasi auf der Straße lag, aber dafür müsste dieses schwachsinnige System erst einmal zusammenbrechen, und das würde er nicht mehr erleben. Das war ihm eigentlich auch nicht wichtig, wenn sie nur die freie Marktwirtschaft zuließen.

Der Fahrer hielt vor einem überdimensioniert wirkenden dreistöckigen Haus auf einem Grundstück, das wie alle übrigen hier von meterhohem Schnee bedeckt war. Die nackten Bäume ragten spitz vor dem grauen Himmel auf, an dem das Licht bereits im Verschwinden begriffen war. In einem fernen Baumwipfel hörte er einige Elstern oder Krähen schreien. Sonst war in dieser Gegend, die in vielerlei Hinsicht an ein russisches Postkartenmotiv erinnerte, alles still. Man hatte einen Pfad durch den Schnee bis zur Haustür geschaufelt, von wo aus ihnen Essensduft entgegenschlug, als Warlam die Tür öffnete. Er trug ein schickes helles Hemd und eine der blauen Wrangler-Jeans, die hier so schwer zu bekommen waren. Niels hatte ebenfalls seine Jeans angezogen und sich für einen blauen Pullover über einem einfarbigen Hemd entschieden. Seine modische Cordjacke rundete das Bild ab, und er war für den russischen Künstlerball bestens gerüstet.

Niels ließ Anastasia vorgehen und unterschrieb währenddessen den Auftragsschein, den der Fahrer ihm wortlos reichte. Er hatte mit dem Servicebüro des Metropol vereinbart, dass er später dort anrufen und der Fahrer sie dann wieder abholen würde. Er musste für die gesamte Zeitspanne bezahlen, in der der Fahrer zur Verfügung stand.

Das hatte ihm auch Karl Erik erklärt, der sich bereits gegen Mittag mit Wodka betrunken und sich darüber beschwert hatte, dass Niels feiern ging, während er selbst den Samstag in diesem verfluchten Hotel verbringen musste.

»Du findest bestimmt jemanden, der mit dir weitertrinkt«, hatte Niels kurz angebunden geantwortet. Karl Erik ging ihm inzwischen auf die Nerven, weil er ganz offensichtlich eifersüchtig auf seine Bekanntschaft mit Anastasia war.

»Und vögelt sie gut, deine kleine russische Freundin?«, hatte er in seinem angetrunkenen Zustand gefragt.

»Halt die Klappe, Karl Erik«, war alles, was er darauf geantwortet hatte. Verflucht. Es führte zu nichts, wenn sie sich zerstritten, bevor sie ihre Geschäfte hier erfolgreich beendet hatten. Dafür waren sie beide ein zu hohes Risiko eingegangen. Dafür stand einfach zu viel auf dem Spiel, als dass er es sich erlauben konnte, Karl Erik die Freundschaft aufzukündigen. Sie waren aufeinander angewiesen. Jetzt durften ihnen ihre Gefühle keinen Strich durch die Rechnung machen. Ein Großteil des Geschäftes basierte auf geliehenem Geld, die hohe Inflation beseitigte zwar ganz von allein einen Teil der Schulden, und die Sollzinsen konnten sie absetzen, aber es musste trotzdem langsam mal ein bisschen Geld in die Kasse kommen. Es war auch nicht gerade billig, sich in der Hauptstadt des Kommunismus aufzuhalten. Sie zogen den Geschäftsleuten hier mit demselben Eifer das Geld aus der Tasche, mit dem ein Zahnarzt faule Zähne zieht, hatte Karl Erik gesagt.

Er hatte jedoch den Eindruck, dass Karl Erik nicht auf der faulen Haut lag, wenn sie nicht zusammen waren. Mit seiner eigenen Firma machte Karl Erik noch andere Geschäfte in Moskau, die er neben ihren gemeinsamen Verhandlungen vorantrieb. Das war auch völlig in Ordnung.

Karl Erik bewegte sich in dem sowjetischen Meer auf eine Weise, die Niels noch nicht beherrschte. Karl Eriks kommunistische Eltern hatten in der Sowjetunion Urlaub gemacht, und Karl Erik war dadurch ganz anders mit dem System vertraut und er konnte auch genug Russisch, um überall zurechtzukommen, selbst wenn er die Sprache bei Weitem nicht fließend sprach. Es gab so viel Unausgesprochenes im Umgang mit den sowjetischen Bürokraten, so viele seltsame Verhaltenskodes, die Niels nicht verstand. So viele Regeln, an die sich außer auf dem Papier niemand hielt. Es gab eine versteckte Form von Korruption mit Waren und Dienstleistungen, die er nicht durchschaute und die Karl Erik für sie regelte. Er redete nicht weiter darüber. Um Karl Eriks Moral war es nicht zum Besten bestellt. Aber war seine eigene so viel besser? Wenn es ihm gelänge, Anastasia zu verführen, was würde dann passieren, wenn sie ihr Geschäft endlich abgeschlossen hätten, würde er sie dann einfach fallenlassen? Was sollte er denn sonst tun? Ihr Leben fand hier statt, seines in Dänemark.

Die Liebe war kompliziert. Das Geschäftemachen war einfach. Der Klügere haute den weniger Klugen übers Ohr. Hier ging es allerdings darum, ein ganzes System auszutricksen, das konservativer und verstockter war als der königstreueste und engstirnigste Däne. Deshalb hatte er sich ja mit Karl Erik zusammengetan.

Karl Erik war verheiratet. Seine gleichaltrige Frau studierte bereits im siebten Jahr Psychologie, und sie hatten einen zweijährigen Sohn, aber Niels war auch diversen anderen Frauen begegnet, die aus Karl Eriks Zimmer gekommen waren. Aber das war nicht sein Problem. Karl Eriks Moralvorstellungen waren nicht sein Problem. Sein Problem war, dass ihr gemeinsames sowjetisches Geschäft ein Erfolg werden musste, und in diesem Moment sah es nicht so aus, als befände sich der Ball in Tornähe.

In dem großen, wohlig warmen Zimmer, das anscheinend das Zentrum des Festes bildete, gelang es ihm schnell, diese unerfreulichen Gedanken abzuschütteln. Dort waren etwa ein Dutzend Menschen beiderlei Geschlechts versammelt. Im Unterschied zu den Festen in Dänemark herrschte ein großer Altersunterschied unter den Gästen. In Kopenhagen waren die Gäste einer Samstagabendfete alle eher jung, aber hier sah er auch Männer mittleren Alters, die sogar noch älter wirkten, weil sie Anzüge und Krawatten trugen. Sonst waren die Gäste eher zwanglos gekleidet, auch wenn einige der Frauen sich ganz schön aufgedonnert hatten. Anastasia überstrahlte sie jedoch alle. Sie hatte seinen Arm losgelassen und war auf eine große, schlanke Frau mit braunen Haaren und ein paar gleichaltrige Männer zugegangen, die in ihren etwas ungeschickt kombinierten Klamotten versuchten, westlich auszusehen. Anastasia drückte allen zur Begrüßung Küsschen auf die Wangen.

Es war ein großer Raum mit hohen Decken und vielen Gemälden an den unbehandelten Holzwänden. Dort hingen auch jede Menge Schwarz-Weiß-Fotografien, die Warlam Dawidow zusammen mit anderen bedeutsam wirkenden Menschen zeigten. Auf einem der Fotos erkannte er Leonid Breschnew, der Warlam irgendeinen Preis zu überreichen schien. Ein breiter Tisch war an die Wand geschoben worden, und darauf standen Speisen aller Art sowie Wodkaflaschen, Champagner und Brandy. Eine kräftige Dame in einem weißen Kittel und mit einer hohen Kochmütze trug auf großen Platten Essen herein. Ein großer Topf mit Suppe stand mitten auf dem Tisch. Die Luft war verbraucht und blau vom Tabakrauch, und die Stimmen stiegen in einer für ihn unverständlichen russischen Kakofonie zur Decke auf.

Warlam Dawidow hatte zwei Schnapsgläser mit einer gelblichen Flüssigkeit in der Hand, als er zu ihm herüberkam und ihm eines der Gläser reichte.

»Willkommen in meiner Datscha, Niels Lassen«, sagte er in seinem schwerfälligen Englisch und erhob sein Glas.

»Danke.«

»*Nastrovje*«, sagte Warlam und trank.

»*Skål* sagen wir auf Dänisch«, erwiderte Niels und leerte sein Glas. Das Getränk schmeckte scharf und mild zugleich, und eine Welle der Wärme und der Wohligkeit breitete sich in seinem Körper aus.

Warlam lächelte. In der anderen Hand hielt er eine bauchige Flasche und goss Niels erneut daraus ein.

»Das tut gut, nicht wahr, Mr. Lassen? Mein Freund Jewtuschenko besorgt mir das Zeug. Er bekommt es von Verwandten draußen in Zimja in Sibirien, wo er herkommt. Auf Russisch heißt es *samogon*. Selbstgebrannt. Amüsieren Sie sich gut. Wir sprechen uns noch, aber jetzt muss ich eine kleine Rede halten, damit wir anschließend richtig feiern können.«

»Ich freue mich sehr, hier zu sein. Bitte schön. Ein kleiner Beitrag zu Ihrem Fest.« Niels reichte Warlam eine Tüte, in der sich eine Flasche Johnny Walker Red Label befand, die er in der Dollarboutique gekauft hatte.

»Perfekt, *towarischtsch*«, sagte Warlam und zog die Flasche aus der Tüte, die er sogleich der Dame in dem weißen Kittel reichte.

Ein kleiner Mann um die dreißig trat zu Niels heran. Er trug eine blaue Jeans und ein dazu passendes Jeanshemd. Seine Haare reichten ihm bis über die Ohren und er hatte einen Schnurrbart, wie ihn zurzeit viele amerikanische Männer trugen. Er rauchte eine Camel ohne Filter. In der rechten Hand hielt er ein Glas Whisky, das er jetzt aber in die linke Hand nahm.

»Ausländer erkennt man doch sofort«, sagte er und reichte Niels die Hand. »Peter. Peter Thompson. Ich bin Kulturattaché an der amerikanischen Botschaft.«

»Niels Lassen.«

»Du bist kein Kommunist, oder?«

»Nein. Ich bin Geschäftsmann.«

»Okay. Kennst du dich in Moskau aus?«

»Ich bin zum ersten Mal in der Sowjetunion.«

»Wow. Woher kennst du Warlam, Niels?«

Niels zeigte auf Anastasia, die gerade mit einem der beiden Anzugträger sprach.

»Anastasia hat uns miteinander bekannt gemacht.«

»Du musst ein glücklicher Mann sein.«

»Vielleicht.«

»Sprichst du Russisch?«

»Kein Wort.«

»Dann helfe ich dir gern. Denn jetzt hält Warlam eine Rede und sicher auch noch einige andere. So ist das hier. Ohne Reden und Trinksprüche beginnt hier keine Feier. Ich hoffe, du hast eine trinkfeste Leber.«

»Bis jetzt hat sie gut mitgehalten.«

»Sie hat noch kein Fest bei russischen Intellektuellen miterlebt. Sie reden viel und sie trinken noch mehr. Wenn man Russe ist, gibt es kein Morgen.«

Niels lachte. Der Amerikaner war ihm sofort sympathisch. Er war direkt und schien sich nicht zu verstellen oder eine heimliche Agenda zu verfolgen wie so viele andere, die er hier in Moskau kennengelernt hatte.

Warlam klopfte an sein Glas, stellte sich auf einen Stuhl und begann, seine Rede zu halten. Er hatte eine tiefe, wohltönende Stimme und unterstrich seine Pointen mit großen Gesten.

»Er heißt uns alle willkommen, und wir sollen auf die Frau, den Frieden und die Freundschaft zwischen den Völkern trinken. Das Übliche eben«, sagte Peter Thompson.

Niels erhob sein Glas und trank es halb aus. Die Männer tranken ihre Gläser in einem Zug leer, während mehrere Frauen an ihren nur nippten.

Thompson sah ihn an und lächelte: »Das geht so eigentlich nicht, aber egal.«

»Du hast dein Glas auch nicht ausgetrunken.«

»Das ist ja auch Whisky. Das ist etwas anderes.«

»Sagst du.«

»Sage ich.«

Jetzt stellte sich ein anderer Mann auf den Stuhl. Er war ziemlich dick und trug eine schwarze Lederjacke über einem blauen T-Shirt. Das sah sehr westlich aus. Er hatte schwarze Haare und trug eine Art Beatles-Frisur.

»Ein Dichter«, sagte Thompson. »Wir sollen wieder auf den Frieden, die Frau und die Kunst anstoßen, und dann bedankt er sich noch dafür, dass wir an diesem wunderbaren Fest zu Ehren des großen Dichters Warlam Dawidow teilnehmen dürfen, der bald in den USA aus seinen Werken lesen wird.«

Es wurde geklatscht, und diesmal leerte Niels sein Glas.

Jetzt stellte sich einer der Männer im grauen Anzug neben den Stuhl und stützte sich mit der einen Hand auf die Rückenlehne, während er von einem mit der Schreibmaschine beschriebenen Blatt Papier ablas, das er in der anderen Hand hielt. Er war ein magerer Mann mit einem länglichen Pferdegesicht und langen Haaren, die er gescheitelt trug und so eine beginnende Glatze zu kaschieren versuchte. Seine Kleidung saß schlecht, und sein Schlips war schmal und altmodisch, dachte Niels. Aber alle hörten zu, während er vorlas. Er sprach mit tonloser Stimme und ohne jede Melodie.

Peter Thompson beugte sich zu Niels herüber und sagte: »Er ist Mitglied des Zentralkomitees und arbeitet direkt unter Suslow.«

»Wer ist das?«

»Suslow? Er ist der ideologische und kulturelle Wachhund des

Politbüros. Er wacht darüber, dass die wilden Künstler nicht vom rechten Weg abkommen und brav der Parteilinie folgen. Es heißt, Suslow habe S. schon lange aus der Sowjetunion rausschmeißen und überhaupt die Kontrolle über die Kunst und die Kultur verschärfen wollen. Es sieht ganz so aus, als habe sich seine Position im Politbüro durchgesetzt. Der Mann, der gerade spricht, heißt Igor Afanasjew. Er war eine Zeit lang für die *Novyj Mir* verantwortlich. Er ist Suslows Henker. Er steckt dahinter, wenn ein Künstler zum Beispiel seine Wohnung verliert oder seinen Pass oder andere Privilegien, die ihm die Partei zuerkannt hat.«

»Okay. Daher lauschen die alle so andächtig.«

»*Yes.* Selbst der Gastgeber. Er und die anderen Künstler besitzen gar nichts. Wenn Afanasjew oder Suslow es wollen, können sie Warlam diese herrliche Datscha morgen einfach wieder wegnehmen. Sie sind es auch, die ihre Daumen nach oben gestreckt haben, so dass er jetzt nach Boston reisen darf. Das ist auch der Grund dafür, dass ich heute Abend eingeladen bin und mir während des letzten halben Jahres das Vergnügen zuteilwurde, mehrere sowjetische Künstler kennenzulernen. Diese Daumen können aber auch ganz schnell wieder nach unten zeigen.«

»Also hat sich die Lage verbessert?«

»Es ist wie mit den Klapperschlangen in meiner Heimat New Mexico. Man weiß nie, wann sie zubeißen, aber man tut gut daran, das Weite zu suchen, wenn sie mit ihrem Schwanz klappern.«

»Wie Solschenizyn?«

»Genau.«

»Und was hat er jetzt gesagt?«

»Er hat alles Mögliche darüber gesagt, dass die Partei den Weg aufzeige, womit ein echter proletarischer Autor sich zu beschäftigen habe, und dass Warlam Dawidow ein Beispiel dafür sei, dass die Werke des sowjetischen Künstlers Widerhall finden und in der ganzen Welt bewundert werden. Dies gelinge der sowjetischen Kunst, weil sie echte Kunst sei, die sich für die arbeitende Bevölkerung und den Frieden einsetze. Dann hat er einige Zitate von Lenin und ein paar Sätze von dem großen Führer Breschnew gebracht. Dann hat er noch eine leicht verhüllte Anspielung auf unseren Freund S. gemacht, der ausgewiesen wurde. Afanasjew behauptet, ein wahrer sowjetischer Künstler lasse sich niemals von den falschen lobenden Tönen täuschen und verlocken, die von den Instrumenten der Imperialisten erklingen. Falls dies dennoch geschehen sollte, würden die Arbeiter zu Recht fordern, dass die Partei einschreite und diese Art Parasiten von der heiligen Erde des Mutterlandes entferne.«

»Okay. Das reicht.«

»Kunst interessiert dich nicht?«

Niels grinste: »Theorien über Kunst jedenfalls nicht.«

Als Afanasjew mit seinem Vortrag fertig war, wurde höflich und lang anhaltend applaudiert, während er seinen Blick über die Zuhörer wandern ließ und etwas zu lange bei Anastasia verweilte, die neben Vera und der Frau mit den braunen Haaren stand. Diese war wohl eine gute Freundin von ihr, wie man an der Art, wie sie die Köpfe zusammensteckten, erkennen konnte.

Es folgten noch einige weitere kurze Reden, aber er gab es auf, ihnen folgen zu wollen, oder vielmehr Peter Thompson gab es auf, sie zu übersetzen. Nachdem der letzte hochverehrte Redner geendet hatte, steuerten alle zielstrebig auf den Tisch mit den reich bestückten Platten und den vollen Flaschen zu. Anastasia kam mit zwei voll beladenen Tellern in der Hand zu ihm herüber.

»Komm, wir setzen uns da drüben hin. *Hello Peter. How are you?* Kannst du Wodka für euch und für mich am liebsten ein Glas Champagner besorgen?«, fragte sie.

Sie hatte rote Wangen, und ihre Augen glänzten.

Sie setzten sich an einen niedrigen Tisch an der Wand. Peter kam mit zwei Gläsern Wodka und einem Glas Champagner und seinem Teller zu ihnen. Er war sehr geschickt darin, Gläser und Teller zu balancieren. Ein erfahrener Besucher von Stehempfängen. Auf seinem Teller lagen verschiedene Spezialitäten: geräuchertes Fleisch, Kaviar, Salzgurken, ein Champignonsalat sowie etwas Käse und Salami. Der Geruch der kräftigen Suppe drang zu Niels herüber. Die Frau mit dem weißen Kittel trug zwei Braten und danach eine Schüssel mit großen gekochten Kartoffeln und eine Schüssel mit Nudeln herein.

»Wo zum Teufel bekommen die das ganze Essen her?«, fragte Niels. »In den Geschäften gibt es doch nichts.«

Peter Thompson lachte. »Sowjetbürger können zaubern. Wusstest du das noch nicht? Es gibt nichts zu kaufen, aber man kann es sich trotzdem beschaffen, wenn man die richtigen Verbindungen hat. Man hilft einander. Der eine besorgt etwas für den anderen. Man tauscht dieses gegen jenes ein. Man spart sein Geld und kann dann auf dem Markt einkaufen gehen. Habe ich recht, Tascha?«

»Ja. Man muss einander helfen. Und Warlam hat viele Kontakte.«

Anastasia setzte sich in ihrem Stuhl zurecht und sagte leise irgendetwas auf Russisch zu Peter Thompson, der nickte. Niels folgte ihren Blicken. Sie waren auf einen Mann mittleren Alters gerichtet, der dichtes graues Haar und ein sehr slawisch wirkendes Gesicht hatte. Er trug eine Brille und sah mit seiner abgewetzten Tweedjacke und seinem blaugestreiften Schlips aus wie ein freundlicher Literaturprofessor. Er stand mit seinem Glas in der Hand da und unterhielt sich mit einer jungen Frau, die förmlich an seinen Lippen hing. Anastasia und Peter sprachen wieder Russisch miteinander.

»Worum geht's denn? Wer ist das?«, fragte Niels.

»Das ist Georgi Wladimow«, antwortete Anastasia. »Ich habe gerade einen großartigen Roman von ihm gelesen, er heißt *Die Geschichte vom treuen Hund Ruslan*. Hast du ihn gelesen, Peter?«

»Ja, als *samisdat*. Es war Warlams Kopie. Weißt du, was das ist?«

»Ich habe den Begriff schon mal gehört, aber ...«

»Untergrundliteratur. Werke, die die Zensur nicht zulässt.«

»Die man dann kopiert?«

»Mit dem Kopieren ist das so eine Sache ... In diesem Land befinden sich die Kopiermaschinen hinter Schloss und Riegel. Es ist eine auf Matrize geschriebene Kopie, die von Hand zu Hand weitergereicht wird. Von Leser zu Leser. Wenn man ein solches Manuskript in die Finger bekommt, passt man sehr gut darauf auf.«

»Ist das nicht gefährlich?«

»Man gibt es nur an Leute weiter, die man gut kennt und denen man vertraut. Also nein und ja. Man kann nie wissen. Alle, die kulturell mitreden wollen, lesen *samisdat*.«

»Auch ein Mann wie Afanasjew?«

»Das braucht er gar nicht. Er liest die Manuskripte, wenn ihnen die Druckerlaubnis verweigert wird. Man muss schon sagen, die Literatur nehmen sie in diesem Land wirklich ernst. Die wichtigen Bücher werden im Politbüro besprochen, so dass es in letzter Instanz Breschnew persönlich ist, der den Daumen nach oben oder nach unten streckt. So ist es auch bei Solschenizyn gewesen. Zu so etwas hat Nixon dann doch keine Lust.«

»Das braucht ihn doch auch gar nicht zu interessieren.«

»Okay, da hast du recht. Aber sonst lesen alle, die auf der Höhe der Zeit sind, die verbotenen Bücher im Verborgenen. Da gibt es eine neue und spannende Literatur zu entdecken. Selbst hohe Parteifunktionäre sind ganz scharf darauf, sie in die Finger zu bekommen, wenn sie sich denn für Literatur interessieren, und ich habe den Eindruck, dass das in Moskau fast alle tun. Schau dir den da drüben an. Er ist Redakteur und Kritiker bei der *Lit Gaz*, einer Kulturzeitschrift. Er hat Georgis Roman garantiert auch gelesen. Aber du kannst dir natürlich nie ganz sicher sein, dass es nicht irgendwann gegen dich verwendet wird, wenn die Jungs in der Lubjanka es angebracht finden sollten.«

»Wie bei Solschenizyn?«

»Ganz genau. Wenn man auch weiterhin als Intellektueller Karriere machen möchte, sollte man sich besser nicht bei der Lektüre seiner Texte erwischen lassen. Er ist jetzt ein *no-no*. Eine Unperson. Ein vergessenes Gespenst.«

»Lasst uns endlich über etwas anderes sprechen«, sagte Anastasia.

Durch das warme Essen und die großen Mengen Alkohol wurde die Stimmung rasch ausgelassen. Niels fühlte sich an Partys in Dänemark erinnert, obwohl die Feier hier sehr russisch und auch wieder ganz anders war.

Nachdem die Kulturbürokraten in Schlips und Kragen von ihren Fahrern abgeholt worden waren, ging die Party erst richtig los, vor allem, als Wladimir Wyssozki mit seiner blonden französischen Frau und einigen anderen Freunden auftauchte, die sich auf das restliche Essen stürzten.

Wyssozki war ein attraktiver, wenn auch verlebt aussehender Mann, seine graue, schlaffe Gesichtshaut und die geröteten Augen ließen auf einigen Alkoholkonsum schließen. Er strahlte jedoch eine unglaubliche Energie aus, was Niels sehr gut gefiel. Dass Anastasia ihn mit unverhohlener Bewunderung ansah, gefiel ihm dagegen nicht. Der Sänger war schon ziemlich betrunken, tat sich aber mit unverkennbarem Vergnügen an dem importierten Whisky gütlich.

Gemeinsam mit Wladimir Wyssozki und dessen eleganter Frau bildete Warlam den Mittelpunkt der Party. Die Gäste scharten sich im Kreis um sie wie die kleinen Sterne um die größte Sonne des Universums.

Peter Thompson kam zu Niels und Anastasia herüber. »Er ist schon etwas ganz Besonderes. Systemtreu und systemkritisch zugleich.«

»Er ist Russe. Er liebt sein Land«, sagte Anastasia mit einer Spur von Verärgerung in der Stimme. »Er kann nirgendwo anders leben. Er hat in Paris gelebt, aber er ist nach Hause zurückgekehrt. Das könnt ihr nicht verstehen.«

»Da hast du sicher recht. Willst du eine Geschichte hören, die er mir vor kurzem erzählt hat?«

»Ich kenne sie bestimmt schon.«

»Aber Niels nicht.«

»Ich möchte sie gern hören«, sagte Niels.

»Ich hole mir in der Zeit noch etwas Champagner. Kann ich dir etwas mitbringen, Niels?«

»Whisky, danke.«

Die beiden Männer sahen ihr nach, wie sie davonging.

»Du bist ein Glückspilz, Niels«, sagte Peter.

»Du wolltest mir doch eine Geschichte erzählen.«

»Okay. Breschnew ist wütend, weil die Sowjetunion beim Wettlauf um die Raumfahrt nicht mit den USA mithalten kann. Bei einem Treffen im Politbüro gibt er daher die Order aus, die Sowjetunion müsse es bis spätestens Ende der siebziger Jahre geschafft haben, zwei Kosmonauten zur Sonne zu schicken. Einen Moment lang herrscht Schweigen. Dann sagt Suslow: Aber Genosse Leonid, mein

Freund. Das geht nicht. Die Kosmonauten würden doch verbrennen. Breschnew wird wütend und brüllt: Suslow, du Clown. Glaubst du, ich bin ein Idiot? Wir lassen die sowjetischen Helden natürlich nachts auf der Sonne landen.«

Niels musste laut lachen.

»Und das hat dir ein Russe erzählt?«

»Sie machen ständig Witze über ihr System. Gib ihnen ein bisschen Wodka, und schon geht's los. Und das ist nicht ganz ungefährlich. Wegen antisowjetischer Propaganda kann man leicht mal für fünf Jahre im Gulag landen.«

»Wow.«

»Ja, aber unter Stalin war es noch viel schlimmer. Da konnte einen so was das Leben kosten.«

Anastasia kam zurück und reichte Niels ein Glas Whisky. Sie selbst hatte ein Glas Champagner in der Hand, und sie stießen alle drei miteinander an.

»Versprich mir, dass du nicht anfängst, Witze zu erzählen«, sagte Niels.

»Ich kenne keine. Ich vergesse sie immer sofort wieder. Warlam kennt eine Million Witze. Und er kann sie sich auch noch merken. Er kann alle seine Gedichte auswendig und noch jede Menge andere.«

»Warum denn das?«

Es war der Amerikaner, der antwortete. »So können sie nicht vernichtet werden. So sind sie für immer aufbewahrt und unauffindbar zugleich.«

»Komm«, sagte Anastasia. »Ich möchte dir noch einige andere Freunde von mir vorstellen.«

Ein junger Mann, der Paul hieß, sprach ein wenig Englisch, aber er war ziemlich betrunken. *»Take care, Mr. Dane. She is an angel«*, sagte er und klopfte mit seinem Zeigefinger gegen Niels' Brust.

»Das werde ich tun.«

»Oh yeah«, sagte Paul und machte sich mit seinem leeren Glas auf die Suche nach einer vollen Flasche.

»Wer war das?«

»Mein Exfreund.«

»Okay«, sagte er und war froh, dass sie *mein* und nicht *ein* Exfreund gesagt hatte. Sie war auf alle Fälle sehr beliebt.

»Es ist schon lange her und hat keine Bedeutung mehr«, sagte sie.

Die Gäste fingen an, Tische und Stühle an den Rand des großen Zimmers zu schieben oder sie ganz hinauszutragen. Jetzt sollte getanzt werden. Niels hatte gesehen, dass es einen Plattenspieler und überraschend viele Platten von westlichen Bands gab: Led Zeppelin, Pink Floyd, Beatles, Stones, Dylan sowie von einigen russischen Gruppen, die er nicht kannte. Es war ein seltsames Land, in dem man nichts kaufen, aber vieles beschaffen konnte, wenn man nur die richtigen Verbindungen zu den Leuten mit den erforderlichen Privilegien hatte.

Warlam ging zum Plattenspieler, um eine Platte aufzulegen, blieb dann aber stehen und klatschte in die Hände. Niels sah, dass Wyssozki gerade dabei war, eine Gitarre zu stimmen. Er hatte einen Fuß auf einen niedrigen Stuhl gestellt. Er schüttelte mit einer Kopfbewegung die Haare aus seiner Stirn, schlug die ersten Akkorde an und begann zu singen.

Er hatte eine raue, tiefe Stimme, die Niels augenblicklich mitten ins Herz traf. In dieser Stimme vereinten sich Energie und Schmerz, Leidenschaft und Verzweiflung, was – obwohl er die russischen Worte nicht verstand – erklärte, warum ausgerechnet dieser Troubadour die Träume und Sehnsüchte der Bevölkerung herausschmettern und ihre Enttäuschung über die Mühsal des Alltags auf den Punkt bringen konnte.

Zuerst sang er ein lebhaftes Lied, das er mit Elan und Witz vortrug. Dann ging er direkt zum nächsten Song über, der langsam und nachdenklich war. Die Leute klatschten nicht zwischen den beiden Songs, als wüssten sie, dass dieser Übergang nicht unterbrochen werden durfte. So wie das gebildete Publikum bei einem klassischen Konzert weiß, wann geklatscht werden darf, und jene verachtet, deren mangelnde Bildung sich darin äußert, dass sie in den falschen Pausen klatschen.

Der Sänger hatte sein Publikum fest im Griff. Es war ganz still.

Die Leute standen mit ihren Gläsern und Zigaretten in der Hand da, und einige hielten einander im Arm.

Doch das Schönste von allem war, dass Anastasia sich vor ihn stellte und sich gegen seine Brust lehnte. Über ihre blonden Haare hinweg konnte er nach vorn schauen. Er legte die Arme um sie, und sie drehte sich halb zu ihm um und wandte ihm das Gesicht zu. Ihre Lippen waren weich, und ihr Atem schmeckte frisch nach süßem Champagner. Er spürte ihre Zunge in seinem Mund und merkte, wie sie ihren Körper gegen seine immer stärker werdende Erektion presste.

Sie ließ von seinen Lippen ab, lächelte und begann, leise mitzusingen.

»Worüber singt er?«, fragte Niels.

»Was meinst du, warum ich dich gerade so leidenschaftlich geküsst habe? Über die Liebe natürlich.«

»Natürlich.«

»Ich kann den Text auswendig: *Es werden viele Reisen kommen und Abenteuer. Das Land der Liebe ist ein überwältigendes Land. Es wird nach Trennung und großen Abständen verlangen. Es wird dir Ruhe, Schlaf und Frieden rauben.* Wunderschön, nicht wahr?«

»Tragisch.«

»Das ist die Liebe oft.«

Sie lehnte sich wieder gegen seine Brust, und sie hörten gemeinsam schweigend zu, bis die lange Ballade zu Ende war und die Leute applaudierten und pfiffen und Wyssozki dazu brachten, einen weiteren Song zu singen. Danach wurde wieder geklatscht und Zugabe gerufen, aber er legte die Gitarre beiseite und rief: »Schluss, Freunde. Jetzt wird getrunken, getanzt und geliebt«, wie Anastasia für Niels übersetzte.

Zuerst spielten sie Pink Floyd. Niels tanzte zu mehreren ihrer Songs mit Anastasia. Er fühlte sich groß und ungelenk auf der Tanzfläche, während sie sich leicht und geschmeidig und vollkommen im Einklang mit der Musik bewegte. Zum Glück folgten dann einige langsamere Nummern, sie tanzten eng umschlungen, und er hatte das Gefühl, ihr Herz an seiner Brust schlagen zu spüren. Er küsste sie erneut. Er sah, dass einige der Gäste zu ihnen herüberschielten, aber die übrigen hatten ihre sowjetische Zurückhaltung aufgegeben und küssten sich ebenfalls.

Als Anastasia sich für einen Moment entschuldigte, ging er mit klopfendem Herzen zum Tisch hinüber und goss sich sein Glas mit Whisky voll. Die große Frau mit den braunen Haaren kam zu ihm herüber. Sie war ziemlich stark geschminkt. Das gefiel ihm nicht besonders, was aber vielleicht daran lag, dass die jungen Frauen im Westen fast gar kein Make-up mehr benutzten, so dass er inzwischen fand, dass es oft irgendwie billig wirkte.

Sie reichte ihm die Hand. Weil sie Schuhe mit hohen Absätzen trug und ein wenig Mühe hatte, das Gleichgewicht zu halten, musste sie sich mit einer Hand an seiner Schulter festhalten.

»Ich heiße Alla. Ich bin Anastasias beste Freundin.« Ihr Englisch war ausgezeichnet, aber sie hatte so viel getrunken, dass sie ziemlich undeutlich sprach.

»Hallo. Ich heiße Niels.«

»Das weiß ich. Weißt du auch, dass Anastasia einfach wunderbar ist.«

»Das weiß ich.«

»Gut. Weißt du auch, dass sie in dich verliebt ist?«

»Davon weiß ich nichts.«

»Soso, davon weißt du nichts.« Sie fasste ihn am Arm. Sie sprach leise, und es schien, als wäre sie für einen Moment wieder nüchtern. »In unserem Land kann es gefährlich sein, sich in einen Ausländer zu verlieben.«

»Hör mal …«

»Es ist auf jeden Fall sehr kompliziert. Versprich mir also, dass du ihr nicht wehtust.«

»Das würde mir nicht im Traum einfallen.«

»Versprich es mir!«

»Warum sollte ich ihr wehtun?«

»Du willst mir also nicht versprechen, Tascha nicht wehzutun?«

Er trank einen Schluck von seinem Whisky. »Doch. Ich verspreche dir, dass ich Anastasia nicht wehtun werde«, sagte er, auch wenn er es nicht wortwörtlich so meinte. Kein Mensch konnte versprechen, einem anderen niemals wehzutun, aber Alla sah aus, als wäre sie mit seiner Antwort zufrieden, denn sie lächelte und küsste ihn auf die Wange.

»Sehr verliebt. Ich kenne meine Tascha«, sagte Alla und schob ihn sanft in Anastasias Richtung, die neben der Tür stand. Er sah, dass sie nur Augen für ihn hatte, als sie ihre Hand hob und ihn zu sich heranwinkte.

17

Ihn zu lieben war das Schönste, was sie sich vorstellen konnte. Sogar schöner als die Musik, die sie sonst Zeit und Ort vergessen ließ, den Alltag und die lächerlichen Männer, mit denen sie es gezwungenermaßen zu tun hatte. Es war vom ersten Mal an wundervoll gewesen, als sie sich in dem kleinen Zimmer ganz oben unter dem Dach in Warlams großem gastfreundlichen Haus geliebt hatten, und es wurde mit jedem Mal besser, wann immer es ihnen gelang, einen Ort zu finden, an dem sie ungestört zusammen sein konnten.

Sein Hotelzimmer war verbotenes Terrain, das zu betreten sie sich weigerte. Sie hatte schon zu viele Geschichten über Frauen gehört, die ausländische Männer auf ihren Zimmern besucht hatten und dort abgehört worden waren. Der KGB bestand darauf, das wusste sie, dass die Frauen Auskunft darüber gaben, was ihre ausländischen Liebhaber alles von sich gegeben hatten, während sie neben ihnen lagen. Sie wollte nicht in noch mehr Registern und Karteikästen landen und sie wollte auf keinen Fall, dass die Namenlosen sie in der Hand hatten.

Aber auf ihn verzichten, während der kalte Winter langsam in den kurzen, intensiven Frühling überging, wollte Anastasia auch nicht. Sie und Niels waren verliebt, und ihre Liebe war so unverfälscht und ihr Glück so ansteckend, dass die Menschen in ihrer Umgebung sehr wohlwollend waren.

Warlam lieh ihnen für ein herrlich langes Wochenende, an dem er in seine Datscha hinausfuhr, seine Wohnung in der Stadt. Oder sie genossen die kurzen gemeinsamen Stunden in ihrem schmalen Bett, wenn Mama noch bei der Arbeit und Papa schon zum Zirkus aufgebrochen war. Sie hatte Niels gebeten, im Fahrstuhl nicht zu sprechen, auch wenn ohnehin jeder sah, dass er Ausländer war, und sie wusste, dass über sie geredet wurde und die Übereifrigen sicher dem Parteispitzel Bericht erstatteten, der in der Pförtnerloge saß. Aber der Klatsch sollte auf keinen Fall die Chance bekommen, ihr Glück zu zerstören. Sie sah Mama und Papa an, dass sie ungeduldig darauf warteten, bis sie ihnen endlich von ihrer neuen Liebe erzählte, aber sie war noch zurückhaltend.

Dann musste Niels für einige Tage mit Karl Erik zusammen nach Dänemark fliegen. Ihre Sehnsucht nach ihm war unerträglich und so heftig, wie sie es noch nie zuvor erlebt hatte. Ob es ihm wohl ebenso ergangen war?

Kaum war er zurückgekehrt, machten Niels und Tascha, wie er angefangen hatte, sie zu nennen, wieder lange Spaziergänge im Silberwald. Sie verzichteten darauf, einen der schwarzen Wolgas mit den schweigenden, lauschenden Fahrern zu mieten, und fuhren lieber Metro. Sie zeigte ihm ihre Stadt, die Straßen, die Museen und erzählte ihm die Geschichten, die mit den verschiedenen Gebäuden verbunden waren. Jeder Boulevard und jede Gasse in Moskau schien einmal einen Dichter, Schauspieler oder Komponisten beherbergt zu haben. Sie zeigte ihm ihre erste Schule und die Musikschule und die Parks und Straßen, in denen sie als Kind gespielt hatte. Sie erzählten einander viel über sich, aber sie sprachen nicht über eine gemeinsame Zukunft, auch wenn es ihr sehnlichster Wunsch war.

Denn wie sollte sie aussehen, diese Zukunft? Wie sollten sie ihre beiden Welten vereinen können? Und an welchem Ort sollten ihre beiden Leben sich verknüpfen lassen? In Dänemark? Der Gedanke, ihre Eltern und ihre Freunde zu verlassen, war für sie unvorstellbar.

In der Sowjetunion? Wie sollte ein Mann mit einem so ausgeprägten Freiheitsdrang wie Niels sich jemals in das Leben hier einfügen? Und welcher Arbeit sollte er in Moskau nachgehen? Seine Fähigkeiten waren in ihrem Land nicht gefragt. Er versuchte gar nicht erst zu verbergen, dass er das System verachtete, in dem sie lebte, und dass er sich nur seiner Arbeit wegen mit ihrer sozialistischen Wirklichkeit befasste. Sie fing an, das Ganze mit seinen Augen zu sehen, und wusste, dass er recht hatte, wenn er sagte, dass ihr Land und das System auf Lügen und Heuchelei basierten. Dass große Unfreiheit herrschte und dass die Sowjetunion alles andere als ein Arbeiterparadies war, sondern vielmehr ein Land, in dem eine kleine Elite alle Privilegien besaß, während der Großteil der Bevölkerung in Armut lebte. Sie konnten nicht frei reisen. Sie wussten kaum Bescheid darüber, was außerhalb der Grenzen ihres eigenen Landes vor sich ging. Fiel ihr denn gar nicht auf, wie absurd es war, dass sie nicht einmal eine ganz normale Urlaubsreise nach Dänemark mit ihm machen konnte?

Er brachte Fotos aus Dänemark mit. Fotos von Sehenswürdigkeiten, aber am meisten beeindruckte sie, wie ordentlich es überall war. Gepflegte Straßen. Hübsche Einfamilienhäuser, in denen ganz gewöhnliche Menschen wohnten. Ein Bauernhof mit einem sauberen und ordentlich angelegten Vorplatz. Er gehörte Niels' Onkel, der ihn allein mit seiner Frau bewirtschaftete. Auf dem Hof stand ein Auto. Ein schönes, rotes Auto, das Niels nicht weiter erwähnte. Als wäre es ganz normal, ein Auto zu besitzen. Die langen Haare der Männer. Die Frauen ohne BHs, wie sie in den Zeitschriften sah, die er ihr mitbrachte. Ein Supermarkt voller Waren, in dem er einkaufte, als wäre es das Normalste auf der Welt. Dass es nichts kostete, im Krankenhaus behandelt zu werden oder zu studieren. Denn das war doch eigentlich, so behauptete es zumindest die *Prawda*, eine der großen Errungenschaften des Sozialismus. In den kapitalistischen Ländern konnten es sich nur die Reichen leisten, zum Arzt zu gehen.

Er versuchte auch, ihr von den Problemen seines Landes zu erzählen: Den vielen Parteien im Parlament, die sich stritten und befehdeten, von der Inflation und der Arbeitslosigkeit, aber sie verlor rasch das Interesse daran. Es waren das tägliche Leben und die kleinen Freuden des Alltags, die sie faszinierten, nicht das politisch oder ökonomisch Abstrakte. Das ergab für sie ohnehin alles keinen Sinn.

Die Verhandlungen neigten sich allmählich ihrem Ende zu, und Niels und Karl Erik reisten Mitte März erneut nach Dänemark. Vierzehn Tage später kam Niels zurück, um mit Karl Erik zusammen endgültig den Vertrag zu unterzeichnen, und sie verbrachten noch einmal eine wunderschöne Woche zusammen, bevor er viel zu schnell nach Dänemark zurückkehren musste.

Karl Erik war unfreundlich und boshaft gewesen und hatte oft über sie gespottet und ihr Glück kleingeredet, vor allem wenn er etwas getrunken hatte wie bei einem gemeinsamen Abendessen im Hotel National. Sie verstand nicht, was mit ihm los war und warum sich das Verhältnis der beiden Männer so verändert hatte. Sie konnten so herzlich zusammen lachen, und dann sprachen sie wieder laut und aggressiv miteinander. Karl Erik erinnerte sie trotz seiner halblangen Haare und seines durch und durch westlichen Stils an einen sowjetischen Apparatschik, es waren seine prahlende Männlichkeit und sein Kommandoton, die sie an einen sowjetischen Bonzen denken ließen, arrogant und brutal. Auch er buckelte nach oben und trat nach unten.

Eines Nachmittags, als Niels auf sein Zimmer gegangen war, weil ein von ihm bestelltes Telefongespräch zustande gekommen war, hatte Karl Erik sich zu ihr vorgebeugt. »Verlass dich bloß nicht zu sehr darauf, meine kleine Anastasia«, hatte er mit leiser Stimme gesagt.

»Was meinst du?«

»Auf Niels.«

»Ich weiß nicht, wovon du sprichst.«

»Niels und die Frauen, nicht wahr? Er ist wie ein Seemann, der es am liebsten hat, wenn in jedem Hafen eine Frau auf ihn wartet.«

»Das wäre mir neu.«

»Hauptsache, du machst dir keine falschen Hoffnungen, kleines Fräulein.«

»Warum bist du immer so gemein?«

»Bin ich das? Ich dachte, ich wäre unwiderstehlich.«

Sie war verletzt gewesen und war aufgestanden und gegangen. Sie hatte Niels nicht von dem Gespräch erzählt, weil sie Karl Eriks Worten keinen Glauben schenkte. Er benahm sich so gehässig, weil er eifersüchtig auf Niels' und ihr Glück war.

Und das Zusammensein mit Niels wog alle Unannehmlichkeiten auf. Auch wenn es nur gestohlene Augenblicke waren, so war sie doch für jeden dankbar, der ihnen zuteilwurde. Er erzählte ihr von seinem Leben. Von seiner Schwester und seiner Trauer über den Tod der Eltern bei dem Verkehrsunfall. Sie liebte den kleinen, lächelnden Jungen, den sie auf den Kinderfotos sah, die er mitgebracht hatte, und konnte gar nicht genug davon bekommen, von seiner Kindheit und Jugend und seinem Leben vor ihrer Zeit zu hören.

Zum Glück kam er wenige Wochen später erneut nach Moskau, diesmal mit einem Touristenvisum. Warlam hatte endlich die offizielle Erlaubnis vom Kreml erhalten und war in die USA aufgebrochen, und sie durfte in der Zeit seine Wohnung leihen. Niels musste natürlich für sein Hotelzimmer bezahlen, hielt sich dort aber nur auf, um sich polizeilich registrieren zu lassen, wie das Gesetz es verlangte. Er hatte sein Reisebüro gebeten, ihm ein Zimmer in dem wesentlich günstigeren Hotel Beograd zu buchen, aber jeden Abend, wenn sie arbeiten musste, saß er im vornehmen Restaurant des Metropol und hörte sie Harfe spielen. Hinterher fuhren sie in Warlams Wohnung, liebten sich, aßen wunderbare Speisen, die er mit seinen Devisen besorgt hatte, und liebten sich wieder. Sie wusste, dass er sein Geld schwarz tauschte, damit er günstig auf dem Markt einkaufen konnte, aber er wirkte sehr überzeugend, wenn er behauptete, er sei vorsichtig und außerdem würden es doch alle tun. Er wechselte sein Geld immer bei ein und demselben Mann, dem vertraute er.

Sie war sehr überrascht, dass er ohne großes Aufheben davon zu machen kochte, und noch erstaunter, als er ihr erzählte, dass er unter den dänischen Männer seiner Generation keine Ausnahme sei, ebenso wie sie sich um die Kinder kümmerten und ihnen die Windeln wechselten. Heutzutage seien die Männer oft bei der Geburt ihrer Kinder dabei. Das konnte sie sich überhaupt nicht vorstellen. In der Sowjetunion durfte ein Vater sein Kind erst nach zehn Tagen zum ersten Mal sehen, und da lag das Kind dann verpuppt wie in einem Kokon da. Er durfte das Kind und die Mutter nur durch eine Glasscheibe betrachten. Man habe Angst vor Infektionen, sagte sie mit ernster Miene zu Niels, der über so viel Unkenntnis grinsen musste.

Er erzählte ihr, dass die Geschlechterrollen in Dänemark zurzeit starken Veränderungen unterworfen seien und dass viele reaktionäre Männer sich dagegen wehrten, während er damit vollkommen einverstanden sei. Er war ein Mann mit viel Humor, aber auch mit vielen merkwürdigen Ansichten und Überzeugungen. Er schien sich vor nichts zu fürchten und blickte allen, denen er begegnete, direkt in die Augen, als empfände er sich allen ebenbürtig. Es schien, als wäre er nie wirklich an seine Grenzen gestoßen. Sie hatte den Eindruck, dass er sich gar nicht darüber im Klaren war, dass der Mensch nur ein kleines Staubkörnchen war, das weggepustet werden konnte, ohne dass es von irgendjemandem bemerkt wurde, sollte es den Namenlosen in den Sinn kommen, kurzen Prozess zu machen. Dass der Mensch nur ein kleines Rädchen im großen Getriebe der Revolution war, wie Stalin es Papa zufolge ausgedrückt hatte.

Wenn er in Dänemark war, lagen häufig Briefe in ihrem Briefkasten. Sie trafen nicht einer nach dem anderen ein, obwohl er sie täglich auf den Weg brachte, sondern immer in kleinen Stapeln. Auch sie schrieb ihm jeden Tag. Das Problem war, dass Warlam wieder zurück sein würde, wenn Niels das nächste Mal nach Moskau kam, und dann wären sie gezwungen, sich auch für andere sichtbar bei ihr zu Hause zu treffen. Es war also an der Zeit, dass Papa und Mama ihn kennenlernten.

Das Treffen verlief besser, als sie gefürchtet hatte, auch wenn ihr natürlich auffiel, dass sie ziemlich angespannt waren und ihnen nicht wohl dabei war, einen Ausländer in ihrer Wohnung zu haben. Papa konnte kein Englisch, dadurch blieb er ein wenig außen vor, während Mama Konversation machte und an dem runden Tisch im Wohnzimmer Tee und Kuchen servierte. Sie sah, wie sie Niels musterten und sich ein Bild von ihm zu machen versuchten. Sie spürte, dass sie ihn und seine höfliche Art sympathisch fanden, aber sie wusste auch, dass Papa mit Ausländern seine Schwierigkeiten hatte, weil er unter Stalin groß geworden war. Von Kindesbeinen an hatte man ihm eingeschärft, dass man sich vor Ausländern in Acht nehmen müsse, weil die Bekanntschaft allein schon zu Schwierigkeiten führen konnte.

Sie sprachen über das Wetter, während sie süßen Kuchen aßen und Tee mit Zucker tranken. Mama sprach über Musik. Sie sprachen über russische Literatur, über die Niels nicht allzu viel wusste. Sie sprachen ein wenig über seine Arbeit, aber sie sah, dass Mama und Papa nicht viel von dem verstanden, was er ihnen zu erklären versuchte. Vor allem Papa nicht. Er hatte sich in seinem Stuhl zurückgelehnt und betrachtete den Fremden, der seiner Tochter den Kopf verdreht hatte, mit seinen traurigen, klugen Augen.

Anastasia war froh und verzweifelt zugleich. Froh darüber, dass es trotz allem so gut lief. Sie sprachen freundlich miteinander, und es entstanden keine peinlichen Pausen. Alle benahmen sich, wie es sich für kultivierte und gebildete Menschen gehörte.

Aber sie war verzweifelt angesichts des unübersehbaren Abgrunds zwischen Niels und ihren Eltern. Ihre mangelnde Fähigkeit, einander zu verstehen, spiegelte die Unmöglichkeit wider, ihre und Niels' Welt zu vereinen. Sie hätten genauso gut von zwei verschiedenen Planeten stammen können.

Im Juni kam Niels erneut mit einem Touristenvisum nach Moskau, und Warlam erwies sich wieder als der beste Freund der Welt und ließ sie in seiner Datscha wohnen, weil er zu der Zeit mit Vera zusammen in ein Sanatorium für Schriftsteller nach Sotschi am Schwarzen Meer fuhr. Dort verbrachte er jedes Jahr den Sommer, wenn Moskau von der feuchten Hitze heimgesucht wurde.

Sie erlebten einige herrliche Sommertage wie aus einem der großen russischen Romane. Sie kauften gemeinsam auf dem Kolchose-Markt ein. Der *produkty* im Dorf war ebenfalls recht gut sortiert, weil so viele bedeutende Künstler in Peredelkino lebten. Obwohl sie sich bemühte, ihm ihre Muttersprache beizubringen, kannte Niels nur ein paar russische Wörter, aber es gelang ihm dennoch, mit den Damen in den weißen Kitteln und mit den Goldzähnen im Mund oder mit den kleinen dicken Männern aus Georgien zu kommunizieren, die sich an den Ständen auf dem Markt tummelten.

Alla kam mit ihrem neuen Freund zu Besuch, einem nichtssagenden Kerl, der für das Komitee für Wirtschaftsplanung arbeitete, und Niels machte damit Eindruck, dass er das Essen auf einem Grill zubereitete, den er aus Backsteinen und einem alten Rost gebaut hatte. Er grillte Würstchen und Gemüse, und sie tranken den Wodka, den Alla und ihr Freund mitgebracht hatten.

Die Tage zu viert waren schön, aber sie waren dennoch froh, als sie wieder allein waren. Sie schwammen im Fluss und planschten und alberten herum wie die Kinder. Er erzählte ihr von Dänemark, wo es nie mehr als ein paar Kilometer bis zum nächsten Strand waren. Das war vollkommen unvorstellbar für sie. Sie war noch nie am Meer gewesen, und er versprach, es ihr zu zeigen.

»Du wirst im Salzwasser schwimmen. Du wirst die Nordsee sehen und die wunderschönen Dünen. Das verspreche ich dir«, sagte er und küsste ihre feuchten Lippen, während er ihren Hintern umfasste und sie zu sich hochhob.

Die Tage waren heiß, die hellen Nächte endlos, und die Zeit verschwamm zu langen glücklichen Augenblicken. Sie aßen einfach, aber gut und tranken kalten Weißwein oder importiertes Bier, das er mit seinen Devisen besorgte und sich ganz extravagant von einem Mann, den er über seine Arbeit kennengelernt hatte, zur Datscha hinausbringen ließ. Der Mann war ein Armenier, der als Fahrer bei einem der Ministerien arbeitete. Aber wie so viele andere Fahrer benutzte er sein Dienstauto, um damit nebenbei Geschäfte zu machen. Anastasia wusste nicht, wo Niels ihn kennengelernt hatte, aber Niels war ein Mensch, der selbst in der Sahara noch Sand verkaufen könnte. Er ging direkt auf die Leute zu, und es gelang ihm schnell, eine so vertrauensvolle und wohlwollende Stimmung zu schaffen, dass die Leute ihm gern den einen oder anderen Gefallen taten. Er hatte schnell begriffen, dass sich fast alles *mit der linken Hand* beschaffen ließ, wie sie es nannte, wenn man die richtigen Verbindungen besaß.

»Du kannst die Menschen dazu bringen, alles für dich zu tun«, sagte sie und steckte ihm eine reife Erdbeere in den Mund.

»Wenn es doch nur so wäre, dann würde ich zu euren Parteibonzen sagen, dass sie dich mit mir ans Ende der Welt reisen lassen sollen«, sagte er und brachte sie zum Lachen, als er mit einer weiteren Erdbeere herumalberte, die er in die Luft warf, um sie mit dem Mund wieder aufzufangen.

Mama und Papa kamen an einem Samstag mit dem Bus aus Moskau zu ihnen aufs Land. Wieder war die Stimmung etwas angespannt, aber sie lockerte sich ein wenig, als Niels auf seinem selbstgebauten Grill das Mittagessen herbeizauberte. Die Eltern wollten nicht über Nacht bleiben und nahmen den letzten Bus in die Stadt zurück. Sie begleiteten die beiden zur Haltestelle und warteten mit ihnen gemeinsam, bis der Bus kam. Die Wärme flirrte über den gelben Feldern, und die staubig grünen Blätter der Birken hingen in der tiefstehenden Sonne schlapp an den Zweigen. Der Sommer ging viel zu schnell zur Neige.

»Ich freue mich, dass du glücklich bist, aber ich mache mir große Sorgen um deine Zukunft, mein Täubchen«, sagte Papa leise auf Russisch.

Als der Bus losfuhr, hatte Niels den Arm um sie gelegt wie ein Ehemann, der sich von seinen Schwiegereltern verabschiedet. Sie winkten, bis der Bus im Staub der langen, geraden Landstraße verschwand. Für einen Moment sah sie Mamas Gesicht durch das verschmierte Fenster und musste daran denken, dass sie ihr vorhin erzählt hatte, die Leute aus ihrem Haus hätten angefangen, über sie und Niels zu reden, und der Schulinspektor habe sie gefragt, was es denn mit ihrer Tochter und dem Ausländer auf sich habe.

»Was hat das zu bedeuten, Mama?«

»Bestimmt nichts. Du weißt doch, wie die Leute reden.«

»Bekommst du deswegen möglicherweise Schwierigkeiten?«

»Nein, mein Schatz. Nein, nein. Und ich sehe doch, dass du glücklich bist.«

»Ich liebe ihn, Mama.«

»Das sehe ich, mein Schatz. Das freut mich für dich. Die Liebe ist das Größte, was es gibt. Sie trägt Gottes Segen in sich. Aber was will er? Was willst du?«

»Wir werden sehen. Ich weiß es nicht.«

Sie hatte zu Niels herübergeschaut, der am Grill stand und versuchte, Papa irgendetwas zu erklären. Dieser stand mit einer kalten Bierdose in der einen und einer ausländischen Zigarette in der anderen Hand lächelnd da und konnte sich vermutlich keinen Reim auf

Niels' Gestammel machen. Niels trug seine alten Jeans-Shorts und lief barfuß und mit nacktem Oberkörper herum und sah so sexy aus, dass sie beim Gedanken an eine weitere aufregende Nacht mit ihm beinahe errötete.

Aber wollte er sie wirklich heiraten? Er hatte nie auch nur eine Andeutung in diese Richtung gemacht. Vielmehr hatte er ihr erzählt, dass es bei den jungen Leuten in seinem Land nicht mehr üblich war zu heiraten. Man wohnte zwar zusammen und lebte in wilder Ehe, wie er es genannt hatte. Sie fand das merkwürdig und befremdlich, bemühte sich aber, ihn nicht merken zu lassen, dass es sie traurig stimmte.

Sie unternahmen lange Spaziergänge auf den schmalen Pfaden im Birkenwald von Peredelkino. Sie zeigte ihm die kleine gelbe Kirche des Schriftstellerdorfes. Im Kircheninneren blieb er etwas weiter hinten stehen und ließ sie sich in Ruhe bekreuzigen und zur Ikone beten. Sie wusste, dass Gott nicht Teil seines Lebens war. Das tat ihr leid für ihn, aber er war in jeder Hinsicht ein ungewöhnlicher Mann. Denn er sagte gleichzeitig, dass die Rituale und der Gesang ergreifend seien und ihn rührten und dass die russischen Kirchen sehr hübsch seien.

»Ebenso wie du mit deinem züchtigen Kopftuch«, sagte er und strich ihr über die Wange und am Rand des geblümten Kopftuchs entlang, mit dem sie ihr Haar bedeckt hatte, als sie die Kirche betreten hatten.

»Hier bekommen wir Sterblichen einen Vorgeschmack aufs Himmelreich«, sagte sie und küsste ihn.

»Mein Himmelreich ist bei dir«, antwortete er, und sie hätte am liebsten vor Freude geweint.

Sie zeigte ihm die Datschas berühmter Schriftsteller. Sie führte ihn zu Boris Pasternaks weitgehend unbekanntem Grab und legte einen kleinen Strauß Sommerblumen zu den anderen frischen Blumen, die immer auf seinem Grab lagen. Sie erzählte ihm die Geschichte von Pasternak, die er natürlich nicht kannte. Er wusste wirklich kaum etwas über russische Literatur.

Pasternak hatte 1958 den Nobelpreis für Literatur erhalten, aber die sowjetischen Behörden hatten ihn gezwungen, ihn abzulehnen.

Sie waren sehr verärgert, weil sein verbotener Roman *Doktor Schiwago* im Westen veröffentlicht worden war. Als der Autor 1960 starb, stand er nach wie vor auf der schwarzen Liste. Es war typisch, dass Niels den Roman nicht gelesen, dafür aber den Film gesehen hatte, der im Westen gedreht, aber in der Sowjetunion natürlich nie gezeigt worden war, ebenso wie der Roman dort nie erschienen war.

Niels schüttelte bloß den Kopf. »Wovor haben die solche Angst?«

»Wer?«

»Die, die du die großen Tiere nennst.«

»Sie haben Angst vor allem, was sie nicht kontrollieren können, und sie können nicht kontrollieren, was die Kunst den Menschen gibt.«

»Ich muss schon sagen, sie nehmen die Kunst und die Literatur hier wirklich ernst. Sie sitzen tatsächlich im Politbüro und diskutieren über einen Roman. Den meisten dänischen Politikern ist die Literatur vollkommen gleichgültig.«

»Vielleicht ist das besser.«

»Dass sie ihnen egal ist?«

»Ja, dann kommt der Autor jedenfalls nicht ins Gefängnis.«

»Da hast du recht, aber sag bitte nicht, dass Worte nichts bedeuten.«

»Das würde mir nicht im Traum einfallen. Worte bedeuten alles.«

»Ich liebe dich.«

»Du scherzt.«

»Nein, ich scherze ganz und gar nicht. Es wäre vermutlich leichter, wenn dem so wäre, aber ich tue es nicht.«

Sie wandte ihr Gesicht ab, damit er die Tränen in ihren Augen nicht sah.

Sie spazierten oft zu Pasternaks Grab und saßen dort an den hellen Sommerabenden eine Weile auf einer morschen Bank und betrachteten den schlichten Grabstein. Insekten summten monoton und friedlich um sie herum. In der Regel hatten sie den großen Friedhof ganz für sich. Der Wald hinter ihnen duftete nach den heftigen Gewitterschauern, die jeden Nachmittag über ihn hinwegzogen, intensiv nach Sommer.

Sie erzählte ihm, dass Pasternak in Russland vor allem wegen seiner Gedichte geliebt wurde, auch wenn *Doktor Schiwago* sein berühmtestes Buch war. Der Roman war ja auch nicht zu bekommen. Sie hatte ihn selbst als *samisdat* gelesen. Er war in dieser Form jahrelang durch Moskau zirkuliert. Pasternaks Gedichte kannte Niels natürlich auch nicht.

Sie konnten einfach nicht genug voneinander bekommen. Ihre Körper waren wie füreinander geschaffen. Sie nahmen sich in Acht. Sie hatte einen sehr regelmäßigen Zyklus und wusste genau, wann es ungefährlich war, und wenn sie ihre fruchtbaren Tage hatte, benutzte er seine Kondome, die er aus dem Westen mitgebracht hatte.

Dennoch blieb ihre Menstruation aus. Sie nahm es relativ gelassen, auch wenn es nur sehr selten vorkam, dass ihr Zyklus sich verschob. Aber sie hatte unter großem emotionalen Druck gestanden und tat es auch immer noch. Von daher war es wohl nicht verwunderlich. Es war sicher nur psychisch bedingt. Sie sprach nicht mit ihm darüber, aber als ihre Menstruation erneut ausblieb, nachdem Niels nach Dänemark zurückgekehrt war, wusste sie, dass ein neues Leben in ihr heranwuchs. Sie hatte das Gefühl, den kleinen Embryo schon spüren zu können. Sie trug sein Kind in ihrem Bauch. Angesichts der unüberschaubaren Situation hätte sie unglücklich sein müssen, aber sie empfand nichts als eine große Freude und Wärme. Es war die Frucht ihrer Liebe, sie war schwanger, und auch wenn Abtreibungen in der Sowjetunion ebenso gewöhnlich waren wie der Schnee im Winter, würde niemand ihr ungeborenes Kind töten dürfen.

Eines Abends setzte sie sich hin und teilte es ihm in einem Brief mit. Sie schrieb, sie sei glücklich, weil sie ein Kind von ihm erwarte, und er solle sich nicht verpflichtet fühlen. Sie liebe ihn, aber er sei frei, das zu tun, was für ihn das Richtige sei und was in seiner jetzigen Lebenssituation für ihn am besten sei. Sie stelle keine Ansprüche, hoffe aber, dass er sein Kind sehen wolle, wenn es auf der Welt sei. Es sei ihre Entscheidung, das Kind zu behalten. Sie schrieb kurz und sachlich und war stolz darauf, wie gefasst und nüchtern sie es ihm mitgeteilt hatte, aber der letzte Satz lautete wie immer, dass sie ihn liebe und vermisse. Sie klebte den Umschlag zu und schob ihn auf ihrem kleinen Tisch beiseite, damit ihre Tränen nicht darauf tropften.

Als alle Tränen geweint waren, holte sie eine Briefmarke, klebte sie sorgfältig auf den Umschlag und entschloss sich, den weiten Weg bis zur Post zu gehen, anstatt den Brief in den blauen Briefkasten zu stecken, der sich gleich um die Ecke befand. Das Gehen tat ihr gut. Sie musste jetzt dafür sorgen, dass sie sich ausreichend bewegte. Für sie fühlte es sich an, als hätte sie ihm gerade einen Abschiedsbrief geschrieben. Niels war ein Mann, der seine Meinung sagte und selten etwas zurückhielt, und er hatte mit keinem Wort erwähnt, dass sie möglicherweise heiraten könnten. Es war ausgeschlossen, dass sie zusammen lebten, ohne verheiratet zu sein. Das wollte sie nicht. Niels war außerdem ein Mann, der keinen Hehl daraus machte, dass er seine Freiheit und sein Leben liebte, und das, so fürchtete sie, vielleicht noch mehr, als er sie liebte.

18

Sechs Tage später klopfte es gegen Abend an ihrer Wohnungstür. Auf der grauen Fußmatte stand Niels und hielt ihr den weltgrößten Strauß roter Rosen entgegen, während er auf die Knie ging.

»Meine geliebte Tascha. Willst du mich heiraten?«

»Niels …!«

»Ich bin sofort hergekommen, als ich deinen Brief mit der großen Neuigkeit bekommen habe. Das ist wunderbar. Wir bekommen ein Kind. Ein Kind braucht einen Vater und eine Mutter, die immer zusammen sind. Willst du zu mir nach Dänemark ziehen?«

Sie lachte und weinte gleichzeitig:

»Ja. Ja. Ja. Aber steh bitte wieder auf. Das gibt hier sonst einen Riesenskandal. Jetzt steh endlich auf, du verrückter *durak*.«

Mama kam zur Tür. Papa war glücklicherweise gerade im Zirkus.

»Er will mich heiraten. Er will, Mama«, rief sie in einer Mischung aus Englisch und Russisch, während sie versuchte, ihn zur Tür hereinzuziehen.

Die Tür des Nachbarn wurde geöffnet.

In der Wohnung gegenüber wohnten eine Straßenbahnfahrerin und ihr grimmiger Mann, der als Hausmeister für die Miliz arbeitete. Ihr Sohn war zu ihrem großen Stolz in die Partei aufgenommen worden. Die Nachbarin namens Ella trat in den Hausflur hinaus und fing an, über Ausländer zu schimpfen, die anständige russische Bürger mit ihrem Getöse belästigten. Sie war eine kleine dicke Frau mit dauergewellten Haaren, die wie ein Ritterhelm aussahen. Kurz danach erschien auch ihr Mann Igor in der Tür. Er war ein kleiner stämmiger Mann mit klebrigem weißen Haar, das er mit großen Mengen Brillantine nach hinten gekämmt hatte.

»Das geht wirklich zu weit, Genossen. Einen derartigen Lärm können wir im Hausflur nicht dulden. Sie müssen Ihre Tochter besser erziehen, Genossin Tsokoleva, und sie vor dem unschicklichen Umgang mit Ausländern warnen. Ich werde darüber mit meinem Sohn sprechen.«

Seine Ermahnung verlor einen Teil ihrer Wirkung, weil er wie immer stark nuschelte. Anastasia traute ihren Ohren nicht, als sie ihre Mutter rufen hörte: »Verpiss dich, du kleine fette Ratte.«

Für einen Moment herrschte Schweigen, dann brachen sowohl Ella als auch Igor in empörtes Geschrei aus, während Niels sich aufrichtete, Mama die Rosen in die Hand drückte, Anastasias Taille umfasste und sie durch die Luft wirbelte, so dass Ella und Igor erschrocken einige Schritte zurückweichen mussten, während Niels laut lachte und etwas Unverständliches auf Dänisch sagte. Anastasia fing ebenfalls laut an zu lachen und Mama auch, die an ihnen zerrte, um sie irgendwie in die Wohnung zu bekommen. Endlich gelang es ihr, die beiden in die Wohnung zu ziehen, so dass die Nachbarn mit betretenen, neidischen Gesichtern angesichts von so viel wirrem Glück auf dem Treppenabsatz zurückblieben.

Papa kam mit müdem, aber gleichzeitig zufriedenem Blick nach Hause, wie immer, wenn er eine anstrengende, aber gelungene Abendvorstellung hinter sich hatte. Er war zunächst einen Moment still, aber dann küsste er Anastasia auf beide Wangen und umarmte Niels fest, während ihm Tränen über die Wangen liefen.

»Pass auf mein kleines Täubchen auf«, wiederholte er mehrere Male auf Russisch. »Pass auf sie auf und bring sie von hier weg und lass sie in deinem Land das Glück finden. Hier könnt ihr nicht leben.«

Er ließ Niels los, der Anastasia fragend ansah, aber es gelang ihr nicht zu übersetzen.

»Champagner«, rief Papa in diesem Moment. »Her mit dem besten georgischen Champagner, ihr Frauen. Meine Tochter wird heiraten. Das muss gefeiert werden.«

»Es gibt noch einen weiteren Grund zum Feiern, Mama und Papa«, sagte Anastasia.

»Ich wusste es«, sagte Mama.

»Woher?«

»Du bist meine Tochter. Ich habe es gespürt. Ich habe die ganze Zeit schon darauf gewartet, dass du es mir erzählst. Ach, möge der gütige Gott euch beistehen.«

Sie hatte ebenfalls Tränen in den Augen, und Anastasia wusste nicht, wie sie Niels erklären sollte, dass sie nicht nur vor Glück weinten, sondern auch aus Trauer darüber, dass sie ihr zukünftiges Enkelkind vielleicht nie zu Gesicht bekommen würden, wenn er ihre Tochter erst einmal nach Dänemark entführt hatte. Dänemark war vielleicht nur etwas mehr als zwei Flugstunden von Moskau entfernt, es hätte sich aber ebenso gut am anderen Ende der Welt befinden können.

Es wurde ein schöner Abend. Niels und sie saßen nebeneinander auf dem kleinen Sofa und hielten sich an den Händen. Sie tranken den süßen Champagner und sprachen über Jungen- und Mädchennamen. Sie sahen einander verliebt an. Mama und Papa sahen glücklich und verzweifelt zugleich aus, versuchten aber nicht zu zeigen, dass sie sich Sorgen um die Zukunft machten. Niels und Anastasia schliefen zum ersten Mal gemeinsam in ihrem schmalen Mädchenbett, wo sie sich langsam und leise im Dunkeln liebten, und Anastasia empfand ein starkes Zusammengehörigkeitsgefühl.

Es folgten einige schöne Tage, auch wenn die nachfolgende Zeit Anastasia später immer wie eine auf merkwürdige Weise undurchschaubare und zusammenhanglose Periode in ihrem Leben erschien.

Warlam, Alla und ihre vielen anderen Freunde und Bekannte riefen an und gratulierten ihr, als die Neuigkeit von ihrer bevorstehenden Hochzeit in Moskaus gut organisierter, stets vor Betriebsamkeit summender Gerüchteküche die Runde machte. Warlam glaubte sogar, dass alles ganz problemlos verlaufen würde. Es waren neue Zeiten im Anmarsch. Ost und West sprachen miteinander über die Menschenrechte und die Völkerverständigung und über Verbrüderung. Warum sollte Anastasia dann nicht ganz selbstverständlich ihren Geliebten heiraten und mit ihm in sein Land reisen und zu Besuch zurückkehren können. Und warum sollten ihre Eltern sie in

Dänemark nicht besuchen können? In den USA war er einem großen Willen zur Versöhnung und einem ganz neuen Verständnis für die Notwendigkeit des Friedens zwischen den Nationen begegnet.

Warlam war begeistert von den USA und den Amerikanern. Wie alle Privilegierten, die – in Warlams Fall vom Ausreisekomitee des Schriftstellerverbandes – die Erlaubnis erhalten hatten, in den gelobten Westen zu reisen, war er nun vollauf damit beschäftigt, aus seiner großen Amerikareise Kapital zu schlagen. Mit billig eingekauften Kassettenrekordern, Jeans, T-Shirts, LPs, leeren Kassettentapes und Stoffen für Kleider und Blusen, die er im Ausverkauf für fast kein Geld gekauft hatte, machte er jetzt ein Vermögen, indem er sie an Freunde und Bekannte weiterverkaufte. Normalerweise wäre Anastasia ebenfalls daran interessiert gewesen, aber jetzt, wo sie mit Niels zusammen war, wollte sie ihren Freunden nichts wegnehmen.

Sie hoffte, dass Warlam mit seinem neu gewonnenen Optimismus recht behalten würde, aber sie zweifelte daran. Es hörte sich viel zu schön an, um wahr zu sein, aber sie nahmen jetzt jedenfalls das höchst komplizierte Ausreiseverfahren in Angriff.

Sie meldeten sich im Hochzeitspalast an und bekamen ein Datum für ihre Hochzeit genannt. Da sie nicht unbedingt an einem der begehrten Freitage oder Samstage heiraten wollten, mussten sie zum Glück nicht allzu lange auf einen Termin warten. Außerdem hatte Niels ein edles Seidentuch und eine Schachtel gefüllte Pralinen als Geschenk für die Dame mitgebracht, die sie in das Heiratsbuch eintrug. Er bewegte sich mittlerweile absolut mühelos in der sowjetischen Wirklichkeit.

Viele junge Paare bevölkerten den Hochzeitspalast. Diejenigen, die sich zur Hochzeit anmelden wollten, waren normal gekleidet, während diejenigen, die heirateten, Festtagskleidung anhatten. Die Männer trugen Anzug, gestärktes Hemd und Krawatte, und die Frauen stellten lange, schulterfreie weiße Kleider mit Unmengen von Spitze zur Schau und hielten große, langstielige Brautsträuße in den Händen.

Anastasia fiel auf, dass sie zu Niels in seinen Jeans, dem hellen Hemd und den blankgeputzten, teuren Schuhen hinüberschielten.

Das Wort Ausländer stand ihm förmlich auf die Stirn geschrieben, und sie nahm eine Mischung aus Neid und Empörung in ihren Blicken wahr. Als sich die Tür zum Hochzeitszimmer für einen Moment öffnete, um einen verspäteten Trauzeugen einzulassen, war von drinnen der Hochzeitsmarsch zu hören.

Niels bezahlte einen Rubel fünfzig für den Eintrag ins Hochzeitsbuch, und sie bekamen ihren Termin am Mittwoch in drei Wochen um 15 Uhr 45. Das Ganze war überraschend unkompliziert. Niels musste nur seinen dänischen Pass vorzeigen und Anastasia ihren russischen Pass mit der Meldebescheinigung für Moskau. Ihre kostbare *propiska.* Anastasia und Mama hätten es schön gefunden, wenn sie anschließend noch in der Kirche hätten gesegnet werden können, aber das musste warten. Es würde viel zu kompliziert werden, wenn sie in diese ohnehin schon schwierige Angelegenheit auch noch die Kirche einbeziehen wollten.

Papa war überrascht gewesen, als Niels ihm erklärt hatte, dass Anastasia ohne Weiteres nach Dänemark einreisen und dort mit ihrem Mann zusammen leben könne. Anastasia hatte Niels' Worte sorgsam übersetzen müssen.

»Jeder Däne kann heiraten, wen er will, und mit ihm oder ihr zusammen in Dänemark wohnen. Es ist völlig unvorstellbar, dass der dänische Staat sich in die Frage einmischt, wen ich heirate und ob ich mich entscheide, mit meinem Ehepartner in Dänemark zu leben. So etwas würde niemals vorkommen. So ist mein Land nicht, und so wird es auch nie werden.«

Niels hatte nur ein Kurzvisum bekommen und musste daher schon bald nach Dänemark zurückkehren, aber dieses Problem löste Karl Erik für sie, der sich zu Anastasias großer Überraschung als die Freundlichkeit und Hilfsbereitschaft in Person erwies. Als ob er sich aufrichtig über ihr Glück freute. Er küsste sie auf beide Wangen, gratulierte ihnen und erklärte sich damit einverstanden, Niels' Trauzeuge zu werden, während Alla Anastasias Trauzeugin sein sollte. Er sorgte auch dafür, dass Niels' Visum verlängert wurde. Überhaupt erwiesen sich Karl Eriks mittlerweile sehr umfassende Kontakte zur russischen Bürokratie als äußerst hilfreich. Sein Russisch wurde immer besser, bemerkte Anastasia, und Niels erklärte ihr, dass Karl Erik auf dem russischen Markt inzwischen richtig Fuß gefasst hatte, was auch immer das genau bedeutete.

Karl Erik hatte in Moskau ein kleines Büro eröffnet und eine russische Sekretärin eingestellt sowie einen Fahrer und einen Mann, der ihm bei allem Möglichen half. Er hatte eine Aufenthaltsgenehmigung als Geschäftsmann erhalten und sagte, er wolle jetzt voll und ganz auf den sowjetischen Markt setzen. Er hoffte, dass Niels mit von der Partie sein würde, wenn die Hochzeitsfeierlichkeiten erst einmal überstanden waren.

Niels war sich da nicht so sicher. Anastasia merkte, dass er natürlich zu schätzen wusste, was Karl Erik für sie tat, aber zugleich herrschte eine unterschwellige Spannung zwischen den beiden Männern, die sie sich nicht richtig erklären konnte.

Der Mittwoch, an dem sie heiraten sollten, war gekommen. Es war ein herrlicher Moskauer Sommertag. Alla half Anastasia in das lange weiße Kleid, das ihre Schultern frei ließ und fließend ihren Körper umspielte. Sie trug ihr langes Haar offen. Das war nicht besonders sowjetisch, aber sie wusste, dass Niels es liebte, wenn sie ihr Haar ganz natürlich trug, ohne die bei jungen Moskauer Frauen sonst übliche Dauerwelle. Sie hatte sich neue Schuhe mit einem kleinen Absatz und goldenen Schnallen gekauft. Papa hatte den Kontakt zu einer Trapezkünstlerin hergestellt, die durch ein Tauschgeschäft an die Schuhe herangekommen war, von denen sie aber Blasen bekam, ganz gleich, was sie tat. Niels hätte Anastasia gern geholfen, aber die Brautkleidung hatte sie allein besorgen wollen.

»Wie hübsch du aussiehst, meine Liebste«, sagte Niels und küsste sie vorsichtig, damit ihr Lippenstift nicht verschmierte. Er hatte im Wohnzimmer gesessen und gewartet und eine Zigarette nach der anderen geraucht.

Alla betrachtete sie beide, als wären sie ihre höchstpersönliche *création*. Niels war sehr schön, wenn auch etwas ungewöhnlich angezogen mit seinem hellen Anzug, einem dazu passenden Hemd, buntem Schlips und eleganten Schuhen.

Karl Eriks Fahrer hatte sich ebenfalls einen Schlips umgebunden, als er mit dem neuen Volvo vorfuhr, um sie abzuholen. Alla setzte sich auf den Beifahrersitz. Karl Erik, Mama und Papa würden am Hochzeitspalast auf sie warten. Niels hatte einen Wolga mit Fahrer gemietet, der Karl Erik und ihre Eltern fuhr, weil Karl Erik darauf bestanden hatte, dass das Brautpaar den funkelnagelneuen Volvo Kombi nahm, der erst vor drei Tagen in Moskau eingetroffen war.

Ihre Flitterwochen wollten sie in Warlams Datscha verbringen, die er ihnen bis zum Beginn der nächsten Woche geliehen hatte. Weder Niels noch Anastasia hatten Lust, an einen Ort außerhalb Moskaus zu reisen, und die Tradition der Hochzeitsreise gab es in der Sowjetunion sowieso nicht. Wie die meisten gebürtigen Moskauer betrachtete Anastasia alles mit großer Skepsis, was sich außerhalb von Moskau befand.

Sie fuhren vor dem Hochzeitspalast vor, einem im Zentrum von Moskau gelegenen eindrucksvollen Gebäude in grünen, blauen und gelben Pastelltönen. Taxis hielten vor dem Gebäude an und lieferten herausgeputzte Brautpaare ab. Drinnen wimmelte es nur so von Menschen. Gespannte Erwartung lag in der Luft, auch wenn das Heiraten hier wie am Fließband abgewickelt wurde.

Mama und Papa warteten in ihrer Sonntagskleidung auf sie. Mama hatte Tränen in den Augen. Karl Erik benahm sich ritterlich und küsste Anastasia die Hand. Alla sah bezaubernd aus in ihrem kurzen Kleid, mit ihren in Wellen gelegten Haaren und den schlanken sonnengebräunten Beinen. Wie Anastasia trug auch sie einen Strauß mit sechs langstieligen roten Rosen, von denen die Dornen sorgfältig entfernt worden waren. Anastasia sah, dass Alla Karl Erik gefiel, ebenso wie sie sich darüber im Klaren war, dass alle ihrem gutaussehenden ausländischen Mann lange Blicke hinterherwarfen.

Mit gerade mal einer halben Stunde Verspätung waren sie an der Reihe. Sie betraten einen Raum mit hohen, dunkel getäfelten Wänden. Am gegenüberliegenden Ende des großen Raumes stand ein Schreibtisch. Auf dem Schreibtisch stand ein großer Blumenstrauß. Als sie eintraten, ertönte Tschaikowski aus den Lautsprechern. An der Seite stand eine Frau in einem gewöhnlichen Kleid zusammen mit einem Fotografen mit einem altmodischen Blitz auf seinem großen Fotoapparat. Vor dem Schreibtisch stand eine große Frau mittleren Alters mit freundlichen grauen Augen und einem Lächeln, das einen Goldzahn zum Vorschein brachte. Sie trug ein langes kittelartiges, lilafarbenes Kostüm mit einem Band quer über der Brust, auf dem das Emblem der Sowjetunion mit Hammer und Sichel zu sehen war. »Proletarier aller Länder vereinigt euch«, stand da außerdem.

Tschaikowski verstummte, und die Standesbeamtin des Moskauer Stadtrates trat vor und sagte:

»Guten Tag, Genossen. Herr Lassen. Mein Name ist Jelena Pawlowna Medwedewa. Das Exekutivkomitee des Sowjets des arbeitenden Volkes der Oblast Moskau hat mich autorisiert, die Ehe zwischen Niels Lassen und Anastasia Viktorowna Tsokolewa zu schließen.«

Jelena Medwedewa machte ein diskretes Zeichen mit der Hand, und Niels und Anastasia traten nach vorn, während Karl Erik, Alla und Mama und Papa an ihren Plätzen stehen blieben. Sie lächelte ihnen freundlich zu und bat sie, die Eheschließungspapiere zu unterzeichnen, die auf dem Tisch bereitlagen. Sie rief die Trauzeugen nach vorn, und Karl Erik und Alla unterschrieben auf der Heiratsurkunde und im Heiratsbuch. Anschließend nahm Jelena Medwedewa die beiden goldenen Ringe, die Niels gekauft hatte, aus der kleinen Schachtel auf dem Tisch und reichte sie ihnen. Sie steckten einander die Ringe an. Anastasia hatte Niels vorher erklärt, wie die kurze, sachliche Zeremonie ablaufen würde, so dass er wusste, was er zu tun hatte, auch wenn er die russischen Sätze nicht verstand.

Die Standesbeamtin lächelte ihnen erneut freundlich zu, und Anastasia war dankbar für ihre unerwartete Herzlichkeit.

»Genossen«, fuhr die Standesbeamtin dann mit leicht heiserer Stimme fort. »Ihr habt nun den Bund der Ehe geschlossen. Herzlichen Glückwunsch. Ich hoffe, diese Ehe wird euch sehr glücklich machen, aber das hängt von bestimmten Voraussetzungen ab. Gegenseitige Liebe und Respekt sind unabdingbar. Ihr sollt alles miteinander teilen und im Glück ebenso verbunden sein wie in der Sorge. Ihr sollt einander helfen und stützen, wenn ihr Zweifel empfindet, in der Stunde des Sieges ebenso wie in der Stunde der Niederlage. In allen familiären Angelegenheiten sollt ihr einander helfen und für einander da sein. Ihr kommt aus zwei verschiedenen Ländern, aber das darf nicht zwischen euch stehen. Hiermit erkläre ich euch zu Eheleuten, und nun dürft ihr einander beglückwünschen.«

Anastasia wandte sich Niels zu, stellte sich auf die Zehenspitzen und küsste ihn sanft auf den Mund. Jelena Medwedewa reichte ihnen ihre Papiere und machte sich bereit für das nächste Brautpaar. Der Fotograf machte ein Bild von ihnen, und aus den verborgenen Lautsprechern erklangen die Töne eines Walzers von Johann Strauss.

Den hatten sie alle noch im Ohr, als sie, wie es der Tradition entsprach, einen kleinen Umweg zum Grab des unbekannten Soldaten machten. Am Eingang zum Roten Platz brannte dort das ewige Feuer, und viele Brautpaare legten Blumen am Grab der Gefallenen nieder. Vor allem Papa, der viele seiner Kameraden im Krieg verloren hatte, bedeutete es viel, und daher wollte Anastasia es gern für ihn tun. Auch Niels verstand, dass dieses Ritual für seine neue Schwiegerfamilie von besonderer Bedeutung war. Also gingen sie alle gemeinsam dorthin und sahen eine Weile dem tanzenden Feuer zu, das in dem herrlichen Sonnenschein fast zu verschwinden schien.

Anastasia legte ihre Rosen vor der Gasflamme nieder. Die beiden Soldaten, die dort die Ehrenwache hielten, ließen sich von dem Trubel um sie herum und von dem strahlenden Glück, das von Anastasia und Niels ausging, nicht aus der Fassung bringen. Danach spazierten sie alle vom Mahnmal aus am alten Hotel Moskwa vorbei, durch die weißgeflieste Unterführung unter dem Manege-Platz hindurch und schließlich durch die Gorki-Straße bis zum georgischen Restaurant Aragvi, in dem Karl Erik einen Tisch besorgt hatte.

Es wurde ein Fest mit beseelten Trinksprüchen und hervorragendem georgischen Essen, zu dem diverse *sakuska* gehörten, viele Salate mit speziellen georgischen Kräutern, vor Fett triefendes Schaschlik mit Knoblauch, ein Spanferkel und Unmengen von Wodka, Champagner und armenischem Cognac. Es wurde zur Musik eines

Orchesters getanzt, das normalerweise im Hotel Beograd populäre Popsongs spielte. Karl Eriks Fahrer fuhr das Brautpaar spät nachts zur Datscha hinaus, während die anderen noch weiterfeierten.

Nach dem Fest machte Anastasia Viktorowna Lassen sich daran, einen Ausreisepass zu beantragen. Sie holte die Unterschrift ihrer Eltern ein, die sich damit einverstanden erklärten, dass ihre Tochter ausreiste. Eine entsprechende Genehmigung benötigte sie zudem von ihrem Arbeitgeber. Und das war der Moment, in dem sie begriff, dass der Weg, den sie eingeschlagen hatte, ein steiniger, vielleicht aussichtsloser war.

Sie wurde zu einem Gespräch einberufen, aber es war nicht der Genosse Direktor, der in einem der kleinen Zimmer, die sich hinter der Rezeption des Hotels befanden, auf sie wartete. Stattdessen saßen Olga Jewgenjewa vom Kontrollkomitee der Partei, das für das korrekte Verhalten des Personals zuständig war, sowie der KGB-Vertreter Oleg Mikhailowitsch Kasejew an dem viereckigen Konferenztisch, der mit grünem zerschlissenem Filz bezogen war. Olga trug ein neues importiertes Kostüm und rauchte eine amerikanische Filterzigarette. Kasejews Augen waren ein wenig gerötet, und sein Aftershave roch penetrant. Er musterte sie auf eine Weise, die ihr nicht behagte.

Sie hatte einen schönen Rock, dunkle Strümpfe, eine hochgeschlossene Bluse und eine kurze Jacke angezogen. Vor ihnen auf dem Tisch lag ihre Personalakte mit den Anmerkungen und Aufzeichnungen, die über jeden Sowjetbürger verfasst wurden. Ganz oben lag ihr Antrag auf einen Reisepass mit Ausreisevisum. Darunter lag ein Dossier, in dem sie ein Passbild von Niels erahnen konnte, als sie mit geradem Rücken vor ihnen Platz nahm. Es war ein beeindruckender Stapel Papiere, den die beiden Repräsentanten der Macht vor sich ausgebreitet hatten. Vielleicht gab es über jeden einzelnen Bürger der Sowjetunion einen solchen Stapel mit Unterlagen. Vor ihrem inneren Auge tauchte plötzlich das Bild auf, wie sich die Aktenordner mit all diesen Unterlagen in endlosen Gängen über Hunderte von Kilometern unter der Stadt erstreckten. Sie hatte zu Niels gesagt, sie fürchte sich vor dem Treffen mit den Vertretern dieser beiden Organe, die über ihr Schicksal entscheiden und ihr keine Einspruchsmöglichkeit gewähren würden. Ihre Angst war noch genauso groß, als sie der Repräsentantin der Partei und dem Repräsentanten des Schwerts und Schilds der Partei nun tatsächlich gegenübersaß.

Sie lächelten ihr nicht zu, sondern sahen sie unverwandt an, bis Olga Jewgenjewa mit spitzer Stimme anfing zu reden.

»Genossin Anastasia Viktorowna. Wir haben uns deinen Antrag angesehen, deinem Vaterland den Rücken zuzuwenden und in ein kapitalistisches Land zu ziehen. Würdest du uns bitte deine Beweggründe erläutern?«

»Ich liebe meinen Mann. Ich erwarte ein Kind von ihm.«

»Aha.«

»Außerdem wende ich meinem Vaterland nicht den Rücken zu. Ich möchte gern zwischen beiden Ländern hin- und herreisen und meine Familie und Freunde hier besuchen. Ich werde auch weiterhin Sowjetbürgerin bleiben. Ich werde mein Leben lang Russin sein.«

»Bist du dir da so sicher, wenn du erst einmal in einem Land lebst, das den Imperialismus repräsentiert? Solltest du nicht dankbar sein, dass dein Vaterland von klein auf für dich gesorgt, deine Ausbildung bezahlt und dir eine Arbeit und eine Wohnung verschafft hat?«

»Dafür bin ich sehr dankbar, aber mein Mann ist der Meinung, dass unsere Zukunft in seinem Land liegt. Und Sie, Genossin Olga Jewgenjewa, haben doch immer gesagt, es sei die Pflicht einer Frau, ihrem Mann zu gehorchen und zu folgen.«

»Im Vaterland, ja. Für das Glück einer Familie ist es das Beste, wenn die Frau ihrem Mann gehorcht, sofern er ein anständiger und ordentlicher Mann ist, nicht wahr?«

»Ja, selbstverständlich.«

»Und das ist dein Mann?«

»Ja, das ist er. Ich liebe ihn.«

»Mehr als dein Vaterland?«

»Das kann man doch nicht miteinander vergleichen.«

»Warum nicht?«, hakte der KGB-Mann nach. Seine leichte Falsettstimme klang rau, wahrscheinlich vom Tabak und vom Wodka.

Er zündete sich eine der importierten Zigaretten an und blies den Rauch in ihre Richtung.

»Wie meinen Sie das, Genosse Oleg Mikhailowitsch?«

»Dein ungeborenes Kind wird kein Sowjetbürger sein. Indem du ausreist, übereignest du Dänemark das Kind und nicht der Sowjetunion.«

»Ich finde nicht, dass man das so sagen kann.«

»Ich kann es exakt so sagen, wie ich möchte«, sagte er und klopfte mit den Knöcheln seiner rechten Hand auf den Papierstapel.

»Mein Vater und meine Mutter haben ihr Einverständnis erklärt.«

»Ja«, sagte Kasejew. »Das ist eine andere Sache. Eine sehr interessante Sache. Dein Vater ist ein sehr berühmter und hochgeschätzter Zirkuskünstler. Er hat die Lenin-Medaille erhalten und ist Ehrenkünstler. Er ist in besonderer Weise dazu verpflichtet, die richtige sowjetische Gesinnung an den Tag zu legen. Deine Mutter unterrichtet die zukünftigen Generationen unseres Landes in Geschichte und Englisch. Zwei wichtige Fächer, die entscheidend sind für die Herausbildung der richtigen Einstellung der Kinder und Jugendlichen zu ihrem Vaterland, zum Sozialismus und zum Kampf für den Frieden. Wir müssen stets wachsam sein. Wir können es uns nicht erlauben, Genossin Tsokoleva, auch nur einen Moment unachtsam zu sein.«

»Daher haben wir ja auch Leute wie Sie, Genosse Oleg Mikhailowitsch, die Tag und Nacht unermüdlich im Einsatz sind, um unser Vaterland und Lenins große Partei zu schützen.«

Sie wusste, dass es sich wie auswendig gelernt anhörte, aber sie wusste auch, dass alles, was sie sagte, aufgeschrieben und vielleicht sogar auf Tonband aufgezeichnet wurde.

»Darüber müssen wir froh sein«, sagte Olga Jewgenjewa und zündete sich nur einen Augenblick, nachdem sie ihre Zigarette im Aschenbecher ausgedrückt hatte, bereits die nächste an. »Wir müssen dankbar dafür sein, dass Menschen wie Genosse Oleg Mikhailowitsch stets hellwach und auf der Hut vor den Imperialisten und ihren Agenten sind.«

»Das bin ich auch.«

»Gut. Mehr gibt es von meiner Seite nicht.«

Ihr Tonfall änderte sich, und sie sprach jetzt mit mehr Wärme und Freundlichkeit zu ihr, und Anastasia hasste sich selbst dafür, dass sie auch noch dankbar war, nur weil ein Repräsentant der Macht ihr unerwartet ein wenig Freundlichkeit entgegenbrachte.

»Du bist immer eine gute Arbeiterin gewesen, und es hat nie Klagen über deine Arbeitsmoral gegeben. Du hast keine Schulden, und keine der zuständigen Behörden hat mich davon in Kenntnis gesetzt, dass du irgendwelche Geheimnisse hast. Du bist nicht vorbestraft und hast keinen Zugang zu Informationen, die unserem Vaterland schaden könnten, wenn sie dem Feind in die Hände fielen. Ich habe keine Einwände gegen deinen Ausreisewunsch und werde bei der nächsten Sitzung des Ausreisekomitees eine entsprechende Einschätzung abgeben, aber Genosse Oleg Mikhailowitsch möchte gern noch einige Worte unter vier Augen mit dir wechseln. Hals- und Beinbruch, Tascha.«

»Danke«, sagte Anastasia überrascht und besorgt zugleich, denn es lag etwas in Olgas Blick, das sie nicht deuten konnte. Lag darin eine versteckte Warnung, auf der Hut zu sein, als sie aufstand, um den Raum zu verlassen? Olga Jewgenjewa schloss die Tür hinter sich.

Kajesew beugte sich über den Tisch vor. »Du könntest sehr nützlich für uns sein, liebe Anastasia«, sagte er, während er seine Hand auf ihre legte.

»Wie meinen Sie das?« Sie wagte es nicht, ihre Hand zurückzuziehen.

»Dein Mann, Niels Lassen, ist jung, aber man hat mir zugetragen, dass er ein Mann ist, der es in Dänemark und der Welt noch weit bringen kann.«

»Ja, mein Mann ist sehr tüchtig.« Sie zog ihre Hand zurück und nahm einen Funken Zorn in Kasejews Augen wahr.

»Genau. Er wird möglicherweise wichtige Kontakte aufbauen, die für das Vaterland von großem Interesse sein könnten.«

»Ich weiß nicht, was Sie meinen«, sagte sie, obwohl sie es natürlich wusste.

»Falls die UdSSR nach wie vor dein Vaterland sind.«

»Ich bin Russin.«

»Eben, Tascha. Eben. Falls wir dich ausreisen lassen, könnte ich dir einen Kontakt in Dänemark nennen, der sich als sehr nützlich erweisen könnte.«

»Nützlich?«

»Nützlich. Er wird dich in regelmäßigen Abständen kontaktieren, um Neuigkeiten über deinen Mann und seine Arbeit und seine Kontakte zu erfahren. Über die Menschen, deren Bekanntschaft du als seine Ehefrau machen wirst. Wichtige Mitglieder der dänischen Gesellschaft. Dänemark, das, wie du ja sicher weißt, Mitglied des aggressiven Militärpaktes NATO ist. Du bist schließlich nicht nur eine sehr hübsche, sondern auch eine sehr kluge Frau.«

Er betrachtete sie mit seinen rotgeäderten Augen, und sie verachtete sich dafür, dass sie den Blick senkte. Sie spürte, wie sie rot wurde und wie ihr Herz hämmerte.

»Das können Sie nicht von mir verlangen, Genosse Oleg Mikhailowitsch. Das können Sie nicht wagen.«

»Ich bin vom KGB. Ich kann von dir verlangen, was immer ich will, aber mir wäre es lieber, wenn wir auf freiwilliger Basis zusammenarbeiten würden. Das würde unser Verhältnis – wie soll ich sagen – intimer gestalten.«

»Ich werde meinen eigenen Mann auf keinen Fall ausspionieren.«

Kasejew erhob sich, ging um den Tisch herum und stellte sich hinter sie. Dann legte er seine Hände auf ihre Schultern.

»Weißt du, dass dein Mann Geschäfte mit einem bekannten Schwarzmarkthändler macht, der am Kiewer Bahnhof Devisen an- und verkauft?«

»Nein«, flüsterte sie. Seine Hände brannten förmlich durch ihre Jacke und ihre Bluse hindurch.

»Wie glaubst du denn, kann er es sich leisten, auf den Kolchose-Märkten einzukaufen? Sich wie ein reicher Adliger zu benehmen? Das nennt man Devisenspekulation. Das ist verboten. Er kann dafür ins Gefängnis kommen. Wenn er Glück hat, begnügen wir uns damit, ihn zu deportieren. Dann bist du hier und er dort, mein Engel. Und das Vaterland bekommt einen neuen kleinen Bürger.«

Zu ihrem Entsetzen bemerkte sie, dass er seine Hände nach vorn und von dort über ihre Brüste gleiten ließ, und sie roch seinen Wodka- und Tabakatem, als er sich nach vorn beugte.

»Ich habe ein Zimmer hier im Metropol«, raunte er mit einschmeichelnder Stimme. »Eines von den besseren mit Champagner. Vielleicht könnten wir unser Gespräch dort fortsetzen? In angenehmerer und intimerer Form.«

Sie erhob sich mit einem Ruck, so dass er ein, zwei Schritte nach hinten geschoben wurde. Wut und Angst erfüllten sie, aber es war die Wut, die die Oberhand gewann, als sie mit bebender Stimme, aber ohne zu zögern und ohne zu stottern sagte: »Sie sind eine Schande für die Partei und Ihre Organisation, Genosse Oleg Mikhailowitsch. Ich habe nichts mehr mit Ihnen zu besprechen.«

Er betrachtete sie mit einem leichten Grinsen, das ihr noch mehr Angst einflößte. Es scherte ihn kein bisschen. Er konnte tun, was er wollte. Sie erlebte das, worüber man sonst nur hinter vorgehaltener Hand sprach. Sie hatte die Gerüchte über Oleg und sein Zimmer gehört, in dem er die Mädchen vergewaltigte, die sich mit ausländischen Männern einließen. Das war seine Bezahlung dafür, dass er sie ansonsten in Frieden ließ und ihnen die Miliz vom Hals hielt, so dass sie weder angezeigt noch verhaftet wurden.

»Was ist denn schon dabei? Was gibt es denn Besseres als einen anständigen russischen Schwanz? Willst du es nicht mal mit einem richtigen Mann probieren?«

Seine Stimme klang hart und militärisch. Er machte einen Schritt nach vorn und gab ihr eine Ohrfeige. Die Erniedrigung war schlimmer als der Schlag selbst. Sie hörte sein Lachen, als sie an ihm vorbeiging. Tränen brannten auf ihren Wangen und seine letzten Worte klangen ihr im Ohr.

»Wir werden uns wiedersehen, meine Süße. Du wirst schon zu mir zurückkommen. Wenn du ausreisen willst, führt kein Weg an mir vorbei. Du wirst für mich arbeiten und du wirst meinen Schwanz lutschen.«

TEIL 3

Messe für die Lebenden

»So nun deinen Feind hungert, so speise ihn;
dürstet ihn, so tränke ihn. Wenn du das tust,
so wirst du feurige Kohlen auf sein Haupt sammeln.«

Römerbrief, Kapitel 12

19

Ich erfuhr erst später im Detail, was unmittelbar nach jenem fatalen Treffen meiner Mutter mit dem brutalen Oleg Mikhailowitsch Kasejew vom KGB passiert war. Der Mord an Gabriel brachte auf seine Weise plötzlich Licht in die vielen dunklen Flecken in der Geschichte darüber, wie mein Vater und meine Mutter zuerst einzeln aus der Sowjetunion geflohen waren, um dann später in Dänemark wieder zusammenzufinden.

Die groben Züge der Geschichte waren Gabriel und mir natürlich bestens bekannt, weil wir, wie alle Familien, unsere eigene Chronik hatten, die wir uns ein ums andere Mal erzählten, aber von vielem hatten wir keine Ahnung.

Wir wussten, dass unsere Mutter gleich zu unserem Vater gefahren war und ihm alles erzählt hatte. Dass man ihrer Familie damit gedroht hatte, sie ihrer Existenzgrundlage zu berauben, und Mama selbst mit Vergewaltigung, wenn sie nicht für den KGB spionieren würde, und dass unser Vater ernsthaft in Gefahr gewesen war, inhaftiert zu werden. Er hatte Moskau mit dem nächstmöglichen Flugzeug verlassen. Es war ein Lufthansa-Flug nach Frankfurt gewesen. Ein Däne hatte ihnen beigestanden. War das Karl Erik Jansen gewesen? Wenn er es gewesen war, warum hatte meine Mutter ihn dann einen schlechten Menschen genannt, als sie ihn auf dem Flug nach Moskau auf dem Foto in der *Herald Tribune* entdeckt hatte?

Was war damals eigentlich genau passiert und in welcher Reihenfolge?

Das verlor sich in der subjektiven Nacherzählung der Erinnerungen an eine tragische Geschichte. Anastasias geliebte Mama war entlassen worden, weil man die Kinder des Sowjetstaates natürlich nicht von einer Frau unterrichten lassen konnte, deren Tochter Umgang mit kriminellen Ausländern pflegte. Ihrem Vater hatte man die Arbeit in der Manege weggenommen. Stattdessen musste er nun als Assistent des Elefantendompteurs Dienst tun. Einer der begabtesten Clowns in der Geschichte des russischen Staatszirkus wurde dazu abgestellt, die Elefanten zu füttern und ihren Mist wegzuschaufeln.

Er fing wieder an zu trinken. Für ihn bestand der Sinn des Lebens darin, russische Kinder zum Lachen zu bringen. All die entsetzlichen Erinnerungen an Stalins Herrschaft und die Zeit des Krieges verschwanden, wenn er das fröhliche Lachen der Kinder hörte. Niemand weiß, ob es ein Unglück war oder Vorsatz, aber einer der Elefanten zerquetschte ihn unter seinen Füßen. Hatte er das Tier provoziert? Er hatte jedenfalls reichlich Alkohol im Blut gehabt.

Vorher waren unsere Großeltern schon aus ihrer Wohnung vertrieben worden, die der Zirkus-Kooperative gehörte. Stattdessen hatte man ihnen anderthalb Zimmer in einer *kommunalka* zugewiesen, in der bereits vier laute und ziemlich primitive Familien lebten. Meine Großmutter musste sich eine Arbeit suchen, sonst hätte sie als Parasitin gegolten, denn in der Sowjetunion hatten alle das Recht und die Pflicht zu arbeiten. Sie bekam einen Job als Fahrstuhlführerin in der Leninbibliothek, für den sie einen Lohn von gerade mal achtzig Rubel im Monat erhielt. Sie starb ein Jahr nach ihrem Mann. Woran? An gebrochenem Herzen, sagte meine Mutter. Sie starb an der Trauer. Sie hatte ihre Tochter verloren, und sie würde ihre Enkelkinder, die Zwillinge, die Anastasia in Dänemark zur Welt gebracht hatte, nie zu Gesicht bekommen.

Unsere Mutter konnte das Land dann ganz plötzlich verlassen. Sie hatte uns nie erklärt, wie das zustande gekommen war. Nur dass unser Vater und – vielleicht Karl Erik, dachte ich jetzt – ihren Einfluss geltend gemacht hatten. Es hatte irgendetwas mit einem dänischen Wirtschaftsminister zu tun gehabt, der zu einem offiziellen Besuch nach Moskau reisen sollte, und mit einem großen Auftrag für die Schiffswerft B&W, der wichtig für die dänischen Beschäftigungszahlen war. Ein Auftrag, für den die Dänische Kommunistische Partei in Moskau ebenfalls ein gutes Wort eingelegt hatte.

Unsere Mutter wurde an einem Vormittag ohne Vorwarnung von zwei KGB-Agenten, die sich ihr nicht einmal vorstellten, aus ihrer Wohnung abgeholt. Unsere Großmutter hatte an dem Tag Nachtschicht und war daher noch zu Hause. Unser Großvater war bei seinen Elefanten. Unsere Mutter war zu Hause, weil man sie ebenfalls entlassen hatte. Sie sollte als Hilfserzieherin in einem Kindergarten anfangen, was für sie eine Fahrzeit von mehr als zwei Stunden pro Tag bedeutete. Bis auf Alla mieden all ihre früheren Freunde sie. Die paar Male, die sie ihn anrief, um ihn um Hilfe zu bitten, weil er so viele einflussreiche Leute kannte, legte selbst Warlam den Hörer auf. Es war, als hätte sie sich mit einer hoch ansteckenden Krankheit infiziert.

Der KGB gab ihr eine Stunde Zeit, um ihren Koffer zu packen und sich von ihrer Mutter zu verabschieden. In einem schwarzen Wolga mit getönten Scheiben brachte man sie zum Flughafen Scheremetjewo 1. Man händigte ihr ein Ticket für einen Aeroflot-Flug nach Dänemark aus. Ihr funkelnagelneuer Reisepass war genau zwei Tage gültig. Danach war ihr die sowjetische Staatsbürgerschaft aberkannt. Ihre Mutter hatte ihr versprochen zu versuchen, mit Niels Kontakt aufzunehmen. Sie wollte vom internationalen Postamt in der Gorki-Straße aus bei ihm anrufen. Falls er zu Hause war, würde er Anastasia hoffentlich am Flughafen abholen können.

Sie kam hochschwanger mitten im Winter in Dänemark an und brach weinend zusammen, als sie in die Ankunftshalle in Kastrup hinaustrat und dort ihren Mann mit einer Dänemarkflagge in der einen und einem riesigen Blumenstrauß in der anderen Hand stehen sah. Sie hatte gefürchtet, er könnte sie im Stich lassen, aber er schwor stattdessen, sie auf Händen durchs Leben zu tragen.

War die Geschichte mit den vielen dunklen Flecken damit ein für alle Mal beendet?

Es war kein Winterwetter, sondern ein herrlicher dänischer Frühlingstag, als meine Mutter und ich mit einem SAS-Flugzeug, in dessen Laderaum sich Gabriels Sarg befand, in Kopenhagen landeten. Wir hatten uns mit einem Bestattungsunternehmen in Verbindung gesetzt, das die Formalitäten für uns regeln und den Sarg in die Kapelle in Roskilde bringen lassen würde. Die Beerdigung sollte vier Tage später stattfinden. Nach unserem langen Gespräch am letzten Abend in Moskau hatten wir auf dem Rückflug nach Dänemark nicht viel miteinander gesprochen. Meine Mutter war nur ein einziges Mal auf ihre Überlegungen zurückgekommen, den Rest ihres Lebens mit Gebeten und Meditation in einem russischen Kloster zubringen zu wollen. Aber ich glaube, sie gab es auf, mit mir darüber sprechen zu wollen, als sie mein Gesicht sah. Darin lag vermutlich eine Mischung aus Wut und Trauer beim Gedanken daran, dass ich sie auch noch verlieren könnte.

»Das ist eine verdammt schlechte Idee, Mama«, hatte ich ihr zugezischt und meine Zeitung mit großer Geste umgeblättert, so dass eine gerade an mir vorbeigehende Stewardess elegant ausweichen musste.

Ich öffnete die Tür zu meiner Wohnung, die sauber und behaglich roch. Wisch & Weg waren zu ihrem wöchentlichen Besuch hier gewesen. Wisch & Weg waren Schwestern und hießen in Wirklichkeit Magda und Marie Mortensen und putzten bei mir. Schwarz natürlich. Sie waren um die siebzig. Genau wusste ich es nicht. Sie machten alles gemeinsam. Meine Mutter hatte sie mir vor langer Zeit besorgt, und ich war sehr zufrieden mit dieser Regelung.

Es war nur wenig Post für mich gekommen. *Snailmail* war im Aussterben begriffen; in dem kleinen Stapel befanden sich nur einige Zeitschriften und eine Honorarabrechnung aus Grönland. Ich hatte ein Honorar für einen Gastauftritt im grönländischen Fernsehen erhalten, obwohl ich versichert hatte, dass das nicht nötig sei. Dann lag da noch etwas, das aussah wie ein kleiner Haufen Fanpost. Mir fehlte die Kraft, die Briefe zu öffnen, ich würde dann nur wieder ein schlechtes Gewissen bekommen, weil ich sie nicht beantwortete. Es kam mir wie eine halbe Ewigkeit vor, dass ich auf dem Inlandeis gestanden hatte und ziemlich glücklich und zufrieden mit meinem Leben gewesen war.

Ich ging ein wenig in der Wohnung umher, öffnete einige Fenster und ließ die herrliche Frühlingsluft herein. Es gab nicht viele Möbel oder Erinnerungsstücke aus der Zeit, als Gabriel und ich uns die Wohnung geteilt hatten. Ich hatte vieles aussortiert und erneuert, als ich vor ein paar Jahren bei der Sendung »Zuhause im Glück« mitgemacht hatte, bei der zwei Lifestyle-Experten erraten müssen, wer in der jeweiligen Wohnung wohnt. Das Fernsehteam hatte herumkommandiert und das Zepter geschwungen und meine Wohnung ein paar Tage lang auf den Kopf gestellt und mir 20 000 Kronen Aufwandsentschädigung gezahlt, und die beiden Quasselstrippen hatten mich am Schluss natürlich erraten. Es war Fernsehen und wie das meiste dort zum Teil Betrug und mindestens zur Hälfte Manipulation.

Ich wohnte in einer gemütlichen, zurückhaltend eingerichteten Junggesellenwohnung in einer der angesagten Straßen in Frederiksberg, hatte ein Boulevardblatt berichtet. Ich selbst würde sie als praktisch und schlicht eingerichtet beschreiben. Einige gut gemachte Reproduktionen von Gemälden an den Wänden, einige Fotos von meinen Eltern auf meinem Schreibtisch, unter anderem ein Abzug von ihrem Hochzeitsfoto aus Moskau, auf dem sie glücklich und sehr jung aussahen. Ein paar Fotos, auf denen Gabriel und ich zusammen zu sehen waren und die für einen Moment die Trauer mit neuer Wucht zurückkehren ließen, aber ich wollte sie nicht wie in einem schlechten Film mit der Rückseite nach oben hinlegen oder sie ganz wegräumen. Gabriel sollte nicht wie in der schlimmen alten Sowjetzeit zur Unperson werden.

Meine teuersten Möbel waren ein großer Flatscreen und mein breites höhenverstellbares Bett. Mein kostbarster Besitz aber war ein alter Ledersessel, den Gabriel und ich von unserem Vater geerbt hatten. Meine Küche war groß, und ich hatte sie erst kürzlich neu herrichten lassen mit einer Kochinsel, einer Essecke, einem amerikanischen Kühlschrank und einem weiteren kleinen Flatscreen, auf dem man 57 Kanäle sehen konnte und den Bruce Springsteen am liebsten in Stücke schießen würde, weil dort *nothin' on* ist. Im Schlafzimmer hatte ich noch einen weiteren Fernseher. Man wollte ja auf keinen Fall etwas verpassen oder sich langweilen.

Ich hatte aber keine Lust, einen der Fernseher einzuschalten, sondern setzte mich an den Esstisch, packte meinen Laptop aus und loggte mich in der Absicht, meine Mails abzurufen, in mein WLAN-

Netz ein. Allerdings googelte ich stattdessen einige der Namen, die meine Mutter im Zusammenhang mit ihrer Jugend in Moskau und der Zeit vor meiner Geburt erwähnt hatte.

Es war zweifelsohne eine schwierige Zeit gewesen, und den meisten war es schlecht ergangen.

Der Sänger Wyssozki war 1980 während der Olympischen Spiele in Moskau seiner Alkoholsucht erlegen. Warlam hatte sich 1981 bei einer Reise in die USA abgesetzt, war aber im Jahr danach bei einem Motorradunfall in Montana ums Leben gekommen. Breschnew selbst starb 1982 und ihm folgten in rascher Folge zwei Generalsekretäre nach, bevor im März 1985 Gorbatschow an die Macht kam. Sechs Jahre später, zu Weihnachten 1991, trug er dann die Sowjetunion und die kommunistische Partei zu Grabe. Vorher, im Jahr 1989, war *Doktor Schiwago* endlich in der Sowjetunion erschienen und Pasternak als großer Autor gefeiert worden. Nach mehreren Jahren in den USA war Solschenizyn in sein Vaterland zurückgekehrt und war rehabilitiert worden. Er hatte sich zu einem erzreaktionären russischen Nationalisten entwickelt, der den westlichen Lebensstil und den hemmungslosen Kapitalismus in seinem alten Vaterland hasste. All dies geschah nur fünfzehn Jahre, nachdem meine Eltern mit einer unüberwindbar scheinenden Mauer konfrontiert gewesen waren und alle gedacht hatten, dass die Sowjetunion bis in alle Ewigkeiten existieren würde.

Für den KGB-Mann Oleg Kasejew gab es keine Treffer, und Allas Nachnamen kannte ich nicht, aber sonst war es leicht herauszufinden, was mit den verschiedenen Personen passiert war.

Es war nicht mehr wie früher, als man in die Bibliothek ging und sich von ausgebildetem Fachpersonal helfen lassen musste. Heute konnte man mit ein paar Mausklicks fast alles selbst herausbekommen.

Karl Erik Jansen.

Ich wollte gern mehr über den Mann wissen, der Teil der Jugend meiner Eltern gewesen war und der jetzt neben Russlands mächtigstem Mann stand. Ich begann zu lesen, während der Kaffee durch den Filter meiner Moccamaster-Kaffeemaschine lief.

Er war beinahe gleich alt wie mein Vater, Jahrgang 1946. Er hatte Betriebswirtschaft studiert, dann aber bereits sehr früh eine eigene Import-Export-Firma aufgebaut und sich auf den Handel mit der Sowjetunion und Ost- und Mitteleuropa spezialisiert. Zunächst nur mit geringem Umsatz, aber wo andere damals aufgegeben hatten, war er am Ball geblieben und hatte an seine Chance geglaubt. Seine Firma hatte sich schließlich zu einer der größten ihrer Art in Europa entwickelt. Er war sowohl an produzierenden Unternehmen im heutigen Russland als auch an solchen zur IT-Entwicklung in Bagsværd in der Nähe von Kopenhagen beteiligt. Zusätzlich zu seinem eigenen Im- und Exportunternehmen.

Ich fand mehrere Artikel über sein berufliches Wirken, die alle sein großes Netzwerk in Russland hervorhoben. Es war ihm gelungen, sowohl mit der Sowjetunion als auch mit dem neuen demokratischen Russland Geschäfte zu machen. Wiederholt hatte er den russischen Präsidenten und die Politik des neuen, selbstständigen Russland gegen die Kritik an Menschenrechtsverletzungen und Einschränkungen der Pressefreiheit verteidigt, wie sie häufig in den dänischen Medien vorgebracht wurde.

»Man sollte Russland die nötige Zeit zugestehen, um sich zu entwickeln. Die dänische Demokratie ist auch nicht im Laufe von zwanzig Jahren zu ihrer Vollendung gelangt«, wurde er an diversen Stellen zitiert.

Er hatte eine wesentliche Rolle gespielt, als es 2006 gelungen war, die Gebeine von Dagmar von Dänemark, der Witwe von Kaiser Alexander III., in die Familiengruft in St. Petersburg zu überführen. Er verfügte offensichtlich auch über gute Verbindungen zum dänischen Königshaus und war Träger des Dannebrogordens. Die Krönung seines Wirkens aber war, dass er ein entscheidender Initiator und Mitinvestor bei Nord Stream war, dem Betreiber der Gasleitung, die von Wyborg im russischen Teil Kareliens bis nach Deutschland führte, so dass das russische Gas nicht länger durch Polen oder die Ukraine geleitet werden musste. Er unterhielt auch Geschäftsbeziehungen nach Deutschland, das ebenfalls an dem Gaskonsortium beteiligt war.

Die Fotos von Karl Erik Jansen zeigten einen stattlichen und häufig lächelnden Mann. Mehrere Artikel gingen darauf ein, dass er nach wie vor ein sehr aktiver Geschäftsmann war. Er war mit einer Frau verheiratet, die fünfundzwanzig Jahre jünger war als er. Er hatte zwei erwachsene Söhne aus früheren Ehen. Er wohnte natürlich im Villenviertel Rungsted, hielt sich aber häufig in Moskau auf, wo er ebenfalls eine Wohnung besaß. Auf keiner der Seiten, auf die ich bei meiner Suche stieß, wurde Karl Erik Jansen mit meinem Vater in Verbindung gebracht.

Ein interessanter Herr, und ich erwog, ihn aufzusuchen, um mir seine Version der Geschichte anzuhören. Ich holte mir eine weitere Tasse Kaffee und öffnete meine E-Mails und sah, wie die elektronische Post dort nur so hereinströmte. Früher waren E-Mails mal etwas Spannendes gewesen, heute waren sie in vielerlei Hinsicht ein nervtötender Zeitfresser. Mir fehlte die Kraft, sie alle zu öffnen, aber ich fühlte mich verpflichtet, wenigstens die von Stine und meinem alten Chef beim Sender zu öffnen, der meine Beurlaubung bewilligt hatte.

Stine schrieb, sie sei gerade dabei, das Material durchzugehen, und es seien wirklich fantastische Aufnahmen dabei. Ich sei einfach *unglaublich* gut. Ich hätte eine phänomenale Wirkung. Es sei richtig, richtig klasse, schrieb sie. Wir müssten noch einmal wegen der Reise im Juni reden, bei der dann noch die allerletzten Aufnahmen gedreht werden sollten. Ich solle einfach anrufen oder mailen, wenn ich so weit sei. Ich antwortete ihr, dass ich Ende Mai zu Gabriels Seelenmesse fliegen würde. Die Reise würde aber sicher nur ein paar Tage dauern, so dass ich wie besprochen im Juni nach Grönland reisen könnte. Es interessierte mich eigentlich überhaupt nicht, aber ich musste zusehen, dass ich irgendwie wieder unter jener Decke aus Gleichgültigkeit und Schwermut hervorgekrochen kam, unter der ich jeden Morgen aufwachte. Schließlich war es Stines Produktionsfirma, von der ich während meiner Beurlaubung mein Gehalt bekam.

Mein Chef schrieb mehr oder weniger dasselbe. Wenn ich so weit sei, solle ich mich doch mit ihm in Verbindung setzen. Der Sender werde im Herbst mit viel Tamtam eine neue Nachrichtenschiene lancieren, zu der unter anderem eine tägliche zehnminütige Wettersendung gehören solle. Ob ich mir vorstellen könnte, deren *Anchorman* zu werden? Mein Grönlandprojekt ende ja im Sommer. Ich konnte nicht anders, als über seinen Enthusiasmus zu lächeln. Man wollte die Nachrichten ausbauen, und das war gleichbedeutend damit, dass es noch mehr hohles Gerede übers Wetter geben würde. Es ist nichts los, also lass uns noch mehr Wetterthemen machen, auch wenn das Wetter in Dänemark ziemlich eintönig ist. Er schrieb auch, dass es schön wäre, wenn ich die Facebook-Seite aktualisieren würde, die der Sender für mich eingerichtet hatte und auf der ich unter anderem Zuschauerfragen zum Wetter beantwortete. Natürlich nur, wenn ich Zeit und Lust hätte. Die Seite sei für sein Dafürhalten in letzter Zeit etwas vernachlässigt worden. Er schrieb es nicht explizit, aber ich wusste, dass er mich damit darauf aufmerksam machen wollte, dass ich vertraglich dazu verpflichtet war, es zu tun.

Also tat ich es.

Es gab einige Fragen und die üblichen *Likes* zu irgendetwas, das ich über das Wetter gesagt oder geschrieben hatte. Ich wollte meinen Facebook-Account gerade wieder schließen, als ich eine Nachricht entdeckte, die so unbeholfen klang, dass ich vermutete, dass der Absender Google als automatisches Übersetzungsprogramm verwendet hatte:

»Lieber Adam Lassen, ich muss bitten gerne, ob Sie lesen wollen Brief, der kommen. Brief ist mehr sicher als E-Mail. E-Mail die Bösen können aufspüren. Aber Brief nicht kommen, dann Sie ausgezeichnet schreiben hier. Die freundlichen Grüße Maria Fjodorowna.«

Ich stand auf und sah den Stapel mit den Briefen durch. Darin befand sich ein Brief ohne Absender, den ich vorhin übersehen hatte. Es klebte eine estnische Briefmarke darauf. Der Brief war zwischen einigen Zeitschriften versteckt gewesen, die ich abonniert hatte. Ich öffnete ihn und las die handgeschriebenen Zeilen auf Russisch:

»Lieber Adam Lassen, ich schreibe dies in aller Eile, weil ich den Brief mithilfe eines Priesters aus dem Kloster außer Landes bringen

kann, der ihn mit nach Estland mitnehmen wird. Er wird ihn dort für mich aufgeben. Ich war sehr eng mit deinem Bruder Gabriel befreundet, möge Gott seine unsterbliche Seele schützen. Du hast mich in Moskau ganz kurz gesehen, als du mit der Polizistin zusammen am Tatort warst. Ich habe dich auch aus einiger Entfernung in der Kirche gesehen. Du hast dieselben guten Augen wie Gabriel. Ich habe wichtige Informationen den Mord an deinem Bruder betreffend. Ich wage es aber nicht, sie hier aufzuschreiben. Ich würde sehr gern mit dir sprechen. Es ist sehr riskant, aber vielleicht können wir uns treffen? In Moskau wäre es zu gefährlich. Ich traue mich nicht, in die Hauptstadt zurückzukehren. Ich halte mich in einem Kloster nahe der Grenze versteckt. Wenn du hierherkommen solltest, werde ich dich auf jeden Fall finden. Pass gut auf dich auf. Dein Bruder hat dich sehr geliebt, ebenso wie ich ihn geliebt habe. M.F.

P.S. Ich habe dir auch auf deiner Facebook-Wetterseite geschrieben, falls dieser Brief abgefangen wird. Du denkst vielleicht, ich sei paranoid, aber du darfst die Gefahr nicht unterschätzen, der wir beide ausgesetzt sind, weil wir Gabriel geliebt haben und er uns vertraut hat.«

MF? Das waren dieselben Initialen, die auf dem kleinen, dünnen Stück Papier gestanden hatten, das in dem Blumenstrauß in Moskau versteckt gewesen war, als ich gemeinsam mit Mascha Kudrina den Tatort besucht hatte. Wir waren hinter ihr hergerannt. Sie war auch bei Gabriels Bestattung in der Kirche dabei gewesen. Ich erinnerte mich an die rotblonden Haare und die sehr grünen Augen der mysteriösen Frau. Wer war sie? Und wovon redete sie? War sie Gabriels Geliebte gewesen? Maria Fjodorowna musste ein Deckname sein. Es war der russische Name der Kaiserwitwe Dagmar, der Mutter des letzten Zaren. Es war frustrierend, dass ich sie nicht sofort kontaktieren konnte. Ich untersuchte den Briefumschlag. Dort stand kein Absender. Der Brief war in Vörü in Estland abgestempelt worden. Ich ging auf Google Maps und sah, dass Vörü dicht an der russischen Grenze und in der Nähe einer Stadt namens Pskov lag. Vörü lag auf dem Weg nach Tartu, von dem ich wusste, dass es eine alte Universitätsstadt war, weil ich einmal mit einer früheren Freundin dort gewesen war, die ihre Magisterarbeit über die baltischen Revolutionen im Jahr 1991 geschrieben hatte.

Ich googelte Pskov und hatte mich nicht getäuscht. In der Nähe dieser mittelalterlichen russischen Stadt nahe der estnisch-russischen Grenze befand sich eines der berühmtesten russisch-orthodoxen Klöster. Es lag etwa fünfzig Kilometer von der eigentlichen Stadt entfernt, mehr oder weniger direkt an der Grenze. Anscheinend hielt sich die mysteriöse MF genau dort auf. Ich las den Brief noch einmal. Ihre Handschrift war feminin, beinahe kalligrafisch. Ich ließ den Umschlag liegen, doch den Brief faltete ich feinsäuberlich zusammen und steckte ihn in meine Brieftasche. Vielleicht würde ich meiner Mutter den Brief bei Gabriels Beerdigung zeigen.

Die Beerdigung fand vier Tage später bei strömendem Regen auf dem Østre Kirkegård in Roskilde statt, auf dem man seit 1885 die Toten bestattete. Er hatte viele Jahre lang der neue Friedhof geheißen, weil er zur Entlastung des alten bei Gråbrødre angelegt worden war. Das erzählte mir meine Mutter, als wir mit unseren Schirmen durch den Regen gingen. Die Beerdigung fand ohne Gottesdienst statt. Den hatte es ja bereits in Moskau gegeben. Zwei von Mutters guten Freundinnen und ihre Ehemänner waren dabei, die ich alle seit meiner Kindheit kannte, sowie die Schwester meines Vaters und ihr Mann, dann noch einige von Gabriels und meinen gemeinsamen Jugendfreunden und der orthodoxe Priester aus der Kirche in der Bredgade in Kopenhagen.

Wir ließen den Sarg in die Erde hinab. Vater Alexej führte die Bestattung durch. In einem monotonen Singsang redete er irgendetwas auf Kirchenslawisch, das ich nicht verstand. Dann sprach er auf Dänisch über Gabriels unsterbliche Seele.

Es fiel mir schwer, mich dem Glauben meiner Mutter und des Priesters anzuschließen, demzufolge Gabriels Seele vierzig Tage rastlos über Moskau umherirrte, während sie darauf wartete, dass die vierzig Tage vergingen und die Seelenmesse ihr Frieden verschaffte. Wenn man näher darüber nachdenkt, ist das meiste, was mit Religion zu tun hat, eigentlich abergläubischer Quatsch. Sowohl der

Koran als auch die Bibel scheinen von reaktionären Männern geschrieben worden zu sein, die einer Hirten- und Nomadenkultur entstammten und vor allem darauf bedacht waren, dass die Frauen keusch und jungfräulich waren, damit der Mann sicher sein konnte, dass die Nachkommen auch wirklich seine waren.

Ich hätte an meinen Bruder denken sollen, aber ich war vor allem mit negativen Gedanken dieser Art beschäftigt. Ich nahm alles sehr deutlich wahr. Eine leichte Vibration in der Kehle des Priesters. In der Ferne das Geräusch von Autos und Reifen auf dem nassen Asphalt. Tropfen, die von nassen Bäumen und Pflanzen herabfielen.

Jeder von uns warf eine Blume auf den Sargdeckel, ehe wir das Vaterunser beteten und *Stets beherzt, wo immer du gehst* sangen, das Vaters und Gabriels Lieblingskirchenlied gewesen war. Der Regen strömte herab und prasselte auf die schwarzen aufgespannten Schirme. In meinem Inneren war ein großes schwarzes Loch, aber ich konnte nicht mehr weinen. Meine Mutter weinte auch nicht, auch wenn ich sah, dass es ihr sehr viel Selbstbeherrschung abverlangte.

Später aßen wir im Hotel Prinz gemeinsam zu Mittag. Meiner Mutter fiel auf, dass die Leute mich anstarrten, aber ich bemerkte es gar nicht mehr. Das Gespräch stockte immer wieder. Ich fand nicht, dass es der richtige Zeitpunkt war, um ihr den Brief von der mysteriösen Frau zu zeigen.

Als wir aus dem Hotel traten, hatte es aufgehört zu regnen. Es war immer noch kühl. Von Norden strömte kalte Polarluft zu uns herein. Meine Mutter und ich verabschiedeten uns von den Verwandten und Freunden. Ich hatte auf dem Stændertorv geparkt. Meine Mutter wollte zu Fuß nach Hause gehen, ich umarmte sie also zum Abschied und machte mich auf den Weg zu meinem Auto, als ich Mascha Kudrina auf mich zukommen sah. Als sie mich ebenfalls entdeckte, schenkte sie mir ein strahlendes Lächeln.

»Adam Lassen! Was für eine Überraschung«, sagte sie und reichte mir die Hand. Sie trug eine enge Jeans und eine norwegische, rote Windjacke, die ihr gut stand.

»Allerdings! Was macht denn meine russische Lieblingspolizistin hier«, entgegnete ich mit etwas plumpem Charme.

Sie lachte. »Ich habe meinen Bruder nach Dänemark begleitet. Er ist zu einem offiziellen Termin hier und muss noch nach Stockholm weiter, daher ist er mit dem Dienstflugzug unterwegs und hat mir einen Platz in der Maschine angeboten. Ich habe eine Freundin besucht, die einen Dänen geheiratet hat. Sie wohnen hier in Roskilde. Ich bin auf dem Weg zum Bahnhof. Aber was machen Sie in Roskilde? Wohnen Sie nicht in Kopenhagen?«

»Wir haben gerade meinen Bruder beerdigt.«

»Oh, das tut mir leid.« Sie legte ihre behandschuhte Hand auf meinen Arm und drückte ihn leicht. »Nochmals mein Beileid. Es tut mir wirklich sehr leid.«

»Danke.«

»Möge seine Seele Frieden finden.«

»Das tut sie bestimmt.«

»Ja, ganz sicher. Er war zweifelsohne ein guter Mensch.«

Wir standen einen Moment schweigend da. Sie nahm ihre Hand von meinem Arm.

»Sind Sie – bist du auf dem Weg nach Kopenhagen? Sollten wir uns nicht auch duzen«, fragte ich.

»Sehr gern«, erwiderte sie und ihre Augen blitzten. »Ja, ich muss jetzt nach Kopenhagen. Ich wohne im Hotel Arthur.«

»Soll ich dich mitnehmen? Mein Auto steht gleich da drüben.«

»Sehr gern. Wie nett von dir.«

»Es ist mir ein Vergnügen.«

Und das war es wirklich. Auf dem Weg in die Stadt unterhielten wir uns angeregt. Sie erzählte von ihrer Freundin, die sehr gut Dänisch gelernt hatte und das deutlich hektischere Leben in Moskau kein bisschen vermisste. Als ich sie fragte, ob sie Lust hätte, später mit mir essen zu gehen, sagte sie sofort zu, aber nur unter der Bedingung, dass sie mich vorher auf einen Drink einladen dürfe.

Es wurde ein ziemlich ausschweifender Abend. Wir tranken zuerst ein paar Gin Tonics, und anschließend profitierte ich von meinem Promigesicht und ergatterte einen Tisch für uns in einem der hippen Restaurants, für die Kopenhagen berühmt war, seit die Michelin-Sterne hier in den letzten Jahren beinahe eine Selbstverständlichkeit geworden waren. Das Essen schmeckte ausgezeichnet, und wir tranken ziemlich viel Rotwein. Nur kurz sprachen wir über Gabriel. Es gebe keine neuen Erkenntnisse, sagte sie, aber der Fall sei noch lange nicht zu den Akten gelegt. Sowohl die Kirche, die dänische Botschaft als auch einige Leute aus dem Kreml machten Druck. Sie hätten noch keine heiße Spur, aber sie habe die Hoffnung keineswegs aufgegeben.

»Es geht immer noch um diese Frau«, sagte sie.

»Um welche Frau?«, fragte ich zurück, obwohl ich genau wusste, wen sie meinte.

»Die wir am Tatort gesehen haben. Hast du irgendetwas von ihr gehört?«

»Nein. Wieso sollte ich?«

»Weil sie deinen Bruder gekannt hat.«

»Ich habe nichts mehr von ihr gehört«, log ich, ohne rot zu werden. Ich weiß nicht, warum ich mich entschloss, Mascha nicht die Wahrheit zu erzählen, aber irgendetwas hielt mich davon ab.

»Okay«, sagte sie und trank einen ordentlichen Schluck von ihrem Wein. Wie so viele Russen vertrug sie eine Menge.

Sie war eine angenehme Gesprächspartnerin. Sie war lustig und hatte eine starke erotische Ausstrahlung, und wir redeten über alles und nichts. Sie fand es interessant, was ich ihr über Grönland und meine Arbeit beim Fernsehen erzählte. Sie war fast ein wenig verlegen, als sie mitbekam, dass ich so bekannt war, dass die Leute mich anstarrten. Es war wunderbar, in einem dänischen Restaurant zu sitzen und mit einer schönen Frau Russisch zu sprechen. Unsere Blicke wurden immer tiefer, und als sie fragte, ob ich noch einen Absacker von dem ausgezeichneten Wodka mit ihr trinken wolle, den sie aus Moskau mitgebracht hatte, war mir klar, dass wir im Queensize-Bett ihres Hotels landen würden. Und so kam es auch. Wir verbrachten eine sehr aufregende Nacht miteinander.

Sie weckte mich um acht Uhr. Im Hotelbademantel stand sie vor mir und drückte ihre nassen Haare in einem Handtuch aus. Ich spürte die Nachwirkungen des Alkohols, aber mir war zugleich ganz leicht zumute, und ich fühlte mich viel wohler als sonst in der letzten Zeit.

»Aufstehen, du Schlafmütze«, sagte sie. »Ich bin in einer halben Stunde mit meinem Bruder in der Botschaft verabredet.«

»Du bist gnadenlos.«

Als ich aus dem Badezimmer kam, war sie angezogen, hatte ihren kleinen Trolley gepackt und sah sehr geschäftsmäßig aus. An der Tür küsste sie mich leicht auf den Mund.

»Es war wundervoll, Adam. Pass auf dich auf.«

»Ich rufe dich an, wenn ich nach Moskau komme. Meldest du dich, wenn du mal wieder in Dänemark bist?«

»Wir werden sehen«, sagte sie auf eine etwas merkwürdige Weise und schloss die Tür hinter sich.

Ich beschloss, mir als Grundlage für den Tag ein gutes Frühstück zu gönnen. Zu Fuß machte ich mich auf den Weg. Es tat mir gut, ein Stück zu laufen. In einem netten Café bestellte ich mir ein Frühstück und einen großen Caffè Latte und nahm ganz hinten in der Ecke Platz, wo ich ungestört nachdenken konnte. Ich las alle Zeitungen, die in dem Café auslagen, während meine Gedanken immer wieder zum Abend zuvor zurückschweiften. Unverhoffter guter Sex war nicht das Schlechteste, was das Leben zu bieten hatte.

Und so war ich ganz guter Dinge, als ich nach Hause zurückging. Als ich aber die Tür zu meiner Wohnung öffnete, wusste ich sofort, dass etwas nicht stimmte, obwohl die Tür wie üblich abgeschlossen war.

Im Flur selbst war nichts zu sehen, darüber hinaus allerdings war die Wohnung gründlich durchsucht worden. Alle Schubladen und Schränke waren ausgeräumt worden. Jemand hatte den alten Sessel meines Vaters ebenso aufgeschlitzt wie meine Matratze. Die Bücher lagen wild durcheinander auf dem Fußboden. Auf meinem Schreibtisch lagen keine Papiere mehr, und die Ordner mit meinen persönlichen Unterlagen waren allesamt ausgeleert worden, alles lag im Zimmer verstreut. Mein Laptop war weg. Der Dieb oder die Diebe waren in allen Zimmern gewesen. Sie hatten genug Zeit gehabt und waren sehr gründlich vorgegangen. Aber wonach hatten sie gesucht? Soweit ich sehen konnte, hatten sie nur den Laptop gestohlen.

Ich holte mein Handy aus der Tasche und benachrichtigte die

Polizei. Man werde so schnell wie möglich kommen, könne aber nicht genau sagen, wann. Einbrüche hatten anscheinend nicht gerade oberste Priorität bei der Kopenhagener Polizei. Danach rief ich in Maschas Hotel an, aber wie nicht anders zu erwarten, teilte man mir mit, sie habe bereits heute Morgen ausgecheckt.

Dann tat ich das, wofür man anscheinend nie zu alt ist. Ich rief meine Mutter an. Ich war mir sicher, dass sie mir später helfen würde, dieses Chaos hier irgendwie in den Griff zu bekommen. Natürlich versprach sie mir zu kommen. Sie war eine gute Mutter.

20

Meine gut organisierte Mutter kam einige Stunden, nachdem zwei Polizisten da gewesen waren und ihre Untersuchungen abgeschlossen hatten. Es gab keine Anzeichen für einen gewaltsamen Einbruch. Sie gingen davon aus, dass die Tür mit einem Schlüssel geöffnet worden sein musste. Sie nahmen auf, dass nur mein Laptop und ein altes Handy fehlten. Und dass ich keine Alarmanlage hatte. Obwohl ich eine prominente Persönlichkeit war, wie sie sich ausdrückten. Ich bewahrte kein Bargeld zu Hause auf und ich besaß keinen Schmuck. Aber darauf hatten es die Einbrecher offensichtlich nicht abgesehen.

Am meisten tat es mir um den Ledersessel leid, den ich von meinem Vater geerbt hatte, er sah fürchterlich aus, aber ich war fest entschlossen, ihn reparieren zu lassen, ganz gleich, was es kosten würde. Es war das einzige wirkliche Erbstück, das ich von meinem Vater hatte. Gabriel hatte die zuverlässige Omega-Armbanduhr bekommen, die auf wundersame Weise alle Bankrotte überlebt hatte, aber wer auch immer ihn überfallen hatte, hatte sie sicher an sich genommen und verkauft.

Wir hatten Stein, Schere, Papier um diese beiden Erbstücke gespielt. Gabriels Papier hatte meinen Stein eingewickelt. Er hatte die Uhr genommen, und dennoch hatten wir beide das Gefühl gehabt, gewonnen zu haben.

Ich kochte noch einmal Kaffee und rief auf Anraten meiner Mutter bei Wisch & Weg an, die tatsächlich umgehend anrückten. Das war typisch für meine Mutter. Sie wurde in solchen Situationen weder von Panik ergriffen noch verschwendete sie Zeit darauf, sich zu ärgern. Es gab etwas zu tun, und sie nahm es in Angriff. Sie war ein sehr strukturierter Mensch.

Während wir uns also zu viert daranmachten, das Chaos zu beseitigen, begann ich über das nachzudenken, was passiert war. Offensichtlich bestanden irgendwelche Zusammenhänge, die zu durchschauen ich zu lange gebraucht hatte. Das Wiedersehen mit Mascha war vermutlich kein Zufall gewesen. Und ihr Bruderherz Sascha, der fließend Dänisch sprach, war wohl ebenfalls kaum zufällig in Dänemark. Und hatte mich auch nicht rein zufällig in Moskau getroffen. Aber was steckte dahinter? Ich war mir ziemlich sicher, dass die Einbrecher nach etwas gesucht hatten, von dem sie annahmen, dass Gabriel es mir gegeben hatte. Informationen, die sich auf der Festplatte eines Computers oder auf einem USB-Stick oder auf etwas so Altmodischem wie Papier befanden.

Aber welche Rolle spielten die beiden Geschwister dabei? Warum hatte Gabriel sich überhaupt darauf eingelassen, für Sascha zu arbeiten? Und war es wirklich plausibel, dass mein Bruder gewusst hatte, dass der alte Patriarch ermordet worden war? Meine Mutter hatte recht. Es war sehr unwahrscheinlich. Aber natürlich konnte eine solche Vermutung gewalttätige Menschen dazu bringen, drastische Maßnahmen zu ergreifen.

Ich war froh, dass der Brief, den die rätselhafte Frau mir geschrieben hatte, sich in meiner Brieftasche befand. Vielleicht waren sie hinter diesem Brief her gewesen? Vielleicht waren sie auf die simple Nachricht auf meiner Facebook-Seite aufmerksam geworden. Ich wollte unbedingt Kontakt mit ihr aufnehmen und ich beschloss, nach Pskow zu fahren. Ich hatte ein gültiges Visum. Stine brauchte mich im Moment nicht, und mein Chef würde Nachsicht walten lassen, wenn ich ihm versprach, ernsthaft über sein Angebot nachzudenken.

Meine Mutter fand die Idee alles andere als gut, als ich ihr von meinen Plänen berichtete, nachdem wir Wisch & Weg nach Hause geschickt hatten. Die Wohnung sah wieder ordentlich und wohnlich aus, und ich war den drei Frauen zutiefst dankbar. Jetzt musste ich mir nur noch eine neue Matratze kaufen. Um den Ledersessel würde sich meine Mutter kümmern. Sie hatte eine Freundin in Roskilde, deren Mann mit einem Möbelpolsterer Golf spielte. Auch in Dänemark ließ sich vieles als Freundschaftsdienst regeln, wenn man die richtigen Leute kannte.

»Warum willst du das alles wieder aufwirbeln?«, fragte meine Mutter und leerte ihre Kaffeetasse.

»Findest du nicht, dass das mehrere höchst erstaunliche Zufälle sind?«

»Das bringt uns Gabriel auch nicht wieder zurück. Ich werde bis zur Seelenmesse an ihn denken, dann werde ich ihn in einem Winkel meines Herzens verstecken und ihn nur ab und zu wieder hervorholen.«

»Ach, Mama.«

»Ja, es ist traurig und entsetzlich, aber es ist nun mal passiert, und es gibt nichts, was wir tun können, um es zu ändern, mein Junge.«

Wir verfielen beide in Gedanken. Ich wusste, was geschehen würde. Wir würden eine kleine Bank vor Gabriels Grab aufstellen lassen, so wie Mama es an Papas Grab getan hatte. An Gabriels Todestag und zu Ostern würden wir uns mit einer Kleinigkeit zu essen und einem Wodka auf die Bank setzen und auf die Erlösung seiner Seele anstoßen und einen Wodka über seinem Grab ausgießen, damit er auch etwas davon hatte. Wir würden über ihn reden und es uns gestatten, ihn zu vermissen. Meine Mutter würde in regelmäßigen Abständen zu seinem Grab gehen, um sich zu vergewissern, dass es gepflegt aussah und dass dort frische Blumen lagen, so hielt sie es auch mit Papas Grab.

»Soll ich dich nach Hause fahren?«, fragte ich nach einer Weile.

»Das wäre sehr nett von dir.«

Im Auto auf dem Weg nach Roskilde fragte ich sie: »Warum hast du gesagt, dass Karl Erik Jansen ein schlechter Mensch ist, wo er dir und Vater doch damals geholfen hat, als ihr nicht aus der Sowjetunion ausreisen konntet?«

Es regnete leicht. Ich hatte die Scheibenwischer auf Intervall gestellt, und sie quietschten in regelmäßigen Abständen über die Scheibe.

»Warum fragst du?«

»Er hat euch doch geholfen?«

»Du kannst es einfach nicht lassen. Was soll das, Adam?«

»Hat er oder hat er nicht?«

»Ich weiß es ehrlich gesagt nicht. Ich glaube schon. Dein Vater hat nie mit mir darüber gesprochen. Dein Vater und ich konnten eigentlich über alles reden, aber es gab Dinge, bei denen wir beide spürten, dass es keinen Sinn hatte, sich weiter damit zu belasten, da sie nur in eine Sackgasse führten. Wenn ich Dänin wäre, wäre ich Jütländerin. Die machen nicht so viele Worte um alles. Es stimmt, dass wir die Unterstützung eines dänischen Ministers bekommen haben, der nach Russland gereist ist. Und Karl Erik verfügte über die richtigen Kontakte in Moskau, die er auch genutzt hat. Du weißt, was ich meine. *Blat.*«

»Bestechung?«

»Ja. Karl Erik hat in irgendeiner Form dafür bezahlt. Dein Vater ist gezwungen gewesen, Schulden zu machen, damit ich ausreisen konnte. Ich habe viele Jahre lang geglaubt, es sei um Geld gegangen, aber es war wohl eher so zu verstehen, dass er in Karl Eriks Schuld stand. Ihr Verhältnis war ohnehin schon sehr angespannt. Sie waren Freunde und gleichzeitig befanden sie sich in einem ewigen Wettstreit. Und zwar sowohl im Hinblick auf ihre Geschäfte als auch auf die Frauen, wenn du es genau wissen willst. Die Tatsache, dass dein Vater in Karl Eriks Schuld stand, bedeutete für ihn, dass er sich Karl Erik unterlegen fühlte. Das Machtgefüge zwischen ihnen hatte sich verschoben, und das konnte dein Vater nicht ertragen. Sie beendeten ihre Zusammenarbeit.«

»Aber das macht Karl Erik doch noch lange nicht zu einem schlechten Menschen.«

»Dein Vater war der Meinung, Karl Erik habe ihre Freundschaft verraten. Er habe sich illoyal verhalten. Wie du weißt, war Loyalität deinem Vater sehr wichtig. Ich habe natürlich für deinen Vater Partei ergriffen.«

»Was hat denn damals schließlich den Ausschlag gegeben für ihr Zerwürfnis?«

»Es ging um eine Frau.«

»Und diese Frau warst du?«

»Du bist wirklich ein schlaues Kerlchen, Adam, aber lass es jetzt bitte auf sich beruhen.«

»Mama, zum Teufel!«

»Und ich will mir deine unflätigen Ausdrücke nicht länger anhören«, fuhr sie mich an. »Das Ganze liegt viele Jahre zurück. Ich bin müde. In einer Mülltonne herumzuwühlen fördert nur die Ratten zutage.«

»Wie ist es mit deiner Freundin Alla weitergegangen?«, fragte ich. »Weißt du etwas darüber?«

»Ja, selbstverständlich. Wir haben uns viele Jahre lang geschrieben. Sie war meine beste Freundin. Sie hat sich nie von mir abgewandt.«

»Lebt sie noch?«

»Nein, Adam. Leider nicht. Russland tötet die guten Menschen. Die Bösen überleben. Alla wurde gefeuert und arbeitete dann zehn Jahre lang als Straßenbahnfahrerin. Sie hat zweimal geheiratet, beide Männer haben zu viel getrunken, einer hat sie sogar geschlagen. Und Kinder hat sie nicht bekommen. Die letzten beiden Jahre ihres Lebens hat sie allein gelebt. Als ich ein halbes Jahr lang nichts mehr von ihr gehört hatte, habe ich deinen Vater gebeten herauszufinden, was mit ihr passiert ist. Sie ist von einem fünfzig Zentimeter langen Eiszapfen erschlagen worden, der von einem sechsstöckigen Wohnblock herabstürzte, als sie an einem frühen Märztag unglücklicherweise gerade vorbeiging. Natürlich war der Moskauer Sowjet sich der Gefahr bewusst, aber man hatte weder Warnschilder aufgestellt noch die gefährdeten Bereiche abgesperrt. Niemand wurde dafür zur Rechenschaft gezogen. In Russland werden die großen Tiere nie zur Verantwortung gezogen. Weder damals noch heute.«

Ich schüttelte den Kopf und konnte mir unschwer vorstellen, wie sich das Unglück ereignet hatte. Ich kannte die Gefahr, die heutzutage zwar geringer war, aber in der russischen Hauptstadt nach wie vor existierte. Die Zentralheizung war gratis oder zumindest sehr günstig. An den Heizkörpern gab es keine Thermostate, so dass die Leute die Raumtemperatur regulierten, indem sie die kleinen Belüftungsfenster öffneten oder schlossen. Im Winter bewegten sich die Außentemperaturen oft zwischen minus zwanzig und plus zwei Grad. Das führte zu Furcht einflößenden Eiszapfen an den Dächern der Wohnhäuser. Jedes Jahr kamen Menschen ums Leben, wenn diese Eiszapfen zu Boden stürzten.

»Du warst in Moskau an ihrem Grab?«

»Das war ich, ja. Alla war ein guter Mensch. Ich habe ihr Blumen mitgebracht und für sie gebetet.«

»Und dieser Kerl vom KGB, dieser Oleg Kasejew? Was ist aus dem geworden?«

Sie seufzte. »Du gibst nicht so leicht auf, was? Kasejew wurde versetzt. Ich weiß nicht, warum. Ich weiß, dass er nach Leningrad beordert wurde, um das dortige Dissidentenmilieu im Auge zu behalten. Das war nicht gerade eine Beförderung und eine noch langweiligere Tätigkeit als sein alter Job im Metropol.«

»Wie meinst du das?«

»Er saß in Leningrad und hat Gespräche abgehört. Du hast doch den Film *Das Leben der Anderen* gesehen. Der spielt zwar in der DDR, aber in der Sowjetunion war es dasselbe. Im Metropol hatte er einen guten Job, der ihm genug *obrok* einbrachte, um ein angenehmes Leben zu führen. Er hatte dort die leichten Mädchen, die mit den Ausländern aufs Zimmer gingen und denen nichts anderes übrig blieb, als sich ihm zu fügen. Du weißt schon, was ich meine.«

»Ja, Mama«, antwortete ich, und sie warf mir einen ihrer berühmten Blicke zu, weil sie den Eindruck hatte, ich würde mich über sie und ihre russische Prüderie lustig machen, die sie nie ganz abgelegt hatte.

»Der KGB schützte seine Leute zwar, aber es gab anscheinend doch gewisse Grenzen. Er muss sich irgendetwas zu Schulden kommen lassen haben, sonst hätten sie ihn nicht versetzt. Nachdem Popow aus Ostdeutschland zurückgekehrt war, wurde er in Leningrad Kasejews Chef. Kurz bevor das ganze System zusammenbrach, verließen sie gemeinsam den KGB und wurden Unternehmer. Später hat Popow ihn, soweit ich weiß, mit nach Moskau genommen, als er das erste Mal zum Präsidenten gewählt wurde. Es heißt, Kasejew sei sehr reich geworden.«

»Woher weißt du das alles?«

»Ich habe meine Verbindungen. Die russische Gemeinde in Dänemark ist nicht groß. Es kursieren viele Gerüchte. Es gibt viele, die gut informiert sind und zwischen beiden Ländern hin- und herpendeln. So ist es in den letzten zwanzig Jahren immer gewesen. Ich treffe sie in der Kirche.«

»Du hast mir früher nie von all dem erzählt.«

»Du hast nie danach gefragt. Es war ja sonst auch nie von Bedeutung für uns. In meinem Land lachen die Bösen, und die Guten weinen.«

»In deinem früheren Land. Du bist jetzt Dänin. Ebenso wie ich Däne bin.«

»Ich bin Russin. Das werde ich immer sein. Das ist mir mittlerweile klar geworden. Das Dänische ist nur ein Lack, der in letzter Zeit ziemlich abgeblättert ist.«

»Du bist einfach nur deprimiert wegen all der Dinge, die passiert sind.«

»Vielleicht. Ich freue mich jedenfalls auf eine Tasse Tee, etwas Leichtes von Mozart und den guten Roman, der zu Hause auf mich wartet. Solange es all das gibt, ist das Leben gar nicht so übel.«

»Du bist echt in Ordnung, Mama.«

»Da bin ich aber froh«, sagte sie ein wenig spitz.

Wir erreichten die Wohnanlage, in der sie in Roskilde lebte. Es nieselte immer noch. Das gelbe Licht der Straßenlaternen ließ meine Mutter fast wie eine junge Frau aussehen. Sie beugte sich vor und küsste mich auf die Wange.

»Schlaf gut, Adam.«

»Danke, du auch. Und vielen Dank für deine Hilfe. Was würde ich bloß ohne dich machen?«

»Du wirst schon zurechtkommen. Aber noch ist es ja nicht so weit. Versprich mir nur, dass du die Vergangenheit ruhen lässt. Das Leben muss weitergehen. Ich weiß, dass es schwierig ist. Das war es auch, als dein Vater gestorben ist, aber wir haben es damals auch geschafft. Und wir haben ja noch uns.« Mit diesen Worten stieg sie aus.

Ich sah ihr nach, bis sie ihre Haustür erreicht und den Zahlencode eingegeben hatte. Sie drehte sich um, winkte und lächelte mir zu. Sie sah klein und zerbrechlich aus. Ich konnte mir leider gut vorstellen, dass sie in einem Kloster fern vom Trubel der Welt glücklich wäre – aber dann auch irgendwie wieder nicht. Dafür hat sie zu viel *drive*, dachte ich optimistisch.

Ich befolgte ihren Rat nicht, sondern überredete einen Kollegen aus der Wirtschaftsredaktion des Fernsehsenders, mir Karl Erik Jansens Adresse und Telefonnummer zu besorgen. Er hieß Peter Hansen und war einer der besten Wirtschaftsjournalisten in Dänemark, und ich hatte großen Respekt vor ihm. Wir waren nicht gerade enge Freunde, aber wir hatten viele nette Stunden zusammen verbracht.

»Ich kann dir da bestimmt weiterhelfen, Adam. Aber warum interessierst du dich für Jansen? Es gibt tatsächlich eine Menge interessante Dinge über ihn. Er ist am Nord-Stream-Projekt beteiligt, aber man munkelt, dass er jetzt auch irgendwas in Grönland vorhat. Weißt du etwas darüber?«

»Nein. Es geht um etwas Privates. Er hat meinen Vater gekannt.«

»Okay, alles klar. Ich dachte vielleicht …«

»Und um was geht es bei dieser Grönland-Geschichte?«, fragte ich.

»Das ist wirklich eine ganz spannende Sache. Aufgrund des Klimawandels eröffnen sich in der Arktis ganz neue Möglichkeiten sowohl für den Schiffstransport als auch für die Rohstoffgewinnung. Wegen Grönland ist Dänemark neben den Giganten USA und Russland da einer der *global player*. Es heißt, Jansen verfüge über ausgezeichnete Verbindungen zum Kreml. Er hat viel in das Nord-Stream-Projekt investiert, aber er hat noch eine andere Firma namens Arctic Development, von der meine Quellen in der Investmentbranche meinen, dass man sie unbedingt im Auge behalten sollte. Das Konsortium bereitet seinen Börsengang vor, und meine Informanten sagen, dass es eine ganz große Nummer werden kann, wenn die Entwicklung in der Arktis entsprechend voranschreitet. Es heißt auch, es sei russisches Geld involviert und Russland habe damit durch die Hintertür vielleicht doch seine Finger im Spiel. Jansen bestreitet das.«

»Das gibt's doch gar nicht«, sagte ich ungläubig, aber die verschiedenen Aspekte der globalen Machenschaften in der Wirtschaft interessierten mich nicht sonderlich. Ich glaube, die vielen Abenteuer meines Vaters auf diesem Gebiet haben dazu geführt, dass ich mich nie wirklich damit beschäftigt und Zuflucht in meinem so ganz anderen Job gesucht habe.

»Ja, das ist echt spannend«, sagte Peter. »Ich werde dir nachher die Kontaktdaten besorgen. Und wie geht's dir sonst so? Es heißt, dass du Anchorman der neuen Wettersendung wirst. Stimmt das?«

»Das wird sich zeigen«, antwortete ich nur.

Er gab mir Jansens geheime Privatnummer und rang mir das Versprechen ab, mich unter keinen Umständen daran zu erinnern, von wem ich sie bekommen hatte. Wir vereinbarten, uns bald einmal zu treffen, und beendeten das Gespräch.

Ich rief sofort bei Jansen an.

»Elise Jansen«, meldete sich eine helle, wohlklingende Frauenstimme.

Ich nannte meinen Namen und fragte, ob es möglich sei, Karl Erik Jansen zu sprechen.

»Er ist gerade nicht zu Hause. Sind Sie der Meteorologe Adam Lassen? Der aus dem Fernsehen?«

»Ja, der bin ich.«

»Wie nett. Ihre Stimme kam mir gleich so bekannt vor. Sie machen Ihren Job einfach großartig.«

»Vielen Dank.«

»Ich werde Karl Erik ausrichten, dass Sie ihn sprechen möchten. Worum geht es denn genau?«

»Um meine Eltern. Er war mit ihnen bekannt, als sie jung waren.«

»Aha. Davon hat er mir nie etwas erzählt, aber ich werde es ihm ausrichten. Würden Sie mir bitte Ihre Telefonnummer geben?«

Karl Erik Jansen rief mich ein paar Stunden später zurück. Er gab sich formell und geschäftsmäßig, willigte aber ein, sich mit mir zu treffen. Ob ich später bei ihm zu Hause vorbeikommen könne? Gegen siebzehn Uhr? Er nannte mir die Adresse in Rungsted Kyst, die ich ja bereits kannte.

Ich ließ unerwähnt, dass ich sehr gespannt darauf war, den Mann kennenzulernen, der anscheinend den Schlüssel zu jener historischen Vitrine besaß, in der ein Teil unserer Familiengeheimnisse eingeschlossen war.

21

Karl Erik Jansens Villa lag ein wenig versteckt, unweit des Strandes. Sein Wohnort schien seiner Lebensweise zu entsprechen. Durchaus elegant und wohlhabend, aber nicht aufdringlich und protzig. Er hatte es nicht nötig, seine materiellen Reichtümer auf geschmacklose Weise zur Schau zu stellen – ganz anders als die vielen Emporkömmlinge, die sich so unangenehm aufgespielt hatten, bis die Finanzkrise dem Märchen ein jähes Ende bereitete.

Die Villa aus gelbem Ziegelstein war groß, ohne wuchtig zu wirken, und zeugte von geschmackvoller Diskretion. Ein feiner Kiesweg führte durch den großen gepflegten Garten auf das Haus zu, von dem man einen schönen Blick auf den Öresund hatte. Der war heute ebenso grau wie der Himmel.

Eine Frau von ungefähr vierzig Jahren öffnete mir die Tür, kaum hatte ich geklingelt. Sie musste Karl Eriks dritte Frau sein. Sie war blond und schlank. Ohne Frage ein häufiger Gast im Fitnessstudio und mit dem nötigen Kleingeld ausgestattet, um nur die besten Schönheitschirurgen zu Rate zu ziehen, wenn es um die sichtbaren Zeichen der Zeit in ihrem Gesicht ging. Elise Jansen war ebenso gepflegt und hübsch zurechtgemacht wie der Kiesweg, der Rasen und die teuren Möbel, die die Atmosphäre im Wohnzimmer prägten, in das sie mich führte. Sie war nicht besonders groß und hatte blaue Augen und einen sinnlichen Mund. Sie trug eine elegante weiße Jeans und eine schmal geschnittene Bluse, in deren Ausschnitt eine Goldkette glitzerte. Sie hatte kurze, lässig verstrubbelte Haare.

»Karl Erik telefoniert gerade mit Moskau. Darf ich Ihnen etwas anbieten?« Sie lächelte mich an. »Seltsam. Es kommt mir so vor, als würden wir uns längst kennen. Aber das bekommen Sie vermutlich ständig zu hören.«

Sie berührte mich leicht am Arm und führte mich zu dem großen Panoramafenster. Die Berührung überraschte mich. Sie fühlte sich zu intim an, aber vielleicht gehörte sie zu den Frauen, die andere Menschen ständig berühren müssen – vor allem andere Männer.

Die Aussicht war trotz des trüben Wetters beeindruckend. Ein schöner Rasen, der bereits in zartem Frühjahrsgrün erstrahlte, erstreckte sich einen kleinen Hügel hinunter bis zu einem weißen Holzzaun. Über das Haus des Nachbarn hinweg war in einiger Entfernung der Öresund zu sehen.

»Es ist sehr schön hier. Aber der große Rasen macht bestimmt eine Menge Arbeit.«

Sie lachte. »Dafür ist Karl Erik zuständig. Er hat sich einen Roboter angeschafft, der den Rasen für ihn mäht. Und er legt sich dann stattdessen mit einem Gin Tonic in den Liegestuhl.«

»Clever.«

»Ja, nicht wahr? Möchten Sie auch einen Gin Tonic?«

»Einen kleinen nehme ich gern, danke. Ich bin mit dem Auto da.«

»Ich nehme auch einen, mein Schatz.«

Karl Erik Jansen hatte das Zimmer betreten und kam mit federnden Schritten auf mich zu. Er war größer, als ich ihn mir von den Fotos her vorgestellt hatte, braungebrannt und schlank und trug eine helle Hose und ein blaues Hemd mit geöffnetem Kragen. Er hatte kaum noch Haare und die verbleibenden trug er kurz geschnitten, was ihm sehr gut stand.

»Adam Lassen, es ist mir ein Vergnügen«, sagte er und schüttelte lächelnd meine Hand. »Wir sollten uns alle duzen. Auch meine Frau ist sicherlich einverstanden. Schön, dich kennenzulernen. Oder vielmehr, dich wiederzusehen, denn ich habe deinen Bruder und dich einmal gesehen, als ihr Säuglinge wart. Ich habe deine Karriere mit Interesse verfolgt. Sie ist ja glänzend verlaufen.« Er musterte mich. »Du siehst deinem Vater sehr ähnlich. Du hast seine Augen, seine Statur und, so scheint mir, seine Intelligenz. Wie du weißt, hatte ich früher einmal das Glück, der Geschäftspartner und Freund deines Vaters zu sein. Es war ohne Frage sein Verdienst, dass unser erstes gemeinsames Geschäft in der Sowjetunion mir das nötige Kapital bescherte, um weiter expandieren zu können. Ich hatte ihm damals viel zu verdanken. Es hat mir immer leidgetan, dass er so oft Schwierigkeiten hatte. Und dass es so ein trauriges Ende mit ihm genommen hat.«

»Ja.«

»Und mein Beileid zum Tod deines Bruders. Wie geht es deiner Mutter?«

»Sie hält sich tapfer. Du kennst sie ja.«

»Ich habe sie gekannt, das ist nicht dasselbe. Die Menschen verändern sich im Laufe ihres Lebens. Wie geht es ihr heute?«

»Allgemein betrachtet, geht es ihr gut. Sie erfreut sich einer guten Gesundheit und führt ein angenehmes Leben, aber Gabriels Tod hat ihr natürlich sehr zugesetzt. So wie mir auch. Ich glaube, ehrlich gesagt, dass wir es noch gar nicht richtig begriffen haben.«

»Verständlicherweise. Es ist eine Tragödie. Es ist immer eine Tragödie, wenn ein Mensch in jungen Jahren stirbt. Vor allem ein so guter Mensch wie dein Bruder. Es tut mir wirklich sehr leid. Es hat deine Familie wirklich schwer getroffen. Erst dein Vater und dann Gabriel.«

»Ja.«

»Moskau ist kein ganz ungefährlicher Ort. In den Medien war von einem räuberischen Überfall die Rede. Das ist leider keine Seltenheit im heutigen Moskau.«

»Nein. Das sagen alle. Hast du meinen Bruder gekannt? Bist du ihm begegnet?«

»Ein paar Mal. In der Botschaft in Moskau. Und einige Male im Patriarchat im Danilow. Es war sehr interessant, sich mit deinem Bruder zu unterhalten, er wusste sehr gut über Russland Bescheid. Über die Kirche. Er war bestens über alles unterrichtet.«

»Wusste er, dass du und unsere Eltern eine gemeinsame Vergangenheit hatten?«

»Das glaube ich nicht. In unseren Gesprächen sind wir nicht darauf zu sprechen gekommen. Es ist so lange her. Ich habe keinen Anlass gesehen, es zu erwähnen.«

»Er hat nie von dir gesprochen.«

»So interessant bin ich vermutlich nicht.«

Er klatschte in die Hände und sah Elise an.

»Nun, mein Schatz. Könntest du dich um die Drinks kümmern, dann würde ich mir erlauben, Adam in mein Arbeitszimmer mitzunehmen. Etwas Zeit bleibt ja noch, bevor wir losmüssen.«

Ich verstand die Andeutung sofort. Er war zu einem Gespräch bereit, aber für den Fall, dass es unangenehm werden würde, hatten sie noch etwas vor, so dass er mich auf höfliche Weise hinauskomplimentieren konnte.

Karl Erik Jansens Arbeitszimmer zeigte in Richtung Südosten und war praktisch und nüchtern eingerichtet mit einem modernen höhenverstellbaren Schreibtisch, einem teuren Bürostuhl und einer Regalwand mit dänischen, englischen und russischen Büchern. Darin standen sowohl Fachbücher als auch Romane, unter anderem fielen mir Dostojewski und Solschenizyns *Archipel Gulag* ins Auge. Der Schreibtisch war aufgeräumt. Lediglich ein modernes Telefon, ein zugeklappter Laptop und ein hübsches Sommerfoto von Elise in einem dezenten Rahmen waren darauf zu sehen. Zurückhaltung schien der Schlüsselbegriff im Leben von Herrn und Frau Jansen zu sein. Vor dem großen Fenster standen ein breites Sofa und zwei Sessel sowie ein kleiner Couchtisch.

An der Wand hingen zwei große Bilder. Das eine war eine historische Aufnahme vom Roten Platz. Man sah darauf, wie sich die Menschenschlange vor Lenins Mausoleum in einem langen, weichen S von der rechten Seite des Fotos bis hin zum Mausoleum schlängelte. Auf dem anderen Bild war ein Wolga-Kahn zu sehen, der von einer Gruppe bärtiger, in Lumpen gekleideter Treidler gezogen wurde. Es war ausdrucksstark, dramatisch und im typisch russischen nationalistischen Stil romantisiert. Es musste sich um eine teure Reproduktion eines berühmten Gemäldes handeln. Ich konnte es nicht richtig einordnen. Vielleicht war es sogar echt. Geld genug hatte Jansen jedenfalls.

Karl Erik folgte meinem Blick. »Ich weiß. Ziemlich nostalgisch, nicht wahr? Aber sie sind beide hübsch anzusehen und sie erinnern mich daran, dass das große Land mit den großen Herausforderungen gut zu mir gewesen ist und mir ein interessantes und reiches Leben beschert hat.«

Er gab mir mit einer Handbewegung zu verstehen, dass ich auf einem der Sessel Platz nehmen solle, während er sich auf das Sofa setzte. Auf dem Couchtisch lag ein russisches Buch. Dem Lesezeichen zufolge hatte er es bereits fast durchgelesen. *Die Wiedergeburt der wahren Kirche* lautete der Titel.

»Darf ich?«, fragte ich und streckte die Hand nach dem Buch aus. Er nickte. »Ist es gut? Interessierst du dich für die russisch-orthodoxe Kirche und für ihre Beziehungen und ihre Rolle in Popows Staat?«

Ich hatte auf einmal angefangen, Russisch mit ihm zu sprechen. Vielleicht wegen des Buches, vielleicht weil ich die Sprache in letzter Zeit so oft gesprochen hatte, vielleicht aber auch, um seine Sprachkenntnisse zu testen. Sie waren ausgezeichnet, auch wenn er einen ziemlich starken Akzent hatte.

»Ja. Wenn man das heutige Russland und die Herausforderungen verstehen will, vor denen dieses mächtige Reich steht, dann muss man die Geschichte des Landes studieren. Dann erst versteht man, welchen entscheidenden Einfluss der orthodoxe Glaube auf die Mentalität der Bevölkerung gehabt hat und noch immer hat und welche zentrale Rolle die Kirche in allen Bereichen von der Staatsgründung bis zum heutigen politischen System spielt. Wenn man das nicht begreift, hat man völlig überzogene Vorstellungen davon, wie sich unsere Form von Demokratie in einem kulturell und historisch so gänzlich andersgearteten Land wie Russland einführen ließe.«

»Du sprichst gut Russisch.«

»Ich habe viele Jahre Zeit gehabt, es zu lernen. Ich bin fleißig und gründlich gewesen. Ich mag das Land, die Kultur und die Sprache. Es ist also nicht weiter verwunderlich. Du hast das Glück gehabt, diese Sprache mit der Muttermilch aufzusaugen. Ich habe darum kämpfen müssen, und es ist einer meiner sinnvollsten und befriedigendsten Kämpfe gewesen.«

Ich sah ihm an, dass es ihm gar nicht gefiel, dass ich ein wenig von oben herab seine Russisch-Kenntnisse gelobt hatte. Er betrachtete mich nicht als Russen, sondern als Dänen, und ich sollte mich bloß nicht vor ihm aufspielen. Er war ein Mann, der es gewohnt war, seinen Willen zu bekommen und anderen zu sagen, wo es langging.

In diesem Moment kam Elise mit einem Tablett mit zwei Drinks herein und rettete damit die Situation. Sie stellte die beiden Drinks auf zwei kleine Untersetzer, küsste Karl Erik auf die Wange und ging. Ich gab mir Mühe, ihr nicht allzu offensichtlich hinterherzustarren, konnte es aber nicht lassen, zumindest einen kurzen Blick auf sie zu werfen, als sie in ihrer engen Jeans und mit leicht wiegenden Hüften zur Tür ging und diese hinter sich schloss.

»Ich habe eine fantastische Frau, findest du nicht? Bist du verheiratet?«

Ihm entging nichts. Das war vermutlich einer der Gründe dafür, dass er ein so reicher Mann geworden war.

»Ja, das hast du wirklich. Und nein, das bin ich nicht.«

»Ich bin ein privilegierter Mann. Ich weiß das, und ich versuche jeden Tag, dankbar für mein Schicksal zu sein und das Leben nicht als etwas Selbstverständliches anzusehen. Prost, Adam. Es freut mich sehr, endlich Niels' zweiten Sohn kennenzulernen. Ich fand es sehr schade, dass unsere Freundschaft damals zerbrochen ist, aber das hat deine Mutter dir sicher erzählt.«

Er sprach jetzt wieder Dänisch. Der Gin Tonic war perfekt, mit drei Eiswürfeln und einer sicher aus ökologischem Anbau stammenden Zitronenscheibe in hohen, schlanken Gläsern. Ich ging nicht weiter auf seine Bemerkung über meine Mutter ein. Ich konnte noch nicht richtig einschätzen, ob er sich auf ein Gespräch einlassen würde. Stattdessen nahm ich wieder das Buch über die russische Kirche in die Hand.

»Warum ist es so wichtig, die Kirche zu verstehen, wenn man Russland verstehen will?«

»Durch deinen Bruder weißt du sicher besser über die Kirche Bescheid als ich. Sie hat es immer als ihre Aufgabe betrachtet, das Russentum zu beschützen, wenn man das so sagen kann. Sie ist die reine Kirche, wie du weißt. Sie ist der Auffassung, dass die Juden den Anspruch verwirkten, Gottes auserwähltes Volk zu sein, als sie Jesus ans Kreuz schlugen. Die orthodoxe Kirche hat sich selbst immer als dem Westen moralisch überlegen angesehen. Das gilt natürlich auch in rein religiöser Hinsicht. Sie betrachtet sich seit dem Bruch vor tausend Jahren als die wahre und reine Kirche, wie es ja auch ihr russischer Name widerspiegelt. Der heilige Stuhl ist von Verrätern besetzt und kaum als legitim zu erachten. Es ist eine hierarchische Kirche, nicht wahr? Einige Menschen stehen Gott näher als andere. Die Priester zum Beispiel. Es ist nicht wie bei uns Protestanten, die wir vor Gott alle gleich sind. Du kennst die Ikonostase, die den heiligen Bereich abgrenzt, den wir Normalsterblichen weder sehen noch betreten dürfen. Die Vorstellung, dass einige besser ausgebildet, besser zum Führen geeignet sind und daher ganz selbstverständlich zu Führern gemacht werden, ist tief in der russischen Gesellschaft verwurzelt. In dem Punkt erinnert die Kirche eigentlich an den Islam, findest du nicht? Unterwerfung ist wichtig. Man unterwirft sich Gott und man unterwirft sich dem Zaren oder dem Präsidenten. Die Russen sind Kinder, die die strafende Hand des Vaters spüren müssen. Sonst entstehen Unruhe und Chaos.«

Er hatte sich warm geredet. Genau das hatte ich erreichen wollen. Ich wollte ihn in die russische Stimmung und Wirklichkeit hineinversetzen. Er hatte eine sehr angenehme Stimme, man würde ihm sofort eine Freizeitbeschäftigung als Sänger im Kirchenchor zutrauen.

Er wollte auf etwas Bestimmtes hinaus.

Ich hatte mit Gabriel über die Abgrenzungsfunktion der Ikonostase gesprochen. Die Ikonostase verbirgt das zentrale Geschehen während des Gottesdienstes. Sie hat drei Türen mit der sogenannten königlichen Tür in der Mitte. Nur die Priester verfügen über das nötige Wissen und die erforderliche Würde, um die königliche Tür zu passieren. Gabriel hatte gemeint, genau darin liege die Schönheit des Ganzen. Dass Gott nicht nur offen und zugänglich sei, sondern für den sündigen Menschen auch mystisch und fern. Die königliche Tür sei eine Metapher für die Perlenpforte, durch die der von Sünden freie Mensch am Jüngsten Tag hindurchgehen werde.

»Okay«, sagte ich. »Die Ikonostase stellt eine direkte Parallele zu den roten Mauern des Kreml dar. Die Normalsterblichen haben keinerlei Anrecht darauf mitzuverfolgen, was sich hinter ihnen abspielt?«

»Genau. Es zieht sich wie eine Unterströmung durch die gesamte Gesellschaft, dass es Menschen gibt, die besser zum Führen geeignet sind, ebenso wie die Priester besser dazu in der Lage sind, Gott zu verstehen. Gewöhnliche Menschen werden die entscheidenden Fragen niemals verstehen, von daher kannst du dein Schicksal beruhigt in die Hände Gottes, des Zaren oder des Präsidenten legen.«

»Und das gilt dann auch als Entschuldigung für den schlechten Zustand der Demokratie und die Machtvollkommenheit von Präsident Popow?«

»Nein. Aber es erklärt sie. Es erklärt, warum sich das russische Haus nicht an einem Tag errichten lässt, und es macht uns deutlich, dass wir ein gewisses Maß an Nachsicht und Geduld an den Tag legen müssen. Zumal, wenn man bedenkt, wie groß das Land ist. Wie dünn besiedelt es ist. Wie das Imperium jedes Mal zu zerreißen droht, wenn die Macht des Zentrums geschwächt wird. Und man muss natürlich auch bedenken, dass die russische Geschichte sich von unserer unterscheidet. Die Folgen von jahrhundertelanger Isolation beseitigt man nicht im Laufe von ein paar Generationen.«

»Und was ist mit den jungen und ganz jungen Leuten, die in jüngster Zeit auf die Straße gehen und demonstrieren?«

»Ein Sturm im Wasserglas. Es gibt eine neue Mittelschicht, die sich langweilt, aber sie wird nicht den entscheidenden Einfluss erlangen. Das wird Popow nicht zulassen.«

»Wirklich? Sehr desillusionierend.«

»Lass Russland etwas Zeit, dann wird das Land sich wandeln. Die Geschichte ist eine schwere Bürde für dieses Land. Kennst du den deutschen Begriff *Vergangenheitsbewältigung*?«

»Nein, aber das hört sich schon so schwer an.«

»Das ist es auch. Es bedeutet, dass man sich mit seiner Vergangenheit auseinandersetzt, so wie die Deutschen es mit dem Nationalsozialismus getan haben. Dass man seiner Vergangenheit in die Augen sieht. Dass man die Schuldigen bestraft und für seine Vergehen büßt. Russland hat sich seiner kommunistischen Vergangenheit nie gestellt. Stalins Verbrechen sind nie gesühnt worden. Niemand ist zur Verantwortung gezogen worden. Stattdessen hat das demokratische Russland vor dem Roten Platz eine Statue von Schukow, Stalins Lieblingsgeneral, errichten lassen.«

»Und du meinst, Russland hat es nötig, Buße zu tun – sich mit seiner brutalen Vergangenheit auseinanderzusetzen?«

»Wenn die Zeit reif dafür ist, braucht Russland eine russische Form der Vergangenheitsbewältigung. Dann muss es seine Vergangenheit aufarbeiten und sich den Sünden und Verbrechen der Vergangenheit ehrlich stellen. Der Zeitpunkt ist bloß noch nicht gekommen. Das Problem ist, dass diejenigen, die Russland von der kommunistischen Diktatur befreit haben, diese Diktatur gleichzeitig selbst repräsentiert haben. Man verlangt also gleichsam von ihnen, sich selbst zu sühnen. Sich selbst zu verdammen. Das können sie nicht. Im Moment geht es darum, Russland weiterhin auf dem Kurs zu halten, den Popow festgelegt hat. Stabilität und fortwährende Kontrolle durch den Kreml, damit das Land nicht auseinanderbricht. Später kommt dann sicher auch noch die Zeit für die berühmte liberale Demokratie. Du wirst sie bestimmt noch erleben. Ich wohl eher nicht.«

Jansen war ein nachdenklicher und kluger Mann. Nicht unbedingt das, was man von einem abgebrühten Geschäftsmann erwartete. Mein Vater war in seinem Leben als Geschäftsmann vieles gewesen, unter anderem ebenfalls nachdenklich und gebildet. Oft waren das gerade die Erfolgreichsten.

»Du bist oft dort gewesen. Und hast meine Eltern gekannt.«

»Ich nehme an, das ist der Grund, warum du hier bist, und nicht um dir Vorlesungen über Russland anzuhören, aber jetzt bin ich gespannt zu erfahren, was du eigentlich von mir willst.«

Er nahm einen Schluck von seinem Drink. Ich tat es ihm gleich. In seinen Augen konnte ich nichts erkennen. Sie sahen mich freundlich, aber zugleich sehr aufmerksam an, als säßen wir gerade an einem Pokertisch und es ginge darum, nicht das Geringste zu erkennen zu geben. Ich beschloss, das Thema direkt anzusprechen.

»Wie hast du meine Mutter damals aus der Sowjetunion herausbekommen?«

Er lachte. »Habe ich das denn?«

»Davon bin ich überzeugt. Ein dänischer Minister war auch noch daran beteiligt, aber ohne dich wäre es nicht zustande gekommen. Meine Mutter sagt es nicht explizit, aber sie meint es so. Mein Vater hat ihr nie Näheres darüber erzählt.«

»Nein. Niels war ein stolzer Mann. Es hat ihn geärgert, dass ich für ihn die Kastanien aus dem Feuer holen musste.«

»Das hast du getan?«

»Warum willst du das ausgerechnet jetzt wissen?«

»Keine Ahnung. Im Zusammenhang mit Gabriels Tod gibt es so vieles, das ich nicht verstehe. So vieles scheint nicht zu stimmen. Das ist das eine. Das andere ist, dass ich – vermutlich weil mein Bruder ermordet worden ist – gern wissen möchte, wer wir eigentlich sind und wo wir herkommen.«

»Das ist nur zu verständlich.«

»Unsere Familiengeschichte ist ja recht dramatisch.«

Er sah mich freundlich an. »Es ist so viele Jahre her, also warum nicht?«, sagte er nach einer Weile. »Aber es ist trotz allem vertraulich, nicht wahr? Ich tue dir einen Gefallen, wie ich deinem Vater damals einen Gefallen getan habe. Abgemacht?«

»Ja. Aber ich verstehe nicht ganz.«

»Eine Hand wäscht die andere. Vielleicht kannst du mir eines Tages auch einen Gefallen tun.«

»Das hoffe ich.«

»Tust du das wirklich? Na, wir werden sehen.«

Er lehnte sich zurück und begann, mir die Geschichte zu erzählen. Er konnte gut erzählen, ließ sich Zeit und machte Pausen, in denen er in die Tiefen seines Gedächtnisses hinabtauchte. Ich merkte, dass er sich Mühe gab, die Geschichte so zu erzählen, wie sie sich für ihn darstellte, mit allen erforderlichen Details, damit ich seine Gefühle und Reaktionen ebenso nachvollziehen konnte wie die der übrigen Beteiligten.

Wir nippten an unseren Drinks, während er erzählte und das Licht über dem Öresund draußen vor dem großen Fenster in das Blau der Dämmerung überging.

22

Es war ein scheußlicher Tag im Moskau des Jahres 1974. Der Regen prasselte auf die Stadt hernieder und verwandelte Bürgersteige und Fahrbahnen in reißende Bäche. Das Wasser strömte nur so aus den Regenrohren und ergoss sich in die Abflussrinnen. Der Wind zerrte an den Regenschirmen. In den Dachrinnen gurgelte es nur so. Die verzweifelten Autofahrer holten die abgewetzten Scheibenwischer aus dem Kofferraum, wo sie sie bei schönem Wetter vor Diebstahl schützten.

Karl Erik Jansen saß in seinem Zimmer im Hotel Metropol, als es plötzlich heftig an der Tür klopfte. Es war früh am Nachmittag. Er hatte eine Flasche Wodka geöffnet, weil wieder mal ein Meeting abgesagt oder zumindest verschoben worden war. Er hätte eigentlich ins Büro fahren sollen, aber er hatte keine Lust. Die Tristesse der sowjetischen Hauptstadt lastete schwer auf ihm, und nicht zum ersten Mal fragte er sich, ob es die Energie und das Geld wert war, in diesem unwilligen Land Geschäftsverbindungen aufzubauen. An einem Tag wie diesem, an dem es in Strömen goss, verstand er nur zu gut, warum so viele Russen bei »dem kleinen Wasser« Trost suchten.

Wie schon so viele Male zuvor wunderte er sich darüber, dass seine Eltern das sowjetische System als vorbildlich ansahen. Wie Leute, die in der Sowjetunion gewesen waren und das Leben hier erlebt hatten, noch immer Kommunisten sein konnten, war ihm ein Rätsel. Er liebte seine Eltern, aber ihre politische Einstellung verstand er nicht. Nachdem sie früher sehr aktiv gewesen waren, hatten sie sich mittlerweile zwar aus der Parteiarbeit zurückgezogen, aber sie waren nach wie vor nicht bereit, sich Kritik am sozialistischen Paradies ihrer Jugend anzuhören.

Aber er durfte das Ganze auch nicht zu negativ sehen. Durch seine Eltern war er an wichtige Kontakte herangekommen. Sie waren als Familie gemeinsam durch das große Land gereist. Zweimal hatte er das Vergnügen gehabt, an einem Pionierlager teilzunehmen. Das war wirklich lustig gewesen. Natürlich hatte es langweilige politische Vorträge über den Marxismus-Leninismus, den Klassenkampf und die Bedrohung durch die Imperialisten gegeben, aber es war doch vor allem ein großer Spaß gewesen. Die sowjetischen Mädchen waren sehr süß gewesen. Und sehr interessiert an diesem so ganz andersartigen jungen Mann aus Dänemark, der mit seinen Kronen noch dazu einige von den seltenen und dadurch sehr aufregenden Waren beschaffen konnte.

Er öffnete die Tür.

Auf dem Flur stand Niels Lassen, dem das Wasser vom Gesicht, der Kleidung und den Schuhen tropfte und der aussah wie jemand, der dem Teufel höchstpersönlich begegnet war.

»Was ist los, Niels?«, fragte er den aufgebrachten Mann, der etwas von Gefängnis, Gulag und Vergewaltigung stammelte. Er sah aus, als wäre er in die Moskwa gefallen, so nass war er. Er trug weder einen Mantel noch eine Regenjacke, sondern nur seinen dunklen Anzug, ein weißes Hemd und eine Krawatte. Sein Unterhemd war durch das klitschnasse Hemd deutlich zu sehen.

Karl Erik bugsierte ihn in sein Zimmer hinein. Er platzierte ihn auf einem Stuhl und zog ihm das nasse Sakko und das Hemd aus. Dann goss er ihm einen großen Wodka ein, hielt ihm das Glas an den Mund und vergewisserte sich, dass er die klare Flüssigkeit auch wirklich herunterschluckte. Niels zitterte vor Kälte oder vor lauter Aufregung und trank auch den zweiten Wodka, den Karl Erik ihm nachgegossen hatte, in einem Zug aus. Langsam ließ das Zittern nach. Dankbar nahm er die angebotene Zigarette an, genau wie das Handtuch, das Karl Erik aus dem Badezimmer holte.

Er ließ Niels zu Ende rauchen und sich abtrocknen. »Jetzt noch mal von vorne. Niels, ja?«, sagte er dann.

»Einen Moment bitte. Ich muss nur eben auf die Toilette.«

Karl Erik hörte, wie er sich übergab, an der altmodischen Schnur zog und spülte und wie er dann lange Wasser ins Waschbecken laufen ließ. Als Niels zurückkam, war er blass, aber er hatte sich das Gesicht abgetrocknet und die Haare gekämmt. An der nassen Hose ließ sich nichts ändern, aber im Zimmer war es ja warm. Niels setzte sich wieder auf den Stuhl, schien sich nicht weiter an dem nassen Fleck zu stören, den er selbst hinterlassen hatte. Er nippte an seinem Wodka und zündete sich eine weitere Zigarette an.

»Mach mal eben den Fernseher an«, sagte er beinahe flüsternd.

Karl Erik stand auf und machte die große Kiste an, die eine ganze Weile brauchte, um warmzulaufen. Als schließlich das Bild und der Ton erschienen, drehte er die Lautstärke voll auf. Das sowjetische Fernsehen zeigte wie so oft eine historische Dokumentation über den Großen Vaterlandskrieg, mit viel feierlichem Pathos des Kommentators. Der Sprecher war ein Schauspieler, der für seine sonore Bassstimme berühmt war. Seine beschwörenden Worte wurden immer wieder von Kanonenschüssen unterbrochen, von Häusern, die einstürzten, von lodernden Flammen und lautstarker patriotischer Musik, wenn das Rote Heer vorrückte. Gar keine so schlechte Geräuschkulisse, wenn man vermeiden wollte, dass ein Gespräch abgehört wurde.

»Danke«, sagte Niels. »Kennst du einen Mann namens Kasejew?«

»Oleg? Vom KGB hier im Hotel? Ja, klar. Unangenehmer Kerl, aber käuflich. Warum? Was ist mit ihm?«

»Er hat versucht, Tascha zu vergewaltigen.«

»Das sieht ihm ähnlich.«

»Er hat etwas gegen mich in der Hand. Als Gegenleistung will er Anastasia. Das ist das Ende. Wir werden hier nie rauskommen. Ich kann jederzeit festgenommen werden. Tascha ist nichts als eine Nummer in diesem beschissenen System. Die können mit ihr machen, was sie wollen. Ich hasse dieses Land.«

Niels begann zu weinen. Er weinte beinahe lautlos, aber die Tränen rannen ihm ebenso übers Gesicht wie der Rotz aus der Nase. Er sah entsetzlich aus. Er schluchzte wie ein Kind. Karl Erik betrachtete seinen Freund und Geschäftspartner. Er hatte ihn nie zuvor in einem derartigen Zustand der Auflösung und Handlungsunfähigkeit gesehen. Er tat ihm leid und gleichzeitig verachtete er ihn für seine Schwäche. Er reichte ihm das Glas mit dem Wodka.

»Hier. Und jetzt reiß dich verdammt noch mal zusammen, Niels!«

»Aber es ist …«

»Mann, Niels, zum Teufel! Ich kann dir nicht helfen, wenn du dich jetzt nicht endlich zusammenreißt.«

»Okay. Okay. Okay.«

Er zog an der Zigarette und die Glut glomm auf. Er atmete den Rauch aus, nahm einen neuen Zug, diesmal weniger kräftig, und fuhr nun etwas sachlicher fort, den Hergang und den eigentlichen Sachverhalt zu schildern.

Die Sache war eigentlich nicht besonders kompliziert. Niels drohten mehrere Jahre Gefängnis wegen Schwarzmarkthandels mit Devisen. Das würde auch die dänische Botschaft nicht verhindern können. Er hatte eindeutig gegen die Gesetze des Landes verstoßen. Das Problem ließe sich lösen, wenn sich Anastasia Kasejew zur Verfügung stellte. Das sah der Deal offensichtlich vor. Karl Erik fand das alles typisch sowjetisch und ziemlich entsetzlich. Sie mussten schnell handeln, und es war gut, dass das System so durch und durch korrupt war. Die Konkurrenz zwischen den verschiedenen Mitgliedern der Macht war so fundamental, dass ihm sofort eine Lösung in den Sinn kam. Aber zunächst musste Niels außer Landes gebracht werden, und das besser heute als morgen. Und dann würde es ihn sehr wundern, wenn es ihm nicht gelänge, mit einem Vorschlag aufzuwarten, dem der gute Kasejew schwerlich widerstehen oder den er gar ablehnen könnte, was nicht ganz dasselbe war. Noch besser aber wäre, dafür zu sorgen, dass ein Rivale ihn aus Moskau wegbeorderte und in einen fernen Winkel des Imperiums verbannte.

Karl Erik stand auf und dachte über die verschiedenen Optionen nach, während er zu dem altmodischen Telefon mit der Wählscheibe hinüberging, das auf dem massiven Schreibtisch am Fenster stand. Niels sank resigniert in seinen Stuhl zurück und zündete sich eine weitere Zigarette an. Seine Kleidung dunstete Feuchtigkeit aus. Trotz der schweren, roten Gardinen hörten sie den Regen gegen das Fenster prasseln.

Karl Erik rief bei Scandinavian Airlines an.

»Hallo, Hans. Karl Erik hier. Ich habe einen Mann, der heute noch rausmuss. Däne, Multivisum. Kannst du da was machen? Danke. Ich warte.«

An der Oberfläche wirkte das System in Moskau kompliziert und bürokratisch, aber vieles ließ sich regeln, wenn man dort einen festen Wohnsitz hatte. Eines der ungeschriebenen Gesetze war, wenn einer der »Festen« einen Platz in einem Flugzeug brauchte, dann fand der sich auch, und wenn die Flüge bereits überbucht waren, dann flog eben ein Tourist oder ein Geschäftsreisender bei einer der westlichen Fluggesellschaften wieder von der Passagierliste. Karl Erik wartete mit dem Telefonhörer in der Hand. Niels saß noch immer in sich zusammengesunken da, aber die Tränen hatten aufgehört zu fließen. In der schwarz-weißen Welt des Fernsehers war gerade ein Bild von General Schukow vor einem Panzer zu sehen. Auf einem grauen Hengst sitzend sprach er zu den Soldaten.

Dann war offenbar der Angestellte von Scandinavian Airlines zurück am Apparat. »Ich habe einen Platz in der Lufthansa-Maschine heute um 16.30 Uhr besorgen können. Schafft er das?«

»Das muss er schaffen. Ich bringe ihn nach Scheremetjewo. Sein Name ist Niels Lassen. Die Kosten für das Ticket übernehme ich.«

»Das ist kein Problem. Das weißt du. Ich stelle das Ticket jetzt aus und bringe es persönlich zum Flughafen.«

»Danke, Hans. Ich begleite Lassen ebenfalls persönlich dorthin. Du hast was bei mir gut.«

»No problem.«

Jansen wählte die Nummer seines Büros und bat seine Sekretärin, den Fahrer unverzüglich zum Hotel Metropol zu schicken. Er solle Niels Lassen und ihn zum Flughafen fahren. Und es müsse schnell gehen. Es war im Moment zwar nicht besonders viel Verkehr, aufgrund des Regens würde die Fahrt jedoch sicher etwas länger dauern. Aber die Zeit müsste dennoch reichen.

»Du musst jetzt los«, sagte er mit seiner alten Unteroffiziersstimme. »Ich glaube nicht, dass Kasejew schon die Miliz auf dich angesetzt hat. Ich glaube, er wird es erst noch mal bei Tascha versuchen.

Er genießt seine Position, die ihm Macht über die Frauen verschafft. An deinen nassen Klamotten können wir jetzt nichts ändern. Also, los.«

Er nahm davon Abstand, Niels zu erzählen, was die Mädchen aus dem Hotel ihm berichtet hatten, wenn sie neben ihm auf dem Kopfkissen gelegen hatten: dass Oleg Kasejew es gern etwas härter mochte, aber nur wenn er es war, der die Schmerzen zufügte. Sie hassten und fürchteten ihn, aber er hatte die Macht, ihr Leben zu zerstören.

Niels riss sich zusammen. Er leerte das Wodkaglas und zog dankbar eines von Karl Eriks ärmellosen Unterhemden und eines seiner weißen Hemden an. Es passte einigermaßen, wenn er den obersten Hemdknopf nicht schloss und einfach nur den Schlips zuzog, aber Sakko und Hose wären ihm definitiv zu klein, also musste er seinen eigenen Anzug anbehalten.

»Pass und Geld?«

»Ja. Und noch was, Karl Erik.«

»Wir müssen los.«

»Danke.«

»Halt einfach die Klappe, Niels. Wir sind Freunde.«

»Trotzdem. Es ist mir wichtig.«

»Ist schon in Ordnung. Und ich werde schon dafür sorgen, dass ihr wieder vereint werdet. Jetzt müssen wir dich nur erst einmal hier herausbekommen, bevor du als Devisenspekulant in Lefortowo landest.«

»Ich liebe sie. Ich kann ohne sie nicht leben.«

»Oleg Kasejew wird ein Angebot bekommen, das er nicht ablehnen kann. Es wird ein bisschen Zeit in Anspruch nehmen, aber es wird bestimmt klappen. *Trust me*«, sagte er und machte den Fernseher aus, der dafür berüchtigt war zu explodieren, wenn man ihn längere Zeit anließ. Das Schild, auf dem »Turn off tv when leaving the room« stand, war also durchaus ernst zu nehmen. Ebenso ernst wie der lange Arm des KGB.

Sie fuhren schweigend durch den strömenden Regen, der dafür sorgte, dass die Autos alle von einer dunklen Schlammschicht überzogen waren. Während der Fahrt sagten sie kein Wort. Das war eine weitere Moskau-Regel. Man sagte im Auto besser nichts, wenn man ganz sicher sein wollte, dass keine anderen Ohren als die des Gesprächspartners zuhörten.

Sie hielten unter dem schützenden Dach des Flughafens. Es waren viele Passagiere mit großen Koffern unterwegs. Der Flughafen war mehr als ausgelastet. Es gab Überlegungen, dass westdeutsche Unternehmen nebenan ein neues Flughafengebäude errichten sollten. Die Stimmung war angespannt. Karl Erik spürte sein Herz heftig schlagen. Niels war bleich, aber gefasst und riss sich sichtlich zusammen.

In der Abflughalle wartete Hans mit einem Lufthansa-Ticket in der Hand. Er war ein eleganter kleiner Mann um die vierzig mit einem dunklen Schnurrbart und halblangem, modischem Haarschnitt. Er reichte Niels das Ticket.

»Und auf geht's«, sagte er. »Gepäck?«

»Habe ich nicht.«

Karl Erik und Hans beobachteten Niels, als er sein Ticket am Check-in-Schalter vorzeigte.

Sie sahen, dass die sowjetische Frau in der Lufthansa-Uniform sich über das fehlende Gepäck wunderte, aber eine deutsche Angestellte der deutschen Luftfahrtgesellschaft nahm mit resolutem Griff den Umschlag mit dem Ticket an sich, riss die Bordkarte ab und gab sie ihm zurück und deutete schließlich in Richtung der Passkontrolle. Karl Eriks Herz schlug noch heftiger. Er hatte einen metallischen Geschmack im Mund. Jetzt oder nie. Er hatte Angst, Niels könnte abgeführt werden. Wenn das passierte, gab es nichts mehr, was er oder die Botschaft für ihn tun konnte.

Es dauerte eine ganze Weile. Das kam vor. Aber dieser KGB-Mann war wirklich übertrieben gründlich. Lag doch schon etwas über Niels vor? Karl Erik sah, wie Niels darum kämpfte, ruhig zu bleiben. Auf die Entfernung war es eigentlich unmöglich, aber es kam Karl Erik so vor, als hätte er zweimal ein hartes Knallen gehört, als der KGB-Grenzbeamte das Papiervisum abstempelte, das lose in Niels' Pass lag.

Er sah, wie Niels seine Papiere an sich nahm, sich umdrehte, winkte und ihnen das strahlende Lächeln schenkte, das so oft auf seinem Gesicht zu sehen war. Karl Erik Jansen blieb im Flughafen, bis er auf der Anzeigetafel in der Abflughalle las, dass die Lufthansa-Maschine nach Frankfurt gestartet war.

Er war erleichtert.

In den kommenden Wochen traf er Anastasia ziemlich oft. An der Oberfläche war sie ruhig und beherrscht, beinahe stoisch, aber er merkte, dass sie innerlich aufgewühlt war. Er fand, dass sie immer hübscher wurde. Die Schwangerschaft sah man ihr noch nicht an, man konnte sie höchstens erahnen, aber ihr Teint hatte einen neuen, bezaubernden Schimmer bekommen, und ihre Brüste wirkten üppiger.

Er konnte nicht anders. Seit er sie zum ersten Mal gesehen hatte, hatte er sie begehrt und war eifersüchtig auf Niels gewesen. Ihm war durchaus klar, dass Frauen oft eine plötzliche Lust in ihm hervorriefen, und Anastasia war in jeder Hinsicht anziehend, aber in ihrem Fall war es mehr als bloße Begierde. Gegen seinen Willen verliebte er sich immer mehr in sie. Und obwohl er in einer Zeit lebte und zu einer Generation gehörte, in der Promiskuität eher die Regel als die Ausnahme war, hasste er sich selbst dafür. Sie war nicht nur frisch mit seinem Freund und wichtigsten Geschäftspartner verheiratet, sie erwartete auch noch ein Kind von Niels. Es war vollkommen unmöglich, wie er sich benahm, aber was sollte er tun? Wie sollte er eine Verliebtheit bekämpfen, die immer stärker wurde? Aber wie konnte er nur annehmen, dass sie Niels hintergehen würde, wo sie doch so unübersehbar in ihn verliebt war?

Seine eigene Ehe stand vor dem Aus – Mona hatte einen anderen. Das wusste er. Er wusste, dass sie mit einem ihrer Psychologieprofessoren vögelte, der fünfzehn Jahre älter war als sie. Ihm war das egal. Er und Mona mussten sich bloß aufraffen und sich endlich scheiden lassen. Das taten heutzutage ohnehin alle. Die Sache mit ihnen beiden war ein Irrtum gewesen, aber Mona war schwanger geworden, die unvorsichtige Kuh, und dann hatten sie geheiratet. Er würde seinen kleinen zweijährigen Sohn vermissen, aber so oft sah er ihn ohnehin nicht.

Er glaubte, dass Anastasia sich möglicherweise über seine Gefühle zu ihr im Klaren war, auch wenn sie es nicht zeigte. Sie behandelte ihn nett und herzlich, wie eine Schwester sich einem großen Bruder gegenüber benimmt, mit dem sie sich gut versteht. Sein schlechtes Gewissen besserte sich auch nicht gerade dadurch, dass er vorerst aufgehört hatte, sich aktiv um eine Ausreisemöglichkeit für sie zu kümmern. Am Telefon und in den Briefen an Niels tat er so, als arbeitete er ernsthaft daran, aber das tat er nicht. Er streckte ein paar Fühler aus und hatte einen Plan, aber er nahm davon Abstand, ihn auch in die Tat umzusetzen. Wie alle Verliebten hoffte er darauf, dass der Angebeteten ein Licht aufgehen und sie sich doch noch für ihn entscheiden würde, weil sie endlich einsehen würde, dass sie in Wirklichkeit ihn liebte und er der Beste für sie war.

Wenn man verliebt ist, erlischt die Vernunft. Das wusste er natürlich, aber was half es ihm? Die Fähigkeit, die Zeichen richtig zu deuten, geht immer mehr verloren. Man deutet vieles falsch, klammert sich an die Hoffnung und deutet zu viel in jede noch so kleine freundliche Bemerkung oder eine kleine Berührung hinein und übersieht, dass es eben nur Freundlichkeit und keine Liebe ist, dass die Berührung Ausdruck von Sympathie, aber nicht von Intimität ist.

Er hatte den Eindruck, dass Anastasia nicht mehr ganz so abweisend zu ihm war. Es schien ihm, als zeigte seine Bemerkung, Niels habe sie im Stich gelassen, indem er Hals über Kopf abgereist war und sie allein zurückgelassen hatte, möglicherweise doch langsam Wirkung. Als dann auch noch die Strafmaßnahmen gegen ihre Familie umgesetzt wurden und den sozialen Abstieg ihrer Eltern mit sich brachten, spürte er, dass er immer mehr zu ihr vordrang. Dass ihre Gefühle für ihn sich veränderten.

Niels hatte sie verlassen. Ihr Vater und ihre Mutter waren in Ungnade gefallen. Ihre Freunde hatten sich von ihr abgewandt. Sie musste doch erkennen, dass er – und nur er – ihre zuverlässige und sichere Stütze war. Der Hafen, in dem sie beruhigt Zuflucht suchen konnte. Das musste sie doch begreifen. Das hoffte er, und mit der Zeit glaubte er es auch.

Eines Nachmittags lief dann alles aus dem Ruder. Anastasia kam mit einem Stapel Briefe zu ihm in sein neues Moskauer Büro. Karl Erik musste für eine Woche nach Dänemark und wollte die Briefe an Niels mitnehmen. Karl Erik hatte ihr versprochen, dass er und Niels sich gemeinsam mit dem dänischen Wirtschaftsminister in Verbindung setzen würden, der der Sowjetunion in einigen Monaten einen offiziellen Besuch abstatten wollte.

Karl Erik holte sie persönlich am Eingang zu dem großen Ghetto am Kutuzow-Prospekt ab, in dem sein Büro lag und in dem er auch eine Wohnung beziehen würde, sobald seine unbefristete Aufenthaltserlaubnis endlich bewilligt worden war. Er hatte seine Sekretärin schon nach Hause geschickt. In dem Wohnkomplex wohnten nur Ausländer, und die Miliz stoppte alle Sowjetbürger, die hineinwollten. Anastasia rief aus einer Telefonzelle in der Nähe an, und er geleitete sie an den Wachen vorbei, ohne die beiden Milizbeamten auch nur eines Blickes zu würdigen. Sie waren nicht berechtigt, sich Anastasias Papiere vorzeigen zu lassen, wenn sie in seiner Begleitung unterwegs war.

Sie stand vor einem kleinen Tisch in seinem Büro, hatte ihm den Rücken zugewandt und sortierte die Briefe an Niels so, dass sie chronologisch geordnet waren. Er betrachtete ihren weißen Nacken, den geraden Rücken und den wohlgeformten Hintern. Er konnte einfach nicht anders. Er machte einen Schritt auf sie zu, beugte sich zu ihr herunter und küsste sie in den Nacken. Seine Hände griffen nach ihren Brüsten, und er presste seinen pochenden Schwanz gegen ihren Hintern.

Anastasia befreite sich mit einer schnellen und verzweifelten Bewegung aus seiner Umarmung. Sie drehte sich zu ihm um. Ihre Augen waren beinahe schwarz vor Wut, als sie ihm eine schallende Ohrfeige verpasste. Sie nahm ihre Handtasche und ihre Jacke, die auf seinem Schreibtischstuhl lag, und stürmte zur Tür heraus.

»Tascha, zum Teufel. Entschuldige. Es tut mir wahnsinnig leid. Entschuldige.«

Sie kam wieder zurück. Ihr Gesicht sah aus wie eine Maske. Es verriet keine Regung, und ihr Blick war ebenfalls leer und kalt.

»Nimmst du meine Briefe mit?«, fragte sie in ihrem überkorrekten Englisch.

»Selbstverständlich, Tascha. Es tut mir leid. Entschuldige bitte. Aber ich liebe dich.«

»Du bist genau wie Kasejew. Nur schlimmer. Du bist Niels' und mein Freund.«

»Ich bin nicht wie Kasejew. Oleg will bloß deinen Körper. Ich bin in dich verliebt. Ich liebe dich. Verstehst du das denn nicht? *I love you so much.* Ich habe mich in dich verliebt, als ich dich das allererste Mal im Restaurant des Metropol gesehen habe.«

Er sah, dass zumindest ein wenig Gefühl in ihre kalten Augen zurückkehrte, aber ihre Miene blieb unverändert. Ihre helle Stimme war noch genauso kühl, als sie sagte: »Aus dir und mir kann niemals etwas werden, Karl Erik. Niemals. Du bist nicht mein Typ, und ich liebe meinen Mann. Ich liebe Niels. Aber ich werde dir einen Gefallen tun, wenn du mir versprichst, alles dafür zu tun, dass ich einen Pass bekomme. Ich weiß, dass du Verbindungen hast, die Niels nicht hat.«

»Ich werde mein Bestes tun. Das weißt du.«

Sie standen einen halben Meter voneinander entfernt. Es hätte genauso gut ein ganzer Ozean zwischen ihnen liegen können.

»Ich bin mir nicht sicher, ob ich das weiß. Aber wenn du mir bei allem, was dir heilig ist, versprichst, alles in deiner Macht Stehende zu tun, dann verspreche ich dir, dass ich Niels niemals erzählen werde, was heute passiert ist. Ich werde ihm nichts von deinem Verrat erzählen, und ich werde mich anständig benehmen, wenn wir gezwungen sein sollten, zu dritt zusammen zu sein.«

»Ich kann doch nichts dafür, dass ich dich liebe.«

»Ich habe natürlich gemerkt, dass du in mich verliebt bist. Das sieht ja jeder, aber ich bin davon ausgegangen, dass du ein Gentleman und kein Vergewaltiger bist.«

»Ich habe mich bereits bei dir entschuldigt.«

»Und ich habe die Entschuldigung angenommen. Dir auch zu verzeihen wird mich allerdings noch einige Mühe kosten. Auf Wiedersehen, Karl Erik Jansen.«

Sie ging. Er blieb noch lange mitten im Raum stehen. Er war froh, bald mit dem Flugzeug nach Stockholm und von dort aus nach Kopenhagen weiterzufliegen. Er musste dringend raus aus dem real existierenden Sozialismus, wie seine Eltern dieses verrottete sowjetische System nannten.

»Ich habe deine Mutter nur noch einige wenige Male gesehen, Adam«, sagte Karl Erik Jansen. Er stand mit dem Rücken zu mir und blickte auf den Öresund hinaus. Die Lichter leuchteten ganz klein von der schwedischen Küste herüber, und man sah ein großes Kreuzfahrtschiff, das auf dem Weg hinaus auf die großen Meere war.

»Danke für deine Offenheit«, sagte ich.

Er drehte sich zu mir um. »Es hat gut getan, alles zu erzählen. Es ist viele Jahre her, aber es tut immer noch weh, wenn ich daran denke.«

»Es ist ja nichts passiert«, sagte ich. Meine Erwiderung war wohl vor allem der Versuch, etwas Abstand zu dem eben Gehörten zu gewinnen.

»Nein, aber für deine Mutter war mein Verhalten unverzeihlich.«

»Aber du hast ihr trotzdem geholfen auszureisen?«

»Ich habe mein Versprechen gehalten. Ja.«

»Wie?«

Er setzte sich und trank den Rest seines Gin Tonic aus. Mein Glas war schon lange leer, aber ich wollte keinen weiteren Drink. Ich sah, dass er überlegte, wie viel er mir erzählen sollte.

Dann traf er eine Entscheidung. »Meine Eltern waren Kommunisten«, fuhr er fort. »Durch sie hatte ich einen Mann kennengelernt. Wir waren gleichaltrig. Wir hatten schon als Kinder zusammen gespielt. Wir waren zusammen im Pionierlager gewesen. Wir sahen einander häufig. Er war ein Freund von mir, den dein Vater nicht kannte. Er war bereits früh zum Bezirksparteisekretär jenes Stadtteils von Moskau befördert worden, in dem das Hotel Metropol liegt. Er war einer der Jüngsten auf dem Posten. Er war einer der wenigen während der Breschnew-Ära, der nicht korrupt war. Der Parteisekretär war damals der Boss des jeweiligen Bezirks. Die Partei war ja bei allem die oberste Instanz. Er war ein Gorbatschow-Typ, auch wenn damals natürlich niemand ahnte, dass es da unten in Stawropol einen Parteisekretär gab, der zehn Jahre später alles verändern würde. Aber wie Gorbatschow glaubte er daran, dass es möglich sein müsse, die Partei zu disziplinieren und die Gesellschaft zu reformieren. Wir haben es damals nicht gewusst, aber die Sowjetunion war wie die Titanic. Die Kollision mit dem Eisberg stand kurz bevor.«

Er erhob sich und stellte sich wieder ans Fenster. »Ich habe keine Lust, zu sehr ins Detail zu gehen«, sagte er und hörte sich auf einmal leicht abwesend und verstimmt an. »Mein Freund hatte einen anderen Freund, der seine Ansichten teilte. Ich bezahlte einige Mädchen dafür, dass sie ein Aufnahmegerät mit ins Bett nahmen, als Kasejew sie wieder einmal zu einem seiner bevorzugten Stelldicheins beorderte. Das kostete mich einiges, weil sie solche Angst vor ihm hatten. Mein Freund hatte Kasejew schon seit langem auf dem Kieker, hatte aber bislang nichts Konkretes gegen ihn in der Hand gehabt. Er tat sich mit seinem Freund vom KGB zusammen, und als sie Kasejew mit der Aufnahme konfrontierten, saß er in der Falle. Prostitution war illegal, es gab sie gar nicht, so hieß es zumindest. Und das war nicht das Einzige. Auf dem Band war auch zu hören, dass er dem einen Mädchen Gewalt antat. Obwohl Kasejew der Ranghöhere war, war er dadurch kompromittiert. Mein Freund und sein KGB-Genosse unterbreiteten ihm folgendes Angebot: Entweder er befürwortete Anastasias Ausreise und käme mit einer Versetzung an einen anderen Ort in der Sowjetunion davon oder er würde vor das Parteigericht gestellt und wegen Korruption und unsittlichen, gegen sozialistische Wertvorstellungen verstoßenden Verhaltens angeklagt werden. Einen entsprechenden Paragrafen gab es. Die Wahl fiel ihm nicht schwer.«

»Das verstehe ich«, sagte ich. »Du weißt doch sicher, wie die beiden heißen?«

»Ja, aber das verrate ich dir nicht. Sie sind immer noch Teil meines Netzwerks.«

»Man könnte auch sagen, dass sie dich in der Hand haben.«

»Wer auf dem Tiger reitet, kann nicht absitzen.«

»Okay. Was auch immer das bedeuten soll.«

»Dass wir alle drei etwas davon hatten. Wir hatten damals einen Vorteil davon. Und später ebenfalls, weil wir einander dadurch seither eng verbunden sind. Wir haben einander die Treue gehalten, als der Sturm die Sowjetunion weggepustet hat.«

»Erzählst du mir, was mit Kasejew passiert ist? Meine Mutter sagt, er sei ins damalige Leningrad versetzt worden.«

Jansen zögerte, ehe er antwortete. »Das stimmt. Es ergab sich, dass er dort für Popow gearbeitet und später gute Geschäfte gemacht hat, aber er ist wohl vor zwei Jahren an Lungenkrebs gestorben.«

»Wohl?«

»So heißt es. Er soll nach Kaliningrad gezogen sein. Ich habe keinen Kontakt mehr zu ihm. Habe schon seit Jahren keinen Kontakt mehr zu ihm gehabt.«

»Okay«, sagte ich, obwohl ich das Gefühl hatte, dass er weit mehr über Kasejew wusste, als er zugab, aber ich ging nicht davon aus, dass ich noch mehr aus ihm herausbekommen würde.

Jansen drehte sich um. »Nun, Adam. Ich habe noch eine Verabredung, also ...«

»Noch eine letzte Frage. Hast du meinem Vater von all dem erzählt?«

»Nein. Wir sind damals gemeinsam zum Wirtschaftsminister gegangen, der uns versprochen hat, Druck zu machen. Das hat er dann auch getan, und das war sicher sehr willkommen, denn es kostete die Sowjetunion nichts. Und dadurch hatten sie bei den anschließenden Verhandlungen etwas bei ihm gut.«

»Warum habt ihr euch dann zerstritten?«

»Das ist eigentlich schon die zweite Frage. Aber gut. Es war natürlich wegen deiner Mutter. Ich konnte meine Liebe zu ihr nicht verbergen. Oder meine Besessenheit. Für mich war sie die Frau meines Lebens. Dein Vater war ein intelligenter Mann. Er durchschaute mich, aber er tolerierte mich, weil er instinktiv spürte, dass er es mir zu verdanken hatte, dass deine Mutter ausreisen durfte. Es gab keine große Auseinandersetzung. Unsere Freundschaft hat sich einfach nach und nach aufgelöst. Ich habe weiterhin Geschäfte in der Sowjetunion gemacht. Was dein Vater logischerweise nicht tat. Wir haben uns noch ein paarmal getroffen, als dein Bruder und du noch ganz klein wart, aber da waren wir einander eigentlich schon fremd geworden.«

»Das hört sich alles etwas zu einfach an.«

»Es stimmt auch nicht ganz. Ich bin kein Mann, der so schnell aufgibt. Ich habe ein weiteres Mal versucht, deine Mutter dazu zu überreden, Niels zu verlassen. Das war dumm. Ich hätte etwas mehr Geduld haben sollen. Darauf setzen sollen, dass ihre Beziehung sich totlaufen würde, wie die meisten Beziehungen es tun. Sie hat gesagt, dass sie mich nie mehr wiedersehen will, und das hat sie dann auch nicht mehr, abgesehen von einem einzigen Mal, als wir uns zufällig in Kopenhagen in der Fußgängerzone begegnet sind. Sie hatte Gabriel und dich im Buggy dabei, und sie war schöner als je zuvor, aber ich begriff, dass sie niemals die Meine werden würde. Das war eine schmerzliche Erkenntnis, und vielleicht habe ich mein ganzes Leben lang nach einem Ersatz für sie gesucht.«

»Danke für deine Offenheit.«

»Ist schon in Ordnung. Ich habe mich dafür entschieden, ehrlich zu sein, weil du Anastasias Sohn bist. Ich finde, du hast ein Recht, die Wahrheit zu erfahren, da du mich extra deswegen aufgesucht hast. Ich habe dir einen Gefallen getan. Jetzt kannst du mir einen tun.«

»Ja, sag nur.«

»Lass es auf sich beruhen. Akzeptiere, dass dein Bruder unter den Umständen gestorben ist, die die Moskauer Polizei angegeben hat. Lass es auf sich beruhen. Wühl nicht länger darin herum. Den Gefallen könntest du mir tun.«

»Wer sagt denn, dass ich herumwühle, wie du es nennst?«

»Ich kenne immer noch viele Leute in Moskau.«

»Okay«, log ich. »Es ist sicher das Beste, es auf sich beruhen zu lassen. Einzusehen, dass Gabriel tot ist und nicht mehr zurückkehrt.«

»Das ist es. Ich bin froh, dass du das so vernünftig einschätzt. Dann ist unser Gespräch doch in jeder Hinsicht fruchtbar gewesen.«

»Ich danke dir nochmals, dass du mir deine Zeit geschenkt hast«, sagte ich heuchlerisch.

Denn ich hatte längst den Entschluss gefasst, nach Pskow zu fahren und zu versuchen, die mysteriöse Maria Fjodorowna zu finden, die die Einzige zu sein schien, der es nicht darum ging, den Mord an meinem Bruder zu einem banalen, wenn auch grausamen Verbrechen im brutalen Moskau zu erklären. Außerdem war ich mir ziemlich sicher zu wissen, wer die beiden Männer waren, die Jansen damals vor vielen Jahren geholfen hatten. Ich hatte immer stärker den Eindruck, dass Gabriel etwas herausgefunden hatte, was er nach dem Willen mächtiger Männer lieber nicht hätte wissen sollen und was ihn das Leben gekostet hatte.

Mein Gefühl sagte mir, dass es dabei nicht in erster Linie um den Tod des Patriarchen ging, sondern um etwas anderes, von dem ich aber noch nicht sagen konnte, was es war. Aber ich war fest entschlossen, es herauszufinden.

23

Ich fuhr zu Stines Produktionsfirma, um einige Sprachaufnahmen zu machen. Sie freute sich über meinen Enthusiasmus, aber ansonsten schien sie kein gesteigertes Interesse an mir zu haben. Ich war die Hauptperson in ihrem Drama aus der Wildnis, das auf dem Sundance Film Festival und bei einigen anderen großen Dokumentarfilm-Festivals gezeigt werden sollte.

Alles wirkte sehr geschäftsmäßig, und sie leitete das Studio mit sicherer Hand. Sie zeigte mir mehrere Sequenzen, und beim Anblick von Nikolajs großen schönen Aufnahmen von der unglaublichen Natur dort bekam ich riesige Lust, nach Grönland zurückzukehren. Es fühlte sich für mich so an, als sähe die Welt dort oben auf einmal ganz anders aus und als könnte es mir dort gelingen, die Gedanken an Gabriel beiseitezuschieben. Wunschträume, keine Frage.

Einmal legte ich meine Hand auf ihre Hüfte, aber sie schob sie weg, ohne ein Wort zu sagen. Sie tat, als wären wir nie miteinander im Bett gewesen. Ich fragte mich, wie standhaft sie wohl sein würde, wenn wir erst wieder in dem schönen Hotel Arctic in Ilulissat wären.

Als könnte sie meine Gedanken lesen, sagte sie: »Peter hat mir versprochen, nächsten Monat mit nach Grönland zu kommen. Zusammen mit Oliver. Ist das nicht toll?«

»Großartig«, sagte ich angesichts der Aussicht auf ein Zusammensein mit ihrem Mann und ihrem Sohn. »Besser geht's ja gar nicht.«

Sie warf mir einen strengen Blick zu, sagte aber nichts. Sie spulte vor und zeigte mir die Sequenz, in der wir so taten, als würde ich einen abgemagerten Eisbären erschießen, der keine Seehunde zum

Fressen mehr findet, weil das Eis viel zu schnell schmilzt. Sie hatte sie mit einer anderen Sequenz zusammengeschnitten, in der Jonathan das arme Tier erschießt. Die Szene war ein Volltreffer.

Auf dem Weg nach Karlshamn dachte ich an Stine. Es war ja keineswegs so, dass ich sie heiraten wollte, aber es war mir doch lieber, wenn ich derjenige war, der den Ton angab. Außerdem hatte sie wirklich etwas Anziehendes, und wenn hier schon jemand Schluss machen sollte, dann wollte ich das bitte schön sein.

Ich dachte auch ein wenig über meine Zukunft nach.

Ich hatte ein Treffen mit meinem Chef gehabt, der sich noch einmal sehr ins Zeug gelegt hatte, um mich für den Job als Anchorman bei dem zu begeistern, was er die ganze Zeit nur die neue Wetteroffensive nannte. Es sollte spannend werden. Das Wetter sollte dramatisch sein. Als ob wir es in der Hand hätten. Es gab kein langweiliges Wetter. Nur langweilige Wettervorhersagen. Wir sollten da draußen sein, wo es regnete, stürmte und schneite. Er bediente sich aller Klischees aus der Welt des Fernsehens. Ich bemühte mich, einen gewissen Enthusiasmus zu mobilisieren, aber wenn ich ehrlich war, war ich mir nicht sicher, ob ich Ja sagen würde. Ich hatte für das Fernsehen und die verführerische, wenn auch flüchtige Berühmtheit gebrannt, zu der das Medium einem verhalf, aber irgendetwas gefiel mir jetzt nicht mehr daran. Der verführerische Gesang der Sirene erreichte mich nicht mehr auf dieselbe Weise wie früher. Vielleicht hatte es etwas mit dem Alter zu tun, obwohl ich ja erst siebenunddreißig Jahre alt war. In der Welt des Fernsehens war das allerdings fast schon zu alt. Für meine Moderatorenkolleginnen, die die erste Falte beinahe so sehr fürchteten, wie man sich in früheren Zeiten vor einem Unfall gefürchtet hatte, der zur Arbeitsunfähigkeit führen konnte, war das alles natürlich noch viel schlimmer.

Mein Chef hatte doch tatsächlich gesagt, er gehe davon aus, dass es zwei Moderatoren geben werde. Mich. Und dann noch eine junge Frau.

»*No offence*, Adam«, hatte er gesagt. »Du bist nicht mehr ganz so jung, und wir wollen unbedingt auch die jungen Zuschauer ansprechen. Bisher kommen wir an die junge Zielgruppe nicht so richtig ran.« Als ob es für die Zukunft der Nation irgendwie von Bedeutung wäre, dass die junge Generation mehr Fernsehen schaute.

Im Auto ging mir durch den Kopf, dass er recht hatte. Die junge Generation hatte keine Lust auf unser öffentlich-rechtliches Fernsehen und lange Nachrichtensendungen. Aber das Paradoxe daran war, je weniger junge Zuschauer wir hatten, desto jünger mussten die Moderatoren sein. Was natürlich überhaupt nichts besser machte. Die jungen Zuschauer liefen uns immer schneller davon, während wir gleichzeitig die älteren Zuschauer und die mittleren Alters immer mehr verprellten. Früher hätte mich das alles wahnsinnig beschäftigt, jetzt fiel es mir schwer, überhaupt noch Interesse dafür aufzubringen, aber ich tat zumindest so, um mit dem Segen des Chefs nach Russland reisen zu können.

Ich fuhr mit dem Auto, weil ich davon ausging, dass es schwieriger sein würde, mich zu orten, wenn ich mit dem Auto über die russische Grenze fuhr, als wenn ich über einen Flughafen einreiste, wo alle Antennen auf Empfang gestellt waren. Ja, vielleicht war ich etwas paranoid, aber ich fand, dass ich allen Grund dazu hatte. Ich hatte jedenfalls beschlossen, den Rat von MF zu befolgen und vorsichtig zu sein.

Wenn Sascha Karbanow, Maschas Bruder, recht hatte und Gabriel wirklich den Verdacht gehabt hatte, der alte Patriarch könnte ermordet worden sein, war es ein in jeder Hinsicht riskantes Unterfangen. Ich konnte es mir allerdings kaum vorstellen. Ich teilte die Skepsis meiner Mutter, vor allem nachdem die erotische Mascha mich verführt hatte, damit sie und damit auch ihr schlitzohriger großer Bruder, auf jeden Fall sicher sein konnte, dass ich mich nicht in meinem eigenen Bett aufhielt. Welche Rolle spielten sie bei dem Ganzen? Je mehr ich darüber nachdachte, während ich mit dem Auto durch die schöne Landschaft Schonens fuhr, desto mehr fühlte ich mich in einem Spiegelkabinett gefangen.

Ich war hin und her gerissen. Ich konnte mir Karbanow und seine Schwester Mascha nur schwer als Schurken vorstellen. Wenn es stimmte, was Sascha in Moskau zu mir gesagt hatte, nämlich, dass Gabriel als eine Art Agent für ihn gearbeitet hatte, müsste ich mich dann nicht auf die Fähigkeit meines Bruders verlassen können, Menschen richtig einzuschätzen, und damit sicher sein, dass Sascha und seine Schwester schon in Ordnung waren? Nüchtern betrachtet, dachte ich im Auto, hatten die beiden sich wirklich ins Zeug gelegt, um mich zu warnen. Als ob sie mich beschützen wollten. Außerdem hatte Mascha aufrichtig gewirkt, als sie davon sprach, dem Mord an Gabriel auf den Grund gehen zu wollen.

Ich war wiederholt nachts aufgewacht und hatte Angst gehabt. Mir war klar geworden, wenn es jemanden gab, der glaubte, dass Gabriel etwas gewusst und dieses Wissen an mich weitergegeben hatte, dann spielte es keine Rolle, dass ich in Wirklichkeit gar nichts wusste. Dann wären sie in jedem Fall hinter mir her. Ich war schweißgebadet mit dem Gedanken aufgewacht, dass sie kommen würden, um mich aufgrund von etwas umzubringen, von dem ich nicht einmal wusste, was es war. Ich zweifelte keine Sekunde daran, dass sie es tatsächlich tun könnten. Russlands Machthaber und diejenigen, die sich als Machthaber fühlten, hatten ihre Feinde schon immer liquidiert, ohne mit der Wimper zu zucken.

Ich fuhr durch die schonische Frühlingslandschaft und hatte größere Angst als je zuvor in meinem Leben. Ich hatte meiner Mutter nicht gesagt, dass ich hinfahren würde. Sie sollte da nicht mit hineingezogen werden. Wer weiß, wer wo mithörte. Ich hatte mein Handy ausgeschaltet und würde meine Seiten bei Facebook oder anderen öffentlichen Netzwerken, die so weit offen standen wie ein Scheunentor, nicht aktualisieren.

Aber auf dem Weg zur Fähre holte der Zweifel mich wieder ein. Ich fühlte mich plötzlich auf eine irrationale Weise total ausgeliefert und allein in meinem Auto. Als ich ein Rastplatzschild sah, fuhr ich von der Straße und saß einige Minuten heftig zitternd da, als hätten mich die Ereignisse der letzten Zeit plötzlich eingeholt und verlangten nun danach, verarbeitet zu werden. Es brach wie eine Sintflut über mich herein, und mir wurde übel. Nach einer Weile hörte mein Körper auf zu zittern, und meine Atmung und mein Pulsschlag normalisierten sich wieder.

Es kam mir vor, als würde ich ein Spiegelkabinett betreten, aber ich hatte beschlossen, alles auf eine Karte zu setzen. Ich konnte die Sache nicht allein durchziehen. Ich brauchte einen Verbündeten auf russischer Seite. Ich war gezwungen, eine Wahl zu treffen und Sascha und seiner Schwester zu vertrauen. Wenn sie mir im Bett etwas vorgemacht hatte, sollte sie den Beruf wechseln und Schauspielerin werden. Ich musste mir eingestehen, dass ich mich, nachdem meine erste Wut verflogen war, doch sehr zu ihr hingezogen fühlte. Aber es wäre leider nicht das erste Mal, dass ich mich von meinem Schwanz statt von meinem Hirn leiten ließ.

Ich startete den Motor und fuhr in die nächstgelegene Stadt. Ich wollte mein Handy nach wie vor nicht anmachen, aber heutzutage ist es ein ziemliches Unterfangen, eine Telefonzelle aufzutreiben. Vor einem Supermarkt gelang es mir dann doch. Ich hatte Glück. Sie war modern, aus grauem Stahl und mit einer Glastür ausgestattet, über der das Wort *Telia* stand. Man konnte mit seiner Kreditkarte bezahlen. Das tat ich und wählte die Telefonnummer von Merete Mægler Jessen in der dänischen Botschaft in Moskau. Ich sah ihr geschmackvolles Büro mit der Stelton-Kaffeekanne und den passenden Tassen vor mir, als sie mir damals, vor einer gefühlten Ewigkeit, behilflich gewesen war.

»Mægler Jessen«, ertönte ihre angenehme Stimme nach nur zweimaligem Klingeln.

»Guten Tag, hier spricht Adam Lassen. Bitte entschuldigen Sie die Störung.«

»Guten Tag, Herr Lassen. Wie nett. Sind Sie in der Stadt?«

»Nein, nein, ganz und gar nicht.«

»Wie schade. Womit kann ich Ihnen helfen?«

»Erinnern Sie sich, dass Sie mir von Alexander Karbanow erzählt haben?«

»Sascha? Ja, natürlich. Der inoffizielle Anführer der allseits bekannten Kopenhagen-Mafia«, sagte sie, und ich hörte das Lächeln in ihrer Stimme. »Was ist denn mit dem guten Sascha?«

»Das ist eine längere Geschichte. Ich brauche eigentlich nur einen Rat. Und zwar sofort.«

»Na, dann schießen Sie los.«

»Würden Sie ihm vertrauen?«

»Das hört sich ja sehr geheimnisvoll an.«

»Würden Sie?«

Während sie überlegte, hörte ich ein Rauschen in der Leitung oder heutzutage wohl eher in dem Satelliten zwischen Schweden und Moskau. Als sie mir antwortete, klang ihre Stimme sachlich. Sie war ganz offensichtlich daran gewöhnt nachzudenken.

»Ich gehe davon aus, dass es wichtig ist, wenn Sie deswegen extra bei mir anrufen. Von daher mache ich es kurz. Von wo aus rufen Sie an?«

»Aus einer Telefonzelle.«

»Gut. Wir sollten uns kurz fassen. Sascha ist ein Mann, der Dänemark in verschiedenen Zusammenhängen behilflich gewesen ist. Wir sprechen hier über Russland, also ist nichts hundertprozentig sicher, und vieles ist oft nicht genau so, wie es zu sein scheint, aber wenn ich mir einen Menschen aussuchen müsste, um mir Hilfe zu holen, dann wäre das Sascha. Er ist in Ordnung.«

»Danke.«

»Keine Ursache. Oder doch: Sie dürfen mich zum Essen einladen, wenn Sie wieder in Moskau sind.«

»Abgemacht«, sagte ich, legte den Hörer auf und suchte Sascha Karbanows Handynummer heraus, legte sie vor mich hin und drückte auf die Wähltasten, bevor ich weiter darüber nachdenken konnte und meinen Schritt möglicherweise bereute.

Sascha nahm ebenfalls sofort ab.

»*Da*«, sagte er nur.

»Ich bin's. Erkennst du meine Stimme?«, fragte ich auf Dänisch.

»Ja, klar. Ist alles in Ordnung bei dir?«

»Ja, einigermaßen.«

»Was kann ich für dich tun?«

»Deiner Schwester schöne Grüße ausrichten.«

»Ja, wie ich gehört habe, habt ihr euch inzwischen näher kennengelernt.«

In seiner Stimme war ein Lächeln zu hören.

»Und du hast Bekanntschaft mit meiner Wohnung gemacht.«

Es entstand eine Pause.

»Wie meinst du das?« Das Lächeln in seiner Stimme war verschwunden.

»Das weißt du ganz genau.«

»Nein, überhaupt nicht.«

»Während deine Schwester passenderweise in ihrem Hotelzimmer mit mir gevögelt hat, hast du in aller Ruhe meine Wohnung durchsuchen können.«

»Ich weiß nicht, woher du das hast, aber du bist auf einer vollkommen falschen Fährte.«

Plötzlich stiegen Zweifel in mir auf. Denn bisher war ich mir sicher gewesen, dass Mascha für ihn den Lockvogel gespielt hatte.

»Das glaube ich kaum«, sagte ich. »Ihr wart verdammt schnell weg, als ich an dem Morgen versucht habe, euch anzurufen. Alle beide.«

»Ja, und? Ich hatte einen Termin in Stockholm und hatte Mascha gebeten, früh bei mir zu sein, wenn ich sie mitnehmen sollte.«

»Aha.«

»Mascha wird traurig sein, dass du so über sie denkst«, sagte er, als könnte er meine Gedanken lesen und wüsste über mein aufkeimendes schlechtes Gewissen Bescheid.

»Meine Wohnung wurde durchsucht. Und zwar gründlich.«

»Das glaube ich gern, aber ich war es nicht und auch keiner von meinen Leuten. Wir räumen nämlich hinterher wieder auf. Du hättest gar nicht bemerkt, dass wir da waren.«

»Okay.«

»Genau. Mir scheint, du kannst Hilfe gebrauchen. Wo steckst du?«

»Das spielt keine Rolle.«

»Also, Adam. Warum hast du mich angerufen?« Seine Stimme klang noch immer kühl.

»Kannst du einen Russen für mich ausfindig machen?«

»Bestimmt.«

»Oleg Mikhailowitsch Kasejew, ehemaliger KGB-Mann?«

»Das sollte sich machen lassen. Ich frage dich jetzt nicht, warum du ihn finden willst, weil du es mir vermutlich ohnehin nicht verraten willst. Aber pass auf dich auf, ja? Du bewegst dich in tiefem Wasser, und da sind große Haie unterwegs. Warum vertraust du mir jetzt auf einmal? Und dann doch nicht richtig.«

»Ja, warum? Das ist eine gute Frage. Ich vertraue dir, weil ich glaube und hoffe, dass Gabriel es ebenfalls getan hat. Vielleicht weil ich keine andere Wahl habe.«

»Du machst es genau richtig. Genau wie dein Bruder. Wie kann ich dich erreichen? Wo bist du? Das ist keine Mobilnummer, von der du gerade anrufst. Zum Glück.«

»Das spielt keine Rolle. Ich melde mich bei dir.«

»Wie du willst. Aber es wäre sicher nicht schlecht, wenn wir uns träfen.«

»Du hörst von mir.«

Ich legte auf. Meine Hände waren feucht, und ich spürte, wie die Angst unter meiner verräterisch ruhigen Oberfläche auf der Lauer lag. Ich ging in den Supermarkt und kaufte zwei Flaschen Mineralwasser und trank eine davon auf den letzten Kilometern bis zum Fährhafen in Karlshamn, wo die blau-weiße Fähre MS Liverpool lag und auf die Passagiere wartete.

Es handelte sich um eine Roll-on-Roll-off-Fähre mit großem Deck und Kommandobrücke und Kabinen im vorderen Bereich. Am Kai standen einige Lastwagen und warteten ebenso wie einige PKWs mit baltischen und schwedischen Nummernschildern sowie einige Lieferwagen mit litauischen Nummernschildern darauf, an Bord fahren zu können. Außerdem war eine Gruppe schwedischer Motorradfahrer mittleren Alters dabei, bei irgendjemandem in einem kleinen Holzhäuschen irgendwelchen Papierkram zu erledigen, damit sie ebenfalls an Bord fahren konnten. Die Frühjahrssonne spiegelte sich blitzend in all dem Chrom und Metall.

Auf dem Rücken der Biker stand auf grellgelben Sicherheitswesten: *Children Cancer. Sweden. Lithuania. Belarus.* Sie schienen großen Spaß zu haben. Sie fuhren große BMW- und Honda-Maschinen sowie einige Harley-Davidson-Kopien von Suzuki. So hatte ich wenigstens etwas zu schauen, denn es dauerte eine halbe Ewigkeit, bis sie die Pass- und Ticketkontrolle passiert hatten, obwohl sie doch nur in ein anderes EU-Land übersetzen wollten. Es war vermutlich das Beste, selbst ebenfalls in den Osteuropa-Modus überzugehen. Ab jetzt würde alles doppelt so lange dauern wie sonst.

Endlich war ich an der Reihe.

Die Frau hinter dem Schalter wollte meinen Pass und den Fahrzeugschein sehen, bevor sie mir eine gute Fahrt wünschte. Ich fuhr in das Halbdunkel der Fähre hinein, wo man mich aufforderte, den Wagen in einer Ecke rückwärts einzuparken. Es wirkte alles ziemlich chaotisch, aber ich fühlte mich besser. Ich war mir sicher, dass niemand wusste, wo ich war, und somit konnte mich auch niemand finden.

Ich hatte Lust, etwas anderes als Wasser zu trinken. Ich stellte meine Reisetasche in der Kajüte ab, aus deren Fenster man auf einen ruhigen Hafen und einige mehrstöckige Gebäude in der Ferne blickte, und ging in die Bar Kapitana hinauf, wo die Biker und einige stämmige Trucker sich ihrem Bier vom Fass widmeten, das ein mürrischer blonder Barkeeper ihnen servierte. Er antwortete mir auf Russisch, als ich auf Englisch ein Bier bei ihm bestellte. Ich setzte mich an einem der Tische auf einen Stuhl mit dreckig gelbem Bezug, während mehrere der Trucker in der Cafeteria nebenan bereits das Essen in sich hineinschaufelten. Das Bier schmeckte gut. Ich stellte das kalte Glas auf der laminierten Tischplatte ab. Der Teppich war blau gemustert, die Wände braun, und es roch nach längst vergangenen Zeiten. Auf einem großen Flatscreen an der Wand lief eine litauische Nachrichtensendung. Die riesigen Bäuche der Trucker wölbten sich wie Walfischbäuche gegen die Tischkanten, und ich fühlte mich sehr allein. Ich hatte gesehen, dass es neben der Cafeteria noch ein À-la-carte-Restaurant namens Mare Baltikum gab. Ich würde – hoffentlich allein – an einem Tisch mit weißer Tischdecke sitzen und essen, reichlich Rotwein trinken und früh in mein Bett mit Blick auf die Ostsee gehen.

Die Biker hatten sich mit Bier, Kaffee und Limonade in einer Ecke versammelt. Sie waren im Schnitt zwanzig Jahre älter als ich, aber sie wirkten alle verdammt glücklich. Glatzköpfe und graue Bärte.

Frauen in Lederhosen in nicht gerade kleinen Größen. Viel Gelächter und munteres Gerede. Wie konnten die bloß so fröhlich und zufrieden sein?

Dann waren da auch noch einige jüngere litauische Männer, die schweigend dasaßen und auf den Fernseher starrten. Sie sahen aus wie Handwerker, die *for good and ever* auf dem Weg nach Hause waren, Opfer der Finanzkrise mit geplatzten Träumen. Was wusste ich schon davon? Ich hing einigen selbstmitleidigen Gedanken nach, trank meinen letzten Schluck Bier aus und ging zu dem mürrischen Russen hinüber und bestellte mir ein weiteres Bier vom Fass. Dann setzte ich mich hin und sah fern.

Der Zufall trieb sein Spiel mit mir.

Die litauische Nachrichtensendung brachte einen Beitrag, bei dem ich den Text natürlich nicht verstand, aber die Bilder zeigten zuerst ein Ölfeld, Ölleitungen und Baukräne im Einsatz. Es waren Autos zu sehen, die durch eine russische Stadt fuhren. Straßenbahnen und neue glänzende Autos. Fußgänger, die schnellen Schrittes über einen großen Platz eilten. Die Frauen auf hohen Absätzen. Fortschritt und Wohlstand. Dann wurden merkwürdigerweise Bilder von einem Eisbären im Schnee und einem großen Frachtschiff gezeigt, das im Eis festzustecken schien. Danach waren Clips von einer großen Modenschau in einem schicken Hotel zu sehen.

Das war aber nicht das, was mein Interesse weckte. Das Interessante war, dass Karl Erik Jansen in dem Beitrag vorkam. Er sagte etwas, das aber nicht zu verstehen war. Er drehte sich um und schüttelte einem älteren Herrn mit Glatze die Hand. Sie standen auf einer Bühne und schienen Auszeichnungen zu überreichen. Vielleicht an Designerinnen und Designer. Auf einem großen Schild über der Bühne stand: *Arctic Development Fashion Weekend*. Der Mann mit der Glatze lächelte etwas angestrengt. Er war mager und sah krank aus. Karl Erik in seinem Smoking und dem strahlend weißen Hemd dagegen sah sehr gut aus. Bei den Aufnahmen von der Modenschau wurde in der rechten oberen Ecke ein Datum eingeblendet. März dieses Jahres.

Ich beugte mich zu zwei Truckern hinüber, die am Nachbartisch saßen. Sie sprachen auf Litauisch miteinander, aber ich hatte gehört, wie der eine mit dem Barkeeper Russisch gesprochen hatte. Je mehr Models gezeigt wurden, desto interessierter verfolgten sie die Sendung.

»Entschuldigung. Wo war das gerade? Dieser Nachrichtenbeitrag, der eben lief? Der mit den Models.«

Der Mann, den ich angesprochen hatte, sah mich mit leerem Blick an. Er ignorierte mich, aber sein Kollege war entgegenkommender.

»Kaliningrad. Das war in Kaliningrad«, sagte er auf Russisch.

»Und wann? Wissen Sie das?«

»Nicht genau, aber heute und vor ein paar Monaten. Es ging um irgendeine Zusammenarbeit und irgendein Geschäft. Genau weiß ich es nicht. Irgendwas mit der Arktis. So was in der Art.«

»Danke.«

Er wandte sich von mir ab und starrte wieder auf den Fernseher, auf dem jetzt ein Beitrag über Präsident Popow lief.

Ich spürte die Erschütterungen, als das Schiff ablegte. Ich trank den Rest meines Bieres aus, während wir aus dem Hafen herausglitten, und ging zum Essen ins Restaurant hinüber, während ich darüber nachdachte, dass es schon ein merkwürdiger Zufall war, dass Karl Erik ausgerechnet Kaliningrad als den Ort genannt hatte, wohin Oleg Kasejew angeblich gezogen war, wenn er nicht doch schon gestorben war.

War der alte Mann mit der Glatze, der in dem Beitrag zu sehen gewesen war, jener Oleg, der meinen Eltern so zugesetzt hatte? Und was hatte Karl Erik Jansen mit ihm zusammen in einem Beitrag zu suchen, der dem rechts oben eingeblendeten Datum zufolge Bilder aus einem Hotel in Kaliningrad vom März dieses Jahres zeigte? Ein Hotel, das den Rahmen für eine von Arctic Development gesponserte Modenschau abgab, welches wiederum Jansens neues Flaggschiff war, wie mir mein Freund Peter Hansen erzählt hatte.

Ich war zunehmend verunsichert, worum es hier eigentlich ging, aber umso sicherer, dass ich es unbedingt herausfinden wollte. Vor allem wegen Gabriel. Meine Neugier war natürlich eine wichtige Triebkraft, aber in erster Linie ging es mir jetzt um Rache.

24

Als ich am nächsten Morgen viel zu früh aufwachte, kamen mir wieder Zweifel, ob ich das Richtige getan hatte, und noch mehr Zweifel, was ich jetzt am besten tun sollte. Vielleicht einfach gar nichts. Ich lag da und starrte an die Decke, bevor ich aufstand und in dem winzig kleinen, vor allem aus Plastik bestehenden Badezimmer meiner Kajüte duschte. Ich schaute auf die graue Ostsee hinaus, bevor die MS Liverpool langsam in den Hafen von Klaipeda hineinfuhr, in dem sich die Kräne emporreckten wie bedrohliche Ungeheuer. Im Hafen lagen ziemlich viele Frachtschiffe, und durch den Regen konnte ich bleiche, heruntergekommene Wohnblocks erkennen.

Ich ging in die Cafeteria, um zu frühstücken. Die Trucker und die Biker luden sich Hering, Lachs und Kartoffeln und etwas, das aussah wie trockenes Omelett, auf ihre Teller. Ich nahm mir ein Brötchen mit langweiligem gelbem Käse, eine Tasse dünnen Kaffee und einen künstlich aussehenden Saft und setzte mich.

Mir war seltsam zumute.

Willkommen in Klaipeda, dachte ich. Früher hatte die Stadt Memel geheißen und war ein preußischer Vorposten gewesen, bis der Zweite Weltkrieg die Deutschen für immer vertrieb, nachdem das vorrückende Rote Heer die Stadt in Schutt und Asche gelegt hatte. Als meine Mutter noch in Russland lebte, hatten Ausländer hier ebenso wenig Zutritt gehabt wie in Kaliningrad. Heute war es die wichtigste Hafenstadt des freien, unabhängigen Litauen. Ich war in einer inzwischen friedlichen Ecke Europas gelandet, die früher von Blut überströmt gewesen war, wie meine Mutter es ausdrücken würde. Ich lebte wirklich in friedlichen Zeiten.

Was sollte ich jetzt tun?

Vielleicht hätte ich niemals bei Sascha Karbanow anrufen sollen. Aber ich brauchte Hilfe. Ich war kein Superman. Ich besaß kein einschlägiges Wissen oder besondere Fähigkeiten, die es mir erlauben würden, mich souverän in der Welt der Agenten und Kriminellen zu bewegen. Ich fühlte mich wieder einmal wie die Hauptfigur in dem Kinderbuch *Palle allein auf der Welt*, aber ich riss mich zusammen. Ich sah Gabriels misshandelte Leiche vor meinem inneren Auge und versuchte, meine Wut wieder zu mobilisieren, um auf die Weise aus dem Selbstmitleid herauszufinden. Es gelang mir nicht ganz.

Ich fuhr von Bord und schaltete mein Navigationsgerät ein, um ohne größere Mühe zu dem Radisson Hotel zu gelangen, das im Internet damit gelockt hatte, neu und modern zu sein. Dort ließ ich mir ein Zimmer für eine Nacht geben.

Draußen hatte sich der Regen auf den löcherigen Straßen und Bürgersteigen in großen Pfützen gesammelt. Drinnen dominierten skandinavischer Funktionalismus und Ordentlichkeit. Ich warf meine Reisetasche auf das Doppelbett, bevor ich ins Hotelrestaurant ging, das neben der Rezeption lag. Ich erwog kurz, mein Smartphone einzuschalten, um meine Mails zu checken, widerstand der Versuchung dann aber doch. Ich setzte mich ans Fenster und bestellte einen Kaffee und dachte an gar nichts. Draußen eilten die Klaipedaer Bürger mit farbenfrohen Regenschirmen vorbei, sie umschifften elegant das Regenwasser in den Schlaglöchern.

Nach einer Weile ging ich auf mein Zimmer zurück. Ich hatte an Bord schlecht geschlafen, und so duschte ich heiß und kroch unter die saubere weiße Bettdecke. Meine Gedanken wirbelten noch einige Minuten lang durcheinander, dann schlief ich ein. Als ich zwei Stunden später wieder aufwachte, hatte es aufgehört zu regnen. An einem Bankautomaten hob ich einige litauische Litas ab, tauschte die Scheine im Hotel gegen Münzen ein und suchte mir eine Telefonzelle. Obwohl alle mit den neuesten iPhones herumzulaufen schienen, war es nicht so schwierig wie in Schweden, eine Glaszelle mit der Aufschrift *Taksofonas* zu finden. Als ich die Münzen einwarf, ging mir auf, dass die Bank jetzt wusste, wo ich mich befand. Ich hatte eine elektronische Spur hinterlassen. Das Agentenhandwerk beherrschte ich wirklich nicht besonders gut.

»*Da*«, meldete sich Sascha Karbanow tonlos.

»Ich bin's.«

»Wo zum Teufel steckst du, Adam?«

»In Schweden«, log ich, weil ich nicht wusste, ob er möglicherweise erkennen konnte, dass ich nicht aus Dänemark anrief.

»Du begibst dich in tiefes Gewässer, ich warne dich.«

Eine Frau mit einem kleinen Kind ging an mir vorbei. Das Kind sprang in die Pfützen, und die Mutter schimpfte mit ihm, aber es hüpfte einfach fröhlich weiter. Ich vermisste meinen Alltag.

»Und hast du was rausgefunden?«

»Ja.«

»Dann sag schon, Sascha.«

»Können wir uns nicht treffen.«

»Später vielleicht. Jetzt nicht.«

»Oleg Kasejew ist ein ehemaliger KGB-Mann. Wusstest du das?«

»Ja. Das habe ich dir doch gesagt. Er hat meine Mutter gekannt. Es geht hier um etwas Privates, Sascha.«

»Dann lassen wir das mal so stehen. Wie so viele andere hat er im Rahmen des großen legalen Diebstahls in den wilden Neunzigern Unmengen Geld verdient. Inzwischen befindet er sich im Semi-Ruhestand. Er wohnt in Kaliningrad.«

»Verstehe. Hast du seine Telefonnummer? Oder seine Adresse?«

»Ja. Aber er redet mit niemandem. Er ist ein Einzelgänger. Ein Sonderling. Warum sollte er also ausgerechnet mit dir sprechen?«

»Kannst du mir bitte die Telefonnummer geben?«

»Warum?«

»Er hat meine Mutter gekannt, das habe ich doch schon gesagt.«

»Lass es einfach sein, Adam.«

»Die Nummer.«

»Ich könnte sie dir vorbeibringen.«

»Sascha, zum Teufel. Du hast mir versprochen …«

»Dir zu helfen. Ja. Aber du bist mittlerweile so weit rausgeschwommen, dass du nicht mehr stehen kannst.«

Er schien das Bild von den tiefen Gewässern wirklich zu mögen.

»Dann hältst du dein Versprechen also nicht?«

»Er wohnt in einer sehr begehrten Wohngegend, die Amalienau heißt. In einem richtigen Oligarchenpalast. Eingezäunt und mit bewachtem Eingang. Ich habe nur die Telefonnummer von seinem Pförtner. Er ist ein Mann, der sein Privatleben unter Verschluss hält.«

»Pförtner?«, fragte ich, während ich mit der rechten Hand mitschrieb. Ich musste den Kugelschreiber einen Moment zur Seite legen, um neue Münzen einzuwerfen.

»Er ist Oligarch, Adam. Rufst du von einer Telefonzelle aus an? Geht deswegen immer nur die Mailbox ran, wenn ich versuche, dich auf dem Handy anzurufen? Hast du es ausgeschaltet?«

»Ja.«

»Bist du in Schweden?«

»Du wolltest mir seine Telefonnummer geben.«

Er seufzte, las mir dann aber eine Nummer vor, die mit der russischen Vorwahl begann.

»Danke, Sascha.«

»Adam, zum Teufel. Sag mir doch endlich, wo du steckst.«

»Wir hören voneinander«, sagte ich und legte auf. Meine Hände waren feucht.

Ich ging zu Fuß durch die Straßen. Das Stadtbild war eine seltsame Mischung aus moderner Architektur und dem alten sowjetischen Erbe, das aus der Zeit vor dem großen Zusammenbruch der Planwirtschaft stammte. Einige Gebäude waren hübsch renoviert, andere sahen aus, als hätte sie seit fünfzig Jahren niemand mehr angerührt. Hier und da standen ein paar Bäume. Die Knospen waren dick und sehnten sich nach der Frühlingssonne. In den Auslagen der Geschäfte gab es reichlich Ware, und die Menschen waren gut angezogen. Nach einer Weile entdeckte ich einen kleinen Buchladen. Die Buchhändlerin war sehr freundlich und gerne bereit, Russisch mit mir zu sprechen.

»Die jungen Leute wollen kein Russisch sprechen«, sagte sie beinahe entschuldigend. »Sie können es auch gar nicht mehr. Heutzutage lernen sie Englisch in der Schule, aber unser Land liegt nun mal, wo es liegt, und warum soll man Puschkins schöne Sprache nur wegen des Kommunismus verdammen?«

Sie war um die dreißig und hatte ein mageres Gesicht und hässliche Zähne. Nach einigem Suchen fand sie eine Karte von Kaliningrad und einen kleinen Reiseführer über die russische Enklave, die zwischen Litauen und Polen eingeklemmt daliegt.

Ich hätte das alles sicher auch über das Internet herausfinden können, aber ich wollte mein Mobiltelefon nach wie vor nicht einschalten. Ich war mir ziemlich sicher, dass Sascha Karbanow, oder wer auch immer, die Möglichkeit hatte, mein Handy genau zu orten. Ich wollte Sascha zu gerne vertrauen, aber irgendetwas hielt mich zurück. Ich musste die litauisch-russische Grenze überqueren, es blieb mir nichts anderes übrig. Es war in erster Linie ein Bauchgefühl, aber ich musste mit Kasejew sprechen, bevor ich versuchte, MF in Pskow zu finden.

Ich ging ins Radisson zurück und setzte mich ins Restaurant, bestellte eine Suppe und einen Salat und ein hiesiges Bier vom Fass. Während ich aß, las ich in dem kleinen Reiseführer und sah mir den Stadtplan von Kaliningrad an.

Es verhielt sich seltsam mit Kaliningrad. Früher hatte es Königsberg geheißen und zu Deutschland gehört. Der berühmte Philosoph Kant war dort geboren und beerdigt worden. Nach dem Zweiten Weltkrieg übernahm die Sowjetunion dann die ausgebombte Stadt. Inzwischen hat sie knapp eine halbe Million Einwohner und ist von Mütterchen Russland komplett abgeschnitten. Es gibt einen Transitzug, der mit verriegelten Türen von Moskau aus unter anderem durch Litauen fährt. Denn die Russen benötigen für die Einreise in die EU ein Visum, ebenso wie wir für Russland.

Ich betrachtete die Landkarte.

Ich musste mit einer Fähre zur Kurischen Nehrung übersetzen, einer Halbinsel, die ihre Spitze weit in die Ostsee hinausstreckte. Die eine Hälfte gehört zu Litauen, die andere zu Russland. Mitten auf der Nehrung gab es einen Grenzübergang. Dort würde ich die Grenze passieren. Ich nahm an, dass dort relativ viele Touristen unterwegs waren, selbst im Mai.

Am nächsten Tag machte ich mich auf den Weg dorthin. Zuerst setzte ich in knapp zehn Minuten mit einer kleinen Fähre zur Nehrung über, die wie ein schmaler Streifen in dem grauen, staubigen Morgenlicht vor mir lag.

Wieder an Land wurde ich von einer Schranke gestoppt, an der man eine kleine Abgabe in Litas zahlen musste, um seine Fahrt auf der Nehrung fortsetzen zu dürfen, die als Nationalpark eingestuft war. Auf den rund fünfzig Kilometern bis zur russischen Grenze herrschte nicht viel Verkehr. Ein paar Deutsche mit ihren Campingwagen und ein paar Einheimische, die viel zu schnell auf der schmalen, von Wäldern gesäumten Straße fuhren. Auf der einen Seite erhaschte ich einen Blick auf die Ostsee und auf der anderen auf eine große Dünenlandschaft. Es gab hier sehr viele Vögel, und die Sonne, die ab und zu zwischen bedrohlich aussehenden Regenwolken hervorsah, spiegelte sich in den Pfützen.

Ich bekam fast so etwas wie gute Laune, auch wenn ich nicht wusste, was mich in Kaliningrad erwartete. Auch dort gab es mittlerweile ein Radisson Hotel, und das Schwesterhotel in Klaipeda hatte ein Zimmer für mich gebucht. Mein Navigationsgerät hatte die Adresse akzeptiert, als wäre es das Selbstverständlichste auf der Welt.

Meine Mutter hätte erstaunt den Kopf geschüttelt. Es handelte sich schließlich um Kaliningrad, die große Enklave, die früher eine große militärische Befestigungsanlage gewesen war, in der jeder Ausländer als Spion angesehen worden wäre. Man vergaß leicht, wie geteilt Europa noch vor wenigen Jahren gewesen war.

Aber zuerst fuhr ich nach Nida, die letzte Stadt vor der Grenze, die unmittelbar an der Küste lag. Überall war zu sehen, dass man sich bereits auf die Sommersaison vorbereitete. Überall wurde geputzt, die Gartenmöbel wurden aufgestellt, die Sonnenschirme hervorgeholt, und der Eiswagen belieferte den Kiosk. Nida gehörte zu jenen Städten, die im Winter ein ruhiges Leben führten, während sich dort im Sommer Tausende von Sommerfrischlern und Touristen tummelten.

Ich zog meinen Aufenthalt in Nida in die Länge. Ich setzte mich in ein Café und bestellte bei der blutjungen, hübschen Bedienung, die sich geschäftig um mich kümmerte, einen Espresso. Durch die Fenster konnte ich den flachen grünen Küstenstreifen auf der anderen Seite der Bucht sehen.

»Waren Sie schon einmal in Russland?«, fragte ich, als sie mir den Espresso servierte.

»Nein«, antwortete sie und verzog das Gesicht. Sie sprach gut Englisch. Vielleicht hatte sie in London gearbeitet, wohin viele Balten gezogen waren, bevor der Hammer der Finanzkrise über Europa niedergegangen war.

»Anscheinend kein Ort, den Sie gern besuchen würden?« Ich sprach nun ebenfalls Englisch.

»Nein. Wir sind froh, dass wir sie los sind.«

»Wirklich?«

»Ja. Von da kommen nur schreckliche Dinge. Vernünftige Menschen halten sich von Kaliningrad und Russland fern.«

»Ich bin auf dem Weg dorthin«, sagte ich und lächelte.

»Warum das denn? Brauchen Sie vielleicht etwas Stärkeres zu trinken?«

»Danke, ich begnüge mich mit der Rechnung.«

Ich konnte das Unvermeidliche nicht noch länger aufschieben.

Der Grenzübergang lag nur ein paar Kilometer von Nida entfernt. Ich war ziemlich nervös, ob sie auf der russischen Seite meinen Namen im Computer finden würden. Ich bereute es erneut, dass ich Sascha angerufen hatte, und verfluchte mich selbst und meinen Wankelmut. Wie erwartet gab es keine Schwierigkeiten auf der litauischen Seite des Schlagbaums. Eine Grenzbeamtin wollte meinen Pass sehen und den Fahrzeugschein, dessen Nummer sie in ihren Computer eingab. Sie forderte mich auf, den Kofferraum zu öffnen, warf einen Blick auf meine einsame Reisetasche und ließ mich den Kofferraum wieder schließen. Dann konnte ich zur russischen Grenzstation weiterfahren.

Zuerst hielt ich an einem Schlagbaum, an dem sich eine junge Frau in einer blauen Uniform meinen Pass und den Fahrzeugschein ansah. Der Schlagbaum ging nach oben, und ich fuhr auf die eigentliche Grenzstation zu. Sie war ziemlich neu, hatte ein schönes rotes

Dach und Fenster, die gut in Schuss waren. In der Schlange vor mir hielten einige Autos mit russischen Nummernschildern. Wir mussten vor einem weiteren Schlagbaum anhalten, und nachdem ich den Einreisebogen ausgefüllt hatte, musste ich erneut meinen Pass vorzeigen. Der Einreisebogen war ein weißes Formular, das ich zurückbekam, während eine weitere uniformierte Frau den Durchschlag behielt, den sie wie auch meinen Pass abstempelte.

Ich wurde aufgefordert, einige Meter vorzufahren. Dann kam ein Mann auf mich zu. Er war groß und mager, trug eine khakifarbene Uniform und eine Schiebermütze. Er machte keinen besonders freundlichen Eindruck, sein Gesicht wirkte verschlossen und abweisend. Ich musste zwei identische Formulare ausfüllen, weil ich das Auto nach Russland importierte. Autokennzeichen, die Fahrgestellnummer, das Baujahr und den Hubraum. Er nahm die Formulare an sich, und ich saß eine Weile im Auto und wartete. Im Fenster der Grenzstation hing ein Schild: *Es ist verboten, den Grenzbeamten Geld zu geben.* Ließe sich der Vorgang dadurch irgendwie beschleunigen, man wäre durchaus versucht.

Schließlich kam er mit der Zweitausfertigung des Formulars zurück, die jetzt voller Stempel war. Ich sah, dass eine Frau die Angaben in einen Computer eingab, während ein Mann die Formulare stapelte. In irgendeinem Archiv irgendwo in Russland mussten sich Berge von solchen Formularen stapeln.

Der Zollbeamte bat mich kurz angebunden, den Kofferraum zu öffnen, in den er nur einen kurzen Blick warf, ehe er mir mit einer Handbewegung zu verstehen gab, dass ich weiterfahren konnte. Der Schlagbaum hob sich, und ich erhielt die Erlaubnis bis zu einem weiteren Schlagbaum vorzufahren, an dem ein weiterer Zollbeamter mich einfach durchwinkte.

Ich fuhr einige Kilometer, bis ich zum nächsten geschlossenen Schlagbaum gelangte. Auf der anderen Seite des Schlagbaums stand eine lange Autoschlange. Es hatte mich eine Stunde gekostet, die Grenze zu überqueren. Wie lange würden diese armen Autofahrer warten müssen? Ich hielt vor dem Schlagbaum an, den zwei Soldaten bewachten. Ich war gezwungen auszusteigen.

Neben dem Schlagbaum stand ein kleines Wachhäuschen. Darin befand sich ein kleines Fenster. Ich beugte mich hinunter. Dahinter saß ein junger bärtiger Mann in der braunen Uniform der Grenztruppen. Er verlangte dreihundert Rubel als Bezahlung dafür, dass ich durch das Naturschutzgebiet der Enklave Kaliningrad fahren durfte. Ich bezahlte, und die beiden Soldaten öffneten den Schlagbaum.

Ich war in Russland. Vielleicht war alles gut, aber mein Unbehagen, dass sich jemand an meine Fersen geheftet haben könnte, blieb, auch wenn ich keine Ahnung hatte, wer dieser Jemand sein mochte.

Die unebene, schmale Straße in Richtung Kaliningrad führte durch frühlingsgrünes Brachland. Die Störche waren zurückgekehrt und gerade dabei, sich Nester zu bauen. Ich bewunderte den eleganten Flug der weißen Vögel und dachte voller Wehmut an Hans Christian Andersen, als ich sie auf ihren langen Beinen über die flachen Wiesen stolzieren sah. Ich stellte mir vor, dass Dänemark vor siebzig Jahren ebenfalls so ausgesehen haben musste, bevor die maschinengerechte Agrarwirtschaft das Land auslaugte, unsere Feuchtgebiete zerstörte und das Land in eine Industrienation umwandelte. Die verfallenen Häuser, eine ausgediente alte Kirche mit einem Loch im Kirchturm, kaum Verkehr und jede Menge Tümpel – alles war auf altmodische Weise schön. Es musste ein wahres Paradies für die vielen Störche sein, die sich von den Fröschen und Nattern ernährten.

Es fing an zu regnen, als ich auf eine neue vierspurige Autobahn mit langen Spalieren von Straßenlaternen einbog, die schließlich in eine breite Einfahrtstraße überging, die an heruntergekommenen Häusern und verwahrlosten, stillgelegten Fabrikgebäuden vorüberführte. Ich rumpelte und holperte dahin und gelangte nach einigen Kilometern auf den zentralen Platz der Stadt. Allerdings war auf dem Platz des Sieges, auf dem neben einem Shoppingcenter ein riesiges Kriegsdenkmal in die Höhe ragte, nirgendwo ein Hotel zu sehen. Ich fuhr einmal um den Platz herum und umrundete eine neu errichtete orthodoxe Kathedrale, wendete und fuhr wieder zurück und entdeckte schließlich ein wenig nach hinten versetzt das Radisson-Schild.

Ich checkte ein und setzte mich sogleich mit einer Tasse Kaffee in das Restaurant des Hotels, um den Stadtplan von Kaliningrad zu studieren. Die Straßennamen erinnerten noch an die alten Zeiten: Sowjetstraße, Leninstraße, Siegesstraße, Marxstraße und munter so weiter. Auf der Straße, die zum Platz des Sieges führte, fuhr ein dichter Strom Autos dahin. Ein typisch russischer Verkehrspolizist stand in einem langen grauen Regenumhang und mit seinem weißen Knüppel und der Tasche mit den Strafzetteln am Straßenrand. In regelmäßigen Abständen winkte er mit einer indolenten Bewegung irgendeinen armen Kerl aus dem Verkehr heraus.

Die Menschen waren gut gekleidet und führten bereits die neue Frühjahrsmode aus. Die Sonne war nach einem weiteren Regenschauer wieder herausgekommen, aber die Regenschirme waren nach wie vor einsatzbereit und schwangen im selben Takt wie die Hüften der Frauen hin und her.

Oleg Kasejew wohnte also in Amalienau – dem alten deutschen Bürgerviertel, das während des Krieges angeblich nicht ganz so stark zerstört worden war wie der Rest der Stadt. Hitler hatte verlangt, dass dieses Stück Deutschland bis zum letzten Mann verteidigt wurde. Stalin wiederum hatte den Befehl ausgegeben, dass es um jeden Preis erobert werden sollte. Millionen von Menschen waren geflohen, Tausende und Abertausende waren bei den russischen Massenbombardements und beim Häuserkampf ums Leben gekommen. Irgendwo musste hier die berühmte protestantische Kathedrale stehen, die man wieder aufgebaut hatte und in der sich auch das Grab des Philosophen Kant befand, hieß es in meinem Reiseführer. Auf dem Stadtplan konnte ich erkennen, dass Amalienau in fußläufiger Entfernung vom Hotel lag. Man musste einfach nur die Friedensstraße entlanglaufen, die ihren Namen hoffentlich zu Recht trug. Es war ein ziemlich langer Spaziergang, aber ich hatte das Bedürfnis, mich zu bewegen. Und dann galt es herauszufinden, ob Kasejew bereit wäre, mich zu empfangen.

In der Lobby gab es einen öffentlichen Fernsprecher. Ortsgespräche waren gratis, teilte mir die Frau an der Rezeption mit, die – so vermutete ich – in einem Kurs in Schweden gelernt hatte, wie man die Gäste anzulächeln hat.

Ich wählte die Nummer. »*Da*«, sagte gleich darauf eine dumpfe, tiefe Männerstimme.

»Guten Tag. Mein Name ist Adam Lassen. Ich möchte gern mit Herrn Oleg Kasejew sprechen.«

»Worum geht es denn?«

»Um eine äußerst wichtige Privatangelegenheit.«

»Woher haben Sie diese Telefonnummer?«

»Dass ich sie habe, zeigt doch, dass ich einen legitimen Anspruch darauf habe, mit Herrn Kasejew zu sprechen.«

»Herr Kasejew spricht nicht mit Fremden.«

»Ich bin kein Fremder. Würden Sie bitte so freundlich sein und Herrn Kasejew ausrichten, dass Anastasias Sohn sich gern mit ihm treffen möchte.«

»Welche Anastasia?«

»Das wird Herr Kasejew schon wissen.«

»Wer sind Sie?«

»Das habe ich Ihnen doch gerade gesagt.«

»Ihr Russisch ist sehr gut, aber Sie sind kein Russe.«

»Ich bin dänischer Staatsbürger. Meine Mutter, Anastasia, ist in Moskau geboren. Sie war Sowjetbürgerin.«

Es entstand eine längere Pause. Ich konnte förmlich hören, wie der Pförtner überlegte, ob er einfach auflegen sollte oder ob es sich doch um eine Angelegenheit handelte, mit der er seinen Herrn und Meister behelligen musste.

»Wo sind Sie?«, ertönte der tiefe Bass wieder.

»In der Lobby des Hotel Radisson.«

»Warten Sie dort«, sagte er und legte auf.

Ich setzte mich mit einer Zeitung hin und tat, als läse ich darin. Meine Hände waren feucht. Nach zehn Minuten machte die Dame vom Empfang mir ein Zeichen und schenkte mir erneut ihr einstudiertes Lächeln, während sie auf das Telefon deutete.

Es läutete. »Morgen Vormittag um zehn Uhr an der Wyssozki-

Statue im Stadtpark«, war der brüske Bass zu hören, nachdem ich den Hörer abgenommen hatte. Noch bevor ich etwas sagen konnte, hatte er bereits aufgelegt.

Das machte nichts. Ich fand den Park auf dem Stadtplan. Er lag ein Stück stadtauswärts, am Rande des deutschen Viertels. Die Statue stand laut Reiseführer in dem großen Stadtpark, in dem Kaliningrads Bürger sich mit einem kleinen Jahrmarkt, Theater, Springbrunnen, Spazierwegen und anderen Freizeitvergnügungen verlustieren konnten. Wladimir Wyssozki kannte ich von meiner Mutter. Ich wusste natürlich, dass es in Moskau eine Wyssozki-Statue gab, aber nicht, dass dies in Kaliningrad auch der Fall war. Ich wusste auch nicht, warum man diese Statue errichtet hatte, und im Reiseführer war darüber nichts zu lesen.

Live fast and die young war Wyssozkis Lebensmotto gewesen, und so war sein Leben dann auch verlaufen. Er war nur zweiundvierzig Jahre alt geworden. Ausgerechnet die besten und herausragenden Bürger ließen in Russland oft früh das Leben, wie meine Mutter zu sagen pflegte. Sie hatte recht. Gabriel war ein Beispiel von vielen.

Dieses Schicksal wollte ich keinesfalls teilen. Nicht weil ich mich selbst für einen besonders hell leuchtenden Stern am Firmament hielt. Ich lebte einfach gern und war zufrieden, nicht ständig nach dem Sinn des Lebens suchen zu müssen.

25

Am Tag zuvor war ich durch Kaliningrad spaziert, bis ich müde war. Im Museum innerhalb der wiedererrichteten protestantischen Kirche hatte ich mir Kants Totenmaske angesehen. Sein Grab lag auf der Rückseite der Kirche. Er verkörperte meines Wissens jene Vernunft, die ich und die Welt so bitter nötig hatten.

Ich hatte mich immer wieder umgesehen und überlegte, ob ich wohl beschattet wurde. Ich kam mir ein wenig albern und paranoid vor. Immer wieder bemerkte ich, dass mich jemand ansah, und zweimal sah ich denselben jungen Mann in Jeans und einer leichten Windjacke mit einem kleinen schwarzen Rucksack. Unsinn, sagte ich mir. Ist es nicht ziemlich normal, dass man die Leute an den üblichen Touristenzielen wiedertrifft? Wir suchen schließlich alle dieselben Orte auf. Ich sah ihn sowohl bei der Kathedrale als auch bei dem Bunker, der während der Belagerung Kaliningrads das Hauptquartier des deutschen Kommandanten gewesen war. Und tief in meinem Inneren wusste ich, dass ich sie gar nicht bemerken würde, wenn es sich um professionelle Beschatter handelte.

In der Stadt herrschte eine unbeschwerte Stimmung, die mir sehr gut gefiel. In dieser Stadt investierte die neue Mittelklasse ihr Geld in Autos, Essen und Kleidung. Banner, die man quer über die Leninstraße gespannt hatte, warben für die teuren Markenwaren dieser Welt. Die Cafés waren gut besucht. Aber es gab auch alte Frauen, die, noch immer in ihrer Winterkleidung, Frühjahrspetersilie und Blumen aus kleinen Kisten verkauften und dadurch bewiesen, dass nicht alle am wirtschaftlichen Fortschritt Kaliningrads teilhatten.

Ich war so müde gewesen, dass ich wie ein Stein geschlafen hatte.

Jetzt ging ich also in schönstem Sonnenschein durch den Stadtpark. Der Kies knirschte unter meinen Füßen. Die wenigen Menschen, die so früh am Vormittag schon da waren, hatten sich ihre Mäntel aufgeknöpft oder die Jacken ausgezogen. Ein paar junge Mütter schoben ihre schicken schwedischen Kinderwagen vor sich her und ältere Männer spielten in der Sonne Schach. Jeder Zug wurde von den Umstehenden mit so gespanntem Gesichtsausdruck verfolgt, als fände hier gerade die Schachweltmeisterschaft statt. Eine beschauliche Szene, die sich an verschiedenen Stellen im frühjahrsgrünen Park wiederholte. Es lag etwas so Friedvolles über ihrem Spiel, dass man beinahe davon träumen konnte, älter zu werden. Ich hatte wohl etwas zu gut geschlafen.

Schließlich entdeckte ich die Statue von Wladimir Wyssozki. Sie stand am anderen Ende des soeben erblühenden Parks auf einer kleinen steinernen Erhöhung vor einem großen offenen Amphitheater, das man nach römischem Vorbild errichtet hatte. Er hielt seine Gitarre mit der rechten Hand fest, als hätte er soeben einen Song gespielt. Sein Blick ging in die Ferne, und seine Augen hatten einen traurigen Ausdruck. Es war eine sehr realistische Statue des Mannes, den das Volk geliebt und den das System zwar gehasst, aber dennoch toleriert hatte.

Auf einer Tafel am Sockel der Statue stand: Dichter, Sänger, Schauspieler. Wladimir Semjonowitsch Wyssozki. 25.01.1938–25.07.1980.

»Das müsste Mutter sehen«, murmelte ich vor mich hin. Ich fand es spannend, dass sie ihn gekannt hatte. »Vielleicht weiß sie, warum man in Kaliningrad eine Statue für ihn errichtet hat.«

An einem Kribbeln in meinen Nackenhaaren bemerkte ich, dass jemand oder etwas hinter mir stand, und drehte mich um. Da standen zwei Männer. Der eine war wohl kaum größer als einen Meter siebzig und hatte ein schmales, langes Gesicht, das von einer kahlen, hohen Stirn und sehr dichten Augenbrauen dominiert wurde, wie man sie von den Fotos von Leonid Breschnew kennt. Er trug einen geschmackvollen Anzug und darüber einen leichten Übergangsmantel, den er ganz aufgeknöpft hatte. Wir mussten ungefähr gleich alt sein. Er schien gut in Form zu sein. Er strahlte eine geschmeidige, kraftvolle Eleganz aus, wie sie häufig bei Balletttänzern zu beobachten ist.

Der andere war etwas jünger. Ein kräftiger, durchtrainierter Mann in engen Jeans, einem schwarzen T-Shirt und einer schicken, perfekt sitzenden Lederjacke. Er trug sein Haar extrem kurzgeschnitten, so dass die millimeterkurzen Haare seinen Kopf wie ein Helm umschlossen. Er hatte einen kleinen Mund, eine dicke Nase und ebenmäßige, weiße Haut, die gar nicht zu seinem Macho-Äußeren passte.

Zu meiner Überraschung gehörte die tiefe Bassstimme zu dem kleinen Mann. »Herr Adam Lassen, vermute ich?«

»Das ist korrekt. Und wer sind Sie?«

»Ausgezeichnet. Wir sind Ihnen eine Zeit lang gefolgt, um sicherzugehen, dass Sie allein hier sind. Herr Kasejew hat eingewilligt, sich mit Ihnen zu treffen. Ich bin der persönliche Assistent von Herrn Kasejew. Mein Name ist Konstantin Stolypin. Ich hoffe, Sie sind damit einverstanden, dass mein Assistent Mikhail Iwanowitsch überprüft, ob Sie bewaffnet oder verkabelt sind.«

Er sprach sehr höflich mit mir, und die Art, wie er die Wörter betonte, ließ auf eine universitäre Ausbildung schließen. Es war schlau von ihnen gewesen, sich mit mir an der Wyssozki-Statue zu verabreden. Ich war quer durch den Park gegangen, der gut einzusehen und nicht besonders bevölkert war. So war es für sie ein Leichtes gewesen zu kontrollieren, ob ich allein war oder ob ich noch irgendjemanden zu meiner Unterstützung mitgebracht hatte, ging es mir durch den Kopf, während der stämmige Kerl sich mit erstaunlich sanften, aber effektiven Handgriffen davon überzeugte, dass ich weder eine Pistole noch ein Aufnahmegerät bei mir hatte.

»Lassen Sie uns gehen, Herr Lassen«, sagte Stolypin, als sein Bodyguard einen Schritt zurückgetreten war und ihm mit einem Nicken zu verstehen gegeben hatte, dass ich sauber war, was bei einem Amateur wie mir wohl auch nicht anders zu erwarten gewesen war.

Wir gingen durch den Park zurück.

»Warum gibt es hier in Kaliningrad eine Statue von Wyssozki?«, fragte ich.

»Ich bin mir sicher, dass Herr Kasejew Ihre Fragen beantworten wird«, sagte Konstantin Stolypin. Er ging schnell, während der Gorilla ein paar Schritte hinter uns blieb. Ich lief neben ihm her und begriff, dass er keine Lust hatte, sich mit mir zu unterhalten.

Wir verließen den Park und gelangten in das Viertel Amalienau, über das ich im Reiseführer gelesen hatte. Die Blätter an den Bäumen erstrahlten in saftigem Grün. Die Straßen waren schmal und die Villen riesig. Einige der Häuser waren sehr aufwendig saniert worden. Andere waren die reinsten Ruinen. Es herrschte eine beinahe unheimliche Stille, und man konnte sich kaum vorstellen, dass man sich mitten in einer Stadt mit einer halben Million Einwohnern befand.

Kasejews Haus lag auf einem großen Eckgrundstück, umgeben von einem hohen Metallzaun. Überall waren Überwachungskameras angebracht. Das Gebäude war ein richtiger Palast mit Türmen und Erkern, aus weißem Stein errichtet und mit Fenstern, die in kleine Vierecke unterteilt waren. Das Dach war aus glänzenden, schwarzen Ziegeln, auf die neureiche Russen schworen. Vor einer breiten Garage mit zwei Toren neben dem Haus standen ein großer neuer Mercedes, ein neuer Volvo XC90 und ein großer japanischer Geländewagen. Auf dem Grundstück befanden sich noch einige kleinere Gebäude. Ein Gärtner war gerade dabei, in den Blumenbeeten, die noch ganz und gar nicht frühjahrsfein aussahen, Unkraut zu jäten.

Konstantin Stolypin gab eine Zahlenkombination in ein Türcodegerät ein, und eine Tür neben dem Eingangstor öffnete sich mit einem Klicken. Wir stiegen einige weiße Stufen hinauf und gelangten in eine Vorhalle. Von dort führte eine breite Marmortreppe, mit einem Läufer bedeckt, nach oben, aber Kasejews persönlicher Assistent führte mich nach links in einen Raum, der ringsum mit hohen Regalen ausgestattet war. Die Bücher sahen aus, als wären sie Stück für Stück in einem renommierten Antiquariat gekauft worden. Sie waren nicht zum Lesen gedacht, sondern dienten bloß als Zierde. Die Gemälde an der Wand waren ebenfalls im alten Stil gehalten, realistische Kunst aus dem 19. Jahrhundert. Die Motive waren romantische russische Landschaftsszenen mit Adeligen auf der Jagd oder zufriedenen Leibeigenen auf dem Feld. Die Möbel, ein Sekretär, ein Tisch und ein paar Stühle mit geschwungenen Beinen, ein Sofa in denselben Farben und ein opulenter Kristallkronleuchter, sahen antik aus. Diesen Anschein sollte das Zimmer wohl insgesamt erwecken.

Meine Mutter war der Ansicht, dass die reichen Russen in höchstem Maße *nekulturny* waren, und wenn ich sah, worauf Kasejew einen Teil seines Reichtums verwendet hatte, musste ich ihr recht geben. Alles war unecht, eine moderne Potemkinsche Kulisse. Ein ehemaliger KGB-Scherge, der erfolglos versuchte, Bildung vorzutäuschen.

In einer der Regalwände öffnete sich eine verborgene Tür, und ein sehr kranker Mann trat herein, den ich nur mit Mühe aus dem Nachrichtenbeitrag wiedererkannte, den ich auf der Fähre nach Klaipeda gesehen hatte.

Oleg Kasejew war so dünn wie ein Gulag-Gefangener. Das Polo-Shirt und die helle Gabardinehose schlackerten an seinem Körper. Er war vollkommen kahl, zwei dünne Schläuche führten von seiner Nase in ein Sauerstoffgerät, das er hinter sich herzog. Er betrat den Raum mit vorsichtigen Schritten. Er wirkte unglaublich zerbrechlich, aber seine Augen waren klar und sein Händedruck erstaunlich fest.

»Guten Tag, Adam«, sagte er mit erstaunlich sicherer Stimme.

»Vielen Dank, dass Sie mich empfangen, Oleg Kasejew.«

Er hielt meine Hand fest, während er einen halben Schritt zurücktrat. »Das ist also Anastasias anderer Sohn. Ich erlaube mir, Du zu sagen. Du kannst mich ebenfalls gern duzen. Es kommt mir vor, als würde ich dich längst kennen. Außerdem habe ich keine Zeit mehr, mich mit trivialen Formalitäten aufzuhalten. Komm. Setz dich. Ich lasse dir Kaffee bringen. Guten Kaffee. Ich weiß, ihr Dänen wisst das zu schätzen.«

Er ließ meine Hand los und deutete auf die beiden Stühle, die vor einem der Fenster standen, von denen aus man den Gärtner im Garten arbeiten sehen konnte.

Kasejew ging mit langsamen Schritten und setzte sich.

»Wie findest du unsere Wyssozki-Statue?«

»Hübsch. Sehr realistisch. Aber warum gibt es hier in Kaliningrad eine Statue von Wyssozki?«

»Ach, das weißt du nicht? Aber woher sollst du es auch wissen. Wyssozki hat hier im Juni 1980 sein letztes Konzert gegeben, nur einen Monat, bevor er gestorben ist. Das Konzert war nirgendwo angekündigt gewesen und trotzdem kamen Tausende und Abertausende in den Bürgerpark, um ihn zu hören. Die Buschtrommeln waren damals sehr effektiv.«

»Ich habe mich oft darüber gewundert, dass der KGB ihn nicht festgenommen und ausgewiesen hat.«

»Es wurde mehrfach erwogen, aber er war möglicherweise zu populär. Außerdem war er nicht richtig antisowjetisch. Die Imperialisten haben den Unterschied zwischen einem Wyssozki und einem Solschenizyn nie verstanden. Wyssozki konnte den Alltag so beschreiben, dass alle es verstanden. Wir fanden unsere sowjetische Wirklichkeit in seinen Texten widergespiegelt. Wir hatten vielleicht kein besonders gutes Leben, aber es war nun mal das Leben, das man uns zugeteilt hatte. Das System entschied sich dafür, ihn als Dichter und Sänger zu ignorieren, aber das tat das Volk nicht.«

»Vielleicht liebte der KGB seine Texte und seine Stimme ja ebenfalls.«

»Touché, Adam. Ja. Ich fand ihn ebenfalls ganz fantastisch. Vielen von uns Tschekisten ging es so.«

»Vermissen Sie diese Zeit?« Mir wollte das Du einfach nicht über die Lippen kommen.

»Nicht die Zeit als solche, aber mich und meinen Körper zu jener Zeit. Das ist etwas anderes. So, hier kommt dein Kaffee.«

Eine hübsche junge Frau trug ein Tablett herein. Auf dem Tablett standen eine Silberkanne und eine edle Porzellantasse, Zucker, Sahne und ein Glas mit einer Flüssigkeit in einer undefinierbaren, bräunlichen Farbe.

»Danke, meine Liebe«, sagte Kasejew und legte für einen Moment seine Hand auf ihre Hüfte, nachdem sie mir Kaffee eingeschenkt und akzeptiert hatte, dass ich weder Sahne noch Zucker nahm. Assistent Konstantin folgte der jungen Dame durch die Tür in der Bücherwand, die sich lautlos hinter ihnen schloss.

Kasejew trank einen Schluck von der dicklichen Flüssigkeit.

»Pfui Teufel«, sagte er. »Aber angeblich hilft es. Es besteht hauptsächlich aus gepresstem Knoblauch und Ingwer. Man will ja nichts unversucht lassen.«

»Sie sind krank?«, fragte ich dümmlich.

»Ja. Ich leide an einer sehr schweren Erkrankung der Atemwege. Und darüber hinaus habe ich an so vielen Stellen in meinem Körper Krebs, dass ich dich nicht damit langweilen will, sie alle aufzuzählen. Menschen, die dauernd über ihre Krankheiten reden, sind unglaublich langweilig. Mir bleibt nicht mehr viel Zeit, auch wenn ich mich bemühe, den Mann mit der Sense abzuwimmeln. Vielleicht ist das auch der Grund, warum ich einem Treffen mit dir zugestimmt habe. Und natürlich aus Neugierde. Ich wollte Anastasias anderen Sohn kennenlernen. Es tut mir sehr leid, was mit deinem Bruder passiert ist.«

»Sie haben davon gehört?«

»Ich bin vielleicht krank, aber ich weiß immer noch Bescheid, was los ist.«

»Und Sie kennen Karl Erik Jansen.«

Ein Schatten huschte über sein Gesicht. Nur für einen kurzen Moment. Sein schmaler Mund lächelte, aber das Lächeln erreichte seine Augen nicht. Er sah eigentlich ziemlich gruselig aus mit dem nackten, mageren Gesicht und den Schläuchen in der Nase. Man konnte leicht Angst vor ihm bekommen.

»Wie geht es deiner Mutter, Adam?«

»Sie erfreut sich bester Gesundheit. So gesehen ist sie in einem guten Zustand, aber Gabriels Tod hat sie natürlich sehr mitgenommen. Ich habe Sie zufällig mit Karl Erik Jansen zusammen im Fernsehen gesehen.«

»Hast du? Wie interessant.«

»Ja, nicht wahr? Sie haben einander seit jener Zeit die Treue gehalten, als Sie daran beteiligt waren, meine Mutter des Landes zu verweisen.«

Sein Blick war plötzlich kalt, und seine Augen wurden unmerklich schmaler.

»Nimm noch etwas Kaffee, Adam.«

»Es waren harte Zeiten, stimmt's? Damals.«

»Es war Anastasias eigener Wunsch auszureisen.«

»Es ist doch wohl ein Unterschied, ob man ausreist oder ausgewiesen wird.«

»Damals war das mehr oder weniger dasselbe.«

»Es besteht doch wohl immer ein Unterschied zwischen Gut und Böse. Zwischen Recht und Unrecht.«

Er hustete einmal kurz. »Hör auf, genauso pastoral daherzureden wie dein Bruder. Du bist ein erwachsener Mann.«

»Sie haben Gabriel also gekannt?«

»Ich bin ihm ein paarmal begegnet. Für meinen Geschmack war er etwas zu heilig, aber wie gesagt, es tut mir wirklich sehr leid, dass er auf diese Weise zu Tode gekommen ist.«

»Sie glauben also auch, dass es ein räuberischer Überfall war, bei dem etwas schiefgelaufen ist?«

»Ja, das glaube ich. Das ist ja nichts Ungewöhnliches in Moskau. Hier in Kaliningrad ist es deutlich besser. Aus unserer kleinen Enklave können die Verbrecher nicht so leicht entkommen, und wir haben den Überblick, wer alles einreist. Ich habe mir im Laufe meines Lebens viele Feinde gemacht, aber hier fühle ich mich sicher.«

Ich glaubte ihm nicht ganz, wechselte aber das Thema. »Wie gut kennen Sie Karl Erik?«

»Okay, Adam. Du bist neugierig, aber ich habe mich damit einverstanden erklärt, dich zu treffen. Ich kenne ihn sehr gut. Wir haben viele Geschäfte zusammen gemacht. Er ist ein Freund von mir, aber damit gehe ich nicht hausieren. Ich habe vielleicht nicht den besten Ruf, und in der westlichen Welt ist man der Meinung, eine deutlich reinere Weste zu haben als wir Emporkömmlinge in der zusammengebrochenen Sowjetunion. Wie hat ein Rockefeller sein Vermögen aufgebaut? Und wie sieht es mit denen aus, die während der Prohibitionszeit in den USA reich geworden sind? Die tun doch, als wären sie frömmer als das Patriarchat. *Fuck them!* Karl Erik ist der Meinung, es ist am besten, wenn wir in der Öffentlichkeit einen gewissen Abstand zueinander wahren, und das respektiere ich. Und bald spielt es ja ohnehin keine Rolle mehr.«

»Haben Sie meinen Vater gekannt?«

»Vielleicht. Durch Karl Erik habe ich ab und zu mal etwas von ihm mitbekommen.«

Auch diesmal glaubte ich ihm nicht. Hinter dieser Fassade und diesen Worten, die so leicht aus seinem Mund kamen, verbarg sich noch etwas anderes. Ich kam jedoch nicht dazu, weiter nachzufragen.

Kasejew hustete erneut und fuhr fort: »Du bist jung, Adam. Also gestatte mir, dass ich dir ein wenig von mir erzähle. Ich will dich nicht langweilen, aber wir Menschen sind anscheinend so strukturiert, dass wir unser Verhalten gern selbst verstehen wollen, ebenso wie wir wollen, dass andere es verstehen, und möglicherweise wollen wir uns vor ihnen rechtfertigen, bevor wir in das Dunkel des Grabes hinunterschauen. Ich bin nicht gläubig, aber das ist vermutlich der Sinn und Zweck der Beichte. Reinen Tisch zu machen. Seine Sünden zu bekennen und Vergebung für sie zu erhalten. Ich wünschte, ich würde an Gott glauben, aber das tue ich nicht, von daher sind in Kürze die Würmer an der Reihe, und das war's dann mit meinem Leben.«

»Sie sind nicht verheiratet und haben keine Kinder?«

»Ach, ich bin ein paarmal verheiratet gewesen, aber das ist lange her, und es war nicht von Bedeutung. Nein. Die Frau, die ich am liebsten gehabt hätte, wollte mich nicht. Es gibt ein paar Kinder. Die leben ihr eigenes Leben und bekommen Vaters Erbe, die sind also zufrieden.«

Er sah traurig aus. Das war verständlich, aber ich hatte trotzdem kein Mitleid mit ihm. Ich blieb dabei, dass dieser inzwischen kranke Mann meinen Eltern großes Unrecht angetan hatte, und ich war leider nicht so versöhnlich wie Gabriel. Oleg Kasejew nahm noch einen Schluck von seinem bitteren Drink, von dem er sich erhoffte, er möge den Tod noch eine Weile von ihm fernhalten.

»Du denkst vielleicht, ich bin ein reiner Zyniker?«, fuhr er leise, aber dennoch deutlich fort zu reden. »Vielleicht haben deine Mutter und dein Vater dir erzählt, dass ich nur an mich gedacht habe, aber das stimmt nicht ganz. Ich habe an die Sache geglaubt. Ich habe daran geglaubt, dass ich für eine Eliteorganisation arbeite, die ein Garant für die Revolution und den Sozialismus ist. Ob ich den Glauben daran verloren habe? Das passiert nicht auf einmal. Er wird erodiert, wie Wasser poröses Felsgestein erodiert. Die kleine Korruption, der fehlende Idealismus, die Parteioberen, die nur an sich selbst und nicht an das Volk denken. Die Idee des Kommunismus verkam mehr und mehr zu einem *joke.*«

Er sah mich nicht an, sondern blickte in den Garten hinaus. Ich glaubte ihm kein Wort von dem, was er da sagte. Er versuchte, sich selbst zu rechtfertigen. Er saß da und heuchelte wegen einiger kleinkrimineller Delikte und Betrügereien in der Kommunistischen Partei, während er beim brutalen KGB war, dessen Sündenregister endlos lang ist. Ich sagte nichts, wartete erst einmal ab. Während ich noch einen Schluck von seinem guten Kaffee trank, musterte ich unauffällig sein Gesicht, in dem der Tod bereits Einzug gehalten hatte.

»1991 und 1992 war dann Schluss damit. Ich glaube nicht, dass du dir die Erniedrigung vorstellen kannst, als das Schwein Jelzin in Russland an die Macht kam. Russland war bankrott. Moralisch und wirtschaftlich. Ich war damals verheiratet. Meine Frau hat Stunden damit zugebracht, in Leningrad Schlange zu stehen. Ich war Oberstleutnant beim KGB, und wir hatten nicht einmal Salz für unser Frühstücksei. Verdammt noch mal! Selbst der Premierminister musste seine Frau losschicken, um Schlange zu stehen. Es gab einfach nichts. Niemand erhielt seinen Lohn. Es gab keine Devisen, obwohl Jelzin die Amerikaner dazu gebracht hatte, ein Flugzeug voller Dollar zu schicken. Ich arbeitete für den größten und mächtigsten Geheimdienst der Welt und hatte nicht genug Geld, um einen Laib Brot oder eine Flasche Wodka zu kaufen. Meine Rubel waren nichts wert. Es war erniedrigend. Und wir saßen alle im selben Boot, aber das war ja gerade das Problem. Wir Tschekisten hatten nie zuvor im selben Boot gesessen wie all die anderen. Popow leitete zu der Zeit eine KGB-Abteilung in Leningrad. Ich arbeitete für ihn. Er war genauso angewidert wie wir anderen auch. Angesichts des Verfalls. Angesichts seiner Schlange stehenden Frau. Angesichts dessen, dass wir zu einer Bananenrepublik ohne Bananen verkommen waren. Angesichts dessen, dass die USA und die anderen Imperialisten über uns lachten. Uns verhöhnten.«

Er starrte mich wütend an.

»Man hat Sie nach Leningrad zwangsversetzt, nicht wahr?«, wandte ich ein.

Er starrte mich weiterhin an. Ich würde ihn ungern zum Feind haben wollen. »Langsam, langsam, Adam. Selbst für Anastasias Sohn gibt es gewisse Grenzen.«

»Okay. Entschuldigung.«

»Okay und Entschuldigung, sagst du. Deine Eltern haben dir bestimmt so einige Geschichten erzählt. Ich will dich damit nicht langweilen. Popow hatte eine Idee, und ich konnte sie umsetzen, weil ich einen Kontakt in Dänemark hatte. Popows Idee war einfach, aber genial. Wir hatten Zugang zu Unmengen von wertlosen Rubeln, aber keine Waren, die wir dafür kaufen konnten, abgesehen vom Öl. Das Öl in Jelzins Scheißrussland hatte einen festen, vollkommen unrealistischen Preis in Rubeln. Wir kauften das Öl für unsere Rubel und verkauften es in Rotterdam gegen Devisen. Es war, als würden wir auf einmal unser eigenes Geld drucken. Das ging einige Jahre lang gut, bis Gaidar, dieses Arschloch, unser Geschäft mit seinen Devisenreformen stoppte. Das machte aber nicht allzu viel. Wir waren steinreich. Als die Privatisierung begann, konnte ich mir für fast kein Geld eine Bank und eine Ölgesellschaft kaufen. Der Rest ist Geschichte, wie man so sagt.«

»Warum erzählen Sie mir das alles?«

»Unser jetziger großer Zar, Präsident Popow, ist ein kluger Mann, der mein Land wieder aufgebaut und dafür gesorgt hat, dass die Imperialisten uns nicht länger von oben herab behandeln oder sich über uns lustig machen. Er hat begriffen und begreift noch immer, dass Russlands Größe in der jetzigen Zeit mit den Energiereserven zusammenhängt. Öl, Gas und andere Rohstoffe dürfen weder Firmen noch Privatpersonen gehören. Sie sollen dem Staat gehören, der über dir und mir steht. Sie gehören Russland. Sie sind strategische Waffen.«

»Ich verstehe nicht ganz«, sagte ich etwas verwirrt.

»Ich hätte Anastasias Sohn für cleverer gehalten. Begreifst du denn nicht? Energiereserven, der Zugang zu ihnen, ihr Transport und die Suche nach neuen Rohstoffvorkommen, darauf hat Popow sich schon immer verstanden. Er lässt nicht zu, dass ihm das irgendjemand kaputtmacht. Sollte jemand versuchen, ihm dabei ins Handwerk zu pfuschen, wird er es bitter bereuen. Verstehst du?«

»Vielleicht«, antwortete ich. Mir war nicht ganz klar, warum er jetzt mit einer indirekten Drohung ankam. Russlands Energiepolitik interessierte mich nicht im Geringsten, aber ich vermutete, dass es wiederum etwas mit Gabriel oder Jansen zu tun hatte.

»Was hat das alles mit Gabriel zu tun?«

»Hat es das denn?«

»Ich vermute schon.«

»Hat er dir etwas erzählt?« Die Frage kam schnell, und er beugte sich in seinem Stuhl vor.

»Nein. Das scheinen aber alle zu denken. Ich weiß nichts. Ich weiß nicht einmal, worauf ihr alle anspielt.«

»Wir alle?«

»Gabriel hat mir nichts von all dem erzählt, worüber Sie eben gesprochen haben. Ich weiß nichts.«

»Dann bist du vielleicht doch einigermaßen clever.«

»Gabriel hatte ja mit all dem nichts zu tun.«

»Hatte er nicht? Jetzt hör mir mal gut zu, Adam. Ich bin nicht gläubig, aber die rechtgläubige Kirche spielt eine wichtige Rolle in Russland. Priester sind heuchlerische Mistkerle, und ich bedaure, dass es Stalin nicht gelungen ist, sie alle zu erschießen. Aber als die verfluchten Deutschen einmarschiert sind, brauchte er sie doch noch, und deshalb ließ er die Kirche überleben. Das Volk braucht die Religion ganz offensichtlich. Die Kirche ist Popows verlässliche Stütze. Die Rechtgläubigen haben vor dem Kreml immer mit dem Schwanz gewedelt. Ganz egal, ob da ein Zar saß, ein Generalsekretär oder ein Popow. Hauptsache, sie können die Leute hinters Licht führen mit ihrem religiösen Geschwafel, dann küssen sie auch der Macht im Kreml den Arsch. Die Kirche ist heute gleichzeitig ein großes Unternehmen. Sie ist in viele Geschäfte involviert. Öl, Gas,

Immobilien. Die ganze Palette. Die Geldströme sind enorm. Das ist in Ordnung, so lange das Patriarchat sich dem Kreml unterordnet und den Mund hält bei Dingen, die es nichts angehen. Das hat der alte Patriarch leider vergessen. Zum Teufel, Mann! Wie heuchlerisch und verlogen darf man eigentlich sein! Wir haben ihn rekrutiert, als er gerade mal neunundzwanzig Jahre alt war und ganz frisch als Priester irgendwo in Sibirien angefangen hatte. Und frisch verheiratet war. Das war natürlich nicht ganz so gut, nicht wahr, Adam?«

Ich schüttelte den Kopf. Ich wusste, was er meinte. In der orthodoxen Kirche unterscheidet man zwischen schwarzen und weißen Geistlichen. Die weißen dürfen heiraten und Kinder bekommen, dafür stehen ihnen die höchsten Ämter wie Bischof, Metropolit oder als höchste Stufe das Patriarchat nicht offen. Die sind den sogenannten schwarzen Geistlichen vorbehalten, die zölibatär leben müssen.

»Was ist aus der Ehefrau geworden?«

»Sie ist verschwunden«, sagte er tonlos.

»Ihr habt sie umgebracht?«

»Das hätten wir tun können, haben wir aber nicht. Sie ist an Brustkrebs gestorben, aber als wir anfingen, das Potenzial Seiner zukünftigen Heiligkeit zu erkennen, war es natürlich nicht so günstig, dass er verheiratet gewesen war, also haben wir sie aus allen Registern entfernt. Sie ist nie geboren worden. Sie existiert nicht. Ihr gemeinsames Kind, das erst zwei Jahre alt war, als die Mutter starb, wurde zur Adoption freigegeben und lebte in glücklicher Unwissenheit über seine heiligen Gene, bis seine Leber schließlich vor einigen Jahren aufgab. Ein sehr gewöhnliches Schicksal unter russischen Männern.«

»Gabriel hat all das herausgefunden?«

»Dein Bruder war ein Mensch, dem es leichtfiel, das Vertrauen anderer Menschen zu gewinnen. Viel zu leicht. Er war außerdem ein ziemlich anstrengender Heiliger, der immer genau wusste, was richtig und was falsch ist. Eine ziemlich unreife Art, das Leben zu betrachten.«

»Sie haben meine Frage nicht beantwortet.«

»Doch, das habe ich. Und jetzt bin ich müde.«

»Dass der alte Patriarch Verbindungen zum KGB hatte, ist doch allgemein bekannt, oder? Das stand doch sogar in den Nachrufen auf ihn, wenn ich mich recht erinnere. Ist das also in irgendeiner Weise brisant?«

»Nein. Aber dass er verheiratet war, das ist eine große Sache.«

»Das verstehe ich. Sascha Karbanow. Kennen Sie ihn?«

»Warum fragst du?«

Es war unübersehbar, dass er Sascha kannte. Sein eingefallenes Gesicht konnte nur schlecht verbergen, wenn er sich ertappt fühlte.

»Er hat mir gegenüber etwas Ähnliches erwähnt. Er meinte, Patriarch Tichon sei keines natürlichen Todes gestorben.«

Ich wollte dem alten KGB-Mann nicht erzählen, dass Sascha mir auch noch gesagt hatte, dass Gabriel sein Spion im Patriarchat gewesen war.

Oleg Kasejew sah mich lange an. »Sascha ist ein Arschloch. Er spielt mit dem Feuer und glaubt, etwas Besseres zu sein als wir anderen, nur weil er einige Jahre in deinem kleinen Scheißland gelebt hat. Sein Vater ist mir lieber. Der versteht etwas vom Geschäftemachen. Der Sohn nicht. Aber wenn ich jünger wäre, würde ich mit dem allergrößten Vergnügen seine Schwester vögeln.«

»Sie sind ein zynisches Arschloch, Oleg Kasejew. Ich verstehe sehr gut, dass meine Mutter Sie verabscheut hat.«

Zu meiner großen Überraschung begann er zu lachen. Es war ein merkwürdig krächzendes, trockenes Lachen, das ihm, wie ich sehen konnte, Schmerzen bereitete. Er rang nach Luft und griff hinter seinen Rücken, vielleicht, um die Sauerstoffzufuhr zu erhöhen. Ich saß da und wünschte mir, er möge langsam und qualvoll vor meinen Augen ersticken.

»Tascha, für sie hätte ich alles getan, nur um sie einmal vögeln zu dürfen.«

»Sie sprechen von meiner Mutter, Sie Arschloch.«

»Sie war sehr schön, deine Mutter. Verdammt sexy, gerade weil sie selbst gar nicht wusste, was für eine starke erotische Ausstrahlung sie hatte. Im Metropol konnte ich so viele Mädchen vögeln, wie ich wollte. Das habe ich auch getan. Die Einzige, die mich nicht ranließ, war die, die ich geliebt habe.«

Ich war außer mir vor Wut und saß angriffsbereit auf der Stuhlkante.

»Das traust du dich sowieso nicht, Adam«, sagte er und sein Atem pfiff.

»Ich habe deine Mutter begehrt. Das stimmt. Aber ich habe sie auch geliebt. Ich hätte sie geheiratet, wenn sie eingewilligt hätte. Ich hätte sie verehrt und geachtet.«

»Sie widern mich an.«

Er sagte nichts, sondern erhob sich langsam und ging zu seinem Sekretär. Jetzt erst sah ich, dass dort ein kleines Foto in einem Silberrahmen stand. Er nahm das Foto, kam zurück und reichte es mir, bevor er sich mit geradem Rücken wieder hinsetzte. Mein Herz schlug auf einmal schneller. Es war ein Porträt meiner Mutter, die uns darauf über die Jahrzehnte hinweg anlächelte. Sie sah außergewöhnlich schön aus mit ihren hellen Locken und dem feinen Lächeln, das auch ihre Augen umspielte.

»Selbst auf dem Foto aus ihrem Mitarbeiterausweis vom Hotel Metropol sah sie gut aus«, sagte Kasejew mit einer Sanftheit in der Stimme, die vorher nicht zu vernehmen gewesen war.

»Sie haben sie wirklich geliebt?«, fragte ich.

»Ich habe deinen Vater gehasst. Er war arrogant, gut aussehend und charmant. Ich habe ihn gehasst.«

»Weil er meine Mutter geliebt hat.«

»Nein, Adam. Weil Anastasia Niels geliebt hat.«

Ich sah, dass der Gedanke daran ihm noch immer wehtat.

»Das ist so viele Jahre her.«

»Die Liebe ist eine Triebkraft, die größer ist als alles andere. Es heißt immer, wir Menschen seien vom Geld oder vom Sex getrieben. Das stimmt nicht ganz. Die Liebe ist stärker. Die unerwiderte ist vielleicht sogar das stärkste Gefühl. Man sagt, wenn du den, den du liebst, nicht bekommen kannst, dann liebe den, den du bekommen kannst. So ein Unsinn. Man kann sie vögeln, aber das ist keine Liebe. Das ist nur ein Ersatz.«

Ich schüttelte den Kopf. Er sprach über eine Zeit, die beinahe vierzig Jahre zurücklag, als wäre es gerade mal einen Monat her. Er sah mich mit seinem schiefen Lächeln und seinen kalten Augen an, und ich wünschte mir, dass der Krebs jede einzelne Zelle dieses ausgezehrten Menschen auffressen möge.

»Aber weißt du, Adam«, fuhr er fort, »es gibt ein Gefühl, das beinahe ebenso stark ist wie die Liebe. Weißt du, welches das ist?«

»Nein.«

»Die Rachsucht. Sie lässt sich niemals ganz stillen, aber man kann ihr zumindest vorübergehend Befriedigung verschaffen. Man kann den Makel etwas lindern, den die Niederlage hinterlässt. Die Rache ist eine schöne Göttin, und sie war es in Wirklichkeit auch, die Jansen und mich zusammengeführt hat. Er war ebenfalls schwer in Anastasia verliebt und konnte sie auch nicht bekommen, obwohl er es mit allen Mitteln versuchte. Zuerst waren wir Rivalen, aber als die Schlacht verloren war, wurden wir zu Verbündeten.«

Jetzt verstand ich, was er meinte. »Wie habt ihr euch an meinem Vater gerächt?«

»Das war nicht besonders schwer. Dein Vater war schon vorher ziemlich leichtsinnig bei seinen Geschäften. Da war es ein Leichtes, ihm einen kleinen Schubs zu geben, ihm ein paarmal ein Bein zu stellen. Aber er war wie ein Stehaufmännchen. Er kam immer wieder auf die Beine. Bis zum letzten Mal.«

Ich saß wie gelähmt da und starrte ihn an. Mein Herz schlug schwer. Ich war so wütend, dass ich nicht wusste, was ich sagen oder tun sollte. Aus dem Haus stürzen oder aufspringen und das magere Gespenst totschlagen?

»Haben Sie deswegen eingewilligt, mit mir zu reden?«

»Adam. Ich liebe die Rache. Deine Mutter ist unglücklich, weil Gabriel gestorben ist. Sie empfindet jetzt einen Schmerz, der vielleicht ebenso stark ist wie meiner. Dass die Zeit alle Wunden heilt, ist blanker Unsinn. Ich habe Tascha nie verwunden. Nie. Sie hat mich erniedrigt. Sie hat mich dazu gebracht, die Kontrolle zu verlieren. Sie hat auf mich herabgeschaut. Sie hat sich für etwas Besseres gehalten. Ich muss sterben, aber nicht bevor meine Geschäfte abgewickelt und meine Rache vollendet ist. Ich glaube nicht an die Bibel, aber ich glaube an die Strafe bis ins letzte Glied.«

»Sie sind ein Arschloch. Sie sind ein schlechter Mensch.«

»Und da spricht wieder der heilige Besserwisser. Der schlechte Mensch ist ein biblischer Ausdruck. Jetzt hasst du mich, während ich froh bin. Dein Unglück und dein Schmerz machen mich froh. Wenn man nicht vom Trank der Liebe trinken kann, so kann man doch immer noch einen Schluck vom Trank der Rache nehmen. Er ist vielleicht ein wenig bitter wie Knoblauch und Ingwer, aber er schmeckt trotzdem recht gut.«

Der Stuhl fiel hinter mir um, als ich aufstand, um mich auf dieses jämmerliche, rachsüchtige Männlein zu stürzen und ihm ein für alle Mal das zynische Lächeln aus seinem triumphierenden Gesicht zu wischen.

26

Ich wachte grün und blau geprügelt, verwirrt und unglaublich durstig in einer kleinen Zelle auf, in der es aus einem Loch in der Ecke nach Urin und Scheiße stank. Die Erinnerung daran, warum ich hier gelandet war, kehrte leider sehr schnell zurück.

Ich erinnerte mich nur zu gut daran, wie ich auch noch den Tisch umgestoßen hatte, der zwischen Kasejew und mir stand, und mich rasend vor Wut mit ausgestreckten Händen auf ihn gestürzt und versucht hatte, seinen mageren, faltigen Hals zu umklammern. Er war erstaunlich schnell zur Seite geglitten, wenn man bedachte, in welchem Zustand er sich befand, aber ich hatte ihn an der Schulter zu fassen bekommen. Wir fielen beide zu Boden. Er krümmte sich vor Schmerz. Ich versuchte, seine Sauerstoffschläuche zu erwischen, um sie ihm aus seiner hässlichen Nase zu reißen, aber er rollte sich auf die Seite.

Ich hatte mich gerade halb wieder aufgerichtet, als Konstantin Stolypin durch die geheime Tür in der Bücherwand hereingestürzt kam. Er drehte sich elegant einmal um seine eigene Achse und traf mich mit einem präzisen Tritt seitlich am Kopf. Das warf mich wieder zu Boden. Sein stämmiger Kollege folgte ihm auf den Fersen. Es musste eine Videoüberwachung in der vermeintlichen Bibliothek geben. Er packte mich am Kragen, riss mich hoch und schmetterte mich gegen das Regal, ohne sich auch nur im Mindesten anstrengen zu müssen. Dann boxte er mir zweimal mit einer Lässigkeit in den Bauch, die mich in Todesangst versetzte. Und als er mir mit der Außenkante seiner rechten Hand einen Schlag gegen den Kopf verpasste, wurde mir schwarz vor Augen.

Sie müssen ihre Bestrafungsaktion noch fortgesetzt haben. Zwei meiner Rippen taten höllisch weh, ein Zahn im Oberkiefer war locker und schmeckte nach Blut, als ich ihn mit der Zunge berührte. Meine Bauchmuskeln schmerzten und ich spürte, dass meine Wange geschwollen war. Mein eines Auge tat sehr weh, vermutlich hatte ich dort einen Bluterguss.

Ich erinnerte mich vage daran, dass die Polizei gekommen war und zwei Polizisten mich unter den Armen gefasst und zu einem wartenden Einsatzwagen geschleppt hatten. Sie hatten mich auf der Rückbank platziert, wo ich dann in Ohnmacht gefallen war. Ich kam kurz wieder zu mir, als ich neben einem großen Polizisten saß, der nach Zigarettenrauch und Knoblauch stank. Wir rumpelten los. Ich sackte wieder weg. Ich kam wieder zu mir. Ich war wieder weg. Alles war wie im Nebel. Ich erinnerte mich daran, dass sie mich in der Zelle auf den Boden geworfen hatten. Ich musste zumindest halb wieder zu Bewusstsein gelangt und irgendwie auf die schmale Liege geklettert sein. Ich konnte mich nicht daran erinnern. Hatten sie mich zugedeckt? Oder hatte ich es selbst getan? Die Decke stank nach Schweiß. Ich hatte dröhnende Kopfschmerzen und fürchterlichen Durst.

Ich lag mit angezogenen Beinen da wie ein Embryo, als ich erwachte. Ich streckte mich vorsichtig aus. Es tat verdammt weh, aber es fühlte sich nicht so an, als wären irgendwelche Gliedmaßen gebrochen. Ich hatte keine Jacke an. Sie hatten mir den Gürtel und die Schnürsenkel aus meinen Schuhen abgenommen, die am Ende der Liege lagen. Wer hatte sie mir ausgezogen?

Ich entdeckte die Schuhe, als ich mich hinsetzte, und zog sie trotz der fehlenden Schnürsenkel an. Ich sah mich um. Die Zelle war total verdreckt. Sie hatte eine hohe Decke, an der eine nüchterne Glühbirne hinter einer Verblendung aus geflochtenem Metall brannte. Ganz oben in der einen Wand gab es ein winziges Fenster. Das einfallende Licht wirkte künstlich. War bereits ein neuer Tag angebrochen? Sie hatten mir auch meine Uhr abgenommen. Die Zelle war etwa sechs Quadratmeter groß. An die Wände, von denen der Putz abblätterte, hatten frühere Gefangene obszöne Wörter, Gotteslästerungen und Fluchtträume gekritzelt. Das Wort Mutter tauchte auch an verschiedenen Stellen auf. Die Tür war aus Metall und hatte eine Art Guckloch. In der einen Ecke der Zelle befand sich das Loch im Boden, das als Toilette diente.

Ich war leider gezwungen, es zu benutzen. Hinterher schlug ich heftig gegen die Tür, bevor ich mich wieder hinsetzte und über meine Situation nachdachte. So verging die Zeit, bis sich die Tür einige Stunden später öffnete. In der Türöffnung standen ein Polizeibeamter mittleren Alters und ein jüngerer Kollege, die beide die neuen *Polizija*-Uniformen mit den Buchstaben DPC auf den Schulterklappen trugen. Der jüngere Mann hatte einen Knüppel in der Hand. Den hätte er sich auch sparen können. Ich war nur noch ein Häufchen Elend. Außerdem hatte ich genug über die Misshandlung von Gefangenen in russischen Gefängnissen gelesen. Ich würde sie auf keinen Fall provozieren, sondern nahm mir stattdessen vor, mich höflich und demütig zu benehmen. Der ältere Polizist hielt ein Tablett mit einem tiefen Teller, einem Blechbecher und einem halben Liter Wasser in einer Plastikflasche in der Hand.

»Wo bin ich?«, fragte ich. Meine Stimme klang merkwürdig eingerostet.

»In der Ausnüchterungszelle. Sie haben einen unschuldigen Bürger überfallen.«

»Ich würde doch eher sagen, dass ich derjenige bin, der überfallen wurde. Ich war bewusstlos, als man mich hierhergebracht hat.«

»Bei uns hat man das Recht, sich gegen Angreifer zu verteidigen. Vielleicht ist das in Ihrem Vaterland nicht erlaubt.«

»Ich möchte gern mit einem Anwalt oder einem dänischen Konsul sprechen.«

Der Mann stellte das Tablett auf den Boden. Der Jüngere schlug mit dem Knüppel langsam gegen seine Handfläche, hörte aber damit auf, als der Ältere ihm einen Blick zuwarf. Ich war sehr froh, dass er meine Vorurteile nicht bestätigte.

»Ich möchte bitte mit einem Anwalt sprechen. Ich möchte mich gern von einem Arzt untersuchen lassen. *Pozjalsta.* Ich habe sicher eine Gehirnerschütterung.«

Es gefiel ihm, dass ich »bitte« sagte und eine angemessen demütige und ehrerbietige Haltung an den Tag legte. Ich hätte am liebsten sofort nach der Wasserflasche gegriffen und sie in einem Zug geleert.

»Alles zu seiner Zeit«, sagte er.

»Wie spät ist es?«

Er machte auf dem Absatz kehrt und verließ die Zelle. Der junge Beamte mit dem stechenden Blick folgte ihm.

»Warum zum Teufel darf ich nicht wissen, wie spät es ist?«, fragte ich die geschlossene Tür.

Ich trank die Hälfte des Wassers. Es war richtiges Mineralwasser und schmeckte ausgezeichnet. In dem Suppenteller befand sich kalte *soljanka* mit vier oder fünf ziemlich zähen Fleischstücken und etwas Gemüse. Auf der Oberfläche schwammen Fettaugen herum, aber ich aß den Teller leer und achtete dabei auf meinen wackelnden Schneidezahn. Es gab auch noch zwei Scheiben gesäuertes russisches Schwarzbrot. In dem Blechbecher war Tee mit ziemlich viel Zucker. Ich leerte ihn in einem Zug. Es war natürlich alles andere als Radisson-Standard, aber ich war erstaunlicherweise hungrig. Ich hätte zu gern gewusst, wie lange ich bewusstlos gewesen war. Ich hätte auch gern gewusst, warum sie sich mit keiner Silbe dazu geäußert hatten, dass ich fließend Russisch sprach. Wussten sie bereits alles über mich?

Ich saß etwa eine Stunde so da und dachte darüber nach, dass ich ein Riesenidiot war und dass Oleg Kasejew mich mit einer derartigen Raffinesse und Eleganz in die Falle gelockt hatte, dass ich ihn deswegen noch mehr hasste als ohnehin schon. Es ärgerte mich, dass ich ihn nicht richtig zusammengeschlagen hatte, wenn ich nun ohnehin mehrere Jahre in einem russischen Gefängnis zubringen musste. Ich wusste, dass die russischen Strafmaßnahmen drakonisch waren, und Kasejew konnte außerdem jeden beliebigen Richter bestechen, damit der noch ein paar Jährchen drauflegte.

Ich schüttelte den Kopf. *»What time is it?«, said the Judge to Joey when they met. »Five to ten«, said Joey. The Judge says: »That's exactly what you get«*, zitierte ich leise Bob Dylan, den mein Vater früher immer gehört und dabei mitgesungen hatte. Er hatte fast alle

Texte des frühen Dylan auswendig gekonnt. *Desire* war eine seiner Lieblingsplatten gewesen.

Ich tat mir selbst wahnsinnig leid. Jetzt vermisste ich auch noch meinen Vater. Und Gabriel. Man vermisst Menschen immer, wenn es zu spät ist. Ich legte mich auf die Pritsche, deckte mich mit der schmutzigen Decke zu und schlief ein.

Als ich aufwachte, war es Nacht, vermutete ich jedenfalls. Das Licht, das durch das kleine Fenster hereinschien, hatte eine andere Farbe. Das Tablett stand noch immer auf dem Boden. Mein Kopf tat nicht mehr ganz so weh. Ich ging ein bisschen auf und ab. Ich klopfte gegen die Tür. Nichts passierte. Ich hörte das Geräusch nachhallen. Ich hörte, wie irgendwo eine Tür zufiel, aber es schien weit weg zu sein. Es kam mir auch so vor, als hörte ich Schlüssel rasseln, aber ich war mir nicht sicher. Die Zelle ging sicher nicht auf eine befahrene Straße hinaus. Vielleicht auf einen Gefängnishof. Ich sah mich selbst während der nächsten Jahre da draußen in einem hellblauen Gefangenenanzug meine tägliche Runde absolvieren. Ich hatte mit Sicherheit zu viele amerikanische Gefängnisfilme gesehen, aber ich nahm an, dass es in der russischen Wirklichkeit noch viel schlimmer zuging.

Ich ging in der Zelle auf und ab. Vier Schritte in die eine Richtung, vier in die andere. Meine Schuhe schlurften über den Boden. Es war erbärmlich. Ich war erbärmlich. Ich war ein Idiot. Ich setzte mich hin. Ich ging erneut in der Zelle auf und ab. Die Zeit verging langsam. Ich musste an den Grafen von Monte Christo denken und daran, wie in aller Welt ein Mensch es aushalten konnte, jahrelang ohne ein Buch oder einen Fernseher im Gefängnis zu sitzen. Ich dachte an die Gefangenen in den Todestrakten in aller Welt, in den Isolationszellen in der sogenannten zivilisierten Welt und an die Geiseln, die jahrelang in irgendeinem Loch im Nahen Osten saßen. Wie hielten sie das bloß aus?

Ich würde vermutlich nicht besonders heldenhaft sein. Ich würde es nicht aushalten.

Ich schwankte zwischen Gefasstheit und großer Furcht. Einmal fing ich vor Angst an zu zittern, als ich daran dachte, dass meine gesamte Zukunft in Trümmern lag. Dann sagte ich mir: Nein. So darf es nicht enden. Ich bin dänischer Staatsbürger. Es muss einen Ausweg geben. Die Sache muss sich mit einer Geldstrafe regeln lassen. Mit einem ansehnlichen Schmerzensgeld für Oleg Kasejew. Ich würde an seine große alte Liebe zu meiner Mutter appellieren. Die Botschaft würde auf den Plan treten. Ich hatte immer meine Steuern gezahlt. Sie würden mir helfen. Irgendwann ging es mir ein wenig besser, bis ich erneut in ein ziemlich schwarzes Loch fiel. Und irgendwann schlief ich zum Glück ein.

Ich wachte auf, als die Tür geöffnet wurde. Ich hatte jegliches Zeitgefühl verloren, aber ich nahm an, dass es der nächste Morgen war. Es waren dieselben beiden Polizeibeamten. Der Ältere stellte ein neues Tablett auf den Boden und hob das alte auf.

»Ich will mit einem Anwalt sprechen«, sagte ich. »Ich habe ein Recht darauf, verdammt noch mal.«

»Du hast überhaupt kein Recht auf irgendwas, du Krawallmacher«, sagte der junge Polizist, während der ältere den Mund hielt und die Zelle verließ. Der jüngere Kollege folgte ihm und knallte die Tür hinter sich zu. Der Schlüssel drehte sich mit einem rasselnden Geräusch im Schloss herum. Ich dachte, dass ich ein Weichei war. Ich würde eine Isolationshaft niemals überstehen. Wenn ich noch viel länger in dieser stinkenden Zelle würde sitzen müssen, würde ich alles Mögliche gestehen, nur um wieder unter Menschen zu kommen, und bisher war gerade mal ein Tag, höchstens zwei, vergangen.

Auf dem Tablett standen eine frische Flasche Mineralwasser, ein Becher mit süßem Tee, ein Kanten weißes Brot und ein Teller mit *kascha*, die ich nicht mehr gegessen hatte, seit ich ein kleiner Junge gewesen war und unsere Mutter diese russische Buchweizengrütze für Gabriel und mich gekocht hatte. Die Grütze war nur noch lauwarm und klebrig, und ich schaffte es nicht, mehr als die Hälfte davon zu essen, obwohl ich riesigen Hunger hatte. Ich aß das Weizenbrot, trank die Hälfte des Wassers und den gesamten Tee, aber diesmal in kleinen Schlucken, damit er länger hielt.

Ich war in meinem ganzen Leben noch nie so verzweifelt gewesen. Ich starrte an die Wand und versuchte, konstruktiv über meine Lage nachzudenken oder einen guten Film vor meinem inneren Auge ablaufen zu lassen. Die Zeit verging etwas schneller, als ich die Augen schloss und mich an Schlittenfahrten in der überwältigenden grönländischen Natur erinnerte und versuchte, auf die Namen jedes einzelnen meiner Schlittenhunde zu kommen, die ich fürchterlich vermisste. Zuerst gelang es mir nicht, aber als ich sie mir in Fächerform vor meinem Schlitten herlaufend vorstellte, ging es besser. Ich ging sie einen nach dem anderen durch, vom Führerhund aus erst nach links und dann nach rechts den Fächer entlang. Es stand mir so lebendig vor Augen, dass ich beinahe die Kufen auf dem Neuschnee zischen hörte und die Fürze der Hunde roch.

Da musste ich tatsächlich ein wenig weinen. Ich schluchzte nicht, aber mir stiegen Tränen in die Augen. Sie liefen meine Wangen hinunter, und ich ließ es einfach geschehen. Ich schniefte. Ich gab sicher ein erbärmliches Bild ab, wie ich da auf der Pritsche saß mit Schuhen ohne Schnürsenkel und einer Hose, die mir bis auf den Hintern hinunterrutschte, wenn ich in der Zelle auf und ab lief oder zu dem stinkenden Loch im Boden hinüberging.

Verzweifelt und voller Selbstmitleid saß ich da, als plötzlich der Schlüssel erneut im Schloss rasselte, die Tür aufging und Sascha Karbanow mit einem schiefen Grinsen eintrat.

»Du bist ein Depp, Adam. Ein echter Vollidiot«, sagte er auf Dänisch zu mir.

Der ältere Polizist stand in der Türöffnung, aber Sascha gab ihm mit einem Blick zu verstehen, dass er uns allein lassen sollte. Er ließ die Zellentür angelehnt. Es brachte gewisse Rechte mit sich, für den Präsidenten zu arbeiten, und je mehr mein Selbstmitleid sich zurückzog, umso besser wurde meine Laune. Sascha stand aufrecht da in seinem feinen Anzug und seinen auf Hochglanz polierten schwarzen Schuhen und starrte mich mit einem sarkastischen Zug um die Mundwinkel an.

»Ich bin verdammt froh, dich zu sehen. Kannst du mich hier rausholen?«, fragte ich mit einer Stimme, die ich selbst nicht wiedererkannte.

Er sah mich an. »Wie zum Teufel siehst du denn aus, du Penner?«

»Ich hab's verstanden, Sascha.«

Sascha hielt meinen Gürtel und meine Schnürsenkel in der Hand. Er warf mein Hab und Gut zu mir herüber. Ich fing den Gürtel auf. Die Schnürsenkel landeten auf dem Boden, so dass ich mich herunterbeugen musste, um sie aufzuheben.

»Rück mal ein Stück«, sagte Sascha und setzte sich neben mich auf die Pritsche.

»Kannst du mich nicht hier rausholen, Sascha?«, fragte ich flehend.

»Das könnte ich vielleicht schon.«

»Aber ...?«

Sein Gesichtsausdruck und sein Blick waren unergründlich, verschlossen und arrogant. Geschäftsmäßig, wie es die Russen nennen.

»Ich habe keine Lust, noch mehr Scherereien mit dir zu haben.«

»Ich bin es, der überfallen wurde.«

»Das kannst du dem Richter erzählen. Er wird bestimmt dir und nicht Kasejew glauben, diesem angesehenen Bürger Kaliningrads. Der darüber hinaus auch noch sehr wohlhabend und ein persönlicher Freund sowohl des Oberstaatsanwalts als auch des Bezirksrichters ist, wenn du verstehst, was ich meine.«

»Ich glaube schon.«

»Aber du kannst es natürlich gern versuchen.«

»Sei nicht so sarkastisch.«

»Keine Alleingänge mehr, Adam. Kein *bullshit* mehr. Abgemacht?«

Ich sagte nichts. Ich stand auf und schnallte meinen Gürtel um, fädelte langsam die Schnürsenkel durch die Löcher meiner braunen Schuhe aus Yak-Leder und band sie zu, während ich überlegte, ob ich jetzt nicht ebenso gut mit der Wahrheit herausrücken konnte. Ich hatte nichts mehr zu verlieren.

»Okay«, sagte ich und fing an, Sascha zu erzählen, was ich wusste, was ich glaubte, warum ich Kasejew aufgesucht hatte und was es mit dessen Verhältnis zu meinen Eltern auf sich hatte. Er hörte konzentriert zu und unterbrach mich nicht. Auf einmal fiel mir auf, dass er offensichtlich nicht davon ausging, dass die Zelle abgehört wurde, sonst hätte er mich nicht so drauflosreden lassen. Vermutlich war ohnehin nur wenig dabei, was er nicht längst schon wusste, aber als ich über die Rolle von MF, ihren Brief und ihre Kontaktaufnahme via Facebook sowie ihren möglichen Aufenthaltsort sprach, sah er auf einmal sehr interessiert aus.

»Mach alles so, wie du es geplant hast. Fahr nach Pskow und zum Höhlenkloster, auf das sie anscheinend anspielt. In orthodoxen Kreisen ist es sehr berühmt. Es ist ein unglaublich heiliger Ort. Selbst für die Heiligen. Bis nach dem Krieg gehörte es zu Estland, auf die Weise hat es Stalin überlebt. Es ist kein Zufall, dass sie gerade dort Zuflucht gesucht hat. Ich glaube, sie besitzt den Schlüssel.«

»Den Schlüssel wozu? Wurde mein Bruder denn nicht einfach von Räubern überfallen, wie es alle behaupten?«

»Gabriel war mein Mann. Ich lasse meine Leute nie im Stich. *Trust me*, Adam. Ich will dieser Sache ebenfalls auf den Grund gehen.«

So hatte sich das bei ihm bisher nicht gerade angehört, aber damit gelang es ihm, mich zu ködern. Gabriel hatte für den großen Sascha Karbanow gearbeitet, und ich hatte keine andere Wahl. Ich musste mich ebenfalls rekrutieren lassen, wenn ich aus dem Drecksloch rauswollte, in dem ich mich befand. Wenn er mich denn herausbekäme.

»Du vergisst, wo ich hier sitze«, sagte ich.

»Das lässt sich regeln.«

»Und was ist mit Kasejew und seinen beiden Brutalos? Ich habe keine Lust, denen noch mal zu begegnen.«

»Ich werde Kasejew schon dazu bringen, die Anklage fallenzulassen, und die Polizei lässt sich mit ein paar Scheinen in den Griff bekommen. Das ist kein Problem. Lass es uns eine gerechte Geldstrafe oder eine Bezahlung für Kost und Logis nennen. Du warst betrunken. Du wurdest in die Ausnüchterungszelle gebracht, weil du nicht zurechnungsfähig und aggressiv warst. Das kommt hier jeden Tag vor. Du bist noch keine drei Tage hier, von daher musst du auch nicht dem Richter vorgeführt werden. Das wird sich alles regeln lassen. Dein Fall wird sich in Luft auflösen. Es hat ihn nie gegeben.«

»Wie spät ist es, Sascha?«

»Halb vier«, sagte er und schaute auf seine Armbanduhr. »Ach, stimmt. Ich habe ja noch was für dich.«

Er griff in die Tasche seiner feinen Anzugjacke und holte meine Uhr, mein Handy, meine Brieftasche und meinen Pass hervor und reichte mir mein Eigentum. Sowohl der Brief, mein Führerschein als auch meine Kreditkarte befanden sich noch in meinem Portemonnaie. Die russischen Rubel und die litauischen Litas waren weg, aber mir fehlte die Kraft, mich darüber zu beschweren.

Mir ging vielmehr durch den Kopf, dass Sascha ein verdammt selbstsicheres Großmaul war. Ich hatte keine Jacke und auch sonst keine Möglichkeit, meinen Pass und mein Portemonnaie zu verstauen, aber ich empfand es als eine regelrechte Befreiung, meine Uhr wieder umbinden zu können. Moderne Menschen können nur schwer darauf verzichten zu wissen, wie spät es ist, dachte ich.

»Deine Jacke ist hin«, sagte Sascha mit einem Lächeln, von dem seine Augen unberührt blieben. »Ich bin mir sicher, du kannst es dir leisten, dir eine neue zu kaufen.«

»Was Kasejew angeht, bin ich mir nicht so sicher«, sagte ich mutlos und spürte, wie mein Puls wieder zu rasen anfing.

»Adam. Das wird sich alles regeln. Kasejew ist okay. Ihm ist nichts passiert. Er ist ein sterbender alter Mann. In letzter Konsequenz hat er gar keine Lust, sich mit der Sache herumzuärgern. Sein Hauptinteresse ist es, mit Jansen ein letztes Geschäft mit ihrer gemeinsamen Firma, Arctic Development, zu machen.«

»Warum eigentlich, wenn er ohnehin bald stirbt?«

»Es sind unter anderem die Geschäfte, die ihn überhaupt noch am Leben erhalten. Genug ist nie genug. Es muss immer noch ein weiteres Geschäft gemacht, ein letzter Dollar verdient werden. Er kämpft unübersehbar gegen den Tod an, versucht, ihn von sich fernzuhalten. Er ist ein Scheißkerl, aber ich bewundere ihn dafür, dass er sich nicht einfach wie ein alter Elefant hinlegt und stirbt. Ich kenne viele Leute, die sich einfach in die Ecke setzen und sich selbst bemitleiden würden.«

»Trotzdem. Er ist rachsüchtig. Das habe ich dir doch erzählt.«

»Ganz ruhig, Adam. Ich werde ihm zu verstehen geben, dass auch Popow keine Lust hat, wegen eines dämlichen Dänen Stress zu bekommen. Nachdem ihr euren Flirt mit den tschetschenischen Terroristen aufgegeben habt und jetzt die richtige Einstellung einem guten Nachbarn gegenüber an den Tag legt, haben wir wieder ein richtig gutes Verhältnis zu Dänemark. Ihr habt die Leitungen von Nord Stream ohne Einwände genehmigt. Wir lieben euch süße kleine Dänen, wenn ihr tut, was wir euch sagen. Von daher wird sich das alles regeln lassen. Okay?«

»Wenn du das sagst, Sascha.«

»Das tue ich.« Er sah mich an.

»Danke«, sagte ich.

»Schon besser. *Let's go.*«

Wir fuhren zuerst ins Hotel. Sie hatten mich nicht in der großen Polizeiwache im Zentrum eingesperrt, sondern in einer kleineren am Rande von Kaliningrad, die sich in einem Gebiet befand, das von stillgelegten Sowjetfabriken, stillstehenden Kränen und armseligen Männern in zu großen Mänteln geprägt war, die in Abfalleimern herumwühlten oder in kleinen Grüppchen herumstanden und sich eine Flasche Wodka teilten. Es war ein abgelegener Ort, an dem ich unbemerkt hätte verrotten können.

Sascha fuhr einen gemieteten Audi. Er fuhr schnell und sicher. Man merkte ihm an, dass er gewöhnt war, ein Blaulicht auf dem Dach seines Autos zu platzieren und sich durch Moskaus dichten, anarchischen Verkehr vorwärtszudrängeln. Ich beschwerte mich nicht. Es war wunderbar, sich in den bequemen, großen Sitz sinken zu lassen und die Milizstation hinter uns verschwinden zu sehen, während sich das wohltuende Alltagsleben vor den Fensterscheiben entfaltete, sobald wir das trostlose Vorstadtgebiet verlassen hatten.

»Wie hast du mich gefunden, Sascha?«

»Du stinkst«, sagte er.

»Das weiß ich. Wie?«

Er glitt elegant an einer Straßenbahn vorbei, die für einen Energydrink Reklame fuhr. Die Autoreifen machten ein Stakkatogeräusch auf dem Kopfsteinpflaster.

»Hast du wirklich geglaubt, du könntest eine russische Grenze überqueren, ohne dass ich es erfahre?«, fragte er, ohne mir den Kopf zuzuwenden. »Hast du wirklich geglaubt, du könntest in ein Hotel in Kaliningrad oder sonst irgendwo in Russland einchecken, ohne dass ich es mitbekomme? Hast du das geglaubt?«

Ich hatte keine Lust zu antworten, und blickte stattdessen auf den Verkehr, der immer dichter wurde, als wir uns dem Platz des Sieges, dem Radisson und einem herrlich langen und warmen Duschbad näherten.

Menschen, die klüger waren als ich, hätten sich psychologischen Beistand gesucht, der ja sehr hoch im Kurs stand, sobald dem modernen Menschen etwas widerfuhr, was sein zartes Gemüt erschütterte. Ich dagegen willigte ein, mich von Sascha Karbanow führen zu lassen, der zudem die Aussicht, dass ich seine wundervolle Schwester Mascha wiedersehen würde, als Lockmittel einsetzte.

»Du brauchst einen Schutzengel«, sagte er. »Das ist genau die richtige Aufgabe für Mascha, nicht wahr?«

»*Whatever you say*, Sascha.«

»So ist's recht. *Good boy.*«

27

Früh am nächsten Morgen verließ ich Kaliningrad in meinem eigenen Auto. Wir hatten ausgemacht, dass ich meine Reise wie geplant fortsetzen sollte. Wir waren alles noch einmal durchgegangen, bevor wir uns vor dem Radisson voneinander verabschiedeten. Die Frühjahrssonne brachte alle dazu, glücklich mit den Augen zu blinzeln und so liebenswürdig zu lächeln, wie es nur die Nordländer können, wenn die Maisonne zum ersten Mal mit voller Kraft vom Himmel lacht.

Sascha war noch immer davon überzeugt, dass es Leute gab, die der Meinung waren, Gabriel habe über belastendes Material verfügt und dieses an mich weitergegeben. Wer diese Leute waren, konnte er nicht mit Sicherheit sagen. Er hatte in Wirklichkeit auch keine Ahnung, worin Gabriels Informationen bestanden haben mochten, aber er vertrat nach wie vor die Ansicht, Gabriel müsse belastende Details über den Tod des Patriarchen gekannt haben.

Aber wer war hinter mir und Gabriels angeblichen Informationen her?

Sascha hatte mehrere Theorien darüber.

Kreml-Fraktionen? Es herrschte offensichtlich ein permanenter Kampf zwischen verschiedenen Gruppierungen und Interessensgruppen im Kreml, bei dem Präsident Popow die Akteure wie ein Puppenspieler gegeneinander ausspielte.

Vertreter der Kirche? Die Kirche hatte ihren eigenen Geheimdienst und einen Sicherheitsapparat, der mit dem Kreml zusammenarbeitete.

Die Mafia? Die vielen Arme der organisierten Kriminalität reichten bis in die innersten Bereiche der Gesellschaft und deren Machtapparate hinein. Sie standen einerseits außerhalb der legalen Gesellschaft, andererseits waren sie zugleich ein Teil von ihr.

»Dein Russland ist wirklich ein herrliches Land«, hatte ich sarkastisch bemerkt. Es fiel mir schwer, mir vorzustellen, dass Gabriel oder ich selbst Teil eines solchen byzantinischen und komplizierten Machtspiels sein sollten, aber Sascha hatte sehr ernst und sehr nachdrücklich darauf bestanden, dass ich seine Anweisungen befolgte.

»Du arbeitest ab sofort für mich, kapiert? Es ist zu deinem eigenen Besten.«

Mascha würde von Moskau aus nach Pskow kommen und sich ein Zimmer im Hotel Heliopark Old Estate nehmen, wie das Hotel in der Altstadt hieß. Ich hatte dort ebenfalls problemlos ein Zimmer buchen können. Es schien das beste Hotel der Stadt zu sein. Im Moment herrschte wohl nicht gerade Hochsaison in Pskow, falls es die überhaupt jemals gab. Ich freute mich darauf, Mascha wiederzusehen, war aber auch ein wenig unsicher, wie wir nach der Nacht in Kopenhagen miteinander umgehen würden. Würden wir uns per Handschlag, mit Wangenküssen oder einem richtigen Kuss begrüßen?

Ich war nach wie vor kein besonders attraktiver Anblick, aber ich fühlte mich nach einem großen Gin Tonic und einem guten Abendessen zusammen mit Sascha, nach einer langen, warmen Dusche und etlichen Stunden Schlaf deutlich besser.

Einer stillschweigenden Übereinkunft folgend hatten wir über alles Mögliche geredet, nur nicht über Gabriel und den Fall. Wir hatten in der Zelle ja auch schon alles besprochen. Es gab nichts mehr zu sagen. Ich erzählte ihm nur ein bisschen von meinem Aufenthalt in der Ausnüchterungszelle, ging aber auch nicht im Detail darauf ein. Ich hatte nicht das Bedürfnis, mich über die Erniedrigung und meine Tränen auszulassen, und er bohrte auch nicht weiter nach. Er fand ganz offensichtlich, dass ich glimpflich davongekommen war, wenn man bedachte, wie viele Gefangene auf den russischen Polizeirevieren routinemäßig windelweich geprügelt wurden.

Sascha war ein charmanter und interessanter Gesprächspartner. Es war leicht, ihn zu mögen und sich mit ihm zu unterhalten. *Like-*

able, wie die Amerikaner sagen und wie wir es rund um den Globus auf Facebook angeben. Er hatte ein Charisma, wie man es häufig bei geborenen Politikern wie beispielsweise Bill Clinton antrifft. Er war ein demokratisch eingestellter Mann, aber es steckte zugleich ein ausgeprägter russischer Nationalist in ihm, war mir während des Abendessens klar geworden.

Wir hatten im Hotelrestaurant gegessen. Ich hatte nicht die Kraft gehabt, noch auszugehen. Wir hatten jeder eine Suppe und ein Beefsteak mit Pommes frites bestellt und uns eine Flasche italienischen Rotwein geteilt. Wir hatten über das Wetter und über Sport geredet, und ich hatte ihm von meinem Job beim Fernsehen und von meinem Grönlandprojekt erzählt.

Er hatte mich mit dem intensiven Blick fixiert, den er mit seiner Schwester gemeinsam hatte. »Grönland verleiht Dänemark einen Status und einen Einfluss, der weit über das hinausreicht, was ein kleines Land normalerweise für sich in Anspruch nehmen kann. Ihr sitzt mit uns und den Amerikanern zusammen am Tisch, nicht wahr? In der Arktis steht der nächste große Schlagabtausch bevor. Die globale Erwärmung wird neue Schiffsrouten eröffnen. Die Arktis hält große Reichtümer bereit. Der Konkurrenzkampf wird knallhart geführt werden. Dänemark wird Verbündete brauchen, wenn das kleine Land im Laufe dieses Prozesses nicht auf der Strecke bleiben will.«

»Meinst du Russland?«

»Warum nicht?«

»Die USA sind unsere natürlichen Verbündeten.«

»Wenn es um Geld und Einfluss geht, haben die USA keine Verbündeten, Adam. Dann denken die USA und die Geschäftsleute in den USA in erster Linie an sich selbst. Dänemark und Russland hinken fünfhundert Jahre hinterher. Jetzt habt ihr endlich ein arktisches Kommando eingerichtet. Das ist vernünftig, aber ihr werdet Hilfe und Unterstützung benötigen, wenn das politische Spiel schmutzig wird. Und das wird es. Wir haben viele gemeinsame Interessen.«

Popow war es auf jeden Fall gelungen, den russischen Stolz wieder aufleben zu lassen, dachte ich. Jetzt verglich man sich ganz selbstverständlich mit den USA, als wäre man wieder eine Supermacht. Mein Vater hatte immer davon gesprochen, dass die Sowjetunion einen äußeren Feind gebraucht hatte, um zu überleben. Die Russen rückten instinktiv zusammen, wenn sie mitbekamen, dass fremde Mächte es darauf anlegten, ihnen Schaden zuzufügen oder sie über den Tisch zu ziehen. Das schien auch auf das neue Russland zuzutreffen. Selbst ein moderner Mann wie Sascha sah die USA als einen gefährlichen Feind an, der anständige Russen durch Bestechung dazu brachte, ihr Land zu verraten. Das sagte ich natürlich nicht laut, aber ich erinnerte ihn an unser Gespräch in Moskau.

»Neulich, als wir in Moskau bei McDonald's saßen, ging es doch um Demokratie und darum, dass Popow auf dem besten Weg ist, sich zu einem Diktator zu entwickeln. Du hast viel über den korrupten Staat geredet, der alles dominiert. Dagegen warst du doch, oder? Dann hast du deine Meinung aber schnell geändert. Dänemark wird mit Sicherheit keine Allianzen mit einem Staat eingehen, der von einem Diktator geführt wird.«

»Ich habe meine Meinung nicht geändert, aber ich bin Realist und Pragmatiker. Die Dinge ändern sich. Russland ist keine Diktatur, aber möglicherweise eine Autokratie. Es geht nicht so schnell, wie ich gehofft hatte, aber es wird schon werden. Und in Russland darf es auch nicht zu schnell gehen. Es erfordert eine harte Hand, um mein Land zu lenken. Das ist bedauerlich, aber so ist es. Es besteht immer die latente Gefahr, dass das Land zusammenbricht. Ich will meinen Einfluss lieber innerhalb der Mauern des Kreml geltend machen als außerhalb. Es kann in niemandes Interesse sein, Russland ins Chaos zu stürzen. Dänemark muss lernen, seinen eigenen legitimen Interessen Vorrang einzuräumen. Den Hang dazu, sich selbst aufs hohe moralische Ross zu setzen, der irgendwie in eurem Volkscharakter angelegt zu sein scheint, solltet ihr besser vernachlässigen.«

»Wir sind durchaus Pragmatiker, wenn es darauf ankommt«, erwiderte ich. »Ich bin tatsächlich der Meinung, dass Dänemark eines der zivilisiertesten, demokratischsten und friedlichsten Länder der Welt ist.«

Es war mir wichtig, mein kleines Vaterland gegen den großen russischen Haudegen zu verteidigen, der überall zum Vorschein kam.

»Ja, das stimmt. Langweilig, klein und friedlich. Das ist richtig. Aber naiv, Adam. Das seid ihr. Ihr glaubt immer, dass euch nichts Schlimmes passieren kann und dass alles so bleiben wird, wie es immer gewesen ist. China ist auf dem Weg nach Grönland. China kann ungeahnte Mengen Geld schicken und fünftausend Arbeiter entsenden, wenn es nötig sein sollte. Aber das hat natürlich seinen Preis. Die machen das nicht gratis. Man muss ja nur mal schauen, was China in Afrika macht. Mann, heutzutage gibt es überall in Afrika Landstraßen. Heute triffst du überall in Afrika auf Chinesen. Die sind heimlich, still und leise dabei, sich den Kontinent und dessen Rohstoffe unter den Nagel zu reißen. Bringen die Freiheit und Demokratie mit? Nein. Die denken nur an China und an Chinas unstillbaren Bedarf an Rohstoffen. Es ist wie mit Japan vor dem Zweiten Weltkrieg. Soll China Grönland bekommen, nur weil die grönländische Regierung ihren letzten Seehund verkaufen würde, um von Dänemark loszukommen? Und die Dänen würden auch noch sagen, natürlich sollen die Grönländer tun, was sie wollen. Ihr seid naiv. Grönland steckt voller Reichtümer, und wenn die Grönländer sie bekommen, dann sagen sie sich von Dänemark los und verkaufen sich an den Meistbietenden. Ihr braucht einen Verbündeten in der Arktis.«

»Ich verstehe«, sagte ich. Ich weiß nicht, ob ich das wirklich tat, aber ich fand es ermüdend, Sascha noch länger zuzuhören.

»Ich bin mir nicht sicher, dass du das tust.«

»Und was kann ich an dem Ganzen ändern?«

»Gar nichts. Das tun schon ganz andere.«

Plötzlich kam mir ein Gedanke. »Wie Arctic Development?«

Es kommt nicht oft vor, aber manchmal kann man in den Augen eines Menschen erkennen, dass man ins Schwarze getroffen hat. Verhörspezialisten behaupten, sie könnten an den Augen eines Menschen erkennen, ob er lügt. Ich würde nicht behaupten, dass ich das kann, aber irgendetwas spielte sich gerade in Saschas Gesicht ab.

»Warum fragst du das?«, sagte er schließlich.

»Ich habe mich gefragt, ob du einen Mann namens Karl Erik Jansen kennst.«

»Adam, zum Teufel. Jeder, der irgendeine Verbindung zu Dänemark hat, kennt Jansen. Er hat mit uns Geschäfte gemacht, seit Breschnew Generalsekretär war. Natürlich kenne ich ihn. Ich habe oft mit ihm zu Mittag gegessen.«

»Habe ich's mir doch gedacht.«

»Was meinst du?«

»Warum taucht der Name ständig auf? Arctic Development. Kannst du mir das erklären?«

»Die Arktis ist angesagt, Adam. Und Arctic Development ist eine Firma, die dort neue Möglichkeiten eröffnet. Die ich unterstütze. Ich glaube, es ist wichtig, dass eine dänisch geführte Organisation an der Spitze der Entwicklung steht, damit wir die Arbeitsbedingungen und das Klima in den Griff bekommen. Darum streiten wir uns im Kreml. Wir haben wie alle anderen eine mächtige Öllobby. Wir sind der größte Öl- und Gasproduzent der Welt. Glaubst du, diese Sorte Menschen hat Respekt vor der Umwelt? Glaubst du wirklich, die Amerikaner oder die Chinesen würden der Umwelt große Bedeutung zumessen? Das ist es, worauf ich hinauswill, Adam. Wir sind viele, die für die Umwelt kämpfen. Die der Meinung sind, dass die Klimaveränderungen unleugbar und von den Menschen verursacht sind. Wie du in deiner Fernsehdokumentation ja ebenfalls nachweisen willst. Dänemark braucht uns. Wir brauchen euch. Es ist ein Kampf, aber es ist wichtig, dass wir uns jetzt für die richtigen Mitstreiter entscheiden. Möchtest du Grönland als eine Art neuen oder in Wirklichkeit alten Wilden Westen erleben, dessen schöne Natur zerstört wird? Und dazu dann noch die gewaltige chinesische Gleichgültigkeit den Menschenrechten gegenüber? Möchtest du das?«

»Natürlich nicht.«

»Da siehst du es. Die Entwicklung macht neue Allianzen erforderlich. Nehmen wir noch ein Dessert?«

Politik und die großen ökonomischen Verschwörungen der globalen Wirtschaft waren Gebiete, für die ich keine besondere Sympathie hegte. Es schien immer in einen Kampf um die Macht zu münden.

Wir bestellten Eis und Espresso. Sascha ging nach draußen, um zu rauchen. Ich sah, wie er mit seinem Handy telefonierte, während er auf dem Bürgersteig auf und ab ging und eine Zigarette rauchte.

Bevor ich am nächsten Morgen auscheckte und in Richtung Litauen aufbrach, gab ich in dem großen Einkaufszentrum, das hinter dem Hotel lag, ein halbes Vermögen für eine neue Lederjacke aus. Ich schaltete mein Handy ein und rief meine Mutter an. Jetzt spielte es auch keine Rolle mehr, dass die anonymen Mächte mich aufspüren konnten. Meine Mutter nahm den Anruf sofort entgegen, als hätte sie neben dem Telefon gesessen und Wache gehalten. Außer ihrem Handy, das sie oft aufzuladen vergaß, hatte sie immer noch ihren Festnetzanschluss.

Ich erzählte ihr, wo ich gerade war und wohin ich wollte. Sie regte sich ziemlich auf, aber ich ließ ihre Worte an mir abprallen. Ich erzählte ihr von meinem Gespräch mit Oleg Kasejew. Die Gewalttätigkeiten und meinen Gefängnisaufenthalt ließ ich jedoch unerwähnt.

»Tu bitte nichts Übereiltes, Adam. Das ist er nicht wert«, sagte sie, als hätte sie die Erregung in meiner Stimme wahrgenommen.

»Er war daran beteiligt, Vater fertigzumachen.«

»Dein Vater hatte viele seiner geschäftlichen Schwierigkeiten leider selbst zu verantworten«, sagte meine Mutter leise.

»Kasejew und das Arschloch Jansen haben ihm jedes Mal den entscheidenden Tritt versetzt. Das kann ich ihnen nicht verzeihen.«

»Die Rache ist mein; ich will vergelten.«

»Wie bitte?«, fragte ich überrascht.

»Fünftes Buch Mose, Kapitel 32, Vers 35.«

»Ach so, das. Okay. Wie du meinst. Kasejew ist zum Glück schwer krank. Vielleicht stirbt er bald. Ich hoffe, es wird ein qualvoller Tod.«

»Nicht doch, Adam. Er ist es nicht wert. Lass es einfach auf sich beruhen.«

»Jansen knöpfe ich mir vor, wenn ich wieder zurück bin.«

»Adam, jetzt hör doch …«

»Ich melde mich wieder, Mama«, sagte ich und drückte auf Beenden.

Ich schaltete das Handy aus. Ich wusste, dass sie sofort wieder anrufen würde. Sie konnte so viel vergeben, wie sie wollte. Es war vielleicht nicht Kasejew gewesen, der abgedrückt hatte, aber er hätte es ebenso gut getan haben können. Dasselbe galt für Jansen. Mein Vater hatte einfach keine weitere Niederlage verkraften können, und sein Stolz war endgültig zerbrochen, als ihm bewusst wurde, dass er nicht mehr in der Lage war, seine Frau zu versorgen und seine Söhne finanziell zu unterstützen. Mein Vater war vieles gewesen. Aber vor allem war er ein stolzer Mann gewesen.

Ich verließ die Stadt auf einer anderen Strecke, als ich gekommen war. Ich fuhr die A 216 bis zur Grenzstadt Sowetsk. Das war eine verfallene, staubige Stadt, in der die Lastwagen in einer langen Schlange standen, um die Grenze nach Litauen zu überqueren.

Ich wartete ebenfalls etwa eine Stunde lang geduldig. Die Zöllner und die Grenzbeamten auf der russischen Seite verwandten viel Zeit auf eine Gruppe Motorradfahrer aus Kroatien. Warum in aller Welt verschwendeten sie ihre Zeit mit uns, wo wir doch ohnehin dabei waren, das Land wieder zu verlassen?

Endlich war ich an der Reihe.

Ich fuhr durch ein Gittertor und gelangte auf ein Zollgebiet, das aussah, als wäre es seit fünfzig Jahren nicht mehr instand gesetzt worden, obwohl die Grenzstation selbst logischerweise nur gut zwanzig Jahre alt sein konnte. Verfallene Gebäude, von denen der Putz abbröckelte. Pfützen, auf denen Ölflecken schwammen, verrostete Gitter und ein neues Schild, das davor warnte, die Zöllner zu bestechen. Ich füllte erneut Papiere aus, die mein Auto betrafen, öffnete den Kofferraum, wartete, während mein Pass mehrfach kontrolliert und an diversen Stellen abgestempelt wurde, und überquerte endlich auf einer schmalen Brücke die breite Memel und fuhr nach Litauen hinein. Der litauische Grenzbeamte und ein Zöllner kontrollierten meinen Pass und meinen Kofferraum, dann durfte ich weiterfahren.

Ich wollte die Strecke durch Lettland über Riga fahren, um auf die A2 zu gelangen, die mich meiner Karte zufolge nach Pskow bringen würde. Es gab noch einen direkteren Weg, aber ich wollte die Grenze von Estland aus an der Stelle überqueren, die am nächsten beim Höhlenkloster lag.

Die Entfernungen waren nicht sonderlich groß. Mein Navigationsgerät gab an, dass es 556 Kilometer bis Pskow waren. Die Straßen waren in einem guten Zustand, und es herrschte nur wenig Verkehr. Es gab viele Brachflächen und viele Tiermastbetriebe, wie man sie aus Jütland kennt. Sie tauchten überraschend modern und riesengroß zwischen den kleinen Betrieben auf, die die Landwirtschaft prägten und die mich an die dänischen Gehöfte der fünfziger Jahre erinnerten. Große Waldgebiete lösten Weideflächen ab, und ich sah eine große Zahl von Störchen auf den Feldern und in der Luft.

Zwischen Litauen und Lettland gab es keine Grenzkontrollen. Ich brauste an den leeren Zollgebäuden vorbei, um auf eine Umgehungsstraße zu gelangen, die an Riga vorbeiführte. Die Besiedelung nahm immer mehr zu, je näher ich der lettischen Hauptstadt kam. Ich wollte etwas zu Mittag essen, bevor ich Riga erreichte, und hielt in einer kleineren Stadt namens Jelgewa an. In einem umgebauten alten Kirchturm aß ich ein gutes Mittagessen mit Forelle und Spargel, die Speisekarte war auf Französisch, und der Regen prasselte gemütlich gegen die Dachbalken und die Fenster.

Als ich mich nach dem Mittagessen wieder auf den Weg machte, ging es nur schleppend vorwärts. Langsame Traktoren drosselten mein Tempo ebenso wie der Regen, und ich spürte, wie mich die Müdigkeit überkam. Mit ihr machte sich auch das Gefühl der Paranoia wieder breit. Es kam mir so vor, als hätte ich schon mehrfach ein und denselben schwarzen Mercedes gesehen. Und ein blauer Audi schien ebenfalls dieselbe Strecke zu fahren wie ich. Mein Gefühl sagte mir, dass es sich dabei nicht um Saschas Leute handelte, sondern um Männer, die mir Böses wollten.

Ich bekam Kopfschmerzen und nahm die Ausfahrt zu der kleinen Stadt Cēsis in Lettland. Mein Navigationsgerät gab an, dass es nur noch zweihundert Kilometer bis nach Pskow waren, aber abgesehen von meiner Müdigkeit hatte ich auch keine besondere Lust, die russische Grenze im Dunkeln zu überqueren. Ich sah ein Hotelschild aufleuchten, hielt an und bekam problemlos ein Zimmer. Es war klein, aber sauber und ansprechend und, wie alles in den baltischen Ländern, sehr billig. Ich schaltete mein Handy wieder ein. Meine Mutter und Sascha hatten mir SMS geschickt.

Als es aufhörte zu regnen, machte ich einen Spaziergang und entdeckte hinter einer alten Burg ein schönes kleines Restaurant. Mir war seltsam zumute. Mein Herz klopfte nervös. Ich wusste nicht, warum, und überlegte, ob mein Gefängnisaufenthalt mir doch mehr zugesetzt hatte, als ich zunächst angenommen hatte.

Es war ein gemütliches Restaurant mit weißen Tischdecken und handbemaltem Porzellan und einer Speisekarte, die eine Mischung aus lettischen und französischen Gerichten zu sein schien. Ein zuvorkommender junger Kellner empfahl mir eine Fischsuppe gefolgt von Wildschwein. Außer mir waren nur wenige Gäste im Restaurant. Zwei junge Paare, die mehr miteinander beschäftigt waren als mit dem Essen. Es fing wieder an zu regnen. Der Regen prasselte gegen die kleinen Fenster des alten Hauses. Ich bestellte mir ein Glas Weißwein zur Fischsuppe und eine ganze Flasche Rotwein zum Wildschwein.

Während des Essens spürte ich, dass ich mich zunehmend unwohl fühlte, als wäre eine Grippe im Anmarsch. Ich hatte Sorge, meine Hände könnten jeden Moment anfangen zu zittern. Auf einmal vermisste ich Gabriel schmerzlich und musste mich an der Tischkante festhalten, um die Tränen unterdrücken zu können. Es war eine plötzliche Sehnsucht, die mir die Luft abzuschnüren drohte. Der junge Kellner musste bemerkt haben, wie ich erbleichte, denn er kam zu mir und fragte in tadellosem Englisch, ob etwas nicht in Ordnung sei. Ich schüttelte den Kopf, und als er sich entfernt hatte, nahm ich einen großen Schluck von meinem Rotwein und fühlte mich dann stark genug, um aufzustehen und auf die Toilette zu gehen.

Ich spritzte mir Wasser ins Gesicht und betrachtete mich im Spiegel. Ich war totenbleich und hatte ein leicht geschwollenes Auge und einen Bluterguss unmittelbar darunter, der sich deutlich abzeichnete. Meine lädierten Rippen taten weh. Ich spritzte mir noch mehr kaltes Wasser ins Gesicht. Langsam bekam ich meine Atmung wieder unter Kontrolle, auch wenn der Gedanke, dass ich Gabriel nie wieder sehen würde, immer noch unerträglich war. Ich zwang mich dazu, mich besser zu fühlen. Ich durfte jetzt nicht aufgeben.

Ich verstand nicht, warum ich ihn auf einmal so sehr vermisste, dass ich mir kaum noch vorstellen konnte weiterzuleben. Ich wusste nicht viel über Krankheiten, weder die psychischen noch die physischen. Ich war mit einer robusten und guten Gesundheit gesegnet und hatte mich nie sonderlich für die Geschichten über Krankheiten interessiert, die nahezu täglich ein fester Bestandteil des Nachrichtenprogramms waren, für das ich arbeitete. Ich wusste nicht, ob man von einem Moment auf den anderen eine Depression bekommen konnte, so dass einem alles schwarz und das Leben wie eine unerträgliche Last vorkam. War das eine beginnende Depression oder eine verspätete Schockreaktion auf Gabriels Tod oder die Reaktion auf den gewaltsamen Überfall auf mich und die beängstigenden Stunden in der Ausnüchterungszelle?

Ich stand da, als wären meine Hände am Waschbecken angekettet, und wusste nicht, wie es mir gelingen sollte, die Toilette zu verlassen und zu meinem Tisch zurückzukehren, als mein Handy klingelte und den Bann brach. Ganz automatisch steckte ich die Hand in meine Tasche und zog das Telefon heraus.

Es war Sascha Karbanow.

»Wo zum Teufel steckst du?«, fragte er auf Dänisch.

»In Lettland. In einer Stadt namens Cēsis.«

»Was machst du da?«

Sein Befehlston wirkte Wunder auf meinen Zustand. Er ärgerte mich gewaltig.

»Das geht dich eigentlich überhaupt nichts an, Sascha, aber ich esse gerade zu Abend, und ich beabsichtige, demnächst zu meinem Hotel zurückzugehen und ein wenig zu schlafen. Ich bin hundemüde.«

»Warum bist du nicht in Pskow?«

»Auf diesen schmalen Straßen kam ich einfach nicht schnell genug voran. Es hat wie verrückt geregnet. Ich bin hundemüde, habe ich dir doch schon gesagt.«

»Mascha wartet in Pskow auf dich.«

»Sag ihr, sie kann auf meine Rechnung einen Drink in der Bar nehmen. Ich komme morgen.«

»Wie heißt dein Hotel in Cēsis?«

»Keine Ahnung.«

»Adam!«

»Ich weiß es wirklich nicht. Es ist einfach nur irgendein kleines Hotel in einer beschaulichen lettischen Kleinstadt.«

»Okay. Aber jetzt lass bitte dein Handy an, ja?«

»Mein Essen wird kalt. Wir sehen uns morgen, Sascha«, sagte ich und drückte auf Beenden und schaltete das Telefon aus. Er sollte mir nicht weiter auf die Nerven gehen.

Es ging mir besser, und ich aß den Rest meines Essens und trank die ganze Flasche Rotwein und bestellte noch einen Cognac zum Espresso und spazierte trotzdem einigermaßen aufrecht durch die regennassen Straßen zum Hotel zurück. Cēsis war wirklich eine malerische kleine Stadt, das gelbe Licht der Laternen spiegelte sich in dem feuchten Kopfsteinpflaster. Vielleicht sollte ich mir eine lettische Schönheit suchen und mich hier niederlassen. Beim lokalen Fernsehsender konnten sie sicher noch einen Meteorologen gebrauchen. Das wäre ein friedliches, unspektakuläres und tätiges Leben auf Erden.

Trotz des vielen Alkohols oder vielleicht gerade deswegen konnte ich lange nicht einschlafen, und als ich dann endlich in den Schlaf fand, war dieser von seltsamen surrealen Träumen durchzogen, in denen sowohl Gabriel als auch Mascha Kudrina vorkamen.

Irgendwann mitten in der Nacht stand ich auf und schaltete mein Smartphone ein. Meine Mutter hatte mir noch drei oder vier weitere SMS geschrieben, in denen sie mich bat, sie anzurufen. Sascha verlangte dasselbe von mir. Dann waren da noch ein paar dienstliche E-Mails. Auf meiner Facebook-Seite waren keine neuen Nachrichten von MF zu finden. Aus alter Gewohnheit surfte ich noch ein bisschen auf den verschiedenen Nachrichtenseiten herum. Mir fiel auf, dass es im Baltikum überall WLAN gab.

Als ich mich davon überzeugt hatte, dass die Welt mit all ihren Krisen und Kriegen sich in ihrem üblichen neurotischen Zustand befand, spürte ich, wie mir die Augen schwer wurden, und ich schaltete mein Telefon aus. Diesmal schlief ich schnell ein. Ich hatte einen erotischen Traum, in den Mascha involviert war, sie strippte vor einem Altar und rief, ich solle es ihr gleichtun und hinter der Ikonostase mit ihr schlafen. Gabriel stand auf einer Kanzel, die in einer orthodoxen Kirche fehl am Platz wirkte, und wiederholte unablässig auf Russisch, die Seele sei unsterblich und die Liebe groß, die Ikonostase jedoch nicht für Sterbliche gedacht. Ich wachte schweißgebadet auf. Es war halb sechs.

Die Sonne schien, als ich weiterfuhr und nach Estland gelangte. Ich brauste einfach an der stillgelegten Grenzstation vorbei, die 1991 von den an sich so stolzen Esten und Letten errichtet worden war, als sie ihre Freiheit und Unabhängigkeit erlangt hatten. Dafür waren die Esten erstaunlich bürokratisch und umständlich, als ich ihr Land und die EU verlassen wollte. Erst stand ich Schlange, um eine Gebühr zu entrichten, und danach noch einmal an der eigentlichen Grenze. Auch auf der russischen Seite gab es die übliche bürokratisch langwierige Prozedur, um an der kleinen Grenzstation Petseri-Petschory nach Russland hineinzugelangen. Der Grenzübergang befand sich, wie ich auf der Karte erkennen konnte, ganz in der Nähe des Höhlenklosters, ungefähr fünfzig Kilometer von Pskow entfernt.

Ich wusste, dass Sascha und Mascha der Meinung waren, ich solle direkt nach Pskow fahren, aber als ich mich nachts im Bett gewälzt hatte, hatte ich beschlossen, direkt zu dem alten Kloster zu fahren. Dort in dem heiligen Berg, hieß es, seien zehntausend Mönche begraben. Ich war vielleicht eine Art Agent der ehrenwerten Karbanow-Geschwister, aber ihre Marionette wollte ich nicht sein.

Im weichen Licht des Vormittags tauchte schließlich das Kloster auf. Ich fuhr auf einer löcherigen Schotterstraße, die das Auto schwanken und schlingern ließ, und gelangte schließlich ins Zentrum des Dorfes.

Dort stellte ich meinen Wagen auf einem kleinen Marktplatz ab, auf dem mehrere neue Autos parkten. Der Platz wurde von einem lang gestreckten zweistöckigen Gebäude mit kleinen Geschäften beherrscht. Es gab eine Sparkasse und ein neu wirkendes Café in einem roten Gebäude. In einiger Entfernung sah ich die goldenen Zwiebeltürme des Klosters. Mein Herz schlug schneller. Mich überkam das starke Gefühl, dass ich mich einer Klärung oder einem Abschluss näherte.

Ich ging in die Richtung, aus der das Läuten der Kirchenglocken zu hören war. Unterwegs gab es eine Menge kleiner Buden, die Devotionalien verkauften, kleine Ikonennachbildungen, Magneten mit Bildern vom Kloster und anderen religiösen Kitsch. Ich konnte von hier aus zum Kloster hinuntersehen. Es war riesengroß und in den Berg hineingebaut. Ich hatte gelesen, dass es zehn Kirchen sowie das Verwaltungsgebäude und das Zellengebäude der Mönche umfasste. Wie sollte es mir bloß gelingen, MF hier ausfindig zu machen?

Alles, was ich über die Kirchen im Mittelalter mitsamt den Pilgern, Tauschhändlern, Scharlatanen, Mönchen, Nonnen, Priestern und selbsternannten Heiligen gelesen hatte, fand ich in der Umgebung des Höhlenklosters wieder. Immer wieder begegneten mir Priester mit schwarzem Gewand und einer *skufja* auf dem Kopf, die sich die Hand küssen ließen. Aus den Kirchen drangen Gesang und Weihrauchduft, wenn die Gläubigen hinein- oder hinausgingen, um am Gottesdienst teilzunehmen oder vor einer Ikone eine Kerze zu entzünden.

Ich trat durch ein Tor ein und setzte meinen Weg über das Klostergelände fort, immer dem Klang der Glocken folgend. Zwei junge Priester standen vor einem weißen Gebäude mit himmelblauen Kuppeln und zogen mit rhythmischen Bewegungen an zwei langen Seilen, wodurch sie die frei schwebenden Kirchenglocken zum Schwingen brachten. Das insistierende Läuten der Glocken war sowohl betörend als auch etwas unheimlich in seiner Schönheit. Als würde zu einer Totenmesse eingeläutet.

Ich fragte einen älteren Priester mit einem langen weißen Bart, ob er eine rotblonde Frau namens Maria Fjodorowna kenne.

»Nein, mein Sohn. Das Einzige, woran mich der Name erinnert, ist die selige Mutter unseres letzten Zaren. Möge Gott ihrer beider unsterbliche Seelen schützen.«

Ich fragte einen weiteren Priester und erhielt eine nahezu identische Antwort. Ein dritter Priester schüttelte den Kopf. Auch der vierte, den ich fragte, kannte sie nicht. Ich spürte ihr Misstrauen, obwohl ich fließend Russisch sprach. Es war hoffnungslos.

Ich musste es anders versuchen.

Eine kleine Gruppe Frauen stand vor einem niedrigen Eingang zu dem Gebäude. Rechts daneben türmte sich eine Kirche mit großen goldenen Kuppeln auf, das musste die Kathedrale des Klosters sein. Die Sonne schien und funkelte auf dem Gold. Die Treppe, die zu der Kirche hinaufführte, war von einem dichten Strom von Gläubigen bevölkert. Viele Frauen standen um einen jungen Priester herum, der keine Kopfbedeckung trug. Er hielt ein iPhone in der Hand. Ein Priester mittleren Alters mit einer *skufja* auf dem Kopf ging auf die Gruppe zu.

»Führst du sie jetzt hinein, Bruder Josef?«, fragte er. Er hatte eine kräftige Bassstimme, die sicher ohne Weiteres einen großen Kirchenraum erfüllen konnte.

»Mach ich«, sagte der junge Priester, der sich von den Frauen entfernte und die Hand des Älteren küsste.

»Gut«, sagte dieser.

»Verzeihung, Eure Heiligkeit …«, sagte ich und trat rasch auf ihn zu.

»Ja?« Er hatte ein freundliches Lächeln. Die Augen verschwanden beinahe in seinem fleischigen Gesicht. Eine rote Nase zeugte davon, dass er vermutlich sowohl den Klosterwein als auch den guten säkularen Wodka zu schätzen wusste.

»Kennen Sie vielleicht eine Frau namens Maria Fjodorowna, die hier in Ihrem heiligen Kloster dem Herrn dienen soll?«

»Nein. Dieser Name wäre mir mit Sicherheit aufgefallen, mein Sohn.«

»Sie war mit einem Mann bekannt, der dem alten Patriarchen gedient hat. Mit meinem Bruder, Gabriel Lassen.«

Der Priester bekreuzigte sich.

»Mögen Seine Heiligkeit und Ihr Bruder in Frieden ruhen«, sagte er mit seinem tiefen Bass. »Mein Beileid zum Tod Ihres Bruders, von dem ich weiß, dass er ein treuer Diener Gottes war. Ich habe ihn zwar nie getroffen, aber ich habe immer nur Gutes über ihn gehört. Aber diese Frau ist mir kein Begriff. Allerdings bin ich auch nur zu Besuch hier, normalerweise diene ich Gott weit entfernt von hier, in Irkutsk.«

Er streckte mir seine Hand entgegen, und ich küsste seinen Ring. Wenn ich ihm schmeicheln musste, um an Informationen heranzukommen, dann schmeichelte ich ihm eben.

Der junge Priester hatte unser Gespräch mit angehört. Ich bemerkte, dass er mich forschend ansah und zu mir herüberkam.

»Guten Tag«, sagte er.

»Guten Tag.«

»Sie sprechen Russisch, habe ich gehört.«

»Das stimmt.«

»Sie tragen nicht zufällig denselben Namen wie der erste Bewohner des Paradieses?«

»Ich heiße Adam.«

Er schenkte mir ein breites Lächeln. Er hatte ein sympathisches Gesicht mit blauen, tief liegenden Augen und einer hohen Stirn unter kräftigen braunen Haaren. Er bemühte sich offensichtlich, sich einen Bart wachsen zu lassen, wie man ihn von den orthodoxen Priestern erwartete, aber es war nicht mehr als ein feiner Flaum, der ihm nicht besonders gut stand. Wir waren gleich groß. Unter seinem schwarzen Priestergewand war er schlank.

»Mein Beileid zum Tod Ihres Bruders«, sagte er und sah sich um. »Ich bin ihm nie begegnet, aber ich habe mitbekommen, dass er ein guter und gottesfürchtiger Mensch war. Ich soll Sie von Eva grüßen. Sie hat mir gesagt, dass Sie vermutlich hier auftauchen würden. Ich habe schon eine ganze Weile nach Ihnen Ausschau gehalten.«

»Eva?«

»Ich muss gleich eine Gruppe Frauen zu dem ihnen zugestellten Schutzengel führen. Sie gehören zu einer kleinen Gemeinde aus Wladimir, die unser heiliges Kloster besucht. Wollen Sie mich vielleicht begleiten?«

»Ja, sehr gern.«

»Mein geistlicher Name ist Josef«, sagte er und reichte mir die Hand.

Er ging an den Frauen vorbei und in das niedrige Gebäude hinein. Drinnen standen mehrere, mit hübschen Tüchern bedeckte Särge. Die Frauen küssten sie, bevor sie sich jeweils eine Kerze nahmen und diese an einer bereits brennenden Kerze entzündeten, die in einer mit Sand gefüllten Metallschale steckte. Nachdem er ein schweres Vorhängeschloss aufgeschlossen hatte, öffnete Vater Josef eine massive Eisentür.

Wir gelangten in einen schmalen Gang mit einer niedrigen Decke. Die Wände waren unverputzt. Die Kerzen ließen unsere Schatten an den grob behauenen Wänden tanzen. Außerhalb der kurzen Reichweite des Kerzenscheins war es sehr dunkel und sehr still. Vater Josef ging voran, dann folgte das halbe Dutzend Frauen mit mir als Schlusslicht. Zwischendurch waren immer wieder viereckige Metallplatten in die Wände eingelassen. Ich konnte nicht lesen, was darauf stand, nahm aber an, dass es sich um die Namen der dort Bestatteten handelte. An anderen Stellen waren Ikonen zu erkennen, die zu einem oder mehreren Gräbern in der Wand des Tunnels gehörten. Wir bogen mehrmals nach rechts und nach links ab, während wir uns immer tiefer in den Berg hineinbewegten. Hier waren seit dem 16. Jahrhundert etwa zehntausend Leichname bestattet worden, aber die Luft war trocken und geruchlos. Schließlich endeten wir in einer Sackgasse, in der eine Ikone hing. Auf einem kleinen Brett unter der Ikone brannte eine dicke Kerze. Die Frauen versammelten sich um das, was unverkennbar die letzte Ruhestätte ihres Heiligen war. Sie fingen an zu beten, neigten immer wieder den Kopf und bekreuzigten sich vor der Brust. Im Licht der flackernden Kerzen hatten die Gesten etwas Magisches.

Vater Josef kam zu mir nach hinten.

»Du kennst sie als Maria Fjodorowna«, sagte er sehr leise, er duzte mich jetzt. »Sie hat diesen Namen gewählt, weil sie davon ausging, dass er dir auffallen würde. Aber sie heißt eigentlich Eva Asimowa. Sie ist eine sehr scheue Frau. Ich habe ihr die Beichte abgenommen. Ich kann nur sagen, dass sie an ihrer Bürde schwer zu tragen hat, und das, obwohl sie mir noch nicht einmal alles erzählt hat. Ich darf das Beichtgeheimnis natürlich nicht verletzen und kann dir deshalb nicht sagen, was sie gebeichtet hat. Ich bete täglich zu Gott, er möge mir einen Weg aus meinem Dilemma weisen, aber bisher sind meine Gebete nicht erhört worden.«

»Dilemma?«

»Ich habe von einem Verbrechen Kenntnis erhalten, einer großen Sünde.«

»Geh zur Polizei.« Auch ich duzte ihn jetzt.

Er sah mich an. Sein Blick in dem gelben flackernden Schein der Kerzen war schmerzerfüllt. »Das kann ich nicht. Ich habe Eva Asimowa angefleht, sich zumindest an den Bischof oder den Metropoliten zu wenden, aber sie will nicht. Sie vertraut niemandem, vielleicht nicht einmal mir, ihrem Beichtvater. Ich kann unmöglich gegen das Beichtgeheimnis verstoßen. Sie sagt, Gabriels Bruder sei der Einzige, mit dem sie sprechen würde. Sie habe Gabriel versprochen, sein Geheimnis nur an seinen Bruder weiterzugeben. Sie hofft, dass ihr das gelingt, bevor man sie erwischt.«

»Wer?«

»Du musst persönlich mit ihr sprechen.«

»Wo finde ich sie?«

»Sie singt in der heiligen Dreieinigkeitskirche in Pskow. Sie singt in der Regel bei der Abendmesse. Sie hat eine Stimme wie ein Engel.«

»Ich werde sie bestimmt finden.«

Vater Josef legte seine Hand auf meinen Arm. »Ich habe von dir nichts anderes erwartet. Du bist ein Mann von Ehre. Das habe ich sofort gesehen. Aber sei vorsichtig, Adam. Pass gut auf. Du und Eva, ihr könnt ganz leicht hier unten bei den Tausenden von Toten enden. Denn in diesen endlosen Gängen und Höhlen ist es ein Leichtes, als ewiger Wanderer im Tal des Todes zu enden.«

28

Vater Josefs Worte wirbelten in meinem Kopf herum, als ich nach Pskow fuhr. Er hatte uns wieder ans Tageslicht geleitet. Ohne ihn als Führer wäre es unmöglich gewesen, aus den labyrinthischen Gängen und Höhlen herauszufinden. Es gab kein elektrisches Licht, und wenn die Kerzen erloschen, verlor man in der Dunkelheit vollkommen die Orientierung. Ich konnte mir nur zu gut vorstellen, wie man dann dort umherirrte, bis man am Ende seiner Kräfte war.

Ich hatte jetzt keinen Zweifel mehr daran, dass Gabriel Informationen besessen hatte, die so brisant waren, dass sie zu seiner Ermordung geführt hatten. Er hatte gewollt, dass ich diese Informationen erhielt. Aber was sollte ich mit ihnen anfangen? Und wovon handelten sie? Es gab nach wie vor mehr Fragen als Antworten.

Ich fuhr eine ordentlich asphaltierte Straße entlang, die mich immer wieder durch kleine Ortschaften führte, die von Gott und der Welt verlassen zu sein schienen. Es herrschte nur wenig Verkehr. Schließlich tauchte in der Ferne Pskow auf. Die Reifen rumpelten auf dem Kopfsteinpflaster und ratterten auf den Straßenbahnschienen. Ich fuhr an der hohen grauweißen Kremlmauer der Stadt vorbei, hinter der die goldenen Zwiebeltürme der Kathedrale aufleuchteten.

Mein Navigationsgerät führte mich an der Zitadelle entlang und schließlich in die Stadt hinein. Mit den breiten Boulevards und den niedrigen, pastellfarbenen Häusern wirkte die Stadt eher altmodisch und sowjetartig. Auf den Straßen waren immer noch eine ganze Menge alte Ladas und Wolgas unterwegs. Straßenbahnen mit Werbung für Tabak und Wodka rumpelten gemächlich dahin, während Lenin aufrecht und hoch erhobenen Hauptes auf seinem Sockel stand und auf die Stadt herabschaute. Ich erreichte das Hotel auf direktem Weg. Es war groß und, anders als seine Umgebung, frisch renoviert. Die gelben Mauern leuchteten in der Sonne, genau wie die vier Sterne, die man ihm verliehen hatte. Man warb damit, ein Wellnesshotel zu sein, und alles strahlte Modernität und Luxus aus.

Mascha Kudrina, geborene Karbanow, saß in der Lobby, als ich eintrat. Sie trug eine enge Jeans und eine schmal geschnittene Bluse unter einer halblangen Jacke und trug ihr blondes Haar offen. Ein leichter Mantel lag auf dem Stuhl neben ihr. Sie sah konzentriert auf ihr iPad, legte es aber zur Seite, als sie mich entdeckte. Ein strahlendes Lächeln huschte über ihr Gesicht. Ich kam gar nicht dazu, einen Gedanken daran zu verschwenden, wie wir einander begrüßen sollten. Sie machte auf ihre seltsam maskuline, aber zugleich aufreizende Weise einige lange Schritte auf mich zu, umarmte und küsste mich, entgegen aller russischen Gepflogenheiten, auf den Mund. Die Wirkung auf mich blieb nicht aus, auch wenn es etwas befremdlich war, ihre Pistole im Halfter zu spüren, als meine Hände über ihren Rücken glitten.

Nach einer ganzen Weile löste sie sich aus dem Kuss, hatte aber noch immer die Arme um mich geschlungen, presste ihren Schoß gegen meinen und legte den Kopf ein wenig in den Nacken.

»Es ist *so* schön, dich zu sehen, Adam«, sagte sie, und es lag etwas Neckendes in ihren graugrünen Augen. Sie hatte sie weniger stark geschminkt, und das stand ihr gut. »Aber wie siehst du denn aus? Du Armer! Sascha hat mir erzählt, dass sie dich in Kaliningrad vermöbelt haben. Armer, kleiner Adam.«

»Hallo, Mascha«, sagte ich. »Und jetzt?«

»Unser Zimmer wartet auf uns.«

»Unser?«

Sie legte sanft ihren Finger auf meine Wange und küsste mich erneut. »Unser«, sagte sie dann. »Es stand gestern schon bereit. Ich habe dich vermisst, also ganz gleich, was du für Pläne hast, die müssen jetzt warten.«

»Einchecken zum Beispiel?«

»Das kann warten, habe ich doch gerade gesagt. Ich kümmere mich später darum. Ich habe dich vermisst, du Dummkopf. Hast du denn gar nicht an mich gedacht? Wenigstens ein ganz klein bisschen?«

»Ununterbrochen und die ganze Zeit.«

»Du bist ein schlechter Lügner, aber das macht nichts. Ich gebe dir noch eine Chance, mir zu zeigen, wie sehr du mich vermisst hast.«

Das Zimmer war mit einem breiten Doppelbett ausgestattet und das großzügige Bad mit einer altmodischen Badewanne, in die wir uns gemeinsam legten, nachdem wir uns das erste Mal geliebt hatten. Sie lag auf dem Rücken zwischen meinen Beinen, und ihr Kopf ruhte auf meiner Brust. Meine Rippen schmerzten ein wenig, aber ihren Körper an meinem zu spüren wog alle Schmerzen auf. Wir hatten uns beide ein Bier aus der Minibar genommen und es fast ausgetrunken. Ich streichelte ihre Brüste und sie schnurrte sanft, fast wie eine Katze. Ich meinte mich eigentlich zu erinnern, dass sie sich im Hotel in Kopenhagen recht kühl von mir verabschiedet und angedeutet hatte, es habe sich um einen One-Night-Stand gehandelt, aber im Bett war sie leidenschaftlich und wundervoll gewesen. Ich sollte mich also nicht beklagen, sondern das Zusammensein mit ihr freudig annehmen und genießen, dachte ich. Warum aber war da immer etwas in meinem Hinterkopf, das mich zweifeln ließ, wenn ich es mit Sascha und Mascha zu tun hatte?

Sie drehte sich sinnlich zu mir um, ohne darauf Rücksicht zu nehmen, dass das Wasser dabei über den Wannenrand lief, nahm mir die Flasche aus der Hand, stellte sie auf den nassen Boden und küsste mich fest und bestimmt.

Erst im Restaurant, das sich unten im Keller des Hotels befand und einer mittelalterlichen Schankwirtschaft nachempfunden war, berichtete ich ihr bei einem späten Mittagessen mit *pelmeni* von meinen Gedanken und dem, was Vater Josef mir über MF erzählt hatte, die in Wirklichkeit Eva hieß.

»Das war also die Frau, die wir in Moskau gesehen haben. Am Tatort«, sagte Mascha. Sie nippte träge an ihrem Weinglas und lächelte mich an.

»Ja. Ich habe sie später noch mal gesehen. Bei der Beisetzungsmesse meines Bruders. Ich habe versucht, mit ihr Kontakt aufzunehmen, aber sie war genauso plötzlich wieder verschwunden, wie sie aufgetaucht war.«

»*Cherchez la femme*«, sagte Mascha kess.

»Oh, là, là. Sprichst du auch Französisch?«

»Es gibt nicht nur Idioten bei der russischen Polizei«, gab sie zurück. »Sie ist wichtig. Wir haben nach ihr gesucht.«

»Du hast recht. Sie besitzt den Schlüssel. Ich weiß nur nicht, zu welchem Schloss der Schlüssel passt und was sich hinter der verschlossenen Tür befindet.«

»Wir werden sehen. Ich werde mich lieber im Hintergrund halten, wenn du dich mit ihr triffst, damit wir die kleine Eva nicht erschrecken. Ich erinnere mich, dass sie flink wie eine Sprinterin bei den Olympischen Spielen war, wir wollen ihr also möglichst keine Angst einjagen, indem sie mich zu Gesicht bekommt, bevor du ihr erzählen kannst, dass von mir keine Gefahr ausgeht.«

»Ist das so?«

»Ich bin eine Freundin, Adam. Sascha ist ein Freund. Wir wollen euer Bestes. Davon musst du Eva überzeugen, damit sie nicht wieder abhaut. Russland ist ein gefährliches Land, wenn man allein zurechtkommen muss. Das hast du ja selbst erlebt.«

Später spazierten wir zur Dreieinigkeitskathedrale, die auf einem Hügel lag. Hand in Hand gingen wir eine kleine Straße entlang und nach links zum Stadtzentrum hinauf, wo die Kuppeln der Kathedrale in der Abendsonne leuchteten. Ein kleiner Strom von Menschen war auf dem Weg zur Messe, vor allem ältere Frauen in unförmigen Röcken und mit geblümten Kopftüchern. Mir war aufgefallen, dass Mascha sich ein Tuch um den Hals gebunden hatte, mit dem sie, falls nötig, ebenfalls respektvoll ihr Haar bedecken konnte.

Während wir spazierten, erzählte sie mir eine interessante Geschichte über das Höhlenkloster, das 1995 Gegenstand eines riesigen Medienrummels und Teil eines heftigen Konflikts gewesen war. Und zwar hatte der Klan eines bekannten russischen Mafioso, der unter dem Namen Igor der Schreckliche firmierte, durch Bestechung erreicht, dass dieser neben all den verstorbenen Mönchen und Heiligen bestattet wurde.

»Das war natürlich nicht besonders schlau«, sagte Mascha grinsend. »Hier sollen die armen Gläubigen zu den verstorbenen Heiligkeiten beten, und dann liegt dazwischen ein am ganzen Körper tätowierter Mafioso.«

»Konnten sie ihn denn nicht einfach wieder entfernen?«

»So was macht man nicht. Und das wagt auch keiner. Mit der Mafia ist nicht zu spaßen. Das Kloster behauptet außerdem, nicht genau zu wissen, in welchem der zehntausend Särge er sich befindet, aber das glaubt natürlich kaum jemand.«

»Na, dann liegt er da doch gut.«

»Ja, aber die Sache wurde zu einem Präzedenzfall. Es dauerte nicht lang, dann wollten auch die Familien anderer Banditen ihre Angehörigen hier beerdigen lassen. Aber da schob das Patriarchat einen Riegel vor. Trotz der hohen Summen, die im Spiel waren, gab es dann doch Grenzen. Auch wenn die Kirche sonst nicht gerade zimperlich ist, wenn es darum geht, ihre Aktivitäten zu finanzieren.«

Ich konnte nicht anders als zu grinsen, als ich über die Absurdität des Ganzen nachdachte.

»Ich kann diese Heiligtuer nicht ertragen«, fuhr Mascha fort. »Und die Mafia natürlich genauso wenig. Weißt du, dass das Geld für den Goldbelag auf den Kuppeln der wieder aufgebauten Christ-Erlöser-Kathedrale in Moskau ebenfalls von mehreren Mafia-Klans gespendet wurde? Dieses Gold ist mit Drogen, Erpressung und Prostitution bezahlt worden. Ist das nicht die reine Heuchelei?«

»Keine Ahnung. Die Gangster hoffen vermutlich, dass diese Ablasszahlung ihnen beim Jüngsten Gericht ein gewisses Maß an Vergebung sichern wird. *Better safe than sorry.* Und Geld stinkt nicht, meint die rechtgläubige Kirche vermutlich.«

Sie knuffte mich aus Spaß in die Seite und lächelte übers ganze Gesicht, und ich hatte sie in diesem Moment ziemlich gern. Es war nicht das Schlechteste auf der Welt, an einem herrlichen Maitag, an dem die Sonne bald hinter dem Kreml, der Kathedrale und dem Fluss untergehen würde, mit einer hübschen, lebhaften Frau Hand in Hand zu gehen, während der ganze Körper vor Wohlbehagen zu summen schien, weil er gerade richtig guten Sex gehabt hatte.

Am Eingang zum Kloster- und Kirchengelände ließ sie meine Hand los und lächelte mich an. Sie küsste mich nicht, sondern gab mir einen Klaps auf den Po.

»Los geht's. Ich bin direkt hinter dir, auch wenn du mich nicht siehst. Das hier ist der einzige Ausgang, ich habe also den Überblick, wer reinkommt, und ich sehe euch, wenn ihr rauskommt. Überzeuge sie. Sascha kommt heute Abend.«

Ich ging zur Kathedrale hinauf. Im Hauptschiff fand gerade eine Beerdigung statt. Das sah ich, als ich eine breite steile Treppe hinaufging, aber aus einem Seitenschiff rechts vom Eingang hörte ich Kirchengesang. Dort wurde die Abendmesse abgehalten. Es war ein kleiner Kirchenraum voll mit Ikonen, Weihrauch und Gold. Viele Kirchgänger waren dort versammelt, hauptsächlich ältere Frauen. Die Priester trugen leuchtende Gewänder und waren gerade dabei, vor der Ikonostase die Weihrauchfässer zu schwenken. Ich entdeckte Eva sofort.

Sie stand mit einer anderen Frau und einem jungen Mann mit einem zotteligen braunen Bart zusammen. Sie bildeten den Chor, der mit Blick auf die Ikonostase am Ende des Kirchenraums platziert war. Sie hielten Notenblätter in den Händen und sangen dreistimmig.

Eva sah wie ein verlorenes Reh aus, zierlich und noch dünner, als ich sie in Erinnerung hatte. Wie ihre Chorkollegen trug sie Alltagskleidung, aber sie hatte ihr rotes Haar teilweise mit einem weißen, gemusterten Kopftuch bedeckt. Sie hatte eine klare, schöne Sopranstimme und gab sich dem Gesang mit so großer Einfühlung hin, als wären es ihre eigenen Leiden und Schmerzen und vielleicht die meines Bruders, die sie in den Worten vom Tod des Erlösers am Kreuz wiederfand.

Als sie mich entdeckte, hielt sie unvermittelt inne. Ihre Rehaugen wurden noch größer, und sie schien fast zu erstarren. Während dieser langen Sekunden hielt sie meinen Blick fest. Ich bemerkte, dass die beiden anderen nervös wurden und verwirrt waren. Was war mit ihrem Sopran los? Sie wandte den Kopf ab und fiel mühelos wieder in den Lobpreis der Jungfrau Maria ein.

Ich blieb am Eingang stehen und betrachtete sie diskret. Sie erfüllte ihre Rolle als Vorsängerin, aber ich nahm ihre Nervosität sehr intensiv wahr. Leute kamen und gingen, wie es bei einem orthodoxen Gottesdienst üblich ist, und die alten Damen verneigten und bekreuzigten sich.

Als die Messe beendet war, verneigte und bekreuzigte sie sich ebenfalls vor der Ikonostase, bevor sie sich von ihren beiden Kollegen per Handschlag verabschiedete und auf mich zuging.

»Adam?«, sagte sie zögernd.

»Ja.«

»Ich danke Gott, dass du mich gefunden hast. Komm, wir müssen hier weg.«

»Jemand möchte dich treffen.«

Sie wirkte sehr verängstigt. »Nein, Adam. Nicht jetzt. Wir müssen hier weg.«

»Ich muss mit dir reden.«

»Es gibt viel, worüber wir reden müssen, aber erst müssen wir hier weg.«

»Nur einen Moment.«

»Komm«, sagte sie und ging auf den Ausgang des Kirchenraums zu. Sie führte mich nach links, eine schmale Treppe hinauf und in einen kleinen Raum hinein. Dort gab es einen Tisch, eine Bank und einen großen Schrank. In der Ecke hing eine kleine Ikone mit der Jungfrau Maria und dem Jesuskind über einem schmalen Regalbrett, auf dem eine erloschene Kerze stand.

»Das ist der Umkleide- und Aufenthaltsraum des Chores«, sagte sie. »Hier sind wir ungestört, bis die Beerdigung zu Ende ist. Aber ich möchte lieber hier weg. Vielleicht sind sie dir gefolgt.«

»Wer, Eva?«

»Die, die Gabriel umgebracht haben. Sie sind überall. Sie hören alles. Man kann sich nicht vor ihnen verstecken. Es ist jedenfalls sehr schwierig. Nur in den Höhlen. In die Höhlen gehen sie nicht. In den Höhlen hat man seine Ruhe.«

Ob sie den Verstand verloren hatte? Sie stand verloren mitten im Raum, war entsetzlich blass und sehr dünn. Ihre dunkle Hose saß ihr viel zu tief auf den Hüften, und ihre Bluse war viel zu weit. Offenbar hatte sie in jüngster Zeit stark abgenommen.

»Setz dich, Eva«, sagte ich und führte sie zu der Bank. Ich nahm neben ihr Platz, legte den Arm um sie und zog sie zu mir heran. Sie leistete keinen Widerstand, begann vielmehr zu weinen. Ich ließ sie weinen und wartete darauf, dass sie sich beruhigte. Draußen vor dem Fenster landete eine Taube und schüttelte ihr Gefieder, eine Krähe schrie in der Ferne. Das Fenster war nicht viel mehr als ein Guckloch, aber ich konnte den großen Festungsplatz sehen, der innerhalb der Kremlmauer lag. Einst war es eine mächtige, uneinnehmbare Burg gewesen, in der die Zaren sowohl ihre weltliche Macht als auch die Kathedrale verteidigen konnten. Es war nur eine von vielen Anlagen, die von der engen, oft unheiligen Allianz zwischen Staat und Kirche im früheren Vaterland meiner Mutter zeugten.

Eva schluchzte und rückte ein Stückchen von mir ab, ergriff dann aber mit beiden Händen meine Hand.

»Ich vermisse Gabriel so fürchterlich. Ich wache jeden Morgen auf und hoffe, dass es nur ein Albtraum war und er mich gleich anrufen wird oder eine Nachricht auf meiner Mobilbox hinterlassen hat, ob wir nicht zusammen in die Kirche gehen wollen.«

Sie schwieg erneut. Ich sagte nichts, sondern ließ sie das Tempo bestimmen.

»Du siehst deinem Bruder nicht besonders ähnlich, Adam«, sagte sie nach einer Weile, während sie vorsichtig meine Hand streichelte. »Gabriel war blond. Du bist dunkelhaarig. Ihr habt ein ganz unterschiedliches Gesicht, aber ihr habt die gleichen Hände. Du hast gute Hände, genau wie Gabriel, und du hast den gleichen vertrauensvollen Blick. Ich bin so froh, dass du gekommen bist. Wenn es nur nicht zu spät ist.«

»Ich bin froh, dich getroffen zu haben, Eva. Ich glaube, mein Bruder hat dich geliebt.«

»Gabriel hat Gott geliebt, aber darum geht es jetzt nicht.« Sie drückte meine Hand. »Dein Bruder war das Wichtigste in meinem

Leben. Insbesondere, nachdem mein Vater ermordet wurde. Sie haben meinen Vater genauso umgebracht, wie sie Gabriel umgebracht haben. Mein Vater wurde kurz vor Weihnachten getötet. Er war ein bedeutender Ingenieur, aber auch ein künstlerisch begabter Mensch. Ich bin Gabriel vorigen Winter begegnet, und uns verband sofort eine gemeinsame Sicht auf das Leben. Du denkst vermutlich, dass wir ein Paar waren. Das waren wir aber nicht. Ich hätte es vielleicht gewollt, aber Gabriel hat mit dem Gedanken gespielt, ins Kloster zu gehen. Er war bereits mit der Jungfrau Maria verlobt.«

Sie schwieg.

Ich dachte an meinen Bruder und daran, dass er sich zwar oft wie ein Idiot benommen hatte, aber immer sehr konsequent gewesen war, wenn er einen Sinn im Leben gesucht hatte. Ganz gleich, ob es sich dabei um Drogen oder Frauen gehandelt hatte, um Buddha oder den lieben Gott. Er hatte nie begriffen, dass man äußerst intensiv suchen und dabei übersehen kann, dass das Glück direkt neben einem steht.

»Möglicherweise«, fuhr sie fort, »standen wir einander näher, als wenn wir Liebende gewesen wären. Es war, als würde unser Verhältnis durch die Spiritualität nur noch vertieft, gerade weil es nichts mit Sex zu tun hatte. Er hat meinen Vater kennengelernt. Meine Mutter ist bereits vor einigen Jahren an Krebs gestorben. Mein Vater und Gabriel hatten vieles gemeinsam. Der Glaube hat sie verbunden und die Liebe zur klassischen Literatur, aber auch die Arbeit meines Vaters hat deinen Bruder interessiert. Gabriel hatte beruflich mit Öl und Gas zu tun. Er führte Analysen für das Außenministerium der Kirche durch, und der alte Patriarch hatte großes Vertrauen zu ihm gefasst. Die Kirche ist in viele Bereiche der russischen Wirtschaft involviert, hat Gabriel immer gesagt. Auch in die Gewinnung von Öl und Gas, die in unserem Land von größter Bedeutung ist. Ich spürte, dass mein Vater bedrückt war, und im Laufe des Winters wurde er immer niedergeschlagener. Schließlich ging er zu Gabriel und erzählte ihm, was der Grund für seine Sorgen war. Es ging um die Gasleitungen, die unter der Ostsee von Russland nach Deutschland verlegt wurden. Mein Vater war daran beteiligt, das Ganze zu planen und neue Legierungen für die Rohre zu entwickeln. An die ganzen technischen Details erinnere ich mich nicht mehr. Mein Vater hatte einen Fehler bemerkt, der dazu führen würde, dass die Rohre aufgrund der speziellen Salzzusammensetzung in der Ostsee undicht würden. Russische Öl- und Gasleitungen haben schon immer geleckt, sagte er. Aber beim Nord-Stream-Projekt durfte das nicht passieren. Die Leitungen würden schon nach wenigen Jahren zu lecken beginnen, hatten seine Untersuchungen ergeben. Er wusste nicht, was er tun sollte. Seine Chefs wollten nicht auf ihn hören. Seine Ergebnisse würden das gesamte Projekt gefährden und möglicherweise das gute Verhältnis zwischen Dänemark und Russland aufs Spiel setzen. Die Rohre verlaufen ja ganz in der Nähe der dänischen Insel Bornholm. Seine Chefs wussten, dass es in Schweden ohnehin schon großen Widerstand gegen Nord Stream gab. Wenn dieser Widerstand auf Dänemark übergriff, war vollkommen unabsehbar, was passieren würde. Ihr scheint sehr viel mehr an die Umwelt zu denken als wir hier. Die Ostsee ist sehr verwundbar, hat Papa gesagt. Aber es würde hohe Kosten verursachen, das Projekt zu verschieben.«

Sie schwieg erneut. Ich hatte den Eindruck, als erzählte sie sich die Geschichte selbst. Als hätte sie sie wie eine unaufhörliche Stimme in ihrem Inneren gehört und verliehe ihr jetzt zum ersten Mal Ausdruck. Ich wusste nicht, worauf sie mit ihren Informationen hinauswollte, entschied mich aber dafür, keine Fragen zu stellen. Sie sollte mir die Geschichte in ihrem eigenen Tempo erzählen. Und das tat sie auch.

»Gabriel wusste nicht, was er tun sollte, aber er sprach mit Bischof Sergej darüber. Er war ja Gabriels Vorgesetzter. Der Bischof spielte die ganze Angelegenheit herunter, was Gabriel nicht verstehen konnte. Schließlich war die Sache sehr ernst. Er glaubte meinem Vater. Er wusste, dass Papa kein Mensch war, der einfach so daherredete. Sie verabredeten, dass mein Vater die Details in einem Bericht darstellen sollte, den Gabriel ins Patriarchat mitnehmen würde, in der Hoffnung, dass man damit dann zu den richtigen Leuten im Kreml gehen würde. Sonst würde Gabriel als der westlich denkende Mann, der er auch war, das Material den dänischen Medien zuspielen. Es ging nicht darum, das Projekt zu stoppen, sondern es möglichst sicher zu gestalten. Das Papier war beinahe fertig, als sie Papa töteten. Sein Auto wurde von zwei vermeintlichen Polizeibeamten angehalten, als er auf dem Weg zur Arbeit war. Du weißt, man wird in Moskau ständig von der Miliz angehalten. Er hegte also keinen Verdacht, als sie ihn aus dem Verkehr herauswinkten. Sie töteten ihn mit dreizehn Schüssen aus nächster Nähe.«

Sie fing wieder an zu weinen. Es war ein beinahe lautloses Weinen, Tränen rannen über ihre bleichen, schmalen Wangen.

Sie holte ein Papiertaschentuch aus ihrer kleinen Handtasche, trocknete sich die Augen, ergriff wieder meine Hand und sprach weiter.

»Der alte Patriarch, Gott schütze seine Seele, hatte sich angewöhnt, nachmittags bei einer Tasse Tee ein Weilchen mit deinem Bruder zu plaudern. Er schätzte den Rat des jungen, westlich eingestellten Mannes, und er war fasziniert von Gabriels Werdegang und seinem Weg zum Glauben. Außerdem war er zunehmend davon überzeugt, dass die rechtgläubige Kirche sich ändern, moderner werden und sich den demokratischen Kräften annähern musste, wenn Russland auch in Zukunft Bestand haben sollte. Er war der Meinung, Russland könne nur durch eine echte Demokratie stark werden, in der auch Kritik geäußert werden durfte. Nicht durch Kontrolle und Diktatur. Also genau die gegenteilige Haltung von Popow und seinen Gefolgsleuten. Gabriel erzählte ihm von meinem Vater und von dem Bericht, der zusammen mit dem Computer aus dem Wagen meines Vaters verschwunden war, als man ihn ermordet hatte. Gabriel erzählte ihm auch, dass er Bischof Sergej über die Angelegenheit informiert hatte. Als Gabriel einige Tage später spätabends auf dem Weg zu den privaten Gemächern des Patriarchen war, sah er, wie der Bischof das Schlafzimmer von Patriarch Tichon verließ. In jener Nacht starb der alte Patriarch.«

»Was hast du Vater Josef alles erzählt? Hast du den Bischof erwähnt?«

»Nein. Das habe ich nicht gewagt, auch wenn es eine Beichte war.«

»Was hast du stattdessen gesagt?«

»Dass es sich um einen Geistlichen gehandelt hat.«

»Vielleicht hegt Vater Josef den Verdacht, dass von Bischof Sergej die Rede ist.«

»Das glaube ich nicht. Ich habe mich sehr vage ausgedrückt. Ich habe Gabriel versprochen, sein Geheimnis zu wahren.«

»Hat Gabriel außer dir noch jemandem davon erzählt?«, fragte ich leise, obwohl ich die Antwort bereits kannte.

»Er hat Alexander Karbanow davon erzählt, dem er vertraute.«

»Für den er gearbeitet hat, meinst du?«

Zum ersten Mal ließ ihre Stimme eine deutliche Regung erkennen. »Nein. Gabriel hat nur für die Kirche gearbeitet. Er hat sich oft mit Karbanow unterhalten. Für Gabriel war er eine Quelle für das, was im Kreml vor sich ging. Er hat mir erzählt, dass Alexander Karbanow ihn anwerben wollte, aber er hat abgelehnt. Zwei Herren hätte er nicht dienen können.«

»Wenn du meinst«, sagte ich bloß.

Ich war anderer Ansicht. Ich war mir ziemlich sicher, dass Gabriel für Sascha Karbanow gearbeitet hatte. Es würde zu ihm passen, wenn er sich Zugang zum Kreml verschafft hätte. Mein Bruder hatte sein ganzes Leben mit einer doppelten Loyalität gelebt, und wir waren als Kinder beide Meister darin gewesen, die Aktivitäten unseres Vaters zu decken. Mit doppelter Zunge zu sprechen war Gabriel immer leichtgefallen.

»Das kann einfach nicht sein«, sagte sie noch einmal mit Nachdruck.

»Warum nicht? Vielleicht hat Gabriel dir nicht die ganze Wahrheit erzählt?«

»Natürlich hat er das. Aber es ist unmöglich, weil Sascha Karbanow dabei war, als sie Gabriel zu Tode geprügelt haben.«

Ich war wie versteinert.

»Was sagst du da? Woher willst du das wissen?«

»Ich habe es gesehen. Ich habe es mit meinem iPhone gefilmt.«

Ich war erschüttert und völlig durcheinander. In diesem Moment hasste ich Russland mit dem Kreml als finsterem Zentrum und die Falschheit und Grausamkeit, die an diesem Land zu kleben schienen, in dem niemand dem anderen vertraute und alle und alles käuflich waren.

»Wo ist dieses Video?«

»Ich habe es zusammen mit Gabriels Video in den Höhlen versteckt.«

»Was ist auf seinem Video zu sehen?«

»Eine Kopie von dem Bericht meines Vaters. Es sind verschiedene Aufnahmen, aber ich verstehe nicht alles, was Gabriel darauf sagt. Er spricht zwischendurch Dänisch. Er hat mir einen USB-Stick mit seinem Video gegeben. Ich habe mein eigenes Video ebenfalls auf Gabriels USB-Stick kopiert. Er hat gesagt, ich solle ihn verstecken und nur dir aushändigen. Ich durfte dir das Video nicht per E-Mail schicken. Das wäre zu gefährlich. Sie würden mich immer ausfindig machen können, hat er gesagt. Du kannst Adam hundertprozentig vertrauen. Gib den Stick nur ihm, hat er mehrfach wiederholt. Seit ich gesehen habe, wie er umgebracht wurde, bin ich außer mir vor Angst.«

Das glaube ich gern, dachte ich. Ich dachte auch daran, dass die verführerische Mascha, Saschas liebe Schwester, irgendwo in der Nähe des Ausgangs darauf wartete, dass ich ihr und ihrem heuchlerischen Bruder diese verängstigte Frau direkt in die Arme führte.

»Es gibt nur einen Ort, an dem ich mich sicher gefühlt habe«, fuhr Eva fort, »und das ist bei Vater Josef im Höhlenkloster. Und vielleicht noch hier. Ich kann mir nicht vorstellen, dass sie gegen die Unantastbarkeit der Kirche verstoßen würden.«

»Und das glaubst du, obwohl der Bischof in die Sache involviert ist?«

»Ja. Der Raum der Kirche ist sakrosankt. So muss es sein. Außerdem weiß zum Glück niemand, wer ich bin. Das ist mein bester Schutz. Trotzdem habe ich die ganze Zeit Angst, und diese Angst frisst mich allmählich auf.«

Ich hatte großes Mitleid mit ihr und war gleichzeitig unglaublich wütend auf mich selbst. »Ich bin ein Idiot gewesen, Eva. Aber das erzähle ich dir ein anderes Mal. Dafür haben wir jetzt keine Zeit. Wir müssen hier weg. Ich habe dich in Gefahr gebracht.«

»Jetzt bist du hier. Darüber bin ich sehr froh. Dafür habe ich gebetet. Gabriel hat gesagt, du – und nur du – sollst seinen USB-Stick haben. Wenn du den bekommen hast, ist mir alles egal. Dann können sie mit mir machen, was sie wollen. Für mich hat das Leben ohnehin nur noch sehr wenig Sinn.«

Ich legte den Arm um sie. »Mach dir nicht zu viele Sorgen. Aber du hast recht. Wir müssen von hier weg. Und sie werden sich an unsere Fersen heften, sobald wir die Kirche verlassen. Es tut mir wirklich wahnsinnig leid und es ist meine Schuld, aber du bist in großer Gefahr. Wie zum Teufel kommen wir hier weg, ohne dass sie es bemerken?«

»Das ist ganz einfach. Es gibt einen geheimen Ausgang, den ich oft benutze.«

Sie führte mich die Treppe hinunter und an einem schmalen Raum hinter der Ikonostase vorbei nach draußen auf die Rückseite der Kathedrale. Wir traten in die einsetzende Dämmerung hinaus. Mascha Kudrina machte sich sicher bereits Gedanken, wo wir bloß blieben, und hatte bestimmt schon ihren großen Bruder und seine verfluchten Kumpane informiert. Leichtfüßig führte Eva mich an der Befestigungsmauer entlang, bis wir eine schmale Tür erreichten. Sie war mit einem modernen Sicherheitsschloss versehen, aber Eva hatte den dazugehörigen Schlüssel in ihrer Tasche. Die Tür fiel hinter uns ins Schloss. Auf der anderen Seite der Mauer führte ein Abhang zu dem schmalen Fluss hinunter, der den Kreml umschloss wie der Wassergraben eine Burg. Wir sahen, wie in den Häusern auf der gegenüberliegenden Flussseite nach und nach die Lichter angingen. Eva bewegte sich schnell und sicher an der Mauer entlang, bis wir sie etwa zur Hälfte umrundet hatten. Dort führte eine schmale Holzbrücke über den Fluss. Sie sah sich um und machte mir ein Zeichen. Rasch überquerten wir die Brücke und gelangten auf einen schmalen Weg, den sie zielstrebig entlangging. Schließlich bogen wir um eine Ecke und gingen auf einen weißen Niva zu. Es war eines der älteren Modelle, das die Lada-Werke anscheinend immer noch produzierten. Das kleine, kantige Auto hatte Allradantrieb und war früher, vor allem im Winter, ein beliebtes Fahrzeug gewesen.

Wir setzten uns hinein. Der Motor sprang sofort an. Schnell fuhr Eva aus der Stadt hinaus. Es war ein anderer Weg als der, auf dem ich vom Kloster aus in die Stadt hineingefahren war. Sie schien die kleinen Straßen im Schlaf zu kennen. Während wir fuhren, erzählte sie mir von Gabriels letztem Tag. Der Motor machte furchtbaren Lärm, und ich sah, dass es ihr schwerfiel, sich gleichzeitig auf das Fahren und das Erzählen zu konzentrieren. Ich schlug ihr vor, irgendwo anzuhalten. Sie schien das, was sie erlebt hatte, dringend einem anderen Menschen anvertrauen zu müssen.

Sie bog auf einen Schotterweg ab und hielt an einer Lichtung nicht weit vom Waldrand. Von der kleinen Straße aus, auf der wir hergefahren waren, konnte man uns nicht sehen. Sie stellte den Motor ab, drehte sich halb zu mir um und sah mir in die Augen. Dann zeigte sie mir das entsetzliche Video auf ihrem Smartphone. Erst danach begann sie wieder zu sprechen. Die Dunkelheit senkte sich auf den Wald, während sie leise und sachlich von Gabriels unsäglich grausamem Tod in einer Gasse in jenem Moskau erzählte, das auf ewig das verfluchte Schicksal meiner Familie zu sein schien.

29

Einen Tag, nachdem sie im Radio gehört hatte, dass Seine Heiligkeit Patriarch Tichon der Zweite von Moskau und ganz Russland friedlich entschlafen war, rief Gabriel sie frühmorgens an.

Sie wohnte in einem hübschen Zimmer mit eigenem Bad am Kutuzow-Prospekt, das sie von einer Freundin gemietet hatte, die für ihre IT-Firma häufig auf Geschäftsreise war und der ein kleiner Nebenverdienst sehr willkommen war, um die Raten für ihre neue Eigentumswohnung abzahlen zu können. Als Gabriel anrief, war sie gerade dabei, sich ein Glas Tee einzugießen, während sie im Morgenprogramm von Echo Moskwy einem Gespräch zwischen Journalisten und Experten darüber zuhörte, wer wohl der Nachfolger Seiner Heiligkeit werden würde. Es wurde auch darüber spekuliert, wann die Synode, der die Durchführung der Wahl oblag, einberufen werden sollte. Sie wollte gerade einen Löffel Zucker in ihren Tee rühren, als ihr Handy klingelte. Wenn *er* anrief, ertönte das Glockenspiel der Christ-Erlöser-Kathedrale als Klingelton.

»Hast du das auch gehört, Gabriel? Jetzt spekulieren sie schon im Radio darüber, wer der neue Patriarch sein wird. Dabei ist noch nicht einmal die Messe für Seine Heiligkeit abgehalten worden.«

»Ja, die Krähen schreien, und die Geier versammeln sich. Gott wird sie strafen.«

»Amen«, sagte sie und bekreuzigte sich.

»Eva, wir müssen uns treffen«, sagte er überraschenderweise, statt sich weiter mit ihr über den Todesfall zu unterhalten.

»Ja, Gabriel. Natürlich. Immer.«

Eva neigte dazu, sich von ihren Gefühlen mitreißen zu lassen, während Gabriel in der Regel die Ruhe selbst war. Ihr Gefühl sagte ihr, dass es bloß Fassade war und dass er doch mehr Angst hatte, als er zugab. Sie selbst verspürte die ganze Zeit eine Angst, die ihr Herz wie eine Teufelspranke zu umschließen schien, wenn sie nachts schlaflos dalag.

Es ging ihr wie üblich gleich etwas besser, als sie seine melodische Stimme hörte, auch wenn sie die Anspannung wahrnahm, die neuerdings in seinem etwas altmodischen, aber wohl artikulierten Russisch mitschwang. Sie freute sich, weil sie sich sehen würden. Sie vermisste ihn immer, wenn sie nicht zusammen waren. Ebenso wie sie ihren Vater vermisste und einfach nicht begreifen konnte, dass er am helllichten Tag erschossen worden war. Sie sprachen dann doch noch kurz über den Tod des Patriarchen. Darüber, was er für die Kirche bedeutete und wie er sich auf die Stimmung im Danilow-Kloster auswirken würde.

Sie verabredeten, sich im Café Margarita am Patriarchenteich im schönen Presnja-Viertel zu treffen. Sie träumte wie ein kleines Mädchen davon, dort einmal mit Gabriel zusammen zu leben. Sie wusste, dass es ein Luftschloss war, das sie da für ihre Zukunft errichtete, aber tagträumen durfte sie ja wohl. Sowohl in den ruhigen Stunden tagsüber als auch abends, wenn dort verschiedene Jazzbands auftraten, hatten sie oft in ihrem gemeinsamen Lieblingscafé gesessen und etwas gegessen und getrunken. Tagsüber wurde das Café vor allem von Studenten oder hoffnungsvollen Poeten frequentiert und es war leichter, einen Platz in einer Ecke zu finden, wo man sich ungestört unterhalten konnte. An den Wänden standen Regale mit Büchern, es gab bequeme Stühle, der Raum war sauber und schön beleuchtet.

Sie verabredeten sich für zehn Uhr.

Es schneite, als Eva zur Metro ging. Es war nicht der letzte, leichte Frühjahrsschnee, sondern ein unangenehmer Eisschnee, der von einem starken Ostwind über den Asphalt gepeitscht wurde. Die Schneekörner drangen durch die kleinsten Ritzen in die Kleidung und bedeckten die schmutzigen Schneeberge an den Straßen mit einer neuen Schicht Schnee. Im Morgenprogramm des Radios hatten sie für den Vormittag Schneeschauer angekündigt, danach sollte es wieder aufklaren, und im Laufe der Woche sollte dann das erste richtige Tauwetter des Jahres einsetzen. Darauf freute sie sich, auch wenn sie wusste, dass die Straßen und Bürgersteige dann von Wasser und Schlamm überschwemmt sein würden.

Leider war das Wetter immer noch so, dass man Mantel, Handschuhe und *schapka* tragen musste. Der Patriarchenteich war ebenfalls nach wie vor von Eis bedeckt, als sie beim Café ankam. Ein mittlerweile etwas zerzauster Neujahrsbaum harrte tapfer auf der Eisfläche aus.

Gabriel war schon da. Als sie das warme, gemütliche Café betrat, entdeckte sie seine teure braune Pelzmütze und den guten skandinavischen Mantel an der fast leeren Garderobe. Die Bar in der Ecke, vor der sich abends die Jazzbands drängelten, war leer. An einem Tisch in der Nähe des Fensters saß ein junger Mann mit einem Laptop und einer Tasse Kaffee. An einem anderen Tisch saß eine junge Frau mit einer Kanne Tee, vollkommen absorbiert von ihrem iPad. Beide hatten weiße Kabel in ihren Ohren stecken. Sie waren in ihre jeweilige Welt abgetaucht und hatten sich vor der Wirklichkeit abgeschirmt, dachte sie. Hier konnten Gabriel und sie sich ungestört unterhalten.

Gabriel hatte sich an einen Tisch in der hintersten Ecke gesetzt. Er hatte ein gebundenes Buch vor sich auf dem braunen Tisch liegen und saß gedankenverloren da. Auf seinem Gesicht erstrahlte ein breites Lächeln, als er sie entdeckte. Er erhob sich und küsste sie auf beide Wangen und drückte sie für einen Moment an sich, so dass ihr ganz warm ums Herz wurde.

»Hallo, Swetlana«, sagte er, allerdings ohne den sonst üblichen Humor und die freundliche Neckerei in der Stimme und in den Augen. Normalerweise war das ihr kleines Geheimnis, ein Scherz, den nur sie verstanden. Als sie sich kennengelernt hatten, hatte er nämlich zu ihr gesagt, er sei sich sicher, dass sie Swetlana heiße, weil sie genau wie eine Swetlana aussehe. Schließlich hießen alle hübschen russischen Mädchen in der Werbung oder im Film Swetlana oder Natascha. Sie hatte darauf beharrt, dass sie Eva heiße, aber er hatte gesagt, das könne nicht sein, denn sie habe keinerlei Ähnlichkeit mit dem gefallenen Engel des Paradieses, sondern sei ein besonders reines und schönes Exemplar eines Engels.

Das war in dem herrlichen Winter vor einem Jahr gewesen, dem Jahr, in dem sie ihn kennengelernt hatte. Sie war ihm auf der Eislaufbahn auf dem Roten Platz vor dem GUM im wahrsten Sinne des Wortes in die Arme gelaufen. Es war kalt gewesen, und der Schnee war sanft und leise herabgerieselt. Sie hatte sich bei ihrer Freundin Elvina untergehakt und war so vertieft in ihr Gespräch, dass sie mit voller Wucht in einen Mann vor ihnen hineingefahren und gemeinsam mit ihm aufs Eis gestürzt war. Elvina hatte es geschafft, auf den Beinen zu bleiben, aber sie war ja auch Mitglied der Moskauer Eiskunstlaufmannschaft. Der Mann hatte sich erstaunt zu ihr umgedreht, wobei ihre Nasenspitzen sich fast berührt hatten. Dabei hatte sie zum ersten Mal in die lachenden blauen Augen gesehen.

»Schönen guten Tag«, hatte er gesagt. »Bin ich etwa tot und im Himmel des gütigen Gottes gelandet, da sich unmittelbar vor meinem sündigen Gesicht ein Engel befindet?«

Dieser Mann war Gabriel gewesen. Elvina und Eva hatten sich vielmals entschuldigt, aber er hatte beteuert, es sei doch gar nichts passiert. Er hatte gesagt, man solle auch nicht mitten auf einer Eisbahn stehen bleiben, um sich die Schnürsenkel zu binden. Er hatte ein ansteckendes Lachen gehabt und sich wie ein schlechter Schauspieler permanent verneigt. Er hatte gesagt, wenn man schon von jemandem über den Haufen gerannt werden solle, dann sei es doch ganz wundervoll, wenn es sich dabei um zwei so hübsche Frauen handele.

Er hatte sie auf einen Kaffee ins GUM eingeladen und erzählt, er heiße Gabriel und arbeite in der Verwaltung des Patriarchats. Er wirkte überhaupt nicht wie ein Mann der Kirche, waren Elvina und Eva sich hinterher einig gewesen, sondern eher wie ein Filmschauspieler oder ein Prominenter aus dem Fernsehen.

»Wie heißt ihr?«, hatte er gefragt und erneut laut gelacht, als er ihre Namen hörte.

»Das geht nicht«, hatte er gesagt. »Du musst einfach Swetlana heißen. Du siehst aus wie eine Frau, die die Verführerin in einem

James-Bond-Film spielt. Die gefährliche russische Schönheit, die selbstverständlich an das Vaterland glaubt, aber von der Liebe verführt wird. Eva passt überhaupt nicht. Schöne russische Frauen heißen immer Swetlana.«

Es war ein alberner Scherz gewesen, und Elvina war ein wenig pikiert gewesen, aber sie hatten sich dennoch alle drei amüsiert, einfach über alles Mögliche gelacht, wie man dies eben tat, wenn man glücklich war darüber, sich an einem herrlichen Wintertag in einer schönen Stadt so wunderbar lebendig zu fühlen. Sie hatte damals fünf Kilo mehr gewogen, und diese Kilo hatten sich an den richtigen Stellen befunden. Sie war nicht wie ein bleiches Schreckgespenst herumgelaufen.

Elvina musste zurück zu ihrer Arbeit als Rezeptionistin in einem der neuen Hotels, aber Eva nahm die Einladung zum Abendessen an. Er hatte sie den ganzen Abend über Swetlana genannt, und sie hatte sich Hals über Kopf in ihn verliebt. Das hatte Elvina auch, aber sie hatte das Interesse an ihm schnell wieder verloren, als ihr klar wurde, dass Gabriel nicht an Sex interessiert zu sein schien. Elvina interessierte sich nicht für die rechtgläubige Kirche, aber das tat Eva, und so trafen sie sich auch weiterhin als Freunde. Sie hoffte auf mehr und beschloss, Geduld zu haben, weil sie seine Gesellschaft und das Zusammengehörigkeitsgefühl und die Vertrautheit, die in den folgenden Monaten zwischen ihnen entstanden, nicht missen wollte. Es gab keinen anderen Menschen, mit dem sie sich so gut unterhalten konnte, und Gabriel behauptete, sie sei der einzige Mensch in Moskau, bei dem er das Gefühl habe, über alles reden zu können.

Als die Welt aus den Fugen zu geraten begann, kehrte der Swetlana-Name zurück. Das war ebenfalls im Café Margarita gewesen. Sie hatten zu Mittag gegessen, und beim Espresso hatte er ihre Hand in seine genommen. Er hatte angespannt gewirkt. Seine Hand war ein wenig feucht gewesen. Er hatte gefragt, ob sie sich noch an den ersten Abend erinnere, an dem er gescherzt hatte, sie müsse Swetlana heißen.

»Natürlich, Gabriel.«

»Falls ich dich eines Tages anrufe und nach Swetlana frage, musst du antworten, ich hätte mich wohl verwählt, aber das bedeutet dann, dass wir uns zwei Stunden später beim alten Puppentheater in der Sadowaja-Samotetschnaja treffen. Versprichst du mir das?«

»Natürlich.«

»Weißt du, wo das ist?«

»Natürlich weiß ich, wo das Puppentheater liegt. Was denkst du denn? Ich bin in Moskau aufgewachsen. Stell dir vor, ich war tatsächlich auch mal ein Kind. Ich bin oft mit Mama und Papa dort gewesen.«

Er lachte, und seine Augen leuchteten für einen Moment wieder so wie sonst, aber er wurde schnell wieder ernst. »Ganz gleich, zu welcher Tageszeit ich anrufe, ja?«

»Ja, habe ich doch schon gesagt. Aber warum, Gabriel? Du machst mir Angst.«

Er lächelte wieder, aber es war ein angestrengtes Lächeln. »Der Fuchs sorgt immer dafür, dass es mehr als einen Ausgang gibt, so dass er verschwinden kann, wenn die Jagdhunde auf der Jagd nach ihm in den Fuchsbau gekrochen kommen.«

»Ich verstehe nicht, was du da redest.«

»Falls mein Telefon abgehört wird, will ich dich nicht in Schwierigkeiten bringen.«

»Was ist los, Gabriel? Du jagst mir wirklich Angst ein.«

»Du musst keine Angst haben, mein Engel.«

»Die habe ich aber, wenn du so etwas sagst.«

»Swetlana. Du bist doch mein Bond-Girl, nicht wahr? Mein Schutzengel. Alle Menschen brauchen einen Schutzengel.«

Das Gespräch wirbelte in ihrem Kopf herum, als er sie auf einmal wieder Swetlana nannte. Warum sandte er ihr dieses Signal? Sie kannten einander so gut, dass sie in der Regel alle Nuancen in dem, was er sagte und was seine Körpersprache ihr mitteilte, wahrnahm. Trotzdem spürte sie, dass er etwas Wichtiges vor ihr zu verbergen versuchte und dass er in Schwierigkeiten steckte. Vielleicht sah er einfach nur am helllichten Tag Gespenster? Er hatte sich verändert – sie spürte ein Misstrauen den Menschen gegenüber, das sie nicht kannte und das sie nicht verstand. In manchen Dingen war er sehr russisch, aber in anderer Hinsicht auch wieder sehr dänisch, das machte ihn anders als andere Menschen, die sie kannte, und schwieriger zu deuten.

Sie nahm das Buch in die Hand, das vor ihm lag. Es war eines der Bücher, die dem Café Margarita gehörten, Bulgakows *Meister und Margarita*, dem das Café seinen Namen verdankte. Sie hatten den Roman beide mehrmals gelesen.

Er sah sie an und zitierte mit seiner schönen Stimme. »*An einem ungewöhnlich heißen Frühlingstag erschienen bei Sonnenuntergang auf dem Moskauer Patriarchenteich-Boulevard zwei Männer* ... Er beginnt so poetisch und leise, der gute Bulgakow, nicht wahr, Eva?«

»Ja, das tut er.«

»Aber so bleibt es nicht, stimmt's? Denn auf einmal taucht der Teufel auf. Und dann geht es schlecht aus für die Menschen und ihre gierige Jagd nach dem Materiellen, nicht wahr? Das ist große Literatur, an der wir uns erfreuen können. Aber in Moskau gibt es jetzt einen anderen Satan, Eva – einen, der schlimmer ist als Bulgakows Voland, denn der hier ist kein Fantasieprodukt.«

Sie erschrak, weil er selbst bleich und verängstigt aussah, aber bevor sie reagieren konnte, kam die Bedienung zu ihnen an den Tisch. Sie hieß Anna, und da sie sie beide kannten, waren sie gezwungen, aus Höflichkeit zumindest kurz mit ihr über dies und das zu plaudern. Danach brachte sie ihnen gleich den bestellten Kuchen und zwei Caffè Latte in hohen Gläsern und kehrte zu ihrem Buch zurück. Sie träumte davon, Schriftstellerin zu werden.

Sie tranken von ihrem Kaffee. Gabriel rührte seinen Kuchen nicht an, während sie ein Stück von ihrem abbiss. Er legte seine Hand auf ihre. Sie war kalt und trocken.

»Du musst mir heute Abend vielleicht helfen.«

»Natürlich, Gabriel. Was soll ich tun?«

»Das weiß ich im Moment noch nicht genau. Vielleicht später. Wir haben jetzt nicht so viel Zeit. Es tut mir leid, mein Engel. Du weißt, dass ich davon überzeugt bin, dass dein Vater wegen seines Berichts über die Gasleitungen ermordet worden ist. Unterbrich mich jetzt bitte nicht, ja? Wir haben nicht viel Zeit. Aber wer hat die

Auftragskiller bezahlt? Das ist in Russland immer die entscheidende Frage. Die eigentlichen Schuldigen sind nicht die, die den Abzug drücken, sondern die, die den Mord in Auftrag geben. Ich glaube, dass es mein Bischof war. Ein Diener Gottes. Es ist schwer, damit zu leben.«

Sie sagte nichts, unterdrückte einen Laut, der in ihrem Hals stecken blieb. Sie hielt sich die Hände vor den Mund und starrte in Gabriels gequältes Gesicht. Es kam ihr vor, als könnte sie sehen, wie Dämonen und Engel in seinem Inneren darum kämpften, die Oberhand zu gewinnen, und sie wünschte, sie könnte für seine gemarterte Seele beten, aber sie fand auf einmal keinen Glauben mehr in sich. Dort war nichts als Dunkelheit, als wäre der Teufel zum eisbedeckten Patriarchenteich zurückgekehrt.

Gabriel nickte.

»Ja, ich fürchte, so ist es, Eva.«

Ihre Kehle war trocken. Sie trank einen Schluck von ihrem lauwarmen Kaffee, der ihr nicht mehr schmeckte.

»Wie kommst du darauf?«

Gabriel atmete aus. Seine Stimme war ruhig, als er antwortete. »Ich habe lange darüber nachgedacht. Darüber, was ich tun soll und zu wem ich mit dem Bericht deines Vaters gehen soll. Bischof Sergej hat ja darauf hingewiesen, dass der Bericht nur zur Hälfte fertig ist und dass die Schlussfolgerungen mindestens ebenso sehr auf Indizien wie auf wissenschaftlichen Fakten beruhen. Ich bin nicht ganz seiner Meinung, auch wenn er natürlich mit einigem recht hat. Aber sie sollten doch in jedem Fall der Natur und dem Ökosystem des Meeres höchste Priorität einräumen und die Sache zuerst einmal gründlich untersuchen! Neulich habe ich dann Patriarch Tichon davon erzählt, als wir nachmittags unseren Tee tranken. Wir haben immer offen über alles Mögliche gesprochen. Seine Heiligkeit spürte, dass ihm nicht mehr so viel Zeit auf Erden blieb. Er hatte das Bedürfnis, über sein Leben und seine Entscheidungen Rechenschaft abzulegen. Ich bin ein zu unbedeutender Mensch, um der Beichtvater eines solchen Mannes zu sein. Ich bin ja auch gar nicht ordiniert oder sonst irgendwie geweiht, aber bei wem legt der oberste Beichtvater seine Beichte ab? Er hat mir zwei Dinge erzählt, von denen ich nicht weiß, was ich jetzt damit machen soll.«

Gabriel schwieg.

Eva hatte viele Fragen, aber sie wusste, dass es keinen Sinn hatte und dass er das Recht haben musste, seinen Gedanken nachzuhängen, bis er so weit war, dass er fortfahren konnte. Sie betrachtete sein schönes Gesicht mit der hohen Stirn, den hellen, kurzgeschnittenen Haaren und den kleinen Fältchen an den Augen und wünschte sich wieder, sie könnten heiraten und für immer zusammen sein. Gabriel aß von seinem Kuchen und trank die Hälfte seines Kaffees.

»Okay«, fuhr er schließlich mit fester Stimme fort. »Seine Heiligkeit hat zugegeben, vom KGB angeworben worden zu sein, als er ein junger Priester von gerade mal neunundzwanzig Jahren war. Er schämt sich heute dafür, für den Teufel gearbeitet zu haben, aber die Zusammenarbeit war notwendig, damit die Kirche die gottlosen Kommunisten überleben konnte. Seiner Ansicht nach hat er im Nachhinein recht bekommen. Er betet oft um Vergebung für das Unrecht, das kritischen Priestern wie beispielsweise Gleb Pawlowitsch Jakunin widerfahren ist, an deren Exkommunikation er beteiligt war, oder schlimmer noch, deren Deportation in Gulags er stillschweigend zugestimmt hat. Unter Gorbatschow ist es ihm gelungen, sich aus den Klauen des KGB zu befreien, aber natürlich hat der FSB nach wie vor Zugang zu seiner Akte. Metropolit Pitirim, von dem es heißt, dass die Synode ihn zum nächsten Patriarchen wählen wird, ist ebenfalls vom KGB rekrutiert worden. Es war unser geschätzter Präsident Popow persönlich, der ihn in Leningrad rekrutiert hat. Aber Pitirim hat den Klub der heimlichen Jungs nie wieder verlassen. Er hat auch Bischof Sergej ins Danilow-Kloster mitgebracht. Seine Heiligkeit hat mich mit seinen guten Augen angesehen und gesagt: »Gabriel, mein Sohn. Meine beiden engsten Mitarbeiter arbeiten nicht nur für Gott, sondern auch für den FSB und damit für den Kreml. Ich hoffe inständig, dass es mir, bevor ich dieses Leben verlasse, ein für alle Mal gelingen wird, die jahrhundertealte unheilige Allianz zwischen dem Kreml und der rechtgläubigen

Kirche zu durchbrechen, so dass wir daraus endlich frei hervorgehen und ausschließlich den Gläubigen dienen können.«

»Das hat er aber nicht mehr geschafft?«

»Nein. Sie haben ihn vorher umgebracht, und das ist meine Schuld.«

»Das darfst du nicht sagen, Gabriel.«

Er schien sie gar nicht zu hören. »Seine Heiligkeit hatte beschlossen, dem Ganzen einen Riegel vorzuschieben. Denn es gibt noch eine weitere Sache, an der die Verkommenheit der obersten Schicht unserer Kirche deutlich wird. Metropolit Pitirim ist natürlich ein schwarzer Geistlicher. Das versteht sich von selbst, aber in Wirklichkeit ist er verheiratet gewesen und hat einen Sohn. Das ist ein großes Geheimnis. Seine Heiligkeit hat es erst kürzlich erfahren. Der KGB hat dafür gesorgt, dass alle Unterlagen beseitigt wurden, aber sie haben nicht bedacht, dass die Kirche alle Tauf- und Heiratsdokumente aufbewahrt.«

»Und seine Frau? Lebt sie noch?«

»Sie ist vor vielen Jahren gestorben. Sie ist bei einem Verkehrsunfall ums Leben gekommen. Alle, die wussten, dass der Metropolit verheiratet war und einen Sohn hatte, sind tot. Bis auf Seine Heiligkeit. Bis ... Jetzt gibt es niemanden mehr, der davon weiß, abgesehen von denen, die über die geheimsten Dokumente des Staates wachen.«

»Und du, Gabriel.«

»Und jetzt auch du, möge Gott mir vergeben.«

»Lebt der Sohn noch?«, fragte sie, obwohl sie davon ausging, die Antwort bereits zu kennen.

»Ja, er ist Bischof und heißt Sergej.«

»Oh nein, Gabriel. Das ist ein sehr gefährliches Wissen.«

Sie wünschte, sie könnte ihm irgendwie helfen. Oder zumindest etwas Kluges sagen, das ihm aus der Klemme helfen könnte. Was mit ihr selbst passierte, war ihr egal. Er war es, der jetzt Hilfe brauchte. Der die schwere Last zu tragen hatte. Sie saßen in dem warmen Café. Trotzdem fror sie plötzlich ganz fürchterlich. Sie sah zu den beiden jungen Menschen hinüber, die in ihrer digitalen Welt versunken waren, und wünschte, Gabriel und sie wären wie die beiden. Oder besser noch, sie wären als Paar hier. Würden gemeinsam eine Tasse Kaffee trinken, sich mit einem Kuss voneinander verabschieden und wissen, dass sie abends wieder im selben Bett liegen würden. So war es nicht, aber sie wollte die Hoffnung nicht aufgeben, dass es noch so werden konnte. Sie verstand, warum er sich gezwungen sah, sich ihr zu öffnen, auch wenn es ihr eigentlich nicht recht war. Für einen einzelnen Menschen war es zu viel, solche entsetzlichen Geheimnisse mit sich herumtragen zu müssen.

»Es tut mir auch leid, dass ich dich da jetzt mit hineingezogen habe, aber ich musste es irgendjemandem erzählen, falls mir etwas zustoßen sollte. Es tut mir so leid, mein Engel. Ich habe niemand anderen, da mein Bruder nicht hier ist.«

»Es muss dir nicht leidtun. Ich bin dankbar und fühle mich geehrt, dass du mir dein Vertrauen schenkst.«

»Ich muss jetzt gehen. Seine Heiligkeit war ein alter, aber auch ein sehr moderner Mann. Er wollte den Metropoliten und den Bischof um DNA-Proben bitten, auch wenn er sich seiner Sache bereits sehr sicher war. Danach wollte er sie in ein Kloster verbannen, wo sie Gott um Vergebung für ihre vielen Sünden bitten sollten. Sie sollten dort Buße tun, indem sie ein bescheidenes Leben im Gebet und in Meditation führten. Die Öffentlichkeit hätte nichts erfahren. Es kommt jeden Tag vor, dass sich in Russland Menschen für das einfache und ruhige Leben hinter Klostermauern entscheiden. Er hat mich gebeten, eine Videokamera zu besorgen, er wollte vor der Kamera alles noch einmal wiederholen, was er mir erzählt hatte. Nicht, um damit an die Öffentlichkeit zu gehen, sondern um das Video in den Safe des Patriarchats zu legen, in dem die größten Geheimnisse der Kirche aufbewahrt werden. Außerdem wollte er seinen Einfluss geltend machen, damit der Bericht deines Vaters ordentlich überprüft würde. Seine restliche Lebenszeit wollte er darauf verwenden, einen geeigneten Kandidaten für das höchste Kirchenamt zu finden. Einen Mann, der seine Seele nicht an den KGB oder den FSB verkauft hat. Ich hatte den Eindruck, das alles sollte eine Art Ablasszahlung für seine eigenen Sünden sein.«

»Gabriel, Gabriel«, sagte sie nur. »Warum hat er dir diese entsetzlichen Geheimnisse bloß anvertraut?«

»Das habe ich Seine Heiligkeit natürlich auch gefragt. Er hat geantwortet, als Fremder sei ich nicht Teil jener historischen Konspiration. Ich sei Russe, ohne mit dem russischen Erbe belastet zu sein. Daher könne er sich auf mich verlassen. Das sei auch der Grund, warum er mich peu à peu getestet habe, meine Einstellungen und meinen Glauben, sagte er. Er war sich nicht darüber im Klaren, ob sich die Verschwörung bis in die obersten Hierarchieebenen der Kirche erstreckte. Er wollte mir die Leitung einer neu zu gründenden Abteilung übertragen, deren vorrangige Aufgabe es sein sollte, die unheiligen Allianzen der Vergangenheit und der Gegenwart aufzudecken und einen unbefleckten Mann zu finden, der die Kirche künftig führen könnte. Ich habe ihm natürlich geantwortet, dafür sei ich gar nicht kompetent genug. Das wollte er nicht gelten lassen. Ich sei ein Außenstehender und deshalb der Einzige, dem er vertraue.«

»Hast du es aufgenommen? Hast du es noch geschafft, ihn zu filmen?«

»Ja. Wir haben es noch geschafft. Einige Stunden später. Seine Heiligkeit war müde, aber mit einigen Unterbrechungen haben wir es geschafft. Ich bin dann sehr spät noch einmal zu ihm hingegangen. Ich habe die Aufnahmen an meinem Computer zusammengeschnitten und bin dann zu den Gemächern Seiner Heiligkeit zurückgekehrt, um ihm das Ergebnis zu zeigen. Ich wusste, dass er nur sehr wenig schlief und immer erst spät ins Bett ging. Ich habe Bischof Sergej aus der Tür zu den privaten Gemächern Seiner Heiligkeit kommen sehen. Er hat mich nicht gesehen. Ich habe keine Beweise, aber ich glaube nicht, dass Seine Heiligkeit eines natürlichen Todes gestorben ist.«

»Wie? Wie haben sie ihn umbringen können, ohne dass es nachweisbar ist?«

»Das weiß ich nicht. Der FSB hat seine Methoden. Es wurde keine Obduktion durchgeführt. Seine Heiligkeit war ein alter Mann. Sein Herz hat aufgehört zu schlagen. Ein unvermeidbarer Tod. Der

Kreml hat sich schon immer darauf verstanden, seine Feinde einen unvermeidbaren Tod sterben zu lassen.«

»Oder einen sehr qualvollen Tod wie bei dem armen Mann in London.«

»Wenn es dem Kreml beliebt, dann wählt er den qualvollen Tod, der Russlands Feinden eine Warnung sein soll. Da hast du recht.«

»Wo sind die Aufnahmen?«

»Auf einem USB-Stick in meiner Tasche.«

»Was willst du jetzt tun?«

»Ich weiß es nicht. Ich glaube, ich werde damit nach Dänemark reisen, aber ich muss es mir noch überlegen. Ich habe mich dir anvertraut. In gewisser Weise bereue ich es bereits. Aber was hätte ich tun sollen? Ich habe überlegt, nach Dänemark zu fliegen, um mit meinem Bruder Adam darüber zu sprechen. Mit Adam kann ich über alles reden. Er hat Kontakt zu den Medien, aber er ist gerade für Dreharbeiten auf Grönland. Von daher weiß ich wirklich nicht richtig, was ich tun soll. In Filmen und in Büchern wissen die Leute immer, was das Richtige ist. Ich habe große Zweifel. Zu wem soll ich gehen in einem Land, in dem außer dir jeder käuflich ist?«

»Flieg nach Grönland. Oder flieg zumindest nach Dänemark. Du bist hier nicht sicher.«

»Ich weiß noch nicht. Ich denke auch darüber nach, mit Sascha zu sprechen.«

»Hältst du das für klug? Er arbeitet für Popow.«

»Ja und nein. Ich vertraue ihm mittlerweile. Vielleicht kann er mir einen Rat geben.«

»Das weißt du sicher selbst am besten.«

»Lass dein Telefon eingeschaltet, mein Engel.«

»Mache ich. Ich lege es nicht aus der Hand«, sagte sie, und so gingen sie auseinander.

Ihr Handy klingelte, als sie gerade mit ihrer Arbeit fertig war und sich auf den Heimweg machen wollte.

»Hallo, ich würde gern mit Swetlana sprechen«, sagte seine vertraute Stimme.

»Da müssen Sie sich verwählt haben. Hier gibt es keine Swetlana«, sagte sie und beendete das Gespräch. Das war unhöflich, aber sehr russisch.

Bevor sie sich im Café Margarita voneinander verabschiedet hatten, hatte er ihr noch eingetrichtert, unbedingt darauf zu achten, nicht beschattet zu werden, sollte er sie zum Puppentheater bestellen. »Nimm nicht den direkten Weg dorthin«, hatte er gesagt.

Sie war sich wie eine Schauspielerin in einem Thriller vorgekommen, als sie zuerst mit zwei gewöhnlichen Bussen gefahren war, dann zwei verschiedene Metros benutzt hatte und schließlich in einen weiteren Bus gestiegen war, der sie zum Puppentheater an der dicht befahrenen Ringstraße gebracht hatte. Sie hatte keine Ahnung, ob sie beschattet wurde oder nicht. Woher sollte sie das auch wissen? Sie war eine gewöhnliche Verkäuferin, die in einer Boutique arbeitete. Was wusste sie schon darüber, wie man einen Beschatter abschüttelte. Sie wusste nicht einmal, wie ein Beschatter aussah.

Es schneite vom schwarzen Nachthimmel, große weiße Flocken fielen herab und legten sich sanft auf ihre Pelzmütze. Es war wärmer geworden, und der Wind hatte sich seit dem Morgen gelegt. Sie spazierte die letzten Meter die Straße hinauf, während die Autos auf der wie immer dicht befahrenen Ringstraße an ihr vorbeirasten.

Das graue Betongebäude des Theaters tauchte im Schneegestöber vor ihr auf. Auf der Uhr, die sich in der Mitte der Fassade mit den Tierfiguren und Glocken befand, war es kurz vor zehn, sie war also pünktlich. Gabriel war noch nicht da. So spät abends gab es keine Vorstellung mehr, und sie kam sich ein wenig blöd vor, dort herumzustehen. Sie ging zurück zur Bushaltestelle, damit es so aussah, als wartete sie auf den nächsten Bus.

Endlich tauchte Gabriel auf. Er gab ihr einen schnellen, kalten Kuss auf die Wange und drückte ihr einen USB-Stick in die Hand.

»Wenn du morgen nichts von mir hörst, dann verlass Moskau und versteck den Stick an einem sicheren Ort.«

»Gabriel …«

»Versprich es mir, Eva.«

»Ich verspreche es.«

»Fahr nach Pskow. Fahr weg, hörst du!«

Sie hatte ihm oft von ihrer Kindheit und frühen Jugend erzählt, in der sie ihre Sommerferien und häufig auch die Winterferien bei ihrer Großmutter in Pskow verbracht hatte. Sie hatte den Ort geliebt und den Kontakt zu einigen ihrer Kindheitsfreunde gehalten. Sie hatte ihm nicht erzählt, dass sie davon träumte, mit ihm zusammen im Höhlenkloster zu leben, in dem er der Verwaltungschef wäre, während sie sich um ihre beiden Kinder kümmerte. Sie malte sich aus, wie sie gemeinsam in der Kirche beten würden.

»Das mache ich auf jeden Fall. Kann ich dich nicht begleiten?«

»Nein«, sagte er scharf. »Fahr direkt nach Hause und warte auf meinen Anruf. Wenn ich dich nicht anrufe, dann mach dich auf den Weg. Okay?«

Er gab ihr erneut einen Kuss auf die Wange und ging eiligen Schrittes den Hügel hinunter davon. Als sie durch das dichte Schneetreiben hindurch sah, dass er unten angekommen war, lief sie ihm rasch nach. Sie sah, wie er auf der anderen Seite den Hügel rechts wieder hinaufging. Er sah sich nicht um. In dieser ungemütlichen Nacht waren nur wenige Menschen unterwegs. Hastig folgte sie ihm weiter. Sie blieb ein Stück hinter ihm, sah aber, dass er bei einem großen Gebäude nach links abbog. Sie vermutete, dass er eine Abkürzung zur Petrowka-Straße nehmen wollte, die zur Wyssozki-Statue hinaufführte, wo er sich häufig verabredete.

Sie ging schnell und versuchte, ihn nicht aus den Augen zu verlieren. Plötzlich bemerkte sie, dass er nicht mehr allein war. Zwei Männer mit schwarzen Mänteln und schwarzen Pelzmützen gingen jetzt rechts und links neben ihm her. Sie gingen so dicht neben Gabriel her, als führten sie ihn. Mit einem Mal bogen sie nach links ab und waren verschwunden, wahrscheinlich in einem der vielen Hinterhöfe, die es überall zwischen den großen und kleinen Straßen und schmalen Gassen gab.

Ihr Herz schlug wie wild. Sie begann zu rennen. Sie lief zwischen den Häusern entlang. Die wenigen alten Straßenlaternen spendeten nicht besonders viel Licht. Sie blieb stehen. Sie versuchte, mit allen Sinnen zu lauschen – ihren ganzen Körper zu einem lebenden Radar zu machen, der jedes noch so kleine Signal ihres geliebten Gabriels auffing. Sie hörte gedämpfte Schreie und wieder und wieder ein merkwürdig dumpfes Geräusch. Als ob mehrere Leute dabei wären, an einem tristen Wintertag ihre Teppiche auszuklopfen.

Sie folgte dem dumpfen Klopfgeräusch. Es wurde leiser, dann wieder lauter. Sie trat um eine Ecke. Eine der Straßenlaternen war kaputt, aber sie konnte dennoch allzu deutlich sehen, was dort vor sich ging. Die Männer waren jetzt zu dritt. Gabriel lag zusammengekrümmt wie ein Embryo auf dem Boden und versuchte, sich vor ihnen zu schützen. Sie traten ihn und schlugen mit etwas auf ihn ein, das aussah wie Baseballschläger.

Sie zog ihr Handy hervor. Allerdings wagte sie es nicht zu telefonieren. Sie verachtete sich selbst für ihre Schwäche und ihren fehlenden Mut. Aber wen hätte sie auch anrufen sollen? Der eine der drei Männer trug schließlich die neue dunkelbraune Uniform der Moskauer Miliz. Sie schaltete die Kamera ihres Smartphones ein, stellte auf Video und begann zu filmen, während ihr die Tränen über die Wangen liefen.

30

Wir saßen im Auto, und ich hörte ihr zu, ohne sie zu unterbrechen. Sie redete, als hätte sie sich die Geschichte schon viele Male selbst erzählt, brächte sie aber jetzt erstmals einem anderen Menschen zu Gehör. Ihre Worte waren in ihrer nüchternen Nacktheit an sich schon dramatisch und schrecklich, aber noch schlimmer war es, mir die grobkörnigen Aufnahmen von der Ermordung meines Bruders anzusehen. Die Lichtverhältnisse waren schlecht, so dass die Aufnahmen unscharf und stark gepixelt waren, der digitale Ton dagegen war allzu deutlich.

Gabriel hörte schnell auf, vor Schmerz zu wimmern, während sie ihm systematisch das Leben aus dem Leib prügelten. Es war ein grausames Geräusch, wenn ihre Keulen seinen Körper trafen. Eva weinte wieder, und ich spürte ebenfalls, wie mir die Tränen in die Augen stiegen, aber meine Ohnmacht wurde von Wut abgelöst, als die drei Männer aufhörten, ihn zu misshandeln, und einige Schritte von seinem leblosen Körper zurücktraten. Sie betrachteten ihr Werk offensichtlich mit nonchalanter Distanz. Ich wurde von einer unbändigen Wut überwältigt, als ich den Mann erkannte, der jetzt ins Bild trat.

Denn trotz der schlechten Lichtverhältnisse konnte es keinen Zweifel geben: Es war Sascha Karbanow, der dort gerade nach vorn trat und auf Gabriels reglose Gestalt hinunterblickte. Er nahm die Tasche, die neben dem leblosen Körper lag. Er zündete sich eine Zigarette an und sagte irgendetwas zu dem Mann in der Polizeiuniform.

Der Polizist, wenn er denn einer war, fing an, Gabriels Taschen zu durchsuchen. So sah es jedenfalls aus. Der Mörder drehte Gabriels

Körper ohne größere Mühe auf die andere Seite, suchte weiter und rollte ihn wieder zurück. Er stand aus der Hocke auf und reichte Sascha etwas. Die Brieftasche und das Handy? Er schüttelte den Kopf. Die Männer und Gabriels toter Körper sahen unwirklich und gespenstisch aus in dem fahlen Licht der einen Straßenlaterne. Sascha Karbanow deutete auf eine Hauswand. Ich nahm an, dass er auf die Überwachungskamera zeigte.

Evas Aufnahme würde als Beweis vor Gericht vermutlich nicht ausreichen. Ich hatte nicht den geringsten Zweifel daran, dass es Sascha war, aber in Russland und mit einem freundlichen Richter und der entsprechenden Geldsumme würde Sascha Karbanow ohne Weiteres mit der Behauptung davonkommen, bei dem Mann im Hintergrund könne es sich um jeden x-Beliebigen handeln. Er würde sicher auch mehrere Zeugen benennen können, die schwören würden, er sei zu dem Zeitpunkt irgendwo ganz anders gewesen. Er habe ein spätes Abendessen in einem schicken Restaurant zu sich genommen. Er habe im Kreise der Familie ferngesehen.

Ich hatte nicht den geringsten Zweifel. Er hatte denselben leicht wiegenden Gang wie seine Schwester. Die Art, wie er seine Zigarette anzündete und sie rauchte, hatte ich bei unserer ersten Begegnung vor dem McDonald's in Moskau beobachtet.

Die Aufnahme war noch nicht zu Ende, aber das Bild begann zu hüpfen und zu tanzen und zeigte jetzt nur noch den Schnee und das Eis auf dem Boden. Die Bewegungen wurden immer heftiger. Eva hatte sich langsam vom Tatort entfernt und war schließlich losgerannt. Nach einer Weile war das Bild nur noch schwarz.

Ich saß mit ihrem Telefon in der Hand da und war wütend und verzweifelt zugleich. Draußen war es inzwischen schon fast dunkel. Der Wald war finster und wirkte bedrohlich, auch wenn wilde Tiere verglichen mit den Menschen die Friedfertigkeit in Person waren.

»Was hast du dann gemacht, Eva?«

»Ich habe mich nicht getraut, die Polizei anzurufen. Du hast ja gesehen, dass ein Polizist dabei war, nicht wahr? Gabriel hatte gesagt, ich solle sofort aufbrechen, aber das tat ich nicht. Ich zog zu Elvina.

Ich hoffte, du würdest kommen, aber als ich dich dann zusammen mit der Polizistin sah, wusste ich nicht mehr ein noch aus. Ich wusste nur, dass ich verschwinden musste. Ich erwischte den Zug nach St. Petersburg und trampte dann von dort aus bis nach Pskow. Seitdem bin ich hier.«

»Vorhin, bevor du mir das Video gezeigt hast, hast du gesagt, Sascha Karbanow sei dabei gewesen.«

»Ja.«

»Du bist dir also sicher, dass er es ist.«

»Ja.«

»Wie kannst du dir da so sicher sein? Du bist ihm doch noch nie begegnet, oder?«

Sie saß schweigend da und sah mich nicht an.

»Verdammt noch mal, Eva. Das war nicht das erste Mal, dass du Gabriel gefolgt bist. Du hast ihn mit Sascha zusammen an der Wyssozki-Statue gesehen. Habe ich recht?«

»Es gibt keinen Grund, so zu fluchen.«

»Eva!«, sagte ich hart.

»Ich wollte nur auf ihn aufpassen.«

»Er wollte dich beschützen. Er wollte dich nicht in Gefahr bringen. Du bist ein unglaubliches Risiko eingegangen. Soll der Teufel euch doch alle holen!«

»Ich wollte ihn doch auch nur beschützen. Sie haben mich nie gesehen. Ich bin gut darin, im Hintergrund zu verschwinden. Gabriel hat mir erzählt, er würde sich manchmal mit einem Sascha Karbanow treffen, der ebenfalls Dänisch spreche. Er sei ein wichtiger Mann im Kreml. Ich habe sie Dänisch reden gehört, ich weiß also nicht, worüber sie gesprochen haben. Sie haben mich nicht gesehen. Sie waren sehr in ihr Gespräch vertieft.«

»Und der USB-Stick?«

»Der liegt in einem Sarg im Höhlenkloster. Niemand wird ihn dort jemals finden. Nicht einmal Vater Josef weiß, in welchen Sarg ich ihn gelegt habe. Es gibt dort Tausende.«

»Sie können die Information aus dir herausprügeln. Du bist eine Zeugin. Sie können dich foltern und dich hinterher umbringen.«

»Das weiß ich. Warum glaubst du, habe ich solche Angst? Ich bin keine Heldin. Ich bin nur eine verängstigte Frau, die deinen Bruder über alles auf der Welt geliebt hat.«

Sie fing erneut an zu weinen. Ich reichte ihr das Telefon und legte den Arm um sie.

»Lass uns zum Kloster fahren. Du kannst mir den USB-Stick geben, dann haben sie keinen Grund, dir etwas anzutun. Du sagst ihnen einfach, dass du ihn mir gegeben hast. Und was ist mit diesem Video?«

Ich war erstaunlich ruhig und innerlich vollkommen kalt und imstande, einen Mord zu begehen. Ich wünschte, ich hätte mein grönländisches Jagdgewehr dabei.

»Ich habe alles auf Gabriels USB-Stick kopiert.«

»Sehr schlau. Dann lösch es auf deinem Telefon. Dann haben sie wenigstens nichts gegen dich in der Hand. Du musst keine Angst haben.«

»Glaubst du das wirklich, Adam? Wie naiv kann man denn sein? Ich kann ja wohl kaum meinen Kopf löschen, oder? Sie können den Inhalt meines Kopfes nur löschen, indem sie mich töten. Aber das ist mir inzwischen auch egal. Sollen sie mit mir machen, was sie wollen. Wofür lohnt es sich denn noch zu leben?«

»Lass uns zum Kloster zurückfahren, dann sehen wir weiter.«

Auf Schleichwegen, die Eva zu kennen schien wie ihre eigene Westentasche, fuhren wir durch die Dunkelheit. Uns begegneten keine anderen Autos. Gedanken voller Wut und Hass wirbelten in meinem Kopf herum, Wut auf die Kirche, auf Sascha und auf Mascha, mehr als auf die Schläger, die Gabriel totgetreten hatten. Denn Eva hatte recht. Einer der Männer hatte eindeutig eine Uniform angehabt. Sie konnte allerdings auch unecht gewesen sein wie bei den Männern, die Evas Vater erschossen hatten. In Russland konnte man nie wissen. Und so verfluchte ich auch Mascha, diese falsche Schlange, die ihren Körper wie eine Hure eingesetzt hatte.

Die Klosterstadt Petschory war dunkel und leer, als wir dort ankamen. Die Straßen waren nur spärlich beleuchtet. Es waren keine Autos oder Menschen unterwegs. Wir waren nur etwas mehr als einen Kilometer von der estnischen Grenze und damit von der EU entfernt, wo Eva in Sicherheit wäre.

»Du besitzt nicht zufällig ein Visum für die EU?«, fragte ich.

Sie schenkte mir ein bleiches Lächeln, das erste seit langer Zeit.

»Nein, du Dummkopf. Ich habe nicht einmal einen Pass. Ich bin noch nie im Ausland gewesen.«

»Das müssen wir ändern.«

»Als Kind bin ich mit meinen Eltern in Estland und Lettland im Urlaub gewesen, aber das zählt nicht. Damals waren sie ja noch Teil der Sowjetunion. Das war kein richtiges Ausland. Es gab keine Grenze. Ich mochte das Eis dort, daran erinnere ich mich. Und mit nackten Füßen im Meer herumzulaufen und darin zu baden. Das hatte ich vorher noch nie gemacht. Ich erinnere mich an den Geschmack des Salzwassers.«

Sie hielt nicht auf dem kleinen Marktplatz an, wie ich es getan hatte, sondern fuhr an den inzwischen geschlossenen Marktständen vorbei und parkte ihr kleines Auto ganz in der Nähe der Klosterpforte. Das Kloster lag dunkel und verschlossen hinter der weißen Klostermauer. Das Tor des Haupteingangs war abgeschlossen, aber Eva rief Vater Josef an, der uns öffnete und durch den großen finsteren Klosterhof führte. Er hatte sein schwarzes Priestergewand an. Vielleicht lag es daran, dass er so bleich und verschreckt aussah. Er sagte nichts, schien aber zu wissen, was Eva wollte.

»Ich bin gekommen, um ihn zu holen«, hatte sie nur gesagt.

»Du kennst meine Meinung dazu. Aber du willst ja nicht auf mich hören.«

»Ich gebe ihn Adam.«

»Ich weiß nicht. Er bringt nur Unglück.«

»Du hast mir versprochen …«

»Ich weiß. Also kommt mit.«

Als ich tagsüber hier gewesen war, hatte hier ein reges Treiben von Gläubigen und Kirchenangehörigen geherrscht. Jetzt lag das Kloster dunkel und schweigend da, so dass man die Jahrhunderte förmlich in den Gewölben atmen und um die Ecken der alten Klostergebäude schleichen fühlte. Es war ein uralter Ort mit uralten Geheimnissen.

Die Farben der großen Ikonen an der Kirchenwand zur Bergseite hin strahlten trotz der Dunkelheit, als wären sie von innen beleuchtet. Es kam mir so vor, als folgten uns die Ikonen mit den Augen, als wir an ihnen vorübergingen. Es war ein Ort, an dem man geneigt war, an Geister, Gespenster oder Wiedergänger aus den Katakomben unter dem Kloster zu glauben. Ich war ein rationaler, nicht-gläubiger Mensch, aber wie wir hinter Vater Josef in seinem schwarzen Gewand hergingen, überkam mich die Angst, die knochigen Finger toter Mönche könnten sich plötzlich um meinen Hals legen. Es lief mir kalt den Rücken hinunter und schnürte mir die Kehle zu.

Die schwere Tür in der grauweißen Mauer der Kapelle, die zu den Grabkammern führte, war fest verschlossen. Vater Josef öffnete sie mit einem großen Schlüssel. Drinnen standen dünne Stümpfe abgebrannter Kerzen in einer schwarzen, mit Sand gefüllten Schale. Vater Josef reichte Eva eine Taschenlampe. Hinter einem der mit Tüchern bedeckten Särge holte er eine altmodische Petroleumlampe hervor und zündete sie an. In dem zunächst flackernden Lichtschein sahen wir die schwere schwarze Tür, die zu den Katakomben führte. Vater Josef zog den Schlüssel für das große Vorhängeschloss hervor und öffnete es. In dem Gang war es schwarz wie in einem Kohlenkeller früherer Zeiten, und ich konnte nur wenige Zentimeter weit sehen.

Vater Josef machte noch eine kleine Taschenlampe an und wies uns den Weg ins Dunkel hinein. Vater Josef trat ebenfalls ein und schloss die Tür hinter uns. Es war ganz still, auch wenn ich meinte, das Geräusch winziger trappelnder Füße zu hören, und sofort an Ratten denken musste.

Vater Josef ging voran, dann kam Eva mit ihrer schweren Taschenlampe, und ich bildete mit meiner Petroleumlampe die Nachhut. Wir gingen etwa hundert Meter einen Gang entlang, an den ich mich vom Vormittag zu erinnern meinte. Als wir an eine Art Kreuzung gelangten, blieben wir stehen. Vor uns lag eine kleine Grotte mit einer Ikone vor der Luke, hinter der der Sarg eingemauert war. Vater Josef zündete die dicke Kerze auf dem schmalen Brett unter der Ikone an.

»Ich warte hier«, sagte Vater Josef. »Geh mit Gott, mein Kind.«

»Ist das jetzt schlau?«, fragte ich und bemerkte selbst die Panik in meiner Stimme. Ich verspürte nicht die geringste Lust, in diesen langen, schwarzen Gängen mit Eva allein zu sein.

»Eva kennt die Höhlen«, sagte Vater Josef. »Besser als ich. Vielleicht besser als jeder andere Mensch auf Erden. Nicht wahr, Eva?«

»Ja«, sagte sie. Ihre Stimme klang dünn und trocken wie die Luft hier unten. »Ich habe viel Zeit an diesem Ort verbracht. Ich habe hier Zuflucht gesucht, wenn ich Sorge hatte, die bösen Männer hätten mich aufgespürt und wären gekommen, um mich zu töten. Oder wenn ich Kontakt mit den Seelen der Märtyrer aufnehmen wollte. Ich habe eine große Ruhe empfunden, wenn ich hier war.«

»Hier gibt es Ratten«, sagte ich.

»Ja, aber die haben Angst vor dir. Ratten tun nichts. Die Toten tun dir auch nichts. Sie sind ja tot. Hör also auf, so kindisch zu sein. Geh einfach hinter mir her.«

Mir blieb die Antwort im Halse stecken. Ich gehorchte und ging hinter ihr her. Nach wenigen Momenten hatte ich die Orientierung bereits verloren. Nur für einen kurzen Augenblick konnten wir noch das flackernde Licht vor der Ikone sehen, dann gingen wir durch das Dunkel, in dem unsere Schatten im Schein der Petroleumlampe zusammen mit dem von ein oder zwei Ratten tanzten, die gerade an uns vorbeieilten. Eva ignorierte sie und ging schnell weiter.

Ich hasste diesen Ort, er war mehr als beengend. Die Felswände drängten sich immer mehr zusammen, und die Decke schien sich herabzusenken. In Kürze würden wir zerquetscht werden. Es wurde kälter, je weiter wir in den Berg hineingingen, der von Gängen und kleinen Grotten durchzogen war. Es war mir ein Rätsel, wie sie sich hier zurechtfand. Mal gingen wir in einen Seitengang hinein, bogen wieder ab, um sodann einen geraden Gang entlangzugehen, bevor wir erneut um eine Ecke bogen. Ebenso wie die Orientierung verlor ich auch das Zeitgefühl. Eigentlich waren die Decken gar nicht so niedrig, aber ich hatte die ganze Zeit Angst, mit dem Kopf dagegen zu stoßen.

Dann blieb Eva vor einer Ikone stehen, auf der die Jungfrau Maria mit dem Jesuskind auf dem Arm zu sehen war. Sie befand sich ungefähr in einem Meter Höhe an der Felswand in einem schmalen

Seitengang. Hinter der Ikone war eine schwere Metallluke zu erkennen. Sie nahm die Taschenlampe in die linke Hand, streckte den Arm aus und öffnete die Luke mit der Ikone und leuchtete in das Dunkel der Grotte hinein.

Hinter der Luke bot sich mir die unheimlichste und auf ihre Weise auch absurdeste Szenerie dar, die ich je in meinem Leben gesehen hatte. Dort befanden sich Hunderte von Särgen, aber sie standen keineswegs ordentlich in Reih und Glied. Die grauen Steinsärge lagen wild durch- und übereinander, standen aufgestapelt an den Wänden, waren kreuz und quer so weit in die große Höhle hinein verteilt, wie der Lichtkegel der Taschenlampe reichte.

»Müssen wir da rein?«, fragte ich. Meine Stimme war heiser und leise, und trotzdem kam sie mir unnatürlich laut vor.

Eva antwortete nicht, sondern stützte sich mit den Armen auf, schwang ein Bein über die Kante und kroch zu den Särgen hinein.

»Komm schon«, sagte sie. »Ich kann es auch allein machen, aber zu zweit geht es leichter. In Gottes Namen, los, wir haben nicht die ganze Nacht Zeit.«

Mein Stolz verbot es mir zuzugeben, dass ich nicht die geringste Lust hatte. Ich versuchte mir einzureden, dass tote Menschen tote Menschen waren, die sich weder in umherirrende Seelen noch in verlorene Geister verwandeln konnten. Sie waren Leichen, die sich trotz des russischen Brauchs, die Verstorbenen einzubalsamieren, in verschiedenen Stadien der Verwesung befanden.

Ich stellte die Petroleumlampe auf die Kante und kletterte ebenfalls zu den Särgen hinein. Merkwürdigerweise stank es dort nicht. Es war ganz trocken. Wir konnten ohne Probleme aufrecht stehen. Ich durchschaute das System nicht, aber vielleicht gab es auch gar kein System.

Zum Glück mussten wir nicht allzu weit in die Höhle hinein. Eva kletterte etwa fünf bis sechs Meter weit. Ich folgte ihr. Ich stieß einen unterdrückten Schrei aus, als sich eine Spinnwebe über mein Gesicht legte. Eva drehte sich irritiert zu mir um und bewahrte die Petroleumlampe vor dem Umfallen. Sie sah fahl und bleich aus, aber das lag wohl am Licht.

Eva kroch um einen der Särge herum, der schräg auf einem anderen lag. Ich folgte ihr und hoffte, alle weiteren Spinnweben mögen bereits an ihr hängen bleiben, so dass mir dieses klebrige Gefühl erspart bliebe. Ohne realen Grund stieg plötzlich die Sehnsucht nach dem grönländischen Inlandeis und dem herrlich klaren Frostwetter in mir auf. Konzentrier dich, dachte ich. Ein Sarg stand beinahe waagerecht auf dem staubigen Felsboden der Höhle. Er sah relativ neu aus. Eva kletterte zu ihm hin.

»Komm her, Adam«, sagte sie und machte die Taschenlampe aus. »Stell deine Lampe hierhin.«

»Wohin denn? Zum Teufel!«

»Dies ist ein heiliger Ort. Also hör auf zu fluchen.«

»Hör du auf, wie meine Mutter mit mir zu reden.«

»Adam! Jetzt stell endlich die Lampe ab.«

Sie deutete auf einen Sarg, der neben dem neueren stand. Auf den Särgen standen Namen, aber ich konnte sie in dem schlechten Licht nicht lesen. Auf den Sargdeckeln waren außerdem noch stilisierte Bilder der Verstorbenen zu sehen. Ich stellte die Lampe ab. Eva hockte sich auf die Knie und versuchte, den Sargdeckel zu bewegen.

»Jetzt hilf mir doch, Adam«, sagte sie gereizt.

Ich schlängelte mich zu ihr durch. Gemeinsam gelang es uns, den Sargdeckel zur Seite zu schieben. In dem flackernden Licht wirkte der Leichnam gelblich. Die Haut über dem Schädel, auf dem sich noch immer das dunkle, zurückgekämmte und ölig glänzende Haar befand, war pergamentdünn. Am Hals waren die Reste einer eintätowierten Schlange zu erkennen.

Eva griff unter das weiße Kissen, auf dem der Schädel ruhte, und zog einen kleinen metallgrauen USB-Stick hervor.

»Wer war er?«, flüsterte ich.

»Mafioso. Igor der Schreckliche. Ein Dieb und Mörder.«

»Sinn für Humor hast du jedenfalls.«

»Nein, es traut sich nur niemand, ihn anzurühren.«

»Das ist jedenfalls ein sehr passendes Versteck. Können wir jetzt wieder raus?«, fragte ich mit mehr Verzweiflung in der Stimme als beabsichtigt. Es mochte schon sein, dass Igor und die anderen in den

Särgen tot und damit unschädlich gemacht waren, aber sie jagten mir dennoch einen Schauder über den Rücken.

»Schieb den Deckel wieder drauf«, sagte Eva. Sie steckte den USB-Stick in ihre Jackentasche und zog den Reißverschluss zu.

Wir schoben den Sargdeckel wieder an seinen Platz. Ich ging rückwärts, bis ich mich umdrehen und hinauskriechen konnte. Eva nahm die Petroleumlampe und reichte sie mir. Sie sprang vom Rand der Grotte hinunter und verschloss die Luke mit der Ikone wieder. Sie zögerte, öffnete den Reißverschluss ihrer Jacke und reichte mir den USB-Stick.

»Der ist für dich«, sagte sie. »Gabriel hat gesagt, du sollst ihn haben und du würdest schon wissen, was du damit machen sollst.«

»Danke«, sagte ich bloß.

»Ich bin sehr froh, dass ich diese große Bürde nicht länger tragen muss«, sagte sie.

»Können wir jetzt zurückgehen?«, fragte ich.

»Ja. Jetzt hält mich hier nichts mehr.«

Sie ging los, und ich folgte ihr. Sie bewegte sich mit unerschütterlicher Sicherheit. Für meinen Geschmack hätte sie ruhig etwas schneller gehen können, aber ich ließ sie das Tempo bestimmen. Gerade als ich dachte, wir hätten den Ausgang erreicht, stieß Eva plötzlich einen spitzen Schrei aus und blieb abrupt stehen.

Ich hielt die Petroleumlampe in die Höhe. Es war Vater Josef. Er lag in dem weißgelben Staub auf dem Boden. Als ich mich hinunterbeugte, um an seinem Hals nach dem Puls zu fühlen, sah ich, dass sich in seinem Nacken ein kleines rundes Loch befand und in seiner Stirn ein deutlich größeres Austrittsloch.

Ein Stück weiter vorn sahen wir das flackernde Licht einer Taschenlampe an der Felswand tanzen, aber es zeigte sich schnell, dass die Gefahr bereits deutlich näher war. Ein Mann trat neben uns aus dem Seitengang heraus. Er hatte eine Pistole in der Hand, die er selbstsicher neben seinem Oberschenkel baumeln ließ. Sie hatte einen langen Lauf, sicher mit einem Schalldämpfer. Er grinste, so dass ich seinen goldenen Backenzahn sehen konnte.

»Sie sind hier«, rief er. »Die Idioten stehen direkt vor mir.«

Ich überlegte nicht lange, sondern schleuderte ihm die brennende Petroleumlampe genau ins Gesicht. Er schaffte es noch, sie abzuwehren, aber das hätte er nicht tun sollen. Als er mit der Pistole gegen die Lampe schlug, wurde diese gegen die Felswand geschleudert, so dass sie zerbarst und sich Scherben und brennendes Petroleum über ihn ergossen.

»Komm«, schrie Eva. »Komm schnell, Adam. Lauf!«

Sie nahm mich an der Hand und lief geschickt durch die Gänge, während sie mich wie ein kleines Kind hinter sich herzog, immer tiefer in den verfluchten, tiefschwarzen Berg hinein. Ich hasste diesen Ort und hatte das Gefühl, als bewegten wir uns in den Hades hinein, aus dem kein Mensch je wieder herausfand.

31

Ich hätte es wissen müssen. Der Fuchs kennt immer mehr als einen Ausgang.

Das Kloster existierte bereits seit dem 16. Jahrhundert. Es war von Schweden, Litauern, Polen und deutschen Rittern belagert worden, aber es war nur ein einziges Mal erobert worden. Es war ein Kloster und zugleich auch eine Festung, die so erbaut worden war, dass sie sich in früheren Zeiten gegen die einfallenden Ketzer hatte verteidigen können, ganz gleich, ob es sich dabei um Protestanten oder Katholiken gehandelt hatte. Es gab eine äußere Ringmauer und eine innere Ringmauer, und das letzte Versteck waren die unzähligen Gänge und Grotten im Höhlenberg, wo man bei den toten Heiligen und Mönchen Schutz suchen konnte.

Eva lief schnell und sicher, und ich taumelte hinter ihr her, bis sie ihr Tempo zum Glück etwas drosselte, um raschen Schrittes zielstrebig weiterzugehen. Jetzt fühlte ich mich wieder wie ein Kind, das an der Hand seiner Mutter lief. Sie bog um unzählige Ecken, und schon bald waren wir tief ins Innere des Berges vorgedrungen. Sie machte ihre Taschenlampe an, auch wenn ich davon ausging, dass sie sich sicher auch ohne Licht zurechtgefunden hätte. Irgendwann ließ sie meine Hand los. Wir sprachen nicht, gingen nur immer weiter. Was hatte irgendjemand mal zu mir gesagt? In Russland herrscht eine große Gewaltbereitschaft. Sie hatten uns gefunden. Sascha, seine Schwester, Kasejew, Jansen und wer sonst noch an dem Komplott beteiligt war, sie alle waren mir die ganze Zeit einen Schritt voraus gewesen. Ich war es, der Eva in Gefahr gebracht hatte, und ich fühlte mich miserabel deswegen.

Irgendwann merkte ich, dass es langsam, aber stetig bergauf ging.

Ich war total verwirrt und desorientiert. Es kam mir die ganze Zeit so vor, als gingen wir ein und denselben Felsengang mit seinen kleineren und größeren Eisenluken entlang, hinter denen, wie ich jetzt wusste, die Särge der begrabenen Mönche kreuz und quer lagen. Schließlich gelangten wir zu einer Treppe, und im Lichtkegel der Taschenlampe war eine richtige Tür zu sehen. Sie bestand aus dicken Holzplanken, die mit Eisenträgern verstärkt waren. Eva drückte die schwarze Türklinke leicht nach unten und zog die Tür nach innen auf.

»Wir begehen gerade eine große Sünde, aber die Mutter Gottes wird uns vergeben«, murmelte sie und trat durch die Tür.

Ich folgte ihr und sah, was sie meinte. Die Tür führte in den Altarraum hinter der Ikonostase, den abgesehen von den Geistlichen kein Sterblicher betreten durfte. Es gab dort nur gedämpftes Licht von einigen versteckt angebrachten Lampen, aber ich konnte dennoch ziemlich viel von dieser orthodoxen Ausgabe des Himmelreichs auf Erden erkennen. Es gab jede Menge funkelndes Gold, Kandelaber, Weihrauchfässer, üppig verzierte Priesterroben, große Kerzen und sehr schöne Ikonen in roten und goldenen Farben. Es roch intensiv nach Weihrauch.

Ich vermutete, dass Eva bei ihren vielen Wanderungen in den Höhlen und Gängen auf diese Fluchttür gestoßen war und sie vielleicht vorsichtig geöffnet hatte, aber in das Allerheiligste war sie natürlich nicht eingedrungen. In früheren Zeiten musste dies während der Belagerungen der Fluchtweg gewesen sein, den die Geistlichkeit benutzen konnte, falls es den belagernden Truppen gelungen wäre, die Verteidigung zu überwältigen. Früher musste es diverse Ausgänge aus den Höhlen ins Freie gegeben haben, die heutzutage vermutlich zugemauert oder verriegelt waren, damit man nicht von außen hineingelangen konnte, falls man zufällig auf einen dieser alten Eingänge stieß.

Eva bekreuzigte sich mehrmals, als wir den Altarraum hinter der Ikonostase durchquerten und zu einer Seitentür hinausgingen, die in einen schmalen Raum führte, von wo aus wir durch eine weitere Tür in das eigentliche Kirchenschiff hinaustraten. Auch hier spendeten versteckt angebrachte Lampen und ewig brennende Kerzen nur vor den wichtigsten Ikonen und Heiligen ein wenig Licht und warfen einen gespenstisch wirkenden Lichtschein in das hohe Gewölbe des großen Kirchenschiffs. Eva machte erneut das Kreuzeszeichen und verneigte sich mehrmals vor den dunklen Ikonen, die von den Wänden und Säulen zu uns herabstarrten.

Wir waren in der ältesten der zehn Kirchen des Klosters gelandet. Sie war der Jungfrau Maria, der Mutter des Allerheiligsten Gottes, zugeeignet und wurde *Dormitio* genannt. Ich wusste noch aus meiner Kindheit, dass sich das Wort auf den Schlaf bezog, in den die heilige Jungfrau fiel, als sie starb und ihre Seele und ihr Körper im Himmelreich vereint wurden. Es war also die Kirche des langen Schlafs, die Kirche des friedlichen Schlafs. In ihr wurden auch die Reliquienreste von Cornelius, einem der größten Märtyrer des Klosters, aufbewahrt. Iwan der Grausame hatte ihm höchstpersönlich an der Klosterpforte den Kopf abgehackt.

Ich war kein Märtyrer, aber als Sascha Karbanow aus irgendeinem Winkel des Seitenschiffs, in dem er uns aufgelauert hatte, in das Hauptschiff trat, wurde mir klar, dass das Risiko, demnächst ebenfalls zu den Toten zu gehören, gerade signifikant gestiegen war. Zwei seiner Schlägerfreunde begleiteten ihn. Zwei wie geklont aussehende Typen in Lederjacken und Jeans, mit Stiernacken und aufgepumpten Muskeln. Sie hielten beide eine Pistole mit langem Lauf in der Hand. Mir ging durch den Kopf, dass der Dritte im Bunde möglicherweise tatsächlich so starke Verbrennungen erlitten hatte, dass er außer Gefecht gesetzt war. Er hatte jedenfalls gebrüllt wie am Spieß, als Eva und ich geflohen waren. Hinter Sascha stand Karl Erik Jansen. Er sah nicht gerade glücklich aus, vielmehr hatte es den Anschein, als bereute er es, sich mit dem Teufel eingelassen zu haben.

»Verflucht noch mal, warum machst du es dir selbst so schwer«, sagte Sascha mit müder Stimme.

»Sprich doch Russisch, du Arschloch«, antwortete ich ebenfalls auf Dänisch. »Die Sprache passt viel besser zu einem korrupten Mafioso wie dir, du Hurensohn.«

»Adam, pass auf, was du sagst. Du befindest dich in einer Kirche«, sagte er auf Russisch. »Und Sie müssen Eva sein. Es war wirklich schwierig, Sie ausfindig zu machen.«

»Wie hast du mich gefunden?«, fragte ich.

»Im Gefängnis in Kaliningrad habe ich dein Handy mit einem Peilsender ausgestattet. Und jetzt rück heraus, was du in der Tasche hast.«

»Ich weiß nicht, wovon du sprichst.« Ich hätte ihn mit derselben Ungerührtheit umbringen können, mit der ich eine Spinne tottrat.

Sascha nickte, woraufhin einer der Schläger auf mich zukam und mir unvermittelt einen heftigen Schlag gegen die Schläfe verpasste. Ich fiel auf die Knie. Ein fürchterlicher Schmerz durchfuhr mich. Eva stieß vor Schreck einen spitzen Schrei aus und hielt sich die Hände vor den Mund. Sie war leichenblass geworden.

»Musste das sein, Sascha?«, fragte Jansen. »Wir können das doch wohl wie erwachsene Menschen klären.«

Er kam auf mich zu und fasste mich vorsichtig am Arm, um mir aufzuhelfen. Ich riss meinen Arm los und erhob mich mühsam.

»Ich hätte deine Frau vögeln sollen, als ich die Gelegenheit dazu hatte. Sie hat es schließlich darauf angelegt«, fuhr ich ihn an. Aber er ließ sich nicht provozieren. Er schüttelte den Kopf, ging zurück und stellte sich neben Sascha.

»Gib ihm schon, was er haben will, Adam«, sagte er nur. »Dann können wir alle nach Hause gehen und unser Leben in Frieden fortsetzen.«

»Glaubst du wirklich, was du da redest?«

»Selbstverständlich. Wir sind doch keine Unmenschen.«

»Und was ist mit Vater Josef?«

Er sah mich gequält an. »Das war ein Irrtum. Es war Iwan, der Idiot. Er sollte ihn nur aufhalten, nicht erschießen. Es war ein Irrtum, nicht wahr, Sascha?«

»Wo ist der USB-Stick?«, raunte Sascha ungerührt. »Ich kann meine Leute auch bitten, dich und Eva zu einem Striptease aufzufordern. Es wäre ihnen ein Vergnügen. Vor allem Eva würden sie nur zu gern nackt sehen.«

»Und was ist, wenn er immer noch in einer der Höhlen liegt?«

»Lass es, Adam. Hör auf Karl Eriks Rat. Gib mir den Stick. Ich vergewissere mich, dass es der Richtige ist. Und dann geht jeder von uns seiner Wege.«

Eva war wie vor Angst erstarrt, so gesehen war es eine leichte Entscheidung. Es gab keine Alternative. Ich zog den USB-Stick hervor und reichte ihn Sascha. Er nahm ihn und gab ihn an Jansen weiter, der ein kleines Netbook aus seiner Schultertasche holte. Sascha machte eine Kopfbewegung, und der zweite Schläger stellte sich vor die Tür, während sich der erste so aufstellte, dass er sowohl Eva als auch mich im Visier hatte. Jansen fuhr das Netbook hoch und schloss den USB-Stick an.

»Ich möchte es mir auch ansehen«, sagte ich.

»Warum nicht?«, antwortete Sascha. »Meinetwegen kannst du sehen, was dein Bruder vor uns versteckt hat, bevor wir es löschen.«

Bevor du uns totschlagen lässt, du Arschloch, dachte ich. Verzweifelt suchte ich nach einem Ausweg, aber mir fiel nichts ein. Der Jagdhund hatte den Fuchs in eine Sackgasse gedrängt.

»Ich kann nicht mehr«, sagte Eva in diesem Moment leise. »Darf ich vielleicht zum Märtyrer beten? Und zur Ikone der Mutter Gottes. Wäre das möglich?«

Sascha warf ihr einen irritierten Blick zu. Sie sah aus, als würde sie jeden Moment in Ohnmacht fallen.

»Lass sie doch, Sascha«, sagte Jansen. »Sie kann ja nichts tun.«

»Beten Sie meinetwegen zu wem Sie wollen«, erwiderte Sascha überheblich.

»Danke. Gott wird es Ihnen danken.«

»Zum Teufel, das glaube ich kaum. Aber es reicht, wenn Sie es tun.«

Eva ging zu der Wand hinüber, vor der die Überreste des kopflosen Cornelius in einem mit Silber ausgekleideten Reliquienschrein lagen, umgeben von den schönsten und seltensten Ikonen. Sie nahm eine Kerze und entzündete sie an einer der dicken Kerzen, die stets zu Ehren des Märtyrers brannten. Sie zog ein dünnes Kopftuch aus ihrer Jackentasche und band es sich um die Haare, bevor sie sich verneigte und bekreuzigte. Außer mir fiel niemandem auf, dass sie dabei unauffällig auch ihr Smartphone herausholte und es in ihren gefalteten Händen versteckte. Die anderen waren viel zu sehr mit dem beschäftigt, was auf Jansens Netbook zu sehen war.

Auf dem Bildschirm wurden die Dateien angezeigt, die sich auf dem USB-Stick befanden. Zuerst öffnete Jansen eine PDF-Datei, die den technischen Bericht von Evas Vater enthielt. Er war auf Russisch abgefasst, mit einer englischen Zusammenfassung. Jansen scrollte einmal durch das Dokument, stoppte hier und da, um den Text und die Formeln zu überfliegen.

»Der Bericht scheint noch nicht abgeschlossen. Er enthält allerdings eine ganze Menge Andeutungen und ist so alarmierend, dass wir die grönländische Konzession nicht bekommen würden. Du kannst dir vorstellen, was für ein Aufschrei durch die Presse ginge, wenn all das bekannt würde. Weg damit«, sagte Jansen und löschte die Datei.

Das grausame Video von der Ermordung meines Bruders sahen sie sich nur wenige Sekunden an. Jansen blickte fragend zu Sascha hinüber, der die Datei löschte, noch ehe er selbst auf dem Bildschirm zu sehen war. Sie öffneten die nächste Datei. Gabriels Gesicht tauchte auf, und seine wohl artikulierte Stimme war deutlich im Kirchenraum zu hören. Er saß an seinem Tisch in seiner Zelle im Danilow-Kloster und blickte direkt in die Kamera. Sein Gesicht war angespannt und ziemlich blass unter seinen kurzgeschnittenen blonden Haaren. Ich spürte einen Kloß im Hals, als ich meinen Bruder noch einmal so zu sehen bekam, wie er kurz vor seiner Ermordung ausgesehen hatte. Er sprach Dänisch.

»Lieber Adam. Wenn du das hier hörst, dann bedeutet das, dass ich tot bin. Ohne Zweifel ermordet wegen der Dinge, die ich gewusst habe. Ich liebe dich, Bruder. Du weißt, dass ich immer wieder versucht habe, den eigentlichen Sinn des Lebens zu ergründen. Ich habe oft gesagt, du seist oberflächlich und würdest durchs Leben gehen, ohne verstehen zu wollen, warum wir überhaupt auf Erden sind. Meine Kritik hat sich in Wirklichkeit aus Neid über deinen unbeschwerten Weg auf Erden gespeist. Jetzt habe ich in der recht-

gläubigen Kirche endlich den Sinn des Lebens für mich gefunden. Ich weiß, dir geht es nicht so; du hast im Gegenteil deinen Kinderglauben aufgegeben, aber ich wünschte, du wolltest oder könntest zu ihm zurückkehren. Ich weiß, du wirst mich vermissen, wie ich dich immer vermisse, wenn wir nicht zusammen sind. Aber lieber Bruder, trauere nicht so lange um mich, dass du zu leben vergisst. Bewahre dir deinen leichten Gang. Versichere Mama meiner Liebe. Möge Gott mit dir und ihr sein.«

Ich spürte, wie mir die Tränen in die Augen stiegen, aber Gabriel schaltete jetzt in einen anderen Gang, richtete sich auf seinem Stuhl auf und wechselte die Tonlage, als er in sachlichem Ton und auf Russisch fortfuhr.

»Auf diesem USB-Stick befindet sich ein Bericht, der mit stichhaltigen technischen Indizien nachweist, dass die Legierungen in der neuen Nord-Stream-Gasleitung fehlerhaft sind und dass der Produktionsbericht falsche Angaben enthält. Dem muss nachgegangen werden, und so lange diese Untersuchungen nicht abgeschlossen sind, sollte Dänemark keine Minen- und Ölförderkonzessionen an Arctic Development erteilen. Hinter all diesen Projekten stecken dieselben Menschen und Organisationen. Offiziell werden sie von Karl Erik Jansen geleitet, aber der eigentliche Hintermann ist der Kreml, vertreten durch Alexander Karbanow. Die Männer des Kreml verfolgen nur ein Ziel. Sie wollen sich selbst bereichern, ohne Rücksicht auf die Menschen oder die Umwelt. Neben dem Bericht speichere ich hier auch Kontoauszüge ab, die den Geldfluss zwischen der Sovbank und Arctic Development sowie den beiden Ingenieuren belegen, die das gefälschte Sicherheitszertifikat ausgestellt haben.«

Gabriel hielt das Deckblatt des Berichts in die Kamera und legte den Bericht dann neben seinen Computer, ehe er ruhig fortfuhr.

»Die neuen großen Interessensgebiete des Kreml sind die Arktis und Grönland. Infolge des Klimawandels sieht der Kreml dort große Expansionsmöglichkeiten, nicht zuletzt weil er Dänemark für einen schwachen und willfährigen Staat hält. Der Kreml geht davon aus, dass Grönland bereit sein wird, sich billig zu verkau-

fen, wenn es sich dadurch weiter vom Einfluss Dänemarks befreien kann. Russland befindet sich mit China und den USA im Wettstreit darum, wer Grönland und die Arktis insgesamt für sich gewinnen kann. Russland wird alle möglichen Tricks anwenden, um dort einen Fuß in die Tür zu bekommen, weil es annimmt, dass China und die USA das Gleiche tun. Dänemark ist ein kleiner Schlüsselstaat, der als das schwächste Glied in der Kette angesehen wird.

Ich bin durch meine Analysen für das Patriarchat und durch meine Verbindungen zu Sascha Karbanow darauf gestoßen. Er hat geglaubt, ich würde für ihn arbeiten, aber ich bin, wie man in der Welt der Spione so schön sagt, ein Doppelagent, der ausschließlich für Patriarch Tichon den Zweiten gearbeitet hat.«

Er hielt einen kleinen Stapel Papier in die Kamera und legte ihn auf den Bericht.

»Das hier ist die Abschrift einiger Gespräche mit Sascha Karbanow, die ich heimlich mitgeschnitten habe. Ich habe sie auch als Audiodateien gespeichert.« Er machte eine Pause, sammelte sich und fuhr dann fort: *»Der Patriarch war zu Recht zunehmend besorgt über die Vermischung von Macht, Politik und wirtschaftlichen Interessen in Popows Präsidentenapparat. Er hatte außerdem damit begonnen, seine langjährige Zusammenarbeit mit dem KGB zu überdenken. Er hat dafür um Vergebung gebeten. Er hat seine frühere Argumentation für die Zusammenarbeit mit den kommunistischen Diktatoren infrage gestellt. Er hat um Vergebung für die Priester gebeten, an deren Exkommunikation oder Deportation in Gulags er beteiligt war. Er wollte verhindern, dass die rechtgläubige Kirche sich erneut auf eine unheilige Allianz mit dem Kreml und dem FSB einlässt.*

Er hatte vor, seine Befürchtungen noch vor der nächsten Synode in einem Hirtenbrief an die Gläubigen zusammenzufassen. Vom Patriarchen persönlich moralisch angegriffen zu werden wäre ein schwerer Schlag für Popows Kreml gewesen. Popows Kreml richtet seine vermeintlichen Feinde mit derselben Kaltblütigkeit hin, mit der Iwan der Grausame seine Feinde – sogar heilige Männer – hinrichten ließ, ganz gleich, ob sie sich in London oder in den geweih-

ten Gebäuden des Danilow-Klosters aufhalten. Ich hatte jedoch nicht damit gerechnet, dass der Einfluss des Kreml so weit reichen würde, dass mein eigener Bischof das Messer führen würde. Ich kann es nicht beweisen, aber alle Indizien deuten darauf hin, dass Bischof Sergej seinen eigenen Patriarchen erstickt hat, indem er ihm ein Kissen aufs Gesicht gedrückt hat. Ich habe gesehen, wie er Patriarch Tichons Schlafzimmer mit einem Gesichtsausdruck verließ, der zu gleichen Teilen Zufriedenheit und Scham widerspiegelte. Wenn man den seelenlosen Körper des Heiligen Patriarchen wieder ausgraben würde, würde man bei der Obduktion Fasern des Kopfkissens in seiner Lunge finden, dessen bin ich mir sicher. Metropolit Pitirim und sein Sohn Bischof Sergej haben die Obduktion verhindert. Ich habe das Kopfkissen Seiner Heiligkeit mitgenommen. Es befindet sich in dieser Plastiktüte. Falls sich keine Fasern in der Lunge des Patriarchen mehr nachweisen lassen sollten, so wird auf jeden Fall die DNA des Bischofs auf dem Kissen zu finden sein, davon bin ich überzeugt.«

Er hielt das weiße Kissen in die Kamera, legte es auf den Tisch und fuhr in demselben ruhigen Tonfall fort, aber ich kannte ihn gut genug, um die Anspannung unter den so sachlich klingenden Worten wahrzunehmen.

»Ich übergebe dies alles einem Menschen, dem ich vertraue und der es meinem Bruder Adam geben wird. Ich weiß sehr wohl, dass es keine vollgültigen Sachbeweise gibt, aber ich schwöre bei Gott, dass ich die Wahrheit sage und dass es sich lohnt, der Angelegenheit auf den Grund zu gehen. Die Schuldigen werden am Jüngsten Tag unter allen Umständen ihre gerechte Strafe erhalten.«

Er hielt einen weiteren Stapel Papiere in die Höhe, bevor er sie auf den Haufen mit den anderen Dokumenten legte:

»Ich füge außerdem noch Unterlagen bei, die ich ausgearbeitet habe und die die Verbindung zwischen Arctic Development und dem Kreml belegen. Des Weiteren lege ich sowohl den Ausdruck als auch das Video von der Stellungnahme Seiner Heiligkeit bei, mit deren Aufzeichnung und Abschrift er mich betraut hat. Darin verurteilt er die unheilige Allianz zwischen der rechtgläubigen Kirche und den

verbrecherischen Kräften im Kreml. Darin deckt er auch die bislang geheim gehaltene Verwandtschaft von Pitirim und Sergej auf.

Seine Heiligkeit ist zu dem Schluss gelangt, dass die Zeit gekommen ist, um mit jenen Schwindlern und Räubern abzurechnen, die Russland viel zu lange als ihr privates Eigentum betrachtet haben. Die Menschen sollen nicht länger Untertanen sein, sondern endlich zu Bürgern werden. Er betont, der Mensch habe sich ausschließlich Gott zu beugen und solle dem Herrscher als freier Bürger in die Augen schauen. Möge Gott mit Russland sein.«

Gabriel sah uns einen Augenblick lang an. Er legte die Papiere und das Kissen in eine große Tasche, und das Bild wurde schwarz. Das war sehr russisch, und auf einen Dänen würde es vermutlich ein wenig pathetisch wirken, aber mich traf es mitten ins Herz.

»Jetzt formatier endlich die Festplatte neu«, fauchte Sascha. »Und schmeiß den USB-Stick in den Fluss.«

Jansen sah ihn mit fragendem Blick an. Es war offensichtlich, was er dachte. Er wusste zweifellos über die geheimen Verbindungen seiner Firma zum Kreml Bescheid, aber ich war mir nicht sicher, ob er von den Morden gewusst hatte.

»Los, mach schon, zum Teufel!«

Sascha wollte nicht länger warten. Er griff nach dem Computer, beendete das Programm und begann mit der Neuformatierung der Festplatte, bei der ihr jetziger Inhalt gelöscht werden würde. Es dauerte nicht lange, und schon war das Material meines Bruders verschwunden. Es wunderte mich nicht, dass man weder Gabriels Computer noch seine Tasche gefunden hatte. All das war bestimmt bis zur Unkenntlichkeit verbrannt. Sie hatten schnell reagiert und den Computer und sein übriges Hab und Gut beseitigt. Allerdings mussten sie befürchten, dass es weitere Beweise oder eine Kopie gab, die Gabriel möglicherweise an mich weitergegeben hatte.

»Und, Karl Erik? Bist du nun zufrieden mit deinem Werk?«, fragte ich so verächtlich wie möglich.

Jansen sah mich eher leidend an. »Natürlich bin ich nicht zufrieden. Für was für einen Menschen hältst du mich denn? Aber wenn diese Fakten publik geworden wären, hätte das meinen Bankrott bedeutet. Alles, was ich besitze, habe ich in Arctic Development investiert. Ich schulde Kasejew ein Vermögen. Und er ist nicht die Sorte Mann, bei dem man gerne Schulden hat.«

»Dafür nimmt man dann auch einen Mord in Kauf. Willst du das damit sagen?«

»Natürlich nicht. Ich habe nichts davon gewusst.«

»Du bist ein heuchlerisches Schwein, Jansen«, erwiderte ich.

»Pass auf, was du sagst«, gab er zornig zurück. »Was zum Teufel glaubst du eigentlich, wie dein Vater und deine Mutter damals rausgekommen sind? Ich stand deswegen in Kasejews Schuld und tue es noch heute. Dein Vater war ein scheinheiliges Arschloch und dein Bruder ebenfalls; deine Mutter sieht nur, was sie sehen will, und du bist offensichtlich genauso heuchlerisch wie der Rest deiner Familie.«

Ich kam nicht dazu zu antworten. Die Kirchentür, die schwer in ihren Angeln hing, öffnete sich langsam. Einer der beiden Schläger trat einen Schritt zurück und hob seine Waffe. Es war Mascha, die hereinkam. Sie trug Jeans und ihre kurze Jacke. Sie atmete schwer, als wäre sie gerannt. Schweißperlen standen ihr im Gesicht.

»Mascha, zum Teufel«, sagte Sascha.

»Ein schlechter Mensch kommt selten allein«, sagte ich und starrte sie wütend an. Trotzdem konnte ich nicht anders, als mir unsere nackten Körper ins Gedächtnis zu rufen. Nur wenige Stunden zuvor hatten wir gemeinsam im Bett des Hotels gelegen. Wie konnte sie so wundervoll und gleichzeitig eine verräterische Schlange sein? Wie hatte ich ihr in dem Maße erliegen können?

»Hör auf damit, Sascha«, sagte sie und ignorierte mich gänzlich.

»Womit?«

»Was auch immer du gerade vorhast, Sascha. Hör auf der Stelle auf damit. Hast du wirklich geglaubt, du könntest mich loswerden. Deine finanziellen Transaktionen kann ich vielleicht noch ignorieren. Du bist genau wie Vater. Das ist Russland. Daran lässt sich nichts ändern. Aber Mord ist etwas anderes. Morde müssen verhindert und aufgeklärt werden. Jetzt ist Schluss damit, Sascha. Hörst du?«

»Halt dich da raus, Schwester.«

Ich sah sie verwundert an. Ein Teil meiner Wut und meiner Enttäuschung verpuffte. Einen Moment lang standen alle nur da, und jeder versuchte, sich einen Reim auf das zu machen, was da gerade zwischen den beiden Geschwistern vorging. Eva hatten für einen Moment alle aus den Augen gelassen.

»Hey, Boss! Sie hat ein Handy in der Hand!«, rief da plötzlich einer von Saschas Begleitern.

Der andere Schläger reagierte sofort und riss Eva das Handy aus der Hand. Das Handy flog durch die Luft und landete auf dem Steinboden, wo das Glas zersprang und das Display erlosch. Der Kerl tobte vor Wut und versetzte Eva einen Schlag, zuerst mit der flachen Hand und danach mit der halb zur Faust geballten Rückhand. Sie ging mit einem Schrei zu Boden. Blut strömte aus ihrer Nase.

»Miese Schlampe«, sagte Sascha. »Warum zum Teufel hat keiner ihr das beschissene Telefon abgenommen? Ihr Idioten!«

Er hob das Handy auf, versuchte, es einzuschalten, aber es tat sich nichts. Er ging zu Eva hinüber, die sich halb wieder aufgerichtet hatte. Ich wollte ihr zu Hilfe eilen, aber ein Blick von Sascha genügte und die Schläger versperrten mir den Weg.

»Wen hast du angerufen, du Miststück?«, fragte Sascha.

Eva antwortete nicht. Sascha packte sie an den Haaren und zog sie zu sich hoch. Sie wimmerte. Das Blut rann über ihr Gesicht.

»Jetzt reicht es aber, Sascha«, sagte Jansen. Mascha sagte nichts, und ich konnte ihren Gesichtsausdruck nicht deuten. Für sie war Gewalt gegen Gefangene vermutlich etwas so Alltägliches, dass die Szene hier sie nicht weiter tangierte.

»Wen hast du angerufen? Wen zum Teufel hast du angerufen, du Miststück?« Saschas Stimme überschlug sich beinahe. Er war kurz davor, die Beherrschung zu verlieren. An seiner Stirn pulsierte eine Vene.

Eva fing überraschenderweise an zu lachen.

»Was soll daran so lustig sein? Los, sag schon! Wen!«

»Alle und niemanden.«

Ihr Lachen wurde immer hysterischer und ging in ein Japsen über, bis sie schließlich wieder zu Atem kam.

»Ich habe es über mein Facebook-Profil hochgeladen«, sagte sie prustend. »Jetzt ist es auf dem Weg zu YouTube. Darum kümmern sich meine Freunde. Das meiste ist jetzt öffentlich. Alle Welt kann es sehen. Ich habe zum Märtyrer und zur Ikone der Reinsten Mutter Gottes gebetet, die Heilige Jungfrau möge ein weiteres Wunder vollbringen und Gabriels Worte in die Welt hinausschicken, so dass die Bösen ebenso leiden müssen, wie er gelitten hat.«

Wieder lachte sie hysterisch auf. Sascha ließ sie los und warf sie zu Boden. Mit angezogenen Beinen wie ein Embryo blieb sie einen Moment lang lachend liegen. Dann drehte sie sich auf den Rücken und schlug die Arme vor der Brust übereinander. Sie sah aus wie ein abgeschossener Vogel. Ich fürchtete, sie könnte den Verstand verlieren oder in einen Schock verfallen. Vom religiösen Fanatismus zum Wahnsinn war es nicht weit.

Jansen ging zu ihr hinüber, aber sie wollte nicht, dass er sie berührte. Es ging ihm gar nicht gut, dem armen Jansen. Er schwitzte stark, und seine Hände zitterten.

Ich schüttelte resigniert den Kopf. Eva hatte den gesamten Inhalt des USB-Sticks auf ihr Handy kopiert, obwohl sie es mir gegenüber geleugnet und Gabriel ihr verboten hatte, eine Kopie zu machen. Er hatte ihr verboten, sich den Inhalt anzusehen, weil er sie schützen wollte, aber sie war überzeugt gewesen, Gabriel auf diese Weise helfen zu können. Sie war raffiniert. Ihr letzter Schachzug war einfach genial.

Kein Gericht in Russland würde einen Mann wie Sascha jemals verurteilen, aber das große weltumspannende Internet würde ihn zu Fall bringen. Kein zivilisiertes Land würde ihm noch ein Visum erteilen. Das Internet braucht keine Wahrheitsbeweise. Gabriels Videos würden für alle Zeiten im Cyberspace kursieren, genau wie der Plastikmüll, den die Touristen in der grönländischen Natur hinterlassen, dort bis in alle Ewigkeit liegen bleibt. Für Herrn Karbanow war jetzt Schluss mit netten kleinen Ausflügen nach London oder Kopenhagen. Und das, wo die russische Elite das Reisen doch ebenso liebte wie alle anderen Privilegien. Und selbst wenn sonst nichts weiter dabei herumkommen würde, so wäre er auf jeden Fall als

Agent des FSB abgestempelt, und Spione, die behaupten, Diplomaten zu sein, erhalten in den westlichen Ländern nicht so ohne Weiteres Zutritt. Ich sah ihm an, dass er sich all dieser Konsequenzen bewusst war, und ich sah leider auch, dass er zum Äußersten entschlossen war.

Er zog seine Pistole, entsicherte sie und zielte auf Eva, die die Augen schloss.

»Hör jetzt auf, Sascha. Es ist vorbei«, sagte Jansen.

»Nein. Jetzt fängt es erst richtig an. Wir können die beiden doch jetzt nicht laufen lassen. Die wissen viel zu viel.«

Mascha zog ebenfalls ihre Pistole. Sie zielte auf mich.

»Es tut mir leid, Adam. Wir haben richtig gut zusammengepasst. Es hat Spaß gemacht, mit dir zusammen zu sein. Ich war fast so weit zu glauben, wir hätten eine gemeinsame Zukunft vor uns. Nicht nur im Bett. Aber man muss sich entscheiden im Leben, nicht wahr, Adam?«

»Das fällt jemandem wie dir sicher nicht schwer«, antwortete ich.

»Doch, es fällt mir schwer«, sagte sie und schenkte mir ihr schönes Lächeln, aber in ihren Augen lag eine große Traurigkeit und Melancholie, als sie die Pistole zur Seite schwenkte und ihren Bruder ins Bein schoss.

32

»Taama! Taama!«

Ich schrie laut, und die zwölf Hunde setzten sich mit einem Ruck in Bewegung, was mich wie immer vor Glück laut auflachen ließ, obwohl ihre deutlich vernehmlichen Fürze mir den Gestank von verwesendem Fisch ins Gesicht trieben. Ich würde mich nie daran gewöhnen, dass sie, sobald sie das Startkommando erhielten, innerhalb kürzester Zeit vom Ruhezustand zur Höchstgeschwindigkeit gelangten. Ein Stück vor mir sah ich Jonathans Schlitten mühelos das Fjäll hinaufgleiten, weil wir den Schlitten noch nicht mit Heilbutt beladen hatten. Der Himmel war dunkelblau und die Sonne schien.

Es herrschten zwölf Grad Frost, und es war so gut wie windstill. Heute würde ich zum ersten Mal mit Jonathan zum Langleinenfischen gehen, um Heilbutt zu fangen. Ich hatte mich wie ein kleines Kind darauf gefreut. Die erste Nacht hatten wir auf unseren Schlitten geschlafen, nachdem wir bei ziemlichem Schneesturm in Ilulissat aufgebrochen waren, und jetzt liefen die Hunde federnd und elegant durch den leichten Neuschnee. Wir würden den Fangplatz im Laufe des Tages erreichen.

Die Landschaft wurde flacher, die Hunde zogen die Schlitten mühelos, Leader hatte alles unter Kontrolle, und ich hatte ausgiebig Gelegenheit, die Ereignisse in Russland ein letztes Mal Revue passieren zu lassen, wie ich mir vornahm. Es war alles gesagt und getan. Ich musste zusehen, dass ich mit meinem eigenen Leben weiterkam, und eigentlich war ich auch schon auf einem guten Weg. Ich war in Grönland, und in diesem Moment gab es keinen anderen Ort auf Erden, an dem ich mich lieber aufgehalten hätte.

Ich wünschte, die Welt wäre ein gerechter Ort, an dem die Guten siegten und die bösen Schurken bekamen, was sie verdienten. Aber die Welt ist kein gerechter Ort. Jedenfalls nur sehr selten. Damit musste ich mich abfinden.

In der Kathedrale des Höhlenklosters hatte Mascha das Kommando übernommen. Die Aufpasser ihres Bruders hatten kampflos aufgegeben. Sie wollten sich offensichtlich nicht mit einem weiblichen Leutnant der Moskauer Miliz anlegen, jetzt, wo ihr Boss fluchend und blutend auf dem Kirchenboden lag. Sie waren im selben Moment zur Tür hinaus, als sie rief, sie sollten verdammt noch mal verschwinden und ihren verwundeten Kumpel mitnehmen. Mascha war ihm vermutlich begegnet, als sie ins Kloster gerannt war. Sie zog ihr Handy heraus, tippte die Notrufnummer ein und forderte einen Rettungswagen an.

Sie drehte sich zu mir um. »Nimm sie mit. Los, haut ab!«, sagte sie mit kalter, ruhiger Stimme.

Ich hatte Eva untergehakt, aus deren Mund unzusammenhängende Gebete zu St. Cornelius und der Jungfrau Maria drangen, und es gelang mir, sie mitzuschleifen. Halb zog ich sie, halb trug ich sie durch das Kloster bis zu ihrem Auto. Mönche kamen schlaftrunken aus ihren Zellen und gingen auf die Dormitio-Kathedrale zu, aber sie taten, als sähen sie uns nicht.

Ich weiß nicht, was Mascha mit Jansen gemacht hat, aber er tauchte einige Zeit später wieder in Dänemark auf, und dann ging die Meldung durch die Presse, dass Arctic Development Konkurs angemeldet hatte.

Eva und ich fuhren nach Pskow zurück. Ich holte meine Sachen aus dem Hotelzimmer, in dem mich das ungemachte Bett an Mascha erinnerte. Ich beglich meine Rechnung bei einem verschlafenen, desinteressierten Nachtportier und lud das Gepäck in mein Auto. Dasselbe hätte ich gern mit Eva getan, aber sie war verschwunden, als ich mit meiner Tasche wieder vor das Hotel getreten war.

Ich habe sie nicht wiedergesehen, aber sie hat mir später via Facebook mitgeteilt, sie habe irgendwo in der Nähe von Krasnojarsk in Sibirien in einem Nonnenkloster Frieden und Zuflucht gefunden. Sie werde dem Orden beitreten, und sobald die Novizinnenzeit um sei, werde sie einen neuen geistlichen Namen annehmen. Dies sei ihre letzte weltliche Nachricht. Ich fand, sie hätte lieber psychiatrische Hilfe in Anspruch nehmen sollen, und dass sie ihr Leben vergeudete, indem sie ins Kloster ging, aber sie hatte ja nicht um meinen Rat gebeten.

Auf der A 212 fuhr ich viel zu schnell zum Grenzübergang nach Estland. Ich ging davon aus, dass er wegen des Lastwagenverkehrs die ganze Nacht über geöffnet war. Das war er, und ich gelangte ohne Probleme über die Grenze. Dennoch raste mein Herz. Ich fror und schwitzte abwechselnd, während die Mühlen der Bürokratie mahlten und ein müder Zollbeamter und seine ebenso müde Kollegin die Routineüberprüfungen vornahmen, die das System vorsah, wenn man die Russische Föderation verlassen wollte.

Die junge, blonde Zollbeamtin stellte zum Schluss die obligatorischen Fragen. »Führen Sie Waffen mit sich?«, sagte sie in humorvollem Ton. »Nein. Haben Sie Sprengstoff dabei? Nein. Haben Sie Ikonen im Gepäck? Nein. Haben Sie überhaupt irgendetwas bei sich?«

Ja, dachte ich, aber das verrate ich dir nicht. Mit einer Handbewegung gab sie mir zu verstehen, ich solle den Kofferraum schließen, und dann konnte ich erleichtert zur estnischen Grenzstation weiterfahren. Ich schwor, wie meine Mutter es bereits vor mir getan hatte, nie wieder einen Fuß auf russischen Boden zu setzen. Meine Mutter hat ihr Versprechen nicht gehalten. Ich bis jetzt schon.

Ich musste daran denken, dass Mascha ihren Bruder ins Bein geschossen hatte, weil sie ihn liebte und gut genug kannte, um zu wissen, dass er, hatte er die Kontrolle über sich erst vollends verloren, imstande war, Eva und vielleicht auch mich zu töten. Mascha wusste, dass es in Saschas Ermessen lag, Morde einfach anzuordnen. Vielleicht hatte sie das als eine der notwendigen Voraussetzungen akzeptiert, um in Russland Macht ausüben zu können. Vielleicht verdrängte sie es auch einfach. Vielleicht machte sie sich selbst etwas vor.

In dieser Geschichte hatten mich alle bis auf meine Mutter von Anfang bis Ende belogen. Oder vielleicht ist es auch einfach so, dass die Menschen sich an das erinnern und einem das erzählen, von dem sie sich wünschen, es möge die Wahrheit sein. Die Lüge war mein treuer Begleiter gewesen. Die Desinformation war offenbar ebenso russisch wie weiße Weihnachten in Moskau.

Mascha hatte sich ebenfalls in mich verliebt, glaube ich. Sie wusste, dass diese Liebe unmöglich war und dass sie mich in dem Moment verloren hatte, als ich sie die Kirche betreten sah und ihr doppeltes Spiel durchschaute – wenn ich es denn durchschaute. Sie schoss auf ihren Bruder, den sie liebte, und auf die Weise rettete sie zugleich den Mann, in den sie sich verliebt hatte, auch wenn sie ihn bereits verloren hatte.

Ich würde es niemals genau wissen. Ich drehte und wendete es immer wieder in meinem Kopf, selbst hier in der weitläufigen grönländischen Landschaft, in der man so weit entfernt von allem menschlichen Verrat war. Ich ließ die Peitsche in einem weichen Bogen über die Hunde hinweggleiten. Der Abstand zu Jonathan war inzwischen zu groß geworden. Meine Hunde erhöhten das Tempo. Der Fahrtwind peitschte mir ins Gesicht, und das tat gut.

Es war Eva nicht gelungen, Gabriels gesamtes Video auf Facebook und YouTube hochzuladen, aber es war doch genug gewesen, um einen Skandal zu verursachen und Köpfe rollen zu lassen. Der Kreml ließ die Internetseiten in Russland sehr bald sperren, aber im Rest der Welt tauchten die Bilder immer mal wieder auf. Im Übrigen regelte die russische *Macht* die Angelegenheit diskret.

Der an sich bereits auserkorene Patriarch Pitirim und sein Bischof und Sohn Sergej wurden anscheinend von einem starken und plötzlichen Verlangen nach der Ruhe des Klosterlebens befallen und ließen sich zu Äbten in abgelegenen, ziemlich primitiven und kleinen Klöstern weit entfernt auf der anderen Seite des Urals ernennen.

Dort konnten sie ihr Leben bis zum Ende ihrer Tage um Vergebung für ihre Sünden betend zubringen. Das schrieb das Patriarchat natürlich nicht in seiner Pressemitteilung auf der Homepage der Kirche. Dort wurde lediglich darauf hingewiesen, dass es der ausdrückliche Wunsch der beiden Herren gewesen sei und dass das Gebet in der rechtgläubigen Kirche das Entscheidende sei und der Weg, auf dem man Erlösung erlange.

Stattdessen ernannte die Synode Metropolit Filaret aus St. Petersburg zum neuen Patriarchen von Moskau und ganz Russland. Er erhielt den Namen Nikon der Zweite. Nikon der Erste war seit der Revolution im Jahr 1917 und bis zur Abschaffung der Kirche und des Patriarchats durch Stalin im Jahr 1925 Patriarch gewesen.

Der heutige Kreml hatte ein eher pragmatisches Verhältnis zur rechtgläubigen Kirche. Kurz vor der Synode sandte Präsident Popow ein deutliches Signal seiner Unterstützung und Zustimmung aus, als die staatlichen Fernsehsender Popow und Nikon den Zweiten in ein intensives und vertrauliches Gespräch vertieft im Amtszimmer des Präsidenten zeigten. Es wurden außerdem Andeutungen gemacht, Nikon der Zweite sei im damaligen Leningrad der Beichtvater des Präsidenten gewesen.

Man berichtete auch, Nikon der Zweite sei weitaus reformwilliger als die übrigen Kandidaten. Popow nahm selbstverständlich auch an der bombastischen, vom Fernsehen übertragenen Amtseinführung des neuen Patriarchen teil, die auf den traurigen, aber unvermeidlichen Tod des alten Patriarchen folgte. Auf die Weise festigten beide Seiten das, was sie als die natürliche enge Verbindung von Kirche und Staat ansahen, die trotz kleinerer Unterbrechungen seit Jahrhunderten für das große Russland prägend gewesen war. Dieses Verhältnis durfte auf keinen Fall von gewissen bösartigen Gerüchten, die von fremden Mächten in die Welt gesetzt wurden, zerstört werden.

Interessanterweise entschuldigte Popow sich geradezu für die Korruption, die unter seiner Führung gang und gäbe geworden war, und versprach eine Offensive gegen alle korrupten Mitglieder der Gesellschaft. Nikon der Zweite lächelte huldvoll und erhielt sogar die Erlaubnis zu sagen, Russlands Weg in die Zukunft setze den Dialog mit allen guten Kräften voraus. Das waren kleine Zeichen, in die man hineindeuten konnte, was man wollte.

Kasejew starb drei Wochen, nachdem ich ihm in Kaliningrad begegnet war. Der Krebs hatte ihn getötet. Ich hoffte, dass ich mit meinem Angriff auf ihn wenigstens ein klein bisschen zu seinem schnellen Dahinscheiden beigetragen hatte.

Der polizeiliche Nachrichtendienst in Dänemark erkundigte sich höflich bei mir, ob ich zu einem kleinen Gespräch bereit sei. Und so fand ich mich im Hauptquartier in Søborg ein, wo mich vor allem die teuren Gemälde überraschten, die dort an den Wänden hingen. Zwei freundliche Herren von der Spionageabwehr wollten mit mir über Sascha Karbanow sprechen. Ich erzählte ihnen alles, was ich wusste, sagte ihnen aber auch, dass die Beweise vor Gericht sicher nicht ausreichen würden.

Der eine der beiden Geheimdienstmitarbeiter lächelte leise vor sich hin. Sein Kollege und er sahen beide wie harmlose Schreibtischtäter aus, die einem nicht weiter auffallen würden, wenn man ihnen auf der Straße begegnete, aber ich zweifelte keine Sekunde an ihrem Wissen und ihrem Scharfsinn.

»Wir brauchen hier keine Beweise wie vor Gericht. Wir haben *Gospodin* Karbanow und seine Reiseaktivitäten natürlich schon länger im Visier. Wir gehen nicht davon aus, dass er sein Visum behalten wird. Weder bei uns noch bei unseren Alliierten in der EU oder den USA. Er wird in Zukunft zu Hause bleiben müssen.«

»Mit welcher Begründung?«

»Wir müssen nicht begründen, warum wir ein Visum nicht erteilen. Herr Alexander Karbanow ist Persona non grata, bis er uns vielleicht den ein oder anderen Gefallen erweist. Sie sind uns eine große Hilfe gewesen.«

»Und was ist jetzt aus ihm geworden?«

»Nach allem, was wir gehört haben, hat Popow ihn dem Gouverneur im fernen Wladiwostok zur Seite gestellt. Dort kann er jetzt erst mal eine Weile dahinvegetieren, aber er ist ein zu wichtiger Mann für Popow, um seine Karriere im fernen Sibirien enden zu lassen. Er wird zurückbeordert werden, wenn alle Seiten der Meinung sind, dass er lange genug in Quarantäne gewesen ist.«

»Der Teufel rettet seinen Leuten den Arsch.«

»Nicht immer, aber in Popows Fall trifft das zu.«

Arctic Development verhängte den sofortigen Zahlungsstopp. Vielleicht wäre das in jedem Fall passiert, aber mein früherer Kollege Peter Hansen hatte den Absturz beschleunigt. Ich hatte ihn kontaktiert und ihm alles erzählt, was ich gehört hatte und wusste; der erfahrene Wirtschaftsjournalist bohrte hier und da ein bisschen nach und schon krochen die Würmer nur so aus der Erde, und der Chef der Nachrichtenabteilung lobte ihn überschwänglich.

Sowohl der dänische Staat als auch die grönländische Regierung waren sehr damit beschäftigt, ihre Hände in Unschuld zu waschen. Es wurden Untersuchungen zu diesem und jenem versprochen. Niemand wollte irgendetwas gewusst haben. Die Sache mit den Gasleitungen konnte doch wohl nicht stimmen. Deutschland war schließlich ebenfalls involviert. Deutschland war ein solider und anständiger Staat und Dänemarks wichtigster Handelspartner. Wie immer in solchen Fällen herrschte in unserem Vaterland auf einmal reger Verkehr am Waschbecken.

Jansen selbst blieb mit seiner flirtfreudigen Ehefrau in seiner schicken Villa wohnen. Er fuhr weiter seinen teuren Wagen und behielt sein hübsches Haus auf Ibiza. Wenn gewöhnliche Menschen in Dänemark pleitegingen, verloren sie Haus und Hof, und das System verfolgte sie gnadenlos, bis auch die letzte Krone bezahlt war. Die Reichen dagegen waren wie Kleinkinder, sie standen wieder auf, klopften sich den Staub von den Kleidern und fingen wieder von vorne an, als wäre nichts passiert.

Ich hatte sie alle miteinander herzlich satt. Ich wollte weg, aber nicht wie meine Mutter, die in der Religion Trost suchte. Ich flog nicht zu Gabriels Seelenmesse nach Moskau, während meine Mutter darauf bestanden hatte, daran teilzunehmen.

»Es war eine so schöne Messe«, sagte sie, als sie nach Dänemark zurückkehrte. »Jetzt hat Gabriels Seele Frieden gefunden.«

Mit viel Überredungskunst gelang es mir zum Glück doch noch, sie davon abzubringen, ins Kloster einzutreten. Wir schlossen einen Kompromiss. Sie würde drei Monate im Gebet und in Meditation in einem russisch-orthodoxen Kloster auf der Halbinsel Krim verbringen und danach nach Dänemark zurückkehren.

Ich reiste mit Stine und ihrem Fernsehteam nach Grönland, um die Sommeraufnahmen für ihren Dokumentarfilm über den Klimawandel zu machen. Wir verbrachten zunächst ein paar Tage in

Nuuk. Die Russen gehörten nun nicht mehr zur Stammkundschaft des Hotels Hans Egede. Dafür saß im Frühstücksraum jetzt eine chinesische Delegation in einer Ecke für sich. Grönland zog die größten Rohstoffjunkies der Welt an, wie Scheiße die Fliegen anlockt.

Ilulissat wirkte im Sommer ganz anders, wenn die Hunde träge und mit dünnem Fell an der Kette herumlagen und sich langweilten, während die jungen Welpen herumtollten wie ungezogene Straßenjungen. Auf dem Fjäll wuchsen Blumen, obwohl gleichzeitig Eisberge majestätisch durch den Fjord glitten.

Ich baute einen Schlitten. Auch diesmal war es fürs Fernsehen und ein bisschen unecht, aber auch sehr angenehm und lustig. Ich genoss es, mit meinen Händen zu arbeiten, und baute mehr Schlitten, als Stine es in ihrem Manuskript vorgesehen hatte. Stine hatte ihren zuverlässigen Mann und ihr süßes Kind dabei, aber es gab zum Glück eine junge Ärztin, die in dem kleinen Krankenhaus eine Vertretung übernommen hatte, und wir hatten eine kurze Affäre, von der wir beide von Anfang an wussten, dass sie beendet sein würde, sobald einer von uns Ilulissat verließ.

Eines Tages bekam ich eine E-Mail. Die Absenderadresse sagte mir nichts. In ihrem Anhang befand sich eine Datei, die eine Kopie eines vergrößerten Bildes aus einer russischen Zeitung enthielt. Es war ein grauenerregendes Farbfoto, auf dem drei tote Männer in einem Hinterhof zu sehen waren. Sie waren offensichtlich erschossen worden. Es war ziemlich viel Blut zu sehen. Es erinnerte ein wenig an eine Abrechnung unter Gangstern in *Der Pate*. Einer der Männer schien schlimme Narben von einer erst kürzlich verheilten Brandverletzung im Gesicht zu haben.

In der Mail stand auf Russisch: »Die Rache ist mein, sagt der Herr, aber ab und zu muss man ihm ein bisschen unter die Arme greifen.«

Ich starrte lange auf die Mail, bevor ich lapidar antwortete: »Danke, M.« Ich drückte auf Senden, aber die Mail kam kurz darauf zurück. Sie konnte nicht zugestellt werden.

Stines Film gewann auf diversen Festivals auf der ganzen Welt einen Preis nach dem anderen. Der erste Preis beim Sundance Festival führte dazu, dass Fernsehsender überall auf der Welt ihn einkauften, was sie auf die Idee brachte, einen weiteren Film dieser Art zu drehen, aber diesmal in der Antarktis. Sie stellte sich den Film so vor, dass ich im Boot und mit dem Schlitten die Auswirkungen der Klimaveränderungen auf die Pinguine und andere Geschöpfe untersuchen sollte. Sie träumte davon, dass der Fänger Jonathan auch dabei sein sollte. Er war durch ihre Dokumentation ebenfalls sehr populär geworden und sollte einen grönländischen Blick auf die andere große Polarwelt werfen. Dieses Mal würden Jonathan und ich auch ein richtig anständiges Honorar bekommen. Das Budget sollte insgesamt viel größer sein. Die BBC hatte Interesse an einer Beteiligung signalisiert, wenn ich als Zugpferd ebenfalls dabei wäre. In knapp einem Jahr würden wir mit den Aufnahmen beginnen können.

Ich sagte, ich sei durchaus interessiert. Ich bat erneut um unbezahlten Urlaub, aber den wollte der Sender mir nicht geben, also kündigte ich. Ich wollte weg aus einem Land, in dem die wichtigste Nachricht und der längste Beitrag in den Nachrichtensendungen aller Sender die Wettervorhersage war. Ich ertrug den Gedanken nicht, an der Nordsee zu stehen, wo gerade ein gewöhnlicher dänischer Wind mit Windstärke 7 bis 9 blies, und berichten zu müssen, dass es hier tatsächlich ein wenig stürmisch war, während irgendein Fischer außerhalb des Bildes den Kopf schüttelte über die Idiotie der Kopenhagener.

Ich besorgte mir einen Job beim Dänischen Meteorologischen Institut in Grönland. Zu meinem Glück suchten sie zu dem Zeitpunkt gerade eine Vertretung für die Wetterstation des DMI in Søndre Strømfjord.

Bevor ich dorthin aufbrach, ging ich zu Gabriels Grab und setzte mich nach russischem Brauch auf die Bank, um mit ihm zu reden. Ich hatte eine Flasche Wodka und drei Schnapsgläser dabei. Ich füllte sie alle drei und stellte sie neben mich auf die Bank. Es war ein sehr milder Novembertag, an dem die Sonne tief über der Stadt stand, und man tatsächlich geneigt war zu glauben, dass die globale, vom Menschen verursachte Erwärmung in vollem Gange war, das Klima des Planeten zu verändern. Ich schloss meine Augen und dachte an Gabriel und an unser gemeinsames Leben als Kinder und an unsere völlig verschiedenen Leben als Erwachsene.

Ich öffnete wieder die Augen und fragte ihn, ob wir jemals richtig glücklich gewesen waren und ob man das als Mensch überhaupt vom Leben erwarten durfte. Immer und die ganze Zeit. Das war vermutlich unangemessen. Sollte man nicht einfach froh sein und es genießen, wenn sich einem die Chance dazu bot? Warum war es Gabriel so schwergefallen, den Augenblick einzufangen und in ihm und mit ihm zu leben? War ich glücklicher gewesen als er? War es mir leichter gefallen, den Tag zu genießen und nicht so viel an morgen zu denken? Ich wusste es nicht. Ich fragte Gabriel, ob es ihm überhaupt in irgendeiner Weise gut getan hatte, durch die Welt zu reisen und nach einem Gott zu suchen, der ihm helfen konnte.

Ich wünschte, ich könnte behaupten, mein Bruder habe zu mir gesprochen, aber ich hörte nichts als das Kreischen einiger Elstern und den Straßenverkehr in der Ferne. Auf meiner Mailbox befanden sich noch die letzten Worte, die er auf Dänisch an mich gerichtet hatte. Ich hatte sie mir oft angehört und ihn dabei auf dem Bild auf seinem Grabstein angesehen; es tat jedes Mal gleich weh, und ich wollte ihn nicht auf diese Weise in Erinnerung behalten.

Ich schaltete mein Smartphone ein und löschte seine Nachricht. Ich konnte sie ohnehin auswendig. Es war ein Satz, der beinahe wie ein Gebet klang: *»Lieber Bruder, trauere nicht so lange um mich, dass du darüber zu leben vergisst. Bewahre dir deinen leichten Gang.«*

Ich nahm das eine Glas und erhob es. »Danke, Gabriel. Danke für alles. Ich werde versuchen, deinen Rat zu befolgen.«

Ich bekam natürlich keine Antwort, aber ich prostete seinem Bild auf dem Grabstein zu, leerte mein Glas und goss das andere auf die ordentlich geharkte Erde. Danach goss ich das dritte Glas auf das Grab meines Vaters. Meine Mutter hatte dort frische Blumen niedergelegt, bevor sie auf die Krim gereist war, aber die waren jetzt natürlich verwelkt, und ich hatte keine anderen mitgebracht. Der Wodka musste genügen.

*

Jonathan hatte weiter vorne angehalten, sich seine Pfeife angezündet und die Thermoskanne ausgepackt. Meine Hunde hielten zum Glück auf mein Kommando hin an. Jonathan sagte nichts, aber ich empfand eine kindliche Zufriedenheit, als ich ein winziges anerkennendes Lächeln in seinem Mundwinkel entdeckte.

Ich war ein wenig nervös, ob sich unser Verhältnis und unsere mittlerweile enge Freundschaft verändern würden, weil ich jetzt mit seiner 28-jährigen Nichte zusammen war. Sie war Lehrerin an der Schule in Ilulissat. Sie hatte sich von einem Kollegen in Nuuk scheiden lassen und war zu Beginn des Schuljahres in die Stadt ihrer Kindheit zurückgezogen, wo sie eine hübsche Wohnung am Hafen gefunden hatte. Ich hatte Julie über Jonathan kennengelernt, und er hatte sich nichts anmerken lassen, als wir ein Paar wurden.

Ich setzte mich neben ihn auf den Schlitten. Er goss mir Kaffee ein und reichte mir den Becher. Er dampfte und roch gut nach starkem schwarzen Kaffee. Wir sagten nichts, sondern tranken unseren Kaffee, während Jonathan so zufrieden an seiner Pfeife zog, dass man richtig Lust bekam zu rauchen.

Ich empfand einen großen inneren Frieden. Soweit das Auge reichte, war alles weiß, menschenleer und vollkommen still. Nur manchmal hörte ich die Hunde, wenn sie sich in ihrem Geschirr ein wenig hin und her bewegten oder in den harten Schnee bissen.

Nachwort

Dieser Roman ist Fiktion, aber er beruht natürlich auf Erlebnissen und Erfahrungen, die ich bei Aufenthalten und Reisen in die ehemalige Sowjetunion und das Russland Wladimir Putins gemacht habe. Ich habe vielen Menschen dafür zu danken, dass sie im Laufe der Jahre dazu beigetragen haben, mein Wissen über dieses große Reich zu erweitern. Ich möchte an dieser Stelle Herrn Botschafter Per Carlsen hervorheben, der den ersten Samen zu *Der Tod des Patriarchen* gesät hat. Er hatte mich bereits zu meinem Roman *Den russiske Sangerinde* (dt. »Die Russische Sängerin«) inspiriert, der 1988 erschienen ist. Die Gastfreundschaft, die Per mir und meiner Familie in Vilnius, Riga und Moskau gewährt hat, ist ebenso groß, wie seine E-Mails kurz gehalten sind. Mein Dank geht an Lars Peder Poulsen-Hansen für seinen Rat und seine Hilfe. Søren Thaalund ist Referent für Kultur und Information beim Kalaallit Illuutaat – dem Grönländischen Haus – und hat mich mit bei den ersten Kapiteln dieses Romans mit konstruktiver Kritik unterstützt. Otto B. Lindhardt hat sich auch diesmal wieder die Zeit genommen, das Manuskript zu lesen und in so kluger Weise zu kommentieren. Des Weiteren danke ich meinem Lektor, Hans Henrik Schwab, und den anderen kompetenten und enthusiastischen Mitarbeitern in Ottos früherem Verlag Lindhardt & Ringhof. Auch dieses Mal ist meine Frau Ulla meine liebevoll kritische Erstleserin, Ratgeberin und angenehme und inspirierende Reisegefährtin bei den Recherchen im Baltikum, in Moskau und in Pskow gewesen. Ohne sie wäre es nicht dieses Buch geworden. Für Fehler und andere Mängel aber bin ausschließlich ich verantwortlich.